31.10.96

Ullstein

DER AUTOR:

Loren D. Estleman, Jahrgang 1952, trifft mit seinen Büchern über den Detroiter Privatdetektiv Amos Walker wie kein anderer amerikanischer Schriftsteller Ton und Stimmung des klassischen Detektivromans. Dem mehrfach preisgekrönten Autor – er erhielt unter anderem den *Shamus Award* der Private Eye Writers of America und den *Golden Spur Award* von Amerikas Western-Schriftstellern – gelingt es auch in den beiden vorliegenden Romanen über den Privatdetektiv Amos Walker, Stil und Tradition der großen Vorbilder perfekt in den modernen Großstadtkriminalroman einzubringen.

LOREN D. ESTLEMAN

Die Straßen von Detroit
Frühling in Detroit

Zwei Romane

Ullstein

Kriminalroman
Ullstein Buch Nr. 10763
im Verlag Ullstein GmbH,
Frankfurt/M – Berlin
Titel der amerikanischen
Originalausgaben:
The Glass Highway
Sugartown

Ungekürzte Sonderausgabe
der deutschen Erstausgaben

Umschlaggestaltung:
Theodor Bayer-Eynck
Umschlagillustration:
Transglobe Agency/
Mike Hawksworth

Printed in Germany 1995
Druck und Verarbeitung:
Ebner Ulm
ISBN 3 548 10763 X

März 1995
Gedruckt auf alterungs-
beständigem Papier mit
chlorfrei gebleichtem Zellstoff

Vom selben Autor
in der Reihe
der Ullstein Bücher:

Killer in Detroit (10594)
Detroit River (10602)
Donner über Detroit (10726)
Detroit Blues/Der Tod in Detroit
(10754) *Doppelband*

Die Deutsche Bibliothek –
CIP-Einheitsaufnahme

Estleman, Loren D.:
Die Straßen von Detroit : zwei Romane /
Loren D. Estleman. – Ungekürzte
Sonderausg. der dt. Erstausg. –
Frankfurt/M ; Berlin : Ullstein, 1995
(Ullstein-Buch ; Nr. 10763 :
Ullstein-Kriminalroman)
ISBN 3-548-10763-X
NE: GT

LOREN D. ESTLEMAN

Die Straßen von Detroit

Aus dem Amerikanischen
von Sabine Schmidt

1

Ich zeigte dem Parkwächter meinen Ausweis. Er lehnte sich aus seinem Kabuff, um einen genaueren Blick darauf zu werfen. Auf einer Liste seiner Pinnwand fand er meinen Namen und winkte mich durch. Er trug einen glänzenden, schwarzen Umhang und hatte sich eine Plastikhülle über seine Dienstmütze gezogen. Für Weihnachten war Regen angesagt. Ich fuhr um ein langgestrecktes Backsteingebäude herum und parkte den Wagen an der für den Vizepräsidenten reservierten Stelle. Wenn er bis 11.30 Uhr nicht da war, würde er sowieso nicht mehr kommen.

Damals fuhr ich einen drei Jahre alten, silbergrauen Oldsmobile Omega, dessen Tacho bis achtzig ging; aber das war nur für die Verkehrskontrolle. Der vorherige Besitzer hatte damit in Tennessee Whiskey geschmuggelt und würde die nächsten zehn bis fünfzehn Jahre kein Auto brauchen. Mit meinem alten Cutlass war es zu Ende gegangen. Er hatte mit 111000 Meilen auf dem Buckel den Geist aufgegeben. Dünner Nebel hing in der Luft, als ich durch eine Glastür den Empfangsraum betrat, der so groß war wie das Badezimmer eines Dienstmädchens und dessen orangefarbener Teppichboden zur geschmackvollen braunen Tapete paßte, auf der sich in goldenen Buchstaben die Kürzel der Fernsehstation hundertfach wiederholten. Zaghaft rieselte Urlaubsmusik aus einem versteckten Lautsprecher. Der Sicherheitsbeamte hinter der Rezeption, ein weißhaariger Exschleifer von der Marineinfanterie mit Brille und Hörgerät, musterte mich mit argwöhnischen Blicken vom Hut bis zu den Gummiüberschuhen und verlangte zwei Ausweispapiere.

»Ich will hier keinen Scheck einlösen, sondern jemanden treffen.«

Mit unbewegter Miene wiederholte er seine Forderung und hielt seine ledrige Hand auf. Ich legte was hinein. Er studierte das Kleingedruckte auf der Fotokopie meiner Ermittlungslizenz und verglich das Bild in meinem Führerschein mit den Poren in meinem Gesicht. »Haben Sie eine Kreditkarte?«

Ich deutete auf meine Lizenz und sagte: »Sie machen wohl Witze.«

»Schon in Ordnung.« Er gab mir die Papiere zurück. »Wir müssen vorsichtig sein. Letzten Monat kam irgend so ein Verrückter mit einer Bombe in der Aktentasche hereinspaziert.«

»Hieß er zufällig Marshall McLuhan?« Verständnisloses Glotzen. »Vergessen Sie's«, murmelte ich. »Mögen Sie die Musik?«

»Welche Musik?« Er nahm den Hörer vom schokobraunen Telefon, gab jemandem am anderen Ende meinen Namen durch, sagte »Okay«

und legte auf. »In einer Minute wird jemand hier sein.« Sein ganzes Interesse galt einer Zeitschrift, auf deren Titelseite ein Mädchen mit schwarzer Lederjacke und sonst nichts posierte.

Es waren eher fünf Minuten. Ich verbrachte sie damit, die Tapete zu lesen. Dann erschien eine kleine Blonde, ungefähr zweiundzwanzig, mit Bubikopf und grünem Zeug auf den Augenlidern. »Mr. Walker? Folgen Sie mir bitte.« Sie trug einen gelben Hosenanzug, was, verglichen mit den Uniformen, die ich im Lauf der Zeit gesehen hatte, schon ein Fortschritt war, wenn auch kein allzu großer. Wir liefen ein paar Korridore entlang und kamen an eine Tür, über der eine rote Signallampe angebracht war, die jedoch nicht brannte. Der Raum dahinter hatte etwas Höhlenartiges: Grauer Betonfußboden, unter der Decke ein Kabel-Wirrwarr, dazwischen grelle Lichtspots, die eine von Menschenhand errichtete Oase anstrahlten. Diese bestand aus einem blauen, halbrunden Tisch, der auf einem blauen Podest vor einer mit blauem Segeltuch bespannten Wand stand. Dahinter saß ein Mann mittleren Alters auf einer Art Barhocker und sortierte raschelnd getippte Manuskriptseiten.

Er hatte platingraues Haar und ein breites, braungebranntes Gesicht, dessen Attraktivität der angenehmen Erscheinung einer Schaufensterpuppe glich. Sein brauner Maßanzug sah aus wie von einem superteuren Schneider. Daneben, ebenfalls Blätter ordnend, saß eine Frau in den Vierzigern mit blonder Perücke und gerüschter Bluse, herausgeputzt wie eine Barbie-Puppe. Das Pärchen hatte den sterilsüßlichen Charme einer ungeöffneten Pralinenschachtel, lediglich ein mit Kaffee gefüllter Pappbecher neben dem linken Ellbogen des Mannes und eine Assistentin in ausgebeulten, grauen Arbeitsklamotten, die über dem Tisch lehnte und mit der Barbie-Puppe sprach, erinnerten an die Wirklichkeit.

»Mr. Broderick trifft gerade die letzten Vorbereitungen für die Zwölfuhrnachrichten«, flüsterte meine kleine Blonde und zeigte auf drei Reihen zusammenklappbarer Metallstühle, die hinter den monströsen, sendebereiten Kameras aufgestellt waren. »Wenn Sie bitte dort Platz nehmen würden. Er wird dann in einer halben Stunde bei Ihnen sein. Und verhalten Sie sich bitte während der Aufnahme ruhig.«

Ich setzte mich in die letzte Reihe zwischen ein paar Publizistikstudenten und fühlte mich dabei nur unwesentlich jünger als das Fisher Building. Bis jetzt hatte sich noch niemand erboten, mir Hut und Mantel abzunehmen.

Ein schwarzbärtiger Aufnahmeleiter mit T-Shirt, Jeans und Kopfhörern bat um Ruhe und begann mit dem Countdown. Broderick, der grauhaarige Nachrichtensprecher, leerte den Kaffeebecher und plazierte ihn außerhalb des Aufnahmebereichs. Jemand schaltete das Tonband ein, und mit einem schicksalschwangeren Musikvorspann begann die Show.

Broderick eröffnete mit einem Bericht über ein Flugzeugunglück in Seattle und gab dann an Barbie weiter, die einen Film kommentierte, indem der Bürgermeister vom Präsidenten im Weißen Haus zu einer Konferenz über die Notsituation in den Städten begrüßt wurde, was wiederum Broderick Gelegenheit gab, von einem Beutezug zu berichten, der von einer Gruppe Jugendlicher in Detroit außerhalb der für bewaffnete Raubüberfälle üblichen Saison unternommen worden war. Nachdem Barbie ihrerseits mit einer zur Jahreszeit passenden Story über die Weihnachtsmänner der Heilsarmee fertig war – der übliche Schmus –, senkte Broderick seine Stimme um drei Oktaven wegen des tragischen Todes eines kleinen Jungen, der im Lake St. Clair unter dem Eis ertrunken war. Dann wechselte er ein paar scherzhafte Worte mit dem Wetterpropheten, der noch mehr Regen aus Wisconsin kommen sah und das anhand einer Radar-Wetterkarte auf seinem kleinen, blauen Bühnenaufbau am Ende des Studios auch beweisen konnte. Er nannte sich Meteorologe.

Wirklich, eine erstklassige Show.

Als die Frau damit fertig war, die letzte Niederlage der Pistons im Basketball zu rechtfertigen, verabschiedete sich Broderick von den Zuschauern, wartete auf das Erlöschen der Kameralichter und stopfte dann die Manuskriptblätter, die er eben erst sortiert hatte, in einen Papierkorb hinter dem blauen Tisch. Barbie wünschte allen noch einen schönen Tag und verschwand mit einer Assistentin. Sie trug enge, verwaschene Jeans zur Rüschenbluse – Dinge, die man nicht sieht, wenn man vor der Mattscheibe sitzt.

»Du warst gut, Sandy«, rief der Aufnahmeleiter Broderick zu. »Kannst du heute abend eine Stunde früher kommen? Wir müssen noch ein paar Aufnahmen für die Programmvorschau machen.«

»Im Hemd oder mit Jacke?« fragte Broderick, während er mit einem Wattebausch das Make-up vom Gesicht wischte.

»Im Hemd und mit offener Krawatte, als ob du gerade an einer Story arbeitest oder so. Du weißt schon, Routine.«

»Ich öffne nie meine Krawatte.«

»Muß unter der Dusche witzig aussehen. Oh, und von Ray soll ich dir ausrichten, daß du die Schreibmaschine nicht anfassen sollst, während wir filmen, weil die in der Redaktion behaupten, du hättest sie beim letztenmal kaputtgemacht.«

»Was verstehe ich denn schon von Schreibmaschinen?« beklagte sich der Nachrichtensprecher. »Ich habe Piano studiert.«

Die kleine Blonde näherte sich Broderick und sagte etwas, in meine Richtung deutend. Er sah herüber, nickte und winkte mich zu sich. Normalerweise reagiere ich nicht auf so was, aber ich war froh, endlich von diesem harten Stuhl herunterzukommen.

»Amos Walker?« Er hatte einen festen Händedruck. »Es tut mir leid, daß ich Sie wie einen Hund rufen mußte, aber wenn die Kids hier mitkriegen, daß ich zu jemandem hingehe, um mit ihm zu sprechen, wäre ich nur noch auf den Beinen.«

»Solange Sie nicht nach mir pfeifen.«

»Wie fanden Sie die Sendung?«

»Die Zeitungen müssen sich schon was einfallen lassen, um das zu schlagen. Für den Anfang könnten sie die Comics auf der Titelseite bringen.«

Die Blonde kicherte, und er bemerkte ihre Anwesenheit. Unruhig bewegte er die Schultern. »Wir sprechen in meinem Büro weiter. Sie haben mir eines eingerichtet, weiß der Himmel, warum.«

»Irgend etwas sagt mir, daß Sie Ihre Manuskripte nicht selbst schreiben.« Wir waren jetzt auf dem Weg zu seinem Büro und hatten das Mädchen stehenlassen. Ich mußte aufpassen, wohin ich trat, um nicht über ein Kabel zu stolpern.

Er schüttelte den Kopf. »Ich habe gehört, daß einige Nachrichtensprecher das machen, hab' aber noch nie einen getroffen. Der liebe Gott vergibt nicht oft gutes Aussehen, eine tiefe Stimme und Köpfchen obendrein. Aber wenn Sie das irgend jemandem weitersagen, werde ich's abstreiten.«

»Von mir erfährt's keiner.«

Sein Büro hatte eine geräumige Leichtigkeit, die durch unser Eintreten zerstört wurde. Obwohl der Raum groß genug für ein Möbellager war, enthielt er lediglich einen Schreibtisch, ein Sofa und ein Stahlregal, das mit Kopien von Buchrezensionen vollgestopft war. Ein Fenster blickte auf die für die Außenbezirke Detroits typischen Flachbauten und Gitterbrücken und vermittelte meinem Gastgeber ein Bild von der Stadt, das so authentisch war, wie das des Zweiten Weltkriegs aus der Sicht von Hitlers Bunker. Ich schälte mich aus dem Mantel, und wir nahmen die klassische Position ein; er auf seiner Seite des Schreibtisches, ich auf meiner. Der Schreibtisch bestand aus Chrom und gepreßtem Sägemehl, das mit einer Teakholzimitation aus Plastik überzogen war; keine Schubladen und weder Vorder- noch Seitenverkleidung. Aber Beine hatte er.

Sandy Broderick sah älter und magerer aus, wenn er nicht unter dem Scheinwerferlicht stand. Seine Wangen waren hohl und gefurcht. Die Bräune war echt, nicht bloß Make-up, aber es war die Art Bräune, wie man sie in diesen Kabinen bekommt, wo man stundenweise für etwas bezahlt, was es von der Sonne den ganzen Tag umsonst gibt, wenn man bereit ist, bis zum Sommer zu warten. Mit zweieinhalb Hunderten pro Tag zuzüglich Spesen schien ich für ihn erschwinglich.

»Ich esse hin und wieder mit Barry Stackpole von den *News* zu Mittag«, erzählte er mir. »Barry sagt, man kann darauf zählen, daß Sie fünfundzwanzig Stunden für den Lohn von vierundzwanzig arbeiten und daß Sie dichthalten können.«

»Barry ist ein kluger Junge.«

»Barry sagt auch, daß Sie sich manchmal mehr Ärger einhandeln, als Sie ohne Artillerieunterstützung bewältigen können.«

»Was er nicht alles weiß.«

»Aber das beunruhigt mich auch nicht. Ich will nur ganz gerne wissen, wie tief Sie im Schlamassel stecken müssen, bevor Sie mich dazu benutzen, Sie wieder rauszuziehen.«

Ich steckte mir eine Winston an und ließ das brennende Streichholz in einen Kupferaschenbecher auf dem Schreibtisch fallen. »Warum sagen Sie mir nicht einfach, worum es geht, und dann sage ich Ihnen, wie wahrscheinlich es ist, daß ich mir dabei die Finger verbrenne und wie stark.«

Er schüttelte wieder den Kopf. Seine Haare waren vom vielen Spray steif wie ein Helm und bewegten sich kein bißchen. Ich fragte mich, ob die Farbe wohl echt war. »Das würde meine Entscheidung, Sie zu engagieren, auch nicht ändern. Wie sieht's mit Referenzen aus?«

»Hab' ich nicht.«

Er zog die Augenbrauen hoch, genauso wie vorhin in der Sendung, als der Meteorologe sagte, das Wetter draußen sei so mies wie der Charakter von Onkel Dagobert. Ich sagte: »Nicht die Art von Referenzen, die Sie brauchen könnten; von Richtern und Bullen oder so. Ich betreibe eine Ein-Mann-Agentur, die von dringenden Anrufen aus Richterkreisen bisher unberührt blieb; außerdem sind Bullen und Privatdetektive natürliche Feinde. Für die bin ich genauso wenig empfehlenswert wie ein Ringkampf mit einem Stinktier. Es gibt da einen Kommissar im Morddezernat, der als Freund bezeichnet werden könnte, wenn man diesen Begriff bis zum Zerreißen dehnt. Aber im allgemeinen versuchen wir, unsere Nasen aus den Angelegenheiten des anderen rauszuhalten. Ich steh zu dem, was Barry sagt – zumindest, was den ersten Teil betrifft.« Ich wartete und schnippte Asche in das Kupferding. Draußen brummte der Verkehr vorbei. Es war immer noch diesig und grau wie alte Unterwäsche.

Schließlich rührte Broderick sich und legte seine Unterarme auf die glänzende Oberfläche des Tisches. Seine Augen studierten meine – blasse, farblose Augen, die auf dem Bildschirm blau waren. »Es geht um meinen Sohn, Walker«, sagte er. »Sie sollen ihn finden, solange er noch lebt.« Ich nahm einen letzten Zug, drückte die Kippe aus und kramte meinen Notizblock hervor. Mein Gedächtnis für Details hatte seit meinem dreiunddreißigsten Geburtstag nachgelassen.

2

»Bud ist zwanzig«, begann er. »Meine Frau bekam das Sorgerecht, als wir uns vor sechs Jahren scheiden ließen. Dann hat sie wieder geheiratet und zog mit ihm und ihrem neuen Mann hierher. Seitdem habe ich ihn nicht mehr gesehen. Seinetwegen habe ich diesen Job angenommen. Die Gage hier ist auch nicht viel besser, und die Luft stinkt.« Er deutete mit dem Kopf auf das verregnete Fenster.

»Kalifornien, richtig?« warf ich ein.

»Sacramento. Fällt das auf?«

»Wie ein Flamingo auf einem Parkplatz.«

»Ich werde mich anpassen. Doch zurück zur Sache. Als ich hier fertig war und bei meiner Exfrau vorbeischaute – sie heißt Sharon. Als ich sie in Grosse Pointe besuchte, sagte sie, sie hätte gerade dran gedacht, mich in Kalifornien anzurufen. Sie hatte seit fast einem Monat nichts von unserem Sohn gehört. Er nahm sich letztes Jahr eine Wohnung in Rawsonville, als er dort einen Job bei den Ford-Werken bekam. Er kam alle paar Wochen zu Besuch und blieb manchmal übers Wochenende. Als er sich zwei Wochen lang weder blicken ließ noch anrief, versuchte Sharon ihn zu erreichen. Ein Tonband teilte ihr mit, daß der Anschluß stillgelegt sei. Sie fuhr raus und sprach mit dem Hausverwalter. Er erzählte ihr, daß Bud vor zehn Tagen ausgezogen wäre, kurz nach seiner Entlassung. Sie hatte nicht die blasseste Ahnung davon. Ich kam gerade in dem Augenblick, als sie zwischen den beiden Möglichkeiten schwankte, die Polizei zu benachrichtigen oder mich anzurufen. Das war gestern. Ich rief Sie an, sobald ich von Barry Ihren Namen erfahren hatte.«

»Haben Sie sich schon beim Arbeitsamt erkundigt?«

»Die haben auch nichts von ihm gehört.«

»Die Bullen sind gut in solchen Dingen; die haben genug Leute und die nötigen Einrichtungen. Wenn Sie mich damit beauftragen, kriegen Sie auch nur mich.«

»Barry sagt, daß sei genug.« Er rieb mit einem sorgfältig manikürten Daumen über etwas, das eine Unebenheit in der Plastikoberfläche seines Schreibtisches hätte sein können, wenn er Unebenheiten gehabt hätte. »Da ist noch etwas anderes.«

»Das ist meistens so.«

»Der Mann, den Sharon geheiratet hat, heißt Esterhazy, Charles Esterhazy. Er hat eine erwachsene Tochter, Fern, die bei ihnen lebt. Sie war zweimal verheiratet und wurde beide Male geschieden. Sie ist das, was wir früher einen ›Flitzer‹ nannten, bevor uns die sexuelle Revolution von unseren viktorianischen Fesseln befreite.« Er machte ein schiefes Gesicht. »Sie stellte Bud ihrem Bekanntenkreis vor, insbesondere einem Mädchen namens Paula Royce, vier Jahre älter als er. Sharon sagte, daß sie sich ziemlich oft sahen, bevor Bud verschwand.«

Ich schrieb mir den Namen auf. Hätte ich einen Nickel für jeden Jungen, der dieses Jahr verschwunden war, ohne daß ein Mädchen irgendwie dahintersteckte, wäre ich finanziell auch nicht besser dran. »Lassen Sie mich raten. Das Mädchen ist auch verschwunden.«

Jemand klopfte leise an die Tür. Broderick murmelte einen Kraftausdruck, dann hob er die Stimme. »Herein.«

Die kurzhaarige Blonde in Gelb trat ein mit einem großen gepolsterten Kuvert in der Hand, dessen Inhalt sie unter seiner Nase auf den Tisch kippte. Es waren sechs großformatige Fotos, die Broderick beim Interview mit jemandem auf den Stufen des Rathauses zeigten. Sie wirkten verdammt aufgesetzt. »Ray will dein Einverständnis, bevor wir sie rausschicken«, sagte sie entschuldigend.

»Sag ihm, sie sind in Ordnung.« Er schob sie in den Umschlag zurück, ohne einen Blick darauf geworfen zu haben.

Sie zögerte, die Hand auf dem Umschlag. »Kommst du heute abend?«

»Ich bin beschäftigt, Marlene.«

Sie errötete leicht und ging.

»Das Mädchen ist eine Sackgasse«, sagte er, als die Tür geschlossen war. »Keiner weiß, wo sie wohnt, nicht einmal Fern. Sie haben sich nur auf Partys gesehen. Sharon billigte das nicht. Sie hatte das Mädchen einmal in Buds Wohnung getroffen. Sie glaubt, daß Paula Drogen nimmt.«

»Was für Drogen?« fragte ich. »Koks? Heroin? Tabletten?«

»Sie ist sich nicht einmal sicher, ob es Drogen sind. Es ist nur die

Art, wie das Mädchen reagiert. So, als hinke sie immer einen Vierteltakt hinterher. Und Fern erzählt nichts, zumindest nicht ihrer Stiefmutter. Die beiden verstehen sich ausgezeichnet. Wie zwei bissige Hündinnen.«

»Glauben Sie, daß Paula Royce Ihren Sohn in die wunderbare Welt des Vergessens einführt?«

»Die Gefahr besteht«, sagte er. »Meine Exfrau litt nie an einem überentwickelten Sinn für Verantwortlichkeit. Sie hat selbst zuwenig davon, als daß sie es an Bud hätte weitergeben können. Und wenn Fern ein lebendes Beispiel ist, kann man das gleiche von Sharons derzeitigem Ehemann behaupten.«

Ich runzelte die Stirn über meine Notizen. »Sie haben Angst, wenn Sie die Bullen benachrichtigen und die Ihren Sohn finden, daß sie ihn wegen Drogenbesitzes einlochen. Ist es das?«

Der Nachrichtensprecher veränderte zweimal seine Sitzposition und endete so, wie er angefangen hatte. Dann zog er ein gefaltetes Blatt aus der Innentasche seiner Jacke und reichte es mir. »Jeder Redakteur im südöstlichen Teil Michigans hat eine Kopie davon auf dem Tisch.« Ich öffnete das Blatt. Es handelte sich um eine Presseinformation, die auf dem Briefpapier des Senders getippt war und besagte, daß Sandy Brockerick, der ›Nestor unter Detroits Nachrichtensprechern‹, beabsichtige, eine wöchentliche Reportage über Drogenmißbrauch in seinen Nachrichten um 18 und um 23 Uhr zu bringen; als Starttermin sei der kommende Montag vorgesehen.

»Wenn das durchschlägt, besteht die Möglichkeit einer Gemeinschaftsproduktion mit anderen Fernsehstationen und sogar einer eigenen Sendung«, erklärte er. »Polizeibeamte hören sich gern selber reden. Aber wenn durchsickert, daß mein Sohn eine Süchtige bumst und wahrscheinlich selbst drogenabhängig ist, wird man das Gelächter bis nach Sacramento hören. Er muß nur an einer Überdosis krepieren und im Leichenschauhaus landen, dann kann ich froh sein, wenn ich nachmittags in der Bowling Show auftreten darf.«

»So ein undankbarer kleiner Bastard.«

Seine Finger zögerten mitten in der Bewegung und fuhren nach einem Augenblick fort, das Schreiben zusammenzufalten. Er steckte es wieder ein. »Mein Sohn war vierzehn, als ich ihn das letzte Mal sah. Er hatte nur Dummheiten und Baseball im Kopf. Ich habe keine Ahnung, was aus ihm geworden ist. Natürlich mache ich mir Sorgen um ihn«, – er senkte die Stimme um drei Oktaven – »aber Sie können nicht erwarten, daß mein Interesse so stark ist, als hätte ich ihn selber all die Jahre großgezogen. Statt dessen habe ich mir eine Karriere aufgebaut. Und ich werde nicht zulassen, daß Sharon mir das ebenso nimmt, wie sie mir Bud genommen hat.«

»Ist Bud sein richtiger Vorname?«

Er nickte. »Und er hielt auch an Broderick fest, trotz Esterhazys Bemühungen, ihn zu adoptieren. Bud heißt nach meinem verstorbenen Vater.«

»Das erklärt, warum er Sie Sandy nannte.« Ich tippte mit dem Bleistift auf mein Knie. »Wenn ich ihn finde, was soll ich dann mit ihm machen? Wenn ich ihn hierher treten muß, bin ich ein Kidnapper. Und, um ehrlich zu sein, es gibt da eine ganze Liste mit Dingen, die ich lieber täte, als einen gesunden Zwanzigjährigen zurück zu Papa zu schleifen. Den Job überlasse ich gern den Kollegen in Uniform.«

»Das habe ich auch gar nicht verlangt. Ich wüßte selbst nicht, was ich mit ihm anstellen sollte, wenn Sie das tun würden. Ich will nur wissen, wo er ist, damit ich Kontakt zu ihm aufnehmen kann.« Er schraubte die Kappe von einem fetten, grünen Füllfederhalter, kritzelte eine Telefonnummer auf das oberste Blatt seines Notizblocks, riß es ab und gab es mir. »Das ist meine Privatnummer. Die ist nicht eingetragen. Wenn Sie ihn gefunden haben, rufen Sie an. Vielleicht kann ihm sein Vater ein bißchen Vernunft eintrichtern. Offensichtlich konnte seine Mutter das nicht.«

»Es ist Ihr Geld«, sagte ich und steckte den Zettel zwischen die Blätter meines Notizblocks. »Womit wir beim Thema wären.«

Er zog eine flache Brieftasche hervor und zählte zehn Hunderter ab. »Sind tausend Dollar ein angemessener Vorschuß?«

Ich beschloß, daß sie das waren, und stopfte die glatten, frischen Scheine wie ein Ladendieb, der die Auslagen eines Juweliers ausräumt, in meine eigene müde Brieftasche.

»Ich brauche noch mehr Informationen über Bud; Fähigkeiten, Hobbys, Persönlichkeit, Freunde und ein nicht zu altes Foto, wenn Sie eins haben.« »Das müssen Sie sich alles von Sharon besorgen. Er ist ein Fremder für mich, wie ich schon sagte.« Er gab mir ihre Telefonnummer und Adresse in Grosse Pointe. Ich schrieb es auf. Er erhob sich. »Geben Sie mir Bescheid, wenn Sie etwas haben. Nicht hier, falls sich das vermeiden läßt. Ich hätte Sie auch nicht hierhergebeten, wenn es nicht so dringend gewesen wäre und ich gestern abend zu Hause hätte sein können. Die Studio-Bonzen veranstalten eine Willkommensparty für mich.« »Ich dachte schon, daß Ihre Augen blutunterlaufen sind.« Ich stand auf und ergriff seine ausgestreckte Hand. Er lächelte zum ersten Mal. »Wie der Indianer zum Cowboy sagte: ›Du solltest sie mit meinen Augen sehen‹. Bringen Sie mir gute Nachrichten.« Die blonde Marlene pinselte gerade das Tipp-Ex auf ein Blatt in ihrer IBM-Maschine, als ich den Empfangsraum betrat. Ich nahm eine Zigarette heraus und klopfte sie auf meinen Handrücken. »Jetzt gehört er ganz Ihnen.« »Jetzt noch nicht, aber bald«, sagte sie und bleckte ihre weißen Zähne zwischen angemalten Lippen. Wir wünschten uns fröhliche Weihnachten. Sie hatte ein nettes Lächeln. Es war eine Schande mit ihrem Haarschnitt und dem Schmier auf ihren Augen.

Auf dem Parkplatz hatte sich der Regen in Graupelschauer verwandelt. Kleine Eiskörnchen peitschten mir ins Gesicht und knisterten wie bratender Speck, wenn sie auf den Asphalt knallten. Ein fetter, glatzköpfiger Typ im Trenchcoat, dem man den Vizepräsidenten an seinen rosigen Gesichtszügen ansah, bedachte mein Auto mit bösen Blicken. Er hatte den Parkwächter herankommandiert. Eine Rauchfahne hinter mir herziehend, ging ich an ihnen vorbei und schloß die Fahrertür auf. Fettarsch setzte sich in Bewegung. »Ich wollte nur den Grund treffen, wegen dem ich eine halbe Meile die Straße runter parken mußte.« Seine Stimme überschlug sich. »Ich wollte Sie gerade abschleppen lassen. Können Sie nicht lesen? Das ist mein Platz.«

»Gleich haben Sie ihn wieder«, sagte ich und startete den Motor, »Sie sollten nicht so lange Mittagspausen machen; denken Sie das nächste Mal dran.«

Sein Gesicht sah ein wenig grau aus, als ich beim Abfahren in den Rückspiegel sah. Nicht so das des Parkwächters. Ich hatte kein so breites Grinsen gesehen, seit ich das letzte Mal meinen Kneipendeckel bezahlt hatte.

Ich bestellte ein Schinken-und-Käse-Sandwich in einem Imbiß in der Evergreen und hatte alles aufgegessen, bevor mir einfiel, daß ich mir etwas Besseres leisten konnte. Also gab ich dem Mann hinterm Tresen einen Fünfdollarschein und sagte, er könne den Rest behalten. Er befahl mir, zu warten, während er die Haare an Lincolns Bart zählte. Als er damit fertig war, verlangte ich mein Wechselgeld und beschloß, so schnell nicht wieder hier zu essen. Der Hagel machte an dem Imbißfenster ein Geräusch wie die Finger eines Skeletts. Ich warf zwei Dimes in einen Münzapparat und fingerte Sharon Esterhazys Nummer hervor. Sie meldete sich schon nach einem Klingeln. Ihre Stimme klang dünn und hochgeschraubt wie ein aufgeregter Chihuahua, oder wie eine Ronstadt LP bei 78er Geschwindigkeit. Zuerst dachte sie, es sei Bud. Ich klärte sie so taktvoll wie möglich auf und verabredete ein Treffen um 15 Uhr in ihrem Haus. Als ich sie fragte, ob ihre Stieftochter auch dasein würde, sagte sie: »Weiß der Teufel«, lachte ein bißchen zu fröhlich, und die Verbindung war beendet. Als ich den Hörer einhängte, hatte ich einen Anflug dieses schwarzen Gefühls, das man hat, wenn man gerade anfängt, ein Buch zu lesen, und feststellt, daß man es hassen wird. Aber das Gefühl verflüchtigte sich schnell, und ich schob es auf das Sauwetter. Vorahnungen sind wie Horoskope. Wenn man sie zu ernst nimmt, handelt man am Ende gar nicht. Ich machte mich auf den Weg zur Bank.

3

Das Haus war ein Ziegelbau im Kolonialstil, nur wenige Schritte vom lebhaften Zentrum Grosse Pointes entfernt. Es hatte weiße Fensterläden, zwei Stockwerke und einen Balkon, von dem aus man das Wasser sehen konnte, wenn man auf Zehenspitzen stand und seine Phantasie anstrengte. Die Rasenfläche war groß genug, um Softball zu spielen, aber zur Zeit war eine Pfütze in der Mitte, in der man eine Segelyacht hätte wenden können. Ich parkte den Wagen vor einer Garage, die in vornehmeren Zeiten Kutschen beherbergt haben mochte, überprüfte meine Überschuhe auf Kuhfladen, ging die Stufen hinauf und klingelte.

»Irgend etwas, was ich für dich tun kann, Rehäuglein?« Wenn sie weniger als einsachtzig groß war, mußte ich geschrumpft sein. Unsere Augen waren fast auf der gleichen Höhe – ihre waren grau wie rohes Silber –, und als ich schließlich runter sah, bemerkte ich, daß sie flache Pantoffeln trug, keine Stöckel. Sie hatte Schlabberhosen an und ein dazu passendes Top aus anschmiegsamen, glitzerndem grünem Stoff, von dem der Schneider nicht genug für Waden und Unterarme übrig hatte. Sie nennen das Hausanzug. Ich nenne so was Scherereien, besonders mit ihr darunter und zu dieser Tageszeit. Ihr Haar war voll, taillenlang und sehr rot. Es wirkte natürlich, aber ich bin kein Modefriseur. Ihre Lippen waren karmesinrot geschminkt, passend zu den langen Fingernägeln, die sich um die Türkante wickelten. Sie hatte blasse Haut. So gekleidet konnte sie auch nicht viel Sonne sehen. Sie war etwa Mitte Zwanzig. »Die Weihnachtseinkäufe?« Ihr Ton entlarvte mich. »Warum wußte ich, daß Sie so etwas sagen würden?« fragte ich, »Sie müssen Fern sein. Sie sehen auch aus wie eine exotische Pflanze.«

»Und wir leben auch beide vom Verfall. Sie sind der Schnüffler, der Sharon wegen Bud angerufen hat.«

Ich grinste. »Es sind die Gummischuhe, richtig?«

»Es sind die Gummischuhe, falsch. Ich habe schon genug Privatdetektive angeheuert, um das Tier zu riechen. Es betritt nicht eher den Raum, bis es das gesamte Mobiliar taxiert und die Wäschereimarke an der Gardine gefunden hat. Sharon ist damit beschäftigt, sich präsentierbar zu machen. Sie können ja schon mal reinkommen; machen Sie sich auf eine lange Wartezeit gefaßt.«

»Miau.«

Wir betraten ein Wohnzimmer mit beiger Seidentapete, einigen Sesseln, einem braunen Ledersofa und einem Miniaturflügel, der nur dazu da war, einem Afrikanischen Veilchen im Stahltopf Stellfläche zu bieten. Weitere Topfpflanzen standen entlang einer Glasfront, durch die man auf einen jungen Ahornbaum mit Maschendraht drumherum und dahinter aufs Nachbarhaus blickte. Das Mobiliar war übrigens zehn Riesen wert, und die Gardinen wurden von Frawleys in der Kercheval gereinigt.

»Sie würden auch katzig werden, wenn Sie so lange mit der Königin zusammengelebt hätten wie ich«, sagte Fern, während sie meinen Hut und Mantel in einen Schrank hängte, der die Größe meiner Küche hatte. Meine Überschuhe hatte ich in ihrer eigenen Pfütze in der Eingangshalle zurückgelassen. »Warum ziehen Sie nicht aus?«

»Womit soll ich die Miete bezahlen? Mit meinem guten Aussehen?«

»Das hat's auch schon gegeben. Ich dachte eigentlicher eher in Richtung Job. Sie sehen gesund aus.«

»Und mein Amateurdasein gebe ich auf? Nein, danke. Dann nehm ich's schon lieber mit Nofretete auf, na ja, zumindest bis ich meinen nächsten Ehemann gefunden habe. Sind Sie interessiert?«

»Was hab' ich davon?« Ich sank in einen der Ledersessel.

Sie erhob sich zu voller Größe, streckte ihre Vorteile heraus und sah mich an – dann beugte sie sich über die gepolsterte Lehne und pflanzte mir einen Sehnsüchtigen auf den Mund. Sie roch nach den üblichen Kosmetika und dem Duft, den das Weibchen unserer Spezies ausströmt, wenn es heiß ist. Als es vorbei war, richtete sie sich auf, hievte einen Eimer voll Haare über ihre Schulter und wartete.

»Yeah«, sagte ich. »Aber ich wette, Sie können nicht backen.«

Sie machte ein krächzendes Geräusch, das wohl ein Lachen sein sollte, und bot mir eine Zigarette aus einem geschnitzten Kästchen an, das auf dem Glastisch stand. Ich hielt eine von meinen eigenen hoch. Sie nahm sich selbst eine, zog einen Aqua-Filter aus einem Päckchen auf dem Tisch und steckte sie zusammen. Jeder versucht, das Rauchen aufzugeben; außer mir.

Sie benutzte ein silbernes Tischfeuerzeug, um ihre und meine anzustecken, ging rüber und setzte sich auf das Sofa. Sie bewegte ihre Beine eine gute Weile, bis sie bequem saß. Sie schimmerten in der Hose wie straff gespannter Satin.

»Es lohnt nicht, sich einen Privatdetektiv zu angeln.« Rauch strömte aus ihren Nasenlöchern. »Die ehrlichen kochen ihre Schuhe zu Mittag, und die krummen sind so schmierig, daß ich sie nicht einmal mit der Kneifzange anfassen würde. Wenn ich noch mal heirate, dann nur einen, der zu den oberen Tausend gehört und mit einem Bein in der Intensivstation steht.«

»Eine Schande«, tadelte ich. »Von wegen Befreiung der Frau.«

»Ich habe nie darum gebeten, befreit zu werden. Doch abgesehen davon: jede Verfassungsänderung, die ohne – oder in diesem Fall mit – Bestechung und Gewalt durchgesetzt wird, kann gar nicht gut sein.«

»Nun, da wir so gute Freunde sind – was können Sie mir über Paula Royce erzählen?«

Ihre Augen funkelten. »Ich muß wohl abgebaut haben. Es gab Zeiten, da vergaß ein Mann in meiner Gegenwart, weswegen er eigentlich gekommen war.«

»Ich wette, das klappt immer noch, wenn Sie sich anstrengen. Was ist nun mit Paula Royce?

»Ich hab' extra meinen Anzug angezogen und so, als Sharon mir sagte, daß ein paar Hosen auf dem Weg sind.«

»Sie sind nicht halb die Hure, die Sie sich einbilden. Es gibt genug Gelegenheiten für Sex-Kram, aber dies ist weder der Ort, noch die Zeit dafür. Paula Royce.«

»Du bist ein eiskalter Hurensohn«, sagte sie. »Ich wette, du blutest Frigen-Gas, wenn man dich ansticht. Ich würde das gerne mal ausprobieren und dich nachts auftauen.« Ihre Augen glühten.

»Paula –« begann ich. Sie winkte ab.

»Okay, okay. Du mußt mir nicht mit 'ner Salami das Kußmaul einschlagen. Alles, was ich von Paula weiß, kann ich dir in einer Ampelphase erzählen. Wir kannten uns nur vom Hallo-Sagen auf Partys. Ein sanftmütiger Typ. Ruhig. Petite, falls Sie diese niedlichen französischen Wörter mögen. Eine Brünette. All das, was ich nicht bin.«

»Wo haben Sie sie kennengelernt?«

»Auf einer Party, wo sonst? Fragen Sie mich nicht, auf welcher. Eine ist wie die andere. Wenn Sie jemals mit 'nem Typen abzog, hab' ich das auch nie gesehen; wahrscheinlich weil ich selbst schon vorher mit einem verschwunden war.«

»War Bud dabei?«

»Mnm-mm.« Sie nuckelte an ihrem Filter. »Bis vor ungefähr drei oder vier Monaten hatten die nichts miteinander. Es fing auf einer Party bei Rhett Grissom an. Meine Begleitung sagte in letzter Minute ab, also bot Bud mir sein Geleit an. Er wußte, daß ich nicht gerne eine von Rhetts Partys verpasse. Der arme Süße war so galant.«

»Seit wann sprechen Sie von Ihrem Stiefbruder in der Vergangenheitsform?«

Sie zog ein Paar ziemlich dicke Augenbrauen hoch.

»Ach wirklich? Wahrscheinlich, weil er so leicht zu vergessen war. Scheiße, jetzt tu' ich's schon wieder. Man kann sich schwer vorstellen, daß er überhaupt existiert, wenn man nicht gerade vor ihm steht. Vielleicht ist es das, was Paula zu ihm hinzieht. Sie ist genauso.«

»Ich hab' gehört, daß Ihre Stiefmutter Paula für süchtig hält.«

»Das muß die gerade sagen«, stieß sie mit Gift, Galle und Rauch hervor. Ich ahmte ihre hochgezogenen Augenbrauen nach.

Sie schnaubte weiter. »Sharon frißt so viele Tabletten; es ist ein wahres Wunder, daß sie überhaupt noch Gelegenheit zum Essen findet. Pillen zum Aufwachen, Pillen zum Einschlafen, Pillen zum Abnehmen, Pillen um wieder zuzunehmen. Wenn sie furzt, riecht das Zimmer nach Krankenhaus. Paula ist nicht annähernd so süchtig wie Sharon.«

»Aber sie schmeißt auch Pillen?«

»Wer, außer den Christian Scientists, tut das heutzutage nicht?« Sie drückte ihre Kippe in einem Onyxaschenbecher aus. Sie war nicht einmal zur Hälfte aufgeraucht. »Sharon denkt, nur weil sie ihre auf Rezept bekommt und wir unsere aus einer Schüssel auf 'ner Party, daß sie heilig ist und wir zur Hölle verdammt. Ihr Arzt ist auch nichts anderes als ein hochbezahlter Dealer mit Diplom.«

»Hat es auf Rhett Grissoms Party Pillen gegeben?«

Sie wollte gerade antworten. Dann lächelte sie und legte die Spitze eines rot lackierten Zeigefingers an ihre Oberlippe. »Für einen Augenblick hatte ich ganz vergessen, daß Sie Detektiv sind«, sagte sie. »Das machen die braunen Augen. Eigentlich müßten Sie einen Waffenschein dafür haben.« Ich fischte meinen Notizblock und Stift heraus. »Rhett mit ›t‹ wie in Butler, G-R-I-S-S-O-M?«

»Selbstbeschuldigung, Süßer.« Sie stand auf und tätschelte mein Knie. »Ich werde um vier abgeholt. Entschuldigen Sie mich bitte; leider muß ich jetzt in etwas weniger Bequemes schlüpfen.«

»Tun Sie das für sich selbst oder für Ihre Verabredung?«

Sie lächelte wieder mit ihren rotroten Lippen und ließ ihre Finger über meine Kinnlade gleiten, als sie ging. Sie stolzierte an einer Frau vorbei, die gerade aus einem anderen Zimmer durch die Türöffnung trat. Sie wechselten kein Wort.

»Mr. Walker? Ich bin Sharon Esterhazy.«

Ich stand auf und schüttelte die Hand einer Frau, die einen Kopf kleiner war als ihre Stieftochter. Sie trug eine cremefarbene Bluse mit angerüschten Ärmeln und einen braunen wallenden Rock, der eine leichte, altersbedingte Gewichtsverschiebung kaschieren sollte. Ihr Pagenkopf hatte diese Blondschattierung, mit der dunkelhaarige Frauen versuchen, die ersten grauen Strähnen zu leugnen. Sie hatte zu viel Make-up auf den Augen, und von den Nasenflügeln bis zu den Mundwinkeln zogen sich tiefe Furchen, die der Puder nicht verbergen konnte. Ihr Lächeln war so eisern wie eine Faust. Ihre Hand fühlte sich kalt an.

Ich schaltete um auf sanften Charme und sagte: »Vielen Dank, daß Sie sich die Zeit genommen haben, mich zu empfangen, Mrs. Esterhazy. Ich habe mich wohl sehr kurzfristig angekündigt.«

»Unsinn. Sehe ich aus wie eine beschäftigte Frau? Ich bin auch nur einer dieser nutzlosen Paradiesvögel der Gesellschaft, von denen man in den Klatschspalten liest.« Sie bot mir einen Drink an. Ich lehnte ab. Dann winkte Sie mich zurück in meinen Sessel und setzte sich auf die Sofakante, die Beine mit den nicht gerade schlanken Fesseln übereinandergeschlagen und die Hände im Schoß gefaltet. Bewußt vermied sie die noch warme Stelle, wo Fern gesessen hatte. Sie hatte so viel Ähnlichkeit mit einem Paradiesvogel wie ich mit Boris Karloff. Ich hörte immer noch nervöse Chihuahuas in ihrer Stimme.

»Ich will ehrlich sein, Mr. Walker«, sagte sie. »Ich war nicht dafür, Sie zu engagieren. Es war Sandys Idee. Ich bin der Meinung, daß dies ein Fall für die Polizei ist, und möglicherweise werde ich dort auch noch anrufen. Schließlich zahlt mein Mann Steuern.«

Ich drückte meine Kippe neben Ferns aus. »Wie denkt Mr. Esterhazy darüber?«

»Er hat die Entscheidung mir und Sandy überlassen. Er sagt, Bud sei unser Sohn, und will sich nicht einmischen.«

»Was macht Ihr Mann beruflich?«

»Er ist Vermögensberater. Er hat sich seine eigene Firma aufgebaut. Heute beschäftigt er dreiundzwanzig Leute. Er ist ein Selfmademan im Gegensatz zu den meisten unserer Nachbarn.« Das klang wie eine Rechtfertigung. Wenn eine Frau so von ihrem Mann spricht, muß ich immer daran denken, wie viele zerquetschte Zehen wohl auf der Strecke geblieben waren. »Kamen er und Bud miteinander aus?«

»Warum interessiert Sie das?« Die kleinen Hunde japsten. Ihr Rücken war so gerade wie ein Revolverschuß.

»Ich versuche nur, mir ein Bild über die Hintergründe zu machen«, erklärte ich. »Bud war vierzehn, als Sie wieder heirateten, alt genug also, um eine Vaterbeziehung entwickelt zu haben, die sich nicht so ohne weiteres auf einen relativ Fremden übertragen läßt. Wie ich weiß, ließ er sich nicht von Mr. Esterhazy adoptieren. Immer wenn ein junger Mensch verschwindet, überlege ich, ob Spannungen in der Familie dazu beigetragen haben.«

»Also, da können Sie aufhören zu überlegen. Wie Sie schon sagten, Bud war zu alt, um Charles als Vater zu akzeptieren, aber sie verstanden sich sehr gut. Er nannte ihn beim Vornamen.«

Das tat auch Fern bei ihrer Stiefmutter. Aber ich ließ es dabei bewenden. »Es war nur eine Routinefrage. Bud lebte ja sowieso nicht mehr zu Hause, als er verschwand, also ist es eh unwahrscheinlich. Aber die Polizei hätte danach gefragt. Was für ein Typ ist Ihr Sohn? Ihre Stieftochter meinte, er sei sehr still.«

»Eine Artilleriegranate ist still, verglichen mit ihr«, sagte sie trocken. »Bud ist ein ganz normaler zwanzigjähriger Junge. Er war im Diskussionsteam seiner Schule, spielte Baseball und hatte Mädchen, die ich nicht immer billigte. Ich glaube, das ist nichts Ungewöhnliches. Er hat gute Manieren, von denen ich glaube, daß Fern sie für Schüchternheit hält, da sie selbst keine hat. Ich hätte es gerne gesehen, daß er studiert, aber er wollte sich erst einmal Zeit nehmen, um darüber nachzudenken. Während er ein Jahr lang zu Einstellungsgesprächen ging und Bewerbungen ausfüllte, lebte er noch bei uns. Dann bekam er einen Job am Fließband bei Ford in Rawsonsville. Sobald er genug Geld auf der Bank hatte, zog er in die Nähe seines Arbeitsplatzes. Ich wollte das nicht. Welche Mutter will das schon? Ich hoffte, daß er das Geld für ein Studium sparen würde. Er hat zuviel auf dem Kasten, um sein Leben lang Schrauben festzuziehen.«

»Wie steht's mit seinen Interessen außerhalb der Arbeit? Hat er bestimmte Hobbys?«

»Sport und Bücher. Er war im örtlichen Softball-Klub, aber er gab es auf, als er arbeiten ging. Ich glaube, er mochte Bücher sowieso lieber. Action-Storys, überwiegend. Spionage-Romane. Ich versuchte, ihn für Hemingway und Fitzgerald zu interessieren, aber er kam immer wieder auf diesen Schund zurück.«

Ich tat so, als machte ich mir Notizen. »Paula Royce.«

Sie preßte die Lippen zusammen. »Wenn Bud irgend etwas zugestoßen ist und sie dahintersteckt, bring ich sie um.« Die Atmosphäre im Raum hatte sich verändert. Ich bewegte die Schultern unter meiner Jacke. Jetzt wußte ich, woher Sandy Broderick seine Manieriertheit hatte.

»Erzählen Sie mir von dem Zusammentreffen in Buds Wohnung.«

»Sie lebte nicht mit ihm zusammen. Verstehen Sie das bitte richtig.« Ihre Hände verkrampften sich in ihrem Schoß. »An dem Tag, an dem er sich für ein Zusammenleben entscheidet, falls er das jemals tut, wird es sicher nicht mit so einer sein wie Paula. Ich hatte nichts zu tun, und es war ein idealer Tag, um was zu unternehmen – es war Oktober; die Farben waren unübertrefflich – also fuhr ich auf einen Besuch zu ihm raus. Sie saßen gerade beim Mittagessen; irgendwas, das Bud gekocht hatte. Es überraschte mich, weil Bud vorher noch nie gekocht hatte, jedenfalls nicht, solange er noch hier lebte. Sie war sehr frech. Sie sagte, ich hätte vorher anrufen sollen. Das mochte richtig sein, aber ich fand, es wäre an Bud gewesen, das zu sagen. Und ich bin sicher, daß sie Drogen genommen hatte. Sie sprach sehr verschleppt, wie betrunken, nur daß sie nicht betrunken war. Ich kann das unterscheiden.«

»Was haben Sie gemacht?«

»Was konnte ich schon machen? Ich ging. Bud war sehr höflich, aber ich merkte, daß ihn die Situation nervös machte. Ich erwartete, daß er später anrufen würde, um das Ganze zu erklären oder sich beim nächsten Mal entschuldigte. Aber er erwähnte es nicht mehr. Einen Monat später hörte er auf, uns zu besuchen. Ich nehme an, daß Sandy Ihnen den Rest erzählt hat.«

Ich verließ mich auf meine Routine. Hatte sich Bud während der letzten Besuche eigenartig benommen? Er wirkte geistesabwesend, aber nicht verwirrt. Eine Mutter bemerkt solche Dinge. Hatte sie mit den Freunden ihres Sohnes gesprochen? Keiner von ihnen hatte ihn gesehen, seit er mit dieser Royce durchgebrannt war; kann mir nicht vorstellen, warum sie lügen sollten.

Ich fragte nach Namen und notierte sie. Ich bat um ein Bild. Sie ging in ein anderes Zimmer und kam mit einem großformatigen Schwarzweißporträt im Silberrahmen zurück, das einen stämmigen Jungen mit Haaren wie nasser Sand zeigte, der frostig in die Kamera lächelte. Sandy Brodericks Augen blickten mich aus Sharon Esterhazys Gesicht an.

»Er hat es letzten Sommer machen lassen«, erklärte sie. »Ich hatte ihm damals gesagt, daß ich seit seinem Schulabschluß kein neues Bild mehr von ihm besäße.«

Ich nahm es raus und gab ihr den Rahmen zurück. Dann zückte ich meine Trumpfkarte. »Kennen Sie einen Rhett Grissom?«

Sie runzelte die Stirn. »Der Junge, der die Party veranstaltete, auf der Bud dieses Mädchen traf? Er lebt mit seinen Eltern hier in Grosse

Pointe, aber die sind meines Wissens gerade in Hawaii. Er ist hiergeblieben. Aber Bud und er sind nicht befreundet. Glauben Sie, daß er weiß, wo Bud steckt?«

»Er könnte jemanden kennen, der das weiß. Wie ist seine genaue Adresse?«

Sie gab sie mir. Während ich schrieb, schmetterte eine Autohupe vor dem Haus. Es klang nach Geld.

»Das ist Ferns Verabredung. Als ich in dem Alter war, klingelten die jungen Männer noch an der Tür.« Sie stand auf und glättete ihren Rock.

Ich tat das gleiche, bis aufs Rockglätten. »Vielleicht weiß dieser hier, daß Fern angerannt kommt, egal, wie man sie ruft.«

»Sie würde sich freuen, das zu hören. Sie spielt die Edelnutte schon so lange, daß sie anfängt, es selbst zu glauben.«

Im Flur holte Sharon Esterhazy meinen Hut und Mantel aus dem Schrank, und ich schwang mich hinein. Ich zog meine Überschuhe an. »Ich rufe an, falls mir noch etwas einfallen sollte.«

Ihr Gesicht wirkte verkniffen und alt in dem grauen Licht, das durch ein Fenster über der Tür in der Halle fiel. »Darf ich fragen, was mein Exmann Ihnen für Ihre Ermittlungen zahlt?«

»Tausend Dollar. Das ist ein Vorschuß für die nächsten vier Tage.« Ich öffnete die Tür. Jemand hinter dem Steuer einer schwarzen Corvette, die auf der anderen Seite der Ausfahrt parkte, reckte den Hals, sah dann mich und ließ sich wieder zurückfallen.

»Das konnte ich mir denken«, sagte sie. »Wenn Sandy in einer engen Gasse gefangen wäre und ein Laster auf ihn zurollte, würde er Geld gegen ihn werfen.«

Ich machte, daß ich rauskam.

4

Der Typ in der Corvette beobachtete mein Herankommen durch eine rosa-getönte Sonnenbrille. In diesen Breitengraden hatte man die Sonne seit November nicht gesehen.

Er hatte eine schmierige Visage und trug ein Toupet, das ihn vor zehn Jahren einiges gekostet haben mußte, aber es war nicht ergraut wie seine Koteletten. Es sah aus, als kauerte eine zornige schwarze Katze auf seinem Kopf. Er trug einen blauen Freizeitanzug über einem weißen Rollkragenpulli – Junge-Männer-Kleidung. Er war über vierzig.

Ich merkte nicht, daß der Motor lief, bis ich direkt daneben stand. Er hätte das Summen einer Digitaluhr an seinem Armaturenbrett hören können, wenn er eine hatte, die funktionierte; und ich wette, er hatte eine.

»Wegen Fern hier?« Ich schob mir eine Kippe ins Gesicht. Er war herübergerutscht, soweit das die Konsole erlaubte, und ließ das Beifahrerfenster herunter, um meine Hypothese mitzukriegen. Er betrachtete die Frage von beiden Seiten. »Yeah«, sagte er dann sehr vorsichtig.

»Hoffentlich haben Sie Ihre Stützräder dabei.«

Er kaute immer noch daran, als die Lady aus dem Haus kam. Unter einem langen grauen Mantel mit hochangesetzter Taille guckte ein violetter Rocksaum hervor und darunter schwarze Lederstiefel mit Pfennigabsätzen. Für einen Basketballprofi war sie immer noch zu klein. »Wie ich sehe, habt ihr euch schon miteinander bekannt gemacht?«

»Wir haben drei Worte gewechselt.«

Es beschäftigte sie nicht allzu lange. »Ernie begleitet mich auf eine Party.«

»Wo, in der Intensivstation?«

»Wer ist dieser Typ?« wollte Ernie wissen. Er hatte sich nicht gerührt, außer, um die Beifahrertür zu entriegeln. Galahads wie er waren heutzutage so rar wie Reißverschlüsse.

»Sein Name ist Walker.« Sie sah mich mit diesem Zuckerwattelächeln an. »Er sagt, er sei Detektiv.«

»Oh, wirklich! Gott sei Dank! Meine Brieftasche hab ich noch.« Ernie war sehr witzig.

»Was macht jemand wie Sie, wenn er nicht gerade damit beschäftigt ist, rumzuschnüffeln?« fragte er.

»Er sammelt blaue Flecken.«

»Hey, versuchst du etwa, den Typ auf meine Kosten abzuschleppen?« schaltete sich Ernie ein.

Sie ignorierte ihn. »Ich nehme an, daß Ihre Nummer im Telefonbuch steht. Vielleicht mach' ich davon Gebrauch.«

»Vielleicht gehe ich ran.« Ich öffnete ihr die Tür. Sie stieg ein und sah mich an. »Ich mein' das ernst. Wir könnten einen trinken gehen oder so.«

»Gönn meinem Nacken eine Pause und laß die Absätze zu Hause.«

Das Lächeln wurde ihr zu schwer. Sie gab es auf und knallte die Tür zu. Ich konnte gerade noch die Finger wegziehen. Ernie versuchte, mich mit den Hinterrädern vollzuspritzen, aber ich sprang zurück und rettete alles oberhalb meiner Knie. Ich stand im nassen, gefrorenen

Gras. Ich sah sie davonfahren und naß werden und rauchen und über mein Talent, die falschen Dinge zu sagen, herziehen.

Die schlechtgelaunte Skyline von Windsor blickte finster über einen gußeisengrauen Lake St. Clair; seine Oberfläche war durch Wind und Hagel in kleine zaghafte Wellen unterteilt, die das Ufer von Grissoms Garten berührten und sich schnell wieder zurückzogen, um ihren Artgenossen davon zu berichten. Das Anwesen bestand aus einer gepflasterten Sackgasse, die von der East Jefferson auf das Grundstück führte, einem Haus, dessen viktorianischer Giebel-Wirrwarr mit Türmchen und rostigen Spitzen den Möwen das Nisten vermieste, einem Privatanleger, einem Bootshaus, einer Garage und einer kleinen Hütte, in der die Badegäste aus ihren nassen Schwimmsachen in trockene Martinis steigen konnten. Es gab nicht einmal einen Heliport.

Der Junge, der vor der Garage herumbastelte, hatte mein Kommen nicht bemerkt. Er hätte nicht einmal einen russischen Erstschlag auf sein Garagendach gehört. Er stand neben der offenen Haube eines knallroten Schneemobils und lauschte dem Motorengeheul.

»Erwarten Sie Schnee?« brüllte ich hinter seinem gebeugten Rükken. Er schnellte hoch wie eine Vietcong-Schlinge und wirbelte herum. Wir standen uns gegenüber. Man mußte schon ein paar Meilen zurücklegen, um jemanden zu finden, der weniger Ähnlichkeit mit Clark Gable hatte. Lange, aschblonde Haare, die hinter seinen Ohren klebten und im Ansatz die Vorstufe einer Glatze erreicht hatten, ein langes Akne-vernarbtes Gesicht, schlaff herunterhängender Schnurrbart, langer Oberkörper und lange Beine, darüber eine Baumwolljacke mit Schaffellkragen, dreckige Jeans und braune Cowboystiefel, die sich vorne wie ein Schnabel spalteten und an den Hacken abgeschlurft waren. Scharfe Augen unter schweren Lidern. Ungefähr dreißig. Er sah, daß ich ganz ruhig mit offen herunterhängendem Mantel und den Händen in meinen Hosentaschen dastand, und entspannte sich. Er hatte einen schweren Schraubenschlüssel in der Hand.

»Irgendwann muß er ja kommen«, sagte er. »Und wenn er da ist, bin ich gewappnet. Wollten Sie zu mir?«

»Ja, wenn Sie Rhett Grissom sind.«

»Das kommt darauf an, ob Sie Bulle sind oder nicht.«

»Seh ich wie einer aus?«

»Sie sehen nicht wie einer aus, der keiner ist. Haben Sie einen Ausweis?«

»Das würde auch nichts nützen. Ich bin ein Privater. Sie haben sicherlich gehört, daß Bud Broderick weg ist.«

»Ich wußte nicht einmal, daß er da war, um das mal klarzustellen.« Er schnappte sich einen weißen Baumwollfetzen und wischte seine Hände ab. Seine Hände waren sauber.

»Er *war* da – er war sogar hier. Er kam vor einigen Monaten mit seiner Stiefschwester zu einer Ihrer berühmten Partys. Fern Esterhazy. Sie stellte ihn einem anderen Gast vor, Paula Royce. Die zwei haben die Fliege gemacht.«

»O Mann, ich weiß doch nicht mal mehr, wer letzten Samstag auf meiner Party war.«

»Das kommt von den Tabletten. Sie sollten mal eine Weile damit aussetzen.«

Seine Augendeckel flatterten. »Welche Tabletten?«

Irgendwie hatte ich gewußt, daß das seine nächsten Worte sein würden.

»Die Royce war ständiger Gast auf Ihren Rauschebällen. Wir wissen beide, daß sie nicht wegen des guten Essens oder der anregenden Konversation kam. Ich werde Sie nicht reinlegen. Die Bullen hören sowieso nicht auf mich. Ich will nur wissen, ob Sie sie auch sonst beliefert haben und wenn nicht, wer dann.« Ich machte eine Pause, um zu schlucken. »Würden Sie bitte den Motor abstellen? Ich fange an, meine Mandeln zu spüren.«

Er fluchte zwei Wörter, die im Krach untergingen, beugte sich über den Motor und griff seinen Schraubenschlüssel. Ich langte über seine Schulter und flirtete mit dem Gashebel an der Lenkstange. Die Maschine machte einen Satz nach vorne. Grissom verlor die Balance und fiel mit dem Gesicht nach unten auf den nassen Asphaltboden. Das Vehikel versuchte, die Garagentür hochzuklettern, stockte und kippte um. Man konnte den Krach bis Lansing hören.

»Verdammter Hurensohn!« heulte Grissom und schlug mit dem Schraubenschlüssel nach meinem Schienbein. Ich sprang drüber, trat gegen den Arm, mit dem er sich abstützte, und stellte einen Fuß auf sein Handgelenk. Ich fand einen Platz für den anderen Fuß auf seinem Hinterkopf. Zähne knirschten auf Asphalt.

»Paula Royce«, sagte ich. »Hast du sie beliefert?«

Er stützte die freie Hand wieder auf den Boden und versuchte, mich runterzuwerfen. Ich trat mit dem Fuß, den ich auf seinem Hinterkopf hatte, wieder dagegen und nahm meine alte Position ein, nachdem sein Brustkorb auf den Boden geklatscht war und sich seine Lungen mit einem animalischen Grunzen geleert hatten. »Wer versorgt sie?«

Ich verlagerte mein Gewicht auf seinen Kopf.

Er machte ein unverständliches Geräusch als Zeichen für seine Kapitulation, und nachdem es sich zu einem flehenden Wimmern gesteigert hatte, nahm ich den Fuß von seinem Kopf und zog ihn am Kragen hoch. Als er wieder auf den Beinen war, versuchte er nochmals, mit dem Schraubenschlüssel auf mich einzuschlagen. Ich fing seinen Arm ab und drehte ihn auf den Rücken. Das Eisen fiel klirrend zu Boden. »Laß uns reingehen«, befahl ich.

Er war sehr leicht zu lenken, wenn man seinen Arm hochzog und schob. An der Hintertür des Hauses fragte ich: »Machst du sie auf, oder soll ich das mit deinem Kopf erledigen?«

Er machte es lieber selbst. Wir betraten eine Küche, kaum größer als das GM-Building, die durch ihre Einrichtung an Artus' Tafelrunde erinnerte. Großer antiker Tisch und Stühle, offene Feuerstelle, Hackblock aus Ahornholz und krähende Hähne auf den Vorhängen. Der moderne Kühlschrank und der Mikrowellenherd wirkten wie aus einer Zeitmaschine gefallen. Der Kamin war in Betrieb; es war dreißig Grad wärmer als draußen, und der Geruch von brennendem Holz weckte in mir die Erinnerung an eine Kindheit, die ich nie hatte. Ich pflanzte ihn auf einen der Stühle, kontrollierte die Speisekammer und steckte meinen Kopf durch die Tür zum angrenzenden Zimmer. Das Eßzimmer. Ein Kronleuchter hing über einem dieser langen Tische, wie man sie in Bugs-Bunny-Cartoons sieht. Er war leer.

»Wo ist der Butler? Draußen, mit dem Wellensittich Gassi gehen?«

»Wir hatten keinen Butler mehr, seit ich sechs war.« Er spuckte Dreck und Blut aus; dann kaute er auf seinen Lippen. »Das Mädchen ist einkaufen oder so.«

Ich drehte mir einen Stuhl herum, bestieg ihn wie Randolph Scott und faltete die Hände auf dem Rücken. »Also?«

Er bearbeitete seinen schmerzenden Arm und verzog das Gesicht. »Ich hab' sie nicht beliefert. Ich weiß auch nicht, wer ihr Dealer war oder ist. Ich hab' sie seit Wochen nicht gesehen. Sie war auch letzten Samstag nicht hier. Selbst wenn dieser Bud da gewesen sein sollte – ich weiß nichts davon.«

Ich zeigte ihm das Bild. Er sah es kurz an und schüttelte den Kopf. »Woher kennst du Paula Royce?«

»Sie fing einfach an, auf Partys zu erscheinen. Nicht nur auf meinen. Überall, wo's Tabletten gab – klar, so im nachhinein fällt's mir auch auf. Eine unter vielen. Mann, Sie haben mir fast den Arm gebrochen, ist Ihnen das klar?«

»Wenn ich's gewollt hätte, hätt' ich's getan. Wer beliefert dich?«

Er sah mich an, und auf einmal hatte er keine schweren Augenlider; er hatte überhaupt keine Augenlider mehr. »Vergessen Sie's. Brechen Sie mir den Arm, wenn Sie wollen. Brechen Sie beide. Ich hab' Maulsperre.«

»Nun werd mal nicht dramatisch. Die bringen dich nicht um, nur weil du einen Namen fallen läßt. Schon mal im Knast gewesen?«

»Weswegen? Sie sind derjenige, der mein Schneemobil kaputtgemacht hat. Ersetzen Sie mir den Schaden, nebenbei gefragt?«

»Bitte Mami und Pappi, dir ein neues zu kaufen. Ich rede vom Vertickern rezeptpflichtiger Drogen.«

»Ich hab' das mal gemacht. Im ersten Collegejahr. Verdammt, das ist zwölf Jahre her. Kinderstreiche.«

»Die dich geradewegs an einen bestimmten Ort befördern, wenn du noch mal auf die Schnauze fällst.«

Er grinste. Sein Schnurrbart war voller Granulat.

»Mein Vater speist mit dem Polizeichef.«

»Wahlkampf«, erinnerte ich ihn. »Man kann das Mittagessen nicht zwischen Wahlurne und Stimmzetteln einnehmen. Wenn die Bullen in Grosse Pointe genauso sind wie die Bullen in Detroit – und sie trinken alle das gleiche Bier und feuern das gleiche Footballteam an – dann beobachten sie dich bereits. Deine Alten sind in Hawaii. Du hast wahrscheinlich schon angefangen, für Samstag vorzusorgen. Angenommen, ein solider Bürger flüstert irgendeinem Beamten zu, daß eine Hausdurchsuchung bei den Grissoms eine erfolgreiche Woche verspräche. Heute ist Mittwoch. Da gibt's Putenrolle im Wayne Country Jail. Magst du doch, oder?«

Sein Grinsen wurde noch breiter. Er rutschte in eine lässige Haltung, schlug die Beine übereinander und wippte mit dem oberen. Lange schlanke Finger mit ungepflegten Nägeln trommelten auf den Tisch. Er pfiff ›Judy in Disguise‹ durch seine Zähne. Dann stellte er die Beine gerade, setzte sich auf und starrte auf meinen Nasenrücken. »Moses True.«

»Versuch's noch mal. True drückt ausschließlich in der Zwölften. Die würden ihn daran hindern, seine Hunde hier auszuführen.«

»Komm schon, Mann. Woher sollte ich sonst seinen Namen kennen?«

Ich trommelte selbst einen Marsch auf die Tischplatte. »Letzte Weihnachten hat er noch in der City gearbeitet. Wen sollte er hier ersetzen?«

»Jemanden, dessen Namen Sie nicht aus mir rausprügeln müssen. Johnny Ralph Dorchet.«

»Bei manchen Namen klingelt es sofort. Dieser hier versetzte mich ein Jahr zurück, in die Zeit um Neujahr. Damals hatte ich auf dem Bildschirm verfolgt, wie drei in Plastikplanen eingewickelte Leichen aus einer Wohnung in der Erskine getragen und in einen Rettungswagen verfrachtet wurden. Eine der drei war die Leiche von Johnny Ralph Dorchet. Die Welt war auf einmal interessanter. Ich schwang mich vom Stuhl und beugte mein Gesicht nah an das von Grissom.

»Wohnt True noch in der Zwölften?«

»Wie, zum Teufel, soll ich das wissen? Er wickelt keine Geschäfte in seiner Wohnung ab. Er ruft mich an, und wir machen jedesmal einen anderen Treffpunkt aus.« Er zog sein Kinn ein, um eine Kollision zu vermeiden.

Ich ging noch näher ran. Manche Kniffe aus der Grundausbildung vergißt man nie.

»Wenn er mich schon erwarten sollte, komm' ich zurück und sorge dafür, daß du dein Telefon frißt – Stück für Stück.«

»Sie werden ihm ja wohl nicht erzählen, woher Sie seinen Namen haben, oder? Sie mögen recht haben, daß er mich nicht umbringt, aber es gibt noch genug andere Sachen, die er mit mir machen kann.«

»Ehrlich, Rhett, das interessiert mich einen Scheißdreck.«

Er rümpfte die Nase. »Haha, wie lustig. Den kannte ich schon.«

Ich ging zu meiner Karre. Das Schneemobil lag auf der Seite; die Scheinwerfer waren zersprungen und ein Ski war gebrochen. Die Garagentür hatte wahrscheinlich auch ein paar Kratzer abbekommen.

Die Dämmerung kroch aus den Ecken. Jenseits des Lake St. Clair, der jetzt so schwarz schimmerte wie ein Paar neue Galoschen, besprenkelten erste Lichter das kanadische Ufer.

Nachtschattengewächse wie Moses True stehen jetzt auf, fixieren ihren Kleiderschrank und überlegen, ob sie den Mantel mit Hermelinbesatz oder die lila Weste anziehen sollen. Ich entschloß mich, meinen Besuch auf den Morgen zu verschieben. Man jagt Vampire nicht bei Nacht.

5

Mein Zuhause ist ein Dreizimmerschuhkarton auf der Westseite von Hamtramck, ganz in der Nähe von Poletown, wo die Abrißbirne historische Häuser, Kirchen und Läden in Staub verwandelt – im Namen General Motors und des Ministeriums. Arbeitsplätze über alles. Es fing damit an, daß GM dem Bürgermeister ein neues Cadillac-Werk schmackhaft gemacht hatte, dann galoppierte der Schwarze Ritter des Enteignungsrechts einher und bot Abfindungen, die Lebensträume erfüllten; und zum Schluß wurden die hartnäckigen Bewohner, die nicht weg wollten, durch Brandstiftung und Terror vertrieben. Die Polizei schien nicht in der Lage, auch nur einen der Täter zu schnappen.

Zweimal wurde Einspruch gegen Enteignungsverfahren erhoben; zweimal wurde abgelehnt. Beide Gerichtskammern befinden sich in Detroit. Die Landräuber hatten also freie Hand, der Bürgermeister wurde von seinen Konsorten wiedergewählt, und alles wartete auf GMs nächsten Schritt. Und wartet noch.

Ich haute mir ein Steak in die Pfanne und aß es vom Tablett vor dem Fernseher, in dem gerade die Sechsuhrnachrichten mit Sandy Broderick liefen. Er, Barbie und ein Bubi im Blazer brachten eine Reportage über die Vorbereitungen für ein Rockkonzert live aus der Joe-Louis-Arena, diesem bereits zerbröckelnden weißen Riesenelefanten, für den der Steuerzahler nicht aufhörte zu zahlen. Alle Kommentatoren waren sich einig, daß dieses Konzert für Detroit ganz toll sei. Die Handelskammer gab viel Geld aus für Fernsehwerbung in den lokalen Sendern. Als die Nachrichten zu Ende waren, hatte ich die Wahl zwischen drei besinnlichen Weihnachtsprogrammen und einem Baseballspiel mit den Pistons. Ich schaltete den Apparat aus und meine energiesparende Anlage ein – ein Plattenspieler und zwei Boxen; kein Tapedeck, keine Filter, kein Laserdosenöffner – genehmigte mir einen doppelten Scotch aus der Flasche, die ich für Gäste aufbewahrt hatte, und hörte mir eine Platte von Lee Wiley an. Er sang gerade von der Straße der Träume. Der Scotch schmeckte nach mehr. Als das Glas zum zweiten Mal voll war, hielt ich es gegen das Licht und bewunderte den reinen Kupferton der Flüssigkeit. Es sah edel aus. Ich dachte nicht mehr an Tabletten und Leute wie Rhett Grissom und Moses True. Ich trank meinen Scotch und ging schlafen, als die Platte zu Ende war.

Das Wetter war nicht gerade erheiternd, als ich am nächsten Morgen aufstand; die Temperatur war zwar um einige Grade gestiegen – genug um die Straße vor meinem Haus abzutauen –, aber es blies ein heftiger Wind, der die Pfützen austrocknete und ein steriles, unbelebtes Grau zurückließ. Es erinnerte an ein verblaßtes Schwarzweißfoto von einer verlassenen Stadt und entsprach meiner Stimmung.

Ich trank Orangensaft und Kaffee zum Frühstück. Kauen war

schmerzhaft nach der vierfachen Scotch-Nacht. Mit ein paar Übungen turnte ich die Steifheit aus meinen Gelenken, duschte und verließ das Haus um sieben in meinen Ausgehschuhen. Um halb acht war ich, wo ich hin wollte – in der Zwölften Straße.

Auf den Schildern stand jetzt Rosa Parks Boulevard, so genannt, nach der Schwarzen, die alles ins Rollen gebracht hatte, indem sie sich weigerte, im hinteren Teil des Busses Platz zu nehmen. Aber abgesehen davon, hatte sich hier seit dem hitzigen Sonntagmorgen im Juli 1967 nichts verändert. Damals zerschlug eine Flasche das Rückfenster eines Polizeiwagens, der von der Economy Printing Company geparkt war, und löste einen acht Tage langen Straßenkampf aus, bei dem dreiundvierzig Menschen ums Leben kamen und durch den Detroit sein ›Murder-City‹-Image erhielt. Ausgebrannte Ruinen waren die einzigen Zeugen einer Revolution, die zu stinken begann. Jetzt verrotteten sie langsam hinter den glitzernden Fassaden der Henry-Ford-Jr.-Renaissance.

Als ich Moses True das letzte Mal einen Besuch abgestattet hatte, wohnte er über einer Münzwäscherei in einem zweistöckigen Backsteinhaus, das einmal drei Stockwerke hatte, bevor ein frustrierter Minderheiten-Typ einen Molotowcocktail für ein Fenster der obersten Etage bastelte. Das Haus wirkte nackt und klobig; typisch für diese Schnellrenovierungen. Ich ging an dem geschlossenen Waschsalon vorbei, öffnete die Haustür – das Schloß war defekt – und stieg die steile, mit Linoleum ausgelegte Treppe hinauf. Der Flur in der zweiten Etage roch nach Kippen und altem Heftpflaster. Ich bemühte mich gar nicht, leise zu sein, als ich den Flur entlanglief, denn die alten, quietschenden Dielen unter dem Linoleum hätten mich sowieso verraten. True war das gerade recht; nachdem die Bars sonntags um zwei Uhr nachts dichtgemacht hatten, verwandelte er seine Bude in einen illegalen Alkoholausschank für die Trinker, die noch nicht nach Hause gehen wollten, und dann war es sehr nützlich, die Schritte großer Bullenfüße früh genug zu hören, um das Beweismaterial verschwinden zu lassen.

Die Hunde schlugen in der Sekunde an, in der ich die Tür erreichte. Moses True hatte gern Hunde um sich; große Hunde, kleine Hunde, Hunde in Zwischengrößen, junge Hunde, die immer läufig waren, alte Hunde, mit nur einem Auge und ohne Zähne. Aber meistens laute Hunde. Er hatte sich wegen seiner Hunde schon etliche Bußgeldbescheide eingehandelt, aber bislang war nicht ein lausiger Dollar von Moses True in die Staatskasse geflossen. Ich klopfte, bevor mir klar wurde, wie überflüssig das war. Das Bellen verwandelte sich in hysterisches Kläffen. Ich gab meinem Gastgeber ein paar Minuten, um in seine Hosen zu steigen, dann klopfte ich ein zweites Mal. Pfoten kratzten innen an der Tür. Noch ein paar Minuten, dann nahm ich meine Lizenz aus der Brieftasche, drehte den Türknauf und schob die Karte zwischen Schnapper und Türblatt. Ich brauchte nur zweimal so lange, bis es schnappte, wie die Privatdetektive im Fernsehen. Ich langte unter meinen Mantel, griff meine Smith & Wesson, die im Gürtelholster steckte, und öffnete die Tür einen Spalt. Eine schwere Schnauze und gelbe Fangzähne versuchten, sich zwischen meinen Beinen hindurchzukämpfen. Ich gab der Schnauze einen leichten Tritt, und ihr Besitzer schreckte heulend zurück. Ich trat schnell ein und lehnte die Tür an. Ein bestialischer Gestank schlug mir ins Gesicht wie eine Ohrfeige.

Tiere zur Stubenreinheit zu erziehen, war nicht gerade Trues Spezialität. Die Wohnung, die aus einem einzigen Raum mit verrußten Fenstern bestand und die gesamte Etage einnahm, war eine Hindernisstrecke aus aufgereihten Hundehaufen und Urinpfützen zwischen den Falten eines dünnen Teppichs, über dessen Originalfarbe man sich streiten konnte. Hundehaare bedeckten nicht zueinanderpassende Sessel mit aufgerissenen Sitzkissen. Schlammig-braune Pfotenabdrücke zierten die Kühlschranktür und die Blechplatte des Küchentischs. Baumwollfetzen, die einmal weiß waren, und fleischfarbene Schaumgummistücke waren über den Boden verteilt; Anzeichen für einen unlängst ausgetragenen Kampf mit einem Kissen. Das Ganze war noch schlimmer, als ich es in Erinnerung hatte. Seine alkoholisierten Kunden mußten schon zu drei Vierteln besinnungslos sein, ehe sie hier heraufkamen. Ich schüttelte einen weißen Terrier ab, der versucht hatte, mein Bein zu berammeln, und glitt an der Wand entlang zu der Ecke, wo ein zerlumpter Vorhang den Schlaf- und Waschbereich abteilte. Meine Blicke hingen an einem achtzig Pfund schweren, braunen Labrador, der mich knurrend mit seinen gelben Augen von der Mitte des Zimmers aus verfolgte. Ich machte einen Bogen um etwas, das aussah wie eine Kreuzung zwischen einer Ratte und einem Mexikanischen Kurzhaar und sich hingehockt hatte, um den Teppich zu wässern. Eine mittelgroße Promenadenmischung mit eckigem Kopf und neutraler Farbe saß daneben und sah mich gelangweilt an. Ich griff den Revolver fester und zog den Vorhang zur Seite.

Ein nacktes Mädchen mit einem Mopp aus krausen blonden Locken saß im Bett und hatte den Rücken so nah an das Kopfteil gepreßt, wie es nur möglich war, ohne daß eine Delle zurückblieb.

Sie starrte mich an mit Augen, so groß wie die Spiegeleier, die ich nicht zum Frühstück hatte.

Sie bedeckte ihren Busen mit einem Laken, aber ich konnte ihre Rippen sehen. Sie konnte nicht mehr als der Labrador wiegen, dessen Motor immer noch auf Hochtouren lief. Ihr Brustkorb hob und senkte sich nervös. Neben ihr, auf seinem Bauch ausgestreckt, fast so dünn und genauso nackt, lag ein schmächtiger Mann, dessen Haut von der verfilzten Naturkrause bis zu den Fersen, wo die staubigen rosa Fußsohlen anfingen, von einem gleichmäßigen, tiefen Braun war. Die Matratze zitterte unter seinem saftigen, dröhnenden Schnarchen. Moses True, der Schrecken der Zwölften Straße.

Ein verwaschenes Hemd und schmutzige Jeans, die jedem von ihnen gehören konnten, lagen auf dem Boden neben dem Bett. Da sie auf der Seite des Mädchens lagen, hob ich sie auf und warf sie ihr in den Schoß. Sie fing an zu wimmern. Jetzt bemerkte ich, daß ich immer noch die Knarre auf sie gerichtet hielt, und nahm sie runter. »Ich bin nicht hier, um jemanden erfrieren zu lassen.«

Ich sprach laut, um mich bei dem Gekläffe verständlich zu machen. Es ließ etwas nach. Die Hunde gewöhnten sich an mich; alle, bis auf den braunen Lab. Ich behielt ihn im Auge. »Ich muß ein Geschäft mit dem Valentino da abwickeln. Warum schlenderst du nicht runter zum Renaissance Center und wartest auf die Mittagskundschaft.«

»Ich bin keine Nutte«, sagte sie nach einer Weile. Ihr scharfer Tennessee-Akzent konnte Glas schneiden.

»Ich lege meinen Zweifel zu deinen Gunsten aus. Donnere dich auf. Ich würde mich auch umdrehen, nur sieht mein Rücken so albern aus, wenn ein Messer drinsteckt.«

Sie zog sich an, schlängelte sich in das zugeknöpfte Hemd, als wäre es ein Pullover, schlüpfte in einen ausgelatschten Turnschuh, fand den anderen unterm Bett, zog auch den an und verließ die Wohnung ohne Mantel. Die werden hier hart gemacht. Die Hunde schnüffelten an ihren Hacken und ließen sie durch. Ich verfolgte ihre Schritte im Flur und die Treppe hinunter; dann hörte ich die Haustür zuschlagen. Mit einem festen Griff packte ich die Matratze, auf der True klebte, und zog sie mit einem Ruck vom Bett. Er rollte herum und landete mit seinem Rücken auf dem Boden. Der Raum bebte ein bißchen, nicht sehr. Angezogen und mit Brieftasche wog er nicht mehr als hundert Pfund.

Er erwachte mit einem »Uufz«, sah sich verwirrt um – und verkroch sich unters Bett. Ich glaubte nicht, daß er nach seinem Teddy suchte. Als er wiederauftauchte und mit einer vernickelten 357er Magnum herumwedelte, lehnte ich schon über seinem Bett und hielt ihm die Mündung meiner 38er auf die glatte Stirn. Ich spannte den Hahn – sehr effektvoll.

»Im Leichenschauhaus wird man dich lieben«, erzählte ich ihm. »Die müssen dich für die Autopsie nicht mal ausziehen.«

Er war dreckig, aber nicht blöd. Er legte seinen Revolver auf das Bett und hob die Arme. Er kniete auf dem Boden. Ich richtete mich auf und hielt ihn weiterhin in Schach, aber aus einer etwas bequemeren Entfernung. Die Mündung hinterließ einen blassen Kreis auf seiner Stirn, der sich sofort wieder mit braunen Pigmenten füllte. Er hatte ein spatenförmiges Gesicht, das unter den breiten Augenbrauen, den weit auseinanderstehenden Augen und den hohen Wangenknochen zu einem spitzen Kinn zusammenlief. Ein Ausdruck von Wiedererkennen sickerte in seine Augen. »Yeah«, sagte er gedehnt. »Ich kenne Sie.«

»Amos Walker. Wir haben uns kennengelernt, als du noch auf der anderen Seite von Murray High deinen Rauschmist vertickert hast. Und nicht nur das – Mädchen auch. Zu dumm. Eine davon war die Ausreißerin, die ich gesucht hatte.«

»Mensch, einer muß sich doch um die Charakterbildung dieser Kinder kümmern. Ist die wieder abgehauen?«

»Wahrscheinlich. Das ist der Normalfall. Ich suche jemand anderes. Einen Typ namens Bud Broderick.«

Der große Hund knurrte immer noch. Ich achtete nicht mehr drauf. Er war genau wie sein Herrchen – große Klappe und nichts dahinter.

»Kenn' ich nicht, den Typ«, sagte True.

»Nein? Wundert mich, daß Paula Royce niemals von ihm gesprochen hat.«

Den Namen kannte er. Seine Augen wanderten zur Magnum, die noch immer auf dem Bett lag, und dann verstohlen zurück zu meinem Gesicht. Ich tat so, als hätte ich es nicht bemerkt.

»Ich bin nicht auf dich angesetzt. Ich bin kein Bulle. Es ist mir völlig egal, wer auf der Zwölften und in Grosse Pointe dealt, weil es dort immer einen Dealer geben wird. Ich suche einen Typ, von dem diese Frau wahrscheinlich mehr weiß. Sie ist tablettensüchtig, und du belieferst sie. Alles, was ich will, ist ihre Adresse.«

Er sprang nach seiner Knarre, und meine bekam er ins Gesicht. Nur ein leichter schneller Hieb, der jedoch ein bißchen Fleisch von seinem Nasenrücken mitnahm.

Blut lief an seinen Nasenflügeln entlang und tropfte aus den

Nasenlöchern. Er zeterte wie eine Frau und schlug beide Hände vors Gesicht.

»Du bist leicht zu durchschauen, Moses.« Ich hob die Magnum auf. »Paula Royce, wo wohnt sie?«

»Faß, Grog!«

Ich drehte mich zu dem zähnefletschenden Lab. Das war ein Fehler, und bevor ich ihn korrigieren konnte, sprang der gelangweilte Bastard mit dem eckigen Kopf aus dem Sitz zwei Meter zu meinem rechten Arm und biß sich darin fest. Das Biest bestand nur aus Kiefern und Zähnen. Es hing geradewegs an meinem Arm und quetschte ihn mit dem ganzen Enthusiasmus, mit dem eine Mexikanerin Maiskörner mahlt. Mein Handgelenk wurde unter dem Druck gefühllos. Der Hund gab überhaupt keine Laute von sich, außer wenn er Luft durch seine geweiteten, feuchten Nasenlöcher einsog. Ich fühlte die Smith & Wesson aus meiner Hand rutschen. True stand auf, um sie zu schnappen.

Ich jonglierte die Magnum in meiner linken Hand, bis ich sie am Lauf zu fassen bekam, und knüppelte auf den Hundeschädel ein. Er wimmerte ganz hinten in der Kehle. Ich hämmerte weiter. Er japste, und sein Gebiß entspannte sich etwas; dann rutschte er ab und nahm meinen halben Mantelärmel mit. Während er fiel, drehte ich die Magnum wieder in Schußrichtung und spannte sie etwas unbeholfen mit dem linken Daumen. Das Klicken ließ einen kleinen, nackten, braunen Mann mitten in seiner Bewegung erfrieren; Knie gebeugt, die Hände nach der Knarre in meiner Rechten ausgestreckt und das Gesicht blutverschmiert.

In der Mitte des Zimmers bewegte sich der Labrador, um seine Pfote zu lecken.

Ich hechelte wie ein Sprinter und zog meinen Fuß unter dem bewußtlosen Mischling weg. Er blutete im Nacken, und seine Zunge hing zwischen braunen Zähnen heraus, aber sein Brustkorb bewegte sich noch. Mein rechter Ärmel hing in Fetzen herunter. Soviel ich sehen konnte, war meine Haut verschont geblieben. Ich hielt immer noch die 38er, ohne daß sie mir mit dem lahmen Arm etwas nützte. »Was zum Teufel ist das?« Ich gab dem Hund einen leichten Stups mit dem Fuß.

»Bulldogge und noch etwas anderes. Wenn es nur Bulldogge wäre, hätten Sie ihn noch immer am Ärmel.« True leckte seine Lippen, sah den Hund an und dann mich. Die Bewegung war seltsam hündisch. Er lebte schon zu lange mit diesen Viechern. »Wenn er krepiert –«

»Vergiß es. Der hat einen Schädel wie ein preußischer Helm. Wo ist Paula Royce?«

Er verbrauchte etwas von der lausigen Luft im Raum, ohne zu sprechen. Ich machte eine dieser Bewegungen, wie man sie mit der Knarre eben drauf hat.

»Sie werden mich nicht erschießen, Mann. Die halbe Nachbarschaft wird Ihnen wegen dem Echo am Arsch kleben.«

Ich grinste. »Du hast zu lange in Grosse Pointe rumgelungert, Moses. Wenn die hier in der Gegend nicht jede Stunde einen Schuß hören, alarmieren sie die Polizei wegen Störung des Geräuschpegels. Wo ist sie?«

Er zögerte immer noch. Ich fühlte, wie das Blut stechend und kribbelnd in meinen rechten Arm zurückkehrte.

Es dauerte mir entschieden zu lange, ihm die Adresse einer Kundin aus der Nase zu ziehen. Ich richtete die Mündung der Magnum auf seine linke Kniescheibe und fing langsam an zu drücken. Er sah, wie mein Finger auf dem Abzug weiß wurde und platzte mit einer Nummer und dem Namen einer Straße in Iroquois Heights heraus.

Ich entspannte meinen Finger, ohne die Waffe zu bewegen. »Das ist weit über die Kreisgrenze. Seit wann lieferst du über diese Entfernung?«

»Mann, ich habe viele neue Kunden da draußen. So baut man Handel auf.«

Schweißtropfen glitzerten wie Diamantenstaub auf seiner Stirn. Ich richtete den Lauf nach oben und entspannte sachte den Hahn. »Mann«, äffte ich ihn nach, »ich hoffe, du bescheißt mich nicht.«

»Man nennt mich nicht umsonst True.« Ein bescheidener Mann war Moses True – tralalalala. Ich sah ihm genau in die Augen.

»Warum so zugeknöpft, True? Neue Kunden kannst du immer haben.«

Er kratzte sich abwesend. »Wahrscheinlich bin ich mit dem falschen Fuß zuerst aus dem Bett gefallen.«

»Wahrscheinlich. Aber du bist doch gar nicht so ein harter Junge. Wer hat Johnny Ralph Dorchet ins Jenseits befördert?«

»Alte Hüte, Walker. Sogar die Bullen haben sich zu guter Letzt von dem Fall losgerissen.«

Die Frage schien ihn nicht überrascht zu haben. »Pointe war Dorchets Revier«, sagte ich. »Anderthalb Minuten nachdem die Notärzte damit fertig waren, ihn und seine Geschäftspartner von der Wand seiner Wohnung in Erskine abzukratzen, warst du schon da, um seine Trümpfe auszuspielen. Du mußt schon seit Monaten in den Startlöchern gehockt haben.«

»Nicht ganz. In der Nacht, als sich Johnny und seine Blutsbrüder diese Erkältung zugezogen haben, saß ich wegen unbezahlter Bußgelder im Knast.«

»Wer hat dich denn da reingebracht? Du selber?«

Er zog die Lippen zurück, bis das schwarze Zahnfleisch freilag. »Ein glücklicher Zufall. Ich wurde angehalten, als ich bei Rot über die Ampel bin. Die hatten einen Haftbefehl gegen mich.«

»So unglücklich wie ein Hauptgewinn. Du bist doch nicht einfach in Dorchets Plateausohlen gestiegen, ohne daß dir einer den Schuhlöffel gehalten hat. Wer war's?«

»Ich hab' nur ein Vakuum ausgefüllt, Boss, nur ein Vakuum ausgefüllt.«

Ich gab auf. Er war mir zu verspielt für jemanden, der mit Blut im Gesicht am falschen Ende eines Colts stand. Ich steckte die Smith & Wesson zurück ins Holster und untersuchte meinen Unterarm. Er war ein einziger blauer Fleck bis zum Ellbogen, aber ich konnte meine Finger bewegen, und keine wichtigen Knochen schienen gebrochen zu sein. Der Köter zu meinen Füßen kam wieder zu Bewußtsein. Er zuckte mit den Beinen und schmatzte mit den Lippen wie ein alter Mann, der sich im Traum an das Leibgericht seiner Kindheit erinnert. Rückwärts suchte ich mir einen Weg zwischen den Tieren hindurch zur Tür. Der Lab stand auf und knurrte. Ich nickte in seine Richtung, als ich die Tür hinter mir öffnete. »Er und Beißer sollten mit ihrer Darbietung auf Tournee gehen.«

»Hey! Was ist mit meiner Knarre?«

»Halt auf der nächsten Polizeiauktion nach ihr Ausschau.«

Das Zuschnappen der Tür brachte die Hunde wieder in Fahrt. Auf dem Gehsteig vor dem Haus machte ich erst einmal Pause, um eine Lungenfüllung frischer kalter Luft einzuatmen. Ich wußte, daß noch etwas Zeit vergehen mußte und die eine oder andere Dusche angebracht war, bis der Gestank völlig verschwand. Ich fuhr mit der linken Hand, hielt am nächsten Briefkasten, wischte die schimmernde Magnum ab und warf sie durch den Schlitz. Da ich keine Zeit hatte, sie persönlich abzuliefern, war dies der schnellste Weg zur Polizeizentrale – vorausgesetzt, der Postbote war ehrlich.

6

Ich stand fast eine Stunde unter kochend heißem Wasser und schrubbte den Gestank aus meinen Poren, bis die Haut anfing, sich zu pellen; dann warf ich mich in einen sauberen Anzug und kratzte die

Kurve. Mein rechter Arm war mir bei all dem im Weg. Da ich mit ihm zur Zeit nicht schreiben konnte, machte ich mir gedanklich Notizen, die mich daran erinnern sollten, einen neuen Anzug auf die Spesenrechnung zu setzen.

Iroquois Heights war die richtige Gegend für jemanden, der vierzig Prozent Einkommensteuer zahlte und sich nicht darum kümmerte, in welchen Spielchen die Abgeordneten ihre Finger hatten, solange sie ihre freiwilligen Wahlhelfer von seiner Haustür fernhielten und den rauschgiftsüchtigen Nachbarsjungen von seiner Stereoanlage.

Es war eine dieser kleinen, zähnefletschenden Gemeinden, die per Fernsehspot Gesetzesbrecher davor warnten, sich in ihrer Stadt einzunisten, und die während des Wahlkampfes auch mal zubissen, indem sie an dem einen oder anderen Schandfleck Razzien durchführten. Es gab auch ein Lokalblatt, das politisch mal sehr hoffnungsvoll gewesen war und zu einer größeren Verlagsgruppe gehörte. Inzwischen hatten die Herausgeber steife Nacken vom Weggucken. Die Straßen waren sauber, die Häuser gepflegt, und jeder Block hatte eine junge Eiche in einem Pflanzkasten auf dem Gehsteig. Vom Bürgermeister bis zum Bullen an der Ecke konnte man den gesamten Ort mit einem Taschengeld kaufen.

Ich fuhr an dem Haus vorbei, parkte um die Ecke und lief zurück. Es war ein weißes einstöckiges Haus mit Fensterläden, die nur der Optik dienten und einer zum perfekten Kegel getrimmten Zeder im Vorgarten. Ein sechs Jahre alter Jeep Chirokee stand in der Asphalteinfahrt. An der Tür hing ein antiker Messingklopfer – älter als das Haus. Ich machte davon Gebrauch. Schlurfende Schritte waren zu hören, und Bud Broderick riß die Tür auf.

»Yeah?«

Ich blinzelte. Sein Gesicht war gerötet und etwas aufgedunsen, aber ich konnte Sandy Brodericks Augen erkennen. Bud hatte meine Größe, wog aber ungefähr zwanzig Pfund mehr als ich. Mindestens fünfzehn davon waren Babyspeck. Er trug ein offenes, weißes Hemd, braune Polyesterhosen und schwarze Socken zu braunen Freizeitschuhen. Sein flachsfarbenes Haar war durcheinander, und sein Atem hätte eine Polizeistreife vergiftet. Er taumelte ein bißchen, als er versuchte, sich auf mein Gesicht zu konzentrieren.

Ich besann mich endlich und streckte ihm meine Visitenkarte entgegen. »Frank Waxhouse von der Michigan Consolidated Gas. Kann ich einen Blick auf Ihren Zähler werfen?« Er brauchte eine Weile, um sich zu entscheiden, welche Karte er zuerst lesen sollte. Ich hielt aber nur eine in der Hand. Der Hausflur machte einen Knick hinter seiner linken Schulter, so daß ich nicht sehen konnte, was drinnen ablief. Ein Fernseher murmelte im Hintergrund.

»Wer ist da?« Die Stimme aus dem nicht einsehbaren Teil der Wohnung klang jung und weiblich.

»Der Gasmann.« Er schleuderte die Antwort über seine Schulter, ohne den Kopf zu drehen. Er hatte es aufgegeben, herauszufinden, was auf der Karte stand. Ich hätte ihm genausogut die des Enzyklopädischen Buchvertriebs geben können, ohne meine Berufsbezeichnung zu ändern.

»Das kann nicht sein«, rief die Stimme. »Die haben den Zähler letzte Woche abgelesen.«

Buds Körper straffte sich. Ich trat einen Schritt zurück. »Falscher Block. Da muß jemand Mist gebaut haben«, erklärte ich.

»Das glaube ich auch. Los, rein hier.« Plump bewegte er die rechte Hand und zeigte mir das leere runde Auge des Todes. Er hatte es hinter der Tür versteckt, und ich war zu sehr mit dem Gedanken beschäftigt gewesen, welchen Champagner ich von den tausend Dollar seines Vaters kaufen sollte, um es zu bemerken. Die Knarre wackelte ein bißchen. Ich hasse das. Er schwang zur Seite, als ob er in Angeln hinge, und ich trat mit erhobenen Armen an ihm vorbei ins Innere. Wäre er ein Professioneller gewesen, hätte ich ihm jetzt meine Ellbogen in den Magen gerammt und versucht, ihn zu entwaffnen. Aber bei einem Amateur war so etwas grob fahrlässig. Wahrscheinlich hätte er die Sonne durch meinen Körper scheinen lassen, nur weil er nicht wußte, daß ich Spaß mache.

Und wahrscheinlich hätte ich überhaupt nichts unternommen, weil es auf der ganzen Welt nichts Schlimmeres gibt, als vor einer Knarre in der zitternden Hand eines Besoffenen zu stehen. Er bugsierte mich durch einen kurzen Flur ohne Türen, der in einen sauberen, schuhkartongroßen Wohnraum mündete. Das Zimmer war mit zu vielen Möbeln vollgestellt, und im Schwarzweißfernseher lief eine Soap Opera. Bud war auf beide Wände angewiesen, um sein Gesicht vom Boden fernzuhalten. In einem Türrahmen auf der anderen Seite des Zimmers stand eine zierliche junge Frau in Sweatshirt und Jogginghosen. Sie hatte dunkle Augen und langes, glattes Haar mit einem Pony bis zu den Augenbrauen. Ihr Gesicht war dunkel und ebenmäßig, nicht geschminkt. Sie war barfuß.

Auf der Mattscheibe sandte Dr. Alan Drake der Frau seines Bruders, June, Grüße ins Krankenhaus und versprach, daß sie bis Februar schon wieder Reklame für Rotbäckchen werde machen können. Die Szene war besser gespielt als die, in der ich mich gerade befand. Ich fragte mich, wen Bud wohl erwartet hatte, daß er bewaffnet die Haustür öffnete. »Wenn das Bud ist, müssen Sie Paula sein.«

Etwas Hartes stieß in meine Nieren. Warum fühlen sie sich immer dazu veranlaßt, so etwas zu tun? »Bliebe übrig, wer Sie sind, es sei denn Ihr Name ist wirklich Waxhouse.«

»Ich heiße Walker. Ich spreche genausogut, wenn ich keinen Lauf im Rücken habe – manche sagen sogar, besser.«

»Ich nehm' Sie beim Wort. Wer hat Sie geschickt und wesch – weshalb –?«

Revolversprache. Sie hören das im Mittagskrimi und denken, es sei vorschriftsmäßig.

»Ich bin ein P. I. – das heißt Private Investigator. Die Betonung liegt auf privat. Keiner schickt mich irgendwohin. Ich bin von deinem Vater dafür bezahlt worden, dich zu finden.«

Er stieß einen lauten Seufzer aus. »Versuch's noch mal. Ich habe meinen Vater nicht mehr gesehen, seit ich ein Kind war.« Er stieß wieder zu. Langsam hatte ich genug davon.

»Vielleicht hat er einen Ausweis oder so.« Das Mädchen sprach mit einem leicht musikalischen Akzent. Man mußte sich konzentrieren, um ihn zu erkennen. Spanisch, aber weder puertorikanisch noch kubanisch – Akzente, die hier häufiger vorkamen. Komisch, was man sich in so einer Situation für Sorgen machte.

»Ich würde ihn gerne herausnehmen, wenn ich nicht befürchten müßte, daß mir der Sohn des ›Nestors unter Detroits Nachrichtensprechers‹ den Ausweis aus der Hand schießt – mit Umweg über meine Nieren.«

»Ich hole ihn heraus.« Sie machte ein paar Schritte auf mich zu.

»Bleib, wo du bist!« Plötzliche Panik schwang in seiner Stimme. »Ich mach' das schon.«

»Die Brieftasche ist in meiner linken Innentasche. Ich warne dich – ich bin kitzlig.«

»Halt die Schnauze!« Die Knarre wackelte beim Handwechsel. Dann glitt seine Rechte unter meinem erhobenen Arm herum in meine Brusttasche. Ich reagierte schnell.

Ich nahm meinen rechten Arm herunter, klemmte seinen ein, zog meinen linken nach vorne und stieß meine linke Schulter mit meinem ganzen Gewicht in seine Brust. Ein Stoß von heißem, abgestandenen Schnapsatem versengte meine Augenbrauen. Mit derselben Schulter stieß ich unter sein Kinn und nagelte seine Kiefer mit einem hohlen Knack zusammen. Dann ließ ich seinen Arm los, um ihm die Knarre aus der linken Hand zu schlagen. Es war ein 32er Revolver. Er hatte die Balance verloren und schwankte. Um ihm beim Fallen behilflich zu sein, gab ich ihm noch einen Handkantenschlag seitlich an den Hals. Er klappte zusammen wie eine Marionette.

Die Choreographie war gut, aber ich hatte einen der Tänzer vergessen. Ich wollte mich gerade umdrehen, als etwas durch die Luft zischte und ich in einem Regen heißer Funken explodierte, die niederfielen und sich in Dunkelheit auflösten.

7

Martha Southby aus El Dorado hatte schon das Eßgeschirr und den Küchenherd und sollte nun noch die Chance bekommen, eine Reise für zwei nach Jamaica zu gewinnen.

Ein paar Minuten lag ich da, hatte die Augen fest geschlossen, um sie gegen das Licht zu schützen, und fragte mich, wer um alles in der Welt Martha Southby war und warum ihre Glückssträhne überhaupt meine Aufmerksamkeit erregte. So langsam, wie ein Stein zur Erosion braucht, kam mir zu Bewußtsein, daß ich einer Quiz Show im Nachmittagsprogramm des Fernsehens lauschte. Mühsam öffnete ich die Augen, rollte sie in die Richtung, aus der die Stimmen kamen, wäre fast wieder ohnmächtig geworden und rollte sie in die andere Richtung. Ich erkannte den Teppich und die Möbel. Ich lag ausgestreckt auf dem Boden in Paulas Wohnzimmer mit einer Beule, so groß wie ein Cocker Spaniel, über dem rechten Ohr. Ich hob meinen schmerzenden Arm, um die klebrige Oberfläche der Beule zu berühren.

Wilder Schmerz durchzuckte meinen Schädel, und eine Welle von Übelkeit stieg mir die Kehle hoch. Ich schluckte sie wieder runter und stöhnte. Hundert Meter über mir bewegte sich ein Gesicht zwischen meinen Augen und der Decke. Ich konnte es wegen der Wolken nicht erkennen, aber ich wußte, zu wem das Sweatshirt und die Jogginghosen darunter gehörten. Meine Knarre hing locker an ihrer Seite herunter. »Können Sie sprechen?«

Wieder versuchte ich, ihren Akzent zu lokalisieren. Mexiko? Panama? Träge bewegte ich meine Zunge im Mund hin und her, um ihre Schlaffheit wegzutrainieren. »Hat Dr. Drake schon eine Heilmethode für June gefunden?«

»Was?«

»Ich glaube, Sie sprechen kein Delirium. Hören Sie nicht her.« Ich versuchte gar nicht erst aufzustehen. Viele Minuten, die ich damit zugebracht hatte, Zimmerdecken anzustarren, haben mich gelehrt, daß die Muskeln das letzte sind, was sich nach einem Schlag auf den Kopf wieder erholt. »Womit haben Sie zugeschlagen? Mit einem Reaktorkern?«

»Mit einem Messingaschenbecher.« Sie kicherte nervös, aber sie war kein Kichertyp, also klang es flach. »Ich rauche nicht einmal. Er gehört den Leuten, von denen ich das Haus gemietet habe. Sie waren fast eine Stunde bewußtlos. Ich habe einen Spiegel an Ihre Lippen gehalten, um zu sehen, ob Sie noch atmen.«

»Ich bin froh, daß ich nicht in dem Moment aufgewacht bin. Das hätte mich bestimmt so erschreckt, daß ich jetzt im Koma liegen würde. Wo ist Bud?«

Sie drehte den Kopf. Ich folgte der Bewegung, bis ich etwas Schnarchendes unter einer Decke auf dem Boden am anderen Ende des Zimmers liegen sah. Und ich dachte, das Geräusch wäre eine Folge meines dicken Kopfes.

»Ich habe versucht, ihn auf das Sofa zu schaffen. Klappte aber nicht. Ich glaube, er schläft erst mal seinen Rausch aus. Er hat einiges getrunken.«

»Sie hätten es mal mit mir versuchen sollen.« Ich fühlte nach meiner Brieftasche. Die Stelle, wo ich sie immer trug, war flacher als mein Ego. Sie bemerkte meine Bewegung. »Seien Sie ganz beruhigt. Ich habe Sie nicht beraubt. Ich gebe sie Ihnen zurück, wenn Sie gehen. Ich habe nach einem Ausweis gesucht. Sie sind also wirklich Privatdetektiv.«

»Investigator – P. I.«, korrigierte ich automatisch.

»Was ist der Unterschied?«

»In diesem Staat die Lizenz. Die Staatspolizei stellt so was aus, und weil es nun mal Bullen sind, werden sie wütend, wenn sich einer, der keiner ist, Detektiv nennt. Semantik.«

»Ist es wahr, daß Sie für Buds Vater arbeiten?«

Ich nickte und wünschte mir im gleichen Moment, daß ich es nicht getan hätte. Ich stützte die Hände auf und stemmte mich in so was wie eine Sitzposition. Meine Sinne summten herum wie aufgeschreckte Fliegen und beruhigten sich nur langsam. Ich fingerte nach meinen Zigaretten, fand die Schachtel und fühlte mich dann doch nicht danach, sie herauszunehmen – zu schwer. »Wovor hat er Angst?«

»Vor nichts«, sagte sie. »Er denkt, daß er mich beschützen muß. Deswegen ist er auch hier eingezogen. Das machen die Helden in diesen Schundheften, die er liest, immer so.«

»Brauchen Sie einen Beschützer?«

Sie lächelte, wie Mädchen lächeln. Rätselhaft nennt man das. Ich sagte: »Ich glaube nicht, daß es mich etwas angeht. Ich bin ja nur der Typ, dem das Hirn zertrümmert wurde, weil auch Sie dachten, ich wäre jemand, vor dem man Sie beschützen müßte. Der Typ, auf den Moses True seine Köter hetzte, weil ihm eine Anzeige wegen schwerer Körperverletzung lieber war als Ihre Adresse in meinem Notizbuch. Jemand muß ihm nicht nur Ihre Adresse gesteckt, sondern auch Grosse Pointe überlassen haben – samt diesem lauschigen Plätzchen als Bonus. Unterbrechen Sie mich, wenn Sie anfangen, mich zu verstehen.«

Sie saß im Schneidersitz neben mir. Sie war immer noch barfuß. Ihr Gesicht wirkte blaß – trotz der dunklen Hautfarbe, und die Knöchel an den Fingern, mit denen sie meinen Revolver umklammerte, waren weiß. Sie hatte ihn nicht auf mich gerichtet. Das war ein ganz neues Gefühl. Ihre Augen erforschten meine. »Moses True konnte meine Adresse nicht haben. Ich hab' sie ihm nie gegeben.«

Ich hatte mich genug erholt, um mir eine Winston herauszufischen. Ich hielt inne und sah sie an, dann riß ich ein Streichholz an. »Yeah, ich dachte, er verarscht mich, als er sagte, daß er hier ausliefert. Wahrscheinlich ist er Ihnen nachts mal gefolgt, nachdem Sie ihm was abgenommen hatten.«

»Warum sollte er das tun?«

Das war nicht einmal eine Frage, nur eine dieser Floskeln, die man ausspricht, weil man denkt, es würde von einem erwartet. Ich sog den Rauch die Gurgel runter und löschte das Streichholz. Ich sah mich um, fand den schweren Messingaschenbecher, mit dem ich bereits Bekanntschaft gemacht hatte, in der Nähe auf dem Boden und warf es hinein. Es gibt nichts Besseres als eine Zigarette, während der Kopf warmläuft.

»Ich glaube, Sie wissen ganz genau, warum«, sagte ich. »Falls Sie das Bedürfnis verspüren, mit jemandem außer dem guten alten Bud darüber zu sprechen, machen Sie hiervon Gebrauch.« Ich fand eine meiner Karten und hielt sie ihr hin. Sie nahm sie sehr vorsichtig an den Kanten, als wäre sie aus dünnem Glas. Sie studierte die Karte, senkte den Kopf, schien das erste Mal meine Knarre in ihrer Hand zu bemerken und gab sie mir – Griff zuerst.

Die Art, wie sie mit der Waffe umging, verriet, daß sie nicht zum ersten Mal so ein Ding in der Hand hatte. Ich stopfte diese Information in meinen geistigen Karteikasten – zur späteren Verwendung.

»Ich habe die Patronen herausgenommen. Es tut mir leid, daß ich Sie verletzt habe. Ich wußte doch nicht –«

»Es tut auch nicht sehr viel weniger weh, von jemand geschlagen zu werden, der Bescheid weiß.« Ich steckte die Smith & Wesson hinter meinen Hüftknochen. »Werden Sie mich noch mal zusammenschlagen, wenn ich Buds Vater anrufe, um ihm zu sagen, wo sein Sohn ist?«

»Ich werde sowieso umziehen müssen. Es wissen schon zu viele, wo ich lebe.«

Ich schaffte es, die Wände zu meiden, als ich aufstand. Mein Kopf dröhnte wie eine Blechhütte im Sturm. Ich füllte ihn mit Rauch. »Haben Sie Kaffee?«

Sie nickte. »Aber nicht fertig.«

»Machen Sie welchen. In der Zwischenzeit versuche ich, Tarzan ohne Kran auf das Sofa zu hieven.«

Sie lächelte – diesmal war es echt – und sprang auf ihre Füße, bevor ich ihr eine helfende Hand entgegenstrecken konnte. Bud wog kaum mehr als ein betäubtes Walroß. Als ich alles, bis auf die Beine und einen Arm, auf dem Sofa hatte, warf ich meine quietschenden Gelenke in den nächsten Sessel, nahm eines dieser Telefone, bei denen die Wählscheibe in den Hörer eingebaut ist und die ebenso leicht in einer Hand zu halten sind wie ein Ziegelstein. Sandy Brodericks Nachrichtenbariton antwortete nach zwei Klingeltönen. Er hörte mir zu, sagte: »Warten Sie auf mich«, und hängte ein. Als nächstes benachrichtigte ich Sharon Esterhazy, daß ihr Sohn in Sicherheit sei und Sandy ihr die Details später mitteilen würde. Sie wollte wissen, wo Bud war. Ich wiederholte, was ich schon gesagt hatte, und legte selber auf, bevor sie mich noch weiter drängeln konnte.

Nach kurzer Suche fand ich im Plattenregal eine Flasche mit einem Rest Bourbon. Ich trank den Schluck direkt aus der Flasche und wartete gerade darauf, daß die Hitze mein Rückgrat raufkletterte, als Paula mit einem dampfenden weißen Becher ins Zimmer kam. Sie sah den toten Krieger in meiner Hand und zuckte die Achseln.

»Den Alkohol habe ich nur wegen Bud im Haus«, sagte sie und stellte den Kaffee auf den Couchtisch. »Ich habe mich nie daran gewöhnen können.«

»Ist auch besser so. Das Zeug verträgt sich nicht mit Pillen.« Sie stand da und rieb abwesend mit der rechten Hand ihren linken Oberarm. Es war schwer zu sagen, was für eine Figur sie unter den Schlabbersachen hatte, die sie trug. »Ich wette, daß Sie das von Buds Mutter haben. Sie hatte damals einen schlechten Tag erwischt. Normalerweise flippe ich nicht aus.«

»Sparen Sie sich Ihre Rechtfertigungen. Ich bin nur eine angeheuerte Hilfe.« Ich nahm den Becher. »Am besten, Sie bringen gleich die ganze Kanne her. Es handelt sich hier um eine alte, eiserne Leber.«

Sie ging hinaus und kam mit einer Glaskanne zurück, die zu drei Vierteln mit schwarzer Flüssigkeit gefüllt war. »Und Salz«, sagte ich.

»Sie meinen gewöhnliches Kochsalz?«

»So viel, wie Sie haben.«

Sie hatte noch eine unangebrochene Packung. Ich öffnete sie, gab einen Fingerhut voll in den Becher und rührte das Ganze mit einem Bleistift um. Mit vereinten Kräften richteten wir Bud halbwegs auf. Ich hielt ihm die Nase zu, goß ihm das Gemisch in den Hals, machte einen zweiten Becher fertig und kippte ihn hinterher. Er hustete, sabberte, strampelte und flehte mich keuchend an aufzuhören.

»Holen Sie einen Eimer«, rief ich Paula zu. »Wenn Sie keinen griffbereit haben, tut's auch ein anderer Behälter. Stolpern Sie nicht auf dem Weg.«

Ich gab ihm Zeit, um Luft zu holen, während sie hinauseilte; dann füllte ich nochmals den Becher mit Kaffee und Salz und zwang die Hälfte des Inhalts seine Kehle runter. Bud machte bereits sehr vertraute Geräusche, als Paula mit einem großen Kupfertiegel zurückkam. Ich stellte ihn auf seinen Schoß, als er sich gerade vorbeugte. Für jede Tasse, die er getrunken hatte, kotzte er zwei wieder aus.

Ich grinste. »Wenn es regnet, dann in Strömen.«

Als er fertig war, stellte ich den Tiegel auf den Boden und wischte ihm mit meinem Taschentuch den Mund sauber. Oh – das Leben eines P. I.s. Ich kippte den Rest aus dem Becher in den Tiegel, füllte ihn mit frischem Kaffee und hielt ihn an seine Lippen.

»Nein«, sagte er und drehte den Kopf weg. »Nicht noch mehr davon.«

»Jetzt einen ohne Salz. Muß ich ihn dir so verabreichen wie die anderen?«

Ich mußte nicht. Ich half ihm, den Becher in die Hände zu nehmen. Er schlürfte, setzte ihn ab, atmete, hob ihn an den Mund und schlürfte wieder. Sein Gesicht sah aus wie alter Käse.

»Ich habe ihn noch nie besoffen erlebt«, sagte Paula. »Er stand in letzter Zeit ganz schön unter Druck.«

»Zum Teufel mit ihm. Mein Schädel brummt.« Ich wartete auf den Becher und stellte ihn zur Seite. Bud hatte die Ellbogen auf seine Knie gestützt und massierte sich mit beiden Händen Gesicht und Kopf. Nach einer Weile hielt er inne und sah mich durch seine gespreizten Finger an. »Wer sind Sie?«

»Die Bourbonfee.«

Eine Wagentür schlug zu. Daddy war da.

Ich öffnete die Tür. Broderick, die Hände in den Taschen eines Regenmantels mit Pelzkragen, sah mich an und dann an mir vorbei. Sein Gesicht drückte eine gewisse Ungeduld aus, als sein Blick auf nichts außer die Flurwand stieß. Er sah mich wieder an – diesmal strenger. »Was zum Teufel ist mit Ihnen passiert?«

»Es fing alles damit an, daß ich durch die Tauglichkeitsprüfung der Highschool fiel.« Ich gab den Eingang frei. Er öffnete wieder den Mund un schloß ihn dann – den platingrauen Kopf schüttelnd. Er fegte an mir vorbei um die Ecke ins Wohnzimmer. Ich schloß die Tür und folgte ihm. Geschichte meines Lebens. Er stand mit dem Rücken zu mir, daher verpaßte ich seinen Gesichtsausdruck, als er Paula auf der anderen Seite des Zimmers eintreten sah. Bis er sich wieder zu mir umdrehte, hatte er bereits sein Sechsuhrnachrichten-Gesicht aufgesetzt.

»Wo ist er?« Das war nicht die glatte, modulierte Mikrophonstimme. Das ist es niemals in Wirklichkeit.

»Im Bad. Er macht sich gerade schön. Das ist –«

»Ich kann mir denken, wer das ist.« Er knöpfte seinen Mantel auf. Darunter trug er einen Blazer mit dem Kürzel der Sendestation auf der Brusttasche. Er konnte nach den Mittagsnachrichten noch nicht lange zu Hause gewesen sein, als ich anrief. Ich fragte mich, ob er wohl jemals den Schlips lockerte.

Ich nahm einen zweiten Anlauf. »Sie sollten mit ihr sprechen, Mr. Broderick. Sie ist das Publikum, das Sie mit Ihren Drogenreportagen ansprechen wollen.«

»Gehören Sie zum Stab des Senders, Walker?«

»Verzeihen Sie bitte.« Ich rollte eine Zigarette auf meinem Handrükken hin und her. »Für einen Augenblick vergaß ich, daß ich ja nur der Typ bin, der die Ställe ausmistet.«

Sein Gesicht wurde weicher und fiel unter den weißen frischen Haaren fast zusammen. »Sie wissen, daß ich das nicht so gemeint habe.«

»Ja, ich weiß. Beachten Sie mich gar nicht. Mein Kopf schmerzt.«

»Sie haben hervorragende Arbeit geleistet, indem Sie meinen Sohn in weniger als vierundzwanzig Stunden gefunden haben. Sie haben sich einen Bonus verdient.« Er griff in seine Brusttasche.

»Ich schulde Ihnen etwas, Mr. Broderick. Den Vorschuß für drei Tage, abzüglich der Kosten für einen neuen Anzug und Benzin. Ich werde Ihnen alles in meinem Bericht erklären. Die Differenz gebe ich Ihnen zurück, sobald ich meine Brieftasche habe.«

Das Mädchen schrak leicht zusammen, ging dann quer durch das

Zimmer zu einem niedrigen Tisch, öffnete eine Schublade und fegte ohne ein Wort mit meiner Brieftasche in der Hand an Broderick vorbei. Ihre Hand fühlte sich kalt an. Ich pumpte mir einen Stift von ihr, öffnete mein Scheckheft und fing an, einen über sechshundert Dollar auszuschreiben.

»Sie verschwenden gerade einen Scheck. Das Geld ist für Sie, von einem dankbaren Kunden. Spenden Sie es doch der Polizeikasse, wenn Sie wollen.«

Ich zerriß den Scheck in vier Teile, machte den Kontrollabschnitt ungültig, steckte die Schnipsel in meine Brieftasche und die Brieftasche in meine Jacke. Das zeigte deutlich genug, was ich von einer solchen Spendenaktion hielt. Wir standen herum und sahen uns eine Weile schweigend an. Dann kam Bud herein. Er hatte sich gewaschen und gekämmt, aber seine Wangen waren immer noch stark gerötet. Er lehnte am Türpfosten und versuchte auszusehen, als lehnte er nicht am Türpfosten. Seine Augen hingen am Hemdkragen seines Vaters. Der Blick schien immer noch recht unsicher zu sein.

Der Nachrichtensprecher bewegte seine Schultern wie immer. »Bitte entschuldigen Sie uns. Mein Sohn und ich möchten gerne unter vier Augen sprechen«, sagte Broderick, den Blick auf eine Wand gerichtet.

»Da bin ich mir nicht so . . .« Paula brach mitten im Satz ab. Vater und Sohn sahen sie an. Sie drehte sich zu mir, aber ich war damit beschäftigt, meine Nasenspitze mit der unangesteckten Zigarette zu berühren. Sie ging in die Küche. Ich tat einen Schritt in dieselbe Richtung.

»Ich wüßte nicht, warum Sie sich noch länger hier aufhalten sollten, Walker«, sagte Broderick nicht unfreundlich. »Ihre Arbeit hier ist beendet. Sie haben sicherlich noch andere Dinge zu tun.«

»Danke. Ich habe Mittagspause.« Ich ging in die Küche.

8

Die Küche war hell, gut durchlüftet und groß genug, um sich darin zu bewegen, ohne daß man einen Flugplan vom Kühlschrank bis zum Herd ausarbeiten mußte, wie das bei den Grissoms in Grosse Pointe nötig war. Sie sah aus und roch wie ein Ort, an dem Mahlzeiten gekocht wurden und manchmal auch anbrannten, nicht wie nostalgischer Kitsch oder eine Raumschiffkombüse.

Ein Tropfen vertrocknetes Eigelb hing ungeniert an der oberen Kante der Ofenklappe. Meinen Rücken an die leicht vergilbte Wand gelehnt, rauchte ich eine Zigarette und sah Paula zu, wie sie mit Töpfen und Pfannen in der Küche herumgaloppierte und mit kurzen, heftigen Bewegungen die Anrichte abwischte wie ein Wilderer, der auf seine Beute einsticht. Sie ließ Dampf ab, wie dies nur noch unemanzipierte Frauen können. »Wie kommt es, daß Sie sich keine Erkältung holen?« fragte ich.

Mitten in ihrer hastigen Bewegung – sie war gerade dabei, den nassen Lappen über dem Spülbecken auszuwringen – hielt sie inne und sah mich an. »Was?«

»Barfuß auf dem kalten Linoleum rumzuhüpfen. Das schreit ja nach einer Erkältung zu dieser Jahreszeit. Speziell für jemanden, der wärmeres Wetter gewöhnt ist.«

Sie fuhr damit fort, den Lappen auszuwringen, hängte ihn über einen Plastikhandtuchhalter, lehnte sich rückwärts ans Spülbecken und trocknete ihre Hände an der glatten, weißen Schürze ab. Ihre Augen waren groß und dunkel und ihre Wangen hohl, als hätte sie sich die Backenzähne extra ziehen lassen, um diesen mageren, ausgehungerten Typ zu spielen. Ich glaubte nicht, daß Mädchen das noch machten. »Für wen arbeiten Sie eigentlich, Mr. Walker?«

Es zahlt sich nicht allzu oft aus, in meinem Beruf Überraschung zu heucheln, doch hin und wieder entgleisten mir meine Gesichtszüge, besonders, wenn ich nicht im Dienst bin. Sie bemerkte meine Reaktion und änderte schnell ihren Gesichtsausdruck.

»Was ich meine –«, sagte sie. »Sie müssen ein Geheimagent oder so etwas sein. Die meisten Leute denken, daß ich hier geboren bin.«

»Es ist auch nicht so offensichtlich. Sie sprechen einige Worte zu vorsichtig aus für jemanden, der mit dieser Sprache aufgewachsen ist. Südamerika, richtig?«

Sie nickte schnell. »Bolivien. Ich kam mit meinen Eltern her, als ich acht war. Mein Vater war Amerikaner, ist aber in Chile aufgewachsen. In der Schule sprach ich englisch und zu Hause spanisch. Ich neige immer noch dazu, wenn ich wütend bin, allerdings nicht mehr so oft wie früher.«

»Leben Ihre Eltern auch hier?«

»Sie kamen vor fünf Jahren bei einem Autounfall ums Leben. Jetzt sagen Sie nicht, daß es Ihnen leid tut. Es ist fünf Jahre her.«

»Das hatte ich auch nicht vor.« Ich schnippte die Kippe ins Spülbecken. Sie zischte und erlosch. »Iroquois Heights ist ein steiler Aufstieg für eine Waise aus einem armen Land.«

»Ich habe ein Nebeneinkommen. Was spielen Sie jetzt, Detektiv oder Naseweis?«

»Was ist Ihnen lieber?«

Sie lächelte flüchtig. »Am liebsten wäre mir, wenn Sie still wären.«

»Das ist zuviel verlangt. Ich rede gerne.« Ich fand etwas Staub auf meiner Hose und wischte ihn weg. Es war schon so weit gekommen, daß ich einen Anzug nicht mehr sauberhalten konnte. »Bud hat's wohl schwer erwischt. Ein zwanzig Jahre alter Junge, der die ganze Zeit zu Hause gelebt hat, kehrt nicht gleich Mamas Thunfischauflauf den Rücken, wenn irgend jemand mit langen Haaren und hoher Stimme vorbeiläuft.«

»Bud hat sich in die Idee der Unabhängigkeit vernarrt, das ist alles. Er hat nur noch nicht kapiert, daß sie nicht länger als seine Ersparnisse dauern wird. Außerdem hat er einen Heldenkomplex wie jeder andere Zwanzigjährige, der zuviel liest. Er sollte zur Schule gehen und sich auf eine berufliche Laufbahn vorbereiten. Das würde ich jedenfalls tun, wenn ich reiche Eltern hätte. Im übrigen bezweifle ich, daß seine Mutter seit der Heirat mit seinem Stiefvater auch nur eine Mahlzeit gekocht hat.«

»Genau das hat seine Mutter auch gesagt. Mit der Schule, meine ich. Ich verstehe jetzt, warum ihr euch nicht leiden könnt. Wollten Sie, daß Bud hier einzieht?«

»Das ist eine sehr persönliche Frage«, sagte sie. »Warum, glauben Sie, sollte ich sie beantworten?«

»Fern Esterhazy sagte, wegen meiner schönen braunen Augen.«

Sie lachte. Das war, als fahre man aus einem dunklen Tunnel in helles Sonnenlicht hinein. »Ich mag Fern. Sie will, daß jeder denkt, sie sei ein Luder, aber darunter steckt ein nettes Mädchen.«

»Worunter?«

Das dämpfte ihre Ausgelassenheit ein bißchen. »Ich mag Sie auch, obwohl Sie gar nicht so witzig sind, wie Sie zu glauben scheinen. Ich weiß nicht, ob ich wollte, daß er einzieht. Ich wollte auch nicht, daß er nicht einzieht. Oder ist das das gleiche?«

»Nicht annähernd. Ich trage nicht gerne meine Waffe mit mir herum, aber es gibt auch Zeiten, in denen ich es nicht mag, keine Waffe mit mir herumzutragen, zum Beispiel, wenn ich in diese Gegend komme.«

»Was ist denn so schlimm an Iroquois Heights?«

»Sehen Sie mal. In dieser Stadt hat der Staatsanwalt das Sagen, und der ist ein krummer Hund. Die Polizeibehörde steckt ihren Etat von mehreren hunderttausend Dollar Steuern in elektronischen Tinnef, der von der Menge her für ein Remake von ›Star Wars‹ ausreichen würde. Samstag nachts kann man an manchen Villeneingängen dreimal kurz und zweimal lang klingeln, um zum Hundekampf in den

Keller geführt zu werden. Da wäre noch der ehemalige Staatsanwalt, Stillson, der sich offiziell auf Testamentsvollstreckungen spezialisiert hat, aber wenn man der Freund eines Freundes ist und zwanzigtausend Dollar übrig hat, kann er einen zum stolzen Vater eines brandneuen Schwarzmarktbabys machen. Wenn man im Fahndungsbuch der Polizei steht, kann er einem für tausend Dollar einen Satz neuer Papiere besorgen. Da fragen Sie noch, was denn so schlimm an Iroquois Heights ist? Ich sage Ihnen, was gut an dieser Stadt ist. Sie ist nicht so groß wie Detroit.«

Im Wohnzimmer brüllte jemand. Es gab eine Erschütterung. Glas klirrte.

Ich sprang durch die Schwingtür, einen Schritt vor Paula. Papa Broderick lümmelte auf der Kante eines Sockeltischchens, das halb gegen die Wand gekippt war. Eine schwarze Vase lag in sechs Teilen auf dem Boden vor dem Tisch. Bud stand da mit geballten Fäusten und funkelte seinen Vater an. Der Nachrichtenstar stand mit übertriebener Würde auf, zupfte an seinem Jackett und tupfte ein Taschentuch auf seine Lippen. Es kam unbefleckt davon.

»Verdammt«, fluchte er. »Ich muß in vier Stunden vor die Kamera. Wenn meine Lippen geschwollen sind –«

»Sag das noch mal, dann sorge ich dafür, daß sie es wirklich sind!« Bud kochte vor Wut.

»Wie Sie sich hier verhalten, Mr. Broderick, das ist nicht gerade besonders geschickt«, sagte ich. »Wie wäre es denn, wenn Sie sich bei Miss Royce entschuldigen würden und dann mit mir die Kurve kratzten?«

Seine farblosen Augen flatterten von einem Gesicht zum anderen und blitzten mich dann an. »Ich muß mich bei ihr nicht entschuldigen.«

»Auch nicht für das, was Sie über sie gesagt haben?«

Bud starrte mich an. »Woher wissen denn Sie, wie er über Paula geredet hat?«

»Du bist schnell mit den Fäusten und einer Knarre bei der Sache, wenn es um das Mädchen geht. Es war also nicht schwer zu erraten.« Ich richtete meinen Blick auf Sandy Broderick. »Lassen Sie uns verschwinden.«

Der Nachrichtensprecher zeigte Bud sein Fernsehgesicht; jenes, das er aufsetzte, wenn er über Kriminalität und schlechten Einfluß sprach. Er haßte beides.

»Ihr zwei paßt zueinander. Ihr habt nichts Besseres verdient. Ruf mich nur nicht an, wenn du jemanden brauchst, um dich rauszuholen.«

Nachdem er diesen vernichtenden Satz in den Raum posaunt hatte, verließ er uns. Armer Sandy Broderick. Sein ganzer Lebensunterhalt hing von einem bierdeckelgroßen Zifferblatt ab. Ich warf einen Blick auf die Mattscheibe. Lucy versuchte, Ricky dazu zu bewegen, in eine größere Wohnung zu ziehen und hatte nicht viel Glück dabei. Das eingeblendete Gelächter war hysterisch. Ich fand meinen Hut und Mantel und drehte mich zu Bud.

»Das Mädchen kann auf sich selbst aufpassen. Auch ohne dich – und wahrscheinlich auch ohne mich, Beschützer der Schwachen und Unterdrückten, der ich nun mal bin. Sie hat deine Knarre eingesteckt, falls du danach suchst.«

Seine Augen wanderten zu Paula und dann zu der ausgebeulten Stelle in ihrem linken Hosenbein.

»Der Revolver gehört mir. Er ist auf meinen Namen registriert«, sagte sie.

»Wer sind Sie?« wollte Bud zum zweiten Mal wissen.

Ich machte eine Kunstpause. Auch diesmal hatte ich eine witzige Antwort auf Lager, aber nach Brodericks Abgang wäre sowieso alles kalter Kaffee gewesen. Ich sagte nichts und verschwand mit einem Niesen in einer puffenden Rauchwolke. Ich dachte, damit sei der Fall zu Ende.

9

Heiligabend regnete es, wie vorhergesagt.

Ich machte das Licht in meinem kleinen Büro am West Grand River aus und beobachtete, wie der Regen herunterprasselte, Streifen auf die mattierten Scheiben zeichnete und die Lichter der Stadt verwischte. Ein guter Freund hatte mir eine Flasche vierundzwanzig Jahre alten Scotch geschenkt. Ich köpfte sie in aller Ruhe. Dieser gute Freund und ich hatten den gleichen Namen. Die Flasche erstand ich mit dem Teil des Geldes von Buds Vater, der übrig geblieben war, nachdem ich meinen Vermieter, Detroit Edison und Michigan Bell befriedigt hatte. Hinzu kamen eine Einzahlung auf mein Sparkonto, damit die Bearbeitungsgebühren nicht alles auffraßen, ein Scheck an ein Bekleidungsgeschäft in Greektown und einer an eine mittelgroße Agentur an der Ostküste, die mir hin und wieder zu Freundschaftspreisen einen Dienst erwies.

Ich hatte seit einer Woche nicht gearbeitet; genau seitdem ich Paulas Haus in Iroquois Heights verlassen hatte. Während der Weihnachtszeit kann niemand Leute wie mich gebrauchen. Ehegatten ließen ihre Geliebten im Stich, um die Feiertage mit der Familie zu verbringen, Ladenangestellte hörten unter den wachsamen Augen überarbeiteter Sicherheitsbeamten auf, das Management zu bescheißen, und die Gören blieben zu Hause, um nicht die Bescherung zu verpassen. Nach dem Ersten würde das Geschäft schon wieder laufen, wenn nämlich alle die Nase von Frieden und Nächstenliebe voll hatten, doch im Moment mußte ich mich damit abfinden, zu den Vergessenen zu zählen. Ich trank ungeblendeten Whisky und sah dem Regen zu.

Die Welt brachte sich in Form meines eigenen Telefons unangenehm in Erinnerung. Ich kippte das, was im Glas war, runter und drückte mir den Hörer ans Ohr. »Hudson Bay Leuchtturm, Gus hier.«

Schweigen am anderen Ende der Leitung, dann: »Sie klingen nicht wie irgendein Gus, den ich kenne, und ich kenne eine Menge.« Eine Frauenstimme, mittlere Stimmlage, versuchte heiser zu klingen, leicht alkoholisiert, was mich nicht störte. Ich war es selber. »Sie klingen wie ein Farn. Oder sprechen Farne nicht?«

»Dieser hier schon. Ich habe versucht, Sie zu Hause zu erreichen. Gehen Sie denn nie nach Hause?«

»An jedem 29. Februar. Nur, um meine Heuschrecke zu füttern.«

»Was machen Sie an diesem festlichen Abend?«

»Nichts, was ich nicht lieber mit Candice Bergen am Strand von St. Tropez machen würde.«

Sie blies durch die Lippen. Ich konnte den Rauch fast riechen. »Ich ruf' den Flugplatz an. Kennen Sie das ›Chord Progression‹ in der Livernois?«

Ich bejahte.

»Okay. Tragen Sie Absätze«, sagte sie und legte auf. Ich leerte ein letztes Glas Whisky und starrte in eine dunkle Ecke meines Büros. Es regnete in Strömen, jetzt, da ich wußte, daß ich noch raus mußte.

Ich brach aus meinem Schlechtwettertrott aus und machte mich auf die Socken.

Ich stand im schwach beleuchteten Eingang des Jazzklubs. Ein glatter Jüngling im weißen Dinnerjackett studierte die Reservierungen, dann sah er stirnrunzelnd auf die Pfütze, die mein tropfnasser Mantel auf dem schicken Teppich hinterließ. Jemand hämmerte die Seele aus einem Piano.

»Wir sind voll, Mister. Versuchen Sie es mal nach Neujahr.« Der kleine Lackaffe hatte meine Garderobe mit einem Blick taxiert, und sein Ton sagte, daß er das an einem Abend allein in Trinkgeldern machte.

Ich sagte ihm, daß ich mit Fern Esterhazy verabredet war. Er taute etwas auf. »Ja richtig, sie sagte, daß sie einen Gentleman erwarte. Sie finden sie an der Bar.«

Jetzt waren wir beide Männer von Welt. Durch seine Haltung akzeptierte er mich als einen Bruder der gleichen Klasse. Ich trug einen Schlips, der älter war als er.

Ich ließ mein Zeug bei der alternden Garderobiere und bahnte mir einen Weg durch das Schummerlicht und den Rauch, der unter der gewölbten Decke hing. Das »Chord Progression« hatte seinerzeit unter einem anderen Namen mit Oben-ohne-Bedienung aufgemacht, aber durch Strafanzeigen und Bußgelder wegen Überfüllung und Alkoholausschanks an Minderjährige war der Laden bald wieder dicht. Die neuen Besitzer hatten ihn umdekoriert und priesen ihn nun als einen Klub an, in dem man Topmusiker von internationalem Rang hören konnte. Statt dessen hatte die sterbende Autoindustrie ihn zu einer Schaubude für das, was als lokales Talent durchging, gemacht. Auf der Bühne entlockte ein Schwarzer seinem Piano lange, gequälte Töne, während seine Partner am Horn und Baß nickten und grunzten. Für mich klang das, als stieße jemand einen Kohlenkasten die Treppe hinunter – ich bin eben Fats-Waller-Fan. Die Gäste an den Tischen schienen es zu genießen. Bei sechs Mücken für einen einfachen Drink taten sie auch gut daran. Der Farn saß in einem grünschimmernden Abendkleid mit Tiefseeausschnitt an der Bar und stritt mit dem Teenager dahinter.

»Was bist du eigentlich, Emily Post nach der Geschlechtsumwandlung? Du hast dafür zu sorgen, daß dieses Glas voll ist. Wenn ich deine Meinung darüber hören will, wie sich eine Lady zu benehmen hat, ruf ich dich an. Du brauchst aber keine Rendezvous abzusagen, um neben dem Telefon zu warten.«

Der Teenager zupfte an seiner Krawatte. »Ich habe diese Regel nicht gemacht, Ma'am. Das Management sagt, keine unbegleiteten Ladys an der Bar. Ich habe meinen Hals hingehalten, als ich Ihnen bereits zwei servierte. Ich habe diesen Job erst seit eineinhalb Wochen, und ich würde ihn ganz gerne noch eine Weile behalten, zumindest bis ich meine erste Gehaltsabrechnung sehe.«

»Ich kenne deinen Boss, Sonny.«

»Ja, Ma'am. Ich auch. Und was er sagt, ist, keine Ladys ohne Begleitung an der Bar.«

»Sie *ist* in Begleitung«, sagte ich, während ich mich auf den Hocker neben ihr setzte. »Noch einen für die Lady und ein Glas Scotch, in dem ich baden kann.«

Dem Barbubi war anzusehen, daß er einen bestimmten Verdacht hegte. Er hatte einen kupferfarbenen Flaum auf der Oberlippe, der aussah, als hätte er Monate gebraucht, um ihn sprießen zu lassen. »Kennen Sie diese Lady, oder ist dies ein Aufriß?« fragte er. Womit er meinte, ob sie anschaffen ging, ohne dem Etablissement Prozente abzutreten. Ich drehte mich zu ihr. »Du hast heute morgen vergessen, die Zahnpasta zuzumachen.«

Sie winkte den Jungen näher heran, und als er seinen Kopf über die Theke gelehnt hatte, sagte sie: »Ruf die Polizei. Ich kenne diesen Typ genausowenig wie Billy Grahams Chauffeur.«

Immer noch skeptisch, warf er mir feindselige Blicke zu. Dann sah er sie an und straffte sich. »Klar, grün – die letzte Rettung. Ich mache schließlich nur meinen Job.«

Er verschwand, um die Drinks zu machen.

»Edelklubs, scheiß drauf. Von mir aus können wir jederzeit zum ›Mount Elliot‹ aufbrechen.« Sie nahm eine Zigarette heraus und tippte sie geräuschvoll auf die Theke, während sie in ihrer Handtasche nach einem Aquafilter suchte. Dann gab sie auf und nahm den Stengel so zwischen ihre Lippen.

Ich gab ihr Feuer und steckte mir selbst eine an. »Ehe ich mit Ihnen zum ›Mount Elliot‹ fahre, setze ich Sie lieber an der Schule für höhere Töchter ab. Ich habe Ihre Masche durchschaut, vergessen Sie das nicht.«

»Sie und jeder andere. Alle denken, ich sei zu schade für mich.« Sie blies Rauch gegen die Decke und sah mich an. Sie hatte Goldglitter auf ihren langen Wimpern. Ihr volles rotes Haar hing ihr über den nackten Rücken bis zum Stuhl hinunter. »Es tut mir leid, daß ich Sie am Telefon so verwirrt habe. Ich habe Komplexe wegen meiner Größe.«

Der Barkeeper brachte unsere Drinks und nahm das Geld, das ich auf den Tresen gelegt hatte. Er kam mit dem Wechselgeld zurück. Ich steckte es ein und starrte ihn so lange an, bis er die Hoffnung auf ein Trinkgeld aufgab und verschwand.

»Haben Sie in letzter Zeit was von Bud gehört?« fragte ich sie.

»Er kam gestern abend vorbei, um die Weihnachtsgeschenke für die Familie abzugeben. Sharon bat ihn zu bleiben, doch er sagte, daß er zurück müsse. Er lebt immer noch bei Paula. Wie haben Sie herausgefunden, wo sie wohnt?«

»Ich habe einen Typen zusammengeschlagen.«

Beinahe hätte sie sich an ihrem Drink verschluckt. Sie stellte ihr

Glas ab und betupfte ihr Kleid mit einer Serviette. Dann drückte sie die Zigarette, die ich ihr gerade angesteckt hatte, in einem schwarzen Aschenbecher aus, der bereits überquoll. Alle Kippen trugen Spuren ihres roten Lippenstiftes. »Wir passen gut zusammen«, sagte sie. »Wir geben beide vor, hart zu sein. Dabei sind wir so hart wie zwei gegrillte Marshmallows.«

»Philosophie. Jetzt schon«, sagte ich. »Mann, sind wir toll.«

Sie drehte sich um und nahm schon wieder eine Zigarette. Diese steckte sie sich selber mit einem zierlichen Goldfeuerzeug an. »Ich hasse diese Jahreszeit«, sagte sie.

»Ich auch. Trinken Sie aus und lassen Sie uns Weihnachtslieder singen.«

»An Halloween fangen sie an, verrückt zu spielen, und hören nicht eher damit auf, bis es Zeit wird, die Sonderangebote anläßlich George Washingtons Geburtstages zu annoncieren. In den Läden laufen die Ventilatoren noch auf Hochtouren, während schon ›Rudolph, the Red-Nose Reindeer‹ aus den Lautsprechern dröhnt.«

»Ein hübsches Liedchen.«

»Ich wette, daß alle Bars in der gesamten christlichen Welt heute Nacht gerammelt voll sind.« Sie steckte einen scharlachrot lackierten Finger in ihr Glas und probierte. »Ein ganzer Haufen gerösteter Marshmallows wie wir, die sich den Arsch aufreißen, um fröhlich zu sein. Zur Hölle mit uns allen. Von mir aus können sie alle Weihnachtsbäume, Mistelzweige, bunte Schleifen, Geschenkpapiere, Schokoladennikoläuse und Schlittenglocken in einen Sack packen und mit einem Stein im Detroit River versenken. Das Letzte, was wir brauchen, ist eine ganze Jahreszeit, die uns nur daran erinnert, wie einsam wir sind.«

»Sie haben vollkommen recht. Wir sollten heiraten und zusammen einsam sein.«

Sie lächelte mich im Spiegel hinter der Bar an. »Sei vorsichtig, Rehauge. Ich habe Reiskörner im Blut.«

»Es würde kaum eine Woche halten.« Ich trank aus und pfiff durch die Zähne nach dem Barkeeper. Das ärgerte ihn maßlos und erfreute Fern. »Aber es wäre eine interessante Woche.«

»Es könnte auch nicht schlimmer sein als die beiden Versuche, die ich bereits hinter mir habe. Aber ich sollte nicht über sie herziehen. Ich bekomme immer noch Unterhaltszahlungen von dem einen.«

»Was ist mit dem anderen?«

»Er sitzt in Jackson. Wir waren gerade sechs Wochen zusammen, als er verhaftet wurde. Autodiebstahl. Es war nicht sein erster. So drei bis fünf Jahre wird er wohl schieben.«

Der Barkeeper nahm sich meines trockenen Glases an. Ich bezahlte, und er kehrte uns den Rücken, um zwei Basketballfans drei Stühle weiter zuzuhören. Es gab eine gute Nachricht vom Podium. Der Pianist hatte sein Solo beendet. Es gab auch eine schlechte. Der Hornist hatte seines begonnen. Fern beobachtete mich aus dem Augenwinkel.

»Ich bin ausgezogen«, sagte sie.

»Oh.«

»Ich habe jetzt eine kleine Wohnung in der Nähe der East Jeff. Vier Zimmer, zweieinhalb Badezimmer und das, was man als Kochnische bezeichnet, aber ich würde nicht wagen, zwei Eier zur gleichen Zeit drin zu kochen.«

»Kleine Wohnung«, wiederholte ich. »Was ist das Ford Auditorium, eine Wohnküche?«

»Der Exmann, von dem ich die Abfindung bekomme, sitzt im Vorstand von GM. Wenn er eine Gehaltserhöhung kriegt, zahlt sich das auch für mich aus.«

»Sprachen Sie nicht von Verhungern, falls Sie das Haus Ihres Vaters verließen?«

»Ich habe gelogen. Um ehrlich zu sein, ich war zu faul, um auszuziehen. Aber seitdem Sharon mich dafür verantwortlich macht, daß Bud und Paula liiert sind, ist ein Zusammenleben unmöglich.«

Ich leerte mein Glas. »Vergessen wir den Small-Talk und gehen wir lieber gleich zur Verführung über. Meine Wohnung oder Ihre?«

Sie zögerte und sagte dann: »Eine Schande, von wegen Emanzipation und so. Heutzutage sollte eine Frau in der Lage sein, einen Mann anzurufen, ohne daß der gleich denkt, sie wolle mit ihm ins Bett. Sehen Sie niemals fern?«

»Nur wenn Sandy Broderick dran ist.«

»Dieser Eunuch.« Sie trank.

Ich runzelte die Stirn. »Der auch schon? Die A's müssen Sie alle durchhaben.«

»Was Sie nicht sagen. An dem Tag, an dem Sharon ihm von Bud erzählte, spielte ich die nette kleine Gastgeberin. Er behandelte mich, als hätte ich Tollwut. Ich glaube, er hat Angst vor Sex.«

»Wer hat die nicht?« Ich langte an ihr vorbei, um meine Kippe auszudrücken. Etwas berührte leicht die Innenseite meiner Schenkel. Als ich runterblickte, lag ihre Hand wieder in ihrem Schoß. Sie prostete sich selbst im Spiegel zu.

Das Trio spielte jetzt zusammen. Sie schlafwandelten durch etwas, das bei geschlossenen Augen wie »Lullaby of Birdland« klang, aber nur, wenn man sich auch die Ohren zuhielt.

»Ich hab' genug von diesem Loch«, sagte Fern. »Haben Sie Ihren Wagen dabei?«

»Ich glaube, ich habe ihn auf dem Parkplatz stehenlassen.«

Sie griff ihre Handtasche. »Lassen Sie uns irgendwohin fahren.«

»Zum Beispiel in Richtung East Jeff?«

Sie grinste, stand auf und schwankte ein bißchen, aber nicht zu sehr.

10

Ich half ihr in einen Pelzmantel, der mich für ein Jahr mit Benzin und Öl versorgt hätte. Sie hing an meinem Arm und lief etwas gebückt, um mit ihren Fünfzentimeterabsätzen kleiner zu wirken als ich. Sie hing ein bißchen zu schwer an meinem Arm, um noch als halbwegs nüchtern durchzugehen. Es war nicht viel Platz zwischen meinem Schoß und dem Lenkrad, also begnügte sie sich damit, sich an mich zu kuscheln und ihren Kopf auf meine Schulter zu legen. Weiblicher Duft erfüllte den Wagen. Ich fuhr die Livernois geradeaus, bog rechts in die Vernor und kam mit dem Wagen auf der nassen Straße ins Rutschen. Ohne meinen Schwips hätte ich wahrscheinlich die Kontrolle verloren. Im Licht meiner Scheinwerfer wirkte die Straße so glatt und tückisch wie eine Spiegelfläche.

»Nette Muskeln.« Sie strich über meinen rechten Arm. »Wie kommt es, daß sich jemand, der so viel Nikotin und Betäubungsmittel in sein System pumpt wie du, anfühlt wie der Mächtige Thor?«

»Zu jeder Ragnarök werfe ich meinen Hammer.«

»Du steckst voller Überraschungen. Vielleicht sollten wir wirklich heiraten.«

»Einmal hat mir gereicht. Es ist ganz und gar nicht wie Erdbeeren mit Sahne.« Ich bekam meinen Arm los und stellte die Heizung an. Eiskalte Luft fegte mir um die Füße. Neue Autos.

»Wer hat Johnny Ralph Dorchet umgebracht?« fragte ich, nachdem wir schweigend ein paar Blocks gefahren waren.

»Ich dachte, es war Cock Robin.« Ihre Stimme klang müde.

»Ich dachte, Sie hätten vielleicht was gehört. Es konnte nicht der Haufen von hier gewesen sein. Die hätten ihn durch jemanden ersetzt, der mit diesem Gewerbe umgehen konnte; und nicht durch einen, dem man sagen muß, wann er aufs Klo gehen soll und was er dort zu tun hat. Jeder, nur nicht Moses True.«

Sie setzte sich auf und sah mich an. »Du steckst wirklich voller Überraschungen.«

»Ich dachte, Sie kennen True.«

»Nur vom schlechten Ruf her. Warum sollte ich für Tabletten bezahlen, wenn ich sie auf jeder Party umsonst bekomme?«

»Manchmal brauchen Sie vielleicht ein paar, um die Zeit zwischen den Partys zu überbrücken. Ich glaube nicht, daß das in Ihrer Gegend eine Schande ist. Wahrscheinlich war es das nie. Für einen Hornochsen wie mich ist die Luft da oben zu dünn.«

»Du bist ein umgekehrter Snob, weißt du das?«

»Ich bin ein dunkeläugiger Adonis, der Frauenherzen wie Stöckchen bricht. Wer hat Dorchet umgebracht?«

»Zuerst einmal muß ich wissen, daß er überhaupt lebte. Ich bin sechsundzwanzig Jahre prima klargekommen, ohne das zu wissen.« Sie sank völlig im Sitz zusammen und legte den Hinterkopf an die Rückenlehne. Das machte sie auch nicht zierlicher. »War er ein Freund von dir?«

»Ich kenne ihn nur von seinem schlechten Ruf«, sagte ich.

»Was geht es dich dann an, wer ihm die Tür geöffnet hat?«

»Ich glaube, Paula Royce weiß etwas. Aber sie redet nicht.«

»Na und? Soviel ich weiß, ist diese Rechnung bezahlt. Zumindest, was dich betrifft.«

»Stimmt.« Ich holperte durch eine achsentiefe Pfütze. Der Schlamm spritzte gegen die Scheiben. Der Scheibenwischer schmierte einmal drüber und ging wieder schlafen.

»Ich will verdammt sein«, sagte sie. »Sie hat es schon wieder gemacht.«

Ihre Stimme klang überspannt. Ich sah sie an, konnte aber ihr Gesicht in der Dunkelheit nicht erkennen. »Ich wußte nicht, daß sie es schon einmal gemacht hatte. Was überhaupt?«

»Sie hat mit dir das gleiche wie mit Bud gemacht. Wie schafft sie das nur ohne Titten?«

»Du bist besoffen.«

»Und schlecht ist mir auch. Halt den Wagen an.«

Ich sah sie an, fuhr rechts ran, bremste und knipste die Innenbeleuchtung an. Ihr Gesicht war grau, und sie zitterte. Das Rouge auf ihren Wangen stach heraus wie rotes Wachs.

»Was hast du die ganze Zeit getrunken?« fragte ich sie.

»Gin Tonic.« Sie lächelte schwach. »Muß das Tonic gewesen sein.«

»Kannst du warten, bis wir bei dir sind?«

»Ich glaube nicht.« Die Worte wurden durch ein Würgen erstickt.

Sie riß die Tür auf.

Ich betrachtete mein Spiegelbild in der Windschutzscheibe und trommelte mit den Fingern auf das Lenkrad. Seit kurzem verbrachte ich eine Menge Zeit damit, Leuten beim Kotzen zuzuhören. Die Bezahlung war lausig, aber es hatte einen unübertrefflichen Reiz.

Sie sank zurück in den Sitz und atmete schwer. Ich gab ihr mein Taschentuch. Sie preßte es gegen ihren Mund und schloß die Augen.

»Werden Sie am Leben bleiben?«

Sie nickte mit geschlossenen Augen. »Bei meinem Glück.«

»Drei Gläser machen euch hartgesottenen Typen doch sonst nichts aus«, sagte ich. »Diese Kombination von Pillen und Alkohol ist bombastisch. Das wird Sie noch mal unter die Erde bringen.«

»Ich hab' doch gesagt, daß ich die nur auf Partys nehme. Ich hab' zu schnell getrunken, das ist alles.« Ihr Atem war jetzt etwas ruhiger. Sie wollte mir mein Taschentuch zurückgeben, aber ich sagte ihr, sie solle es behalten. Der Regen fing wieder an. Er trommelte auf das Dach und peitschte die Pfützen in den Straßen auf. Dann war es vorbei.

Ich nahm die Edsel Ford Street nach East Jefferson und bog in eine kleine Privatstraße ein, in der große neue Backsteinhäuser die alten verdrängten. Fern zeigte auf das Haus, in dem sie wohnte. Die Lichter von Windsor schienen über den schwarzen Lake St. Clair.

Ich schloß die Haustür auf und half Fern, die immer noch etwas wackelig war, die breite Treppe in den zweiten Stock hoch. Ich schloß die Wohnungstür auf, fand den Lichtschalter und trat mit ihr am Arm ein.

Das Wohnzimmer maß etwa fünf mal dreieinhalb Meter und war vollkommen mit einem braun-beigen Orientteppich ausgelegt. Darauf standen zwei Sofas aus Sitzelementen, ein dunkler Walnußtisch mit geschnitzten Beinen und goldenen Intarsien, eine Stereoanlage und ein Farbfernseher, der wie ein Nachttopf hinter Schranktüren versteckt war. Eine Glastür mit zwei Flügeln am anderen Ende des Zimmers führte auf einen schmiedeeisernen Balkon. Eine Tür auf der linken Seite führte in einen Raum, der wahrscheinlich als Arbeitszimmer gedacht war, wenn er nicht, wie jetzt, mit Umzugskartons vollgestopft war. An einem Flur zur Rechten lagen die zwei Schlafzimmer mit den zuvor erwähnten zweieinhalb Bädern. Das, was Fern eine Kochnische genannt hatte, befand sich links von der Balkontür. Es waren die üblichen Einbauschränke und Einrichtungen, und ein kleines Quadrat aus rotem Linoleum bot gerade genug Standfläche für eine Person. Die Wohnung nahm die gesamte Etage ein.

Als ich meine große Tour beendet hatte, fand ich Fern zusammengekuschelt auf einem der Sofas. Sie hatte beide Schuhe in Richtung Fenster von ihren Füßen geschleudert. Einer der Träger ihres Kleides war über die weiße Schulter gerutscht. Der ganze Fummel war noch weniger als ein Negligé.

»Tut mir leid, daß ich Ihnen keinen Kaffee oder so etwas Abgedroschenes anbieten kann«, sagte sie verträumt. »Ich bin immer noch beim Auspacken. Aber da ist irgendeine Flasche im Küchenschrank. Gläser auch.«

»Ich glaube, für heute nacht haben wir beide genug von dem Zeug, das aus Flaschen kommt.« Ich sog den Rauch in meine Lungen. »Sie sehen immer noch leicht grün aus.«

»Ich bin o.k. Warum setzen Sie sich nicht hierher?«

»Danke, aber ich habe den ganzen Abend gesessen.«

Das Rohsilber in ihren Augen nahm einen harten Glanz an.

»Ich fürchte, mein ausgespucktes Mittagessen hat die Stimmung verdorben. Ich mache noch viel schlimmere Sachen. Was wollen Sie? Einen Abend in Paris mit Kerzenlicht?«

Ich nahm die Winston aus meinem Mund und betrachtete die Glut. »Trotz meines blendenden, männlichen Aussehens und meiner grandiosen Figur, habe ich mich selbst nie als den Typ gesehen, der am Weihnachtsabend von einer attraktiven, reichen, alleinstehenden Lady angerufen wird, weil es keinen anderen gab, der ihm das Wasser reichen konnte. Ich fragte mich, ob ich sechshundert Mäuse in Abendkleidung und zwei Stunden beim Friseur wert bin, und ich muß diese Frage mit Nein beantworten. Dann frage ich mich, warum gerade ich.«

»Vielleicht will ich die Slums erforschen.«

»Vielleicht. Trotzdem, warum gerade ich.«

Ihr Ausdruck wurde weicher. Sie räkelte sich ein bißchen und streckte ein Bein aus. Das geschlitzte Abendkleid entblößte eineinhalb seidige Oberschenkel. »Sie sind anders – deswegen gerade Sie. Sie sind geistreich. Irgendwie. Sie halten nichts von leerem Gequatsche, was in meinen Kreisen sehr rar ist. Und Sie werden es nicht glauben, aber Sie sehen sehr gut aus – so, wie der Puma, den ich neulich im Zoo gesehen habe. Gefährlich. Ich hatte ein plötzliches Verlangen nach etwas Exotischem.«

Ich kräuselte meine Nase. »Was meinen Sie mit irgendwie?«

Sie lachte und tätschelte das Sofakissen neben ihrer Hüfte. »Gebrauchen Sie eine Portion Hirn.«

Ich gebrauchte mein Hirn, und während ich zu ihr hinüberging, warf ich einen kurzen Blick auf mein Spiegelbild im Balkonfenster. Du gutaussehender Puma, du.

Um 2.30 Uhr saß ich wieder im Auto. Bunte Lichter hingen in den Fenstern und Bäumen. Ihr roter und grüner Glanz wurde von der nassen Oberfläche der Straße reflektiert. Im Radio spielten sie »Stille Nacht«. Ich fing an, mitzusingen, kam aber nur bis »der Engel hochheilige Schar«. Die restlichen Verse hatte ich vergessen. Mein Mund war trocken. Ich dachte an die Flasche guten Scotch, die auf meinem Schreibtisch stand. Das Büro lag nur einen Umweg von ein paar Meilen entfernt. Ich schoß an Hamtramck und meiner Wohnung vorbei, bog von der Ford in Richtung Grand River ab und parkte in zweiter Reihe vor dem Geschäftshaus, in dem sich meine Agentur befindet.

Nach dreistöckigem Aufstieg gelangt man in einen dumpf hallenden Flur, der dem frühen Warner-Brothers-Stil entspricht und an dessen Ende mein Büro liegt.

Tagsüber lasse ich die Tür meines Vorzimmers immer unabgeschlossen, damit etwaige Kunden sich setzen und warten können. Nachts schließe ich diese Tür ab. Ich knipse auch immer das Licht aus. Aber jetzt schien es durch ein Oberlicht in den Flur. Ich hatte Besuch.

Es war eine Scheißsituation – ohne Waffe. Ich hätte nicht gedacht, daß ich eine brauchen würde, um eine Flasche aus meinem Büro zu holen.

Ich ging runter zum Wagen und kam mit einer Luger zurück, die ich in einem Spezialfach unter dem Armaturenbrett aufbewahrte. Ich wich den losen Dielen unter dem Läufer aus und schlich mich an der Wand entlang zu der Tür, auf der in schwarzen Buchstaben ›A. Walker Investigations‹ stand. Ich öffnete sie lautlos und steckte die Luger und einen Teil meines Kopfes durch den Spalt.

Paula Boyce saß auf der gepolsterten Bank und sah mich direkt an. Sie trug einen leichten blauen Regenmantel und einen weichen Filzhut, dessen Krempe sie tief ins Gesicht gezogen hatte. Ihre Nasenflügel zitterten. Sie hielt einen Revolver, den ich sofort erkannt hatte, in der rechten Hand.

11

Sie saß in die hintere Ecke der Bank gedrückt, ihr linker Arm lag auf der Lehne und ihre gespreizten Finger umklammerten das geschwungene Holzteil so fest, daß ihre Sehnen unter der Haut hervortraten.

Die 32er hielt sie in der anderen Hand. Es war die gleiche Waffe, die ich Bud vor einer Woche abgenommen hatte. Jetzt zeigte ihre Mündung, auf ein Knie gestützt, schon wieder in meine Richtung. Für eine verängstigte junge Frau aus Bolivien hielt sie sie verdammt ruhig. Unter der heruntergezogenen Krempe waren ihre Augen zu sehen. Die Pupillen waren stark vergrößert. Sie war so high wie eine Rundfunkantenne und konnte mich kaum von Jack the Ripper unterscheiden.

Ich stand da mit meiner Luger in der Hand und fragte mich, wie lange ein Mensch wohl leben konnte, ohne zu atmen. Zeit verging, und zwar mehr, als mir ein Blick auf die Uhr später zeigte. Ihr Kinn zitterte, und der Revolver rutschte samt Hand in ihren Schoß.

Meine Lungen fingen wieder an zu arbeiten. Ich löste meine Finger von der Klinke und schob den Rest meines Körpers durch die Tür. Es war wundervoll, wie ich das machte, ohne daß meine Füße den Boden berührten. Vorsichtig griff ich nach dem Revolver und löste ihn aus ihrer Hand. So einfach war das.

Ich schnupperte an der Trommel. Verschossener Kordit roch immer gleich. Ich drehte den Zylinder, um die Patronen zu untersuchen. Zwei waren leer. Ich steckte ihn in meine Manteltasche. Da waren genug interessante mikroskopische Spuren, über die sich die Jungs im Labor die Köpfe zerbrechen konnten. Die Luger steckte ich in meinen Hosenbund.

»Komm, wir machen's uns in meinem Büro erst mal gemütlich.« Ich streckte meine Hand aus.

Sie starrte darauf wie ein junger Hund, wenn man seine Aufmerksamkeit auf etwas anderes lenken will.

Dann langte sie hoch und griff sie. Ihre Hand war kalt, wie ich es erwartet hatte. Ich drückte sie leicht und Paula erhob sich. Ich mußte sie zur Bürotür lenken, und während ich meine Schlüssel suchte, sackte sie mit ihrem ganzen Gewicht gegen mich. Meinen freien Arm klammerte ich um ihre Taille, damit sie nicht den Boden küßte. In meinem Denkstudio hatte sich nichts verändert. Wie auch. Derselbe Eichenschreibtisch – zu alt, um schick, aber noch nicht alt genug, um stilvoll zu sein, dieselben ungleichen Stühle, dasselbe Sofa, derselbe abgenutzte Karteischrank mit zwei Schubladen voller Karteikarten, einer voller Spinnweben und Mäusescheiße und einer vierten voller Hemden, derselbe grüne Stahlsafe und dasselbe gerahmte Kinoplakat von »Casablanca«, das zwischen derselben gerahmten Lizenz und demselben Adventskalender – ich mußte schließlich mein Image wahren – hing.

Staub und tote Fliegen bedeckten das Fensterbrett. Es war leichter, Rumpelstilzchen beim Goldspinnen zu erwischen, als den gerühmten Putzservice des Hauses bei der Arbeit. Ich verstaute Paula im Sessel vor dem Schreibtisch und ließ mich selbst in den quietschenden Drehstuhl dahinter plumpsen. Ich trug immer noch Mantel und Hut.

Das hier war Sklavenarbeit und paßte absolut nicht zu der teuren Flasche Scotch, die auf meinem Schreibtisch stand. Ich wechselte zu meiner Hausmarke, Hiram Walker's, über, von der ich immer ein paar Minifläschchen in der untersten Schublade meines Schreibtischs aufbewahrte. Es war meine Nachdenk-Marke.

»Ich würde dir ja was anbieten«, sagte ich. »Aber ich habe heute abend schon eine Predigt über die Wirkung von Pillen mit Alkohol gehalten.«

Sie zeigte keine Reaktion, hatte mich aber sehr gut verstanden. Mit zusammengepreßten Knien und im Schoß gefalteten Händen saß sie auf der Sesselkante, wie am Besuchstag in Miss Fremonts Schule für wohlerzogene junge Damen. Sie saß unnatürlich aufrecht. Ich tippte auf Benzedrin wegen der erweiterten Pupillen. Bennys und Revolver. Dr. Nitro trifft Mr. Glyzerin.

Ich rauchte eine Zigarette, steckte mir eine zweite an der ersten an und sagte nichts. Sie sollte sich erst mal orientieren. Es hat etwas tröstlich Steriles an sich, wenn sich zwei Leute an einem Schreibtisch gegenübersitzen. Es verscheucht die Gespenster. Aber leider nicht nach drei Uhr an einem nassen Weihnachtsmorgen mit zwei Knarren im Raum, von denen eine kürzlich abgefeuert worden ist.

Diese beiden leeren Patronenhülsen hörten nicht auf, mich wie hohle Alptraumaugen anzuglotzen. Der Tabak schmeckte nicht. Ich zog ein Gesicht und drückte die Kippe in einem gläsernen Souvenir-Aschenbecher aus.

Ich begann sehr langsam. »Wie bist du hier hereingekommen?«

Sie zuckte und sagte: »Ich – ich öffnete das Schloß, wie sie das in Kriminalfilmen machen, mit meiner Führerscheinkarte. Es ist gar nicht so leicht, wie es aussieht.«

Ihre Stimme war fest und sehr hell, wie eine erwachsene Frau, die ein kleines Mädchen spielte. Die Worte sprudelten fast ohne eine Pause heraus.

»Warum bist du hierher gekommen?«

»Mir fiel nichts anderes ein. Ich wußte nicht, wo Sie wohnen. Ich wollte hier übernachten und warten, bis Sie morgen früh gekommen wären.«

»Es ist bereits morgen früh. Fröhliche Weihnachten.«

»Oh, hab' ich ganz vergessen.«

Ich benutzte das Radiergummiende eines Bleistifts, um die glosende Kippe im Aschenbecher ganz auszudrücken.

»Ich werde hier sehr vorsichtig vorgehen müssen«, sagte ich. »Es geht um meine Lizenz, die ich sehr leicht verlieren kann. Es gibt Dinge, die ich wissen muß, und Dinge, die ich nicht wissen darf, damit die Bullen ihre gute Laune behalten und ich meinen Job. Ich will, daß du nur auf das antwortest, was ich dich frage. Und keine freiwilligen Geständnisse. Verstehst du mich?« Sie nickte. »Sag's mir!«

»Ich verstehe Sie.«

»Okay, fangen wir an. Wo ist Bud?«

»Im Haus in Iroquois Heights, in der Küche. Er – er ist –«

»Ich fragte, wo er ist, und nicht, was er ist. Keine Zusatzangaben. Wann hast du das Haus verlassen?«

»Ich weiß nicht. Elf oder zwölf. Ich weiß nicht. Ich hab' nicht auf die Uhr gesehen. Ich bin einfach gegangen.«

»Wo warst du, bevor du in die Küche kamst und Bud gesehen hast?«

»Im Bett. Ich hatte eine Schlaftablette genommen.«

»Wann war das?«

»Gegen neun.«

»War Bud im Haus, als du zu Bett gegangen bist?«

»Ja, er war immer im Haus. Er hatte Angst, mich länger als eine Stunde alleine zu lassen.«

»Sonst noch jemand?«

»Nein.«

Die nächste Frage formulierte ich sehr vorsichtig. Ich spielte russisches Roulette mit Wörtern. »Als du ins Bett gegangen bist – ich meine, bevor du aufgewacht bist, in die Küche kamst und Bud gesehen hast – wie fühlte er sich? Hat er zum Beispiel geatmet?«

»Sehr gesund.« Sie hatte die Frage verstanden.

Soviel zu ihrer Rolle in dem Ballett. Der Kloß in meinem Hals löste sich etwas. »Als du im Schlafzimmer warst, hast du da etwas gehört?«

»Vielleicht. Ich konnte mich aber an nichts erinnern, als ich – als ich Bud sah. Jetzt glaube ich, eine Tür gehört zu haben. Zumindest glaubte ich, daß es das Zuschlagen einer Tür war. Ich könnte es auch geträumt haben. Ich kann aber nicht sagen, wann das war. Ich war schon eine Weile im Bett.«

»Sonst nichts?«

Sie schüttelte den Kopf. Ihre Augen glänzten. Sie kam jetzt von ihrem Höhenflug runter, und zwar schnell genug, um eine Meile am Normalzustand vorbeizuschießen.

Ich mußte mich beeilen, solange sie noch aufnahmefähig war.

»Nachdem du aufgestanden warst und Bud gesehen hast, hast du etwas genommen, um deine Augen aufzukriegen. Eine ganze Menge von irgend etwas. Dann bist du direkt hierher gekommen. Wie?«

»Mit Buds Jeep. Mein Wagen stand in der Garage und seiner blockierte die Ausfahrt. Ich wollte keine Zeit damit verlieren, ihn hin und her zu rangieren.«

»Wo hast du ihn geparkt?«

»Um die Ecke, in der Stanley.«

Genau auf der Rückseite des Gebäudes. Ich nahm noch einen Schluck. Das Zeug brannte gleich glühendem Eisen eine Furche in meine vom Tabak aufgerauhte Kehle. »Noch mal ein bißchen zurück. Hast du den Revolver in der Küche gefunden?«

»Im Wohnzimmer auf dem Boden. Ich fand ihn auf meinem Weg vom Schlafzimmer in die Küche, bevor ich sah, daß –«

»– daß es Zeit war, sich anzuziehen, Zähne zu putzen, die falschen Wimpern anzukleben und abzuhauen.«

»Ja.« Sie redete leise, fast unhörbar.

Ihr spanischer Akzent war stärker als sonst.

»Ich werde jetzt mal hypothetisch. Wenn dem guten alten Bud was zustoßen würde – sagen wir mal, man würde seine Zunge in der Autotür einklemmen und ihn zu seiner eigenen Beerdigung schleifen – wen würden die Bullen verdächtigen, das Auto gefahren zu haben?«

Das warf sie für einen Moment um. Sie ließ schneller nach, als ich befürchtet hatte. Wenn man Amphetamine auf Barbiturate schmeißt, weiß man nie, welches der beiden die Oberhand gewinnt. »Mich«, sagte sie schließlich. »Sie würden denken, daß ich es war.«

Na also. Ich mußte es hören. Das war so weit, wie ich gehen konnte, ohne einen meiner selbstgesteckten Grenzpfähle umzurennen. »Bist du bereit, mir zu sagen, wovor Bud dich beschützen wollte?«

»Ich kann nicht.« Die Pupillen ihrer großen dunklen Augen zuckten. Sie hatte Schwierigkeiten, ihren Mund zu schließen. Zwischen den Sätzen hing der Kiefer schlaff herunter. Die blauweißen Zähne waren ein starker Kontrast zur dunklen Haut. »Es ist nicht fair, Sie da hineinzuziehen.«

»Ich wurde bereits hineingezogen, Lady. Was soll ich deiner Meinung nach tun?«

»Ich muß irgendwo hin. Ich kann nicht hier bleiben. Ich brauche Zeit, um nachzudenken. Ich – ich könnte jetzt kein Verhör ertragen. Die Leute, die sie durchführen, kennen zu viele Tricks.« Sie steckte eine Hand in die Manteltasche, wühlte eine Weile herum und zog einen Schlüssel heraus, den sie auf den Schreibtisch warf. »Buds Vater – sein Stiefvater – hat eine Hütte in Kanada. Er nennt es seine Fischerhütte, obwohl er nie fischen geht. Das ist der einzige Schlüssel. Mr. Esterhazy hat ihn Bud gegeben, weil er selbst keine Zeit hatte, dorthin zu fahren, und weil er dachte, daß ein junger Mann hin und wieder alleine sein wollte. Ich kann mir vorstellen, daß jemand dort nachgesehen hat, als sie Bud vermißten. Wenn ich nur eine Woche für mich alleine hätte, könnte ich genug Kraft sammeln, um all das zu ertragen, was mich erwartet.«

»In einer Morduntersuchung ist eine Woche eine Ewigkeit, theoretisch gesprochen.« Ich betrachtete den Schlüssel, ohne ihn aufzuheben oder anzufassen. Das war der Punkt, an dem ich nicht mehr umkehren konnte. »Du suchst einen Chauffeur. Sobald jemand in eurer Küche war, sind dein Wagen und Buds Jeep heiß wie eine läufige Hündin. Ich mache mich der Beihilfe schuldig und wahrscheinlich eines halben Dutzends anderer gemeiner Delikte, die sich die Staatsanwaltschaft zweifelsohne schnell ausdenken wird. Und warum tu ich das noch mal? Ich hab's vergessen.«

Inzwischen waren ihre Augen leer und glanzlos.

»Vielleicht, weil Sie letzte Woche gesagt haben, daß Sie helfen würden.«

»Das war aber nicht als Blankoscheck gemeint.«

»Ich bitte Sie nur, mich nach Windsor zu fahren. Von dort aus nehme ich einen Bus.«

»Und wenn ich dich nur den Block runter fahren würde, kann mich das meinen Hals kosten.« Ich stand auf und kehrte ihr meinen Rücken zu, während ich aus dem Fenster sah. Die meisten bunten Lichter waren jetzt aus. So dunkel war die Stadt nur einmal im Jahr, wenn nämlich keine frühen Putzkolonnen bei der Arbeit waren. In ein paar Stunden würden die Treppen unter kleinen nackten Füßen poltern, und kleine gierige Hände würden die Spielsachen auspacken, die immer teurer wurden und immer schneller im Müll landeten. Irgendwo an der Eastside heulte eine einsame Sirene kurz auf. Eine Verkehrskontrolle oder eine gelangweilte Uniform, die auf diese Art den Feiertag begrüßte. Egal, zu welcher Zeit und an welchem Tag, irgendwo arbeitete immer einer. Ich drehte mich um und griff den Schlüssel. Warum nicht auch ich?

Im Flur in der dritten Etage war eine neue Decke aus geriffelten Glasplatten eingezogen worden. Ich nahm einen Stuhl aus meinem Büro, stieg hinauf, hob eine der Glasplatten an und ließ die 32er zwischen der alten und der neuen Decke verschwinden. Bei einer professionellen Durchsuchung würden sie das Ding bald gefunden haben, aber es war das einzige, was mir so früh am Weihnachtsmorgen einfiel.

Ich brauchte eine knappe Stunde für die zwölf Meilen hin und zurück. Man konnte es sehr viel schneller schaffen, sicher, aber nicht, wenn man eine Mordverdächtige im Auto hatte und jeder motorisierte Bulle von Detroit auf der Jagd nach feucht-fröhlichen Verkehrssündern war. Ich hatte meine Luger im Bürosafe gelassen. Es war noch gar nicht solange her, da hatten sie im Detroit-Windsor-Tunnel einige Baptistengeistliche festgenommen, weil sie unregistrierte Schußwaffen bei sich getragen hatten; und deren Einfluß war gewiß größer als meiner. Meine Handlungsweise verlängerte die Liste der Anschuldigungen gegen mich durch vernichtende Beweise. Andererseits konnte eine Waffe, die dem Opfer gehörte und noch andere Fingerabdrücke außer denen des Täters aufwies, kaum jemandem weiterhelfen. Ich war mir sicher, daß die Person, für die ich so viel aufs Spiel setzte, nicht der Täter war.

Paula wurde munter, als wir den Jeffries Freeway verließen und in die Einundzwanzigste Straße einbogen, aber sie redete noch nicht.

»Wie sieht's mit Gepäck aus?« fragte ich, als wir vor einer roten Ampel standen. »Und Verpflegung?«

»Ich habe Geld. Ich kaufe mir, was ich brauche. Da gibt's auch Supermärkte und Läden. Keiner wird mich zweimal angucken.«

»Yeah, ich wette, es gibt dort eine Menge Bolivianer, die angezogen sind wie Bette Davis.«

Die Ampel wurde grün, und wir fuhren weiter.

Meine fünfundzwanzig Cents waren dem Brückenwärter wichtiger als mein Gesicht oder das meiner Beifahrerin. Wir brummten über die eisige Schwärze des Detroit River und hielten am Zoll auf der anderen Seite. Ein grau uniformierter Franko-Kanadier mit melierten Koteletten und freundlichen Augen lugte in unseren Wagen und fragte mich nach meinem Namen und Geburtsort und dem Grund meines Besuches. Ich sagte, daß wir Verwandte besuchen wollten. Meine Antworten hatten keinerlei Bedeutung, es war nur die übliche Routine. Er dankte, wünschte uns ein frohes Fest und hatte uns schon wieder vergessen. Er hatte in dieser Nacht die gleichen Worte sicher noch mit hundert anderen Fahrern gewechselt.

Windsor ist wie Detroit, nachdem die Putzfrau da war. Nachdem wir einige Blocks gefahren waren, ließ mich Paula rechts ranfahren und öffnete die Beifahrertür. Der Wind, der vom Fluß kam, heulte an der Öffnung vorbei und spuckte körnigen Schnee ins Auto. Hier hatten sie welchen, aber nicht genug, um beunruhigt zu sein. Weiter nördlich stellen sie die Parkuhren auf dem Gehsteig direkt an den Hauswänden auf, damit man sie nach einem – wie sie es nennen – anständigen Schneefall findet. Und das beunruhigt auch niemanden. Ein Schild in einem Schaufenster wünschte uns auf englisch und französisch frohe Feiertage.

Sie setzte einen Fuß auf die Straße und sah mich an.

»Ich werde einen Bus von hier aus nehmen. Ich kenne die ungefähre Richtung aus Buds Erzählungen. Hier.« Sie zog ein paar Scheine aus ihrem Mantel. Sie trug keine Handtasche bei sich. »Das sind fünfhundert. Ich wünschte, ich könnte Ihnen mehr geben.«

Ich nahm es und gab ihr die Hälfte zurück. »Mein Tagessatz für Geleitschutz«, sagte ich. »Was wirst du den Bullen erzählen, wenn sie dich fragen, wo du warst und wie du dahin gekommen bist?«

»Per Anhalter.«

»Laß dir was Besseres einfallen. Wenn was schiefläuft, stehe ich mit dem Hut in der Hand vor den Bullen und darf ihnen erzählen, wie ich dazu überredet wurde, dich sicher über die Brücke zu bringen.«

»Ich stand zu stark unter Drogeneinfluß, um mich zu erinnern.«

»Das ist auch nicht gut. Wenn du so hinüber warst, hättest du genausogut Bud um die Ecke bringen können, ohne dich daran zu erinnern.«

Ihre Augen waren wieder normal. »Vielleicht ist genau das passiert.«

Sie stieg aus, schlug die Tür zu, hielt mit einer Hand ihren Hut fest und lief um die Ecke, ohne sich umzudrehen. Als sie außer Sichtweite war, setzte ich zurück in eine Einfahrt und drehte um.

Ich glaubte so wenig an eine Fischerhütte wie an ihre Rückkehr in einer Woche.

Um sechs ging ich ins Bett – ich lag nur da und hörte die antike Uhr im Wohnzimmer erst zur halben und dann zur vollen Stunde schlagen. Aber schließlich muß ich dann doch eingeschlafen sein, denn als es acht schlug, kam es mir so vor, als wäre kaum eine Minute vergangen. Dann klingelte es an meiner Haustür, und zwar so, wie nur eine ganz bestimmte Gruppe von Menschen an einer Haustür klingeln konnte. Ich stand auf, warf mir einen Bademantel über und schlurfte in Pantoffeln zur Tür, während ein Schmerz hinter meinem linken Auge zu stechen begann und sich langsam in meinem gesamten Schädel ausbreitete.

»Amos Walker?«

Ich stützte mich gegen die Kante der geöffneten Tür und sah in ein Gesicht, das überwiegend aus Nase und einer Handvoll Zähnen bestand. Der Mund war breit und zog sich in den Winkel nach unten, wenn er grinste – wie bei einem Hai. Sein Besitzer trug einen langen schwarzen Regenmantel und eine Pelzkappe, deren Schirm vorne herunter hing. Er hatte meine Größe und breite Schultern. Er sah mich an, als wäre ich ein kleiner, dummer Bengel. Wahrscheinlich konnte er das auch aus mir machen. Wie Paula schon sagte, die kennen zu viele Tricks. Der andere, der schräg hinter seinem Kollegen stand, war leichter gebaut und sah jünger aus, als er wahrscheinlich war. Seine Gesichtszüge waren regelmäßig und sehr schwarz. Er trug eine arschbackenlange braune Lederjacke, die offen über einem Jackett hing, das nicht gerade sehr gut zu seiner Hose paßte. Beide trugen eine Krawatte. Doch das tun die meisten von ihnen.

Ich sagte: »Fröhliche Weihnachten, meine Herren Polizeibeamten.«

Der eine mit der Nase und dem runtergezogenen Grinsen war gerade dabei, seinen Ausweis aufzuklappen. Er zögerte, steckte ihn wieder ein und sagte: »Sie haben uns also schon gerochen, hä? Vielleicht sollten wir das Deodorant wechseln.«

»Das würde nichts nützen.«

Er hörte auf zu grinsen, aber seine Zähne waren immer noch sichtbar. Sie faszinierten mich. Sie waren groß und eiförmig, und seine Lippen konnten sie nicht verdecken, ohne daß es aussah, als wolle er eine ganze Orange verschlucken. »Mein Name ist Reuben Zorn, Detective Sergeant der Polizeibehörde von Iroquois Heights. Das ist mein Partner, Dick Bloodworth. Wir haben seit einer Stunde versucht, Sie telefonisch zu erreichen. Was haben Sie gemacht?«

»Popcorn aufgefädelt. Ich schlafe sehr fest. Worum geht's?«

»Der Stellvertretende Chef will mit Ihnen über den Sohn eines Ihrer Klienten sprechen. Der Sprößling hat sich nämlich gestern nacht oder in den frühen Morgenstunden seine letzten Kopfschmerzen eingehandelt.« Er legte den Zeigefinger an die Schläfe und drückte den Daumen zwei mal nach unten.

»Welcher Klient soll das sein?«

Er sagte es mir. Ich bemühte mich gar nicht, Überraschung zu zeigen. Auf so was warten die nur.

»In der Schule hab' ich ›Tagesereignisse‹ immer geschwänzt«, sagte ich. »Wer ist denn zur Zeit euer Stellvertretender Chef da oben?«

»Vielleicht kennen Sie ihn. Er war hier mal Inspektor, vor einem Jahr oder so. Er heißt Proust.«

Ich seufzte.

»Er hat auch ein paar nette Dinge über Sie gesagt.«

Zorn grinste wieder verkehrt rum – Mundwinkel nach unten. »Ich bin seit zehn Minuten außer Dienst, und die Gattin sagt, wenn ich noch einmal am Weihnachtsmorgen nicht zu Hause bin, brennt sie mit einem Bewährungshelfer durch. Also werden wir mal ein bißchen Dampf dahinter machen, hä?«

13

Die Polizeibehörde von Iroquois Heights hatte ihren Sitz in einem dreistöckigen Neubau an einer Hauptverkehrsstraße. Die drei Etagen waren mit Linoleum ausgelegt und in blasses, fluoreszierendes Licht getaucht. Die Raumeinteilung war einmal so geplant, daß man atmen und die Ellbogen bewegen konnte, aber die Bullen saßen schon zu lange in diesem Gebäude, und das hatte die üblichen Folgen. Sie hatten zu viele Tische in das Ermittlungsbüro im zweiten Stock gestopft, das Treppenhaus stank nach abgestandenem Rauch, und die Pinnwände hingen ellbogendick mit Personenbeschreibungen, zwei Monate alten Dienstplänen und vergilbten Zeitungscartoons voll. Der Geruch von Desinfektionsmittel erfüllte die Räume.

Der Ort war so still wie der Warteraum eines Krankenhauses. Männer in Uniform und ein paar in Zivil saßen herum, schlürften Kaffee aus Plastikbechern und kassierten doppeltes Geld für Feiertagsdienst. Über ihre Füße hinweg, die sie auf die Tische gelegt hatten, beobachteten sie Zorn, Bloodworth und mich, als wir an ihnen vorbeimarschierten. Einer hinter dem anderen liefen wir an der Wand entlang bis zu der Milchglastür, auf der in goldenen Buchstaben ›Stellvertretender Chef Mark Proust‹ stand. Neben der Tür, auf demselben Tisch wie die Kaffeemaschine, stand ein siebzig Zentimeter hoher Weihnachtsbaum aus Aluminium, doch anstelle des üblichen Christbaumschmucks hingen Frontal- und Profilaufnahmen von Straftätern an den Zweigen. Bullenhumor.

Zorn klopfte einmal, und wir traten in ein kleines Büro mit grauem

Teppich, dem üblichen Schreibtisch, einem Karteischrank und zwei Stühlen – sonst nichts.

Auf dem Schreibtisch befand sich der übliche Schreibtischkram und ein Namensschild mit der Aufschrift ›Stellvertretender Chef Mark Proust‹. An der getäfelten Wand hingen zwei gerahmte Bilder; das eine war ein typisches Klassenfoto von der Polizeischule, auf dem junge Männer mit Schirmmützen einen mehrreihigen Halbkreis bildeten, bei dem anderen handelte es sich um die Titelseite des *Iroquois Heights Spectator,* auf der ein Foto von Proust abgebildet war, wie er gerade die Hände des Bürgermeisters schüttelt. Darüber, in fetten roten Buchstaben, die Schlagzeile MARK PROUST ZUM STELLVERTRETENDEN CHEF ERNANNT.

Ich glaubte, den Namen wiederzuerkennen.

»Walker ist hier, Chef«, sagte Zorn.

Proust hatte keine Eile. Er las den Polizeireport in Ruhe zu Ende und sah mich dann an, wie man ein schiefhängendes Bild ansieht. Sein Haar war inzwischen mehr weiß als grau und an den Schläfen, wo ihn seit Jahren sein alter Filzhut scheuerte, schon reichlich dünn. Sein langes Gesicht war immer noch dasselbe; blaß wie Papierbrei mit eingefallenen Wangen und dicken Tränensäcken unter den Augen. Er kleidete sich besser als früher; blaue, glänzende Serge und rot-graugestreifte Krawatte. Als ich ihn das letzte Mal gesehen hatte, waren es noch ausgebeulte graue Wolle und handbemalte Schlingen aus dem Wohltätigkeitsbasar gewesen.

Er ehrte mich eine ganze Weile mit seinem Spülwasserblick. Dann lächelte er langsam, aber nur mit der unteren Gesichtshälfte. »Willkommen in den Vorstädten, alter Heuchler. Wann sind wir uns das letzte Mal auf die Füße getreten? War das nicht damals, als sich Ihr alter Kompaniechef die Finger verbrannt hatte?«

»Sehr richtig«, sagte ich. »Und ich wette, die Feuerlöscher sind sehr einsam, seit Sie die Abteilung verlassen haben.«

»Immer noch die große Klappe.« Er blickte zu Zorn rüber.

»Hast du ihn gefilzt?«

Der Sergeant blickte überrascht. »Sie sagten nicht, daß wir ihn hart anfassen sollten; er steht nicht unter Arrest.«

»Ja, richtig.« Das klang, als bedauerte er ein Versehen. Aber ich war sowieso nicht bewaffnet. Mein unregistrierter deutscher Fleischwolf lag sicher im Bürosafe, und die Smith & Wesson hatte ich in meinen Schreibtisch eingeschlossen. Es lagen noch ein oder zwei Knarren in meiner Wohnung herum, aber wenn die Bullen mir eine Einladung schickten, beinhaltete das noch lange nicht meine Eisenwaren. Proust warf einen Blick auf meinen Namen, der im Polizeibericht stand. In meinem Beruf lernt man, verkehrt herum zu lesen. »Sie haben vor einer Woche für einen gewissen Broderick gearbeitet?«

»Das wissen Sie doch bereits.«

»Sie haben seinen Sohn hier in der Stadt gefunden?«

»Ich habe ihn nicht umgebracht.«

»Das haben wir auch nicht behauptet. Noch nicht. Setzen sie sich.«

Ich wollte gerade höflich ablehnen, als der einzige freie Stuhl im Raum gegen meine Kniekehlen gerammt wurde und Zorns Schinkenpranke auf meine Schulter fiel und mich auf die harte Sitzfläche drückte. Proust stand auf und kam mit den Händen in den Hosentaschen um seinen Schreibtisch herumgeschlendert. Es fing an, interessant zu werden. Seine perfekte Verhörtechnik stammte noch aus seiner Zeit bei der guten alten Detroit STRESS (Stop The Robberies Enjoy Safe Streets), jene Säuberungstruppe, die von der jetzigen Verwaltung aufgelöst worden war, nachdem ihr brutales Vorgehen Schlagzeilen gemacht hatte.

»Weihnachten ist eine Zeit der Überraschungen«, begann er. »Mrs. Charles Esterhazy aus Grosse Pointe will um Viertel nach acht mit ihrem Mann nach Jamaica fliegen. Sie hatte sich vorgenommen, auf dem Weg zum Flugplatz am Haus einer gewissen Paula Royce vorbeizufahren, um ihrem Sohn fröhliche Weihnachten zu wünschen. Gegen sieben klopft sie an die Haustür, doch keiner öffnet. Sie geht um das Haus herum und probiert die Hintertür, doch die ist auch verschlossen. Also blinzelt sie durch das Küchenfenster, und raten Sie mal, was sie dort sieht?«

»Strümpfe, die fein säuberlich am Kamin hängen.«

Er fuhr fort, als hätte ich nichts gesagt. »Sie sieht ihren einzigen Sohn, Bud Broderick, in seinem eigenen Gehirnbrei auf dem Küchenboden liegen. Ihr Mann hatte im Auto gewartet, und sie kommt schreiend auf ihn zugerannt. Der drückt auf die Tube, fährt zum Bürgermeister, der im selben Country Klub ist, und holt ihn aus dem Bett. Der Bürgermeister seinerseits holt den Chef aus dem Bett. Nun mag es der Chef aber gar nicht, wenn andere schlafen können, und er nicht. Also ruft er mich an, nur daß er mich nicht im Bett erwischt, sondern als ich gerade dabei bin, ein Päckchen mit einer Krawatte von meiner Schwiegertochter auszupacken. Diese hier.« Er winkte mit dem Ende seines rot-grau-gestreiften Schlips und ließ ihn über dem Jackett hängen. »Ich schickte Zorn und Bloodworth zu dem Haus und einen anderen zu dem Vater des Sohnes, bei dem es sich rein zufällig um den Nachrichtensprecher Sandy Broderick handelt. Er vergoß nicht eine Träne. Er erzählte von Ihrem Auftrag und von dem, was sich vor einer Woche in dem Haus von Paula Royce zugetragen hatte. Dann kamen Zorn und Bloodworth zurück und sagten mir, daß sie dies hier am Tatort gefunden hatten.« Er zog meine Visitenkarte aus der Tasche und zeigte sie mir.

Ich klopfte eine Winston aus meinem Päckchen. »Kann sein, daß ich ihr eine gegeben habe. Ich gebe vielen eine. Ich bin nicht dafür verantwortlich, wo sie landen. Wie kommen Sie überhaupt auf Mord. Kopfschüsse sind meistens Selbstmord.«

Er lehnte sich plötzlich nach vorn. Sein Schlips hing gerade herunter wie eine Zunge. »Wer hat Ihnen erzählt, daß es eine Schußwunde war? Es hätte doch auch sein können, daß man ihm den Schädel mit einer Bratpfanne zertrümmert hat. Ich habe keine Schußwaffe erwähnt.«

Ich deutete mit der Zigarette auf Zorn. »Ihr Junge da hat mir eine nette Pantomime vorgeführt. Sehr bildlich.«

Der Sergeant wand sich unter dem mörderischen Blick seines Vorgesetzten.

»Sie sollten Ihren Spürhunden eine Glocke um den Hals hängen, damit Sie wissen, was die gerade anstellen«, sagte ich zu Proust.

»Die Art der Einschüsse«, sagte Bloodworth.

Alle starrten den schwarzen Detective an. Seit ich ihn kannte, waren dies die ersten Worte aus seinem Mund. Er spielte mit einem losen Faden, der am Ärmel seiner Lederjacke hing und bemerkte nicht das Warnsignal seines Partners.

Er fuhr fort: »Eine Kugel drang unter seinem Kinn ein und kam oben am Kopf wieder raus. Wenn sie das auf diese Weise machen, stecken sie sich meistens den Lauf in den Mund. Außerdem waren da keine Brandflecke, also war es auch keine Kontaktwunde. Es sieht aus, als hätte er gerade mit jemandem gekämpft, als sich der Schuß löste. Zwei, um genauer zu sein. Die andere Kugel streifte sein Gesicht im gleichen Winkel. Das könnte ein Reflex gewesen sein, aber wie ich schon sagte, es sieht nicht nach Selbstmord aus, wenn man die Einschußwinkel berücksichtigt und die Tatsache beachtet, daß es keine Brandspuren gab. Oh, und habe ich erwähnt, daß die Waffe vermißt wird? Die Waffe wird vermißt.«

Proust hatte seine Backen bis zum Platzen aufgebläht und die Lippen nach vorn gestülpt. Er glich einem gestrandeten Karpfen. Zorn sah verlegen drein, als hätte sein Partner gerade auf den Teppich gepinkelt. Bullen haben einen Hang dazu, mit ihren Informationen zu protzen, besonders vor einem Verdächtigen. Bloodworth wirkte ein bißchen besorgt wegen des losen Fadens an seiner Jacke. Er fühlte sich gar nicht schuldig, aus der Schule geplaudert zu haben. Schließlich hatte er den Chef nur bestätigen wollen. Ich fragte mich, ob es wohl sicher war, wenn ich anfing, ihn zu mögen.

Der Stellvertretende Chef rasselte mit einem Schlüsselbund in seiner Hosentasche. Es war das einzige Geräusch, das die Stille im Raum unterbrach. Bis er zu sprechen begann, hatte sich Proust wieder gesammelt und wirkte beinahe gelassen.

»Fahren wir fort.« Er hörte mit dem Gerassel auf. »Wir wissen von seinem Alten, daß Sie letzte Woche mit dem jungen Broderick gesprochen haben. Er war ein streitlustiger Suffkopf, sagt sein Vater. Nach dem, was seine Mutter uns erzählte, bevor der Arzt sie unter Beruhigungsmittel stellte, wissen wir auch, daß die Royce eine Drogenbraut ist. Wir fanden genug leere Pillenfläschchen im Haus, die das bestätigen. Sie muß ihren gesamten Pillenvorrat intus gehabt haben, als sie gestern abend oder heute früh abgedampft ist. Aus Lansing erfuhren wir, daß sie einen registrierten 32er Revolver besitzt, und Bud wurde mit einem 32er umgebracht. Die Waffe suchen wir noch. Bud fing im ungeeignetsten Augenblick einen Streit mit ihr an, nämlich als sie bereits auf Red Barbies, Black Beauties und den Rest des Regenbogens abgefahren war. Er war betrunken; seine Leiche stinkt wie eine Schnapsbrennerei, und im Labor werden sie sicher feststellen, daß sein Blut hochprozentiger ist als Rum. Sie nahm die Knarre, und es gab ein Handgemenge. Dabei lösten sich die Schüsse, wie Bloodworth bereits erzählte.«

»Klingt plausibel.« Ich ließ den Rauch aus meinem Mund kringeln. »Für eine Story, die aus einer Angabe aus Lansing und ein paar leeren Fläschchen zusammengereimt wurde.«

»In Marquette sitzt ein Typ lebenslänglich, weil man undeutliche Fingerabdrücke im Keller seines Onkels gefunden hat. Wie und woraus wir uns eine Story zusammenreimen, hängt davon ab, wieviele Leute den Fall vom Tisch haben wollen und wie schnell das geschehen soll. Hätten Sie was dagegen, uns zu erzählen, wo Sie gestern abend zwischen sieben und zwölf waren? Der Befund sagt nämlich, daß Buddy Boy irgendwann in dem Dreh seinen Geist aufgegeben hat.«

»Ich dachte, Sie hätten Ihre Story schon auf das Mädchen zurechtgeschnitten.«

Er schenkte mir ein Lon-Chaney-Jr.-Lächeln – nur das untere Gebiß war zu sehen. »Ich bin Staatsbeamter. Verderben Sie mir nicht meine gute Laune.«

»Rosecranz, der Pförtner, wird Ihnen bestätigen, daß ich von sieben bis ungefähr neun in meinem Büro war. Danach war ich mit Fern Esterhazy – das ist Buds Stiefschwester – im Chord Progression. Der Barkeeper dort wird sich an mich erinnern, obwohl er das bestimmt nicht gern tut. Von da aus sind wir zu ihrer Wohnung in Grosse Pointe gefahren. Und um halb drei habe ich ihre Wohnung wieder verlassen.«

Zorn schielte lüstern. Proust kaute auf seiner Unterlippe. »Wir werden sie alle befragen. Und dann? Wo waren Sie danach?«

»Wo geht man denn um halb drei an einem Weihnachtsmorgen in Detroit hin?« fragte ich. »Nacktbaden im Lake St. Clair.«

»Mit oder ohne Esterhazyfotze?« warf der Sergeant ein.

»Halt's Maul, Klugscheißer«, bellte Proust. »Wir können sanft vorgehen, wir können aber auch grob werden, Walker. Das Gesetz sagt, daß wir Ihnen das Recht einräumen müssen, Ihren Anwalt zu benachrichtigen. Das Gesetz sagt aber nicht, daß wir Sie vorher nicht mit unseren Methoden vertraut machen dürfen.«

»Mit welcher Begründung? Ich bin freiwillig hier.«

»Haben wir ganz vergessen. Bullen sind auch nur Menschen.«

»Das haben Sie gesagt.«

Sein Ausdruck blieb unverändert. Er hatte schon viel zu oft viel Schlimmeres gehört. »Wo waren Sie von halb drei bis zu dem Zeitpunkt, als meine Männer Sie abgeholt haben?«

»Im Bett, wie ich Ihrem Jungen, Zorn, bereits gesagt habe.«

Wir sahen uns an. Schließlich sagte er: »Ist das alles?«

»Ich bin schlau genug, um mir etwas Besseres einfallen zu lassen, wenn es nicht wahr wäre.«

»Ich kenne Sie, Walker. Sie sind verdammt schlau. Sie hoffen, daß es genau das ist, was wir auch glauben.«

Ich rauchte. Ich war so weit, mich mit einer Story herauszureden; zum Beispiel, wie ich dazu überrumpelt wurde, eine Mordverdächtige rumzukutschieren. Wenn es jemand anderes als Proust gewesen wäre, der die Fragen stellte, hätte ich das auch getan. Ich rauchte und sagte nichts. Der Stellvertretende Chef gab Zorn ein Zeichen mit den Augen, worauf dieser mit gesenktem Kopf auf mich zukam. Sein Mantel war offen, und die Pelzmütze hatte er zurückgeschoben. Sein Haaransatz lief in der Mitte der Stirn spitz zusammen und sah aus wie das behaarte Hinterteil einer Schwarzen Witwe.

»Wir wissen, was Sie gemacht haben«, sagte er. »Sie haben die Royce aufgelesen, oder umgekehrt, und haben sie aus der Stadt gebracht, wahrscheinlich nach Ohio. Vielleicht auch nach Kanada, aber das wäre idiotisch, und wir glauben nicht, daß Sie so ein Idiot sind. Das erklärt auch, warum wir Ihre Visitenkarte vor der Haustür gefunden haben. Jemand, der in Eile ist, könnte sie dort auf seinem Weg nach draußen sehr leicht verlieren. Aber wie der Chef schon sagte, wir Bullen sind auch nur Menschen. Wir haben auch hin und wieder ein schlechtes Gedächtnis. Wir könnten Ihren Namen und Ihr Gesicht sehr leicht vergessen, wenn wir eine Spur von dem Mädchen hätten.«

»Sie verpassen Ihren Weihnachtsmorgen zu Hause, Sergeant«, sagte ich.

»Hört jetzt auf, rumzuseiern und lest ihm seine Rechte vor«, schnauzte Proust.

»Tatverdacht?« Bloodworth hatte damit aufgehört, an seinem losen Faden rumzufummeln.

»Den Teil füllen wir später aus.«

»Kann ich dann gehen, Chef?« sagte Zorn. »Ich arbeite jetzt schon eine Stunde umsonst.«

Proust hörte nicht zu. Er sah den schwarzen Detective an. »Du bleibst hier. Wir werden nachher über deinen losen Faden sprechen und warum du mich immer ansiehst, als wärst du gerade in Hundescheiße getreten, wenn ich einen einfachen Befehl gebe. Wenn der Bürgermeister sagt, daß ich dich dulden muß, heißt das noch lange nicht, daß ich auch deinen Scheiß dulde.«

»Okay.« Bloodworths Kiefer zuckte.

»Okay was? Verdammt noch mal.«

»Okay, Chef.«

»Okay.« Er stützte beide Hände auf meine Schultern. »Ich bin nicht halb so dumm, wie Sie denken, Walker. Keiner wäre das. Ich weiß, daß Sie auf Schlagzeilen aus sind. ›P.I. weigert sich, Klienten zu hintergehen.‹ Ein bißchen kostenlose Werbung auf Kosten der Stadt. Ohne mich. Ich habe einen guten Draht zur lokalen Presse. Ich kann Ihren Ruf so zum Stinken bringen, daß sich kein Kunde mehr ohne Gasmaske in Ihre Nähe traut. Das passiert, wenn ich sanft bleibe und nicht in der Zwischenzeit auch noch Ihre Lizenz einziehe. Reizen Sie mich nur weiter, wenn Sie gerne – ja!« Jemand hatte an die Tür geklopft. Ein schmächtiger Zivilbulle im Hemd mit Schulterholster öffnete die Tür, und »Silver Bells« ertönte aus dem Radio im Mannschaftsraum. »Der Staatsanwalt, Chef.«

»Du meinst, einer von seinen Leuten?«

»Nein, der Höchste persönlich.«

»Jesus, der muß Radar haben.« Proust steckte das Ende seiner Krawatte in sein Jackett und rückte den Knoten zurecht. »Okay, dann schubs den publicitygeilen Scheißer mal rein.«

Der namenlose Schnüffler zog sich zurück. Mir fiel wieder meine

Zigarette ein, und ich klopfte zwei Zentimeter Asche auf den Teppich. Ich machte es mir gemütlich. Denn wenn sie mit »Staatsanwalt« den meinten, den ich vermutete, dann fing der Spaß gerade erst an.

14

Staatsanwalt Cecil Fish schwebte herein, blieb stehen und sah sich um, als fragte er sich, wo zum Teufel die Trompeten geblieben seien, die er bestellt hatte. Er war ein kleiner Mann im adretten, braunen Dreiteiler unterm Trenchcoat mit einer frischen Nelke im Knopfloch, die an ihm wirkte wie eine Sonnenblume. Sein ergrautes blondes Haar war zu einer jugendlichen Ponyfrisur gestylt, aber die schwarz gerahmte Brille, die seine Tränensäcke verdecken sollte, gab ihm jedes Jahr zurück, das ihm die Frisur genommen hatte. Sein Gesichtsausdruck verriet, daß er sich dessen bewußt war und daß es ihm absolut nicht gefiel. Er hatte blasse, blaue Augen und eine Warze auf der rechten Wange, die schwarz geschminkt war, damit sie als Schönheitsfleck durchging. Er wirkte zehn Jahre älter und zehn Zentimeter kleiner als im Fernsehen.

Ich habe schon erwähnt, daß man Iroquois Heights mit dem kaufen konnte, wonach man sich auf der Straße nicht einmal bücken würde. Aber nicht den Staatsanwalt, nicht damit, und jetzt erst recht nicht, wo im nächsten November ein Senatorenstuhl frei wurde. Er konnte keine Tausenddollarscheine sehen. Eine Zehntausenddollarwahlkampfspende hingegen öffnete alle Türen. Er war berühmt für seine Razzien in Spielhöllen und Rauschgiftlöchern, Aktionen, die ihn regelmäßig auf die Titelseite brachten, und für seine Freisprüche wegen Mangels an Beweisen. Diese wurden nach Bedarf verschlampt. Seine Art war so amerikanisch wie die Legionärskrankheit und zweimal so verbreitet. Er hatte einen Riecher für Publicity wie eine Trüffelsau für Trüffel.

Doch heute war es nichts mit Riechen, denn er hatte einen Schnupfen. Er langte in seine Brusttasche, die ein frisches, gestärktes Taschentuch zierte, und zog ein Kleenextuch hervor. Er wickelte seine Nase hinein und schneuzte sich mit einem vornehmen, kurzen Tröten.

»Ist das der Verdächtige im Fall Broderick?« Seine Worte wurden durch das Taschentuch gedämpft. Er sah mich direkt an.

Proust sagte: »Er ist nicht der Täter, aber wir glauben, daß er weiß, wo der Täter ist und wie er dort hinkam.«

»Was wißt ihr über ihn?«

Der Stellvertretende Chef informierte ihn über die Ereignisse der letzten Woche, erwähnte die Visitenkarte und wo sie gefunden wurde und endete mit meiner Weigerung, eine Aussage zu machen. Ich fühlte mich wie einer, der sich auf seine eigene Beerdigung verirrt hatte.

Fish ließ sein durchnäßtes Taschentuch in den Papierkorb neben dem Schreibtisch fallen, kam herüber und blieb direkt vor mir stehen. »Ihre Rolle in dieser Angelegenheit ist ziemlich durchsichtig, Mister«, sagte er. »Was haben Sie zu Ihrer Verteidigung zu sagen?«

Ich blies ihm Rauch ins Gesicht.

Bloodworth grinste plötzlich; seine blitzenden Zähne erhellten den Raum. Proust warf ihm einen strengen Blick zu.

»Er ist ein schwerer Fall, Cecil«, knurrte Proust. »Er weiß, daß wir nichts gegen ihn vorliegen haben, aus dem er nicht mit ein bißchen Spucke herausschlittern könnte.«

»Dann müssen wir nur dafür sorgen, daß er nicht zum Spucken kommt.« Er drehte sich zu Proust um. »Ich hatte gerade ein Telefongespräch mit Esterhazy. Du wirst vielleicht noch nicht von ihm gehört haben, aber der macht eine Menge Wind beim Bürgermeister und im Stadtrat. Und dann ist da noch die Tatsache, daß dieser tote Junge der Sohn einer bekannten Fernsehpersönlichkeit ist. In ein paar Stunden kann ich zusehen, wie ich mir die Reporter vom Revers schüttle. Ich hoffe, daß du etwas für mich hast, was ich denen erzählen kann, aber ein bißchen mehr, als der übliche Mist über die heißen Spuren, die ihr bereits verfolgt.«

»Ich dachte es wäre *mein* Job, die Presse über laufende Polizeiermittlungen zu informieren.« Das Gesicht des Stellvertretenden Chefs hatte eine rötliche Farbe angenommen.

»Nicht bei so einer großen Sache. Vergiß nicht, daß du diesen Job nur machst, weil du damals bei deinen Drogenermittlungen an den Schulen von Detroit den Neffen vom Chef geflissentlich übersehen hast. Für einen Polizeisprecher hat deine Medienpräsenz zuviel von einer Giftschlange an sich.«

Proust sagte irgendwas in der Richtung, wer von den beiden wohl eher in eine Schlangenhaut passen würde, und dann waren sie fertig. Bloodworth zwinkerte mir zu. Ich beugte mich über die Lehne und flüsterte: »Wie lange geht das schon so mit den beiden?«

»Wie spät ist es denn?«

Zorn, der seinen Partner wörtlich genommen hatte, sah auf seine Armbanduhr. »Viertel nach zehn, verdammt noch mal.«

Ich drückte den Rest der Zigarette an meiner Schuhsohle aus, stand auf und schnippte die Kippe in den Papierkorb.

»Ich werde dann mal gehen«, sagte ich laut. »Ich bestehe auch nicht darauf, gefahren zu werden. Ich nehme mir ein Taxi. Das ist mein Weihnachtsgeschenk an die Steuerzahler von Iroquois Heights.«

»Sie gehen nirgendwo hin!«

Von Fishs Autorität war nicht mehr viel übrig geblieben, als er diese Worte gegen meinen Adamsapfel brüllte. Ich sagte: »Klagen Sie mich an, oder entlassen Sie mich. Sie kennen das Liedchen besser als ich, oder sollten das zumindest. Ich könnte einen Rechtsanwalt anrufen, aber das wäre ein Ferngespräch, und er würde Ihnen sowieso das gleiche erzählen.«

Es war still genug im Büro, um aus dem Nebenzimmer »Winter Wonderland« zu hören. Ich griff nach der Türklinke. So weit war ich schon.

Dann klingelte das Telefon auf Prousts Schreibtisch. Er nahm den Hörer und bellte seinen Namen hinein. Schweigend hörte er zu, und während er das tat, nahm sein Gesicht wieder die alte, breiige Farbe an. Er sagte: »Yeah«, und legte auf.

Der Staatsanwalt sah ihn an, aber Prousts Augen wanderten direkt vom Telefon rüber zu Zorn, der neben der Tür stand. »Er bleibt.«

Zorn machte eine kurze Bewegung, die wir beide verstanden, und ich ließ die Klinke los.

»Das war Detroit«, sagte Proust zu Fish. »Ich hatte eine Fahndung nach Brodericks Jeep Chirokee angeordnet, nachdem er nicht am Tatort stand. Sie haben ihn gerade gefunden.« Er erzählte ihm, wo.

Fish saugte seine Wangen ein, als er mich ansah. »Bucht ihm ein Zimmer im County Hotel. Begründung: Unentbehrlicher Zeuge. Ob wir Sie später der Begünstigung, Beihilfe oder Anstiftung beschuldigen, liegt ganz an Ihnen, Walker.«

»Schmückt seine Handgelenke«, befahl der Stellvertretende Chef dem Sergeant.

Der Bezirksknast war ein vierstöckiger Ziegelkasten mit einer drei Meter fünfzig hohen Mauer, die sich um den Exerzierhof zog und den Bau vom benachbarten Anwaltsgebäude abschirmte. Es war in einer Zeit gebaut worden, als den Kriminellen noch Strafe anstelle von Resozialisierung drohte. Ein reformbewußter Direktor hatte die Mauern in einem beruhigenden Türkis streichen lassen. Doch an vielen Stellen blätterte die Farbe schon ab, und das alte, strenge Regierungsgrau kam wieder zum Vorschein und erinnerte an Fußeisen, Gummiknüppel und homosexuelle Vergewaltigungen im Duschraum. Nur wenig Tageslicht drang durch die vergitterten Fenster in die Gänge, die Tag und Nacht durch Neonröhren beleuchtet wurden und nach Lysol rochen. Die Zellen waren mittelgrau und stanken nach modrig feuchtem Mauerwerk. Einen stilleren Ort würde man auf der ganzen Welt nicht finden.

Nachdem man Aufnahmen von mir gemacht und Fingerabdrücke genommen hatte, holten mich Zorn und Bloodworth ab und führten mich durch eine Hintertür in den Keller. Ein grauhaariger Wächter unterschrieb ein Formular, übernahm mich und bugsierte mich in einen hellerleuchteten, kleinen Raum, in dem ein jüngerer Kollege an einem gelben Tisch saß und einen Roman las. Die gesamte Oberfläche des Tisches war mit eingeritzten Initialien bedeckt. In den nächsten fünfzehn Minuten diskutierten sie über das gestrige Hockeyspiel, nur hin und wieder unterbrachen sie ihre Unterhaltung, um mir mit den flachen Stimmen von Männern, die schon tausendmal das gleiche gesagt haben, Anweisungen zu geben. Leeren Sie die Taschen. Lassen Sie sie draußen hängen. Nehmen Sie die Krawatte ab. Ziehen Sie den Gürtel heraus. Die Schnürsenkel auch. Lassen Sie sie auf dem Tisch liegen. Machen Sie Ihren Mund weit auf. Spreizen Sie Ihre Arme. Spreizen Sie Ihre Beine. Drehen Sie sich um, Gesicht zur Wand. Beugen Sie Ihre Knie. Bücken Sie sich. Ziehen Sie sich an. Bewahren Sie diesen Beleg gut auf. Ohne Beleg keine Rückgabe Ihres Eigentums.

»Was, keine Streifen?«

Der Grauhaarige glotzte mich an. »Kleiner Witzbold, was? Die Kluft gibt's erst nach der Verurteilung. Der Tormann könnte nicht mal einen Schlag in seine Fresse auffangen, wenn der Trainer ihn mit seiner Frau beim Ficken erwischen würde. Bis später, Eddie. Okay, Spaßvogel.«

Wir gingen durch eine Tür und fuhren mit einem klapprigen Fahrstuhl in den zweiten Stock. Abteilung Schwerverbrecher. Klikkedi-klack, klickedi-klack, einen frisch gebohnerten Korridor entlang bis zu einer Zelle am anderen Ende. Ein paar Pfiffe von Insassen, aber sonst keine Reaktionen. Die weiße Farbe war an den Griffstellen des Gitters abgeblättert, und der stumpfe Stahl kam zum Vorschein.

Die Gittertür schlug zu, und der Wächter klackerte zurück. Dann war es still.

Meine Welt war zwei Meter vierzig mal drei Meter groß mit einer quietschenden Etagenpritsche und einer deckellosen Toilette, die genauso funktionierte, wie alle Toiletten in staatlichen Institutionen – unberechenbar.

Wenn ich auf der oberen Pritsche kniete und mein Gesicht gegen das vergitterte Fenster preßte, konnte ich durch das dicke Glas und den Maschendraht den taschentuchgroßen Parkplatz sehen, auf dem die Anwälte und Richter ihre Wagen abstellten. Man sieht nicht sehr oft so viele Mercedes auf einem Fleck. Direkt unter dem Fenster stand ein Brotwagen rückwärts an einer Rampe, die wahrscheinlich in das Küchenlager führte. Ein paar Männer waren mit dem Entladen beschäftigt. Egal, zu welcher Zeit und an welchem Tag, irgendwo arbeitete immer einer.

Ich kletterte wieder runter und setzte mich auf die untere Pritsche. Ich konnte die Sprungfedern durch die Matratze spüren, die ungefähr so dick war wie ein Stapel Spielkarten und deren Baumwollfüllung sich überwiegend am Kopfende verwurschtelt hatte. Wenigstens hatte ich die Zelle für mich alleine. Wahrscheinlich Cecil Fishs Anweisung. Laßt den Scheißer eine Weile alleine schmoren; er muß sich danach sehnen, mit jemandem zu sprechen – und wenn es ein Bulle ist. Jedermann hält sich heute für einen Psychologen. Jedermann kennt mich aber nicht.

Ich fragte mich, wo Paula Royce jetzt war. Ich fragte mich, was sie war und warum sie wegrannte. Ich fragte mich, wer Bud abgemurkst hatte und warum. Ich fragte mich, warum ich alleine auf einer dünnen Matratze in einer stillen Zelle mit schlecht funktionierender Toilette saß, wenn ich doch keine der anderen Fragen beantworten konnte. Ich fragte mich, wann es Abendessen geben würde, weil ich seit fast vierundzwanzig Stunden nichts gegessen hatte.

Es wurde bei Einbruch der Dunkelheit serviert, ganz stilvoll, auf einem Metalltablett, das durch eine niedrige Öffnung am unteren Ende der Gittertür geschoben wurde. Es bestand aus grauen, papierdünnen Fleischscheiben, Pulver und Wasser, die so taten, als wären sie Kartoffelbrei, Fertigsoße, ein paar Maiskörner, einer Scheibe Brot und Milch in einem Pappbecher. Plastikbesteck. Ich vertilgte alles, was genießbar war und schob mit dem Brot das letzte bißchen Soße in meinen Mund. Das Essen hatte einen behördlichen Geschmack, füllte aber alle Winkel meines Magens. Danach schob ich das leere Tablett wieder durch die Öffnung, ganz nach Anweisung des Wärters, der das Essen gebracht hatte. Es war einer mit Hasenscharte und einem um fünfundvierzig Grad nach innen gedrehten rechten Bein.

Seine humpelnden Schritte konnte man aus dreißig Meter Entfernung hören. Bald würde ich das Geräusch mit Essen in Verbindung bringen und anfangen, wie Pawlows Hunde zu sabbern.

Die Dämmerung wurde zum Abend und der Abend zur endlosen Nacht. Ich wand mich, ich krümmte mich, ich streckte mich, um eine akzeptable Liegeposition auf der unebenen Füllung zu finden. Dann fand ich sie, und fünf Sekunden später wand, krümmte und streckte ich mich erneut. Ich starrte auf die Sprungfedern der Matratze über mir. Zweifel jagten Gedanken durch das Labyrinth des reglosen Kopfes.

Wenigstens waren hier keine Schreie zu hören, nicht bei den Schwerverbrechern. Nur unten in den Ausnüchterungszellen schrien sie, wenn der Rausch vorbei war und sich die Zelle mit dem Ungeziefer und Getier des Deliriums füllte. Und oben, auf der Zwischenstation zu den ausgepolsterten Zellen von Ypsilanti.

Hier war Stille. Die milde Unendlichkeit einer Nacht, die tatsächlich nicht endete, bis sie mich morgens weckten und mir sagten, daß sie doch zu Ende war.

Fröhliche Feiertage, Walker, auf daß du noch viele erlebst.

15

Am zweiten Tag, irgendwann zwischen Frühstück und Mittagessen, brachten sie mich wieder in den Keller, steuerten mich in einen gekachelten Raum mit einer Reihe von Waschbecken unter einem Spiegel, der über die ganze Wandbreite lief, und drückten mir einen Rasierer und Rasierschaum in die Hand. Ich sah genauso aus wie die Typen auf den Verbrecherfotos, die ich gesehen hatte. Unter der Aufsicht eines Wärters kratzte ich mir die Stoppeln von zwei Tagen aus dem Gesicht, wusch mich, kämmte mein Haar mit den Fingern – es wirkte grauer als sonst – und sah immer noch aus wie die Typen auf den Verbrecherfotos.

»Wozu der Fassadenputz?« fragte ich den Wächter, einen jungen Typ in Anstaltsuniform.

»Ich mache nur, was sie mir sagen und frage nicht, warum«, belehrte er mich.

Ich zog mein Hemd an, gab Rasierer und Schaum zurück und wurde hinausbegleitet; aber anstatt rechts in den Fahrstuhl zu steigen, bogen wir links in den Empfangsbereich, wo Zorn und Bloodworth auf mich warteten.

»Wie geht's Mrs. Zorn«, fragte ich den Sergeant. »Oder ist sie mit dem Bewährungshelfer durchgebrannt?«

Er grinste nicht. »Zurück zur Wache, Verbrecher. Wir haben Fragen.«

»Neue, hoffentlich.«

Er langte unter seinen Mantel und zog die Handschellen hervor. Bloodworth meldete mich ab und unterschrieb das Formular.

Polizeiliche Verhörräume werden weder geplant, noch eingerichtet. Sie passieren einfach – wie krankhafter Baumbefall. Vier nackte Wände standen zu dicht um einen Tisch herum, dessen Oberfläche mit Brandflecken übersät war, ein paar harte Stühle, Kippen in den staubigen Zimmerecken und der Geruch von Angstschweiß, der sich im Laufe der Jahre in die Wände gefressen hatte. Nichts, was man nicht auch auf einem Foto von 1948 aus der »Police Times« gefunden hätte. Das einzige, was fehlte, war die »Blend-und-Schwitz-Lampe«, statt dessen verbreitete eine normale Hundertwattbirne an der Decke ein gleichmäßiges Licht, das in jede Ecke drang. Eigentlich war das noch schlimmer; es erinnerte an die indiskrete Beleuchtung in einem Leichenschauhaus.

Zorn war hartnäckig. Er bombardierte mich mit Fragen. Mal stand er hinter mir, so daß ich nicht sehen konnte, was er machte, mal hielt er seine große Nase direkt vor mein Gesicht, ließ mich seine feuchte Aussprache spüren und blies mir seinen Mundgeruch ins Gesicht.

Immer wieder kam er auf Paula Royce zurück und wo sie wäre. Ich grinste ihn an. Er packte mich am Kragen und zog mich von meinem Stuhl hoch. Bloodworth ging dazwischen und riet ihm, doch erst mal rauszugehen, um eine Tasse Kaffee zu trinken. Zorn ging tatsächlich raus, wobei er die Tür so kräftig hinter sich zuschlug, daß die Glühbirne in Schwingung geriet.

Immer dieselbe langweilige Routine.

Stille erfüllte den Raum, nachdem die Dogge draußen war. Ich sah Bloodworth an und Bloodworth mich, den einen Fuß auf den Stuhl gestellt und die Arme über dem angezogenen Knie verschränkt. Qualm ringelte sich aus dem Ende einer Pall-Mall-Filter zwischen seinen braunen Fingern. Die Ärmel hatte er hochgekrempelt, und der Knoten seines Schlips hing auf Halbmast. Ich sagte: »Sind Sie der, der mir eine Zigarette anbietet und mich mit Vornamen anredet?«

Er grunzte, nahm das Päckchen aus seiner Hemdtasche und schob es mir rüber. Ich zog eine heraus und schnippte das Päckchen wieder zurück.

»Das war nicht gerade sehr clever.« Er gab mir Feuer. »Rube ist ein Bulle, der so hart sein kann, wie er aussieht.«

»Ich komme gerade von einem Ort, wo sie sich mit einem harten Jungen wie Zorn die Essensreste aus den Zähnen stochern. Die haben es nicht nötig, sich mit ihrer Härte zu brüsten und auf straff zu machen; die sind echt.«

»Sie haben ihn in einem schlechten Jahr erwischt. Wir nehmen hier alle Rücksicht auf ihn. Er hat eine achtzehnjährige Ehefrau, die ihn zum Wahnsinn treibt.«

»Ich dachte, das war nur ein Witz mit dem Bewährungshelfer.«

»Der Bewährungshelfer und jeder hier von der Polizei, der nicht Dick Bloodworth heißt.« Ein Grinsen verzog sein Gesicht und verschwand schnell wieder. »Und dann dieser Fall hier. Der ist ganz schön verfickt.«

»Wieso verfickt?«

»Oh, die Royce ist schuldig, das ist klar. In diesem Beruf stellt es sich meistens heraus, daß die oberflächlichen Vermutungen der Wahrheit entsprechen. Ich mache diesen Job jetzt seit vier Jahren und hatte noch nie einen Mordfall, den man mysteriös hätte nennen können. Es ist die Vergangenheit des Mädchens, die uns höllische Schwierigkeiten bereitet. Sie hat keine.«

Ich zog stark an der Zigarette, um etwas zu schmecken, und wartete. Nach vierundzwanzig Stunden ohne, schmeckte diese hier fast so stark wie eine Winston.

Er sagte: »Ihr Führerschein wurde vor sechzehn Monaten in Michigan ausgestellt. Etwa zur gleichen Zeit hat sie ihren Buick Skylark angemeldet. Ihre Waffe wurde eine Woche später registriert. Nach der Aussage ihres Vermieters ist sie in der gleichen Woche in das Haus gezogen. Keine Einkommensbestätigung, aber sie zahlte zwei Monatsmieten im voraus und hinterlegte eine Mietkaution von fünfzehnhundert Dollar. Bar. Also brauchte er gar nicht erst nach Referenzen zu fragen. Davor ist ein großes Nichts. Sie existierte nicht.«

»Wahrscheinlich ein Deckname. Was ist mit ihren Fingerabdrücken?«

»Wir warten noch auf Nachricht aus Washington. Feiertage. Ein paar Fingerabdrücke, die wir im Haus gefunden haben, stimmen genau mit denen auf ihrem Waffenschein in Lansing überein. Es ist offensichtlich, daß sie sich vor etwas versteckt hatte. Wenn wir herausgefunden haben, wovor, können wir vielleicht auch auf die Ursache von Buds Kopfschmerzen schließen.« Er senkte die Augen, seufzte und sah mich wieder an. »Proust würde mir den Arsch eintreten, wenn er wüßte, daß ich Ihnen das alles erzählt habe.

Aber, zum Teufel, er tritt mir sowieso bei jeder Gelegenheit rein.«

»In Detroit war er genauso. Was glauben Sie, warum er acht Jahre lang Inspektor war?« Ich klopfte meine Asche auf den bereits schmutzigen Boden. »Warum quäkt der gute alte Rube eigentlich so rum?«

Er fand einen Schmutzfleck auf der Spitze des Schuhs, den er auf den Stuhl gestellt hatte, und wischte ihn mit dem Finger weg. »Ich gehöre nicht zu denen, die über ihren Partner tratschen, sobald er zur Tür raus ist, aber kennen Sie die Stelle am River Rouge da unten bei den Fordwerken? Da, wo das Wasser von den Chemikalien so warm ist, daß man ein Ei drin kochen könnte – nur, daß man es hinterher nicht essen würde? Nun, für Sergeant Reuben Zorn gibt es nichts Schöneres, als an diesem Ufer zu sitzen und zu angeln. Und Sie hindern ihn daran.«

»Aber Sie würden niemals über einen Partner herziehen«, sagte ich.

Wieder dieses kurze Grinsen, wie eine Glühbirne, die noch einmal aufflackert, bevor sie durchbrennt. »Schon irgendwelche Schlagzeilen?« fragte ich.

»Egal, welches Programm Sie einschalten, es vergeht kein Sendetag ohne Cecil Fish. Bisher sind Sie für die Öffentlichkeit noch eine Spur, die verfolgt wird, aber morgen wird er wohl Ihren Namen nennen müssen, um auf der Titelseite zu bleiben. Es sei denn, wir haben die Sache bis dahin abgeschlossen.«

»Viel Glück, vor allem mit diesem Klotz, den sie Ihnen als Partner ans Bein gehängt haben.«

»Halten Sie den Mund!« sagte er scharf. »Ich habe zwei Jahre mit ihm zusammengearbeitet, was mir das Recht gibt, so über ihn zu reden. Sie nicht.«

Ich hielt den Mund. Für einen Augenblick hatte ich vergessen, daß er ein Bulle war. Das war ein Fehler.

Die Tür ging auf, und Zorn kam herein. Er wirkte so beherrscht wie ein Buschfeuer unter Kontrolle – ein Windstoß aus der falschen Richtung, und es loderte wieder auf. Er blickte zu Bloodworth hinüber, der fast unmerklich den Kopf schüttelte.

»Das war's für uns«, grummelte der Sergeant. »Fish will jetzt auch mal.«

Sie legten mir wieder die Handschellen an und brachten mich mit dem Fahrstuhl zwei Stockwerke höher zu dem Büro des Staatsanwalts. Ein Kamerateam war damit beschäftigt, Kabel aufzurollen und Equipment einzupacken. Fish stand gerade von einem riesigen Schreibtisch auf, als wir durch die offene Tür traten, aber er hatte uns noch nicht gesehen. Er widmete seine Aufmerksamkeit einem schmierigen Typen mit grauem, glänzendem Anzug und einer dieser braunen Lokkenfrisuren, die fast immer Perücken sind. »Wann, sagten Sie, brauchen Sie dieses Videotape?« Der Staatsanwalt zog sein Jackett aus.

»Nächsten Dienstag. Wir wollen eine Art Porträt von Ihnen zusammenschneiden. Dabei werden wir auch die Aufzeichnungen von Ihrer Ansprache in der Stadt und der Rede vor den streikenden DPW-Arbeitern verwenden. Dem Volke dienen. Das ist zwar abgedroschen, aber die Wähler erwarten so was.« Der graue Anzug blätterte ein paar Zettel durch, die auf einer Klemmunterlage befestigt waren.

»Warum so eilig? Der Wahlkampf beginnt nicht vor April.«

»Vertrauen Sie Ihrem alten Wahlkampfleiter. Sie müssen bis zum ersten Dienstag im November ständig präsent sein. Sie sollen das letzte sein, was die Leute abends sehen, bevor sie zu Bett gehen, und das erste, wenn sie morgens aufstehen.«

Fish schenkte ihm das Plastiklächeln, das man während der Wahlkämpfe auf allen Kandidatengesichtern sah. »Und in der Zwischenzeit erzähle ich den Bürgern ständig, daß es die Opposition ist, die sie bescheißt.«

Graumann hatte mich entdeckt, und als er die Handschellen sah, kam ihm gleich eine Idee. »Warte mal«, sagte er und legte seine Hand auf den Arm eines Typen, der gerade die Kamera hinaustragen wollte. »Ein paar Minuten mit Ihnen, Cecil, wie Sie einen Gefangenen verhören, würden ein bißchen Schwung in die Sendung bringen. Wir können das ohne Ton machen und nur einen Kommentar drüberlegen.«

»Bleiben Sie mir mit Ihrer Affenorgel vom Leib, oder Sie tragen sie als Halskrause«, warnte ich lächelnd den Graumann. Ob es an den Handschellen lag, an der zerknitterten Kleidung, an meinem »most Wanted«-Gesicht oder an der Kombination aus allen dreien, weiß der Teufel, jedenfalls wurde er leichenblaß.

»Vergessen Sie's, Ed«, sagte Fish, wobei er mich angeekelt betrachtete. »Diese ›Gesetz und Ordnung‹-Ideologie starb mit George Wallace.«

Er schob seinen Wahlkampfleiter zur Tür und gab ihm einen freundschaftlichen, aber festen Schlag auf den Rücken. Das Team folgte Ed nach draußen und sah mich im Vorbeigehen neugierig an. Fishs Politikerlächeln hielt an, bis die Tür hinter seinen Gästen geschlossen war, dann wandte er sich an Zorn. »Was soll der Armschmuck? Warum hängt ihr ihm nicht gleich ein Neonschild um den

Hals? Verdammt noch mal!« Er hatte eine hohe Stimme, wenn er schnell sprach. Zorn nahm mir die Handschellen ab. »Reviervorschrift.«

»Du meinst wohl, noch so einer von Prousts Gehirnfürzen. Wartet draußen.«

Der Sergeant und Bloodworth gingen hinaus. Ich rieb meine Armgelenke. Es gibt nichts Besseres als diese Knochenquetscher, um einen daran zu erinnern, daß man sich in Gefangenschaft befindet. Fish sah mich eine Weile mit seinen blassen, blauen Augen an, stolzierte dann an mir vorbei, knöpfte seine Manschetten auf und krempelte die Ärmel hoch. Er ging durch eine Nebentür und ließ sie offen. Eine Sekunde später hörte ich Wasser laufen.

Das Büro war viermal so groß wie meine Zelle. Der Teppichboden war grün und eben wie der Filz auf einem Billardtisch. Die Fußspuren der Filmleute und die Dellen der Kamerastative zeichneten sich deutlich darauf ab. Die Wände waren mit quadratischen Eichenpaneelen verkleidet, wobei die Maserung mal horizontal, mal vertikal verlief, so daß der modische Effekt eines Schachbrettmusters erzielt wurde. Unabgegriffene, saubere, braune Gesetzbände standen in einer hohen Regalwand auf der einen Seite des Büros. Es war der ideale Hintergrund für Fernsehaufnahmen.

Auf der anderen Seite befand sich ein großes Fenster mit Netzvorhängen und venezianischen Stores und gab den Blick auf die Innenstadt von Iroquois Heights frei. Darunter stand ein elfenbeinfarbenes Sofa mit Cocktailtischchen, geeignet für diese »Lassen Sie mich einmal nachdenken«-Interviews, die meisten von ernst blickenden Journalistinnen mit sturmsicherer Frisur geführt wurden. Es stand nichts auf dem Schreibtisch, außer einem Kassettenrecorder und einem Telefon in einer Holzverkleidung, die aussah wie ein Kindersarg.

Bis jetzt war ich auch nur ein Möbelstück für meinen Gastgeber.

Während Fish aus dem Bad kam, knöpfte er seine Manschetten wieder zu. Seine Krawatte saß wieder gerade, und sein Gesicht war gewaschen und rosig – und eine Nuance heller als zuvor. Heutzutage tragen all die Leute, die wir am meisten hassen und bewundern, Makeup.

Ich sagte: »Sie werden es nie zum Senator bringen.«

Er zögerte einen Augenblick. Seine Augen verengten sich hinter den Brillengläsern. »Warum sagen Sie das?«

»Die Wähler stehen auf gesprächige Kandidaten. Dieses eisige Schweigen bleibt ausschließlich Calvin Coolidge vorbehalten.«

Er räusperte sich und nahm sein maßgeschneidertes Jackett von der Stuhllehne. Während er es anzog, sagte er: »Ich habe Sie ein bißchen überprüft!«

»Ich werde des öfteren überprüft. Was haben sie diesmal erzählt?«

»Der genaue Wortlaut spielt keine Rolle. Sie handeln sehr clever. Zwar nicht immer clever genug, um der Polizei aus dem Weg zu gehen, aber clever genug, um bei einem Zusammenstoß Ihre Rolle überzeugend zu spielen. Auf jeden Fall zu clever, um einem Mörder bei der Flucht zu helfen.«

»Wenn das so ist, warum sitze ich dann in der Abteilung für Schwerverbrecher und zähle die Kakerlaken?«

»Weil Sie verdammt noch mal beschuldigt werden, ein Klugscheißer zu sein, der eine Verdächtige, die er für unschuldig hält, aus der Stadt geschmuggelt hat. Ihre Neigung, den edlen Ritter zu spielen, wurde bereits in Ihren Polizeiakten festgehalten; Sie haben Ihr Pferd schon öfter in die Scheiße geritten, als Sie zählen können. Doch noch nie so tief wie in diesem Fall.«

»Welche Beweise habt ihr?« fragte ich. »Eine Visitenkarte, die am Tatort gefunden wurde, und ein geklautes Auto, das um die Ecke von meinem Büro abgestellt war. Sie würden einen Anfänger in den Arsch treten, wenn er mit so einem Fall zu Ihnen käme.«

Er lächelte gezwungen, ohne seine Zähne zu zeigen. »Nicht, wenn er einen Augenzeugen hätte.«

Meine Kopfhaut begann zu kribbeln.

»Sogar P.I.s., die Meister der Tarnung, fallen hin und wieder durch ihre Erscheinung auf«, sagte er und schaltete den Recorder ein. »Sie denken, weil die Zollbeamten auf unserer Seite unverschämter sind und schärfere Fragen stellen, muß man sich nur vor denen in acht nehmen. Doch ein paar von den Kerlen auf der anderen Seite haben ein gutes Gedächtnis.«

Ich sagte nichts. Auf einmal wurde es sehr kalt im Büro.

»Wir nahmen das Bild von Paula Royce aus ihrem Führerschein und Ihres aus Ihrer Lizenz, verfielfältigten beide und ließen sie gestern auf beiden Seiten des Tunnels und der Brücke bei jeder Schicht rumgehen. Ein Simon LaFarge konnte sich daran erinnern, wie Sie in einem älteren, grauen Zweitürer gegen fünf Uhr am Weihnachtsmorgen die Grenze passiert haben. Er ist bereit zu schwören, daß ein Mädchen, das so aussah wie Paula Royce, im Wagen saß.«

Ich lächelte. Ich hatte schon härtere Dinge durchgestanden. »Ein guter Versuch, Fish. Ich wette, auf diese Weise kriegen Sie eine Menge Geständnisse – von den Schuldigen.«

»Sie haben ein dummes Ding gedreht, Walker. Machen Sie es nicht noch dümmer. Zwanzig Jahre dümmer. Das ist die Höchststrafe für Beihilfe nach der Tat in diesem Staat.«

»Aber nur, falls Sie die Hauptverdächtige erwischen, falls Sie beweisen können, daß sie der Täter war, und falls dieser LaFarge, falls er überhaupt existiert, sie als das Mädchen im Wagen identifiziert. Für heute keine Aussagen mehr, Senator. Ich zähle lieber Kakerlaken.«

»Letzte Chance«, sagte er ruhig. »Sprechen Sie ein bißchen hier in dieses Gerät, und Sie können gehen. Ohne Handschellen. Ohne Bullen. Ansonsten nageln wir Ihren Arsch an den Flaggenmast.«

»Ich scheiß drauf. Sie warten doch nur auf eine große Sache, um sich für Ihren Einzug in Lansing zu schmücken. Ich habe viele Dinge getan, die ich nicht zugeben würde, aber einem Showmaster wie Ihnen in eine Position zu verhelfen, in der er einem Mädchen, das lediglich zur falschen Zeit am falschen Ort in der falschen Stadt war, wirklich Schaden zufügen könnte, wird nicht dazu gehören. Ich würde jetzt gerne wieder zurück in meine nette kleine Zelle gehen. Diese Intimitäten mit Bullen und Politikern verderben meinen guten Ruf.«

Fishs Gesicht war dunkelrot. Mit steifen Beinen ging er zur Tür und riß sie auf. Zorn und Bloodworth hingen im Empfangsraum herum. »Locht diesen Hurensohn ein«, knurrte der Staatsanwalt. Und zu mir: »Besorgen Sie sich einen Anwalt. Sie werden einen brauchen, der an Ihrem Gnadengesuch arbeitet, nachdem wir Sie aufgeknüpft haben.«

»Danke, aber für heute habe ich die Schnauze von Anwälten voll.«

Zorn pfiff auf dem Weg nach unten. Er hatte gelauscht.

Ich hatte das Mittagessen verpaßt, was bestimmt auf Fishs Konto ging. Abendessen. Schlafen. Frühstück. Und dazwischen bewegungslose Zeit. Ich hatte mich an die Matratze gewöhnt, und sogar die Stille störte mich nicht mehr so, daß meine Haut krippelte. Nur zweiundvierzig Stunden im Bau, und ich fühlte mich bereits heimisch. Der Bewohner der Zelle nebenan, ein magerer, schwarzer Junge mit Koteletten, so breit wie meine Hand, vertrieb mir die Zeit, indem er ein Frage-und-Antwort-Spiel über alte Filme inszenierte. Fred-Astaire-Musicals waren seine Spezialität. Er hatte eine siebzigjährige Frau in ihrer Wohnung vergewaltigt und zusammengeschlagen und war dann mit dem Fernsehapparat abgehauen. Er wartete noch auf seine Gerichtsverhandlung. Irgendwann in der Nacht versuchte ein Junge, der wegen Ladendiebstahls saß, sich in seiner Zelle aufzuhängen. Ein Wärter entdeckte ihn und schnitt die Schlinge durch. Wir wußten, daß er tot sein würde, bevor er in der Notaufnahme des lokalen Krankenhauses ankam. Um die Mittagszeit hörte ich Schritte im Gang, aber nicht das Schlurfen und Humpeln des Wächters, der das Essen brachte. Sie endeten vor meiner Zelle. Ich sah auf. Es war der Grünschnabel, der mich im Waschraum beaufsichtigt hatte. Er öffnete die Zellentür.

»Wo ist der Pfaffe?« fragte ich.

»Wann sucht ihr Kriminellen euch endlich ein paar bessere Dialogschreiber? Los, mitkommen«, sagte er.

Er brachte mich runter in die Aufnahme. Der Graukopf, der mich am ersten Weihnachtstag eingewiesen hatte, stand hinter dem Schreibtisch, auf dem jetzt mein Mantel und mein Hut lagen. Er gab mir die Papiertüte, in der meine Habseligkeiten steckten, schob ein Formular über den Tisch und reichte mir einen Kugelschreiber. »Geben Sie mir Ihre Kopie des Originalbelegs und unterschreiben Sie hier. Sehen Sie aber vorher nach, ob alles dabei ist.«

Ich machte keine Bewegung. »Wer hat mich rausgeholt?«

»Die Anweisung kam gerade vom Büro des Staatsanwalts.«

Mehr würde er nicht sagen. Doch dann platzte er heraus: »Die Kanadier haben heute morgen einen drei Jahre alten Mustang aus dem Ontariosee gefischt. Ihre Freundin saß immer noch drin.«

16

»Hallo, mein schönes Ekel!«

Ich stand auf dem Gehsteig vor dem Gefängnis wie ein Einwanderer auf Ellis Island, der den Duft der Freiheit genießt. Ich fingerte eine ausgetrocknete Winston aus meiner zerknitterten Packung. Der Schnee der letzten Nacht war bereits geschmolzen und hatte am Straßenrand gelbe Pfützen hinterlassen. Fern Esterhazy saß hinter dem Lenkrad eines offenen, grünen Jaguars. Ihr langes, rotes Haar war vom Wind zerzaust. Sie trug eine dunkle Sonnenbrille und hatte den Kragen ihres Ledermantels hochgezogen. Ich ging zu ihr rüber und sagte: »Mach das Verdeck hoch. Ein blaugefrorenes Gesicht paßt nicht zum Ann-Margret-Look.«

»Ihr Exknackis habt keinen Sinn für Abenteuer. Steig ein.« Ich stieg ein. Der weiche Ledersitz hüllte mich ein wie ein verliebter Teufelsrochen. »Dreh einfach ein paar Runden, bis ich den Lysolgestank aus der Nase kriege.«

Wir starteten mit quietschenden Reifen und hinterließen teure Gummispuren. Ich fing meinen Hut auf und verstaute ihn unter dem

Armaturenbrett. Der Motor heulte die Skala rauf und schnappte zwischen den Gängen nach Luft. Sie schaltete wie ein Daytona-Veteran. Ich schlug meinen Kragen hoch.

»Ich habe versucht, dich auf Kaution rauszuholen. Die haben das nicht gemacht«, sagte sie.

»Einen wichtigen Zeugen kriegt man nie raus. Woher wußtest du, daß ich heute entlassen würde?«

»Cecil Fish hat heute morgen meinen Vater angerufen.«

»Was ist mit Paula Royce?«

»Jedesmal, wenn wir uns sehen, fragst du das gleiche. Ein Kanadier von der Mounted Police entdeckte sie gestern nacht in einem gestohlenen Wagen und verfolgte sie in der Nähe von Kingston. Die reiten ihre Pferde inzwischen auch nur noch bei Paraden. Sie versuchte, ihn abzuschütteln, geriet dabei aus einer Kurve und stürzte in den See. Sie ist ertrunken.«

»So dumm war sie nicht.«

»Einen Wagen zu stehlen oder in den See zu fahren?«

»Beides. Halt mal an.«

Wir fuhren mit neunzig durch eine Geschäftsstraße. Sie schaltete runter und bremste zur gleichen Zeit. Wir schleuderten gegen den Bordstein. Das Benzin rumpelte im Tank. Ich löste meine verkrampften Hände vom gepolsterten Armaturenbrett, stieg aus, lief einen Block zurück und warf einen Vierteldollar in einen Zeitungsautomaten an der Straßenecke. Ein Bild von Cecil Fish bei einer Pressekonferenz nahm ein Drittel der Titelseite ein; darüber die Schlagzeile »Zeuge im Mordfall Broderick unter Arrest«. Auf der unteren Hälfte war ein kleines Bild von mir. Es war das von meiner Ermittlungslizenz. Ich blätterte die Zeitung durch, fand aber nichts über die Sache am Ontariosee.

Fern tauchte neben mir auf. »Sie haben die Sache gerade erst bekanntgegeben. Vor morgen wird davon nichts drinstehen.«

Ich klemmte die Zeitung unter den Arm. »Wie wär's mit einer Spritztour zurück zur Polizei?«

»Laß doch die Finger davon, Amos.«

Im hellen Tageslicht sah man schwache Falten wie bei ihrer Stiefmutter.

»Nur eine Minute«, sagte ich. »Ich möchte Proust für seine Gastfreundschaft danken.«

Wir gingen zurück zum Wagen. Sie steckte sich eine Zigarette an und lenkte die Kutsche auf die Fahrbahn. »Bud war ein süßer Junge. Ich hätte nie gedacht, daß ich ihn vermissen würde, aber ich tu's.«

»Glaubst du, daß das Mädchen ihn getötet hat?«

»Ich hasse sie nicht dafür und würde es auch nicht, wenn sie noch am Leben wäre. Es ist nicht so, als hätte sie es geplant, oder als hätte sie gewußt, was sie tat. Du würdest auch glauben, daß sie es war, wenn du nicht immer noch so auf sie abfahren würdest.«

»Ich wußte gar nicht, daß ich jemals auf jemanden abgefahren bin«, sagte ich. »Und du weißt das genausowenig. Es ist komplizierter. Ich würde der Polizei ihre Version abkaufen – vielleicht –, wenn da nicht die Tatsache wäre, daß sich Paula die ganze Zeit suchend umblickte. Ich wüßte zu gerne, wen sie zu sehen erwartete.«

»Vielleicht sich selbst. Mein Gott, bin ich heute wieder freudianisch.« Sie hielt ihre Zigarette über die Windschutzscheibe und ließ die Asche vom Fahrtwind wegblasen. »Ich habe eine Analyse gemacht, weißt du. Zwei Jahre lang.«

»Wer in deiner Steuerklasse hat das nicht gemacht? Da ist das Präsidium. Du kannst mich hier absetzen. Ich laufe rüber.«

Ich hatte die Hand schon am Türgriff, als sie den Jaguar mit einem Ruck herumriß und quietschend vor den Stufen des Haupteingangs bremste. Ich nahm meinen Hut und stieg aus. Ich widerstand dem Bedürfnis, mich zu bücken und den Boden zu küssen.

»Wie lang wird's dauern?« fragte sie.

»So lange, bis meine Knie nicht mehr zittern.«

Sie lächelte glückselig. »Ich bin hier, wenn's soweit ist.«

Als ich die Treppen hochging, kam mir ein uniformierter Bulle entgegen. Seine Augen blitzten vom Wagen zu mir. »Da darf nur die Polizei halten. Was glaubt sie, wer sie ist, der Papst im Vierspänner?«

»Nah dran. Sie ist Charles Esterhazys Tochter in einem Jaguar.«

Er guckte gelangweilt. Er kannte den Namen. »Man sieht's ihr an. In dieser Stadt ist jeder jemand.«

Der glatzköpfige Beamte in der Pförtnerloge sah, wie ich die Treppe hochlief und rief mich zurück. Ich tat so, als hätte ich nichts gehört. Er hatte wohl gleich im Mannschaftsraum angerufen, denn als ich oben ankam, wurde ich bereits von einem Beamten erwartet. Es war der gleiche Zivilbulle, der seinen Kopf in Prousts Büro gesteckt hatte, um die Ankunft des Staatsanwalts zu verkünden – war das erst vor zwei Tagen? Mein Leben hatte sich in zwei Hälften geteilt, vor und nach dem Bunker.

Ich fragte: »Ist der Chef da?«

»Nicht für Sie.« Er war ein dünnes Knochengestell mit einem pockennarbigen Gesicht und einem hervorstehenden Adamsapfel, der einen drei Finger breiten Abstand zwischen Hemdkragen und

Hals verursachte. Der Gurt seines Holsters trotzte der Schwerkraft, indem er sich an die kaum existenten Schultern klammerte. »Keine Zivilisten ohne Begleitung eines Beamten in den oberen Stockwerken.«

»Ich habe diesen Hinweis nirgendwo im Erdgeschoß gesehen.«

»Dann machen Sie auf Ihrem Weg nach draußen mal die Augen auf.«

»Laß den Hurensohn vorbei, Epstein.«

Als er die kehlige Stimme vernahm, drehte sich Epstein um, sah Proust, der aus seiner Bürotür spähte, und bewegte sich dann gerade so viel zur Seite, daß ich um ihn herumgehen mußte, um den Wachraum zu betreten.

Der Stellvertretende Chef hielt mir die Tür auf, als ich sein Büro betrat. Ich hatte gehört, daß sie das auch für einen Tun, wenn man die Gaskammer betritt.

Er schloß die Tür. »Setzen?«

»Nein, danke. Meine Arschbacken sind noch ganz platt von dem Bügelbrett im Knast.«

»Ganz wie Sie wollen. Wie ist das Essen dort heutzutage?«

»Wie, Essen gibt's da auch?«

Er kicherte und ging mit flotten Schritten um seinen Schreibtisch herum. Derselbe gut geschnittene, blaue Anzug, aber heute trug er eine kastanienbraune Seidenkrawatte mit einem aufgestickten, goldenen Notenschlüssel direkt unter dem Knoten. Ich wußte gar nicht, daß er musikalisch war.

»Sie haben einen guten Schutzengel, Walker. Hätten wir Paula Royce in einem besseren Zustand erwischt, säßen Sie jetzt wegen Beihilfe. Wir könnten Sie immer noch wegen Vorenthaltens von Informationen in einem Mordfall einlochen, aber warum kleinlich sein? Man hat nichts davon, nachtragend zu sein.«

Ich wartete auf den Hieb. Er ließ sich mit einem gefälligen, kurzen Seufzer in seinem Schreibtischstuhl nieder, öffnete den Deckel eines schweren, feuchtigkeitsregulierten Behälters und ließ seine Blicke über die darin befindlichen Zigarren schweifen, wie die Queen über eine Auswahl erlesener Pralinen. Er seufzte wieder – diesmal etwas weniger zufrieden – und ließ den Deckel zuklappen, ohne eine herauszunehmen. Dafür, daß ihm die kanadischen Behörden gerade eine Rosine weggepickt hatten, war er gut gelaunt – zu gut. Und außerdem konnte er nachtragend sein, bis sein Groll Wurzeln schlug und Keime trieb.

»Sie werden in Ihrem Büro einen Brief der Polizeibehörde in

Lansing vorfinden.« Seine trüben Augen blickten verträumt. »Ich habe dort gestern früh angerufen. Ihre Lizenz wurde aufgrund meiner Anweisung eingezogen.«

»Ich kann ein Anhörungsverfahren beantragen«, sagte ich nach einer Weile.

»Sicher, aber wozu noch lange herummurksen? Sie sind schuldig. Ich nehme an, daß sie jemanden vorbeischicken werden, um Ihre Ausweiskarte abzuholen. Ich rate Ihnen, sie ohne Mätzchen auszuhändigen. Sie wissen ja, wie sauer die Jungs werden können, wenn sie erst hinter Ihnen herlaufen müssen und dabei ihre Hosen zerknittern.«

»Mit anderen Worten, ich kann machen, was ich will, ich zieh' den kürzeren. Darin habe ich bereits Übung.«

»Jeder hat sein Hobby.« Er grinste selbstgefällig. »Oh, und Sie sind auch Ihren Waffenschein los, also passen Sie auf, daß Sie nichts Tödlicheres bei sich tragen, als einen Gummi. Ich bin scharf hinter Waffen her.«

»Ja, ich habe von Ihrer Haubitzensammlung gehört.« Ich zündete mein Streichholz an seiner Schreibtischkante an, nur um das Grinsen aus seinem Gesicht zu vertreiben. Es lohnte sich nicht; ich war wohl nicht der erste. »Was ist mit dem Mord an Broderick?«

»Was soll damit sein?«

Ich hielt inne, bevor ich mir die Zigarette ansteckte. »So ist das nun mal, stimmt's?«

»Ja, so ist das nun mal. In diesem Revier verschwenden wir keine Zeit damit, trockene Knochen abzulutschen.«

»Wer hat die Leiche von Paula Royce identifiziert?«

»Wir. Die Fahndungsbeschreibung paßte genau, also nahm die Elchpatrouille ihre Fingerabdrücke und schickte uns eine Kopie. Keine Zweifel.«

»Wen haben Sie hingeschickt, um sie persönlich zu identifizieren?«

»Abdrücke sind Abdrücke. Wir müssen Benzin für den Präsidenten sparen.« Er zog das Gummiband von einem großen Manilaumschlag mit Berichten von Verkehrsunfällen und fing an, sie durchzulesen. »Gehen Sie jetzt. Sie stehen mir im Licht.«

Ich ging zur Tür. Wenn ein Bulle sagt, daß man gehen soll, geht man.

Fern stand immer noch im Halteverbot vor dem Revier. Ein junger Motorradbulle in glänzendem schwarzen Leder lehnte an der Fahrertür. Als ich näher kam, richtete er sich auf und ging summend an mir vorbei; er hatte keinen Strafzettelblock in der Hand. Seine fette Harley stand zwischen dem Jaguar und einem goldenen Chrysler LeBaron, der vorschriftsmäßig neben einer Parkuhr parkte.

»Du mußt heute die Ausstrahlung einer läufigen Hündin haben.« Ich setzte mich neben sie.

Sie studierte mich durch ihre Sonnenbrille. »Ich habe gehört, daß der Knast die Leute verbittert, aber ich wußte nicht, daß es so schnell geht.«

»Du hast recht. Entschuldige. Habe ich dich und Brando dabei gestört, ein Rendezvous zu vereinbaren?«

»Keine Chance. Zu jung und zu arm.«

Ich zog meinen Hut in die Stirn und lehnte meinen Hinterkopf gegen den Sitz. »Fahr los, Kato.«

»Wohin?«

»Zum nächsten Arbeitsamt.«

»Schwarzarbeiter.« Sie ließ die Kupplung kommen.

Ich war total ausgebrannt, schlief aber nicht gleich ein. Mein Kopf war damit beschäftigt, herauszufinden, warum niemand nach Kanada gefahren war, um sich von Paulas Tod zu überzeugen. Und das bei einer Institution, die zwei Zeugenunterschriften braucht, um eine Rolle Klopapier anzufordern.

Ich träumte, ich sei wieder im Gefängnis. Die harte Pritsche unter mir wurde durch das nicht endende Zuknallen der Gittertüren erschüttert. Ich öffnete die Augen. Fern Esterhazys Jaguar holperte über die Bodenwellen einer verkehrsberuhigten Straße, die ich sehr gut kannte.

»Fahr langsam«, sagte ich und richtete mich auf. »Dafür sind die Dinger da.«

Sie drosselte die Geschwindigkeit. Ich holte meine Zigarettenschachtel raus, aber sie war leer. Sie bot mir eine von ihren an. Ich schüttelte den Kopf. »Wie hast du herausgefunden, wo ich wohne?«

»Du stehst im Telefonbuch. Meine Wohnung war näher, aber ich habe keinen Rasierapparat. Bartstoppeln sind wie Schneelandschaften – nett anzusehen, aber unangenehm auf der Haut.«

»Vorausgesetzt, mein Körper ist nicht der Preis für deine Fahrdienste«, gähnte ich, »werde ich jetzt einschlafen. Ich bog ihren Rückspiegel so zurecht, daß ich mein Kinn sehen konnte. Ich bemerkte einen goldenen Chrysler LeBaron hinter uns, der mir irgendwie bekannt vorkam. Ich versuchte, mich zu erinnern. Dann fiel es mir wieder ein. »Bieg rechts ab«, sagte ich.

»Aber du wohnst doch in dieser Straße.«

»Mach's trotzdem. Und wenn du schon mal dabei bist, kannst du's gleich dreimal wiederholen.«

Sie hatte verstanden und blickte in ihren Außenspiegel. Wir fuhren einmal um den Block.

»Er ist weg«, sagte sie mit einem Blick in den Spiegel. Ihre Stimme klang erleichtert.

»Yeah.«

Er war clever. Er hatte uns nach dem zweiten Richtungswechsel fahrenlassen. Wäre er sehr clever gewesen, hätte er das schon nach dem ersten getan. Ich stellte den Rückspiegel wieder richtig ein und lehnte mich für den Rest der Fahrt zurück. Bisher konnte ich noch keine Unterschiede zwischen dem Leben eines privaten Bürgers und dem eines privaten Ermittlers feststellen.

17

Mein Chauffeur setzte mich ohne ein Wort vor meinem Haus ab und brauste mit einem lauten Röhren davon. Mir schien, als hätte ich sie mit meinem Bedürfnis nach Schlaf bitter enttäuscht. In letzter Zeit enttäuschte ich jeden, außer Mark Proust. Er liebte mich. In der Hütte roch es muffig. Ich ließ die Haustür offen um durchzulüften und nahm eine Flasche Bier aus dem Kühlschrank. Sie schmeckte nach Knast. Ich schüttete den Rest ins Spülbecken, ging ins Wohnzimmer und setzte mich vor den Fernseher, ohne ihn einzuschalten. Als ich genug davon hatte, rief ich meinen Telefonservice an und fragte, ob es irgendwelche Anrufe für mich gegeben hätte. Vier im ganzen. Einer kam von einer Frau, deren Mutter am Heiligabend aus dem Altenheim verschwunden war und seitdem nicht mehr gesehen wurde. Der zweite kam von einer Firma, die mir Büromöbel verkaufen wollte. Der dritte kam von einem Mann namens Horn, der an diesem Morgen versucht hatte, mich zu erreichen und später noch mal anrufen wollte. Und der vierte kam von der Frau, um mitzuteilen, daß ihre Mutter gefunden worden war und sich nun wieder im Altenheim befand.

Ich ging langsam durch die Zimmer, aber es gab keine Anzeichen dafür, daß die Bullen das Haus auf den Kopf gestellt hatten. Das Paket mit der Munition für die Luger, das ich oben auf den Kleiderschrank gelegt hatte, war immer noch mit einer gleichmäßigen Staubschicht bedeckt. Ich hatte es von einem Händler, der es mit den Belegen nicht so genau nahm. Wenn man eine unregistrierte Waffe besitzt, sollte man keine Spuren hinterlassen, die zu ihr führen könnten.

Ich wählte die Nummer des Polizeireviers von Iroquois Heights und fragte nach Dick Bloodworth.

»Der ist heute nicht da«, sagte die Stimme. »Hier ist Sergeant Dingle, kann ich irgend etwas für Sie tun?«

»Nein, ich will Bloodworth sprechen. Wie ist seine Privatnummer?«

»Tut mir leid, aber die dürfen wir nicht weitergeben.«

»Hier ist Wedge, Waffenmeister der Polizeibehörde Kreis Wayne. Ich bin gerade damit fertig geworden, einen neuen Griff an sein Seitengewehr zu montieren und wollte ihm sagen, daß er es abholen kann.«

»Ich rufe ihn an und sage ihm Bescheid.«

Bullen. Ich gab ihm meine Nummer für Bloodworth.

Das Telefon klingelte, als ich mich gerade aus meinem Hemd pellte.

»In gerade diesem Moment halte ich mein Seitengewehr in der Hand«, informierte mich Bloodworths Stimme. »Der Griff ist immer noch der gleiche, seit ich keine Uniform mehr trage. Und warum sollte ich das in Wayne machen lassen, wenn wir einen eigenen Waffenmeister haben?«

Ich sagte: »Ich kannte seinen Namen nicht, und soviel ich weiß, habe ich ausgerechnet mit dem gesprochen. Hier ist Walker. Erinnern Sie sich? Das letzte Mal, als wir uns sahen, trug ich Handschellen.«

»Ahaa.« Er wartete.

»Hören Sie, ich muß mit Ihnen über den Fall Royce sprechen.«

»Was für einen Fall Royce? Es gibt keinen Fall Royce, Mann. Der Fall ist gestorben wie das Mädchen.«

»Ich biete ein verständnisvolles Ohr für ein paar Informationen.«

»Dabei werden Sie aber den kürzeren ziehen.«

»Wenn das Ihre einzige Sorge ist. Wo können wir uns treffen?«

»Bei mir.« Er gab mir eine Adresse in Iroquois Heights. »So gegen drei, weil ich jetzt erst in die Stadt muß, um einen neuen Propeller zu kaufen.« Klick.

Der letzte Satz hielt mich noch fünf Minuten lang wach.

Dick Bloodworth lebte in einem der Unterbezirke im Norden der Stadt. Er bewohnte eine Doppelhaushälfte aus roten Ziegeln mit einem großen, bunten Mosaikfenster, einer niedrigen Gartenmauer und einem Basketballkorb über der Garagentür. Auf dem Rasen stand eine gußeiserne Jockeyfigur, der man weiße Farbe über die schwarzen Hände und das Gesicht gegossen hatte. Ein alter, abgedroschener Rassistenwitz. Mrs. Bloodworth begrüßte mich höflich. Sie trug einen straff sitzenden Rollkragenpullover und enge Hosen. Sie hatte alles, was Fern Esterhazy auch hatte, nur war es bei ihr irgendwie kompakter. Ihre Hautfarbe war ein zartes Café au lait, und ihre schwarze, glänzende Frisur hatte durch eine Unmenge Haarspray das Aussehen von Wellblech. Sie hängte meinen Mantel und Hut in einen Garderobenschrank und zeigte mir die offene Tür auf der anderen Seite des Flurs, von wo aus Treppenstufen in den Keller führten. »Dick ist im Keller«, sagte sie. »Folgen Sie einfach dem Klebstoffgeruch.«

Der Keller war mit Teppichboden ausgelegt und die Wände verkleidet. Eine Ölheizung sprang an und brummte, als ich den hell erleuchteten Raum erreichte, aus dem der scharfe Acetatgestank drang. Ich war geduscht, rasiert und trug frische Sachen. Ich fühlte mich wie ein Exknacki, der bei seinem Bewährungshelfer vorbeischaut.

»Moment«, sagte Bloodworth.

Der Raum war klein und wurde durch zwei Paar Neonröhren beleuchtet. Die Wände waren genauso verkleidet wie der Rest des Kellers. Modellflugzeuge der verschiedensten Größen, Typen, Perioden und Farben hingen an Drähten von der Decke, standen auf Tischen, Bänken und in Stahlregalen. Eines neben dem anderen, so dicht beieinander, daß man einen Kompaß brauchte, um den Raum ohne Zusammenstöße zu durchqueren. Bloodworth hatte sich über eine englische Spitfire gebeugt, deren beinlanger Rumpf auf der Werkbank in einer Schraubzwinge steckte, und befestigte das Ende eines Drahtes, der mit einer Trockenbatterie verbunden war, an dem kleinen Elektromotor in der Nase des Rumpfes. Dann richtete er sich auf, nahm das Fernsteuerungsgerät, kippte es, so daß die Antenne auf den Motor zeigte und betätigte einen Schalter. Der Propeller setzte sich mit einem stotternden Geräusch in Bewegung, das nach kürzester Zeit zu einem ohrenbetäubenden Dröhnen wurde. Er schaltete das Gerät wieder aus, und der Propeller kam hustend zum Stillstand.

»Also so verbringt ihr Bullen eure Freizeit«, sagte ich. »Ein Geheimnis weniger.«

Er stellte das Gerät auf den Tisch und wischte seine Hände an einem verschmierten Stoffetzen ab. Er trug ein weißes T-Shirt und dreckige Jeans. Seine Brust- und Armmuskulatur bewegte sich rhytmisch, als er den Lappen knetete. »Das kommt ganz auf den Bullen an. Manche trinken, manche huren herum. Ich spiele mit Flugzeugen. Das hält mich vom Trinken und von den Nutten fern. Bier ist im Kühlschrank. Bedienen Sie sich. Ich nehm' auch eins.«

Der Kühlschrank befand sich in der Ecke hinter der offenen Tür.

Ich nahm zwei Dosen heraus, reichte ihm eine rüber und öffnete meine. Es fing wieder an, nach Bier zu schmecken. Er setzte sich auf einen runden Hocker neben der Werkbank und deutete auf einen bequemen, schäbigen Sessel, über dem das Bild eines Luftkampfes zwischen einem Fokkergeschwader und einer französischen Spad an die Wand geheftet war. Ich setzte mich, riß das Zellophan von einer frischen Zigarettenschachtel und steckte mir eine an. Ich rauchte, trank Bier und beobachtete ihn.

»Ist mein Hosenschlitz offen?«

»Nein, ich trainiere nur meine Birne. Sie scheinen mir ziemlich ehrlich zu sein.«

»Es gibt auch ehrliche Nigger.«

»Hören Sie auf mit dem Quatsch. Sie sind viel zu gut, um sich hinter Ihren Pigmenten zu verstecken. Wie kommt es, daß ein halbwegs ehrlicher Typ mit Polizeimarke an einem Ort wie Iroquois Heights landet?«

»Sie wissen nicht, ob ich ehrlich bin«, sagte er. »Weder halbwegs, noch sonstwie.«

»Sie müssen ehrlich sein. Wenn Sie es nicht wären, würden Sie nach vier Jahren als Zivilbeamter nicht immer noch die Tür für einen Hohlkopf wie Reuben Zorn aufhalten. Erst recht nicht in diesen harten Zeiten. Sie wären Cecil Fishs leitender Untersuchungsbeamter oder so etwas. Ich glaube eher, daß Sie zu gefährlich sind, sogar als Schaufensterdekoration, was in dieser Stadt soviel bedeutet wie ›aufrichtig‹ – Sie sind zu aufrichtig.«

Er kippte den Rest seines Biers hinunter und warf die Dose in einen Mülleimer, der bis zum Rand mit verklebtem Zeitungspapier vollgestopft war. »Was wollen Sie eigentlich?«

»Wer hat den Fall Broderick vom Tisch gewischt und warum so schnell?«

»Weiß ich nicht.«

»Sie wissen nicht, wer, oder Sie wissen nicht, warum?«

»Weiß ich nicht, heißt, ich weiß es nicht. Alles, was ich weiß, ist, daß Reuben und ich gerade dabei waren, die Nachbarn zu befragen, um etwas über Paula Royce in Erfahrung zu bringen, als wir vom Präsidium zurückgepfiffen wurden. Das Mädchen war tot, und alles war vorbei, bis auf die Schreibarbeit. Und nicht einmal die war so umfangreich, wie wir es gewöhnt waren.«

»Was habt ihr von den Nachbarn erfahren?«

»Nichts, genausowenig wie aus Washington, nachdem wir ihre Fingerabdrücke rübergeschickt hatten. Die Nachbarn kannten nicht einmal ihren Namen, bevor er in der Zeitung stand. Achtzehn Monate aus vierundzwanzig Jahren, und selbst über die wissen wir nicht genau Bescheid. Wo hat sie vorher gelebt? Woher kam das Geld? Sie hat nicht gearbeitet, und der junge Broderick hatte kaum genug für sich selbst auf dem Konto. Ich mag keine unlösbaren Rätsel, sonst wäre ich nicht bei der Kripo.« Er zog eine Zigarettenschachtel und Streichhölzer aus seinem T-Shirtärmel. Während er sich eine ansteckte, sagte ich: »Sie hat mir erzählt, daß sie aus Bolivien stammt. Ihre Eltern –« Ich hörte auf.

Er starrte mich an, bis er sich mit dem Streichholz die Finger verbrannte, dann ließ er es fallen und trat es auf dem Teppich aus. »Yeah?«

Ich lehnte mich vorsichtig herunter und klopfte etwas Asche in meinen Hosenaufschlag, dann setzte ich mich wieder zurück. »Ihre Eltern kamen bei einem Autounfall ums Leben, sagt sie zumindest. Mit ihr sind das schon drei in einer Familie. Wie wahrscheinlich ist das?«

»Sehr wahrscheinlich, würde ich sagen. Es gibt viele Autos auf der Welt.«

»Vielleicht.« Ich zog an meiner Zigarette. »Jemals von einem Dealer gehört, der sich Moses True nennt?«

»Er kann nicht von hier sein, sonst würde ich den Namen kennen.«

»Tatsache ist, daß er hier ein paar Geschäfte abgewickelt hat. Er hat vor ungefähr einem Jahr den Job von Johnny Ralph Dorchet übernommen. Erinnern Sie sich an Dorchet?«

»Ich erinnere mich an das, was von ihm in den Spätnachrichten übrig war. Hat True die Royce versorgt?«

Ich nickte. »Es hat länger gedauert, ihm das aus der Nase zu ziehen, als ich dachte. Nach den jüngsten Ereignissen würde es sich lohnen, noch mal mit ihm zu sprechen.«

»Das liegt nicht in meinem Zuständigkeitsbereich. Abgesehen davon, der Fall ist gestorben, wie ich schon sagte, jedenfalls für mich und Rube. Bei uns gibt es eine Bestimmung gegen Bullen, die schwarzarbeiten. Und ich hörte, daß Sie nicht mal mehr P.I. sind.«

»Sie sagen ›nicht mal P.I.‹, als wäre das etwas Niedrigeres als ein Bulle mit Absätzen.« Ich leerte meine Büchse und warf die Kippe hinein. Es zischte. »Wissen Sie irgend etwas über einen goldenen Chrysler, der mich oder Fern Esterhazy beschattet?«

»Wir sind's nicht.«

»Was ist mit Cecil Fish?«

»Warum sollte Cecil Fish einen arbeitslosen Schnüffler beschatten?«

»Warum sollte es irgendein anderer?« Ich stand auf und stellte die leere Büchse auf die Werkbank. »Vielen Dank für das Gespräch. Sie sollten dieser Stadt den Rücken kehren und sich nach einem echten Polizeijob umsehen.«

»Ich glaube nicht, daß ich den Schock überstehen würde.« Er strahlte wie tausend Kerzen. »Man sagt, daß sie unten in Miami sehr gut bezahlen.«

»Sie finanzieren einem sogar die Beerdigung inklusive Grab und Feier.« Auf meinem Weg zur Tür wich ich einer Fliegenden Festung aus. Durch die Bewegung fingen alle hängenden Flugzeuge im Raum an zu schwingen.

»Mal ehrlich, Walker, was ist eigentlich Ihr Treibstoff?«

Ich drehte mich zu ihm um. Er drückte seine Kippe am Tischbein aus und ließ sie auf den Boden fallen. »Sie halten Ihren Kopf für dieses Mädchen hin, und jetzt ist er Ihnen in Höhe der Nieren abgeschlagen worden«, sagte er.

»Fish brauchte einen Schuldigen für den Mord an Broderick. Glaubten Sie ernsthaft, daß Proust weitersuchen würde, nachdem man sie gefunden hatte?«

»Ist das ein Geständnis? Haben Sie ihr geholfen, weil Sie sie für unschuldig hielten?«

Ich grinste. »Wenn es so wäre, was würde Ihnen das nützen?«

»Nichts. Jetzt nicht mehr. Deswegen mache ich auch keinen Druck mehr dahinter. Warum tun Sie's eigentlich noch?«

Ich tippte den Modellbomber an und ließ ihn hin und her schaukeln. »Gute Arbeit.«

Nach einer Weile grinste er.

Eine alte schwarze Frau zankte sich mit dem Geschäftsführer hinter der großen Fensterscheibe des Waschsalons. Sie fletschte die Zähne und schüttelte ihre Faust vor dem roten Gesicht des Mannes. Sie standen vor dem fast schon antiken Modell einer Waschmaschine, aus deren nicht mehr ganz dichten Klappe weißer Schaum quoll und sich auf den schmutzigen Linoleumfliesen verteilte.

Ich ging vorbei und stieg die Treppen zu Moses True hoch. Auf dem Weg durch die Stadt hatte ich an meinem Büro haltgemacht; die Smith & Wesson schmiegte sich an meine Hüfte wie eine Wärmflasche. Ich war schon vor seiner Tür angelangt, bevor mir klar wurde, daß etwas nicht stimmte. Die Hunde bellten nicht laut genug. Ich klopfte an die Tür; was ich hörte, stand in keinem Vergleich zu dem üblichen Gekläffe. Es antwortete auch keiner.

Der Gestank schien heute schärfer zu sein als sonst, sogar im Flur.

Ich atmete durch den Mund. Die eine Hand legte ich auf den Türgriff, und mit der anderen zog ich die 38er aus dem Hüftgurt. Die Tür war nicht verschlossen. Sie öffnete sich eine Handbreit, dann wurde sie von einem toten Hund blockiert.

Es war der braune Labrador oder das, was von ihm übrig war, nachdem ihm jemand die rechte Schädelseite eingeschlagen hatte. Sein gelbes Gebiß war zu einem Grinsen erstarrt. Der freiliegende, weiße Knochen war von den überlebenden Hunden angenagt worden. Er zeigte deutliche Zahnabdrücke und hob sich leuchtend von dem schwarzen, verkrusteten Blut ab. Wer hier zugeschlagen hatte, wußte nicht, daß sein Geknurre nur Bluff war.

Ich stieg über den Kadaver. Der Mongrel, der mich damals angegriffen hatte, lag mit verdrehtem Rücken auf einem bräunlichen Fleck. Sein Darm hatte sich in einem letzten Reflex selbst geleert. Sein Genick war zerschmettert. Fäden, die wie dunkle Wolle aussahen, hingen an den pyramidenförmigen Zähnen seines klaffenden Kiefers. Kämpfend war er krepiert.

Verwesungsgestank hing dick und süßlich in der Luft. Das Japsen des Kurzhaarmischlings und das tiefe Gurgeln eines traurig aussehenden Bassetts steigerten sich zu einem irren Gekläffe, als ich näher kam. Ein abgemagerter goldbrauner Jagdhund humpelte auf mich zu, wobei er seine rechte Vorderpfote hochhielt, beschnüffelte mein Hosenbein, legte sich hin und leckte die zerfetzte Stelle, wo eine Kralle herausgerissen war.

Bis jetzt sah ich nur Hunde. Ich sah hinter dem Paravent nach, der die Toilette verdeckte, checkte den Küchenbereich aus, ging zum Fenster und warf einen Blick auf die Feuertreppe. Zum Schluß griff ich unter die Kante des Klappbetts und ließ es nach oben schnappen. Moses True lag voll bekleidet und mit dem Gesicht nach unten auf der Stelle, wo das Bett gestanden hatte. Die verhungernden Hunde hatten nicht viel für die Gerichtsmediziner übriggelassen.

Die Fensterrahmen waren so mit Farbe zugekleistert, daß sie sich nicht mehr hochschieben ließen. Ich schaute mich um, bis ich so etwas wie eine Brechstange fand, führte ein Ende unter den Rahmen und drückte ihn nach oben. Der Spalt war groß genug, um frische Luft hereinzulassen. Dann lief ich zum Auto runter, versteckte den Revolver, ging wieder hoch und benutzte das Telefon. Es hatte drei Tote gegeben, einige Bullen, Drogen, zwei Tage Gefängnis für einen sturen P.I., der kein P.I. mehr war, nur noch stur. Und jetzt würden noch ein paar Bullen mehr auftauchen.

18

Ich verließ die Polizeizentrale von Detroit gegen Abend und fuhr zurück zu meinem Büro. Ich mußte die ganze Geschichte für einen Lieutenant namens Madison wiederholen, angefangen bei Sandy Broderick bis zu dem Moment, als ich die Leiche von Moses True entdeckte. Ich ließ ein paar Details aus, unter anderem den Gefallen, den ich Paula Royce getan hatte, um die Kanten der Story etwas abzuschleifen. Die Gerichtsmediziner hatten festgestellt, daß der Tod durch Erwürgen in der Nacht vom ersten zum zweiten Weihnachtstag eingetreten war. Dank Cecil Fishs Gastfreundschaft war ich aus dem Schneider. Keiner schien daran interessiert zu sein, mich wegen meines Eindringens in die Wohnung eines toten Mannes festzuhalten, jedoch rieten sie mir, die Stadt vorerst nicht zu verlassen. Als ich mich auf den Weg machte, fingen sie gerade damit an, in der Nachbarschaft nach Zeugen zu suchen, die etwas gesehen oder gehört hatten. In dieser Gegend war es leichter, einen vom Christkind zurückgelassenen Hilfsengel zu finden.

Es sah aus wie eine dieser üblichen Liquidierungen im Drogengeschäft, bis auf die Methode. Rauschgifthändler lieben ihre Knarren.

Meine Post, die ich vorhin nicht beachtet hatte, häufte sich unter dem Briefschlitz der äußeren Bürotür. Ich warf die Werbesendungen gleich in den Mülleimer und nahm den Rest – drei Briefe – mit zu meinem Schreibtisch. Das eine war die verspätete Weihnachtskarte einer Exklientin namens Iris, die nach Indien zurückgekehrt war, um dort bei ihrer Mutter zu leben. Ich las sie zweimal und warf sie ebenfalls in den Müll. Es brachte nichts als Unordnung, diesen Kram aufzuheben. Das zweite war eine meiner eigenen Rechnungen im Originalumschlag mit dem Stempel »Empfänger verzogen – nicht zustellbar«. Der letzte trug den Absender der Staatspolizei in Lansing. Ich ließ ihn ungeöffnet und wählte die Nummer meines Telefonservices. Mein letzter, offizieller Akt.

»Dieser Mann namens Horn hat zweimal angerufen, Mr. Walker, er wollte keine Nummer hinterlassen.«

Ich dankte dem Mädchen und legte auf. Ich kannte keinen Horn. Einen Moment lang übte ich mich im Nichtstun. Dann verstaute ich die 38er in der obersten Schublade meines Schreibtischs, öffnete die unterste, liebäugelte mit dem teuren Scotch – und trat die Schublade wieder zu. Ich war aus dem Stadium heraus, wo Trinken in Mordfällen half. Die Leichen waren immer noch da, wenn der Rausch vorüber war. Ich riß den Umschlag aus Lansing auf. Aufgrund der von der

Polizeibehörde in Iroquois Heights gegen mich erhobenen Anschuldigungen wurden meine Ermittlungslizenz und die Erlaubnis, eine verdeckte Waffe zu tragen, zurückgezogen. Eine Weigerung, die erwähnten Papiere dem zuständigen Beamten auszuhändigen, hätte meine sofortige Festnahme zur Folge. Die Unterschrift des Verantwortlichen war unleserlich daruntergekritzelt.

Während ich den Brief ein zweites Mal durchlas, kam mir langsam zu Bewußtsein, daß ich nicht alleine war.

Ich sah auf. Ein untersetzter Mann im blauen Anzug und grauem Mantel stand in der Verbindungstür, die ich nicht geschlossen hatte. Er trug keinen Hut und hatte sehr dunkles, sehr dickes Haar, das an den Seiten und im Nacken kurz und oben etwas länger war. Er hatte ein sanftes, wenig markantes, breites Gesicht und einen gewaltigen Rumpf, an dem die zu kurz geratenen Arme und Beine unproportioniert wirkten. Seine Hände und Füße waren fast zierlich. Er hatte eine unauffällige Nase und eine helle, transparente Haut, unter der die Bartstoppeln an Kinn und Wangen bläulich durchschimmerten. Seine Erscheinung war sehr gewöhnlich und so unvergeßlich wie das gestrige Mittagessen. Das einzig Auffällige war ein weißer Verband, der unter seinem rechten Ärmel hervorguckte, da er die Hand auf der Türklinke liegen hatte. Möglicherweise hatte ihn dort kürzlich ein Hund gebissen.

»Sie sind Walker. Ich habe Ihr Bild in der Zeitung gesehen.« Seine Stimme war tief und weich wie das Schnurren eines Tigers. »Ich bin Horn.«

19

Er wartete höflich auf meine Antwort. Ich öffnete die oberste Schublade, legte den Brief aus Lansing hinein und ließ sie offen. Während dieser Aktion hatte ich ihn weiterhin unter gesenkten Augenlidern beobachtet. Die Smith & Wesson lag vor mir in der Schublade mit dem Griff zu mir. Ich dachte über seinen Verband nach und hatte das Bild des toten Mischlings mit den Fäden zwischen den Zähnen vor Augen.

»Ich bin im Moment nicht im Dienst, Mr. Horn«, sagte ich. »Falls Sie einen Privatdetektiv suchen, kann ich Ihnen ein paar empfehlen.«

Seine Lippen deuteten ein Lächeln an. »Nicht ›Mister‹. Einfach Horn. Ich bin kein Kunde. Ich will mit Ihnen über Paula Royce sprechen.«

»Zur Zeit spricht jeder über Paula Royce. Ich hatte schon daran gedacht, Jeans mit ihrem Namen als Markenzeichen auf den Markt zu bringen. Setzen Sie sich, Horn. Oder soll ich Sie Einfach nennen?«

Er ignorierte meinen wässrigen Humor, kam näher und legte eine Hand auf die Lehne des Besucherstuhls. Seine Schritte waren graziös und leise, wie ich es mir vorgestellt hatte. Er zögerte. »Warum ist der Stuhl ganz heruntergedreht?«

In seiner schnurrenden Stimme schwang Verdacht mit.

»Hier kommen eine Menge Vertreter rein, von denen manche einen Mundgeruch haben, der einen Riesenbüffel umhauen würde. Deswegen halte ich sie mir lieber auf Brusthöhe. Sie sind doch kein Vertreter, oder?«

Er ließ die Frage im Raum stehen. »Wenn ich Ihnen beweise, daß ich unbewaffnet bin, schließen Sie dann diese Schublade?«

Ich sagte nichts. Er zog seinen Mantel aus, legte ihn über den Tisch mit den Taschen zu mir, knöpfte sein Jackett mit der linken Hand auf, zeigte mir die Innenseite und drehte sich langsam herum, wobei er auch die Jackettschöße hochhob, um anzudeuten, daß er keinen Hüftgurt trug. Es gab sechzehn weitere Stellen, an denen er eine kleine Automatik versteckt haben mochte, aber ich konnte schneller in die Schublade greifen, als er an eine dieser Stellen.

Ich schob sie zu. Er setzte sich. Seine Augen wanderten durch den Raum.

»Dies ist nicht das Oval Office«, versicherte ich ihm. »Hier gibt's keine Wanzen.«

Ein höfliches Lächeln umspielte seinen Mund. »Dann bin ich auch nicht weiter beunruhigt. Denn wenn Sie das sagen, und es sollte sich als Lüge herausstellen, werde ich Sie umbringen.«

Daran erkennt man sie, an der Art und Weise, wie sie »umbringen« sagen; so wie unsereins »essen«, »schlafen« oder »anziehen« sagt. Die ganzen blumigen Euphemismen waren Erfindungen Hollywoods. Ich wünschte, ich hätte die Schublade nicht zugemacht.

»Wer Sind Sie, Horn?«

»Ich bin jemand, der Paula Royce sucht.«

»Paula Royce ist tot.«

»Dann bin ich jemand, der die Leiche von Paula Royce sucht. Es wäre mir lieber, wenn Sie nicht rauchen würden.«

Ich hatte eine herausgenommen und tippte sie auf den Tisch. Ich machte meinen Mund auf, um einen dieser Sprüche abzulassen, für die ich berühmt war, aber er ließ mich gar nicht zu Wort kommen.

»Es wäre mir wirklich lieber, wenn Sie's lassen würden.«

Wir sahen uns an. »So eine Kleinigkeit?«

»Kleinigkeiten haben die Angewohnheit, sich zu summieren und zu einer großen Sache zu werden.«

Ich steckte sie zurück in die Schachtel.

»Wer sind Sie, Horn?«

»Verzeihen Sie meine rauhen Manieren.« Er setzte sich zurück, und seine Entschuldigung klang aufrichtig. »Ich habe gerade drei Jahre in Jackson abgesessen. Die Wächter – sie nennen sie jetzt Strafvollzugsbeamte – bringen einem bei ›bitte‹ zu sagen, wenn man was will, aber mehr auch nicht. Ich ziehe meine Arbeit knallhart und sauber durch – wie Sie. Ich habe den Auftrag, Paula Royce zu finden und dafür zu sorgen, daß jeder andere, der sie sucht, damit aufhört.«

Draußen hatte es angefangen zu schneien. Ich hörte die Flocken auf das Fensterblech rieseln. Es war jedoch zu warm, so daß der Schnee nicht liegenblieb. Sonst hatten wir um diese Jahreszeit schon fünfzig Zentimeter Schnee, aber ein Wetterwechsel war nicht in Sicht.

»Hatten Sie auch den Auftrag, Bud Broderick zu finden?« fragte ich.

»Die haben mich am ersten Weihnachtstag entlassen. Ich war also eingebuchtet, als ihm der Strom ausgeknipst wurde. Aber inzwischen bin ich auf dem laufenden. Sie nahm seinen Jeep und parkte ihn hier um die Ecke. Dann verschwand sie und tauchte erst wieder auf, als man einen gestohlenen Wagen aus dem Ontariosee fischte. Ich würde ganz gerne mal wissen, wie sie von hier aus dorthin gekommen ist. Abgesehen davon, ich glaube nicht, daß die Tote Paula Royce ist.«

»Waren Sie da oben?«

Er rieb die Knöchel seiner linken Hand mit den Fingerspitzen seiner rechten, als ob er es nicht gewöhnt wäre, dort Knöchel zu haben. Seine Hände waren klein, wie ich schon sagte, und schlank wie die einer Frau.

»Ich bleibe lieber auf dieser Seite der Grenze und halte mich von kleinen Städten fern. Deswegen bin ich direkt aus Jackson hierher gekommen, nachdem sie mir meine Papiere gegeben haben. Bisher haben Sie noch keine Fragen beantwortet.«

»Bisher haben Sie noch keine gestellt. Vielleicht würden Sie mir verraten, warum ich sie überhaupt beantworten sollte.«

»Ich glaube, Sie wissen warum.«

»Hören wir auf, um den heißen Brei herumzureden, und kommen wir zur Sache. Ich war nicht lange genug im Bau, um Ihre Geduld zu entwickeln.«

»Vergessen Sie nicht, daß Sie die Fragen gestellt haben.« Seine

Augen blickten traurig. Und Krokodile sehen immer so aus, als würden sie lächeln. »Da war einmal ein Mädchen, das etwas von etwas erzählte, von dem sie nichts erzählen sollte. Meine Arbeitgeber heuerten mich an, damit ich andere davon abhalte, den gleichen Fehler zu machen. Der Grund, warum sie mich genommen haben und nicht irgendwelche anderen, die ich nennen könnte? Weil ich mich nicht so in meiner Arbeit verrenne, daß ich nicht mehr weiß, wann ich aufhören muß. Ich arbeite nur, wenn ich bezahlt werde. Ich liebe meine Arbeit nicht, ich hasse sie nicht. Was ich mache, mache ich gut; weil es mein Job ist, mache ich's mit jedem, wenn es sein muß und wenn es gut ist für meinen Job.

Wieviel haben Sie davon verstanden?«

»Ich habe den Faden vor etwa vier Sätzen verloren«, sagte ich. »Aber ich glaube, ich weiß, worauf Sie hinaus wollen. Gratuliere.«

Er studierte mein Gesicht. Ich hoffte, daß er nicht mehr daran ablesen konnte als ich an seinem. »Wozu?«

»Zu Ihrer Begabung, die Sprache so zu verhunzen, daß es, würde ich das alles aufzeichnen, vor Gericht keinen Penny wert wäre. Was ich nicht tue. Aufzeichnen, mein' ich.«

»Sie können das aber auch ganz gut. Verhunzen, mein' ich.« Er wartete.

Ich wußte, worauf er wartete. Ich betrachtete meine Hände, die ich auf den als Schreibunterlage dienenden Terminkalender gepreßt hatte. Die Fingerspitzen waren weiß, die Fingernägel lila. Ich lockerte sie und hinterließ acht kleine, feuchte Dellen in der dritten Dezemberwoche. »Ich erzähle Ihnen das, was ich auch den Bullen erzählt habe. Es wurde inzwischen sowieso veröffentlicht. Ich weiß nicht, wo Paula Royce ist. Ich wußte nicht, wo sie war, als ich im Gefängnis saß. Und alles, was ich über ihren jetzigen Aufenthalt weiß, können Sie in der Abendzeitung von heute nachlesen. Offiziell ist ihr Fall abgeschlossen, was bedeutet, daß ich keinen Grund hätte, etwas zurückzuhalten. Und seit einigen Minuten habe ich nicht einmal mehr eine Lizenz, auf die ich aufpassen müßte.«

»Sie haben nicht zugehört.« Er lehnte sich vor und legte seine Hände auf den Tisch. Sie waren nicht annähernd so groß wie meine und so sauber und rosig und haarlos wie die eines Mannequins. Sie faszinierten mich. Der Verband an seinem rechten Handgelenk war eine erschreckende, abrupte Unterbrechung der Ebenmäßigkeit. »Eingeschlossen sein ist wie sterben. In mancher Hinsicht ist es sogar schlimmer, besonders nachts. Aber es wird wieder hell, das ist der Unterschied. Es wird wieder hell.«

Seine Stimme hatte sich nicht verändert, und seine Haut blieb hell, leicht blaß. Ich hatte schon bewaffneten Vietcongs gegenübergestanden, aber noch nie stand ich so nah am Abgrund wie jetzt. Ich sah ihm fest in die Augen, während ich mit dem Knie versuchte, die Schublade zu öffnen.

Lenk ihn ab. »Das sieht bös aus«, sagte ich und deutete mit dem Kopf auf seinen Verband. »Vom Hund gebissen?«

»Ich habe mich an einem Nagel verletzt. Machen Sie ruhig weiter mit Ihrer Hinterhalttaktik. Ich habe Geduld, wie Sie sagten. Solange ich dieses Büro mit dem verlasse, weswegen ich gekommen war.«

Die Schublade hatte sich mit einem leisen Knarren in einer der Schienen verkantet. Ich sprach laut, um das Geräusch zu übertönen. »Ich habe den Nagel gesehen, an dem Sie sich verletzt haben. Welche Art von Hammer haben Sie benutzt, um ihn einzuschlagen?«

Etwas abgrundtief Dunkles und Leeres öffnete sich hinter seinen Pupillen. Ich hatte die Schublade ein Stück herausgezogen, wußte aber nicht, wie weit. Es mußte reichen. Ich würde gar nicht erst versuchen, den Revolver herauszunehmen; ich würde ihn in der Schublade abfeuern und in Kauf nehmen, daß die Kugel irgendwo abprallte. Der Krach konnte schon genügen.

Ich bewegte mich.

Er bewegte sich schneller. Seine Hände, die eben noch flach auf dem Tisch lagen, hielten meine Handgelenke fest. Er gebrauchte nicht einmal alle seine Finger – sie waren zu kurz, um meine Gelenke ganz zu umklammern – nur den Zeigefinger und den Daumen. Aber ich konnte mich nicht bewegen. Gefühllosigkeit verbreitete sich kribbelnd in meinen Fingern. Der Köter von Moses True und die Handschellen von Sergeant Zorn hatten nicht fester zugepackt. Ich starrte in den gähnenden, schwarzen Abgrund hinter seinen Pupillen und konnte mich erst recht nicht bewegen. »Es gibt hundertundsechs Möglichkeiten, jemanden ohne Waffe umzubringen«, sagte er. »Hundertundsechs. Ich habe sie noch nicht alle ausprobiert.«

Das Blut konnte nicht in meine Hände strömen. Ich fühlte, wie es wütend und frustriert gegen das Hindernis ankämpfte, und hörte das Zramm-Zramm-Zramm meines Pulses, das durch den Druck immer lauter wurde; es klang wie in einem alten Kriegsfilm, wenn die Besatzung eines U-Boots die Schiffsschrauben eines Zerstörers über sich dröhnen hört. Es war keine Hypnose. Es war das furchteinflößende Herannahen des Todes.

»Was wollen Sie?«

Ich fragte mich, wer das gesagt hatte. Das war keine Stimme, die ich kannte. Später würde ich mir selbst einreden, daß ich nur Zeit gewinnen wollte, aber das stimmte nicht. Ich hätte ihm meine eigene Mutter rübergeschubst, um mich selbst vor dem klaffenden Abgrund zu retten.

»Wo ist sie?« Der gleiche Plauderton wie vorher. Wenn es ihn überhaupt Anstrengung kostete, meine Handgelenke so fest zu umklammern, konnte er sie gut verbergen.

»Ich weiß es nicht.«

Er hielt weiterhin fest. Es war mir egal. Meine Hände spürte ich sowieso nicht mehr. Dann setzte er sich zurück und legte seine Hände auf die Knie. Doch den Druck seiner Daumen und Zeigefinger fühlte ich immer noch.

»Ich glaube Ihnen.« Er stand auf. Von meinem Stuhl aus gesehen wirkte er so groß wie ein Fabrikschornstein. Dabei war er eigentlich nicht größer als ich. Er nahm den Mantel vom Schreibtisch und zog ihn über. Im Gegensatz zu seinem Anzug war er nicht maßgeschneidert, denn die Ärmel gingen bis zu seinen Fingerspitzen. Er blickte forschend auf mich herunter. »Sie haben noch nie so einen wie mich getroffen, stimmt's?«

Also eitel war er auch. Das verringerte meine Angst vor ihm, aber nicht genug, als daß ich noch einmal versucht hätte, den Revolver zu greifen. Ich widerstand dem Verlangen, meine Handgelenke zu massieren, und sah ihm in die Augen. »In dieser Stadt gibt's 'ne Wagenladung schräge Vögel für'n Appel und 'n Ei«, knurrte ich. »Ich kenne die Bogarts, die immer den Mantelkragen hochgeschlagen haben und die Lippen so fest zusammengekniffen, daß sie wie Bauchredner nur durch die Mundwinkel schnarren. Ich hatte mit den Cowboys zu tun, die ohne permanentes Fingerknacken und zwei Packungen Spearmint zwischen den Backenzähnen gar nicht reden können. Ich habe mich mit den ganz Witzigen herumgeplagt, die mit Comicslang um sich werfen, wie eine Nutte, die Shakespeare zitiert, und deren Hirn man nicht einmal mit der Lupe findet; und sollte man es doch gefunden haben, braucht man eine Pinzette, um es aufzuheben. Die Geschniegelten mit den Knarren in den Aktentaschen und die Emporkömmlinge im Junior-Manager-Look – sie langweilen mich. Ich kenne sie alle; die Arschlöcher, die ihre Opfer wimmern lassen, bevor sie abdrücken und die müden Profis, deren Familien zu Hause warten und denken, daß Daddy auf Geschäftsreise nach Houston unterwegs ist. Hin und wieder, nicht so selten, wie ich es mir wünschte, laufen mir diese Wichser über den Weg, die mehr Rauschgift als Blut in den Adern haben und so große Knarren in den Fäusten, daß sie sie nicht still halten können. Vor denen habe ich den größten Schiß, weil die genausowenig wissen, wie ich, was sie als nächstes tun werden. Und dann die Behutsamen wie Sie, die nur im äußersten Fall Gewalt anwenden; ihr seid auch nur verschwendete Zeit. Vielleicht habe ich nie jemanden wie Sie getroffen, vielleicht doch, und ich kann mich nur nicht daran erinnern, weil solche Typen keinen besonderen Eindruck hinterlassen.«

»Ein paar nette, aufmunternde Worte, mit denen Sie sich selbst Mut machen.« Er knöpfte seinen Mantel mit der unverletzten Hand zu. Ich war froh, daß ich ihn mit zwei unverletzten Händen erwischt hatte. »Sie haben Angst, das ist okay. Sie werden nur besser damit fertig als die meisten. Ich habe genug über Psychologie gelesen, um mein Diplom zu machen. Angst ist nichts, weswegen man sich schämen müßte. Die meisten von euch setzen sich ihre eigenen Grenzen, die sie nicht überschreiten. Wenn Sie jemanden treffen, der keine Grenzen kennt, ist Angst eine natürliche Reaktion.« Ich gähnte.

Ungewollt sagte er »ha« und ging zur Tür, ohne sich umzudrehen. Als er bei der Tür war, sagte ich: »Sie besitzen nicht zufälligerweise einen goldenen LeBaron, oder?«

»Ich besitze überhaupt nichts Goldenes. Mein Führerschein ist in meinem zweiten Jahr im Bau abgelaufen. Warum?«

Ich zuckte die Achseln.

Er sah mich noch einen Moment lang argwöhnisch an. »Ich werde weiterhin nach Paula Royce suchen«, sagte er. »Der zweite Teil meines Jobs ist, jeden anderen davon abzuhalten.«

Sein Brustkorb schwoll an. Er drehte sich auf dem linken Fuß, schwang den rechten horizontal zur Seite, zog das Knie blitzschnell an den Körper und streckte es genauso schnell wieder durch. Dabei traf sein Fußballen auf die Zwischentür, zersplitterte den massiven Querbalken und zerschmetterte das dicke, geribbelte Glas. Ein Heizkessel explodierte mit weniger Krach.

»Das ist eine. Da, wo die herkommt, gibt es noch hundertundfünf weitere.« Rückwärts verließ er den Raum; seine Schritte knirschten auf den Glasscherben. Er bewegte sich wie jemand, der es gewohnt war, auf diese Weise Räume zu verlassen.

Ich wartete, bis die automatische Schließvorrichtung die äußere Bürotür zugedrückt hatte, holte dann den Revolver und die Whiskyflasche heraus und pflanzte beides vor mich auf die Schreibtischplatte. Meine Hände waren auch schon mal ruhiger.

Ich zwang mich, langsam zu trinken. Alkohol, gesegneter Alkohol. Macht einen Löwen aus einer Maus, und richtig dosiert, erlaubt er einem verängstigten Exschnüffler sogar, das Telefon zu benutzen, vorausgesetzt, er spricht langsamer, als er trinkt und hält den Hörer mit beiden Händen fest. Im Büro wurde es dunkel. Ich knipste die Schreibtischlampe an, was die Schatten nur noch unheimlicher machte. Ich fing an, Barry Stackpoles Privatnummer in der Redaktion zu wählen, merkte jedoch, daß ich sie nicht mehr wußte, und sah in meinem speziellen Adreßbuch nach, das ich im Karteischrank verschlossen hielt. Dann wählte ich noch einmal. Niemand kannte die lokalen Talente besser als Barry, dessen Kolumnen über organisiertes Verbrechen von Zeitungen im ganzen Land nachgedruckt wurden.

»Stackpole.«

»Ach ja?« sagte ich nach einer Weile. »Ich kenne Barrys Stimme seit Vietnam, und das ist sie nicht.«

»Hier ist Gable Reinhardt, sein Assistent.« Die Stimme war gut zehn Jahre jünger als Barrys, fast jungenhaft. Ich stellte mir einen Typ wie Jimmy Olson vor, Krawatte und Sommersprossen.

»Warum haben Sie das nicht gleich gesagt?«

»Würden Sie das tun, wenn Ihr Name Gable Reinhardt wäre?«

»Wo ist Barry, der meines Wissens noch nie einen Assistenten hatte – bis zu diesem Moment?«

»Er wollte eine Gehaltserhöhung. Und bekam mich. Er ist untergetaucht, um an einer Story zu arbeiten. Wer sind Sie denn?«

Ich sagte es ihm.

»Mann, ist das wahr?« Er sprach jetzt schneller. »Ich habe gelesen, daß Sie im Knast sind.«

»Die lassen mich immer raus, wenn sie meinen Käfig saubermachen. Wo kann ich Barry erreichen?«

»Gar nicht. Untergetaucht ist untergetaucht. Ich kann ihm nicht einmal eine Nachricht übermitteln. Worum geht's denn?«

»Das kommt ganz darauf an, ob ich mit dir oder deiner Zeitung spreche.«

»Verdammt, natürlich mit mir, wenn Sie's so wollen.«

Ich seufzte. Schließlich war ich jetzt freier Agent, also. »Was weißt du über Schwergewichtler in dieser Gegend?«

»Nicht viel. Versuchen Sie's mal in der Sportredaktion.«

»Ich spreche nicht von Sportlern. Ich meine Handwerker. Lebenslöscher, Wegputzer. Wähl deine eigene nette Bezeichnung für Leute, die dafür bezahlt werden, andere umzubringen.«

»Okay, ich weiß, was Sie meinen. Ich wollte es nur von Ihnen hören. Profis oder Gelegenheitsarbeiter?«

»Profis.«

»Ich hab' da was. Ich weiß aber nicht, ob die frei herumlaufen.«

»Der, den ich meine, war eine Weile aus dem Verkehr gezogen.«

»Was zahlen Sie?«

Ich steckte mir eine Zigarette an. »Ihr Lou-Grant-Typen mögt euer Fleisch doch ohne Speck. Ich werde dir ein paar Informationen zuschanzen, wenn die Sache klargeht.«

»Die ich dann unter Stackpoles Namen veröffentlichen darf. Vergiß es. Der braucht meine Hilfe nicht. Wie wär's mit fünfzig?«

»Dollar?«

»Nein, Bleistifte.« Seine Stimme klang ätzend. »Ich habe noch eine Woche Zeit, um die Unterhaltszahlung für mein Balg abzudrükken, oder ich fange das neue Jahr mit einer Nummer auf meiner Brust an.«

»Zwanzig, wenn die Information gut ist.«

»Für zwanzig würde ich mich nicht einmal aus diesem Sessel erheben, und der hat eine kaputte Sprungfeder, die sich durch's Polster bohrt. Fünfzig und keine Garantie. Ich lasse mich nicht runterhandeln. Grau steht mir nicht.«

»Gefangene tragen diese Saison kein Grau, ich geb' dir mein Wort.« Ich blies den Rauch raus. »Okay, fünfzig, aber ich werd's Barry erzählen.«

»Der wird höchstens sauer sein, daß ich ihn nicht beteiligt habe. Aber was soll's. Ich geh' sowieso zum Fernsehen. Was ist nun mit diesem Killer?«

»Ich kann ihn nicht beschreiben. Ich habe ihn gerade erst getroffen und weiß schon nicht mehr, wie er aussah. Sein Name war Horn – behauptete er zumindest.«

Knisternde Stille. Am anderen Ende der Leitung war das Geratter einer entfernten Schreibmaschine zu hören. Früher hatten sie dort nur Schreibmaschinen, aber die ganze Welt war im Computerrausch.

Ich sagte: »Reinhardt?«

»Sorry, Sie meinen doch nicht etwa Fletcher Horn?«

»Bis zum Duzen sind wir nicht gekommen.«

Wieder eine Pause, diesmal kürzer. »Treffen wir uns?«

»Gerne. In Barrys Büro?«

»Nicht bei diesen dünnen Wänden. Kennen Sie die Sextant Bar in der West Lafayette? Die liegt genau zwischen den News und der Free Press.«

»Gut genug, um mein Wechselgeld zu überprüfen, nachdem ich einen Drink bezahlt habe.«

»Um sieben?«

Ich warf einen Blick auf meine Uhr. »Sagen wir halb acht. Ich habe noch nicht gegessen.«

»Bringen Sie Bares mit.«

Vorsichtig legte ich den Hörer auf. Der Scotch hatte angefangen zu wirken, was nach zwei Tagen Zwangsabstinenz kein Wunder war. Einen Moment lang dachte ich daran, den Rest aus meinem Glas wieder in die Flasche zurückzugießen, aber dann kam ich zu dem Schluß, daß es nicht möglich wäre, ohne etwas zu verschütten und kippte den Rest in die größere Öffnung. Ich fühlte, wie er in den Magen gelangte. Selbst wenn ich barfuß über die Scherben gelaufen wäre, hätte ich sie nicht gespürt. Ich schloß die Außentür ab.

Die Sextant Bar war ein kleiner, schmaler Schlauch und lag genau zwischen den beiden großen Tageszeitungen der Stadt, die sich nicht wie in anderen Teilen der Vereinigten Staaten zusammengeschlossen hatten, sondern immer noch unerbittlich versuchten, sich gegenseitig das Wasser abzudrehen. Vor dem Eingang der Bar hatte man anläßlich des Diamantenen Thronjubiläums der Queen Victoria einen Segeltuchbaldachin errichtet. Innen wirkte die Bar wie jede andere; ein langer Tresen rechts, ein ausgetretener Mittelgang und links eine Reihe von Tischen. Am ersten Tisch saß eine Serviererin mit wasserstoffblonder Haarpracht, zu viel Make-up und einer kleinen Zigarre in der Hand. Sie unterhielt sich mit einem Mann mittleren Alters, dessen Overall mit Druckerschwärze beschmiert war, und der demnach bei einer der beiden Zeitungen arbeitete. Außer den beiden war da nur noch ein spacker Junge mit bereits lichtem Haaransatz und einer Brille mit Drahtgestell, der am letzten Tisch seinen Drink hortete. Ich ging hinüber und setzte mich zu ihm.

»Du siehst aus wie ein Gable Reinhardt«, sagte ich.

Er musterte mich unter schweren Augenlidern durch seine Brillengläser. Er hatte seinen dünnen, hammelkotelettgroßen Backenbart und trug einen grünen Parka. Er sah nicht alt genug aus, um bei der Armee gewesen zu sein, aber andererseits sah er auch nicht alt genug aus, um eine Heirat und eine Scheidung hinter sich zu haben – von einer Vaterschaft ganz zu schweigen. »Wie war Ihr Essen?«

»Angebrannt und spät. Es ist schön, wieder frei zu sein.« Ich bestellte einen Scotch und Wasser bei der Serviererin, die sich inzwischen von der Zigarre und ihrem Gesprächspartner getrennt hatte. Reinhardt war still. Als sie gegangen war, sagte er: »Keine Ähnlichkeit.«

»Womit?«

»Nicht womit, mit wem. Galahad. Sir Walter. Don Quixote; nehmen Sie, wen Sie wollen. Sie haben mit keinem von denen was gemeinsam, und ein anderer würde wohl kaum für eine Ische in den Bau gehen.«

»Ist es das was man sich bei den News erzählt?«

»Da gehen sie nicht annähernd so behutsam mit dem Thema um. Mal ganz ehrlich, warum haben Sie's gemacht?«

»Fragst du aus persönlichem Interesse?«

Er zuckte die Schultern. »Ich arbeite nicht, wo ich trinke.«

»Proust und Fish hätten haben können, was sie wollten, wenn sie mich wie einen normalen Bürger und nicht wie einen Komplizen behandelt hätten. Aber das haben sie nicht, also haben sie's nicht.«

Er wartete immer noch auf mehr Information, als die Serviererin unsere Drinks brachte. Ich legte Geld auf den Tisch und sah zu, wie sie damit hinter dem Tresen verschwand, dann sagte ich: »Horn.«

»Fünfzig Mäuse.«

Ich legte ihm einen Schein auf den Tisch. Doch bevor er zulangen konnte, glättete ich ihn und stellte mein Glas drauf. Ich setzte mich zurück, steckte eine Zigarette an und wartete. Jede Bewegung reine Poesie. Ich hatte die Nase von diesem ganzen Gebärdenspiel so voll, daß ich Proust hätte küssen können, weil er mich davon befreit hatte.

»Soweit ich informiert bin, ist er in Jackson«, sagte der Assistent.

»Er ist draußen.«

Er nickte, nur um etwas zu tun. »Sein Name ist wahrscheinlich gar nicht Horn. Er ist Kanadier, oder war es zumindest. Die staatlichen Behörden wollten ihn vor ein paar Jahren ausliefern, weil er in seinem Antrag auf Staatsbürgerschaft ein bißchen rumgelogen hatte, aber die Lügen waren nicht so gravierend, und Mord konnte man ihm bisher auch nicht nachweisen.«

»Wie viele Morde konnte man ihm bisher nicht nachweisen?«

»Auf jeden Fall acht. So viele sind's, seitdem die Bullen angefangen haben, zu zählen. Einer kam sogar vor ein Schwurgericht.«

»Laß mich raten«, sagte ich. »Der Zeuge verlor das Gedächtnis.«

»Welcher Zeuge?«

Ich musterte seine schmalen Züge. »Ist er so gut?«

»Er ist besser als zwei Sicherheitsbeamte vor einem Hotelzimmer.

Sie wollten den Zeugen für die Gerichtsverhandlung aus dem Hotel abholen und fanden ihn im Badezimmer mit dem Kopf in der Kloschüssel. Ertränkt!«

»Nicht sehr originell.«

»Es war keine originelle Art und Weise mehr übrig. Ihr Mann kennt alle Möglichkeiten, jemanden umzubringen; er hat Erfahrung mit Feuerwaffen, Sprengkörpern und scharfen Klingen. Aber es scheint, als ob er seine bloßen Hände bevorzugt. Er ist stark wie ein Stier, und seine Fähigkeiten in Karate entsprechen dem schwarzen Gürtel.«

»Ist ja Wahnsinn. Wie ist er im Knast gelandet?«

»Kleinkram.« Er nippte das erste Mal an seinem Drink, seit ich ihm gegenübersaß. »Sie fanden seine Daumenabdrücke am Lenkrad eines Pontiac. Er hatte den Wagen gestohlen, nachdem ihm das Auto, mit dem er das Ding im Metro Airport drehen sollte, abgesoffen war. Es gab nicht genug Beweise, um ihn für den Mord verantwortlich zu machen, aber der Staatsanwalt dachte, daß er ein paar Leben retten könnte, wenn er ihn für eine Weile hinter Gitter steckte.«

»Das reimt sich nicht ganz«, sagte ich. »Ein Typ, der einen anderen unter den Augen polizeilicher Leibwächter ins Jenseits befördern kann, hinterläßt keine Fingerabdrücke in einer geklauten Kiste.«

»Es sei denn, er wollte beurlaubt werden. Der Tote im Hotel war auch kein unbeschriebenes Blatt. Er hatte Freunde. Und sogar Spitzenmännern kann es passieren, daß sie von einem Anfänger mit dem Rausch einer Samstagnacht im Kopf und der Pfandmarke für eine Flasche Bier in der Tasche Blei in den Bauch kriegen. Ist alles schon dagewesen.«

»Ich habe erst vor einer Stunde mit dir gesprochen. Wie hast du das alles so schnell zusammengekratzt?«

Er lehnte sich zurück und nippte an seinem Irgendwas-und-Tonic. Ich nahm mein Glas und schob ihm den Schein rüber. Er verschwand in einer der Klappentaschen seiner Jacke. »Der Karteikasten stand bereits offen«, sagte er. »Barry wollte alles an Informationen, was er über die Freiberuflichen in dieser Gegend kriegen konnte, bevor er untertauchte.«

Ich hielt inne, das Glas am Mund. »Woran arbeitet er?«

»Ich wußte nicht, daß fünfzig für so viel ausreichen.«

Ich stellte das Glas ab, langte über den Tisch und packte seinen Kragen. »Ich bin ein P. I. mit entzogener Lizenz, der gerade zwei Tage hinter den Gittern seines Lieblingsgefängnisses auf dieser Seite von Devil's Island verbracht hat und Schiß hat, daß ihm einer, der hundertundsechs Möglichkeiten kennt, jemanden ohne Waffe umzubringen, das Licht ausknipst. Es kümmert mich einen Scheißdreck, für wieviel fünfzig ausreichen, oder wie oft ich deinen Kopf auf diesen Tisch hauen muß, bis du es herausgefunden hast. Hast du das kapiert?«

Es herrschte Stille im Raum, aber nicht die gleiche Stille wie in der zweiten Etage des Ziegelbaus in Iroquois Heights. Ich spürte, wie die Serviererin und der Drucker uns beobachteten. Gable Reinhardts Glas lag umgekippt auf dem Tisch, und der Inhalt tropfte auf seinen Schoß. Er schien dem nicht viel Beachtung zu schenken. Sein Gesicht paßte zum kastanienroten Vinylbezug der hohen Rückenlehne hinter seinem Kopf. Er schaffte es, schnell zu nicken. Ich ließ seinen Kragen los.

»Drogen«, japste er.

»Was Drogen?«

Immer noch japsend schüttelte er den Kopf. Ich stellte sein Glas wieder hin und gab der Serviererin ein Zeichen. Sie zögerte, dann brachte sie ein volles Glas und nahm das leere mit, ohne einen von uns anzugucken. Die üblichen Bargeräusche hatten wieder eingesetzt. Ich sah ihm dabei zu, wie er die Hälfte seines Drinks in einem Zug hinunterkippte. Dann nahm er eine Serviette und putzte seine Hose ab. In der Zwischenzeit hatte ich eine Zigarette aufgeraucht und eine neue angesteckt.

»Barry ist davon überzeugt, daß eine neue Organisation den Rauschgifthandel in Detroit übernimmt«, sagte er, wobei er auf mein linkes Ohr starrte. »Die Sache fing an, als sie im letzten Dezember Johnny Ralph Dorchet und seine Partner abgeknallt haben. Zehn Tage später kratzten die Bullen eine Pusherfamilie von den Wänden eines Hauses in Redford Township. Und dann wurde ein Dealer, den die Behörden gerade wegen einer Steuersache einlochen wollten, in seiner eigenen Garage in der Watson zusammengeschlagen und vergast. Seitdem sind ein paar fremde Wölfe aufgetaucht, die möglicherweise zum Rudel gehören. Einen davon haben die Bullen schon hops genommen, aber Barry glaubt, daß es nur ein Strohmann war. Er ist untergetaucht, um da mal nachzugraben.«

»Wie kommt er auf eine neue Organisation?« fragte ich. »So einen Familienkrach gibt's doch alle paar Jahre mal.«

»Es ist das Verhaltensmuster. Wenn eine neue Familie eine Gegend übernimmt, wirbelt sie erst mal viel Staub auf, um ihren Stoff einzuführen. Dann, wenn sie Fuß gefaßt hat, wird es ruhiger. Sie werden die Zutreiber los und verlassen sich nur noch auf Handwerker wie Ihren Freund Horn, um aufzuräumen. Profis machen das leise. Nicht so viele Schlagzeilen. Jede Gruppe glaubt, der Erfinder dieser Methode zu sein, aber es passierte auf die gleiche Art und Weise in New

York und Chicago in den Zwanzigern, als die Italiener übernahmen. Es war das gleiche, als sich vor zehn Jahren die Schwarzen hier breitmachten. Und es passiert jetzt mit den Kubanern und Kolumbianern unten in Miami.«

Er hatte sich warm geredet. Meinen Ausbruch von vorhin schien er bereits vergessen zu haben. Jungjournalisten sind die, bei denen man sich einklinken muß. Sie platzen förmlich, jemandem die Storys zu erzählen, die sie noch nicht veröffentlichen können.

Gedankenvoll leerte ich mein Glas. »Welche Rolle spielte Moses True in der ganzen Sache? Der ist nämlich auch versaftet worden, wahrscheinlich von Horn.«

»Davon hab' ich noch nichts gehört.« Er putzte seine Brillengläser mit einer frischen Serviette. Seine Augen waren leicht verschwommen. Die Nachricht schien ihn nicht zu überraschen. »Barry hatte so etwas vorausgesagt. True war ein Notbehelf, um den Wechsel zu überbrücken. Er war flexibler als Dorchet. Ihm war es egal, wessen Geld er ausgab. Aber es war eben nur temporär, und seine Leute zahlen nun mal jeden mit gleicher Münze aus.«

»Wer ist der neue in dem Block?« Ich wirbelte einen Finger in meinem leeren Glas herum und ließ es auf der Tischplatte tanzen. Meinen Kopf hielt ich gesenkt, so daß er den Glanz in meinen Augen nicht sah. Das konnte sonst teuer werden.

»Das werden wir erfahren, wenn Barry auftaucht, um Luft zu holen.« Sein Ton triefte vor Blasiertheit. »Aber sind Ihnen eigentlich in letzter Zeit die ganzen frischen spanischen Akzente in dieser Stadt aufgefallen?«

»Kolumbianer?«

Er lächelte.

In meinem Hinterkopf klickte es. Ich spürte, wie ich rot wurde, aber nicht vom Scotch. Ich stand schnell auf. Reinhardt zuckte bei der plötzlichen Bewegung leicht zusammen.

»Danke.« Ich gab ihm das Geld für den verschütteten Drink. »'tschuldige wegen der rauhen Behandlung.«

»Ist schon okay. Für weitere fünfzig können Sie mir den Arm brechen, wenn Sie wollen.«

»Vielleicht ein andermal.«

Ich traf die Serviererin auf halbem Wege zur Tür. Sie lächelte und der Puder auf ihren Wangen wurde rissig. »Ich hätte auch bezahlt, um das zu sehen«, sagte sie leise. »Dieser kleine Mistkerl hockt hier öfter die große Knete ab, dafür daß er in anderer Leute Dreck rumwühlt.«

»Freut mich, Ihnen einen Dienst erwiesen zu haben.«

»Normalerweise habe ich ein gutes Gedächtnis für Gesichter. An Ihres kann ich mich aber nicht erinnern.«

»Ist halt nur ein Gesicht.«

»Ab zehn bin ich zu haben.«

»Kann ich verstehen. Ist ja auch 'ne gute Zeit.«

Mein Wagen stand auf einem beleuchteten Parkplatz einen Block vom News-Gebäude entfernt. Auf dem Weg zum Parkwächter blieb ich stehen, um einen goldenen Chrysler LeBaron zu bewundern, der zwei Parklücken neben meinem stand. Der Parkwächter war beschäftigt, also öffnete ich die Beifahrertür und wühlte durch den üblichen Kram im Handschuhfach, bis ich die Zulassung fand. Sie war auf einen Theodore Grundy ausgestellt. Natürlich kannte ich keinen, der so hieß.

21

Der Parkwächter war ein kleiner dicker Schwarzer mit einem verwaschenen roten Parka über einer Jeansjacke über einem Sweetshirt über einem Flanellhemd über einem Thermounterhemd mit Loch im Halsbündchen. Er musterte mich durch seine dicke Hornbrille als ich auf sein Kabuff zukam.

»Silberner Olds, richtig?« sagte er.

»Richtig. Sie haben ein ganz schön gutes Gedächtnis.« Er strahlte, wobei die Spitze seiner blaßrosa Zunge durch die Lücke trat, in die normalerweise ein Paar Schneidezähne gehörten, und nahm meine Schlüssel von einem Nagelbrett unter dem Fenster. »Fünfundsechzig Cents.«

Ich gab ihm einen Dollar, steckte meine Schlüssel ein und sah ihm dabei zu, wie er in dem schweren Geldbeutel an seinem Gürtel herumwühlte, um mir den Restbetrag zurückzugeben. »Ich wette, Sie können den Mann nicht beschreiben, dem der Chrysler dort gehört.« Ich deutete mit dem Kinn auf den Wagen.

Seine Augenlider senkten sich, aber er beobachtete mich durch die Wimpern. Er klirrte mit den Münzen. »Kommt auf die Wette an.«

»Das Wechselgeld und noch 'nen Dollar drauf.«

Er sagte: »Der da, der so tut, als würde er sich gerade die Schnürsenkel zubinden.«

Ich drehte mich weg, um zu husten. Ein schlanker Typ mit schwarzem Schnurrbart im grauen Dreiteiler und ledernem Trenchcoat hatte einen Schuh auf die Stoßstange eines grünen Toronado gestellt und fummelte daran rum. Er trug Slipper.

Ich gab dem Parkwächter noch einen Dollar. »Wieviel dafür, daß Sie seinen Schlüssel fünf Minuten lang nicht finden?«

»Einen Dollar pro Minute. Ich bin meinen Job los, wenn er sich bei der Stadt beschwert.«

»Nichts sind Sie los. Die Stadt hat keinen mehr gefeuert seit Cavanaugh Bürgermeister wurde.« Aber ich gab ihm die fünf.

Er steckte die Scheine zusammen mit dem ersten und dem Wechselgeld ein, nahm einen Schlüsselring vom Nagelbrett, warf ihn in eine Schublade und stieß sie mit seinem Bauch zu. Ich richtete meinen Zeigefinger auf ihn mit dem Daumen nach oben und schnalzte zweimal mit der Zunge. Er erwiderte meine Pantomime mit seinem rosa Katzenzungengrinsen. Ich drehte mich um und ging an dem Dünnen vorbei zu meinem Wagen.

Er hatte aufgehört, an seinen Hosenbeinen herumzukrempeln und schlenderte laut pfeifend auf den Parkwächter zu. Der mußte vom FBI sein, niemand sonst trägt seine Nonchalance wie einen Amboß.

Ich parkte rückwärts aus, rollte an ihm vorbei – er stritt gerade mit dem Parkwächter – und bog rechts in die Lafayette. Dann bog ich bei Gelb in die Washington, noch mal rechts in die Congress und parkte den Wagen in einer Ladezone an der hinteren Seite des Parkplatzes. Bevor ich ausstieg, klappte ich die Blende herunter, an der mein ehrenamtlicher Sheriffstern steckte. Das mochte einen Bullen lange genug verwirren, so daß ich wieder bei meinem Wagen war, ehe er den Abschleppdienst gerufen hatte.

Mein Schatten war immer noch zu sehr damit beschäftigt, dem Parkwächter Obszönitäten entgegenzuschleudern, als daß er mich bemerkt hätte. Ich stieg in seinen Wagen, duckte mich zwischen Fahrer- und Rücksitz und wartete mit meiner Smith & Wesson in der Hand. Nach ein paar Minuten hörte ich schnelle Schritte über den Asphalt kratzen, dann wurde die Fahrertür aufgerissen, und der Typ ließ sich heftig in den Sitz fallen. Schlüssel rasselten. Ich setzte mich auf und legte die kalte Schnauze meines Revolvers an seinen schlanken Nacken.

»Ganz ruhig, Ted«, sagte ich schnell. »Oder ist dir Theo lieber?«

Er nahm es gelassen hin und errötete nur leicht am Haaransatz und an den Ohren. Ich stupste ihn leicht mit dem Lauf, um jede unnötige Bewegung gleich zu unterdrücken. Er entspannte sich gerade gut genug.

»Theodore.« Seine Stimme klang tief und voll. »Ich hasse Kosenamen.«

»Hände auf's Lenkrad, Theodore.«

Er gehorchte und plazierte sie auf zehn vor zwei. Irgendwie wußte ich, daß er das tun würde. Ich wechselte meinen Revolver schnell von der einen in die andere Hand und langte mit der rechten unter seinem Arm hindurch um seinen Brustkorb. Er hatte eine 22er Präzisionspistole unter der linken Achselhöhle. Das hieß, daß er ein guter Schütze war oder wollte, daß andere ihn dafür hielten.

Ich legte sie neben mich auf den Sitz und zog eine Schutzhülle aus seiner Innentasche. Der Ausweis besagte, daß er bei der Justizbehörde war. Ich warf den Ausweis auf den Beifahrersitz und lehnte mich zurück. Ich hielt ihn immer noch in Schach, hatte den Revolver aber etwas gesenkt, so daß man ihn von außen nicht sehen konnte.

»Was soll die Beschattung?« fragte ich. »Ich zahle meine Steuern, wenn ich genug verdiene, um Steuern zahlen zu müssen.«

Er wollte die Hände vom Lenkrad nehmen. Ich riet ihm, sie dort zu lassen. Er sagte: »Können wir nicht irgendwo hingehen? Hier ist es wie in einem Aquarium.«

»Ah-ah. Meine Mama hat mich nicht großgezogen, damit ich andere Leute mit tödlichen Waffen bedrohe, um ihnen dann die Notwehr zu erleichtern. Dies ist Detroit. Keiner würde zweimal hingucken, wenn ich die Windschutzscheibe mit deinem Gehirn zustreichen würde und dann mit deinen Radkappen und dem Tapedeck die Kurve kratzte. Ich sagte, warum die Beschattung, und warum die Beschattung, ist das, was ich sagte.«

»Ich bin nur ein Angestellter. Ich habe den Auftrag, Ihnen zu folgen und über alle Ihre Handlungen und Kontakte Bericht zu erstatten. Man hat mir nicht gesagt warum.«

»Ach, erzähl mir nichts. Los, noch mal.«

»Ich sage die Wahr–«

Ich griff sein Nackenhaar und haute seinen Kopf auf das Lenkrad. Es klang wie wenn jemand gegen einen Autoreifen tritt.

»Sie blödes Stück Scheiße, ich bin Bundes–« Rums, noch mal.

»Wissen Sie wieviel Jahre –?«

Und noch einmal. Diesmal ertönte die Hupe. »Wir können das den ganzen Tag lang fortführen«, sagte ich. Ich hielt ihn immer noch an den Haaren fest. »Ich bin arbeitslos. Ich hab' Zeit. Wie wäre es, wenn wir uns auf halbem Wege entgegenkommen? Ich werde jetzt mal ein paar Vermutungen äußern über das was hier abläuft, soweit ich da durchgeblickt habe. Und du sagst mir einfach, wenn ich auf dem Holzweg bin. Wie beim Notizen-Vergleichen. Das kennst du doch.«

»Wenn Sie es so sehen –«

»Yeah.« Ich lehnte mich wieder zurück. »Fertig?«

Er war damit beschäftigt, seine Haare über eine kleine kahle Stelle am Hinterkopf zu streichen. Unsere Blicke trafen sich im Rückspiegel. Er nickte.

»Dein Interesse gilt Paula Royce«, fing ich an.

Er sagte nichts, also war ich auf dem richtigen Weg.

»Sie erzählte mir mal, sie sei aus Bolivien, aber das stimmt nicht. Sie stammt aus Kolumbien. Ich komme später darauf zurück. Sie wird von einem Killer namens Horn verfolgt, der nicht glaubt, daß sie tot ist und der aber dafür sorgen soll, weil sie irgendwann einmal zuviel ausgeplaudert hat. An ihr soll sozusagen ein Exempel statuiert werden, damit kein anderer auf die gleiche dumme Idee kommt. Ich glaube, daß sie aus Kolumbien kommt, weil es die Kolumbianer sind, die sich momentan auf dem Drogenmarkt in Detroit breitmachen. Es ist das einzige spanischsprechende Volk, das den richtigen Hintergrund und die nötigen Connections hat, um diesen Job zu übernehmen. Sie legten einen örtlichen Dealer namens Dorchet samt seiner beiden Partner um, weil sie nicht kooperieren wollen, setzten Moses True an seine Stelle, weil er vernünftiger war und einen gewissen Bekanntheitsgrad unter den Kunden hatte. Nachdem er seine Schuldigkeit getan hatte, wurde auch er beseitigt. Horns Job. Er ist der Haken, an dem ich das alles aufhänge. Wußtest Du von True?«

Er schwieg.

»Ich begebe mich jetzt auf unsicheren Boden, also sag mir, wenn ich einen falschen Schritt mache. Die Vergangenheit von Paula Royce läßt sich achtzehn Monate zurückverfolgen, dann ist Schluß. Sogar die Polizei von Iroquois Heights war nicht in der Lage, tiefer einzudringen, und das im Zeitalter der Computer. Ihre Fingerabdrücke gehen nach Washington, und nichts kommt zurück. Niemand kann seine Vergangenheit so gut vertuschen. Nur die Regierung kann das, und dann ist es eine Spezialität der Justizbehörde. Paula Royce, die überhaupt nicht Royce heißt, hat gegen einige ihrer Landsleute im Drogengeschäft ausgesagt; wahrscheinlich in Miami, aber das muß nicht sein. Als Gegenleistung erhielt sie eine neue Identität und einen neuen Wohnort mit freundlicher Genehmigung von Onkel Sam. Darüber hinaus empfing sie regelmäßig Unterhaltszahlungen damit sie nicht arbeiten mußte. Für eine Extrasicherheit wurde ihre Nationalität geändert, und man verpaßte ihr diese blöde Geschichte von dem tödlichen Autounfall ihrer Eltern, nur für den Fall, daß jemand nach ihrer Familie fragen sollte. Von euch Jungs hätte man etwas Besseres erwartet; das war echt ein bißchen zu dick aufgetragen.«

»Nein, der Teil stimmt wirklich«, unterbrach mich Theodore Grundy. »Ihre Eltern waren tatsächlich so ums Leben gekommen. Wenn möglich, übernehmen wir gerne Fakten und Details aus der wirklichen Vergangenheit eines Zeugen, um eine Authentizität herzustellen.«

»Kann sein, daß das richtig war. Es ist gerade kitschig genug, um von jedem geschluckt zu werden, außer von einem skeptischen P. I. Ihr habt aber an ganz anderer Stelle versagt. Ihr hättet sie von ihrer Tablettensucht heilen müssen. Dorchet hat sie beliefert, oder zumindest die Partys in Grosse Pointe, zu denen sie immer ging. Er hat alle versorgt, bis er durch True ersetzt wurde. Irgendwann mußte True von dem Interesse seiner neuen Arbeitgeber erfahren haben, denn er hatte sich die Mühe gemacht herauszufinden, wo Paula lebte. Ich vermute, daß er denen die Informationen verkauft hat, worauf die einen ihrer Cowboys auf sie ansetzten.

Er vermasselte die Sache, wie die meisten Cowboys. Ich sehe das so: Paulas Mitbewohner, Bud Broderick, wurde abgeknallt, als er versuchte, sie zu beschützen. Der Mörder geriet in Panik und rannte weg, ohne seinen Job erledigt zu haben. Die Kolumbianer mußten sich jetzt Paula erst mal aus dem Kopf schlagen, bis Gras über die Sache gewachsen war. Und sie mußten aufräumen. True wußte, was sich abgespielt hatte und war ein halber Außenseiter. Diesmal warteten sie, bis ein echtes Talent verfügbar war, und dann verschwendeten sie keine Zeit. Horn wurde am Ersten Weihnachtstag aus dem Knast entlassen. Am Morgen des Zweiten war True im wahrsten Sinne des Wortes Hundefutter. Bleibt also nur noch eine Frage offen. Wo ist Paula Royce?«

»Sie ist tot.«

»Das ist mein Satz«, sagte ich. »Das gleiche erzählte ich Horn, und der hat es genausowenig geglaubt wie ich. Irgendeiner in deiner Behörde hat einen Sprung in der Platte, Grundy. Zu viele Angehörige ihrer Familie starben bei einem Autounfall. Wenn es wirklich so wäre, würden Sie mich nicht beschatten. Und das bringt mich wieder auf meine Ausgangsfrage. Warum die Beschattung?«

Er sah zur Seite, trommelte mit den Fingern auf das Lenkrad und blickte wieder auf mein Spiegelbild. »Das Identitätsprogramm ist eine der stärksten Waffen, die wir haben, Walker. Es besteht die Gefahr, daß durch Ihr Herumschnüffeln zu viele Nahtstellen aufgedeckt werden. Wenn die Öffentlichkeit von unserer Methode erfährt, sind wir wieder da, wo wir zur Zeit des alten Kefauver Komitees waren. Aber daran werden Sie sich wohl nicht erinnern können.«

»Kaum. Du aber auch nicht. Nach deinem Ausweis bist du im gleichen Jahr wie das Fernsehen geboren. Erzähl mir den Rest.«

»Die Verhandlungen, die Kefauver damals leitete, waren nicht sehr erfolgreich, und die kurzlebige Kampagne, die zur selben Zeit gestartet worden war, um Senator Kefauver für die Präsidentschaftswahlen zu nominieren, wurde aus diesem Grund ein Reinfall. Die Zeugen, die damals für einen Erfolg hätten bringen können, hatten sich nicht getraut, ihrer Aussagen zu machen. Erst nachdem wir ein System entwickelt hatten, durch das wir einen neunundneunzigprozentigen Schutz gegen Vergeltungsmaßnahmen garantieren konnten, waren mehr Zeugen bereit, gegen führende Personen im organisierten Verbrechen auszusagen. Das Programm funktioniert folgenderma-«

»Ich weiß, wie es funktioniert. Das hier ist keine Hochschulvorlesung. Was du dich da bemühst nicht zu sagen, ist, daß das Schicksal eures wertvollen Programms von dem Schicksal der Zeugen abhängt, denen ihr so hilfreich unter die Arme gegriffen habt. Ihr könnt euch die Schlagzeilen nicht leisten, die die Aufdeckung eines eurer Zöglinge machen würde. Aus irgendeinem Grund, vielleicht, weil es Weihnachten war, konnte Paula in dieser Nacht keinen von euch erreichen. Broderick war in ihrem eigenen Haus abgeknallt worden, und sie wußte, daß ihre Deckung geplatzt war. Also kam sie zu mir und bat mich, sie um Himmels willen so schnell wie möglich von hier wegzubringen. Sie erzählte mir, was passiert war, aber den Rest hat sie mir nicht anvertraut; schließlich hatte sie guten Grund, zu glauben, daß Yankee Doodle Dandy die Sache in ein oder zwei Tagen, wenn das Geschenkpapier im Abfalleimer und das letzte Stück Truthahn gegessen war, in die Hand nehmen würde. Und sie hatte recht. Zwei Tage nachdem ich sie nach Windsor gebracht hatte, damit sie in einer nicht existenten Hütte unterschlupfen konnte – Mrs. Esterhazy hatte mir, als Bud vermißt wurde, von der Existenz einer Hütte erzählt – ertrank ›Paula Royce‹ im Ontariosee, und Thelma Ingolstadt, oder wie immer ihr neuer Name auch lauten mag, wurde nach Wyoming oder an einen ähnlich unerreichbaren Ort verfrachtet. Und das alles, während ich im Knast kaltgestellt war. Bisher hast du mir noch nicht gesagt, daß ich falsch liege.«

»Sie haben mir noch keinen Anlaß dazu gegeben.« Er trommelte wieder mit den Fingern. »Wenn das wahr ist, was Sie sagen – und ich habe mit keinem Wort gesagt, daß es das ist – hängt Paulas Sicherheit von Ihnen ab; Sie sollten nach Hause gehen und die Sache vergessen. Das wäre zum Beispiel ein guter Grund, ihnen zu folgen, um sicherzugehen, daß Sie das auch wirklich tun. Denn wie man sieht, haben Sie das noch nicht kapiert.«

»Da wäre noch meine Lizenz«, sagte ich. »Meine Lizenz, die ich nicht mehr wiederbekomme, weil ich da war um zu helfen, als du es nicht warst.«

»Darüber habe ich mir auch schon Gedanken gemacht. Sie hat uns geholfen, weil die Leute, hinter denen wir her waren, ihren Bruder umgebracht hatten, der nur ein unwichtiger Wachposten bei ihren Drogentransporten war. Sie hatten herausgefunden, daß er regelmäßig etwas von dem Stoff abzweigte, um sein eigenes Geschäft am Rande zu betreiben. Wir haben ihr geholfen, weil wir durch ihre Zeugenaussagen den größten Rauschgiftring Floridas sprengen konnten. Warum haben Sie ihr geholfen? Was hatten Sie zu gewinnen?«

»Es war Weihnachten.«

Seinen Augen im Spiegel war die Verwirrung anzusehen.

»Vergiß es. Weihnachten besteht nicht nur aus hysterischen Verbraucherberatern, die in den Zeitungen daran erinnern, daß die Einkaufstage immer weniger werden.« Ich steckte meine 38er ins Holster zurück. »Ich nehme an, daß du genausoviel über den Mörder von Broderick weißt wie ich.«

»Wir haben kein Interesse daran, mehr herauszufinden. Das war für uns nie von Bedeutung.«

»Auch nicht, wenn der Killer euer neuer Starzeuge sein könnte?«

Er sah mich jetzt über die Schulter an. Sein Schnurrbart zuckte. »Sie nennen uns Justizbehörde. Das ist nur eine Bezeichnung. Keiner erwartet von uns, daß wir dem Namen Ehre machen.«

Der war gut, das mußte man ihm lassen. Ich hätte sowieso erst darüber nachdenken müssen, um mit einem Spruch zu kontern. Ich zog das Magazin aus seiner Automatik, nahm die Patrone aus der Kammer, steckte sie zu den anderen und warf die Pistole auf den Vordersitz. »Bis dann, Grundy. Ich habe mir alles erzählt, was ich wissen wollte.« Ich legte das Magazin auf die Ablage unter dem Rückfenster und öffnete die Tür.

»Eine Sekunde noch«, sagte er. »Werden Sie weiter nach Paula Royce suchen?«

»Solange wie Horn. Es hat etwas damit zu tun, daß ich am frühen Weihnachtsmorgen einen Schlüssel in die Hand nahm. Es spielt keine Rolle, daß es ein falscher war. Du würdest das nicht verstehen.«

Ich stieg aus und schlug die Tür zu. Er öffnete das Fenster auf seiner Seite. Während wir geredet hatten, waren die Scheiben total beschlagen. Er sah mich an. Seine Augen blinzelten gegen den flimmernden Lichtstrahl eines grellen Spots über meinem Kopf. »Ich kann Ihnen nichts versprechen. Ich muß erst mit meinen Vorgesetzten reden.

Angenommen, die Sache könnte in Ordnung gebracht werden, so daß Sie Ihre Lizenz wiederbekommen. Würde Sie das interessieren?«

»Ihr Wort in Gottes Ohr, Mr. Grundy.«

Er lächelte aufgesetzt. »Das dachte ich mir. Sie werden von uns hören.«

Er ließ das Fenster wieder hoch und startete den Motor. Ich sah ihm zu, wie er ausparkte und abfuhr, wobei ein Hinterrad in einer Ölpfütze leicht durchdrehte. Ich trottete zurück zu meinem Wagen. Der Stern an der Sonnenblende hatte mir einen Strafzettel für das Parken in einer Ladezone eingebracht, sonst nichts.

22

Nennen Sie's Hellseherei oder Hirngespinst oder Nachwirkung eines Traumes, weiß der Teufel – auf jeden Fall saß ich um zehn nach drei am nächsten Morgen kerzengerade im Bett und war felsenfest davon überzeugt, daß sich Paula Royce noch immer in der Stadt befand. Ich sagte mir all diese Dinge, mit denen man sich zu beruhigen versucht, wenn einen eine verrückte Idee nicht schlafen läßt. Ich fing damit an, daß es Unsinn sei, und selbst wenn ich recht hätte, was sollte ich in diesem Augenblick tun, wahrscheinlich könnte ich überhaupt nichts unternehmen, und selbst wenn ich es könnte, was ging mich die Sache an? Es nützte nichts. Die Sache war von Anfang an nicht meine Angelegenheit.

Warum verschwendete die Justizbehörde ihre Zeit damit, einen arbeitslosen Schnüffler zu beschatten? Bestimmt nicht, wie Theodore Grundy mir verriet, weil sie Angst hatte, daß ich mit einer Handbewegung ihre komplizierte Maschinerie sabotieren könnte. Nicht mal die Gesetzgeber hatten das geschafft, obwohl sie es oft genug probierten. Wenn ich wirklich eine so große Gefahr für sie wäre, hätten sie mich schneller von der Bildfläche verschwinden lassen können, als ein Ober braucht, um einem ins Gesicht zu spucken, weil das Trinkgeld nicht seiner Vorstellung entspricht. Allein eine Durchsuchung meines Wagens, bei der sie die unregistrierte Luger fänden, würde in Michigan ausreichen, um mich zu einem Jahr Bäumepflanzen zu verurteilen.

Die Zeitungen hatten genug Seiten mit offiziellen Polizeiberichten gefüllt, denen zufolge ich die letzte Person war, die Paula Royce nach dem Mord an Bud Broderick gesehen hatte. Die Justizbehörde, die aus guten Gründen an ihrem Wohlergehen interessiert war, ließ mich daraufhin beschatten. Warum? In der Hoffnung, daß ich sie zu ihrem

Versteck führen würde? Sie haben schnell reagiert, indem sie sie für tot erklärten, aber damit wollten sie nur Zeit gewinnen, um sie ausfindig zu machen und sie außer Gefahr zu zaubern. Nun, da sie wußten, daß ich nicht kooperierte, wedelten sie mir mit meiner Lizenz vor der Nase herum, und wenn das Zuckerbrot nichts nützte, würde eben die Peitsche folgen. Ich hatte Grundy gesagt, daß ich nicht wußte, wo sie war, aber die Typen in seinem Beruf mußten selber so viel lügen, was ihre Identität und ihren Job betraf, daß sie die Wahrheit gar nicht mehr erkennen konnten, selbst wenn sie auftauchte und ihnen ans Bein pißte.

Das Mädchen hatte am eigenen Leibe gespürt, wie jämmerlich das System versagen konnte. Diesmal vertraute sie keinem mehr, außer sich selbst und einem P. I., der nichts davon hatte, sie zu hintergehen. Und nicht einmal dem vertraute sie genug, um ihm die ganze Geschichte zu erzählen. Sie hatte das Land verlassen, bis sich die Dinge etwas abkühlten, aber sie würde zurückkommen und gerade so lange bleiben, bis ihre Zukunft geregelt war. Es war nicht mehr so leicht, als Flüchtling in Kanada unterzutauchen, wie es noch zur Zeit des Vietnamkrieges war. Sie wußte das. Sie war cleverer als wir alle zusammen. Clever genug, um sich selbst auszutricksen und direkt zwischen den Zähnen einer Bestie wie Horn zu landen.

Gegen fünf gab ich meine Einschlafversuche auf, warf mir meinen Bademantel über, schlüpfte in meine Hausschuhe und setzte mich vor den Fernseher. Es lief »The Falcon« mit George Sanders. Ich schlief ein, bevor er den Mord aufklärte und wachte um sieben wieder auf, gerade rechtzeitig zu einer Kindersendung. Als nächstes würde ich mir noch die Soap Operas reinziehen, zusammen mit dem harten Kern der Arbeitsunfähigen von Detroit. Ich stellte die Röhre ab und schlurfte ins Badezimmer, um meine Fassade zu renovieren.

Ich hatte gefrühstückt und las gerade in der Free Press den Bericht über den Mord an Moses True, als das Telefon klingelte. Sergeant Sowieso von der Bundespolizei Michigan in Northville wollte wissen, ob ich später in meinem Büro sei, bevor er einen Bullen vorbeischickte, um die Lizenz die CCW-Erlaubnis und den Ausweis abzuholen. Ich sagte »Yeah« und knallte den Hörer auf. Aber ich war froh, daß er angerufen hatte. Ich hatte angefangen, mich wie eine Witwe zu fühlen, deren Leben in der Schwebe hängt, bis die Überbleibsel ihres Mannes unter der Erde und aus dem Weg sind.

Bei Tageslicht hatte meine Theorie über Paula Royce so viele Löcher wie die Schutzmaske eines Baseballcatchers. Angenommen, sie war zurückgekommen – selbst wenn sie über die Feiertage keinen

Flug von Detroit weg buchen konnte, hätte sie die Gegend so schnell wie möglich wieder verlassen, wenn nötig, zu Fuß. Erst als ich ins Büro kam und den Schaden an meiner Tür sah, gewann meine Vorahnung wieder an Bedeutung. Horn dachte genau wie ich, denn er hing nicht nur in Detroit herum, um mir das Gruseln beizubringen. Er wäre zumindest nach Kanada gegangen, um zu sehen, ob er sie von dort aus aufspüren konnte. Immerhin war er geborener Kanadier. Seine Story, daß er kleine Städte und Grenzübergänge lieber meide, war eben nur eine Story. Ich rief wegen einer neuen Tür unten bei der Hausverwaltung an und erzählte Rosecranz, unserem Oberhauswart, daß ein professioneller Killer die Tür zu Klump getreten hatte, nur um anzugeben. Rosecranz sagte mir, wenn ich die Finger vom Whisky ließe, würde ich auch nicht mehr so viele Türen einrennen, und daß er mir die Rechnung schicken werde. Ich wußte gar nicht, warum ich mir Sorgen machte. Ich konnte mir astrologische Tabellen an die Wände hängen und als Wahrsager anfangen. Das wurde angeblich besser bezahlt als das, was ich bisher gemacht hatte.

Die Post kam kurz vor zehn. Weihnachtsgrüße von zwei Stadtratsmitgliedern, die sich um die Wiederwahl bewarben, eine Rechnung, ein Magazin mit den Pferdewetten, das einmalige Angebot eines achtwöchigen Fernkurses über Fingerabdrücke und ein Kalender von meiner Kautionsagentur. Ich behielt die Rechnung und den Kalender und warf alles andere in den Papierkorb.

In meinem Gehirn wucherte Unkraut. Ich nahm einen Packen Spielkarten heraus und bereitete mich auf schweres Nachdenken vor. Sherlock Holmes' Fiedel war nichts gegen eine Patience. Ich legte gerade eine rote Drei an eine schwarze Vier, da fiel mir Arthur Stillson ein.

Als ich mich in Paulas Küche von dem Messingaschenbecher erholte, den sie mir über den Kopf gehauen hatte, brabbelte ich irgendwas von einem Anwalt, der nebenher falsche Papiere verkaufte. Sie war jemand, der sich an so einen Hinweis erinnern würde, und aufgrund ihrer Erfahrung mit der Justizbehörde wüßte sie auch, was sie zu tun hätte. Mit einem kompletten Satz neuer Papiere und einer neuen Frisur konnte sie durch eine doppelte Reihe argwöhnischer Bullen laufen und jedes beliebige Flugzeug besteigen.

Ich suchte Stillsons Nummer aus dem Telefonbuch von Iroquois Heights heraus. Eine weibliche Stimme, so glatt und hart wie polierter Stahl, teilte mir mit, daß er gerade Urlaub auf den Bahamas machte und nicht vor dem Ersten zurück sein würde. Ich dankte, und das Gespräch war beendet. Ich war nicht enttäuscht. Wenn ich warten mußte, mußte Paula es auch. Und wenn sie warten mußte, würde sie früher oder später Verbindung mit Rhett Grissom aufnehmen. Grissom war der reiche Junge, den ich vor hundert Jahren in Grosse Pointe aufgemischt hatte, um herauszufinden, wer Paula mit Pillen versorgte. Sie würde sie immer noch brauchen, und da Moses True inzwischen Wolken schob, war Grissom die nächstmögliche Quelle. Wenn sie irgendeiner seit Windsor gesehen hatte, war er es. Ich ließ die Karten, wo sie waren, und schnappte auf meinem Weg nach draußen Mantel und Hut vom Ständer. Unterwegs traf ich Rosecranz, der mit einem Zollstock auf mein Büro zusteuerte.

Eine hochstehende, kleine Sonne schien fast senkrecht auf den See, wo ihre Strahlen von der ribbeligen, kobaltblauen Oberfläche reflektiert wurden. Die Häuser auf der anderen Seite, deren Lichter bei meinem letzten Besuch herübergeblinkt hatten, sahen so sauber und strahlend aus wie Kindergesichter am Ostermorgen. Von dort aus gesehen, war Detroit der Reflex in einem schmutzigen Spiegel. Die Garage neben dem viktorianischen Pfarrhaus der Grissoms war zu; keine Spur von dem Schneemobil, das ich verunstaltet hatte. Rhett hatte wahrscheinlich schon zwei neue bestellt. Als ich ausstieg, drehte mir eine miesgelaunte Möwe mit brauner Zeichnung auf den Flügeln, ihr rundes schwarzes Auge zu und glotzte mich von ihrem Sitzplatz auf einer rostigen Zinne des möwensicheren Daches aus an, dann hob sie ihren Schwanz, um mir zu zeigen, was sie von solchen Vorkehrungen hielt. »Gut gemacht«, sagte ich und betrat die halbrunde Holzveranda.

Die Tür sah aus wie ein gigantischer Schokoriegel, tiefbraun und kassettenförmig. Sie hatte ein Verpiß-dich-Fenster von der Größe eines Juwelierokulars. Ich drückte einen Klingelknopf aus Perlmutt und wartete auf ein Auge. Als keins erschien, drückte ich noch mal, klopfte und wartete immer noch. Ich probierte den Türknauf. Er gab nach. Ich hatte eine Vorahnung. Ich war im Begriff, eine Entdeckung zu machen, die ich bereuen würde.

Der Salon – »Wohnzimmer« paßte nicht ganz – war so groß, daß sich eine beachtliche Anzahl antiker Möbelstücke darin verlor. Er war sonnendurchflutet und ganz und gar mit einem Teppich ausgelegt, der so alt war wie das Christentum und so viel gekostet haben mußte wie manche Häuser. Er hätte mich an zu Hause erinnert, wenn ich im Historischen Museum von Detroit geboren wäre. Die anderen Räume im Erdgeschoß waren fast genauso groß und ebenso steif und teuer eingerichtet. Keine Spur von Rhett Grissom. Im zweiten Stock befanden sich ein Raum, der einmal als Ballsaal genutzt worden war und jetzt verwöhnte Pflanzen beherbergte, die in großen Schalen wucherten, zwei halb so große Schlafzimmer und ein Erkerzimmer mit Blick auf den See. Eine matronenhafte Frau mit dicken Armen, noch dickeren Beinen und lockigen, grauen Haaren in einer Dienstmädchenuniform hatte sich über einen Glastisch im Erker gebeugt und wischte mit einem Polierleder um ihr Leben. Sie richtete sich auf, drehte sich um, sah mich und hüpfte drei Meter hoch. Sie hatte eine dicke, osteuropäische Nase und blaßblaue Augen, die ängstlich blickten.

»Ein Freund von Rhett?« fragte sie hoffnungsvoll. Wenn man so lange wie ich in Hamtramck gelebt hat, erkennt man einen polnischen Akzent.

»So ungefähr«, sagte ich, nachdem ich mich daran erinnert hatte, wozu meine Zunge da war. »Ich habe geklingelt und geklopft. Keiner hat aufgemacht.«

»Was?«

Ich sagte alles noch einmal.

»Was?« wiederholte sie. Diesmal hatte ich kapiert.

»Wo ist Rhett?« brüllte ich.

»Leute kommen, Leute gehen, den ganzen Tag. Rein, raus, wie im Hotel. Partys. Partys, Tag und Nacht. Ein Einbrecher könnte hereinspazieren, ein Sexmörder, woher sollte ich wissen, daß er kein Freund von Rhett ist?«

»Rhett«, bellte ich. »Wo ist er?«

»Rhetts Freund?«

Ich erlebte einen ethnischen Witz. »Wo – ist – Rhett?« Ich schrieb die Wörter in die Luft.

»Wo Rhett ist?«

Ich nickte. Mein Hut rutschte runter. Ich fing ihn und setzte ihn wieder auf.

»Wo ist Rhett, wie soll ich wissen, wo Rhett ist? Zwei, drei Tage kein Rhett. Dann Partys. Wer macht sauber nach Rhetts Partys? Nicht Rhett.«

»Ist es okay, wenn ich mich mal nach ihm umsehe?«

»Was?«

Ich winkte und ging.

Das Haus hatte vier Badezimmer. Er war in keinem davon. Ich ging durch die Küche nach draußen. Die Garage und das Bootshaus waren abgeschlossen, letzeres mit einem Vorhängeschloß. Durch das Garagenfenster sah ich einen gelben Lamborghini, einen schwarzsilbernen

Eldorado und den üblichen Garagenkram, fleckenlose Lappen und Schraubschlüssel, die so aussahen, als wären sie nie benutzt worden. Der Eldorado war für den Winter, so daß der Italiener nicht durchrosten konnte. Das zerbeulte Schneemobil stand dazwischen. Er hatte es noch nicht repariert. Das Badehäuschen unten am See war offen und leer. Ich schlenderte über das Grundstück und bis ans Ende des Stegs. Der Ausblick war schön, sogar im Winter. Das Wasser schwappte schlürfend an das sandige Ufer.

Beinahe wäre ich schon durch den Garten zurückgegangen. Ich weiß nicht, was mich zurückgehalten hatte. Vielleicht war es Instinkt, oder ein Gefühl im Bauch, oder dieselbe atavistische Vorsicht, die ein Kind dazu bewegt, unters Bett zu gucken, bevor es einschläft. Ich kniete mich auf die knarrenden, von Fischsuppen und Vogelmist glitschigen Planken, klammerte meine Hände um die Kante und spähte unter den Steg. Zuerst sah ich nichts. Doch dann gewöhnten sich meine Augen an das schwache Licht, das vom Wasser reflektiert wurde und kriechende Lichtflecken auf die Unterseite des Stegs und auf das dazwischen eingeklemmte Etwas projizierte, das die Wellen sanft hin und her bewegten.

Unsere Gesichter waren sich nah genug, um uns küssen zu können, aber ich gab meiner Neigung nicht nach. Die blonden Haare des Etwas waren dunkel und klebten an einem geschwollenen Fleischklumpen, der vielleicht, oder vielleicht auch nicht, das Gesicht von Rhett Grissom gewesen war. Zersplitterte Knochen hatten sich an manchen Stellen durch das Fleisch gebohrt. So etwas hatte ich mal in Vietnam gesehen, als unser Trupp auf eine Hütte stieß, die vom Vietcong dazu benutzt worden war, Kriegsgefangene zu verhören. Da drüben war es ein natürlicher Bestandteil des Kriegsgeschehens gewesen. Aber hier zu Hause war das etwas anderes.

Eins war sicher. Er war nicht ertrunken, nicht so, mit dem Gesicht nach oben. Und wenn doch, dann hatte er es begrüßt.

Ich stand auf, klopfte den Dreck von meinen Knien und blickte über den See, der auch nichts anderes war, als ein Stillstand im Detroit-River. Die Häuser von Windsor waren immer noch sauber, aber sie grinsten jetzt argwöhnisch herüber. Mit dem schönen Ausblick stimmte etwas nicht; wie die Meeresbrandung, die rücksichtslos und unbarmherzig über versunkene Schiffe und die grinsenden Gesichter längst toter Männer hinwegrollte. Ich zog meinen Kragen hoch, denn ein plötzlicher Windstoß wehte vom See herein, und ging zurück zum Haus.

Die Haushälterin verließ gerade ihr Reich durch die Hintertür, als ich den Gartenweg hochkam. Sie trug einen blauen Tuchmantel und eine weiße Strickmütze mit Bommel oben drauf. Es sah aus, als ob sie gerade ein Schiff verließ. Über ihrer Schulter, an einem Riemen wie eine Ankerkette, hing eine Tasche, so groß wie ein Schiffsrumpf. »Ich geh' jetzt nach Hause«, sagte sie. »Haben Sie Rhett gefunden?«

»Yeah!«

Sie hörte mich nicht, aber es mußte in meinem Gesicht gestanden haben. Sie sah mich genau an, und es schien, als wollte sie mich etwas fragen, doch dann zog sie die Tür fest hinter sich zu, kam die Verandatreppe herunter und wiederholte: »Ich geh' jetzt nach Hause.«

Ich beobachtete, wie sie die Einfahrt runterstapfte und rechts herum zur Bushaltestelle lief. Sie drehte sich nicht um. Sie hatte lange genug für diese Familie gearbeitet, um keine Fragen über Rhett zu stellen. Die trottelige Polackin mimte sie aus reinem Selbstschutz. Was eine Haushälterin erzählen könnte, würde selbst einem dreißigjährigen Beamten der Sittenpolizei die Schamröte ins Gesicht treiben.

Sie hatte die Tür abgeschlossen, aber das Schloß war ein Klacks. Ich machte mir gar nicht erst die Mühe, nachzusehen, ob die Haustür noch offen war, denn ich hatte bemerkt, daß die Hintertür nur ein Riegelschloß besaß. Komisch, daß Leute, die clever genug sind, viel Geld zu besitzen, so dumm sind, ihre Hintertüren zu vernachlässigen. Aber vielleicht waren die auf Grosse Pointe spezialisierten Einbrecher auch zu versnobt, um den Dienstboteneingang zu benutzen. Ich war's nicht. Ich knackte den Schnappriegel – fast so schnell wie im Krimi – und ging über die Hintertreppe hoch zum kleineren der beiden Schlafzimmer, von dem ich glaubte, daß es Rhetts war.

Der Junge hatte seinen eigenen Kühlschrank, vollgestopft mit Importbier, und mehrere tausend Dollar in Form einer Stereoanlage. Kein Wunder, daß er noch zu Hause wohnte, wenn die meisten in seinem Alter schon ausgezogen und verheiratet waren. Ich stellte das ganze Zimmer auf den Kopf, wobei ich zuerst an den simpelsten Stellen nachsah. Bei den ganz-ganz Cleveren macht man das immer so. Ich fand einen Stapel exquisit gebundener Pornos unter dem Bett und ein zusammengeknülltes Bikinihöschen – nicht Rhetts Größe – hinter der Kommode. Zu viele Synthesizer und schreiende Neger in den Plattenhüllen im Regal. Eins von beiden wäre mehr als genug gewesen. Nichts war hinter oder unter die Schubladen geklebt. Dann nahm ich mir die komplizierteren Verstecke vor. Elftausend Dollar steckten zusammengerollt in einem Pantoffel im Kleiderschrank. Steuerfreies, schmutziges Geld aus der Teilzeitbeschäftigung eines reichen, verwöhnten Jungen als Drogenpusher. Ich war mir nicht sicher, nach welchem Ball ich suchte, aber immerhin war ich im richtigen Spiel. Außer dem Geld fand ich nichts mehr im Zimmer. Er war zu schlau, um seine Ware im Haus zu verstecken. Ich ließ das Geld, wo es war, und ging in das Badezimmer nebenan.

Ich öffnete das Spiegelschränkchen über dem Waschbecken und wickelte ein Taschentuch um meine Hand, damit die Fingerabdrücke dort blieben, wo sie hingehörten. Nachdem ich alles herausgenommen und die Rückwand nach Hohlräumen abgeklopft hatte, stellte ich die Sachen wieder an ihren Platz. Dabei bemerkte ich, daß die Rasiercremedose ungewöhnlich leicht war. Ich schüttelte sie, und es klang alles andere als cremig. Ich schraubte den Deckel auf. Ein komisches Versteck für ein Adreßbuch.

Die Eintragungen waren verschlüsselt, natürlich. Die letzte war mit einem andersfarbigen Stift eilig hingekritzelt worden. Ich steckte das Ding in meine Tasche, stellte die restlichen Sachen zurück ins Schränkchen und lief auf meinem Weg nach unten noch mal durch Rhetts Zimmer, um eventuelle Fingerabdrücke wegzuwischen. Ich verließ das Haus durch die Hintertür, schloß den Schnappriegel, fuhr ins Zentrum und betrat mit dem Hut in der Hand die stille Arbeitsatmosphäre des Polizeireviers von Grosse Pointe. Der Sergeant hinter dem Schreibtisch war freundlich. In dieser Gegend waren sie immer freundlich. Er hörte sich an, was ich zu sagen hatte, gab einer Streife über Funk die Adresse der Grissoms durch und bat mich, Platz zu nehmen.

23

Ein Captain Quincannon nahm sich meiner an. Er war ein großer, schlanker Rothaariger, der stramm auf die Fünfzig zuging, mit fröhlichen Augen und einem Mund, der nicht fröhlich war. Ich kannte ihn nicht. Eines Tages würde ich sie alle kennenlernen, doch bis dahin war sicher schon ein ganz neuer Schub nachgerutscht. Sein Büro war ein freundlich wirkendes Rechteck mit einem geschmackvollen Teppich, einem dunklen Eichentisch und Baseballfotos an den Wänden. Ein junger Quincannon in bauschigem Sportdress mit dem Aufdruck eines Halbprofiteams, von dem ich ein- oder zweimal gehört hatte, grinste von einigen der Fotos auf mich herunter. Ein goldgerahmtes Triptychon auf dem Schreibtisch zeigte eine attraktive Blonde in den Vierzigern sowie einen Jungen und ein Mädchen im Collegealter, die beide dieses Quincannongrinsen draufhatten. Er pflanzte mich in einen bequemen Stuhl mit Armlehnen, ging um seinen Schreibtisch herum und setzte sich dahinter. Dann bot er mir eine Zigarette aus einer Schachtel an, die schon etliche Meilen auf dem Buckel hatte, nahm sich selbst eine, halbierte sie mit einer kleinen Schere und steckte die andere Hälfte zurück. Mit einem roten Einwegfeuerzeug aus Plastik beendete er die Prozedur. Wir bliesen uns gegenseitig den Rauch über die Schultern.

»Sie sind ein P. I. namens Walker?« Seine Augen waren die eines Salonkomikers kurz vor der Pointe.

»War«, korrigierte ich. »In diesem Moment wartet wahrscheinlich ein sehr verärgerter Bundesbeamter in meinem Büro, um meine Ausweispapiere zu konfiszieren.«

»Oh, *der* Walker sind Sie.«

»Sie haben die Zeitungen gelesen.«

»Das war gar nicht nötig. Sie sind der Eisbrecher der Woche auf allen Polizeipartys. Letzte Woche war es diese neue Vorschrift in New York, daß jeder Cop, der im Dienst einen Verdächtigen erschießt, festgenommen wird und ein Verfahren an den Hals kriegt.«

»So schlimm?«

Er nickte sparsam und sah mich weiterhin durch den Qualm seiner halben Zigarette an. »Dann schießen Sie mal los.«

»Ich gehe von der Vermutung aus, daß diese Paula Royce, über die die Zeitungen so viel herumgequäkt haben, noch lebt«, sagte ich. »Sie ist süchtig. Pillen. Und da Rhett Grissom allem Anschein nach der Verteiler für Grosse Pointe war, dachte ich, daß er vielleicht kürzlich Kontakt mit ihr hatte. Ich bin heute da rausgefahren, um mit ihm zu sprechen. Er sagt jedoch nicht viel.«

»Wir wissen alles über Rhett Grissom. Er hat ein Strafregister, so lang wie die Woodward Avenue, aber das Geld seines Vaters öffnet immer wieder Hintertüren, die aus dem Gerichtssaal führen. Aber weiter, wie wollten Sie diese Information aus ihm herausbekommen?«

»Nicht, indem ich so lange zuschlage, bis seine Gesichtsknochen freiliegen. Ich weiß, daß Sie diese Frage stellen müssen, aber denken Sie daran, daß Sie überhaupt nichts fragen könnten, wenn ich nicht hierhergekommen wäre, um den Fund der Leiche zu melden.«

»In meinem Beruf wird man oft mit diesem Umkehrdenken konfrontiert«, sagte er trocken.

»Sie meinen, wenn ein Killer die Bullen ruft, weil er glaubt, daß sie ihn daraufhin nicht verdächtigen. So denkt nur einer, der nicht weiß, wie die Polizei arbeitet. Aber natürlich könnte das bei mir der Fall sein; ich könnte glauben, Sie denken, weil Sie wissen, daß ich weiß, wie Bullen arbeiten, daß ich so einen Trick nicht probieren würde. Wir könnten dieses Spiel den ganzen Tag fortsetzen und wären am Ende genau da, wo wir jetzt sind.«

»Für Sie wär's der Mühe wert, wenn Sie jemand gesehen hat.«

»Ich hatte so etwas wie eine Unterhaltung mit der Haushälterin.«

Er winkte ab. »Die wurde schon öfter befragt. Die hört und sieht zweimal so viel, wie sie preisgibt. Eine ganze Nußknackermannschaft könnte die Alte nicht aufbrechen, selbst wenn sie 'ne Woche Zeit hätten. Sie haben das Haus auf den Kopf gestellt, stimmt's?«

»Das habe ich nie gesagt. Aufbrechen und Eindringen ist nicht meine Art.« Es gab kein Gesetz, daß einem untersagte, einen Bullen zu belügen.

»Ah-hah.« Er hielt es fest, betrachtete es von allen Seiten, ließ es fallen, aber nicht unter den Tisch. »Okay, gehen wir also jetzt mal davon aus, daß Sie eine weiße Weste haben. Was für ein Interesse haben Sie überhaupt an dem Mädchen?«

»Ein rein persönliches.«

Sein grimmiger Mund wurde noch grimmiger. »Reicht nicht, Walker.«

»Okay. Gestern hatte ich Besuch von einem Killer namens Horn, Fletcher Horn, der durchblicken ließ, daß er hinter ihr her ist. Bei mir ist das eine berufliche Sache. Das Gerücht geht nun mal um, daß ich dem Mädchen aus dem Schlamassel geholfen habe, in das sie mit dem Gesetz verwickelt war. Ob das nun stimmt, oder nicht. Sollte ich jemals meine Lizenz wiederbekommen, möchte ich nicht, daß sich ein potentieller Kunde den Kopf über meine Fähigkeiten zerbrechen muß, weil einer meiner Klienten umgekommen ist. Zweimal.«

»Schon besser. Paula Royce war also ihre Klientin?«

»Sie drehen mir schon wieder das Wort im Mund um, Captain. Ein Klient ist jemand, den ich bereit bin zu vertreten. Diese Definition beinhaltet nicht unbedingt, daß ich dafür bezahlt werde, obwohl mir das natürlich lieber ist. Es heißt, daß ich ihr geholfen habe. Es hängt mir so oder so an.«

»Sie spalten die Haare sehr sorgfältig, das muß man Ihnen lassen.« Er drückte seine Kippe in einem dieser gehämmerten Blechaschenbecher aus, die Kinder in der Schule für ihre Väter machen. Er sah aus, als ob er schon ein paar Jahre benutzt wurde. »Was bringt Sie auf die Idee, daß sie noch lebt?«

»Erstens die Anzahl der Leute, die mir immer wieder versichern, daß sie tot ist. Und zweitens die Tatsache, daß sich keiner von der

Polizeibehörde in Iroquois Heights die Mühe gemacht hat, nach Kanada zu fahren, um ihre Leiche zu identifizieren.«

»Ach die, kein Wunder.«

»Yeah«, sagte ich. »Aber es sind immer noch Bullen. Normalerweise lassen die keinen i-Punkt weg, es sei denn, jemand veranlaßt sie dazu.«

»Ziemlich vage.«

»Sichere Spuren sind seltene Pflanzen in meinem Teil des Dschungels.«

»In meinem auch. Wäre dieser Horn in der Lage, einen Typen wie Rhett Grissom zusammenzuschlagen, um herauszufinden, wo das Mädchen ist?«

»Dieser Horn wäre in der Lage, genau das zu tun. Er ist sehr stolz auf seine Fähigkeit, jemanden ohne Waffe umzubringen.«

»Erzählen Sie mir mehr über diesen charmanten Kerl.«

Ich starrte in die Glut meiner Zigarette. »Meine Informationen hab' ich aus dritter Hand; es sind nur Bruchstücke. Er hat gerade drei von fünf Jahren wegen Autodiebstahls abgesessen, was möglicherweise seine Absicht gewesen war, da er auf der Abschußliste stand. Er hatte nämlich einen Kronzeugen direkt unter den Nasen seiner Leibwächter ins Jenseits befördert. Es heißt, daß er momentan für die Kolumbianer arbeitet, die gerade den örtlichen Rauschgifthandel in die Hand nehmen, oder genommen haben. Unter anderem Namen hat Paula Royce vor einer ganzen Weile gegen einige ihrer Landsleute in Miami ausgesagt und damit Schaden angerichtet, den sie jetzt bezahlen soll.« Ich beschrieb Horn so gut ich konnte und gab seine kleinen Hände und Füße als besonderes Merkmal an.

»Bruchstücke, häh? Was verstehen Sie dann unter einem detaillierten Bericht?« Er war skeptisch. Das waren sie immer, wenn eine Sache zu einfach schien.

»Er redet gerne. Und da ich diesen Beruf seit geraumer Zeit ausübe, habe ich meine Quellen.«

»Oh, da bin ich mir sicher. Es muß ein schönes Gefühl sein, Köpfe einschlagen zu können, ohne daß einem die Presse, die Politiker und die Gewerkschaften über die Schulter schielen.«

»Ich bin nur ein P. I., Captain, oder besser gesagt, ich war's. Ich muß selbst sehen, wie ich die Steine aus dem Weg räume. Sie lösen sich nicht beim bloßen Anblick meines Ausweises in Luft auf, so wie bei Ihnen.«

»Die Zeiten sind auch vorbei, Walker.« Er lehnte sich zurück. »Sie müssen sich nicht jeden Tag mit diesen Hochglanzbälgern abgeben, die hier aufwachsen. Erwähnen Sie das Wort Gefängnis, und die lachen Ihnen ins Gesicht. Die Jugendstrafanstalt ist so dick mit den Schleimspuren ihrer reichen Väter beschmiert, daß sie schneller wieder rausschlittern, als sie reingerutscht sind. Ein Rhett Grissom verschwindet, schon erscheinen zwei neue auf der Bildfläche, halb so alt und doppelt so clever.« Er stand auf und streckte mir seine Hand entgegen. »Vielen Dank, daß Sie gekommen sind. Wir werden beim Anstaltsdirektor in Jackson die Akte über Horn anfordern, und heute nachmittag wird ein Rundschreiben mit seinem Bild rausgehen. Sergeant Minch wird Ihre Angaben zu Protokoll nehmen. Beim Tippen ist er der Schnellste. In einer halben Stunde werden Sie hier draußen sein.

Das nächste Mal, wenn sich was tut, wissen Sie, wo Sie uns finden.«

Ich stand ebenfalls auf und nahm seine Hand, die sich tatsächlich so anfühlte, als gehörte sie um den Griff eines Baseballschlägers. Er war über ein Meter neunzig groß und so hart wie Pinienholz. »Danke, Captain. Ich bin Höflichkeit auf Polizeirevieren nicht gewöhnt. Ein Skipper wie Sie könnte dem Ruf der Branche schaden.«

»Ich bin nicht hart. Das habe ich mit der Uniform abgelegt.«

Sein Lächeln war zwar sparsam, aber ein Schatten seines jungenhaften Sportlergrinsens tanzte um seine Mundwinkel. »Melden Sie sich mal.«

Bis ich mit Sergeant Minch und seiner magischen Schreibmaschine fertig war, hatte ich einen Strafzettel an der Windschutzscheibe, weil ich in einer Polizeizone parkte. Ich dachte daran, zurückzugehen, um ihn gleich zu bezahlen, aber es war kein anderer Parkplatz in Sicht; und wenn ich wiederkäme, würde ich nur einen zweiten Strafzettel vorfinden. Also kletterte ich hinter's Lenkrad und öffnete das Handschuhfach, um ihn wegzustecken. Eine Handgranate rollte mir entgegen, plumpste auf den Boden und kullerte wie besoffen zwischen meine Füße.

24

»Danke, Tim.«

Der rothaarige Captain legte den Hörer auf und sah mich an. »Das war Offizier Drinkwater vom Bombenräumkommando. Ihre Ananas war ein Blindgänger.«

»Das habe ich mir schon gedacht, sonst wäre jetzt da draußen auf der Straße nur noch ein schwarzer Klumpen, wo mein Wagen stand.« Ich rauchte meine vierte Winston, seitdem ich wieder in seinem Büro saß und darauf wartete, daß der Matsch an meinem Anzug trocknete, damit ich ihn abklopfen konnte. Als ich die Granate sah, rollte ich ein bißchen auf der Straße herum. »Alles, was mir noch gefehlt hat, um diesen Fall etwas abzurunden, war ein Killer mit Sinn für Humor.«

»Glauben Sie sicher, daß es Horn war?«

»Das muß ich. Wenn ich wüßte, daß zwei von seiner Sorte herumlaufen, würde ich freiwillig und höchstpersönlich meine Lizenz zurückgeben und damit anfangen, Lampen aus alten Buickmotoren herzustellen. Außerdem gehören Sprengkörper zu seinen Spezialitäten. Ich nehme an, daß das eine freundliche Warnung für mich war, die Finger von Paula Royce zu lassen. Hin und wieder bekomme ich solche Signale, obwohl sie selten so deutlich sind.«

»Er hätte nicht die Frechheit, eine Granate in Ihr Handschuhfach zu legen, während Ihr Wagen vor einem Polizeirevier parkt.«

»O, doch. Selbst, wenn J. Edgar Hoover meine Kühlerhaube zieren würde. Sie kennen ihn nicht.« Ich drückte meine Kippe in dem selbstgemachten Aschenbecher aus. »Aber er müßte auf dem Grundstück der Grissoms herumgehangen haben, bis ich kam, und mir dann hierher gefolgt sein, was sehr unwahrscheinlich ist. Er könnte es jederzeit nach unserer kleinen Unterhaltung in meinem Büro gemacht haben.«

»Ich nehme an, solche Warnungen lassen harte Männer wie Sie völlig kalt«, sagte er trocken.

»Ich hab' eine Höllenangst vor diesem Mann, Captain. Das hätte genausogut kein Blindgänger sein können, und ich habe schon aus nächster Nähe gesehen, was so ein Ding anrichten kann. Er weiß das und hat die Wahl seines Werkzeugs gut überlegt. Psychologie ist sein Hobby.«

Quincannon spielte mit der traurigen Zigarettenschachtel, ohne eine herauszunehmen. »Er sollte sie mal bei sich selbst anwenden. Kein Geisteskranker würde jemals einen Menschen so zurichten, wie er Rhett Grissom.«

»Der Knast hat schon viel härteren Jungs die Tassen aus dem Schrank geräumt.«

»Ich werde sehen, daß Minch den Bericht über Ihr kleines, nachweihnachtliches Überraschungsgeschenk tippt«, sagte er. »Sie kennen die Einzelheiten.« Ich stand auf und ging zur Tür. »Und nochmals danke, Captain.«

Er erinnerte mich daran, meinen Strafzettel zu bezahlen, und riet mir, meinen Wagen schleunigst aus dem Parkverbot zu fahren.

Das nächste Ärgernis wartete in meinem kleinen Vorzimmer. Als ich hereinkam, stand eine Figur mit eckigem Kiefer und vorschriftsmäßigem Haarschnitt in einem blauen Anzug unter einem schwarzen Mantel von der Bank auf. Er war so groß wie der Captain in Grosse Pointe und seine Augen waren blau und direkt.

»Amos Walker?«

Ich sagte: »Ist er noch nicht da? Ich wollte ihn engagieren, um meine Frau zu beschatten. Die hat nämlich 'nen Bumsrücken wie Yvonne Goolagongs Tennisarm.«

»Guter Versuch, Walker. Aber ich habe Ihr Bild gesehen.«

Er zeigte mir Hundemarke und Ausweis. »Tynan, Staatspolizei. Ich war vorhin schon mal hier. Sie nicht. Ich hätte Ihnen noch zehn Minuten gegeben und dann einen Haftbefehl gegen Sie erwirkt. Ich nehme an, Sie wissen, warum ich hier bin.«

»Ein Captain Quincannon in Grosse Pointe wollte noch mehr von mir als Sie. Bringen wir's hinter uns.«

Die Hausverwaltung war fleißig gewesen. Die Bürotür war entfernt worden und das Glas weggekehrt. Tynan machte keine Bemerkung über die fehlende Tür. Er war der Typ Bulle, der sein Schulterholster am Strand trägt. In ein paar Jahren würde er Lieutnant sein. Ich warf meine CCW-Erlaubnis und die Kopie meiner Lizenz vor ihm auf den Schreibtisch, nahm das Original von der Wand und aus dem Rahmen und knallte es obendrauf. Er packte die Garantie für meine Brötchen zusammen und ging. Kein Säbel, kein Hackenknallen, kein Marschschritt, nichts. Es gibt keine Romantik mehr in der Welt.

Ich schloß die Außentür hinter ihm zu, ging zurück in mein Büro, setzte mich an den Schreibtisch und nahm mir Rhett Grissoms Adreßbuch vor. Der Code war das Werk eines Einfaltspinsels. Nummern anstelle von Buchstaben und umgekehrt. Ich zögerte mit meiner Hand an der Schublade, öffnete sie dann doch und nahm Papier und Bleistift heraus. Ich konnte nicht mein ganzes Leben lang unters Bett gucken, ob vielleicht eine Handgranate drunterliegt.

Ich hatte mich gerade zwanzig Minuten mit dem Code beschäftigt, als das Telefon klingelte. Es war Theodore Grundy von der Justizbehörde.

»Ich habe mit meinen Vorgesetzten gesprochen«, sagte er.

»Yeah«, sagte ich. »Es hat sich was Neues in dem Fall ergeben.« Ich erzählte ihm von Grissom, erwähnte aber nicht das Adreßbuch.

Einen Moment lang Schweigen für den lieben Verstorbenen, dann: »Glauben Sie, daß Horn ihn umgebracht hat?«

»Einer muß es ja gewesen sein. Warum nicht Horn?«

Pause. »Und Sie wissen wirklich nicht, wo Paula Royce ist, oder?«

»Keine Ahnung. Keine wie in ›nicht eine‹. Keine wie das Gegenteil von eine. Grundy, ich weiß es nicht.«

Jetzt glaubte er mir. Aus irgendeinem Grund dachte ich, daß er das nie würde. »Ich ruf' Sie in fünf Minuten noch mal an.« Er legte auf. Es waren eher zehn. »Ich höre, Grundy«, sagte ich in die Sprechmuschel.

»Das Angebot steht noch, Walker. Es geht nicht, daß die Stadt von Ermittlungsbeamten wimmelt. Es ist die Rede davon, daß sich das FBI einschaltet und sogar das Bundesamt für Betäubungsmittel. Ich habe die Genehmigung, Ihnen Ihre Lizenz zurückzugeben, wenn Sie bereit sind, die ganze Sache mit Paula Royce zu vergessen.«

»Tut mir leid.«

Pause. »Was soll das heißen? Ich dachte, das ist das, was Sie wollen.«

»Das ist es auch. Aber der Handel muß zu meinen Bedingungen laufen, nicht zu Ihren. Ansonsten ist der Besitz einer Lizenz bedeutungslos. Wissen Sie, Grundy, es gibt da so eine nette, kleine Handelstaktik, bei der ich meine Ware einfach zurückhalte. Aber ich würde nie erwarten, daß Sie das verstehen, wo Sie doch für die Regierung arbeiten.«

»Das ist jetzt schon das zweite Mal, daß Sie so etwas sagen. Und diesmal nehm' ich's Ihnen auch zweimal so übel. Meine Integrität –«

»Ist so dünn, daß sie mit jedem Wind dreht. Auf Wiederhören, Grundy. Ich bin ja so froh, daß Sie angerufen haben.«

»Hören Sie, Walk–« Der Rest blieb in der Leitung stecken. Nach ein paar Sekunden klingelte es wieder. Ich ließ es klingeln. Bei acht hörte es auf.

Der Code taugte nichts. In weniger als einer Stunde hatte ich ihn entschlüsselt. Das Alphabet war rückwärts durchnumeriert, bei drei angefangen und jede fünfte Zahl ausgelassen. Ich erkannte einige Namen in Grissoms Kundenkartei, und bei einem oder zweien war ich sogar überrascht. Doch mein Hauptinteresse galt der letzten, hingekritzelten Eintragung. Sie war eine Enttäuschung. Der Name lautete F. Esterhazy, und die Nummer war die von Ferns neuer Wohnung in Grosse Pointe.

Sie hatte mich also angelogen, von wegen keine Tabletten zwischen den Partys, aber ich werde so oft angelogen, daß es mir nichts mehr ausmacht. Wenn sie zu den Stammkunden gehörte – und ein kurzer

Blick auf die anderen Eintragungen im Buch würde das bestätigen – war es nur natürlich, daß er ihre neue Adresse notiert hatte. Angeekelt schob ich das Buch beiseite und fummelte eine Zigarette aus der Schachtel.

Ich steckte sie nicht an. Zwei Erinnerungen spukten durch meinen Kopf, flüsterten miteinander und kicherten.

Irgend etwas, das Fern an diesem seltsamen Weihnachtsabend im Chord Progression gesagt hatte, und etwas anderes, das Gable Reinhardt, Barry Stackpoles Assistent, in der Sextant Bar erwähnt hatte. Zwei Dinge, die mir von zwei gar nicht so verschiedenen Leuten erzählt worden waren. Ich nahm mein wertvolles Adreßbuch aus dem Karteischrank und wählte die Nummer eines Typen bei der Stadtverwaltung, der mir noch etwas schuldig war.

Nachdem ich mit ihm gesprochen hatte, schnappte ich mir die 38er aus der Schublade und steckte sie in mein Gürtelholster. Was mir passieren konnte, weil ich sie ohne Erlaubnis in der Öffentlichkeit trug, war immer noch besser als das, was mir passieren konnte, wenn ich sie nicht dabeihatte.

Eine dicke Wolkenfront schob sich von Norden über die Stadt, aber noch immer war kein Schnee in Sicht. Es war, als hielte der Winter den Atem an. Die Luft roch nach Eisen, und die Straßen wirkten schwarz und leer. Jeder beobachtete den Himmel. Es war wie die Stille, die, nachdem sie deinen Zellengenossen abgeholt haben, immer drückender wird, bis die Gewehrsalven des Erschießungskommandos losbrechen; die Schüsse kamen wie ein Orgasmus.

Der Mieterparkplatz hinter Ferns Haus war voll, also stellte ich den Wagen auf der Straße ab und stieg die Treppen zu ihrer Wohnung hoch. Sie öffnete die Tür, bevor ich meinen Finger am Klingelknopf nehmen konnte. Sie trug einen enganliegenden, grünen Rock, Absätze und eine elfenbeinfarbige Bluse, die einen Knopf mehr als genug offenstand. Sie erschrak etwas, als sie mich sah, überspielte es aber ganz gut. »Sieh mal einer an«, sagte sie, »der Spitzelbube.«

»Ich wette, für den hast du 'ne Woche überlegt. Kann ich reinkommen, oder ondulierst du dir gerade die Wimpern?«

»Wo rein?« Ihre Stimme klang rauh, aber sie öffnete die Tür gerade so weit, daß ich im Vorbeigehen ihre Brüste streifte. Ich zeigte mit dem Finger drauf. »Ich hoffe, du hast einen Waffenschein für die Dinger.«

»Das müßtest du doch wissen.« Sie schloß die Tür und lehnte sich dagegen. Wie ein Vamp machte sie das.

Ich durchquerte ihren Hektar Wohnzimmer, öffnete die Tür zum Arbeitszimmer, warf einen Blick hinein und spähte den Flur auf der gegenüberliegenden Seite hinunter. Ich hätte mir ein Lunchpaket mitbringen müssen, wenn ich die ganze Wohnung durchsuchen wollte.

»Suchst du jetzt schon einen Weg, hier wieder rauszukommen?« Sie klang nicht nervös. Andererseits hatte sie zwei Ehemänner und etliche Liebhaber gehabt, an denen sie ihre Schauspielkunst hatte testen können. Ich drehte mich um und wäre um ein Haar mit ihr zusammengestoßen. Sie schlängelte ihre Arme unter meinen Mantel und preßte eine Hand auf meinen Hintern. Aus einem Reflex heraus legte ich einen Arm um ihre Taille. Sie lehnte ihren Oberkörper zurück, und ihr langes, dickes, rotes Haar kitzelte mein Handgelenk. Der Duft ihres Körpers war heute besonders stark.

»Ich habe das vermißt«, murmelte sie. »Die meisten Liebhaber sind entweder zu klein, oder sie sind zu groß, daß wir jedesmal ein Taxi mit Schiebedach suchen müssen, damit sie ihre Köpfe wie eine Giraffe rausstrecken können. Küß mich.«

Ich tat ihr den Gefallen. Als unsere Lippen sich fast berührten, sagte ich: »Rhett Grissom ist tot.«

Sie öffnete die Augen. Das Rohsilber schien in ihren Pupillen. Ihr Gesicht war so nah, daß ich mich immer nur auf eine konzentrieren konnte.

»Was?« flüsterte sie.

»Dein erster Mann hat ihn totgeprügelt«, sagte ich.

25

Ich weiß nicht, wie lange wir so dastanden. Wahrscheinlich waren es nur ein paar Sekunden, bis sie sich aus der Umarmung löste. »Hast du was getrunken? Mein erster Mann ist –«

»Er ist draußen. Sie haben ihn am ersten Weihnachtstag entlassen. Gerade rechtzeitig für ihn, um Moses True zu erwürgen. Er ist ein schwer beschäftiger Exknacki.« Sie funkelte mich an, sagte aber nichts. Sie näherte sich ein bißchem dem Wohnzimmertisch mit der wertvollen Intarsienarbeit. Ich redete weiter.

»Du warst am Weihnachtsabend zu gesprächig, aber du hast ja auch die ganze Nacht Pillen und Gin weggenuckelt und eine Wolke als Hut getragen. Du hast mir erzählt, daß dein erster Mann drei bis fünf Jahre in Jackson schiebt, weil er ein Auto geklaut hat. Horn sagte gestern, daß er gerade drei Jahre dort abgesessen hat. Von jemand anderem erfuhr ich, daß es wegen Autodiebstahls war. Aber in letzter Zeit ist eine Menge passiert, und ich hätte das gar nicht miteinander in Verbindung gebracht, wenn ich nicht deinen Namen auf Rhett Grissoms Kundenliste gesehen hätte. Ich habe die Stadtverwaltung ausgecheckt und erfahren, daß Fern Esterhazy und Fletcher Horn vor drei Jahren in Detroit geheiratet hatten und ein paar Monate später geschieden wurden. Das mußte also nach seiner Verhaftung gewesen sein.« Ich machte eine Atempause. »Wo ist Paula Royce?«

»In einem kanadischen Leichenschauhaus.« Sie bewegte sich weiter auf den Tisch zu, ihre Augen waren auf mich gerichtet. Er hatte eine kleine Schublade an der Seite. »Okay, ich heiratete einen Dieb und Mörder. Diesen Fehler habe ich in Ordnung gebracht. Aber was hat das mit Paula Royce zu tun?«

»Das kann ich dir ganz einfach erklären. Sie braucht ihre Drogen mehr als dich. Sie ist clever, aber diese Sucht ist stärker als jede Vernunft. Sie nahm Kontakt zu Grissom auf und gab ihm diese Adresse für die Warensendung. Für dich ist die Sache gar nicht so gefährlich, wie es aussieht, wirklich. Wenn Horn wüßte, daß du sie hier versteckt hältst, hätte er es nicht aus Grissom herausprügeln müssen.«

»Er weiß es?« Einen Moment lang stand sie still. Ihr Gesicht war angespannt.

»Er wußte genauso von Paulas Angewohnheit wie ich. Er wußte, wenn sie immer noch in der Stadt ist, würde sie Verbindung mit Grissom aufnehmen. Horn hat nur vermutet, daß sie aus Kanada zurück ist. Wie ich, aber ich wußte, daß sie sich irgendwo versteckt hält und wartet, bis Arthur Stillson von den Bahamas zurückkommt, damit er sie mit einem Satz neuer Papiere versorgt. Mir war allerdings nicht klar, warum sie sich ausgerechnet hier verstecken sollte. Erst, als ich im Kopf noch mal alle Ereignisse vom Weihnachtsabend durchging, die Nacht, in der Bud Broderick in Iroquois Heights umgebracht wurde, kam etwas Licht in die Sache. Bleib von der Schublade weg.«

Sie stürzte auf den Tisch zu. Ich schnappte ihr Handgelenk und drehte es nach innen, mit der anderen Hand riß ich die Schublade auf. Eine 32er Browning Automatik lag drinnen. Sie versuchte, mit ihrer freien Hand danach zu greifen. Ich drehte fester, und sie schrie. Ich nahm die Pistole. Dann schob ich sie rückwärts zum Sofa und gab ihr einen groben Schubs. Sie brach zusammen. Heftiges Schluchzen schüttelte ihren Körper. Sie wickelte sich in die eigenen Arme und beugte sich nach vorn. Die Haare fielen ihr übers Gesicht und verdeckten es.

»Paula wußte, daß du ihr einen sicheren Unterschlupf bieten würdest, solange sie warten mußte«, sagte ich. Ich hatte immer noch die Automatik in der Hand. »Sie ahnte aber nichts von deiner Verbindung zu dem Mann, der den Auftrag hat, sie umzubringen, sonst wäre sie das Risiko wohl kaum eingegangen. Trotzdem zählte sie auf dich. Du hast selber gesagt, daß ihr nicht eng befreundet wart. Warum also? Weil sie etwas gegen dich in der Hand hat.

Als ich das letzte Mal hier war, habe ich dich gefragt, warum gerade ich dazu auserwählt wurde, den Abend mit dir zu verbringen, obwohl es akzeptablere Männer in deinem Bekanntenkreis gibt. Sicher, meine männliche Anziehungskraft ist kaum zu überbieten, aber darum ging's dir gar nicht. Ich war nicht annähernd so alt und so reich wie die Typen, die du sonst bevorzugst. Aber ich war etwas, was keiner der anderen war. Ein Detektiv und deshalb das bestmögliche Alibi.« Sie hörte auf zu schluchzen. Ich konnte ihre Augen nicht sehen, aber ich wußte, daß sie mich durch den Schleier ihrer Haare beobachtete. Mir fiel die Pistole in meiner Hand wieder ein, und ich steckte sie in die Manteltasche.

Ich wedle nicht gern mit fremden Knarren rum.

Ich sagte: »Die Gerichtsmediziner können den Zeitpunkt des Todes nicht auf die Stunde genau feststellen, es sei denn, die Leiche ist noch warm. Als Exfrau eines Killers wußtest du das natürlich. Du hattest vorgesorgt, und wenn man dich danach fragen würde, wo du in der Nacht warst, als Bud ermordet wurde, konntest du getrost auf eine Art Detektiv zeigen. Das war lediglich eine zusätzliche Vorsichtsmaßnahme, denn es gab nur eine Person, die dich in der Nacht im Haus von Paula Royce gesehen haben konnte. Und du dachtest, daß die viel zu ausgeklinkt war, um sich daran zu erinnern. Super, vielleicht würde sie sogar glauben, daß sie ihn selbst umgebracht hatte. Doch das war nicht der Fall. Nachdem die Wirkung der Tabletten nachgelassen hatte, konnte sie sich gut genug erinnern, um dich unter Druck zu setzen. Warum hast du ihn umgebracht, Fern?«

»Du weißt nicht, ob ich es getan habe. Du willst dir mit diesem Gerede doch nur deinen Job zurückholen.« Sie wuchtete ihr Haar mit beiden Händen über die Schulter zurück. Ihr Gesicht war kalkweiß, bis auf die Nasenspitze und ihre Augen. Die waren fast so rot wie vergossenes Blut, wenn auch nicht ganz – nichts ist so rot. »Mein Vater kann das für dich in Ordnung bringen. Das erspart ihm den Ärger, dich nachher wegen Verleumdung anzeigen zu müssen. Soll ich ihn anrufen?«

Ich grinste. »Jeder versucht, mir meine Lizenz wiederzubeschaffen.

Was war's denn nun, Brudermord? Das passiert in Familien, wo sich ein Kind dran gewöhnt hat, das einzige zu sein. Es wird schmutzig, wenn eine Erbschaft im Spiel ist.«

»Es war ein Unfall.«

Das war eine neue Stimme. Blitzschnell schob ich mit dem Ellbogen meinen offenen Mantel zurück, legte die Hand an die Smith & Wesson und drehte mich nach rechts, wo der Flur war. Ich zögerte, dann nahm ich die Hand von der Knarre. Sie trug keinen Pony mehr und hatte sich die Haare dunkelblond gefärbt, aber gegen dunkle Augen und Hautfarbe konnte man nicht viel machen. Sie hatte eine gelb-weiß gestreifte Bluse an und einen braunen, flatternden Rock. Sie war barfuß, genau wie damals, vor der letzten Eiszeit, als ich ihr das erste Mal begegnet war. Zehn Tage waren seitdem vergangen.

Ich atmete tief ein und sehr langsam wieder aus. Irgendwie hatte ich gehofft, daß es doch nur ein Hirngespinst war. Sie sah mich an.

»Ich kann mich nicht mehr an alles erinnern, was in der Nacht passiert ist«, sagte sie, »aber eins weiß ich noch sehr gut. Ich bin aufgewacht, weil ich Stimmen hörte, und wollte nachsehen, was los war. Als ich in die Küche kam, sah ich, wie sie um den Revolver kämpften. Er war in Buds Hand. Dann ging er los. Zweimal. So.« Sie klatschte zweimal schnell in die Hände. »Es klang fast wie *ein* Schuß.«

»Du bist die Hauptverdächtige und ein Junkie obendrein«, zischte Fern. »Wer wird dir schon in einer Stadt glauben, die bis runter zu den Hydranten meinem Vater gehört?«

»Ich.« Meine Augen waren auf Paula gerichtet. »Sprich weiter.«

»Da war viel Blut.« Sie sprach langsam und deutlich, wie einer, der sich unter Hypnose an ein vergangenes Leben erinnerte. »Bud schien eine Ewigkeit so dagestanden zu haben, aber es waren wohl nur ein paar Sekunden. Dann sackte er gegen Fern. Sie schrie und sprang zurück, und er fiel.« Sie machte eine Pause, als hätte sie den Faden verloren. »Armer Bud. In irgendeiner Nacht hatte ich zu viele Tabletten genommen und ihm zuviel über mich erzählt. Er fühlte sich wie ein richtiger Mann, weil er mich beschützte. Seine Mutter hat ihm dieses Gefühl nie gegeben.

Dann muß ich das Bewußtsein verloren haben, denn ich kann mich an nichts mehr erinnern, bis zu dem Moment, wo ich auf dem Boden aufwachte. Bud lag da, wo er hingefallen war. Fern war weg. Ich wußte nur, daß ich da raus mußte. Ich war schon mal in einen Mordfall verwickelt, und es gibt Leute, die mich umbringen würden, wenn sie wüßten, wer ich bin. Deswegen bin ich zu Ihnen gekommen.«

»Danke.«

Darauf lächelte sie schwach. »Ich habe gehört, was passiert ist. Ich habe nie von Ihnen verlangt, daß Sie für mich ins Gefängnis gehen. Wenn ich auch nur eine Minute gedacht hätte, daß Sie –«

»Hättest du genau das gleiche getan«, beendete ich ihren Satz. »Jeder benutzt mich; dazu bin ich da. Jeder hat das Recht, seine eigene Haut auf seine eigene Art zu retten. Die Presse stellte es so hin, als würde ich einen Klienten schützen. Sollen sie doch. Diese Art Werbung ist gut für meinen Job – wenn ich ihn jemals zurückkriege. Die Wahrheit ist, daß ich Cecil Fish und seine Plüschbullen nicht mag, also sollen sie sich doch an mir die Zähne ausbeißen. Manche mögen das reine Dickköpfigkeit nennen. Ich nenne es Prinzipien. Jedem seine Meinung. Aber warum ich, und nicht die Justizbehörde?«

»Sie wissen davon?« Ihre Augen weiteten sich ein bißchen und nahmen dann wieder Normalgröße an. »Ich bin ja blöd. Natürlich wissen Sie's, sonst wären Sie nicht hier. Ich probierte die Nummer, die sie mir für Notfälle gegeben hatten. Da war aber keiner. Dann sah ich Ihre Karte neben dem Telefon liegen. Es gab sonst niemanden.«

»Was war so Besonderes an Kanada? Ich hätte dich zum Metro Airport fahren können, und du wärst in eine x-beliebige Maschine eingestiegen.«

»Die Leute, die mich lieber tot sähen, verbringen eine Menge Zeit auf Flugplätzen. Ich konnte es nicht riskieren, erkannt zu werden. Ich hatte mir für solche Notfälle extra eine Wohnung in Toronto gemietet. Es war der Schlüssel zu dieser Wohnung, den ich Ihnen gezeigt habe, und nicht der von einer Fischerhütte. Aber die Sache war in Kanada genauso groß wie hier. Die ganze Zeit über probierte ich diese Nummer, bis ich jemanden von der Justizbehörde erreichte. Ich erzählte ihm, daß ich in Kanada sei, aber nicht, wo. Ich hatte schon einer Person mehr getraut, als mir lieb war. Er sagte, daß er sehen müsse, wie man das mit den kanadischen Behörden regeln könnte, und meinte, ich sollte in Verbindung bleiben. Da jetzt jeder glaubte, daß ich tot wäre, hatte ich von der Polizei hier nichts mehr zu fürchten. Ich erinnerte mich, was Sie über den Anwalt in Iroquois Heights gesagt hatten, der einem falschen Papiere besorgen könne. Aber er war nicht da. Ich mußte einen Platz finden, wo ich warten konnte. Ein Hotel war viel zu riskant. Ich rief mit verstellter Stimme bei Ferns Eltern an. Sie gaben mir diese Adresse hier.«

»Zu schade, daß ich diese Begegnung verpaßt habe«, sagte ich und sah Fern an. »Was ist denn am Weihnachtsabend passiert?«

Sie hatte Zeit, sich wieder zu sammeln. Sie drehte eine Zigarette in einen Aquafilter, steckte sie mit einem goldenen, pfennigflachen

Feuerzeug an, schüttelte lässig ihre Haare zurück und blies den Rauch gegen die Decke. Die Choreographie eines Tanzes mit dem Lungenkrebs. Sie schlug die Beine übereinander und sagte nichts.

Ich nickte. »Dann werde ich es eben erzählen. Die Kolumbianer sind durch Zufall auf Paula gestoßen. Vielleicht hat einer Moses True auf seiner Runde begleitet und sie bei einer dieser Dopepartys gesehen, von denen man sich so schwer fernhalten kann. Sie wollten endlich mit ihr abrechnen für das, was sie ihrer Organisation in Miami an Schaden zugefügt hatte. Sie waren allerdings konservativ geworden und wollten nicht mehr so viele Schlagzeilen machen wie zur Zeit ihres Einzugs in Detroit. Also buddelten sie ein bißchen herum und fanden heraus, daß ein zuverlässiger Killer bald aus dem Gefängnis entlassen werden sollte. Einer, der die Gegend gut kannte und dem man noch nie einen Mord nachgewiesen hatte. Dann buddelten sie noch ein bißchen tiefer und fanden dich, seine Exfrau, die, welch ein Glück, in den gleichen Kreisen wie Paula verkehrte. Was warst du? Ihr Spitzel?«

Sie antwortete nicht. Das mußte sie auch nicht. Sie paffte ihre Zigarette, schnippte ihre langen, roten Fingernägel wie Kastagnetten und starrte auf meinen Hals. Konnte sein, daß ich mich auf wackligem Boden befand, aber noch hatte ich ihn nicht unter den Füßen verloren. Ich balancierte weiter.

»Ich vermute, daß sie dir mit deinem ersten Mann gedroht haben. Das wäre gut möglich. Er hat mir eine Höllenangst eingejagt – und ich hatte schon öfters mit Killern zu tun. Unter dem Druck dieser Drohung warst du bereit, Paula im Auge zu behalten und dafür zu sorgen, daß sie sich nicht von der Stelle rührte, bis Horn verfügbar war. Du machtest jedoch leider den Fehler, deinen Stiefbruder Bud mit auf eine dieser Partys, oder besser gesagt, Kontrollgänge, zu nehmen, wo er sich prompt in sie verknallte. Heikel, aber nicht schlimm. Bis er sich entschloß, zu ihr zu ziehen.«

Ich hörte auf zu reden. Fern sah mich jetzt direkt an. Ihr Gesicht war so angespannt und verkniffen, daß es schmerzen mußte.

»Ich habe ihn geliebt«, sagte sie.

26

Die Luft war spröde wie ein alter Knochen. Wir hielten still wie drei vornehme Matronen, die vor einer antiken Kamera posieren. Sogar der Rauch von Ferns Zigarette hing bewegungslos im Raum.

»Du hast versucht, Bud in der Nacht da rauszuholen«, unterbrach ich die Stille.

»Ja.« Sie atmete etwas von der trockenen Luft. »Er hat Paula nie geliebt. Er wußte, daß sie irgendwie in Gefahr war, und in seiner Beschützerrolle fühlte er sich erwachsen. So wie du. Das ist das Geheimnis ihrer Anziehungskraft. Diese unechte, gespielte Hilflosigkeit.

Horn sollte am ersten Weihnachtstag rauskommen. Bud konnte es nicht mit ihm aufnehmen. Ich habe bis jetzt noch keinen gesehen, der dazu in der Lage war. Er hätte Bud zerquetscht wie eine Ameise, nur damit er nicht um ihn herumgehen mußte. Bud wollte es mir nicht glauben, als ich's ihm sagte. Er hatte Horn nur einmal auf unserer Hochzeit gesehen und konnte sich überhaupt nicht vorstellen, was für ein Typ das war. Also erzählte ich ihm die ganze Geschichte, wie ich Paula den Kolumbianern ans Messer liefern mußte, weil mich mein erster Mann sonst umbringen würde. Er nannte mich eine blutrünstige Hure und schrie mich an, daß ich verschwinden solle. Als ich nicht ging, holte er Paulas Revolver und drohte mir, daß er mich abknallen würde, wenn ich nicht bald aus dem Haus wär'. Ich war dem Wahnsinn nah. Ich konnte nicht mit ihm sprechen, solange er die Knarre in der Hand hatte, also versuchte ich, sie ihm abzunehmen.«

Ihr Mund formte noch ein paar Worte, aber ihre Stimme machte nicht mehr mit. Sie nahm einen Zug von ihrer Zigarette, aber der Rauch ging in die falsche Röhre, und sie fing fürchterlich an zu husten. Das Husten verwandelte sich in Schluchzen. Wenn das nur eine Nummer war, war's eine verdammt gute.

»Paula sagte mir, daß du eigentlich ein sehr nettes Mädchen bist«, sagte ich. »Was mal soviel bedeutet wie eine Frau, die einen Mann auch ungeachtet dessen, was er nicht besaß, lieben konnte. Ich glaube, das könnte zu dir passen. Du hast allerdings Überstunden gemacht, um es zu verstecken. Vielleicht muß man das in deinen Kreisen.«

»Amos, ich kann hier nicht bleiben«, sagte Paula. Ihr Gesicht war blaß unter der südamerikanischen Farbe. »Wenn Horn weiß, wo ich bin, ist er jetzt auf dem Weg hierher.«

»Wenn er's wüßte, wäre er schon lange hier. Grissom hat ihm wahrscheinlich erzählt, daß du bei Fern Esterhazy bist.«

Fern stand auf. Ihre Augen waren geschwollen. »Horn wird denken, daß er das Haus meiner Eltern gemeint hatte. Ich bin hierher gezogen, um meine Ruhe vor diesem Killer zu haben.«

»Er wird es herausfinden. Wenn's ihm dein Vater und deine Stiefmutter nicht sagen, tut's jemand anders. Mit etwas Glück haben wir bis dahin ein paar Gesetzeshüter hier.« Ich zog die Automatik aus der Manteltasche, legte sie neben das Telefon und nahm den Hörer ab.

»Nein! Wählen Sie diese Nummer.« Paula zog einen zerknitterten Zettel aus ihrem BH und hielt ihn mir hin.

»Um Himmels willen, nicht die Justizbehörde«, sagte ich. »Die müssen erst deine Körpermaße in dreifacher Ausführung auf dem Schreibtisch liegen haben, ehe sie einen ihrer Männer vorbeischicken. Was wir brauchen, ist ein Bulle, der das Wort ›Kuh‹ nicht buchstabieren kann.«

Ich sagte Fern, sie solle sich setzen, und behielt sie im Auge, während ich zwei verschiedenen Beamten erklärte, wer ich war und wen ich sprechen wollte. Endlich hörte ich die vertraute Reibeisenstimme am anderen Ende der Leitung.

»Falls Sie einen Job suchen, Walker, wir haben gerade alle offenen Stellen in der Verwaltung vergeben. Wir werden sie auch in Zukunft immer gerade vergeben haben, wenn Sie anrufen.«

»Nichts in dieser Richtung, Proust«, sagte ich. »Ich wollte nur fragen, ob Sie glauben, daß wir Silvester Schnee kriegen, und ob Sie daran interessiert sind, mir meine Lizenz zurückzugeben, wenn ich Ihnen den Mörder von Bud Broderick übergebe.«

»Hat man Sie denn noch nicht beerdigt?« Er freute sich über seine eigene Schlagfertigkeit.

»Falls Sie Paula Royce meinen, da gibt es ein Gesetz in diesem Staat, das die Beerdigung lebendiger Frauen verbietet. Und sie steht mir in diesem Augenblick gegenüber.« Ein Drehstuhl quietschte Meilen entfernt. »Schießen Sie los.« Jetzt freute er sich nicht mehr.

»Sie ist sowieso nicht die, die Sie wollen. Sie war es nie, aber danach hätten Sie nicht gefragt. Was übrigens auch der Grund war, warum sie nicht erst lange suchen mußten, um jemanden zu finden, der sie über die Grenze brachte. Die Mörderin ist aber auch hier im Raum. Wenn Sie und Cecil Fish wollen, daß ich und das Mädchen, dessen Tod Sie beide bestätigt haben, an die Öffentlichkeit gehen, werden wir ein paar fette Schlagzeilen machen. Ich dachte nur, daß Sie vielleicht gerne in der Lage wären, die aufgebrachten Bürger zu beruhigen, indem Sie ihnen die echte Mörderin präsentieren. Aber ich irre mich ja oft. Bis dann, Proust.« Ich fing an aufzulegen.

»Walker? Walker!«

Ich hielt den Hörer wieder ans Ohr. »Yeah.«

Am anderen Ende der Leitung war ein gedämpftes Murmeln zu hören. Er hatte die Hand auf die Sprechmuschel gelegt und redete mit jemandem.

»Proust?«

»Okay, Walker, abgemacht. Wenn das, was Sie haben, gut genug ist.«

»Ich glaube, Sie werden zufrieden sein.« Ich gab ihm die Adresse in Grosse Pointe.

»Das liegt außerhalb unserer Zuständigkeit.«

»Ich weiß. Ich rufe jetzt noch die Polizei von Grosse Pointe an. Denen könnten Sie übrigens auch Bescheid geben, daß ihr kommt. Schicken Sie Bloodworth. Wenn Zorn unbedingt mitkommen will, okay, aber wenn er Scheiße baut, fliegt er raus.«

»Die sind schon auf dem Sprung, Klugscheißer. Zehn Minuten. Und, Walker?«

»Yeah.«

»Wenn dies ein Flop sein sollte, nagle ich Ihre Eier über meine Bürotür.«

»Abwechslungsreich, Proust, aber nicht sehr originell.«

Er machte ein unanständiges Geräusch und legte auf.

Als nächstes rief ich die Bullen in Grosse Pointe an und sprach mit Quincannon.

»Ich will nicht, daß diese krummen Schweinehunde mein Gebiet betreten«, sagte er trocken, nachdem ich ihn aufgeklärt hatte.

»Die sind nicht alle krumm, Captain. Immerhin sind sie an dem Fall beteiligt.«

»Sie haben wohl ein Abkommen mit denen, häh?«

»Ich muß auch leben.«

»Das hab' ich schon mal gehört. Bin in fünf Minuten da.«

Paula sah mich amüsiert an, als ich den Hörer auflegte.

»Ganz schön raffiniert.«

»Wenn ich das wäre, hätte ich die Armee nicht verlassen und wär' jetzt Lieutnant Colonel.«

»Ist das wahr, was Sie denen gesagt haben? Ich meine, daß Sie mir geholfen haben, weil Sie glaubten, ich sei unschuldig?«

»Ich lüge die Polizei nie an.«

»Aber dann wäre es doch besser für dich gewesen, *ich* wäre ins Gefängnis gegangen, während du den Mord aufgeklärt hättest.«

»Du hast doch selbst gesagt, ich hätte versprochen, dir zu helfen.«

»Und du hast gesagt, das wäre kein Blankoscheck gewesen.«

»Ich hab' dich angelogen.«

Sie sah mich in einer Art und Weise an, wie mich schon lange keine mehr angesehen hatte. »Ich glaube, ich habe noch nie jemanden wie dich getroffen«, sagte sie.

»Wir waren mal mehr.«

Ich beobachtete immer noch Fern. Sie hing auf dem Sofa, ein Arm baumelte über die Lehne, ihre Beine hatte sie ausgestreckt. Sie sah aus wie etwas, das man ausgewrungen und in die Ecke geschmissen hatte. Eine frisch angesteckte Zigarette glimmte unbeachtet im Aschenbecher. Ich ging rüber und machte sie aus. Es war idiotisch gewesen, das zu tun und ihre Pistole neben dem Telefon liegen zu lassen. Ich hätte die Kippe genausogut aus dem Fenster werfen können und mich gleich hinterher. Denn als ich mich auf Paulas entsetzten Aufschrei hin umdrehte, stand Horn lächelnd im Türrahmen.

27

»Lassen Sie sich nicht stören«, sagte er.

Er stand genau auf der Schwelle; ein großer, sanft aussehender, dicklicher Mann im selben blauen Anzug und grauen Mantel, die er schon getragen hatte, als ich ihn das letzte Mal gesehen hatte. Seine Hände hingen seitlich herunter, und die Mantelärmel, die zu lang für seine kurzen Arme waren, verdeckten den Verband an seinem rechten Handgelenk. Mit seinem enormen Brustkorb und dem breiten Gesicht sah er aus wie ein Profiringer, der sich aus dem Sportleben zurückgezogen hat und jetzt hinter einem Schreibtisch sitzt. Er folgte meinem Blick zur Pistole auf dem Telefontischchen. Ich war drei Meter näher dran als er; nur ein Schritt und ein schneller Handgriff, aber ich versuchte es gar nicht erst. »Ich geb' auf«, sagte ich. »Ich hab' gesehen, wie schnell Sie sind.« Ich sagte nichts von dem Revolver an meiner Hüfte. Sogar dafür war er zu schnell.

Es lag etwas wie Enttäuschung auf seinem Gesicht, aber er versteckte es gut. Seine freundlichen Augen wanderten zu der Frau auf dem Sofa. »Hallo, Fern.«

Fern antwortete nicht. Sie saß jetzt kerzengerade, und ihre Hände umklammerten ein Kissen. Sie atmete hörbar schnell. Paula stand in der Mitte des Zimmers mit dem Rücken zur Balkontür. Sie konnte sich denken, wer der Neuankömmling war, aber man mußte sie in verschiedenen Situationen erlebt haben, um das zu bemerken. Eine leichte Blässe um die Nasenflügel herum, die Gesichtsmuskeln angespannt und Wangen und Stirn feucht glänzend. Abgesehen davon, sah sie aus, als wartete sie auf einen Bus.

Angst strömte ins Zimmer wie Kälte durch ein offenes Fenster.

Horn machte, ohne sich umzudrehen, die Tür hinter sich zu. Seine geringsten Bewegungen hatten hypnotische Wirkung. Es war die zurückgehaltene Kraft eines Bären, der seinen Käfig abschreitet.

Er sah Fern an. »Ich habe mit deiner Stiefmutter telefoniert. Sie wollte mir nicht sagen, wo du hingezogen bist, also bin ich da rausgefahren und habe die Nachbarn gefragt. Ich erzählte ihnen, ich sei der Anwalt deines zweiten Mannes und bräuchte eine Unterschrift von dir. Einer erinnerte sich an den Firmennamen auf dem Umzugswagen. Ich rief die Spedition an, und sie gaben mir diese Adresse. Du bist weit davon entfernt, schlau zu sein, Fern. Meilenweit.«

»Ich mußte es tun«, sagte sie schnell. »Sie sagte, wenn ich sie nicht hereinließe, würde sie erzählen, was Weihnachten passiert ist. Ich hätte dich sowieso angerufen, Fletcher.«

»Nein, das hättest du nicht. Ihre Leiche in deiner Wohnung wäre schwerer zu erklären gewesen. Außerdem hast du Angst vor mir.«

Sie zwang sich zu einem Lächeln, stand auf und versuchte, verführerisch auf ihn zuzugehen. Es war eine abgewichste Parodie ihres üblichen Stils. Sie legte ihre Arme um seinen Nacken. Er war zweieinhalb Zentimeter größer. Sie küßte ihn sehnsüchtig. Vorsichtig schob ich eine Hand unter meinen Mantel. »Glaubst du immer noch, daß ich Angst habe?« fragte sie, nachdem sie ihre Lippen von seinem Mund gelöst hatte.

Horn hatte sich nicht bewegt. Er trug noch immer dasselbe zusammengekniffene Lächeln, mit dem er mich angesehen hatte, als er in der Tür stand. Er langte über seine Schultern und griff ihre Handgelenke. Sie zuckte zusammen. Ich kannte diesen Griff. Er zog ihre Hände von seinem Nacken, drehte sie nach außen und drückte sie runter. Sie sank wimmernd auf ihre Knie.

»Du hättest nur deinen Teil tun und dich ansonsten raushalten sollen.« Sein Ton verriet die Anstrengung eines fetten Hundes, der im Schatten döste. »Jetzt muß ich aufräumen, und du weißt, wie sehr ich es hasse, umsonst arbeiten zu müssen.«

»Laß sie los, Horn.«

Er sah erst zu mir herüber und dann auf die 38er in meiner Hand. Er lockerte seinen Griff. Fern klappte ganz zusammen und lag in einem Wust roter Haare und langer Beine zu seinen Füßen. Ihr Schluchzen war jetzt echt.

Horn sagte: »Meine Gelenke müssen immer noch eingerostet sein, sonst wäre das nicht passiert. Ich dachte, mein kleines Geschenk, das ich Ihnen in den Wagen gelegt habe, würde Sie davon abhalten, mir in die Quere zu kommen. Soll ich meine Hände heben, oder was? Ich bin nicht bewaffnet.«

»Das sind Sie nie. Kreuzen Sie sie vor der Brust.«

Er gehorchte. Es schien ihn zu amüsieren.

»Jetzt reden wir mal ein bißchen«, sagte ich. »Warum haben Sie Moses True umgebracht?«

»Ich habe nie gesagt, daß ich das getan habe.«

»Mal angenommen.«

»Er versuchte, beide Enden der Wurst zur gleichen Zeit zu essen. Er fand heraus, wo Paula lebte, und wollte ihre Adresse an meine Arbeitgeber verkaufen. Sie lachten ihm ins Gesicht und sagten, daß sie das auch ohne seine Hilfe herausfinden würden. Dann drohte er damit, zur Polizei zu gehen, wenn sie ihn nicht bezahlten. Sie bezahlten ihn.«

»Warum haben Sie ihn erwürgt?«

»An dem Tag, an dem ich mehr als meine Hände brauche, um so eine Niete kaltzumachen, werde ich mich zur Ruhe setzen. Das gleiche gilt für seine beschissenen Hunde.«

»Der Tag ist heute. Und Rhett Grissom? Er hat Ihnen die Information gegeben, hinter der Sie her waren, sonst wären Sie jetzt nicht hier. Er war kein Typ, der lange dichthalten konnte, also hätten Sie ihn nicht totprügeln müssen.«

»Vergessen Sie nicht, wir nehmen das alles nur an. Ich sagte, daß ich eingerostet bin. Ich hatte vergessen, meine Schläge zu kontrollieren.«

»Ich glaube, es war mehr als das. Ich glaube, Sie sind durchgedreht. Verschwinde«, sagte ich zu Paula.

Sie stand wie angewurzelt. Ich sagte es noch mal, und sie ging zögernd zur Tür. Ich blickte zu ihr rüber, und das war mein zweiter großer Fehler an diesem Tag. Horn reagierte schnell.

Er traf meine Revolverhand mit der Seite seines Fußes, als ich gerade den Finger am Abzug hatte. Der Schuß, der sich löste, schluckte alle übrigen Geräusche im Raum und das blecherne Echo dröhnte in meinen Ohren. Horn drehte sich auf dem anderen Fuß frei und trat mir in die Rippen. Mein Mantel dämpfte den Stoß etwas, so daß sie wahrscheinlich nicht gebrochen waren, aber ich keuchte mir die Lungen aus dem Leib und taumelte. Bevor ich meine Balance wiederhatte, landete Horn einen Handkantenschlag auf meinem Unterarm, und der Revolver flog durchs Zimmer. Ich dankte Trues Mischling, daß er meinen Arm nicht gebrochen hatte; Horn schien mit seinem Schwierigkeiten zu haben. Gut für mich.

Seit meinem M. P.-Training hatte ich kein Karate mehr gekämpft, und damals war keiner drauf aus, einen umzubringen. Aber Instinkt ist eine scharfe Waffe. Anstatt anzugreifen, wich ich seinem Schlag aus, drehte mich auf dem linken Fuß und rammte die angespannten, steifen Finger meiner rechten Hand dahin, wo sein Solarplexus hätte sein müssen. Aber er machte nicht mit. Er drehte sich, und meine Finger trafen statt dessen seine Rippen. Ich wurde mit einem lauten Grunzen und Husten belohnt. Mit meiner anderen Hand versuchte ich, in seine Augen zu stechen. Er duckte sich, rammte mir seine Schulter in den Bauch, und ich stürzte. Mein Ellbogen schlug auf den Boden und mein Arm war wie betäubt. Ich wollte zur Seite rollen, aber er lag schon auf mir drauf. Seine Hände schlossen sich um meinen Hals. Ich blickte über seine riesige Schulter und nahm ein kurzes Aufblitzen roter Haare wahr, dann war Fern zur Tür hinaus. Ich beschloß, es ihr nicht übel zu nehmen, und vergaß sie. Horns Atem zischte durch seine Zähne und mir feucht ins Gesicht. Er war der einzige von uns, der atmete. Ich schlug ihn so hart ich konnte hinters Ohr. Alles, was ich davon hatte, war eine verletzte Hand. Ich merkte, daß ich bald das Bewußtsein verlieren würde.

Ein Schuß erschütterte den Raum. Horn stieß ein erstauntes »Uch« aus und sackte auf mich. Sein Griff wurde schwach. Süße Luft strömte in meine Lungen. Ich sah Paulas Gesicht weit über mir und das qualmende blaue Auge der 32er Automatik, die sie mit beiden Händen von sich gestreckt hielt. Ihre Augen waren sehr groß.

Ich fing an, meinen Körper unter dem bewegungslosen Sack Fleisch wegzuziehen, als dieser plötzlich wieder lebendig wurde. Bevor ich etwas tun konnte, war Horn auf den Knien und schwang sich herum. Ich schrie eine Warnung. Es wurde nur ein ersticktes Krächzen. Horn war schneller als Paula. Er holte aus, griff die Pistole am Lauf und drehte sie. Sie spuckte rotes und blaues Feuer. Aus meinem Augenwinkel heraus sah ich, wie das Balkonfenster in Zeitlupe zerbarst und sich in einen glitzernden Scherbenregen auflöste; und das alles in einer unheimlichen Stille, denn ich war immer noch taub vom ersten Schuß. Er löste die Waffe aus ihrer Hand, indem er sie mit der freien Hand zurückschubste, und richtete sich auf. Sie stolperte gegen das Telefontischchen, riß es um, und der Apparat flog durchs Zimmer. Ich stützte eine Hand auf den Boden, um mich hochzuhieven.

»Horn!«

Der Ruf übertönte das Dauerklingeln in meinen Ohren. Er mußte fast so laut wie der Schuß gewesen sein. Horn erstarrte. Er hielt die Pistole jetzt am Griff und stand genau zwischen mir und dem Mädchen, das halb über dem umgekippten Tischchen lag.

»Horn!« wiederholte die tiefe Stimme. »Polizei. Alle Ausgänge sind überwacht. Werfen Sie die Waffe weg, und kommen Sie mit ihren Händen auf dem Kopf raus, oder wir eröffnen das Feuer.«

Ich fing an, mich aufzurichten. Horn nahm die Knarre in die andere Hand und zielte auf mich. »Bleib liegen!«

Ich sackte zurück, stützte mich aber immer noch auf einen Arm. Der Atem kratzte in meinem Hals. Horn bückte sich, griff Paulas Arm und zog sie hoch. Sie kam stolpernd auf die Füße. Er legte von hinten einen Arm um ihren Hals und schob sie auf die offene Tür zu, die ins Treppenhaus führte. Die rechte Seite seines Mantels war blutverschmiert, da, wo ihn die Kugel aus der 32er gestreift hatte.

»Ich habe eine Frau hier!« brüllte er. »Eine falsche Bewegung, und ich schieße ihr das Rückgrat durch den Bauchnabel.« Er rammte ihr die Pistole in die Rippen und drückte, bis sie schrie.

Einen Augenblick lang herrschte Stille. Dann:

»Was wollen Sie, Horn?« Die Stimme am Megaphon klang verärgert und irgendwie vertraut. Meine Ohren fingen an, sich wieder zu öffnen. Es war die Stimme von Captain Quincannon. Der Killer lachte. »Das ist schon besser. Ich will, daß ihr Bullen alle verschwindet. Aus dem Gebäude und von der Straße. Ich habe mein schönes, neues Auto einen Block weiter geparkt. Sehe ich eine Uniform oder irgendeinen, der aussieht wie ein Bulle, auf meinem Weg dahin, dann hat die Frau hier leider Pech gehabt. Kapiert?« Schweigen. »Ich sagte, kapiert?«

»Können wir nicht machen. Warum geben Sie nicht einfach auf und ersparen uns die Mühe, Sie abzuknallen?«

»Ist nicht mein Job, Bullen die Arbeit zu erleichtern. Ihr wollt Blut? Könnt ihr haben. Ich hab' nichts zu verlieren.«

»Er meint es wirklich so, Captain«, rief ich.

»Walker? Sind Sie's?«

»Ja. Horn ist ein Professioneller. Profis bluffen nicht.« Wieder Schweigen. Quincannon brach es, diesmal ohne Megaphon.

»Sie haben gewonnen, Horn. Geben Sie uns zehn Minuten, um die Straße zu räumen.«

»Ihr habt fünf!« Er zwinkerte mir zu. »Sie sind das nächste Mal dran.«

Ich sagte nichts.

Schlurfende Geräusche tönten durchs Treppenhaus. Horn schob die Tür mit der Pistole weiter auf, um die Treppe überblicken zu können. Schnell blickte ich mich im Zimmer um. Mein Revolver lag vor dem Stereoschrank. Na gut, es war der nächste logische Schritt, logisch im Sinne der letzten Ereignisse. Ich holte tief Luft und rollte.

Horn brüllte und schoß. Ich machte mir nicht die Mühe, nachzusehen, wo die Kugel hingegangen war. Sie hatte mich jedenfalls nicht getroffen. Ich landete auf der 38er und strampelte mir einen ab, sie und mich in Position zu bringen. In der Zwischenzeit wäre ich fünfmal tot gewesen. Aber Paula kämpfte, um sich loszureißen. Sie trat mit ihren blanken Hacken an seine Schienbeine und rempelte gegen seinen Arm, mit dem er die Waffe hielt. Ich schoß ihm genau unter diesen Arm. Paula ging in Deckung, und im selben Augenblick ratterten wie bei einer Kettenreaktion etliche Knarren los, die von dem erschütternden Donnern einer ganz in der Nähe abgefeuerten Waffe übertönt wurden. Horn schlug rückwärts gegen die Türverkleidung und rutschte mit ausgestreckten Beinen runter. Er saß auf dem Boden mit dem Kinn auf der Schulter und einem großen Loch, wo sein Brustkorb gewesen war.

Eine anonyme Stimme quäkte hysterisch unter dem Echo der Explosion. Es war die Störungsstelle, die uns mitteilte, daß der Hörer nicht aufgelegt war.

Dick Bloodworth erschien im Türrahmen mit einer Straßenkampfwaffe in der Hand, die verdammt gut zu seinem Jackett und seiner Krawatte paßte. Blauer Rauch kroch hinter ihm das Treppenhaus hoch. Er sah auf Horn runter, gerade lange genug, um festzustellen, daß es sich nicht lohnte, ihn anzusehen, dann blickte er zu dem blassen Mädchen, das zitternd an der Innenseite des Türpfostens lehnte und schließlich zu mir rüber. Ich kniete immer noch auf dem Boden mit dem Revolver zwischen meinen beiden Handflächen.

»Vorher hätten Sie beten sollen.« Er wollte witzig klingen, aber es kam nicht an. Sein Gesicht war grau unter den braunen Pigmenten.

»Hab' ich auch.« Ich stand auf und steckte die 38er ins Holster zurück. »Er ist nicht der, wegen dem ich Proust angerufen habe. Die Mörderin hat die Kurve gekratzt.«

»Wenn Sie die große Rothaarige meinen«, sagte Captein Quincannon, der im Türrahmen erschienen war, »die haben wir unten. Sie stürzte gerade aus dem Haus, als wir kamen.«

»Das ist Fern Esterhazy, die Tochter von Charles Esterhazy. Sie hat Bud Broderick umgebracht.« Ich machte eine Pause. »Darf ich Ihnen Paula Royce vorstellen, die einzige im Raum, die noch nie jemanden umgebracht hat.«

Sie sahen sie mit neuem Interesse an, sagten aber nichts. Ein paar Uniformen standen auf dem Treppenabsatz hinter Bloodworth und Quincannon, murmelten untereinander und gafften auf die Leiche im Türrahmen. Sergeant Zorn, in Mantel und Pelzkappe mit Feder, bahnte sich mit seinen Ellbogen einen Weg durch die Menge und pfiff. »Der sieht aus, als hätte er 'ne ganze Sprengladung verschluckt.«

Bloodworth kreiste seine Schultern; er fing an, den Rückstoß zu spüren. »Er hat es herausgefordert. Warum lassen sie uns nicht einfach unseren Job erledigen, ohne sie umzubringen?«

»Zur Hölle mit ihm und seinesgleichen.« Ich richtete das Tischchen wieder auf, stellte das Telefon obendrauf und drückte die Gabel kurz runter, damit ich ein Amt bekam. Dann drehte ich mich zu Paula um. »Wo ist der Zettel mit Onkel Sams Nummer?«

Draußen bog ein Krankenwagen heulend in unsere Straße.

28

Irgendein Silvesterabend am Ende irgendeines Jahres. Seit mittags war die Temperatur um sieben Grad gesunken, und der Wetterbericht hatte zwanzig bis fünfundzwanzig Zentimeter Schnee vorhergesagt. Die Polizei warnte über Radio alle Partygänger: »Wenn Sie nicht mehr ganz nüchtern sind, lassen Sie den Wagen stehen, oder Sie beginnen das neue Jahr hinter Gittern.« Der Geist der Brüderlichkeit begann an den Rändern schon auszufransen.

Ich kippte den Rest meiner Weihnachtsflasche in ein kleines Schnapsglas, setzte mich vor die Stereoanlage und nahm Ella Fitzgeralds Einladung an, ihr zu folgen und die Treppen dort hochzusteigen, wo Liebe käuflich war. Sie würde mich wahrscheinlich einen lausigen Begleiter nennen. Meine Muskeln schmerzten, und das Schlucken tat mir weh. Nach drei Tagen spürte ich immer noch Horns Hände um meinen Hals.

Den Großteil von zweien dieser Tage verbrachte ich damit, zwischen zwei Polizeirevieren hin- und herzufahren und die Sergeants an ihren antiken Schreibmaschinen immer wieder mit der gleichen Geschichte zu langweilen. In Grosse Pointe bekam ich wenigstens Kaffee. In den Heights warfen sie mir vor, noch am Jahresende ihre Kriminalitätsstatistiken versaut zu haben. Sie sagten, ich könne den Mund halten und abhauen, es wäre ihnen scheißegal. Cecil Fish war besonders übel drauf, weil der amtierende Senator, hinter dessen Stuhl er her war, kurz nach Weihnachten bekanntgegeben hatte, daß er noch einmal kandidieren werde. Also überließen sie mich in Iroquois Heights einem Bullen, der auf einem Ohr taub war und mit einem Finger tippte.

Keinen der Beteiligten sah ich je wieder, ausgenommen natürlich die Bullen und Sandy Broderick, der ja seine Spots im Fernsehen hatte. Ein Sohn, der wegen seiner Ritterlichkeit getötet wurde, war der Stolz eines jeden Vaters. Das Telefon unterbrach Ella, als sie gerade von alter Liebe, neuer Liebe und allem, außer wahrer Liebe sang. Ich drehte die Musik leiser und nahm den Hörer ab.

»Ich dachte, ihr Junggesellentypen seid eifrige Partyhengste«, ertönte Dick Bloodworths Stimme.

Ich stellte mein Glas ab. »Nein, das dachten Sie nicht, sonst hätten Sie nicht hier angerufen. Wo sind Sie?«

»Auf dem Revier, wo sonst? Nachtwache geschoben, was sonst? Ich dachte, es würde Sie vielleicht interessieren, daß Fish Paula Royce als Hauptzeugin im Fall Broderick festhält. Sie hat mehr Wachposten um sich herum als Fern Esterhazy, bevor sie von ihrem Vater auf Kaution rausgeholt wurde.«

»Sie ist draußen und Paula drinnen? Irgend eine Moral muß dem wohl zugrunde liegen, aber ich bin zu schlapp, um sie jetzt auszugraben.« Ich holte tief Luft. »Der Zeuge, den Horn weggepustet hatte, stand doch auch unter starker Bewachung.«

»Gott sei Dank gibt's nicht viele Horns.«

»Einer war schon zuviel«, sagte ich. »Und Sie wissen verdammt gut, daß es immer mehr werden. Was passiert nach den Verhandlungen? Ich meine, mit Paula?«

»Das ist Sache der Bundespolizei. Neuer Name, neuer Wohnort, nehm' ich an. Bis sie wieder erkannt wird. Diese Kolumbianer legen eine Menge Meilen zurück.«

»Ich bin nicht einmal dazu gekommen, mich bei ihr zu bedanken. Sie hatte die Möglichkeit, die Kurve zu kratzen, als ich und Horn kämpften, aber sie ist geblieben und hat meinen Skalp gerettet.«

»Das gleicht sich aus. Sie haben ihren gerettet. Abgesehen davon werden Sie die Gelegenheit bekommen, wenn Sie von Fish als Zeuge vorgeladen werden.«

»Einen Scheiß werd' ich bekommen. Er wird sie in und aus dem Gerichtssaal scheuchen wie ein Huhn, und ich werde immer noch mit offenem Mund dasitzen, wenn sie schon lange weg ist.«

»Yeah, mhm.« Er änderte seinen Ton. »Ich habe gehört, Sie kriegen Ihre Lizenz zurück.«

»In kleinen Häppchen. Proust ist ein Mann, der zu seinem Wort steht, wenn man eins aus ihm rausbekommt, das mehr als vier Buchstaben hat. Er ist kein Fan meiner Unerschrockenheit. Wahrscheinlich werde ich in ein bis zwei Wochen wieder gerüstet sein, wenn er nicht vorher noch Urlaub macht.« Ich benetzte meine Lippen. Das

Zeug schmeckte wie saure Trauben. »Wie läuft'n das Bullengeschäft?«

»Wir bringen sie rein, ihre Anwälte holen sie raus. Was soll man sagen?« Er hörte auf zu reden. Im Hintergrund bearbeitete jemand eine Schreibmaschine mit zwei Fingern und sagte »Scheiße!« Im Mannschaftsraum dröhnte das Radio; eine Live-Sendung aus der Hyatt Regency in Dearborn, wo alljährlich ein großer Silvesterball stattfand. Der Kommentator schrie sich die Lunge aus dem Hals, um die laute Musik und das Stimmgewirr der fröhlichen Menschen zu übertönen.

»Ich verlasse das Revier«, sagte Bloodworth. »Heute ist mein letzter Tag.«

»Tut mir leid, das zu hören. Iroquois Heights braucht alle guten Bullen, die es hat. Wo werden Sie hingehen?«

»Hab' ich noch nicht drüber nachgedacht. Erst mal werd' ich gar nichts machen. Ich hab' mir'n bißchen was zusammengespart. Einfach faulenzen und so. Mit meiner Frau schlafen. Modellflugzeuge bauen. Ins Kino gehen; ich hab' gehört, es soll jetzt Tonfilme geben. Irgendwann werd' ich mich hinsetzen und überlegen, was ich machen will. Eins weiß ich sicher, Bulle will ich nicht mehr sein.«

»Ich kenn' das Gefühl.« Irgendwann war ich mal unschuldig. Irgendwann hatte ich noch keinen umgebracht. Irgendwann einmal. Ich wünschte ihm viel Glück. Er bedankte sich. Danach hatten wir uns nichts mehr zu sagen, außer auf Wiedersehen, und sogar das war eine Katastrophe. Eine ganze Weile lang hörten wir einander beim Atmen zu. Dann legte er auf. Ich nahm mein Glas und ging zum Fenster. Die ersten Schneeflocken, keine gleicht der anderen; sie kommen aus dem schwarzen Nichts, wirbeln herum bis sie die saubere, schimmernde Glätte der verlassenen Straßen berühren. Zarte Flocken, die ersten des ersten großen Schneefalls, des langen Alptraums – des Winters in Michigan.

»Ein Killer weniger, ein Bulle weniger.« Ich trank Schnaps und beobachtete, wie der Schnee die glasig spiegelnde Straße zudeckte.

LOREN D. ESTLEMAN

Frühling in Detroit

Aus dem Amerikanischen
von Sigrid Kellner

1

Sie war eine sehr alte Frau, ganz in Schwarz gekleidet, und als sie etwas mühsam die Tür zu meinem Büro aufmachte, glänzte das Aluminiumgestänge des Laufgestells, auf das sie sich stützte, vor dem Hintergrund des dunklen Stoffes wie Nickelstahl. Ich kam hinter meinem Schreibtisch hervor, um die Tür gegen den Druck der pneumatischen Schließvorrichtung aufzuhalten. Die Frau nickte dankend mit jener nervösen Ungeduld, die sehr Alte mit den sehr Jungen gemeinsam haben – die würdevolle Gelassenheit hoher Jahre ist ein Mythos –, gab jedoch keinen Kommentar ab, sondern war ganz darauf konzentriert, die Gummifüße des Gestells auf den Teppich zu setzen, sich vorwärts zu ziehen und dann das Gestell weiterzubewegen. Sie stieß hörbar die Luft durch die Nase aus, aber abgesehen davon verrieten nur die Sehnenstränge an ihrem Hals, die wie Telefonkabel unter ihrer Haut hervortraten, was für Anstrengung es sie kostete, die zwei Meter bis zu dem Besucherstuhl vor meinem Schreibtisch zurückzulegen.

Als sie endlich saß, schloß sie die Augen und beschränkte sich darauf zu atmen. Ich kehrte hinter den Schreibtisch zurück, ließ mich in den Drehsessel nieder und wartete, bis die hektischen roten Flecken auf ihren Wangen allmählich verblaßten und sich ihre schmale flache Brust unter dem schlichten schwarzen Kleid nicht mehr so heftig hob und senkte. Im Warten bin ich sehr leistungsstark. Das ist das erste, was von einem verlangt wird, wenn man sich um eine Zulassung als Privatdetektiv bemüht.

Im übrigen half mir auch das Wetter dabei. Es war Mai, ich hatte die Jalousetten hochgezogen und das Fenster geöffnet, und drei Etagen tiefer spiegelte sich die Sonne im Chrom und in den Windschutzscheiben der Wagen, die die West Grand River Avenue entlangglitten. Der süßliche Geruch angewärmten Teerbelags nahm dem Auspuffgestank etwas von seiner Schärfe. Sogar die Hupen klangen zufrieden. Der erste schöne Frühlingstag vollbringt das, selbst in einer Stadt wie Detroit. Die Tauben, die auf den Fenstersimsen des Wohnblocks gegenüber auf und ab stolzierten, sahen aus wie lebende kleine Wasserspeier, die für eine weitere Neuverfilmung des »Glöckners von Notre Dame« üben. Vor zwei Stunden noch hatte ich mit dem Gedanken gespielt, den Laden einfach dichtzumachen und ein bißchen aufs Land zu fahren. Aber dann hatte das Telefon geklingelt, und eine Frau mit Namen Martha Evancek und polnischem Akzent hatte angefragt, ob ich einen Auftrag übernehmen könne. Mehr kommt gewöhnlich nicht raus bei meiner Freizeitplanung.

»Sie hätten sich nicht herzubemühen brauchen, Mrs. Evancek.« Ich legte die Betonung auf die zweite Silbe und sprach das c als tsch aus, wie sie es am Telefon getan hatte. »Ich mache auch Hausbesuche.«

Sie schüttelte den Kopf. »Alle versuchen immer, mir Wege zu ersparen. Dabei brauche ich doch Training.«

Dieselbe Stimme, derselbe Akzent. Ihr Gesicht war lang und schmal unter einem schwarzen kleinen Hut mit einem kurzen schwarzen Schleier, der bis zum Rücken ihrer fleischigen, gebogenen Nase reichte. Dahinter waren die schweren Lider in den tiefen Augenhöhlen zu erkennen und darunter die eingefallenen Wangen. Ihr Haar war sehr dick, sehr weiß, aus der Stirn gebürstet und im Nacken zu einem Knoten zusammengesteckt. Vor fünfzig Jahren war es ihr vermutlich in üppigen dunklen Wellen auf die Schultern gefallen und hatte die jungen polnischen Draufgänger veranlaßt, sich förmlich zu überschlagen, um ihre Zuneigung zu gewinnen. Auf den ersten Blick wirkte ihr Gesicht aristokratisch, auf den zweiten einfach nur alt. Die Hände auf ihrem Schoß waren rot und rauh und auf den Handrücken aufgesprungen. Die Haut war zwar sauber geschrubbt, trotzdem saß eingefressener schwarzer Schmutz in den Falten ihrer Fingerknöchel. Am Mittelfinger ihrer linken Hand trug sie einen breiten glatten Goldring und am Mittelfinger der Rechten einen auffallend roten Rubin in antiker Fassung. Er paßte an diese Hand wie ein Seidenkleid in eine Zink-Waschwanne. Über Martha Evancek gab es eine Menge in Erfahrung zu bringen.

»Sie sind Mr. Amos Walker?« fragte sie.

Ich bestätigte das.

»Ich habe Ihren Namen aus dem Telefonbuch herausgesucht«, erläuterte sie. »Sie sind der einzige eingetragene Privatdetektiv, der in Hamtramck wohnt. Deshalb habe ich Sie genommen.«

»Nicht direkt in Hamtramck«, korrigierte ich. »Aber ich wohne so dicht dran, daß man es fast so bezeichnen könnte. Die Begrenzungen der Detroiter Stadtteile sind genauso schwer festzulegen wie unser Bürgermeister auf feste Moralvorstellungen.«

Sie machte mit der Hand, an der sie den Rubin trug, eine schnelle Geste, daß ich mir albern vorkam, diese Bemerkung gemacht zu haben. »Ich dachte, weil Sie in einer polnischen Umgebung leben, hätten Sie vielleicht besondere Sympathie für uns. Oder sind Sie polnischer Herkunft, Mr. Walker?«

»Ich könnte es sein, wenn Sie das möchten.«

Das war nicht die Antwort, die sie erhofft hatte. Ich beobachtete sie jedoch, wie sie darüber nachdachte und zu dem Schluß gelangte, daß es unwichtig war. Wenn jemand erst einmal eine Verabredung mit einem Privatdetektiv trifft und sie einhält, macht er entweder Nägel mit Köpfen oder gibt die Sache ganz auf. Er sieht sich selten noch anderweitig um. Gewöhnlich kostet es ihn schon seine ganze Energie, überhaupt die Initiative zu ergreifen.

In ihrem Fall kostete es noch mehr.

Sie betrachtete mich, während ihre eingefallenen Wangen arbeiteten und sie an ihren Zähnen saugte. Ich hatte ihr Gebiß gesehen, als sie gesprochen hatte, weiß und glatt wie eine Aluminiumverkleidung und genauso natürlich. Unter den schweren Lidern hatte sie scharfe dunkle Augen. Alte Menschen haben fast immer scharfe Augen. Jeder, der hohes Alter mit Unschuld gleichsetzt, hat noch nie einem alten Menschen in die Augen gesehen.

»Wie alt sind Sie?« fragte sie schließlich.

»Bald vierunddreißig.«

»Das ist sehr jung.«

»Nicht von meiner Seite aus betrachtet, Mrs. Evancek.«

»Von meinem Standpunkt aus schon.« Sie verzog in einer Andeutung von einem Lächeln die Lippen. »Im Branchenbuch haben Sie annonciert, daß Sie auf die Suche nach vermißten Personen spezialisiert sind.«

Ich nickte. »Ich mache auch anderes. Aber Fahndungen übernehme ich besonders häufig.«

Allerdings hatte sich diesbezüglich seit fast einem Monat nichts mehr getan. Deshalb saß ich jetzt auch hier und ließ mich von diesen scharfen dunklen Augen mustern, statt irgendwo draußen im Grünen Sumpfdotterblumen zu pflücken.

»Ich möchte Sie engagieren, nach meinem Enkel zu suchen«, sagte sie.

Ich griff nach einem Bleistift und schlug eine Seite in meinem Notizbuch auf, die noch nicht mit irgendwelchen Kritzeleien verunziert war. »Wie lange ist er schon vermißt?«

»Seit neunzehn Jahren.«

»Ich verstehe. Stört es Sie, wenn ich rauche?«

»Zigaretten?«

»Ja.«

»Könnte ich eine haben?«

Ohne besonderen Grund erschütterte mich das stärker als die Bemerkung von den neunzehn Jahren. Aber ich fischte das Päckchen aus meiner Hemdtasche, schüttelte zwei Zigaretten heraus, ließ sie eine davon nehmen, schob die andere in die permanente Rille an meinem Mundwinkel und steckte beide an. Sie hielt ihre zwischen dem Zeige- und Mittelfinger ihrer linken Hand fest, inhalierte tief und preßte die Lippen zusammen. Nur sehr wenig Rauch kam wieder zum Vorschein.

»Nach dem Schlaganfall hat mir der Arzt das Rauchen verboten«, erklärte sie. »Vergangenes Jahr habe ich mir den Knöchel gebrochen, und da hat er mir auch schon gesagt, ich solle nicht mehr rauchen.«

Ich lächelte, schob den großen Aschenbecher zwischen uns, schnippte etwas Asche auf das Bild der Grand Traverse Bay auf seinem Boden. Ich bin noch nie in Traverse City gewesen. Den Aschenbecher habe ich mit dem Rest der Büroeinrichtung übernommen.

»Ich bin erst seit zwei Jahren in diesem Land«, fuhr sie fort. »Mein Mann und ich kamen herüber, als die Unruhen in Polen begannen. Das war seine Entschuldigung, aber ich hatte schon siebzehn Jahre lang gewartet herzukommen, um zu erfahren, was aus unserem kleinen Michael geworden ist.«

»Ihr Englisch ist sehr gut.«

»Vielen Dank. Ich habe sechs Jahre lang als Hausangestellte bei einem amerikanischen Geschäftsmann und dessen Familie in Krakau gearbeitet. Mein Mann war Küchenchef in einem der größten Restaurants dort. Aber die Gerichte, die er zubereitete, waren hier nicht gefragt, und er konnte nur eine Anstellung als Kellner in St. Clair Shores finden, wo wir gewohnt haben und wo ich noch immer lebe. Das hat an seinem Lebensnerv gezehrt. Ich habe bei anderen Leuten geputzt, um zu unserem Lebensunterhalt beizutragen, bis das hier passierte.« Sie wies auf das Laufgestell, das wie ein großer Chrom-Käfer neben ihrem Stuhl stand. »Michael, mein Mann – unser Enkel wurde nach ihm genannt –, starb vergangenen Dezember. Den größten Teil des Schmuckes hatte ich verkauft, um unsere Überfahrt nach Amerika bezahlen zu können. Den Rest mußte ich verkaufen, um ihn unter die Erde zu bringen. Mehr ist nicht übriggeblieben.« Der Rubin glitzerte im Sonnenlicht, als sie den Finger bewegte.

»Ihre Großmutter hat sich den aber kaum als Putzfrau verdient.«

»Sie war entfernt verwandt mit einer der alten, führenden Familien Polens. Als ich ein kleines Mädchen war, habe ich mich öfter in das Schlafzimmer meiner Mutter geschlichen, um mir die Juwelen anzulegen und zu spielen, ich sei eine Prinzessin. Alberne Kleinmädchenträume.«

Ich gab den Versuch auf, sie mir als kleines Mädchen vorzustellen, und schnippte mehr Asche in den Aschenbecher. »Ihr Enkel.«

»Ja. Das Geschäft des Lebens, wie man hier sagt, behinderte unsere Suche, aber wir verloren niemals unser Ziel aus dem Auge. Die Polizisten in Hamtramck waren sehr entgegenkommend und ließen uns ihre Unterlagen einsehen, aber die meisten der Männer hatten in der Zeit, an der wir interessiert waren, noch nicht Dienst getan, und sie konnten einen Fall, der so lange zurücklag, nicht ohne weiteres wiederaufnehmen.«

»Fall?«

»Darauf komme ich gleich. Unser Sohn Joseph kam vor zweiunddreißig Jahren nach Detroit, um bei der Chrysler Motors Corporation zu arbeiten. Sein Vater und ich blieben in Polen. Noch nie zuvor war jemand von unserer Familie ausgewandert. Ein Jahr später heiratete Joseph ein amerikanisches Mädchen, Jeanine, und kaufte ein Haus in Hamtramck. Das Haus steht noch, obwohl es zu denen gehört, die abgerissen werden sollen für die neue Produktionsanlage, die General Motors bauen will. Sie hatten einen Sohn, Michael, und eine Tochter, Carla. Ich habe beide nie gesehen. Joseph hatte immer vor, uns zu besuchen, aber er hatte nie die Zeit oder das Geld dazu, und wir hätten uns die Reise höchstens leisten können, wenn wir den Schmuck meiner Großmutter verkauft hätten, was ich damals nicht wollte.«

Ich sah zu, wie sie einen letzten vorsichtigen Zug nahm, wobei ihre Hand ihre untere Gesichtshälfte verdeckte, und dann den Stummel in der Bay ausdrückte. Ihre Hand zitterte ein wenig. Als sie hereingekommen war, hatte ich sie auf achtzig geschätzt. Sie konnte aber auch älter sein. Sie zerquetschte den Stummel noch, nachdem er schon lange aus war.

»In diesem Monat vor neunzehn Jahren«, fuhr sie fort, »verlor Joseph seinen Job. Er schrieb, die Dodge-Werke hätten Personal reduziert, später erfuhren wir jedoch, daß sie ihn rausgeschmissen hatten, weil er betrunken zur Arbeit gekommen war oder manchmal sogar gar nicht. Acht Wochen lang suchte er nach einer neuen Anstellung, dann gab er es auf. An einem heißen Tag spät im Juli geriet er mit Jeanine wegen seiner Weigerung, sich weiter nach Arbeit umzusehen, in Streit. Er war betrunken. Die Nachbarn hörten, wie sie sich gegenseitig anschrien. Dann ging er in ein anderes Zimmer und kam mit der Flinte zurück, die er im Winter immer zur Jagd benützte. Das hörten die Nachbarn auch.«

Sie ließ endlich den zermalmten Zigarettenstummel los, lehnte sich zurück und sah mich mit ihren scharfen dunklen Augen an.

Nach einer langen Sekunde entledigte ich mich meiner eigenen Zigarette. Sie fing schon an, mir die Finger zu verbrennen.

2

Ein gelbes Rechteck Sonnenlicht, das über einer Ecke des Schreibtisches hing, glitt herunter und landete geräuschlos auf dem Fußboden. Die Hupen unten auf der Straße klangen jetzt weniger zufrieden. Ich hätte gewettet, daß auch die Tauben weggeflogen waren. Ich schlug eine neue Seite meines Notizbuches auf.

»Joseph hat seine Frau umgebracht?«

»Nicht nur sie. Die Polizei sagt, er richtete die Waffe auch gegen die kleine Carla, als sie nach dem ersten Schuß hereinrannte. Dann erschoß er sich selbst.«

Die Worte kamen ganz ruhig heraus, eins nach dem anderen, so wie ein Bankkassierer Scheine abzählt, die er gar nicht mehr als Geld betrachtet. Die ganze Geschichte klang wie etwas, das schon oft erzählt worden war.

»Michael?«

»Er besuchte eine Sommerschule, um sich auf die Wiederholung einer Mathematikprüfung vorzubereiten. Wäre er nicht erst spät nach Hause gekommen, wäre er womöglich auch getötet worden, sagt die Polizei.«

»Er entdeckte die Leichen?«

Sie schloß die Augen und nickte. »Nach der Schießerei waren kaum fünf Minuten vergangen. Die Nachbarn hatten sich noch nicht hineingetraut. Als die Polizei kam, stand er mitten zwischen dem ganzen Blut und den Toten. Er war elf Jahre alt.«

»Wann wurden Sie benachrichtigt?«

»Zehn Tage später. Das Telefonnetz in Polen befand sich seinerzeit in einem Zustand, den Sie sich vielleicht vorstellen können, und das Telegramm, das uns die Behörden schickten, wurde erst mit Verzögerung zugestellt. Inzwischen hatte die Polizei den ganzen Vorfall rekonstruiert, Joseph, Jeanine und Carla waren beerdigt worden, und der Junge kam zu Jeanines Schwester und deren Mann in St. Clair Shores. Jeanines Eltern waren beide tot. Als wir in dieses Land kamen, gab es für uns keine Frage, wo wir uns niederlassen würden. Damals konnten wir jedoch kaum etwas tun. Michael und ich stritten uns erbittert deswegen. Er wollte nicht, daß ich mich von Großmutters Schmuck trenne. Er meinte, diese Juwelen seien etwas, das uns von einfachen Bauern unterscheide. Sie müßten das Klassensystembewußtsein in meinem Heimatland kennen, um solchen Stolz zu verstehen.«

»Wir haben das gleiche System«, sagte ich. »Nur nennen wir es anders.«

»Erst als die Unruhen in Polen begannen und man nicht mehr genug Lebensmittel kaufen konnte, um das Restaurant offenzuhalten, gab Michael nach.« Sie sprach durch mich hindurch. »Zu diesem Zeitpunkt waren Jeanines Schwester und deren Mann jedoch schon fortgezogen und hatten den kleinen Michael mitgenommen. Die Polizei hatte uns zwar ihre ursprüngliche Adresse mitgeteilt, wir haben auf unsere Briefe jedoch niemals Antwort bekommen.«

»Wurde denn die Post nicht nachgeschickt?«

»Es war zu lange her. Nach einem Jahr schickt die Post keine Briefe mehr nach, und nach zwei Jahren vernichtet sie sogar die Unterlagen. Wir haben mit den Leuten gesprochen, die in ihrem alten Haus wohnen, aber die wußten nichts von ihnen. Das Haus hat seit ihrem Wegzug mindestens schon zwei neue Besitzer gehabt, und wir konnten die Leute nicht ausfindig machen, die es an die jetzigen Eigentümer verkauft haben.«

»Falls der Verkauf über einen Makler gelaufen ist, müßte sich der Vorbesitzer über die Maklerfirma feststellen lassen.«

»Es wurde privat verkauft.« Ihre Hand begann zu zittern. »Ich glaube, diese Leute wollen sich nicht finden lassen.«

»Kann sein. Mit der Zeit verwischen sich aber auch manchmal Spuren, ohne daß man etwas dagegen unternehmen kann.« Ich klopfte mit dem Bleistift auf das Notizbuch. »Wie ist denn der Name von Jeanines Schwester und dem Schwager?«

»Norton. Robert Norton. Und sie heißt Barbara.«

Ich schrieb die Namen auf. »Und der Beruf?«

Sie schüttelte langsam den Kopf.

»Wer hat bei der Schießerei die Untersuchung durchgeführt?«

»Sergeant William Mischiewicz und Detective Howard Mayk von der Polizei in Hamtramck. Mischiewicz wurde seinerseits ein paar Monate später bei einem Überfall erschossen. Mayk ist seit vier Jahren pensioniert. Er wohnt noch immer in Hamtramck.« Sie gab mir die Adresse und die Telefonnummer. »Wir haben mit ihm gesprochen. Er erinnerte sich an noch fast alles von damals. Aber er hatte keine Ahnung, wo die Nortons hingezogen sind.«

»Hat der offizielle Bericht über die Schießerei Sie befriedigt?«

Sie starrte auf ihre Hände in ihrem Schoß und richtete den Blick dann wieder auf mich. Ihr ganzer Körper zitterte jetzt. »Ich habe die Nazi-Invasion erlebt. Ich weiß, daß Menschen unter gewissen Umständen zu allem fähig sind. Ich habe Joseph die letzten dreizehn Jahre seines Lebens nicht mehr gesehen. Deshalb kann ich Ihnen nicht sagen, wie er sich entwickelt hatte.«

Die Hupen draußen wurden penetrant. Ich stand auf, machte das Fenster zu und setzte mich wieder.

Sie hatte eine kleine schwarze Knautschledertasche auf dem Schoß, aus der sie eine 6×9-Aufnahme zum Vorschein brachte, die sie mir zittrig entgegenstreckte. Ich griff danach, wie ich schon nach Hunderten von Fotos gegriffen hatte: zu dunklen Polaroid-Aufnahmen mit grünem Himmel und roten Flecken in den Augen der Abgelichteten, Atelierfotos mit Papplandschaften als Hintergrund und mehr Retusche als alles andere. Schwarzweißabzüge von stolzen Autobesitzern, an Schlitten mit großen Scheinwerfern und runden Stoßstangen gelehnt, die inzwischen längst in der Metallpresse gelandet waren, Schnappschüsse vom Strand, mit lustigen Hütchen und blassen Speckrollen um die Leibesmitte der Sonnenhungrigen, Schulbilder von Kindern mit gestärkten weißen Blusen, körnige Vergrößerungen nackter Körper, durch ein Schlüsselloch aufgenommen, Soldatenfotos mit hochgeschlossenen Uniformkragen und Mützenschirmen quer über den Augen, Ferienaufnahmen mit gebräunten Gesichtern, die in die Sonne blinzeln, überhelle Blitzlichtfotos aus Motelzimmern, Aufnahmen mit Teleobjektiv, von der gegenüberliegenden Straßenseite aus geknipst, haarscharfe Vergrößerungen in Posterformat, verschwommene Kontaktstreifen von Kleinbildkameras, Erste-Kommunion-Bilder, Bar-Mizwa-Fotos, Hochzeitsaufnahmen und Schnappschüsse von ausgelassenen Parties. Fotos, die mir eilfertig oder zögernd, hoffnungsvoll oder verängstigt gereicht worden waren, Symbol dafür, daß man den Familienkreis geöffnet hatte, um einem Fremden Zutritt zu gewähren. Mir waren genug Fotos durch die Hände gegangen, um damit ganze Galerien bestücken zu können.

Dieses, abgegriffen und mit umgeknickten Ecken, zeigte einen Jungen mit wassergescheiteltem Haar, wie es sich kein Junge allein kämmt, dunklen, leicht schräggestellten Augen, einer ziemlich großen Nase und dem typischen Lächeln, das Kinder haben, bevor sie lernen, die Zähne zu zeigen. Das adrette karierte Baumwollhemd war bis zum Hals zugeknöpft. Auf der Rückseite trug die Aufnahme den Stempel eines Ateliers für Schulfotos. Ich prägte mir die Züge ein, auf die es ankam, und gab ihr das Bild zurück.

»Er hat sich vermutlich zu sehr verändert«, sagte ich. »Wenn ich dieses Foto herumzeige, würde es die Leute höchstens irritieren. Man muß schon ein Profi sein, um zu wissen, worauf zu achten ist. Er müßte jetzt um die dreißig sein, nicht wahr?«

Sie betrachtete das Foto eine Sekunde lang, bevor sie es wegsteckte. »Er hat im Juni Geburtstag. Am fünfzehnten wird er dreißig.« Sie saugte ein bißchen an ihren Zähnen. »Können Sie ihn finden, Mr. Walker?«

»Ich habe da so meine Tricks«, erwiderte ich etwas ausweichend. »Falls es mir gelingt, endet mein Job, nachdem ich Ihnen gesagt habe, wo er sich befindet. Wenn er Sie nicht sehen will, kann ich ihn nicht dazu zwingen.«

»Warum sollte er mich nicht sehen wollen?«

»Ich erwähne das nur als Möglichkeit. Bei der Hälfte solcher Fälle weigern sich die Gefundenen, ihre Angehörigen zu treffen.«

Sie dachte darüber nach und meinte dann: »Ich möchte ihn sehen. Aber wenn ich das nicht kann, will ich mich damit zufriedengeben, daß ich weiß, wo er ist, und daß es ihm gut geht.«

»Ich berechne zweihundertfünfzig Dollar pro Tag, zuzüglich Spesen. Die ersten drei Tage als Vorauszahlung. Ich erstatte täglich Bericht und halte zum Schluß alles noch einmal schriftlich fest.« Ich überlegte. »Vorauszahlung für einen Tag genügt in diesem Fall auch.«

Sie kramte bereits wieder in ihrer Tasche, zog ein flaches Päckchen heraus und legte es zwischen uns auf den Schreibtisch. Der oberste Geldschein war ein bankfrischer Hunderter. »Hier sind tausend Dollar. Das ist für vier Tage.«

Ich ließ das Päckchen unberührt. Wenn man in meinem Beruf Geld sieht, dann gewöhnlich in bar. Soviel auf einmal hatte jedoch noch nie auf meinem Schreibtisch gelegen. Sie mußte meine Gedanken erraten haben, denn sie sagte: »Ich habe die Sachen von meinem Mann verkauft. Außerdem sind Ihre Wohlfahrtseinrichtungen hier sehr großzügig. Ich brauche nicht viel zum Leben. Wenn Sie in vier Tagen noch zu wenig erfahren haben, kann ich den Ring verkaufen.«

Ich teilte den Stapel und hielt die oberen fünf Geldscheine hoch. »In zwei Tagen werden wir wissen, ob Sie Ihr Geld vergeuden.«

Sie zögerte, dann nahm sie die Banknoten zurück. Es zeigte sich etwas in ihrem Gesicht, was vorher nicht dagewesen war.

Ich gab ihr eine Empfangsquittung, schrieb mir ihre Adresse und Telefonnummer in St. Clair Shores auf und half ihr dann die drei Treppen bis zur Straße hinunter. Es dauerte höchstens eine halbe Stunde. Sie war zäher als sie aussah.

»Nächstes Mal komme ich zu Ihnen«, versprach ich ihr, als ich einem Taxi winkte. Um zu mir zu kommen, hatte sie einen Bus benützt. »Sie müssen ja den ganzen Nachmittag damit verbracht haben, dieses Gestell die Treppen hinaufzubugsieren.«

»Wenn Sie geholfen haben, Sandsäcke um Ihre Stadt herum aufzuschichten, während Ihnen dabei Granaten über den Kopf pfeifen, kommt Ihnen später nie mehr etwas zu schwierig vor.« Sie reichte ihr Laufgestell dem Fahrer, um es von ihm zusammenklappen und auf dem Beifahrersitz verstauen zu lassen, während ich ihr auf den Rücksitz half. Sie war so leicht wie eine Feder. Als ich die Tür zuklappen wollte, schaute sie zu mir hoch. »Ich habe das Gefühl, die richtige Wahl getroffen zu haben«, sagte sie.

Ich warf die Tür zu und trat einen Schritt zurück, während das Taxi losfuhr. Hoffentlich hatte sie recht. Ich hatte noch nie im Leben Sandsäcke gestapelt.

Zurück im Büro, wählte ich die Nummer von Howard Mayk in Hamtramck, die sie mir gegeben hatte. Nach zweimaligem Läuten meldete sich eine sehr tiefe Männerstimme. Als ich sie hörte, sah ich unwillkürlich einen kräftigen Mann in dunkelblauer Uniform mit einer Doppelreihe Messingknöpfen vor mir, der einen Stock in der Hand schwang und dessen Wangen sich beim Lächeln in tiefe vertikale Falten legten.

»Polizeibeamter Mayk?«

Es folgte eine Pause, bevor er erwiderte: »Genauer gesagt Sergeant. Das heißt, das bin ich während meiner letzten zehn Dienstjahre gewesen. Jetzt nur noch Mr. Mayk. Mit wem spreche ich?«

»Amos Walker. Ich bin ein Detroiter Privatdetektiv, der im Auftrag von Mrs. Martha Evancek nach deren Enkel Michael fahndet. Ich möchte Sie gern aufsuchen, um mich ein paar Minuten mit Ihnen zu unterhalten, falls Sie nicht zu beschäftigt sind.«

»Ich bin seit vier Jahren nicht mehr zu beschäftigt gewesen. Aber ich kann Ihnen nichts darüber sagen, was mit dem Jungen passiert ist, weil ich es nicht weiß. Das habe ich ihr oft genug erklärt.«

»Ich weiß. Aber ich dachte, wenn ich Genaueres über die Schießerei erfahren könnte, hätte ich vielleicht einen besseren Ansatzpunkt.«

»Ja.«

»Heißt das, daß ich rüberkommen kann?«

»Ja.«

»Dann bin ich in vierzig Minuten bei Ihnen.«

Er sagte noch einmal ja, ich bedankte mich, und er legte auf. Das würde wahrscheinlich so werden, wie Nägel mit meinen Zähnen herauszuziehen.

Bevor ich mich auf den Weg machte, kramte ich ein paar Antragsformulare auf Ausstellung eines Ersatz-Führerscheins hervor und füllte zwei davon aus. Mit dem einen erbat ich eine Kopie des Führerscheins von Michael Evancek, mit dem zweiten das gleiche für

Michael Norton. Beide Male setzte ich die Daten des vermißten Michael Norton ein. Dann steckte ich beide Anträge in getrennte Umschläge, adressierte sie an die zuständige Dienststelle in Lansing, frankierte sie und warf sie unterwegs nach Hamtramck in den Briefkasten. Wenn ich Glück hatte, brachte mir einer der Anträge für eine geringe Gebühr vielleicht eine Fotokopie des Führerscheins des Vermißten samt seiner gegenwärtigen Adresse ein. Das heißt, falls er diesen Bundesstaat nicht verlassen oder einen anderen Namen angenommen hatte oder falls er überhaupt einen Führerschein besaß. Es ist dies ein Service für Leute, die ihre Brieftasche in den Gully fallen lassen, wenn sie sich vorbeugen, um einen Vierteldollar aufzuheben. Er kann einem einige Mühen ersparen, aber nur, wenn man einen Monat Zeit hat, um auf Antwort zu warten. Ich hatte zwei Tage.

3

Es gibt nichts Vergeistigtes um Detroits Polen. Sie stehen an der Spitze der Besitzbürger der westlichen Hemisphäre. Seit der Eisenbahnbau, die Industrialisierung und später Ford Motors die Einwanderungsgesetze des vergangenen Jahrhunderts durchlöchert und in Polen, Italien und Österreich-Ungarn ganze Dörfer entvölkert haben, sind die breitschultrigen Gegner des zaristischen Rußland samt ihren stämmigen Frauen, bepackt mit harten Brotlaiben und Krügen voll von dickem braunem Wein herübergekommen, um die dreitausend Quadratmeter großen Grundstücke abzustecken, die in ihrer Gemeinschaft der einzige Maßstab des Erfolges sind. Bis zum heutigen Tag rühmt sich Hamtramck vor jeder anderen Stadt, den höchsten Prozentsatz von Eigenheimbesitzern der Vereinigten Staaten zu haben.

Wenn man die Chene Street hinunter durch das alte Dorf mit den engen Reihen gleichartiger, jahrhundertealter Häuser mit der abblätternden Farbe fährt, kann man noch gelegentlich einen Blick in die Vergangenheit erhaschen: Greise, die vor der alten *Round Bar* herumlungern, deren Balkon sie als Kinder zusammen mit ihren Vätern bevölkert haben, um den Ringern mit ihren schweißglänzenden nackten Oberkörpern zuzusehen; eine Hausfrau mit unförmigen Fesseln, die im Hinterhof einer Ente den Hals aufschlitzt, während ihre kleine Tochter in einer Schüssel das warme Blut auffängt für eine Suppe, die sie *Czarnina* nennen; Trachtenkostüme, die an einer flaschenzugbetriebenen Leine hängen und auf die *Polish Constitution*-Feier auf Belle Isle warten. Aber man muß sich beeilen mit dem

Betrachten, weil das alles bald gänzlich verschwunden sein wird, staatlich enteignet und niedergerissen, um den Interessen von General Motors zu weichen und dem höheren Ruhme der Stadtverwaltung zu dienen.

Nördlich des Grand Boulevard gehen Chene und Joseph Campau Street ineinander über. Dort wärmte sich die zum Untergang verdammte Dodge Main ihr verrußtes Ziegelgesicht in der Sonne und betrachtete mit blinden Augen die Stelle, wo sich früher die Spelunken befanden und die Lincolns und Caddies der *Purple Gang* die Straße verbarrikadierten, während die Laster abluden – in jenen Tagen als die Motor-City noch jedem Arbeiter von Montgomery bis Budapest das schnelle Geld verhieß. Gelbe Planierraupen krochen über Berge von nackter Erde und zerbröckeltem Asphalt auf dem Parkplatz. Noch weiter nördlich beginnen die blauen Straßenschilder, die das eigentliche Hamtramck markieren, und die Besiedlung wird moderner und dichter. Es sieht aus wie der Rest von Detroit, und ich könnte darauf verzichten, außer daß ich dort wohne, und so langweilig und monoton es auch sein mag, fühle ich mich da doch zu Hause.

Ich fuhr vorbei an Bäckereien und Metzgerläden mit Namen so lang wie Bandwürmer und an den städtischen Tennisanlagen, aus denen die besten Profis des Landes hervorgingen, bevor Jugendliche und Lesben diesen Sport übernahmen, überquerte die Holbrook und dann die Florian Street. Wegen des *May Strawberry*-Festivals, das vor St. Florian stattfand, war die Joseph Campau Street zur Kirche hin mit Holzböcken abgesperrt. Die tiefstehende Sonne ließ die farbigen Glasfenster des hochstrebenden Sakralbaus aufleuchten. Drei Blocks weiter bog ich in die Evaline, um dann links in die Gallagher Street zu einem kreidefarbenen Holzhaus mit hohem Giebel abzuschwenken, auf dessen Eckpfosten Howard Mayks Hausnummer in schwarzem Schmiedeeisen angebracht war.

Das Haus teilte sich eine Einfahrt mit dem benachbarten Ziegelbau. Durch die Kotflügel eines neun Jahre alten roten Ford Bronco, der auf Mayks Seite neben einem funkelnd-grünen Camaro auf der anderen geparkt stand, fraß sich der Michigan-Krebs. Ich stellte meinen Wagen auf der Straße ab und spähte im Vorbeigehen durch die breite Plexiglas-Rückscheibe des Bronco. Ein Paar hohe Gummistiefel lagen auf dem geriffelten Metallboden und darüber ein Nylon-Angelnetz mit langem Stiel. Ich stieg eine Betonstufe hinauf und klopfte an den Aluminiumrahmen der Tür mit dem Fliegengitter. Draußen war es noch ziemlich hell, und der Raum hinter dem Gitter war schwarz wie Martha Evanceks Kleid.

Von drinnen waren schwere Schritte zu hören, dann kam Bewegung in die Dunkelheit, und ich sah mich durch das Fliegengitter einem Mann in dunkler Hose und passendem kurzärmeligem Hemd gegenüber.

»Mr. Mayk? Ich bin Amos Walker. Wir haben vorhin miteinander telefoniert.«

»Ja. Treten Sie zurück.«

Ich machte einen Schritt rückwärts, während er den Sicherheitsriegel betätigte und die Tür gegen den Druck einer langen Stahlfeder nach außen preßte. Ich trat über die Schwelle und an seinem ausgestreckten Arm vorbei in eine schmale, muffig riechende Abstellkammer. Ein schmutziger Mop lehnte in einer Ecke, und an den Dachbalken hingen alte, eingestaubte Wespennester. Eine weitere Tür, die offenstand, führte in einen küchenartigen Raum.

Mein Gastgeber ließ die Gittertür zuknallen und machte den Riegel vor. Die Vorstellung, die ich mir von dem ehemaligen Detective Sergeant gemacht hatte, war gar nicht so falsch. Er war ein kräftiger Mann von meiner Größe mit mehr Schultern, obwohl auch was ich aufzuweisen hatte, nicht zu verachten war. Sein dichtes Haar war aus dem breiten Gesicht zurückgestrichen, so als sei er mit den fleischigen Handflächen gerade darübergefahren, und von jener neutralen Farbe, die sich nicht entscheiden kann, grau zu werden oder sandgelb zu bleiben. Sein massives Kinn war glatt rasiert. Er hatte eine lange Oberlippe, die seine Nase klein wirken ließ, und eine kleine Nase, die seine Oberlippe lang machte. Seine Augen unter den niedrigen Brauen waren in einem matten Grau, Polizistenaugen. Er war ein sehr gutaussehender Fünfziger, aber eben fünfzig, und trug die anthrazitgraue Uniform eines Sicherheitsdienstes mit wappenförmigen rotgepaspelten Emblemen auf den kurzen Ärmeln und einem jener Velcro-Gürtel, für die man keine Schnalle braucht.

»Ich dachte, Sie seien pensioniert«, sagte ich.

»Bin ich auch. Sie glauben doch wohl nicht, daß ich dies hier als Beruf betrachte. Aber meine Pension ist das einzige, was nicht gestiegen ist, seit ich die große blaue Maschine verlassen habe. Ich war gerade von der Acht-bis-vier-Schicht im Shaw-College nach Hause gekommen, als Sie anriefen.« Er deutete mit einer großen Hand in Richtung der geöffneten Tür, und ich setzte mich in Bewegung.

Es war eine geräumige Küche, wie man sie heutzutage nicht mehr baut, mit abgetretenem, aber sauberem Linoleumboden, einem langen weißen emaillierten Ausguß mit einem Fenster darüber, einem Gasherd, Kühlschrank, einem Tisch mit Metallplatte und drei nicht zueinander passenden kunststoffbezogenen Stühlen. Ein kurzer, halbhoch getäfelter Flur führte nach links in ein unbeleuchtetes Wohnzimmer. An der gestrichenen Wand über der Täfelung hing ein großes, aus einem einzigen Stück Ahornholz geschnitztes Kruzifix. Ein Velcro-Revolvergurt mit einem vernickelten Colt Python im Halfter lag achtlos hingeworfen auf dem Tisch.

Ich deutete mit dem Kopf auf das Kruzifix. »Mayk klingt nicht polnisch.«

Er verzog einen Mundwinkel. »Ursprünglich war es Maykowski, aber nicht für einen Einwanderungsbeamten auf Ellis Island, als mein alter Herr rüberkam. Mein Junge ist zu der alten Form zurückgekehrt, aber er ist Maschinenkonstrukteur und braucht nicht so oft mit seinem Namen zu unterschreiben wie ich früher.« Er öffnete den Kühlschrank, nahm einen Karton Milch heraus und schüttelte ihn, um festzustellen, wieviel noch drin war. »Das ist alles, was ich habe, falls Sie durstig sind«, erklärte er. »Seit Neujahr bin ich abstinent.«

»Milch ist okay. Sie hatten es wohl ein bißchen übertrieben, wie?«

»Mann, mir ist der größte Teil des vergangenen Jahres entgangen.« Er holte zwei Gläser aus einem Schrank neben dem Ausguß, stellte sie auf den Tisch, schenkte ein, schüttelte den Karton noch einmal und trank den Rest direkt aus dem Karton, bevor er ihn in einen grünen Plastikmülleimer warf.

Wir setzten uns einander gegenüber an den Tisch und tranken unsere Milch. Der Revolvergurt lag zwischen uns. »Wieviel knöpfen Sie der alten Dame ab?« fragte er und wischte sich den Milchbart mit dem Zeigefinger ab.

»Zweieinhalb pro Tag«, sagte ich. »Aber ich ziehe ihr nichts aus der Tasche. Das ist der übliche Satz.«

»Ich dachte mir schon, daß sie früher oder später irgendeinem Schlawiner in die Hände fallen würde. Es überrascht mich nur, daß es so lange gedauert hat.«

»Sie ist zu mir gekommen.«

»Aber Sie haben wohl kaum viel Zeit darauf verschwendet, ihr das Unternehmen auszureden.«

»Einen Auftrag abzulehnen, der Geld bringt, erfordert Praxis. Hören Sie, Mr. Mayk, ich stochere nicht nur einfach herum. Falls sich die Spur als zu kalt erweist, werde ich Mrs. Evancek zurückgeben, was von der Vorauszahlung noch übrig ist, und ihr raten, ein paar Inserate aufzugeben oder die ganze Sache zu vergessen. Erwarten Sie aber nicht von mir, daß ich ohne Bezahlung arbeite.«

»Nachdem ich aus dem Polizeidienst ausgeschieden war, habe ich mich selbst als Privatdetektiv versucht«, sagte er. »Mir haben aber die Leute nicht gefallen, mit denen ich dabei zu tun bekam.«

Zwischen uns breitete sich Schweigen aus.

»Wie haben denn die Stinte gebissen?« fragte ich schließlich.

Er zog die Brauen ein paar Millimeter hoch. »Was? Hat das Bad, das ich genommen habe, den Geruch noch immer nicht vertrieben?«

»Ich habe Ihre Ausrüstung in dem Bronco gesehen. Man trägt hohe Gummistiefel nicht zum Schmetterlingsfangen.«

»Waren Sie auch schon mal angeln?«

Ich grinste. »Einmal.«

Er stieß ein Lachen aus, einen kurzen bellenden Laut, und die Luft in der Küche wurde wärmer. »Man friert sich den Arsch ab, die ganze Nacht bis zum Bauchnabel im Sturgeon River, und schöpft kleine Fische aus dem Wasser, bis einem die Arme zu schwer werden, um weiterzuschöpfen. Soviel Spaß auf einmal kann ein Mann gar nicht aushalten.«

Ich lachte auch. Wir tranken unsere Milch weiter. Nach ein paar Sekunden sagte ich: »Die Evancek-Schießerei.«

»Hat sie Ihnen nicht davon erzählt?«

»Nur, was sie von Ihnen erfahren hatte. Polizisten reden mit Großmüttern anders, als sie normalerweise reden.«

Er strich sich mit einer Hand das Haar zurück und ließ sie im Nacken ruhen. Als er das tat, sah er aus wie ein stämmiger, grobschlächtiger Bauer.

»Es war ungefähr zur gleichen Uhrzeit wie jetzt an dem verdammt heißesten Tag des ganzen Jahres«, begann er. »Lieutenant Jezewski nahm den Anruf auf dem Revier entgegen und schickte Bill Mischiewicz und mich dort hinaus. Als wir an dem Haus ankamen, vor dem sich ein junger Streifenpolizist am Bordstein gerade die Seele aus dem Leib kotzte, sagte Bill: ›Ich glaube, hier sind wir richtig.‹ Fast hätte man lachen können. Jedenfalls parkten wir hinter dem Streifenwagen und gingen an dem Uniformierten vorbei ins Haus. Der hätte uns nicht einmal bemerkt, wenn wir die ganze Rote Armee gewesen wären. Ja, und wie soll ich Ihnen das jetzt um Himmels willen anschaulich machen? Zuerst sah man nichts als Blut – auf den Wänden, auf dem Fußboden, ja, sogar an der Decke, hellrot und überallhin verspritzt, so als ob ein Dampftopf voller Rotkohl explodiert wäre. Eine Sekunde lang dachte ich sogar, es sei so was Ähnliches. Blut sieht immer zu hell aus für Blut, bis es antrocknet. Die Leichen sahen aber wie Leichen aus, nicht wie Kleiderpuppen, wie ich schon so oft habe Leute sagen hören. Die ersten beiden lagen auf dem Boden im Wohnzimmer, eine sehr viel kleiner als die andere, und man konnte nur sagen, daß die größere eine Frau war, weil sie ein Kleid trug. Zuerst dachten wir, die kleinere sei ein Junge, weil sie rote Cordhosen und ein gestreiftes Hemd anhatte. Ihre Gesichter ... na ja, sie hatten keine mehr.« Er schwieg einen Augenblick.

»Ein anderer Uniformierter kam aus dem Schlafzimmer«, fuhr er fort, »und sagte, die dritte Leiche würden wir in der Küche finden. Den Jungen, Michael, habe er im Schlafzimmer. Bill schickte ihn wieder hinein, um ein Auge auf den Jungen zu haben, und wir gingen in die Küche. Der dritte Tote saß auf dem Boden mit dem Rücken an die Hintertür gelehnt, und sein Gesicht war über die ganze Wand verteilt. Seine zwölfkalibrige Automatik-Flinte hielt er zwischen den Beinen, und Bill sagte, es sähe aus, als wolle er sich einen abjagen. Na ja ...«

»Ich weiß«, unterbrach ich ihn. »Sie mußten lachen.«

Er schüttelte den Kopf. »Diesmal nicht. Fast hätte ich auch rausgemußt, um mit dem Streifenpolizisten um die Wette zu kotzen. Ich sagte zu Bill, er solle die Klappe halten. Ich meine, er war damals schon Sergeant und ich im Rang noch unter ihm. Aber die einzigen Gefühle, die er jemals hatte, waren in seinem Halfter und in seinem Sack. Niemand war allzu erschüttert, als ihm später so ein siebzehnjähriger Ganove, der aus Svobodas Schnapsladen gerannt kam, eine Kugel in den Kopf schoß. Wir redeten dann auch mit dem Jungen, aber er stand unter Schock und sagte nicht viel. Und zwei Tage später, nachdem er von seiner Tante und seinem Onkel abgeholt worden war und wir ihn noch einmal aufsuchten, behauptete er, die Leichen vorgefunden zu haben, als er aus der Schule nach Hause gekommen sei. Das stimmte mit dem überein, was uns auch die meisten der Nachbarn erzählt hatten. Inzwischen waren die Toten identifiziert worden. Mein Gott, seine kleine Schwester hätte gerade im September zur Schule kommen sollen. Was wir am Tatort vorgefunden hatten und was wir über diesen Joseph Evancek wußten und den Streit, den die Nachbarn mit angehört hatten, bevor die Schüsse fielen, paßte mit dem Mord-Selbstmord-Szenario zusammen. Damit war der Fall für uns abgeschlossen.«

»Die meisten der Nachbarn?«

»Was?«

»Sie sagten, was Michael von dem Nachhausekommen aus der Schule und dem Auffinden der Leichen erzählt habe, stimmte mit dem überein, was auch die meisten der Nachbarn ausgesagt hätten. Was haben denn die anderen gesagt?«

Er löste die Hand von seinem Nacken und wedelte ungeduldig vor seinem Gesicht hin und her. »Es gibt immer irgendeinen Querkopf, der sich interessant zu machen versucht und etwas gesehen haben will, was außer ihm niemand anders gesehen hat. Ein alter Zausel auf der gegenüberliegenden Straßenseite erklärte, er habe gerade aus dem Fenster geguckt, als der Junge noch *vor* dem ersten Schuß nach Hause gekommen sei. Und dann meldete sich eine benachbarte Hausfrau und sagte, sie habe dasselbe gesehen. Man entwickelt ein Gespür für diese Typen.«

»Haben Sie ihre Geschichten überprüft?«

»Das geschieht doch routinemäßig. Die Hausfrau sagte, sie habe den Jungen die Auffahrt heraufkommen sehen, als sie zur Hintertür hinausgegangen sei, um die Katze zu füttern. Nur gab es eine zwei Meter hohe Hecke zwischen den Häusern, und als Bill und ich einen Lokaltermin vornahmen, konnte keiner von uns von der Stelle aus, wo sie angeblich gestanden hatte, die Auffahrt sehen. Und die Frau war noch ein Stück kleiner als wir. Der Alte hatte zwar klare Sicht, aber wie gesagt, er war ein Querkopf. Es gibt immer gewisse Konfusionen in solchen Fragen, wer was zuerst gesehen oder gehört hat. Aber es bestand genügend Übereinstimmung zwischen den anderen Zeugen, um seine Geschichte außer acht zu lassen.«

»Können Sie sich vielleicht noch an seinen Namen erinnern?«

»Was glauben Sie denn? Das ist fast zwanzig Jahre her. Abgesehen davon, müßte er inzwischen tot sein. Oder falls nicht, dann zumindest umgezogen. Die ganze Gegend dort ist fast völlig abgerissen.«

Ich trank den Rest meiner Milch. Sie hinterließ einen schleimigen Belag an meinem Gaumen, aber in meinem Beruf trinkt man, was man angeboten bekommt. Man lehnt niemals ab. »Sonst noch etwas, das nicht zu den anderen Zeugenaussagen paßte?«

»Ich habe nie an einem Fall gearbeitet, wo es das nicht gegeben hätte.« Er runzelte die Stirn, was seine Oberlippe noch länger machte. »Der Bluttest vielleicht.«

»Welcher Test?«

»Bei der Autopsie untersuchten sie Evanceks Blut, und der Alkoholgehalt war geringer als man unter solchen Umständen vermutet hätte. Oh, er war betrunken genug gewesen, um nicht mehr fahrtüchtig zu sein, aber er hatte eine große, kräftige Statur. Und wenn ein Mann mit seinem Ruf als Trinker vorher noch nie gewalttätig geworden war, machte es natürlich etwas stutzig, daß er schon bei so wenig Alkohol so durchgedreht hatte. Aber das war nur so einer von diesen Gedanken, die einem durch den Kopf gehen, wenn man einen Fall abschließt. Er hatte es ohne Zweifel getan. Wir haben die Geschichte aus jedem Winkel betrachtet, es war nichts anderes möglich.«

Ich sah auf das Gekritzel in meinem Notizbuch. »Wieviel davon haben Sie Josephs Mutter erzählt?«

»Sie hat, wie von Ihnen vermutet, die entschärfte Version zu hören bekommen. Die Sache mit dem Bluttest hat sie nicht mehr beschäftigt als mich, nachdem sie das Ganze erst einmal geschluckt hatte. Sie hatte lange Zeit gebraucht, um sich damit abzufinden, was ihr Sohn getan hat.«

»Ich nehme an, Sie haben keine Ahnung, wo der Junge abgeblieben sein könnte?«

»Wenn es anders wäre, hätte die alte Frau Sie nicht zu engagieren brauchen.«

Ich überging diese Antwort. »Ich würde mir gern das alte Haus der Evanceks ansehen. Könnte ich Sie dazu als Cicerone engagieren?«

»Würden Sie das Ihrer Auftraggeberin in Rechnung stellen?«

»Wahrscheinlich.«

»Dann mache ich es gratis.« Er stand auf. »Bis meine Frau nach Hause kommt, habe ich ohnehin nichts zu tun. Ich will bloß noch diese Montur hier ausziehen. Und dann nehmen wir den Bronco.«

»Mit Vergnügen.«

»Ich tue es nur für Mrs. Evancek. Wir Polen halten zusammen.«

Er verschwand in das Wohnzimmer und öffnete irgendwo auf der anderen Seite eine Tür. Ich stand auf, lehnte mich mit der Schulter gegen die Wand und steckte mir eine Zigarette an.

»Warum haben Sie den Dienst quittiert?« rief ich.

»Ich hatte meine zwanzig Jahre rum.« Seine Stimme klang erstickt wie durch Stoff.

»Sie sehen aus, als hätten Sie durchaus noch länger aushalten können.«

»Hätte ich auch. Aber ich kam mit dem neuen Chef nicht gut klar, deshalb habe ich lieber verzichtet.«

»Wer ist denn jetzt dort am Ruder?«

»Noch immer derselbe. Steve Grabowska.«

»Was ist er für ein Typ?«

»Was Captain Grabowska für ein Typ ist?« Mayk kam heraus, während er noch ein altes blaues Sweatshirt über ein Paar ausgebliche-ne Jeans herabzog. Sie paßten im Farbton fast haargenau zusammen, und eigentlich hätte er auch seine Uniform anbehalten können. Aber so wirkte er wahrscheinlich immer, ganz egal, was er trug.

»Erinnern Sie sich, daß ich vorhin einen Streifenpolizisten erwähnte, der sich vor dem Haus der Evanceks übergab?«

»Ja.«

Er sah mich wortlos an.

»Sie machen Witze«, sagte ich.

»Sein Magen erwies sich als bedeutend stärker, wenn es darauf ankam, Leuten den Arsch zu lecken.« Mayk zog den Colt Python aus dem Halfter und überprüfte den Zylinder. Dann nahm er ein paar Springgummis von der Türklinke des Kühlschranks, wo mindestens ein Dutzend davon wie abgeschlaffte Messingringe hingen, schlang sie um den glatten Holzgriff, um ihn rutschfester zu machen, schob die Waffe in seinen Hosenbund und zog das Sweatshirt darüber. »Haben Sie auch ein Schießeisen bei sich?«

Ich schüttelte den Kopf. »Um mit einem ehemaligen Polizisten zu sprechen, ist das wohl kaum nötig.«

»Halten Sie sich dann dicht neben mir.« Er öffnete die Tür.

»Wieso?«

»Vielleicht werden Sie es verstehen, wenn wir hinkommen. Ich hoffe allerdings nicht.«

Ich folgte ihm durch den Abstellraum hinaus und blieb auf der Betonstufe stehen, während er die Vordertür abschloß. Ich hasse es, wenn Leute so reden.

4

»Verdammte Kosaken.«

Wir fuhren durch die zerstörten Straßenzüge der alten Polenstadt. Die Sonne war untergegangen, und die schwarzen Rechtecke und Winkel der Häuser mit dem ganzen Schutt ringsum erinnerten an die Ruinen des Bombenkrieges. Hinter kaum einem der Fenster brannte noch Licht. Der skelettartige Ausleger eines Krans, an dessen Ende eine Abbruchbirne baumelte, zeichnete sich gegen den rötlich-braunen Himmel ab wie der Hals und Kopf eines Brontosauriers mit heraushängender Zunge. Mayk war gezwungen zu schreien, um sich über das angestrengte Jaulen des kleinen Sechszylindermotors seines Bronco verständlich zu machen.

»Wer?« wollte ich wissen.

»General Motors und die Stadt Detroit, um nur zwei zu nennen. Ich bin hier aufgewachsen. Trotzdem brauchte ich jetzt einen Metalldetektor, um mich zurechtzufinden. Eine neue Cadillac-Fertigungsanlage haben wir hier so nötig wie die Welt einen neuen Mond.«

»Sie wird Arbeitsplätze schaffen, sagt der Bürgermeister.«

»Dem Bürgermeister ist es egal, wer arbeitet. Er hat ja seinen Job. Aber die Zeitungen sind voll davon. Das ist das Märchen unserer Tage – Jobs für die Menschen zu finden. Bisher geht es immer noch umgekehrt zu.«

Jedesmal, wenn er das Wort »Job« sagte, riß er am Schaltknüppel und knallte einen neuen Gang rein. Wir holperten über Bordsteine und Ecken, fuhren Einbahnstraßen in der falschen Richtung, kürzten über abgeräumte, mit Steinen und zerbrochenen Ziegeln gepflasterte Grundstücke ab. Der Bronco schepperte und stöhnte.

Steigen Sie nie in einen Privatwagen, der von einem Polizisten gefahren wird, wenn Sie es vermeiden können.

Schließlich umfuhren wir eine bernsteinfarben beleuchtete Absperrung und hielten mit einem Ruck auf der Newton, während im Tank das Benzin hin und her schwappte. Ich löste meine Füße vom Wagenboden. Die Straße markierte das Südende von Hamtramck, um das sich Detroit ringsherum hereindrängt wie ein angeschwollener Fluß, der sich widerwillig um einen Felsen teilt. Auf der Hamtramck-Seite stand eine Reihe intakter Häuser, vis-à-vis einer Mondlandschaft auf der Detroiter Seite, mit Brettern und ausgefransten Balken, die aus nackten Steinfundamenten emporragten und noch Teile flacher Schindeldächer stützten. Es sah aus wie in Bildberichten in den Sechsuhrnachrichten nach Tornadokatastrophen. An der Ecke stand eine einsame Gruppe von drei Häusern, zwei davon waren dunkel.

Mayk deutete auf das eine, in dessen Parterrefenster ein Licht brannte. »Da drüben hat der Alte gewohnt, der damals sagte, er habe den Jungen vor der Schießerei nach Hause kommen sehen. Es überrascht mich, daß es da überhaupt noch Strom gibt. Eigentlich müßte der ganze Block schon geräumt sein.«

Ich gab ein Grunzen von mir. Dann gingen wir auf einem gepflasterten Weg, zwischen dessen Steinen taufeuchtes Gras wucherte, zu der Tür eines Hauses auf der Hamtramck-Seite, das dem von Mayk bezeichneten Haus schräg gegenüber lag. Es war eine kastenförmige Holzkonstruktion, mit weißen Kacheln verblendet, die im Licht der einer alten Kutschlaterne nachempfundenen Lampe über dem Eingang bläulich schimmerten. Ein später angefügter Anbau zur Linken trug nur wenig dazu bei, die Kastenform des Hauses, das um die Jahrhundertwende erbaut worden sein mußte, zu mindern. Mayk drückte auf die Klingel. Das scheppernde Läuten riß ein Loch in das zirpende Geräusch, das die Grillen im Vorgarten machten. Nach einer Pause setzte es jedoch wieder ein.

Hinter dem rautenförmigen Fenster in der Tür erschien ein Gesicht, verschwand jedoch, bevor ich seine Züge zu unterscheiden vermochte. Die Tür ging auf, und ein kleiner Mann in Arbeitshosen und einem ärmellosen Unterhemd, das die knotigen Muskeln in seinen knochigen Armen sehen ließ, richtete eine kleine Automatikpistole auf unsere Füße.

»Ja?«

Das Wort hing wie eine ärgerliche Biene zwischen uns in der Luft.

»Mr. Stanislaus?« sagte Mayk.

»Ja?«

Der Tonfall blieb unverändert.

»Ich bin Howard Mayk«, stellte Mayk sich vor, »ein ehemaliger Detective Sergeant von der Polizei in Hamtramck. Und dies ist Amos Walker, ein Privatdetektiv. Wir hätten uns gern mit Ihnen über die Schießerei unterhalten, die sich hier vor neunzehn Jahren abgespielt hat.«

»Darüber weiß ich nichts.«

»Ich glaube Ihnen. Mr. Walker . . .«

»Sie würden es nicht für möglich halten, wie viele Beknackte ich hier immer wieder wegjagen muß, die ihre Fotos unbedingt vor einem Haus machen wollen, in dem ein Mord stattgefunden hat, und dabei meiner Frau die Rosen zertrampeln und mir das frisch gesäte Gras.«

»Wir wollen nichts dergleichen. Mr. Walker möchte sich nur drinnen einmal umsehen, falls Sie nichts dagegen haben. Bloß um sich einen Eindruck zu verschaffen, wo es geschah. Es hat mit einem Fall zu tun, an dem er arbeitet.«

Stanislaus überlegte. Er war Ende Dreißig, mit beginnender Stirnglatze und dunklen, drahtigen Haaren, die an den Schläfen so kurz geschnitten waren, daß seine Ohren hervorzustehen schienen, kleinen Augen, so glänzend wie ladenneue Nagelköpfe, zu beiden Seiten der kräftigen Nase und einem dichten, an den Enden hochgezwirbelten Schnurrbart. Die Waffe in seiner Hand war eine Fünfundzwanziger. Ihr Lauf hatte keinen größeren Durchmesser als ein Bleistift, aber – wie mal einer gesagt hat – niemand will eigentlich überhaupt mit irgend etwas erschossen werden.

»Haben Sie einen Ausweis bei sich?«

»Ich dachte mir schon, daß Sie danach fragen würden.« Mayk brachte aus seiner Hosentasche ein abgeschabtes Lederetui zum

Vorschein, mit seinem Foto auf einer Karte hinter einem Plastikfenster und einem PENSIONIERT mit lila Farbe quer darüber gestempelt. Auf der anderen Seite des Etuis war der leere Platz, wo eigentlich die Polizeimarke hingehört hatte. Ich zeigte meine fotokopierte Lizenz und den Sheriff-Stern, den ich einmal ehrenhalber bekommen hatte. Stanislaus' kleine Augen verbrachten viel Zeit damit, alles sehr genau zu betrachten. Dann trat er zurück und senkte die Automatik, bis sich der Lauf in einer Linie mit seinem Hosensaum befand.

»Entschuldigen Sie«, sagte er, während wir eintraten. »Es hat in letzter Zeit hier sehr viel Vandalismus gegeben.«

»Das habe ich gehört.« Mayk schloß die Tür hinter sich und deutete auf die Pistole. »Ich hoffe, die ist registriert.«

»Dies ist eine der zirka drei Waffen in dieser Stadt, von der man das sagen kann.« Er legte die Pistole auf einem Tisch neben der Tür ab. »Wenigstens haben wir ein bißchen Polizeischutz hier auf unserer Seite. Letzte Woche haben ein paar Halunken ein Haus gegenüber in Brand gesteckt, und die Polizei und die Feuerwehr brauchten eine halbe Stunde, um zu kommen. Sie haben die Familie dann rüber zur Ewigen Mission gebracht, weil sie keine Bleibe mehr hatten. Manchmal läßt sich überhaupt keiner sehen. Haben Sie gehört, was der Polizeipräsident im Fernsehen gesagt hat, als ihn die Reporter deswegen in die Mangel nahmen?« Er sah mich an.

»Er sagte, es sei Schuld der Hauseigentümer, wenn sie nicht rechtzeitig ausziehen.«

»Blödsinn. Die Frist ist noch gar nicht um.«

»Wieviel Zeit haben Sie denn noch?« wollte Mayk wissen.

»Bis zum Ende des Monats. Wir ziehen erst einmal zur Familie meiner Frau, bis ich etwas in der Nähe meiner Arbeitsstelle gefunden habe. Wissen Sie, was mir die Stadt für dieses Haus zahlt? Fünfzehntausend. Dabei ist es vierzig wert. Vor zwölf Jahren habe ich zweiundzwanzig dafür zahlen müssen. In Detroit ist es noch schlimmer. Diese Leute werden sich nicht einmal einen Wohnwagen für das Geld kaufen können, das sie bekommen.«

»Die Regierung hat gefordert, den vollen Marktwert zu bieten«, sagte Mayk.

»Die Taxatoren arbeiten für die Stadt. Genauso wie der Richter, dem wir unsere Klage als erstem vorbrachten. Mein Großvater wäre besser dran gewesen, die Familie in Polen zu lassen.«

»Ich dachte, es sei ein Bundesrichter gewesen, an den sich die Grundeigentümer gewandt haben«, warf ich ein.

»Wo ist da der Unterschied? Sein Büro ist in Detroit.«

»Komisch, wo plötzlich all diese Vandalen herkommen«, sagte Mayk.

»Da kann ich gar nicht lachen«, meinte Stanislaus.

»Wer war das denn, Thad? Oh.«

Wir standen in einem kleinen rechteckigen Wohnraum mit Rauhfasertapete, einem etwas abgetretenen Teppich und rosa Schonbezügen über den Sesseln und dem Sofa. Eine junge braunhaarige Frau mit vogelähnlichen Gesichtszügen war aus einem anderen Zimmer hereingekommen und wich einen Schritt zurück, als sie Mayk und mich erblickte. Sie trug einen Pullover und Stretchhosen, die ihren kleinen Bauch sehen ließen. Ich nahm meinen Hut ab.

»Nur zwei Männer, die sich das Haus ansehen möchten«, erläuterte Stanislaus.

»Von der Stadt?«

»Nein, es geht um die Evanceks.«

»Ich hoffe, du hast ihnen gesagt, daß das schon lange vor unserer Zeit war.«

»Das wissen sie.«

»Wir hätten das Haus nicht genommen, wenn wir gewußt hätten, daß hier ein Mord passiert ist. Sie haben uns das nicht gesagt, als wir es kauften.«

»Sie wollten es loswerden«, sagte Mayk.

Sie sah ihn an. »Gibt es nicht ein Gesetz oder so etwas, das verlangt, den Käufer über so etwas aufzuklären, bevor es zum Abschluß kommt?«

»Der Verkäufer muß auf schlechte Rohre und tropfende Heizungen hinweisen. Ich glaube nicht, daß er verpflichtet ist, einem Interessenten zu erzählen, daß jemand in dem Haus umgebracht worden ist. Es sei denn, er wird ausdrücklich gefragt.«

»Würden Sie daran denken, so etwas zu fragen?«

Mayk zuckte die Achseln.

»Es hat sich angenehm gewohnt hier«, sagte Stanislaus. »Du redest so, als hätte es Fliegen in der Küche oder anderes Ungeziefer gegeben.«

»Ich bin jedenfalls froh, hier herauszukommen.« Sie kehrte in den anderen Raum zurück und rieb sich dabei mit der Hand über den Arm, als sei ihr kalt. Nebenan lief ein Fernsehgerät. Eine Kriminalserie, nach dem Sirenengeheul und den Schüssen zu urteilen.

»Sie haben mir wegen des Mordes tausend Dollar von dem verlangten Preis nachgelassen«, teilte uns Stanislaus in gedämpftem Ton mit. »Aber sagen Sie ihr das nicht.«

Mayk fragte ihn, ob wir uns ein bißchen umsehen dürften.

Er wies mit dem Daumen auf die Tür, hinter der seine Frau verschwunden war. »Dort brauchen Sie ja wohl nicht hinein, wie? Den Teil haben wir selber angebaut. Nennen Sie es einen Hobbyraum. Dieses Wohnzimmer hier benutzen wir kaum noch. Meine Jungens sind mit dort drüben.«

»Uns interessiert nur der alte Teil.« Mayk wartete. Als Stanislaus keine Anstalten machte, sich in Bewegung zu setzen, fügte er hinzu: »Wir werden uns bemühen, nichts Wertvolles zu stehlen.«

Der Hausbesitzer ließ hinter seinem Schnurrbart weiße Zähne sehen. »Wenn Sie etwas Wertvolles hier finden, sagen Sie es mir bitte. Dann werden wir teilen.« Er nahm seine Pistole und verzog sich in den Anbau.

»Wissen Sie, wie viele Polen man braucht, um eine Automatik abzufeuern?« fragte mich Mayk.

Ich starrte ihn an.

Er machte mit einer seiner großen Hände die für ihn typische wegwerfende Geste. »Vergessen Sie es. Ich kenne eine Menge viel komischere Witze. Ich habe in Detroit mal einen Kurs in der Polizeiakademie mitgemacht. Da wird man Kenner.«

»Haben Sie hier Jeanine Evancek und die kleine Carla gefunden?« wollte ich wissen.

»Ja. Aber es sieht anders aus.«

»Neue Tapeten wahrscheinlich.«

»Nicht nur neue Tapeten. Aber ein Raum, in dem sich eine Leiche befindet, hat immer eine besondere Atmosphäre. Es ist schon schlimm genug in einem Bestattungsinstitut, wo sie schön gewaschen und zurechtgemacht sind. Aber wenn sie über alle Wände verteilt kleben wie ...«

»Rotkohl«, fiel ich ihm ins Wort. »Ich weiß.«

Er schritt von der Tür aus etwa dreieinhalb Meter ab. »Hier etwa haben sie gelegen. Das kleine Mädchen neben seiner Mutter, als habe die Frau über dem Kind gestanden, als sie selbst die Ladung ins Gesicht bekam. Sie haben beide die Schüsse direkt ins Gesicht gekriegt, hat der Gerichtsmediziner gesagt. Bill dachte, es ...«

Mayk verstummte. Er stand mit dem Rücken zu der einzigen Lampe im Zimmer, und sein Gesicht lag im Dunkeln. »Komisch, an was man sich erinnert, wenn man wieder in so ein Haus kommt«, sagte er dann.

»Und zwar?«

»Nun ja, wie ich schon sagte, ich bin eigentlich eher mißtrauisch, wenn alles zu genau zusammenzupassen scheint. Das Elternschlafzimmer war dort hinten, neben dem Kinderzimmer, das sich der Junge und das Mädchen teilten.« Er machte eine Kopfbewegung in Richtung eines kurzen Flurs mit Türen auf beiden Seiten. »Die Flinte stammte aus dem Elternschlafzimmer. Auf dem Boden des Kinderzimmers fanden wir ein aufgeschlagenes Malbuch und ein paar lose Buntstifte, als habe die Kleine alles fallen lassen und sei nach dem ersten Schuß, der ihre Mutter getötet hatte, hier hereingerannt. Nur macht ein Schuß einen Höllenkrach, wenn er in einem geschlossenen Raum abgefeuert wird, und anstelle des kleinen Mädchens wäre ich in die andere Richtung gelaufen.«

»Sie könnte schon während der Auseinandersetzung zwischen den Eltern herausgekommen sein und sich bereits im Zimmer befunden haben, als Evancek die Flinte holte.«

»Ja. Man kann natürlich auch die Reaktion eines Menschen unter besonderem Streß nicht voraussagen, besonders wenn es sich um ein Kind handelt. Das ist auch so ein Punkt, den man auf sechserlei Weise auslegen kann, wenn man versucht, eine Situation zu rekonstruieren. Killer schreiben leider keine Drehbücher wie fürs Fernsehen. Die Küche war hier entlang.« Er ging den Flur hinab und wandte sich nach links.

Sie war noch am selben Ort, ein ziemlich moderner Raum, etwa halb so groß wie Mayks Küche, mit der üblichen Einrichtung plus einem Mikrowellenherd, blauen stilisierten Blumen auf den Bodenfliesen und dem Symbol unserer Tage, einem Holzfeuerungsofen, ganz aus schwarzem Eisen mit weißem Email und einer Warmhalteröhre darüber. Es gab auch eine Hintertür mit einem viereckigen Fenster, das auf eine schmale Veranda hinausging. Unter der Überdachung war Brennholz gestapelt.

»Die Veranda ist neu«, stellte Mayk fest. »Andere Küchengeräte und ein neuer Anstrich. Mein Gott, man fragt sich, wer wohl den Nerv haben mag, ein Haus nach einem solchen Desaster sauberzumachen. Das ist übrigens die Tür, an der Evancek lehnte, als wir ihn fanden.«

»Saß er, als er die Waffe gegen sich selbst richtete?«

»Wir nahmen an, er stand mit gespreizten Beinen, den Rücken an der Tür, und rutschte dann hinunter. Es waren gut ein Meter fünfzig zwischen der Stelle, wo sein Kopf gewesen wäre, wenn er noch einen gehabt hätte, und wo das Blut anfing.«

»Wie hat er abgedrückt? Mit einem Stock?«

»Wir haben keinen gefunden. Man kann es auch mit einem Zeh tun, nur hatte er beide Schuhe an. Die Flinte war eine Marlin und kurz, gerade noch zulässig. Er könnte sie auch vor sich gehalten haben, mit der Mündung auf der Nasenwurzel, und auf Armeslänge abgedrückt haben.«

»Unbequem.«

»Es gibt keine Vorschrift, wie man sich das Gesicht wegschießt«, sagte Mayk.

»Haben Sie die Waffe nach Fingerabdrücken untersucht?«

Er nickte. »Wir fanden einen klaren Daumenabdruck auf einer der Patronen im Magazin. Es war Evanceks. Der Rest der Abdrücke war verschmiert wie gewöhnlich auf einer Schußwaffe.«

»Das beweist nur, daß er seine eigene Flinte geladen hat.«

»Versuchen Sie nicht, die Geheimnisse der Vergangenheit zu enträtseln, Sherlock. Sie haben den Mörder mit seinen Opfern Jahre, bevor Sie zum erstenmal mit einer Frau im Bett waren, begraben.«

»Wer hat ihn begraben?«

»Wie, zum Teufel, soll ich das wissen? Die Nortons vermutlich. Jeanine Evanceks Schwester und Schwager.«

»Verdammt großzügig von ihnen.«

»Vielleicht war die Grabstelle schon bezahlt, und sie wollten das Geld nicht vergeuden.« Er grinste plötzlich. »Warum hat der Leichenbestatter seinen polnischen Totengräber rausgeschmissen?«

»Er grub das Loch zu tief und hatte nicht genug Dreck, es wieder aufzufüllen. Danke für die Führung.«

»Alte Zeiten.« Mayk zog eine Schulter hoch. »Nicht, daß sie so gut gewesen wären. Klingelt bei Ihnen schon etwas?«

»Eigentlich nicht. Auf diesem Ohr bin ich ziemlich taub.«

Wir kehrten ins Wohnzimmer zurück. Ich beugte mich in den kurzen Gang hinein, der in den Anbau führte, und klopfte an den Türrahmen. »Vielen Dank, Mr. Stanislaus.«

Er faltete seine Zeitung zusammen und erhob sich von einem verschossenen grünen Sessel, um uns hinauszubegleiten. Seine Frau saß auf einem abgewetzten Sofa vor dem Fernsehgerät, und zwei Jungen von schätzungsweise sieben beziehungsweise neun Jahren mit dunklen zerzausten Haaren und glänzenden schwarzen Augen taten so, als machten sie auf dem Teppich vor dem Fernseher ihre Schularbeiten. Es lief noch immer die gleiche Serie oder eine ähnliche, in der es nicht weniger knallte.

»Haben Sie etwas Wertvolles gefunden?« Unser Gastgeber kicherte unterdrückt.

»Nur ein typisches amerikanisches Heim, Mr. Stanislaus«, erwiderte ich. »Es dürfte kaum etwas Wertvolleres geben als dies.«

»Oh, bitte.« Er machte ein gequältes Gesicht.

»Sie wissen nicht zufällig etwas über den alten Mann, der in dem Haus schräg gegenüber wohnte, als es damals diese Schießerei gab?« fragte ich.

»Er ist tot oder in einem Altersheim. Etwas anderes ist gar nicht möglich«, sagte Mayk.

»Der alte Stash?« Stanislaus sah mich an. »Von wegen. Der wohnt noch immer da. Den werden sie wohl von der großen Abbruchbirne abkratzen müssen.«

»Mein Gott, der muß doch mindestens neunzig sein«, sagte Mayk verblüfft.

»Eher hundert. Aber seien Sie vorsichtig, wenn Sie hinübergehen. Der Alte ist verrückt.«

5

Es war eine kühle Nacht. Der Himmel hatte sich bezogen, und die Lichter der Stadt tauchten die herabhängenden Wolken in bleiche Helligkeit. Von der Woodward Avenue klang das Hupen eines Autos herüber wie der Schrei einer einsamen Wildgans. Das leise Rauschen in der Luft hätte Wind sein können, der durch Baumwipfel fegt, es waren aber nur Goodyear-Reifen auf nassem Asphalt. Unsere Schuhe rutschten auf den überwucherten Steinen in Stanislaus' Vorgarten. Die Grillen hatten sich bereits zur Ruhe begeben. Mein Winteranzug war in der Reinigung, und nächtliche Feuchte fand ungehindert Zugang durch meine Seersucker-Imitation. Mayk schien sich in seinem Sweatshirt und den Jeans wohl zu fühlen. Er war bepackt genug, um seine eigene Hitze zu produzieren.

»Wird Ihre Frau auch nicht sauer sein, wenn ich Sie mir noch ein bißchen länger ausborge?« fragte ich ihn, als wir die Straße erreicht hatten. Mit den Barrikaden an beiden Enden standen wir in der Mitte wie Hunde in einem Zwinger.

»Sie kann warten. Schließlich war sie es ja, die diesen Teilzeitjob wollte.«

Wir gingen auf die andere Straßenseite und einen schmalen Pfad hinauf, der sich allmählich zum Dschungel zurückentwickelte. Dürre Grasbüschel hingen wie Bärte alter Männer über die Kanten, machten den brotfarbenen Beton stellenweise unkenntlich und näßten unsere Hosenbeine, als wir zwischen ihnen durchstiegen. Das Haus war einmal weiß gestrichen gewesen, mit roten Türen und Fenstern. Das Rot blätterte jedoch in großen Flatschen von der Tür und den

Fensterrahmen ab, und das Weiß war kaum noch zu erkennen. Die Regenrinne hatte sich vom Dach gelöst, und die Lichter der Stadt, die von den Wolken reflektiert wurden, schimmerten durch das rostzerfressene Eisenblech. Erst beim Näherkommen war zu erkennen, daß einige der Fensterscheiben aus rohem, frischem Sperrholz bestanden. Krasse Ratschläge in rüder Fäkalsprache waren aus der Spraydose auf die Hausfront gesprüht. Die Farbe roch noch.

Wir kletterten auf die Veranda. Eine Harke, ein rostverklebter Spaten und ein paar verstaubte Coca-Cola-Flaschen, die noch aus der Zeit stammten, wo es Pfand darauf gegeben hatte, lagen auf einer Korbbank. Schon lange hatte kein junges Liebespärchen oder jemand anderes mehr darauf gesessen. Der Name S. LEPOSAVA stand weiß auf einem blauen Plastikstreifen am Postkasten.

»Vor neunzehn Jahren ist das mal ein hübsches Haus gewesen«, sagte Mayk.

»Vor neunzehn Jahren war alles noch hübscher.« Ich drückte auf den Klingelknopf. Er machte ein kratzendes Geräusch in seinem Sockel, ohne daß von drinnen ein Läuten oder Summen erfolgte. Ich betätigte meine Fingerknöchel.

Es folgte eine kurze Pause, dann hörten wir ein lautes, flaches Krachen und ein silbriges Klirren von der Rückfront des Hauses.

Mayk war bereits von der Veranda gesprungen und zerrte seinen Python aus dem Gürtel. »Sie nehmen die Vorderseite«, bellte er.

Ich versuchte mein Glück mit dem Türknauf. Er war jedoch nicht bereit, sich drehen zu lassen. Das Schloß stammte aber garantiert noch aus dem vorigen Jahrhundert. Mit zwei Tritten hatte ich es geschafft. Die Tür flog nach innen, und ich warf mich auf den Boden.

Niemand schoß auf mich. Ich hockte in Startposition auf einem dünnen Läufer, dessen buntes Blattmuster schon vor Jahren abgetreten worden war, zusammen mit fedrigen Staubflusen, die von der hereinströmenden Zugluft hin und her getrieben wurden. Vor mir befand sich der Klauenfuß und das stark gedrehte Bein eines massiven Eichentisches. Im Schein des elektrischen Lichts, das aus einem anderen Raum hereindrang, starrten aus schweren Goldrahmen altersdunkle Porträts bärtiger Männer so feindselig auf mich herab, daß es Heilige sein mußten. Es war ein braunes Zimmer, in mattem Umbraton tapeziert, die Decke mit einbezogen, und bronzefarbenen Vorhängen ohne Glanzeffekt an den Fenstern. In den Ecken der schmutzig-beigen Scheuerleisten waren Mauselöcher, und Mayk hätte gesagt, der Raum habe eine Atmosphäre, als sei eine Leiche darin.

Es gab aber keine Leiche. Ich stand auf, wischte mir den Staub von den Handflächen und begann mich genauer umzusehen. Auf einem langen Sideboard stand eine Reihe religiöser Bilder, auf flache Holzbrettchen von der Größe eines Taschenbuches gemalt. Einige davon waren umgefallen oder umgestoßen worden und lagen auf der Vorder- beziehungsweise Rückseite. Mit dem großen Zeh stieß ich gegen ein weiteres auf der Erde und hob es auf. Es war eine ungeheuer detailgenaue Darstellung eines blonden *Beach Boys*, der in ein Laken gehüllt war und ein Flammenschwert über dem Kopf schwang. Die Farben zeigten die satte Patina beträchtlichen Alters. Zumindest der Künstler schien den Erzengel Michael vom Ansehen gekannt zu haben.

Ich stellte das Bild zu den anderen auf das Sideboard und ging dann durch eine Tür in das Zimmer, in dem das Licht brannte. Wenn sie mich wollten, konnten sie mich haben. Von Fußböden hatte ich jedenfalls genug.

Der Raum, in dem ich mich nun befand, war ein nach vorn hinaus liegendes Schlafzimmer, ebenfalls braun tapeziert, mit einer hohen, bis fast an die vergleichsweise niedrige Decke reichenden Herrenkommode mit acht Schubfächern, noch mehr mißbilligend dreinblickenden Heiligen in Rahmen mit holzgeschnitzten goldenen Putten, einem primitiv gestrichenen Nachttisch, auf dem eine angelaufene Messinglampe mit gelbem Papierschirm stand, und einem hohen Bett mit weißgestrichenem Eisenrahmen. Auf einem lackierten Gestell am Fenster brannte vor einem ähnlichen Heiligenbild in Taschenbuchformat wie in dem anderen Raum eine daumendicke Kerze in einem orangefarbenen Behälter. Das Zimmer roch nach heißem Wachs.

Einige von den Möbelstücken und sämtliche Kunstgegenstände waren antik. Der Rest war nur alt. Wie der Mann auf dem Bett.

In dem Licht, das die Lampe verbreitete, war sein Kopf groß, gelb und zwiebelförmig und vollständig kahl. Durch seine geschlossenen Lider zog sich ein Netz blauer Adern. Sein Adlerprofil wirkte makellos glatt, wie aus Elfenbein geschnitzt, bis auf die Falten zu beiden Seiten seines Mundes, die von dem Gewicht des Schnurrbartes gezogen zu sein schienen. Der Schnäuzer hatte die Form und Größe eines umgestülpten Hufeisens und war schlohweiß. So weiß, daß das Kissen, auf dem sein Kopf ruhte, dagegen richtig schmutzig aussah. Der Mann lag auf dem Rücken, mit einem altmodischen baumwollenen Nachthemd bekleidet und darüber einem dicken braunen Pullover. Seine feingliedrigen, langen gelben Hände mit den blauen Adern hielt er auf einer rosa Decke über seinem Bauch gefaltet.

Er schlug die Augen auf. Es war, als habe man ein Paar Fensterläden aufgestoßen. Die Augen waren grau und glänzend, und ich konnte mich in den Pupillen reflektiert sehen.

»Alle christlichen Zarenreiche haben ein Ende gefunden«, sagte er, »und sich nach dem Buch des Propheten zu einem einzigen Zarenreich unseres Herrschers geeint. Und das ist das russische Zarenreich. Denn zwei Roms sind gefallen, aber das dritte steht, und ein viertes wird es nicht geben.«

»Okay«, sagte ich gedehnt.

»Die Saat für die Zerstörung Konstantinopels wurde von der römisch-katholischen Irrlehre gesät, dem Glauben an die unbefleckte Empfängnis und die Dreifaltigkeit anstelle des wahren Glaubens an nur den Vater und den Heiligen Geist. Im Patriarchen liegt die Kontinuität und die Macht.«

Er hörte plötzlich zu sprechen auf, und seine Augen verengten sich zu Schlitzen. Ich spürte, wie sein Blick über mein Gesicht strich. »Sie sind nicht Vater Olszanski«, beklagte er sich.

»Das habe ich auch nie behauptet.« Ich sagte das ein bißchen zu laut. Seine Stimme war kaum mehr als ein gesprungenes Flüstern, trotzdem schwang noch die Erinnerung an Stärke mit, und ich versuchte mich unwillkürlich anzupassen. Gewichtig rollten die Konsonanten in einem Akzent, der mir vertraut klang, aber doch nicht direkt polnisch war.

»Sie brauchen nicht zu schreien«, sagte er. »Ich bin zwar fast blind, aber mein Gehör funktioniert noch perfekt bei mittlerer Lautstärke. Ich dachte, Sie seien der Priester, der gekommen ist, um die Diskussion fortzusetzen. Er lächelt über alles, was ich sage, bis ich zum Papst komme. Dann geht er. Sonst ist er schwerer loszuwerden als der graue Star.«

»Ich dachte, die meisten Polen seien streng römisch-katholisch.«

»Er ist Ukrainer«, erläuterte Howard Mayk, der gerade eingetreten war. »Einige von ihnen sind russisch-orthodox.«

Der ehemalige Detective Sergeant hielt eins der kleinen religiösen Bilder in einer Hand und seinen Colt Python in der anderen, wenn er damit auch nirgendwohin zielte. Trotzdem ging er mit der Waffe anders um, als es Stanislaus getan hatte. Nicht wie mit einem zugeklappten Regenschirm. Man begegnet Waffen in den Händen von zweierlei Typen. Solchen, die ein Gefühl dafür haben, und anderen, für die eine Waffe immer ein Fremdkörper bleibt. Mayk gehörte zur ersteren Sorte.

Der alte Mann musterte blinzelnd erst den Neuankömmling und dann den Revolver. Sein großer Kopf sank tiefer in das Kissen. »Das brauchen Sie nicht, um mich zu bestehlen. Sie können sich gern mit allem in diesem Haus bedienen. Ich sehe die Sachen lieber in Diebeshand als unter Schutt.«

»Wir sind nicht hier, um Sie zu bestehlen, Mr. Leposava. Das ist heute abend bereits geschehen.« Mayk sah mich an. »Der Bursche hat die Scheibe von der Hintertür eingeschlagen und sich Zutritt verschafft. Auf demselben Weg ist er auch wieder verschwunden, als wir vorne klopften. Was wir gehört haben, war der Rest Glas, der herausfiel, als er die Tür hinter sich zuschlug. Das hier hat er im Hof fallen lassen.« Mayk hielt das bemalte Holzbrettchen hoch.

Diesmal war es die Darstellung einer in ein Tuch gehüllten Frau ohne Flammenschwert, aber mit der gleichen Alterspatina auf den dunklen Rot- und Blautönen.

Mayk steckte den Revolver weg. »Es ist eine Ikone. Magdalena glaube ich. Das ist deren Version einer Heiligenfigur aus Gips. Er hat das ganze Haus voll davon. Nicht festzustellen, wie viele unser Ganove hat mitgehen lassen, oder was sonst noch.«

»Die bekehrte Hure«, bestätigte Stash Leposava und kniff die Augen zusammen, um das Bildnis besser erkennen zu können. »Für diese Stadt besonders geeignet. Ich muß den Einbruch verschlafen haben. Etwas, das ich jetzt sehr gut kann, ist schlafen.«

»Sind sie viel wert?« erkundigte ich mich bei Mayk.

»Manche bleiben jahrhundertelang in Familienbesitz. Sammler greifen für bessere Stücke ziemlich tief in die Tasche. Bill und ich haben einmal in Hamtramck bei einem Hehler, der sich auf religiöse Kunstgegenstände spezialisiert hatte, eine aufgespürt, die hunderttausend wert war. Er hat dafür in Jackson etliche Jahre brummen müssen.«

»Was wir jetzt brauchen könnten, wären ein paar Hüter des Gesetzes.«

»Keine Polizei«, protestierte der alte Mann. »Erstens kommt die doch nicht, oder wenn, würden sie mich bloß in ein Heim schaffen. Das erspart ihnen, mit einem Räumungsbefehl anzurücken.«

»Sie sind doch aber schon öfter bestohlen worden«, gab ich zu bedenken.

Seine pergamentartigen Lider klappten auf und zu wie die eines Reptils. »Erst seit die Stadt mein Eigentum beschlagnahmt hat. Vorher nie. Immer wieder habe ich Ziegelsteine vom Boden aufheben müssen, bis ich es leid war, ständig neue Scheiben einsetzen zu lassen. In ein paar Wochen wird sowieso alles Staub sein. Und ich mit.«

»Jemand sollte bei Ihnen bleiben, bis das Schloß an der Vordertür repariert und das Fenster in der Hintertür eingesetzt ist«, sagte ich. »Haben Sie irgendwelche Familie?«

»Seit der Oktoberrevolution nicht mehr.«

»Was ist mit dem Priester, Vater Olszanski? Würde er bleiben?«

»Bis das Thema auf den Heiligen Vater kommt«, versetzte er und verlagerte das Gewicht seines üppigen Schnäuzers. »Wenn Sie unbedingt meinen – seine Nummer steht in dem Büchlein auf dem Tisch im Eßzimmer. Aber sie haben mir vergangenenen Monat das Telefon gesperrt.«

»Ich werde von den Stanislausens aus anrufen.« Mayk legte die Ikone auf den Nachttisch und verschwand hinaus.

Leposava schloß wieder die Augen. Ich horchte auf die Geräusche des Hauses: Holzbalken, die wie ein fetter Mann stöhnten, einen Windstoß, der eine lose Fensterscheibe klirren ließ, das Anspringen der Heizung. Außer der Einzelzelle eines Gefängnisses gibt es nichts Stilleres als das Schlafzimmer eines alten Mannes. Dieses hier hatte einen medizinischen Geruch, süßlich und von dem Wachsgestank überlagert. Auf den Möbeln lag eine Staubschicht. Ich trat um das Bett herum zu dem Holzgestell vor dem Fenster, um die Ikone zu betrachten, vor der die Kerze brannte. Eine Madonna mit Kind, in den großen, feuchten Augen den Glanz der Jugend, der über den Abgrund der Zeit hinwegleuchtete, dessen Tiefe gepuderte Perücken und bunt bedruckte T-Shirts, Musketen und Interkontinental-Raketen, Napoleon und den Ajatollah, Abbott und Costello barg. Ich wurde pathetisch.

Ich straffte mich, zog eine Zigarette heraus und strich sie zwischen den Fingern glatt. Dann schaute ich hinüber zu Leposava. Seine Augen waren geöffnet und betrachteten mich, ikonenhell von der Kerzenflamme, die sich in den Pupillen spiegelte.

»Wer sind Sie?«

Ich erklärte es ihm. »Ich suche nach Michael Evancek, dem Jungen, dessen Eltern und kleine Schwester vor neunzehn Jahren in dem Haus gegenüber ums Leben gekommen sind. Der Mann, der gerade gegangen ist, um den Priester anzurufen, ist Howard Mayk. Er war damals bei der Polizei in Hamtramck Detective. Wie er mir sagte, hat seinerzeit Ihre Schilderung der Schießerei nicht mit den anderen Zeugenaussagen übereingestimmt.«

Als er den Namen Evancek hörte, erstarrten seine Züge. »Ist das wirklich schon so lange her? Ja, es muß stimmen. Es braucht wohl so lange, bis sich die Dinge so verschlechtern. Wer bezahlt Sie, um nach ihm zu suchen?«

Ich erläuterte ihm auch dies. Er bewegte langsam seinen kahlen gelben Kopf von einer Seite zur anderen. »Törichte alte Frau. Ich hoffe um ihretwillen, daß Sie ihn nicht finden. Es wäre grotesk.«

»Heißt das, daß Sie mir nicht helfen werden?«

»Was könnte das bringen? Ich kann Ihnen nicht sagen, wo der Junge ist.«

»Wo ein Mensch hingeht, hängt oft davon ab, warum er verschwunden ist«, versetzte ich weise.

Er sah mich noch immer an. Ich weiß nicht, wieviel er wahrzunehmen vermochte. Wahrscheinlich mehr, als er sich anmerken ließ. »Glauben das viele Leute?«

Ich grinste. »Ein paar. Ich fische ein bißchen herum, Mr. Leposava. Auf der Suche nach einem Ansatzpunkt.«

Er starrte in die Vergangenheit zurück, und ich wußte mit einem Mal, daß jene alten Künstler Ukrainer als Modelle benützt hatten.

»Es war heiß«, sagte er. »Die Luft war sehr dick wie in der Steppe niemals, und auf eine Art, an die ich mich über all die Jahre hinweg nicht gewöhnt habe. Ich hatte im Haus alle Fenster geöffnet. Damals arbeitete ich, übersetzte Nachrichten aus der Detroiter Presse ins Russische für die örtliche ukrainische Zeitung. Ich konnte mich im Eßzimmer nicht konzentrieren wegen der Zankerei auf der anderen Straßenseite.«

Sein Schnurrbart zuckte. »Es war nicht der Krach. Ich hätte in einer Kesselfabrik arbeiten können. Wäre ich wirklich gestört gewesen, hätte ich auf dieser Seite das Fenster schließen oder mich in einen anderen Teil des Hauses verziehen können. Aber es ist schwer, nicht zuzuhören, wenn zwei Menschen, die man nicht kennt, sich gegenseitig ihre Fehler ins Gesicht schreien. Ich erzähle Ihnen Dinge, die ich der Polizei nie gesagt habe. Aus irgendeinem Grund war es wichtig für mich, nicht für einen ... wie sagte man? gehalten zu werden.«

»Wichtigtuer.«

»Wichtigtuer.« Er wiederholte genußvoll das Wort. »Eine gute Bezeichnung.« Er schien den Faden verloren zu haben.

»Sie schrien sich drüben gegenseitig an«, half ich ihm auf die Sprünge.

»Das sagte ich bereits. Ich war nur dabei, meine Gedanken zu ordnen. Wie kommt es, daß man bei Menschen über sechzig automatisch für Senilität hält, was man bei Leuten Ihres Alters als ganz normal hinnimmt? Ja, Mr. und Mrs. Evancek schrien sich gegenseitig an, und was sie sich an den Kopf warfen, war alles andere als nett.

Fragen Sie mich nicht, um was es im einzelnen ging. Ihre schlechte Haushaltsführung vielleicht.«

»Ich hörte, es sei um seine Weigerung gegangen, sich nach Arbeit umzusehen.«

»Daran erinnere ich mich nicht. Das könnte dahintergesteckt haben, aber die Menschen streiten sich selten darüber, was sie wirklich bewegt. Es sind die inkonsequenten Dinge, die sie explodieren lassen. Ich habe einmal eine Geschichte über einen Bruder und eine Schwester übersetzt, die ihren Vater erschossen, weil er sie nicht Marihuana rauchen lassen wollte. Auf jeden Fall hörte die Auseinandersetzung auf, als der Junge nach Hause kam.«

»Das war *vor* den Schüssen?« Ich kämpfte dagegen an, mich dabei *vor*zubeugen.

»Ganz klar davor. Ich weiß, was die anderen gesagt haben, aber das war falsch.«

»Und Sie sind sicher, daß es Michael war?«

»Ich sah ihn durch die Vordertür hineingehen. Ich kannte den Jungen gut genug vom Sehen. Wir winkten uns zu, wenn wir uns begegneten, auch seine Eltern. Ich war und bin nicht der Typ, der Besuche macht.«

»Wieviel Zeit lag zwischen seiner Heimkehr und dem ersten Schuß, den Sie hörten?«

»Etwa fünf Minuten.«

»Ihr Zeitgedächtnis ist sehr gut«, bemerkte ich. »Nach fast zwanzig Jahren würden viele Leute außerstande sein zu sagen, ob etwas fünf Minuten gedauert hat oder eine halbe Stunde. Gewöhnlich verkürzen sie die Spannen.«

»Sie vergessen, daß ich für die Zeitung gearbeitet habe. Ich schrieb mir später den Vorfall auf, und man erinnert sich leichter an etwas, das man einmal schriftlich festgehalten hat.«

»Wie viele Schüsse sind gefallen?«

»Drei. Und sie waren sehr laut.«

»Wie schnell hintereinander?«

Er überlegte. »Das kann ich Ihnen nicht sagen. Ich würde nur raten. Ich bin nicht sicher, ob ich mir seinerzeit die Abfolge hätte merken können. Ich glaube mich zu erinnern, daß mich die Polizei damals darüber befragt hat und ich dasselbe gesagt habe.«

»Für eine Minute haben Sie mich direkt beunruhigt, Mr. Leposava«, sagte ich. »Wenn man in meinem Beruf bei jedem Versuch Gold siebt, ist es Zeit, sich eine neue Pfanne zu kaufen.«

Der Schnurrbart bewegte sich.

Ich strich weiter an meiner Zigarette herum. Sie war jetzt sehr glatt. Dann steckte ich sie mir ins Gesicht, ohne ein Streichholz zu betätigen, und war gerade dabei, mir eine neue Frage auszudenken, die mich wie ein Detective wirken ließ, als Mayk für das Kreuzverhör zurückkam.

6

Der ehemalige Detective Sergeant sah groß und martialisch aus in seinem blauen Hemd und den blauen Hosen, und sein Revolver machte einen unübersehbaren Buckel auf seinem flachen Bauch unter dem Hemd.

»Er ist unterwegs«, sagte er.

Der alte Mann auf dem Bett hatte wieder die Augen geschlossen und zeigte keine Reaktion. Ich berichtete Mayk, was er mir gesagt hatte.

»Wie weit ist es, knapp hundert Meter von der Vorderfront dieses Hauses bis zum ehemaligen Haus der Evanceks schräg gegenüber?« fragte Mayk laut genug, daß es Leposava hören konnte.

»Ungefähr«, nickte ich.

»Das ist ein verdammt gutes Sehvermögen für jemanden, der Sie auf den ersten Blick für einen Priester gehalten hat.«

»Ich glaube, diese Bemerkung gefällt mir nicht«, sagte ich.

»Die ersten fünfundsiebzig Jahre meines Lebens hatte ich Augen wie ein Adler«, warf der Ukrainer ein. »Sind Sie noch auf allen Gebieten so gut wie vor zwei Dekaden?«

»Wir reden nicht von mir.« Mayk trat an das Bett. »Warum sind ausgerechnet Sie der einzige, der den Jungen zu dem Zeitpunkt, den Sie angegeben haben, nach Hause kommen sah?«

»Vielleicht weil ich der einzige war, der geguckt hat.«

»Wenn Sie das noch so genau wissen, wie kommt es dann, daß Sie sich nicht erinnern können, wie dicht aufeinander die Schüsse fielen?«

»Ein Junge, der von der Sommerschule nach Hause kommt, ist eine normale Begebenheit. Flintenschüsse sind das nicht, oder waren es zumindest seinerzeit in dieser Gegend nicht. Es ist schwierig, bei etwas so Unerwartetem an Zeitabläufe zu denken.«

»Sie haben wohl auf alles eine Antwort, nicht wahr?«

»Dafür haben Sie alle Fragen.«

Ich steckte mir endlich die Zigarette an und versuchte, ein Grinsen zu unterdrücken.

Mayk machte wieder ein paar Schritte zurück. »Sechs Zeugen

schworen, der Junge sei, *nachdem* die Schüsse gefallen waren, nach Hause gekommen.«

»Haben sie ihn nach Hause kommen sehen?«

»Sie sind der einzige, der das von sich behauptet.«

»Interessant. Daß diese Zeugen etwas beschworen, was sie gar nicht gesehen hatten.«

»Ja, davon scheint es eine ganze Menge zu geben.«

Sie kehrten zum Ausgangspunkt der Auseinandersetzung zurück, und ich verlor das Interesse. Ich schlenderte hinüber zu der offenen Tür, wo mein Zigarettenrauch gut abziehen konnte, und lehnte mich gegen den Holzrahmen. Von dort aus hatte ich einen guten Blick durch das Eßzimmerfenster auf das gegenüberliegende Haus, wo damals, in einer Zeit relativer Unschuld, an einem drückend-schwülen Nachmittag drei laute Schüsse die friedliche Stille durchbrochen hatten.

Vater Olszanski traf zwanzig Minuten später ein. Ein hagerer Mann von einem Meter achtzig, trug er das eisengraue Haar von dem zur Mitte der Stirn spitz zulaufenden Haaransatz in zwei Flügeln zurückgebürstet, die ihm ständig ins Gesicht zu fallen drohten. Sein weißer Bart war so kurz geschnitten, daß er fast wie Stoppeln wirkte, bis man genauer hinsah. Hinter der Brille mit den Goldrändern, die aufblitzten, wenn er mit einem Ruck des Kopfes seine Haare zurückwarf, waren die Augen von einem trüben Blau. Der priesterliche Stehkragen unter seiner leichten schwarzen Jacke hob sich bläulich-weiß gegen das Braun seines Halses ab.

»Sind Sie Ihrer Götzenbilder müde geworden?« begrüßte ihn Leposava, nachdem Mayk und ich uns vorgestellt und dem Priester die sehnige Hand mit den kurzgeschnittenen Nägeln gedrückt hatten.

»Sie alter Heide, was machen Sie im Bett? Sie haben den klapperigen Greis jetzt so lange gespielt, daß Sie inzwischen schon selbst daran glauben.«

Die Frotzelei ging in dieser Form noch ein paar Minuten lang weiter. Olszanskis Akzent war so amerikanisch wie *pommes frites*.

»Er wollte uns nicht die Polizei holen lassen«, sagte Mayk.

»Wenn die bei der Polizei die Adresse hören, legen sie den Fall ohnehin nur unter der Schreibunterlage ab«, versetzte der Priester. »Wollen Sie nun jetzt endlich ausziehen, Sie alter Tartar?«

»Ich habe alle Umzüge, die nicht zu vermeiden waren, im Herbst und Winter neunzehnhundertsiebzehn hinter mich gebracht.« Er lag so still wie ein Felsen in der Sonne.

Das war der Augenblick für mein Stichwort. Ich drückte meinen zweiten Stummel aus und verstaute ihn neben seinem Onkel in meiner Jackentasche. »Wir sind Ihnen sehr verbunden für die Zeit, die Sie uns gewidmet haben, Mr. Leposava. Viel Glück.«

»Ich wünsche Ihnen nicht dasselbe. Der junge Mann sollte verschollen bleiben.«

Olszanski geleitete Mayk und mich in das Vorderzimmer. Er zog eine Aluminiumröhre aus einer Innentasche, brachte daraus eine grünliche Zigarre ohne Bauchbinde zum Vorschein und vollzog das Ritual, sie unter seiner Nase entlangzuführen und die Nahtstelle zu lecken, ohne das Ding jedoch anzustecken.

»Stash ist ein bemerkenswerter Mann«, sagte er in gedämpftem Ton. »Er hat gegen die Bolschewiken gekämpft. In ihm fließt Kosakenblut und weiß der Himmel was sonst noch. Er spricht sechs Sprachen und hätte in jeder davon ein beachtlicher Schriftsteller sein können, wenn er nicht darauf bestanden hätte, die Werke von minder bedeutenden Leuten zu übersetzen. Er hat gearbeitet, bis er über achtzig war. In letzter Zeit jedoch wurde es problematisch ...« Er schwenkte die Zigarre.

»Er hat keine Familie. Wenn er sagte, er wird hier sein, um die Abbruchleute zu begrüßen, dann meint er das ernst. Es gibt oben im Norden ein paar gute Pflegeheime. Als derjenige, der ihm am nächsten steht, kann ich zum Vormundschaftsgericht gehen und die Papiere unterzeichnen. Er würde dann ein sauberes Zimmer, Rund-um-die-Uhr-Pflege und selbst eine Imitation von Liebe haben. Mädchen mit Plastik-Lächeln, ein Viertel so alt wie er, werden ihn in einem Ton mit seinem Vornamen anreden, der sonst Hunden und Kindern vorbehalten bleibt.« Er lächelte melancholisch in seinen Bart, die Augen auf die teure unangesteckte Zigarre gerichtet. »Ich werde unsere Gespräche vermissen.«

»Wo predigen Sie?« wollte Mayk wissen.

»Unbefleckte Empfängnis.«

»Oh.«

»Ja.« Das melancholische Lächeln war unverändert. »Ein paar der Gemeindemitglieder meinen, wir werden sie doch retten. Ich bewundere ihren Glauben. In Zeiten des Wahlkampfes lassen sich alle Politiker auf dem Weg in die Kirche fotografieren. Seit die Abrißpläne existieren, habe ich keinen von ihnen mehr gesehen. Ich betrachte das als ein Zeichen.«

»Ich habe Mr. Leposava nach der Schießerei in dem ehemaligen Haus der Evanceks auf der Ecke gegenüber befragt«, erläuterte ich.

Er nickte und leckte seine Zigarre. »Ja, es wurde gelegentlich darüber geredet, als ich von Unserer lieben Frau in Boston hierherkam. Es geschah noch vor meinem Amtsantritt.«

Ich fragte ihn nach den Nortons. Er kannte niemanden dieses Namens. Wir dankten ihm für sein Kommen.

»Ich danke Ihnen, daß Sie mich angerufen haben. Obwohl mir lieber wäre, es würde sich um jemand anders handeln.«

Mayk und ich verabschiedeten uns. Auf der Veranda blieb der Ex-Detective stehen, um tief einzuatmen. »Nächstens übernehmen *Sie* den Part des bösen Polizisten.«

»Was halten Sie von Leposavas Geschichte?« wollte ich wissen.

»Ich glaube, er ist ein alter Dickschädel, der, wenn er sich einmal in etwas verbissen hat, nicht losläßt, und wenn man ihm noch so einheizt.«

»Wie war denn nun die zeitliche Abfolge der Schüsse?«

Er schüttelte den Kopf. »Wir haben nicht zwei Leute gefunden, die darin übereinstimmten.«

»Da haben Sie mich ja ganz schön verladen«, sagte ich. »Das war eine gekonnte Darstellung.«

»Mehr Zufall.«

Wir setzten uns in Bewegung.

»Zeugen können sich irren«, sagte ich. »Selbst sechs von der Sorte.«

»Als wenn ich das nicht wüßte. In meinem letzten Jahr bei der Polizei kassierten wir einen Kerl wegen versuchten Mordes. Acht Leute, die in der Bar waren, als dieser Stahlarbeiter eine Kugel aus einem Achtunddreißiger einfing, identifizierten unseren Mann nach der Verbrecherkartei und tippten bei der persönlichen Gegenüberstellung, wo er in einer Reihe mit anderen stand, auf ihn. Dann erwachte der Stahlarbeiter aus seinem Koma, warf einen Blick auf den vermeintlichen Täter und sagte: ›Verdammt nein, das war er nicht‹. Eine Woche später wurde der Richtige in Detroit wegen einer ganz anderen Sache geschnappt und gestand beim Verhör auch den Schuß auf den Stahlarbeiter. Aber das war anders.«

»Ja, das Opfer atmete noch.«

Er blieb abrupt stehen und wandte sich zu mir um. Die Hausbeleuchtung bei den Stanislauses war inzwischen ausgeschaltet, und wir befanden uns außerhalb der Reichweite des Lichtscheins, der durch Leposavas Fenster fiel. Aber ich spürte Mayks Polizistenaugen auf mir ruhen.

»So ist das nicht«, sagte er. »Wir schließen keine Fälle auf die bequeme Art ab, bloß weil niemand da ist, der Protest einlegen könnte. Wenn man erst einmal genügend Punkte miteinander verbunden hat, um den Rüssel zu erkennen, braucht man den Rest nicht mehr fertigzumalen, um zu wissen, daß es sich um das Bild eines Elefanten handelt. Die einzige ungelöste Frage in derartigen Fällen häuslicher Auseinandersetzungen ist nur, an wem es hängenbleibt, den Abschlußbericht zu schreiben.«

Während der Rückfahrt in dem Bronco bis zu seinem Haus schwiegen wir beide. Als wir in die Einfahrt bogen und hinter einem verbeulten blauen Pinto mit Signalstreifen auf dem Wagenheck hielten, brannte drinnen Licht.

»Meine Frau.« Mayk machte die Scheinwerfer aus. »Sie benutzt zwar eine Gabel, um aus einem eingeschalteten Toaster eine Scheibe Toast herauszufischen, aber sie hat Angst, daß ihr auf der Schnellstraße ein Laster hintendraufbrummt und der Tank explodiert.«

»Da kann man wirklich nur grinsen.« Ich stieg mit einem Fuß aus und schob eine meiner Geschäftskarten unter die Sonnenblende. »Falls Sie mal ein Schlüsselloch haben, durch das jemand durchgukken soll.«

Er musterte mich, die Hände noch immer auf dem Lenkrad. »Wir sind ganz gut miteinander klargekommen. Wo waren Sie vor zehn Jahren?«

»Da habe ich im kambodschanischen Dschungel meine beste Seite geschützt.«

»Ja? Ich war in Korea.«

»Der gleiche Krieg«, sagte ich. »Nur andere Leute. Gute Nacht, Sergeant.«

»Das heißt jetzt Mister. Aber trotzdem gute Nacht.«

In zehn Minuten war ich zu Hause. Nur drei Räume, eine Garage und ein Fleckchen Löwenzahn mit ein bißchen Gras dazwischen. Aber die umliegenden Häuser waren unversehrt, und hinter den Fenstern brannte Licht, und wenn man morgens aufwachte, hörte man das Dröhnen des Rasenmähers von nebenan oder den Dobermann von gegenüber, der eine verlorene Radkappe verbellte, statt tonnenschwerer Abbruchbirnen, die Hauswände zertrümmern. Bisher hatte General Motors den Bürgermeister noch nicht zu sich gepfiffen und in meine Richtung gedeutet.

Außer einem religiösen Pamphlet war nichts in meinem Postkasten. Von Religion hatte ich heute abend schon genug gehabt. Ich ließ es also stecken und schloß die Tür auf. Bei mir wäre einmal ein Hausputz vonnöten gewesen, aber nicht so dringend wie bei Stash

Leposava. Ich beschloß, etwas deswegen zu unternehmen, bevor es soweit kam.

Ich hing meinen Hut auf, legte Jackett und Krawatte ab, zog die Standuhr auf, die mein Großvater einmal für seine Mutter gekauft hatte, ging in die Küche, um ein Fertiggericht aus dem Gefrierfach des Kühlschranks zu nehmen, und ließ dann im Ausguß Wasser darüberlaufen. Fischstäbchen mit Mais und kleinen Kartoffeln in der Größe von Murmeln in Fächern, wie man sie von Registrierkassen kennt. Ich hasse Fischstäbchen, aber sie waren im Sonderangebot gewesen, und ich hatte noch vier Portionen davon. Es hat einmal eine Zeit gegeben, wo ich gekocht habe, richtig gekocht. Aber für mich allein war das viel zuviel Aufwand.

Ich holte eine dreiviertelvolle Flasche Scotch aus dem Schrank über dem Ausguß, füllte zwei Finger breit in ein Glas und verlängerte den Whisky mit Wasser. Während ich darauf wartete, daß der Rauhreif von der Aluminiumhülle meines Abendessens abtaute, betrachtete ich mein Spiegelbild in der nachtdunklen Fensterscheibe und überlegte, wie ich wohl mit einem weißen Schnurrbart aussehen würde.

Als die Fischstäbchen im Ofen waren, nahm ich mein Glas, ging damit ins Wohnzimmer, setzte mich und starrte auf den Staub auf dem leeren Bildschirm.

Leute ziehen zu allen Zeiten um. Sie können keine Arbeit finden und siedeln dorthin über, wo es reichlicher Jobs gibt, sie werden versetzt, sie haben die Nase voll, im April noch Schnee schippen zu müssen, und orientieren sich nach Westen oder Süden, sie sind es leid, jeden Morgen neben demselben Gesicht auf dem Kopfkissen aufzuwachen, sie verschwinden, um sich selbst zu finden, sie tauchen unter, um sich zu verlieren, Ehefrauen brennen mit Kammerjägern auf die Bermudas durch, Ehemänner verdrücken sich mit kleinen niedlichen Blondinen aus dem Schreibbüro nach Vegas, Jugendliche laufen von zu Hause weg mit nicht mehr als ihrem Daumen und einem Nylon-Rucksack, in dem etwas von Kerouac steckt. Mammi ist weggegangen, mein Sohn. Nein, Daddy weiß nicht, wann sie zurückkommt. Iß jetzt deinen Blumenkohl. Was hat er getragen, als er fortging, meine Dame? Ich kann das nicht verstehen, Dad. Er ist noch nie so lange weggeblieben, ohne anzurufen. Sie war eine ausgezeichnete Schülerin, bis sie diesen Jungen kennenlernte, Herr Kriminalkommissar. Jim, Brian hätte schon seit einer Stunde von der Schule zu Hause sein müssen, und ich bin schon ganz krank vor Angst.

Manchmal werden sie entführt, und dann wartet man auf den Anruf von jemandem, der durch ein vorgehaltenes Taschentuch spricht, um

Anweisungen zu geben, wohin das Geld gebracht werden soll. Oder von einem Polizisten, der einen bittet, zum Präsidium zu kommen und einen Blick auf das zu werfen, was in einem Abflußkanal in Redford Township gefunden worden ist. Manchmal verstecken sie sich absichtlich, und dann muß man sich nach rückwärts durcharbeiten, um den Grund festzustellen. Manchmal verziehen sie auch einfach nur und vergessen, eine Nachsendeadresse zu hinterlassen. Das sind die schwierigsten Fälle, denn das Vergessen geschieht oft mit mehr Gründlichkeit als das bewußte Verheimlichenwollen.

Man bekommt einen Krampf beim Ausfüllen der Anträge auf Ausstellung eines Ersatzführerscheins und nützt sich die Zunge ab, Briefmarken zu lecken. Man schmiert Postangestellte, damit sie in den Keller hinabsteigen und einem Informationen aus alten Unterlagen über Adressenänderungen geben, die eigentlich gratis erteilt werden müßten, man ruiniert sich die Augen in der Bibliothek beim Lesen von alten, auf Mikrofilm gespeicherten Familiennachrichten, man hofiert Leute, die man sonst nicht einmal ansehen würde, weil sie sich vielleicht an die Aufschrift auf einem Möbelwagen erinnern könnten, der an einem bestimmten Nachmittag gegenüber einem Haus, an dem sie gearbeitet haben, geparkt stand.

Manche Leute mögen die Ausfragerei nicht, oder ihnen mißfällt die Krawatte, die man trägt, und sie werfen einem harte Gegenstände an den Kopf, was vielleicht nicht einmal so schlimm wäre, wenn sie einen nicht noch obendrein beschimpfen würden. Und dann fällt auch noch die Polizei über einen her, weil man nicht gleich zu ihr gerannt ist mit Informationen, die man gar nicht hatte, über Straftaten, von denen man überhaupt nichts wußte. Grelle Lampen werden einem ins Gesicht gerichtet, Tonbandgeräte unter die Nase geschoben, und dann kann man auch noch auf Verdacht achtundvierzig Stunden in der Zelle schmoren, ohne telefonieren oder mit einem Anwalt sprechen zu dürfen.

Die Polizei kann das, ganz egal, was man in Serien wie *Adam 12* immer aufgetischt kriegt. Nichts läuft mehr, wenn einen die große blaue Maschine erst einmal eingesaugt hat. Nur um sich die Blutsauger vom Leibe zu halten oder den Magen zu füllen, antwortet man sich selbst bei jenen nicht allzu seltenen Gelegenheiten, da man sich fragt, warum man eigentlich immer weitermacht.

Jeder Morgen ist dein letzter. Einen Tag hältst du noch durch, dann hängst du dein Schulterhalfter an den Nagel, läßt die Formulare im Papierkorb verschwinden, zahlst keine Beiträge mehr an die Schnüffler-Gewerkschaft und suchst dir einen soliden Job bei einem Unternehmen, das auch eine Kegelmannschaft hat, wo es Betriebsausflüge gibt und jeden Freitag einen Scheck, der es beinahe gestattet, Null-acht-fünfzehn-Kinder großzuziehen und sich eine Gattin zu leisten, die eine Gesichtsstraffung für unerläßlich hält. Und gerade wenn du zu dieser Entscheidung gelangt bist, klingelt das Telefon oder der Teufel tritt ein in Gestalt eines alten Weibleins mit Witwenschleier, tausend Dollar und einem Foto von einem neuen Vermißten in der Hand. Und schon beißt du in den Apfel. Du hängst am Haken, du bist süchtig. Du hast die Berufung.

Die Zeituhr des Backofens gab ein mahnendes Geräusch von sich. Ich leerte mein Glas, ging in die Küche und verzehrte mein Abendessen stehend vor dem Abwaschtisch. Das ersparte mir, Teller zu spülen und hinterher alles sauberzuwischen. Ich weiß selbst nicht, warum ich mir überhaupt diese Mühe machte. Es war zu spät, noch im *Rooster Tail* einen Tisch zu bestellen.

Nachdem ich meine Mahlzeit beendet hatte, mixte ich mir einen neuen Scotch mit Wasser, kehrte vor das Fernsehgerät zurück und wählte Martha Evanceks Nummer in St. Clair Shores.

»Hallo?«

Es war die Stimme einer jungen Frau ohne ausländischen Akzent. Nach einer Pause fragte ich, ob ich die richtige Nummer hätte.

»Ja, die Nummer stimmt. Sind Sie Mr. Walker?«

Ich bestätigte das und erkundigte mich, ob sie mit Mrs. Evancek verwandt sei.

»Ich bin ihre Pflegerin. Sie ist schon ins Bett gegangen. Kann ich ihr etwas ausrichten?«

»Das hat bis morgen Zeit«, versetzte ich.

»Warten Sie, Mr. Walker. Hallo?«

»Ich bin noch am Apparat.«

»Ich bin über Mrs. Evanceks Angelegenheiten informiert und besitze ihr volles Vertrauen. Ich weiß, sie hat Sie engagiert, um ihren Enkel ausfindig zu machen, und mir sind auch die Umstände bekannt, die zu seinem Verschwinden geführt haben. Sie können frei sprechen.« Die Stimme war frisch und kühl wie geeister Pfefferminz.

»Es tut mir leid, Miss ...?«

»McBride.«

»Es tut mir leid, Miss McBride, aber Sie besitzen nicht mein volles Vertrauen. Das besitzt niemand. Ich habe ein bis zwei Fragen, die ich Mrs. Evancek stellen möchte. Ich werde morgen vorbeikommen, wenn's recht ist.«

Die Stimme wurde noch etwas kühler. »Nach neun Uhr ist es uns jederzeit recht.«

Ich dankte ihr und legte den Hörer auf.

Es gab nichts im Fernsehen, und ich blieb eine Weile sitzen, rauchte und versuchte einen Taschenbuch-Krimi zu lesen, den ich mir einmal an einem Kiosk gekauft hatte, als ich unterwegs gewesen war, um jemanden zu beschatten. Er handelte von einem Privatdetektiv irgendwo im Osten, der teure Joggingschuhe mit allem Drum und Dran trug und sich so ausgiebig darüber verbreitete, was er niemals tun würde, daß man sich nur wundern konnte, wozu ihn Leute überhaupt engagierten. Sein Partner war ein Berufskiller, und wenn es in der ganzen Geschichte überhaupt einen ungelösten Fall gab, konnte ich ihn zumindest nicht finden und gab schließlich auf. Zum Teufel mit Privatdetektiven, die das Gesetzbuch immer unter dem Arm tragen, und zum Teufel mit frischen, kühlen Frauenstimmen. Sie passen nie zu den betreffenden Gesichtern.

Ich legte das Buch aus der Hand und sah mich in dem Licht der einzigen Lampe, die brannte, im Zimmer um. Es mußte mal Staub gewischt werden, na schön. Sie hatte wahrscheinlich verkniffene Nasenflügel und Haare am Kinn.

Ich ging zu Bett und träumte, ich sei ein Kosak, dem der Kopf abgeschlagen wurde, als er sich mitten in der Schlacht hinabbeugte, um seine teuren Joggingschuhe zuzubinden.

7

Es war ein klarer, frischer Morgen mit rumfarbenen Sonnenstrahlen auf dem Gras und dem Duft eines Seeufers bei Dämmerung in der Luft. Die Vögel sangen aus reiner Lust, und wenn man ganz genau hinhorchte, konnte man alle Cabrioletdächer in der Stadt zurückklappen hören. Ich duschte, rasierte mich, schüttete die Zigarettenkippen aus meinem Beinahe-Seersucker und ließ meinen grauen Olds die Uferpromenade in Richtung Norden entlangrollen. Ich kurbelte das Seitenfenster herunter. Ein Cabriolet ist er leider nicht.

Wenn man oberhalb der Eight Mile Road das freie Land erreicht und sich östlich hält, kommt man durch eine Reihe von Vororten, keiner davon so alt wie dieses Land, mit Namen wie Hazel Park und Warren, East Detroit und Harper Woods. Und wenn man die »SIE ERREICHEN JETZT«-Schilder verpaßt, ist man verloren, weil man Ladenschildern wie *Roseville Dairy Queen* oder *Centerline Bait &*

Tackle Shop nicht begegnet. Das wäre zu kleinstädtisch für das Publikum aus der City, das hier herausgezogen ist, um von der ethnischen Vielfalt wegzukommen.

Man fährt an flachen Schulgebäuden und Kirchen vorbei, gebaut wie Tankstellen, und aufgeblähten Stahl-und-Glas-Konstruktionen, die sich *Civic Centers* nennen. Und an dem weitläufigen, sterilen, eingezäunten Komplex des *General Motors Technical Centers*, wo College-Absolventen in weißen Kitteln mit allerlei herumstümpern, angefangen von Konstruktionstechnik bis zu Aschenbechern mit eingebautem kleinem Gebläse, das für den Fahrer die Zigarette raucht. Man durchquert Siedlung auf Siedlung ansprechender Häuser, nicht zu groß, mit geteerten Auffahrten und Rasenflächen von der Größe einer Brieftasche, umfährt die wenigen Geschäftsniederlassungen mit Parkplätzen für zwei Wagen und erwischt während der ganzen Strecke nicht eine grüne Ampel. Die Polizisten sind alle achtzehn, tragen himmelblaue Uniformen mit kurzen Ärmeln und sind paarweise in Streifenwagen unterwegs, die in der Lieblingsfarbe der Gattin des Polizeichefs gespritzt sind und dezente Embleme auf den Türen haben. Wenn einem ein Reifen platzt und man keinen Wagenheber dabei hat, stellen sie dem Pechvogel nicht etwa ihren eigenen zur Verfügung, sondern rufen lieber den Abschleppdienst, mit dem die Stadt einen Vertrag hat. Und wenn man das Tempolimit nur um zwei Striche überschreitet, wird man festgenagelt. Es sind nette Gegenden, um dort zu wohnen, aber nicht, um Besuche zu machen.

Die Pioniere, die St. Clair Shores gegründet haben, sprachen weder Französisch noch Spanisch. Statt Wämsern trugen sie lieber Bleiwesten und statt Stahlklingen aus Toledo Schnellfeuergewehre, deren Geknatter am Seeufer genauso vertraut wurde wie das Tuten des Nebelhorns, wenn von Kanada her die dicke Suppe herüberzog. Sie stellten eine Winde auf, um während der Prohibition die Boote aus Windsor besser entladen zu können, und verkauften den Stoff an die Capone-Organisation in Chikago. Juden und Italiener, Polen und sogar ein paar Griechen unten von der Monroe Street zogen mit ihren Familien her, bauten Häuser und Schulen, Kirchen und Synagogen und mieteten sich eine Polizeimacht. Und als die Trockenzeit vorbei war, schickten sie ihre Kinder alle der guten Erziehung wegen in die Parochial-Schule.

Heute sieht es dort aus wie überall, wo die obere Mittelklasse wohnt, mit Geräuschschutzverordnung und Bodenschwellen in den Villenstraßen. Aber in dem alten Pfahlwerk der Docks sind Löcher, die nicht von Holzwürmern stammen, und wenn die betagten Bauten dort reden könnten, würden sie mit dem bitteren Akzent der östlichen Slums sprechen.

Das Haus war ein weißgetünchter zweistöckiger Holzbau an der Englehardt mit verschossenen Sonnenblenden über den oberen Fenstern. Martha Evanceks Nummer gehörte zu einer Tür am Ende der Einfahrt, an die sich die Garage anschloß. Auf mein Klopfen kam von drinnen die Aufforderung einzutreten, und ich öffnete die Tür, stieg drei Stufen hoch, wandte mich nach links und erklomm zwei weitere Stufen.

»Mr. Walker? Ich bin Karen McBride.«

In natura klang die Stimme sogar noch kühler und frischer, und ausnahmsweise paßte sie auch zu ihrer Eigentümerin. Karen McBride war Ende Zwanzig, klein, aber gut proportioniert – sehr gut proportioniert –, so daß mir gar nicht auffiel, daß sie klein war, bis ich vor ihr stand und auf ihren Kopf heruntergucken konnte. Es war ein netter Kopf, mit dunkelbraunen Haaren bedeckt, die man auch als kastanienbraun hätte bezeichnen können. Ich bewunderte ihn, als sie lächelte und mir die Hand gab. Ihr Griff war fest, aber weiblich. Es machte Spaß, ihren Händedruck zu spüren.

»Mrs. Evancek diese Stufen rauf- und runterzuschleppen scheint Sie so gut in Form zu halten«, sagte ich.

»Sie schafft die Stufen recht gut. Sie hat mir erzählt, daß sie sogar die drei Treppen bis zu Ihrem Büro ohne Hilfe hinaufgekommen ist. Darf ich Ihren Hut haben?«

»Entschuldigung. Ich wußte gar nicht mehr, daß ich ihn auf dem Kopf hatte.« Ich nahm den Hut ab und gab ihn ihr.

Sie öffnete eine Tür zur Linken des Eingangs und verstaute den Hut. Als sie sich umdrehte, sah ich, daß ihre Haare im Nacken zusammengebunden waren und ihr, in einer Art lockerem Pferdeschwanz, fast bis zur Taille herabfielen. Ihre ansehnliche Vorderfront war von einem weißen Pullover bedeckt, unter dem sich die Träger des Büstenhalters abzeichneten. Dazu trug sie einen dunkelgrauen, leicht ausgestellten Rock, dessen Saum auf die Oberkante ihrer saloppen braunen Lederstiefel stieß. Sie hatte eine hohe runde Stirn und eine kleine Stupsnase, große braune Augen und einen Mund, der um eine Kleinigkeit zu breit war, so daß sich ihre Grübchen beim Lächeln senkrecht die ganze Wange herabzogen. Wahrscheinlich hatten ihr die Jungens, als sie noch ein Kind gewesen war, Affengesicht nachgerufen und dafür ein blaues Auge eingefangen. Mir gefiel ihr Gesicht. Bis jetzt gefiel mir alles an ihr.

»Martha hat mir nicht gesagt, daß sie zu Ihnen wollte, sonst hätte ich sie nicht allein fahren lassen«, erklärte sie und schloß die Tür des Wandschranks. »Ich glaube, sie hat absichtlich gewartet, bis ich weg war, weil sie befürchtete, ich würde sie überhaupt nicht zu Ihnen lassen. Als ich gestern abend kam, um ihr ins Bett zu helfen, und merkte, wie erschöpft sie war, habe ich die Geschichte aus ihr herausgeholt. In diesem Alter können sie wie die Kinder sein.«

»Sie ist eine erwachsene Frau«, stellte ich richtig. »Hätten Sie es getan?«

Meine Frage brachte sie einen Augenblick aus der Fassung. Sie wurde ernst und runzelte die Stirn. »Sie meinen, ob ich sie nicht zu Ihnen gelassen hätte? Ich hätte sie gar nicht daran hindern können. Sie hat ihre Rechte.«

»Aber die Vorstellung war Ihnen nicht sympathisch?«

»Sind Sie so früh am Morgen immer schon so hartnäckig?« wollte sie wissen.

»Das hängt mit meinem Beruf zusammen. Manchmal läuft das Band nicht weiter. Gehen wir zu der Dame des Hauses hinein, oder kommt sie hier heraus?«

Hier heraus war ein schmaler Flur mit einer Gummimatte auf dem Fußboden und an der Wand einem jener gerahmten Abbilder Christi mit einem Heiligenschein auf imitiertem schwarzem Samtgrund, wie sie in Kaufhäusern neben Postern von Loni Anderson feilgeboten werden.

Karen McBrides Miene veränderte sich. »Es tut mir leid, daß Sie extra den ganzen Weg herausgekommen sind. Aber Mrs. Evancek hat heute in den frühen Morgenstunden einen Schwächeanfall gehabt und ist ins Krankenhaus gebracht worden. Ich bin gerade von dort zurückgekommen. Ich habe versucht, Sie anzurufen, aber Sie waren vermutlich schon losgefahren.«

»Kommt sie über den Berg?«

»Ihr Arzt meint, ja. Sie rief nach mir, als ich heute früh kam. Sie war sehr erregt, hatte einen hochroten Kopf und wirkte desorientiert. Ihr Puls raste. Vielleicht war es sogar ein kleiner Schlaganfall. Jedenfalls soll sie erst einmal zur Beobachtung dort bleiben. Es sieht aber so aus, als bestünde keine akute Gefahr, und sie scheint auch keinen Schaden genommen zu haben. Ich bin ziemlich sicher, die körperliche Anstrengung gestern und die seelische Belastung waren einfach zu viel für sie.«

Ihr Ton klang vorwurfsvoll.

»Sie hat mir ihre Krankengeschichte nicht erzählt, als sie mich anrief. Sonst wäre ich gern zu ihr gekommen. Die Tour in die Stadt war ihre eigene Idee.«

»Natürlich. Entschuldigen Sie. Ich habe Martha nur inzwischen sehr liebgewonnen. Da entwickelt man unwillkürlich Beschützerinstinkte.«

»Mrs. Evancek ist wie die Großmutter, die Sie nie gehabt haben.«

»Sie sind unverschämt«, beschwerte sie sich.

»Ach was, seien Sie nicht so empfindlich. Ich mußte das einfach loswerden.«

Sekundenlang kämpften ein Lächeln und ein unwilliger Ausdruck um ihren ein wenig zu breiten Mund. Das Lächeln gewann. In ihren Grübchen hätte man seine Autoschlüssel verlieren können. »Sie können genausogut hereinkommen«, sagte sie, beiseite tretend. »Ich versuche niemals jemanden rauszuschmeißen, bevor ich ihm Kaffee angeboten habe.«

Wir gelangten in ein makellos sauberes Wohnzimmer mit einem Teppich wie ein Schafpelz und bunt bedruckten Schonbezügen über allem, was nicht gerade ein Tisch war. Jemand hatte den Ziegelkamin weiß gestrichen und einen Geranientopf auf den Rost gestellt. Unter keinen Umständen würde etwa jemand auf die Idee kommen, so etwas Schmutzintensives wie Feuer darin anzuzünden. Auch das übliche, auf Hochglanz polierte kupferne Kaminbesteck mit den langen Griffen war niemals mit Asche in Berührung gekommen, und auf dem Sims standen ein paar billige Heiligenfiguren aus Gips.

Allmählich kam mir der Verdacht, jemand hatte die Absicht, mich zu bekehren.

Karen McBride blieb nicht stehen, sondern ging weiter durch eine offenstehende Tür in eine gutgelüftete Küche. »Die Kaffeemaschine läuft schon. Machen Sie es sich bequem.«

»Ist es okay, wenn ich rauche?«

»Wenn alles, was Sie in den vergangenen zehn Jahren zu diesem Thema gehört haben, Sie nicht eines Besseren belehrt hat«, versetzte sie, »warum fragen Sie mich dann?«

»Heißt das, ich darf mir eine anstecken?« Ich hielt bereits eine Zigarette in der Hand.

»Nur zu! Es ist mir während eines ganzen Jahres nicht gelungen, Martha zum Aufgeben zu bringen. Deshalb kann ich wohl kaum erwarten, bei Ihnen in fünf Minuten mehr Glück zu haben.«

Ich rollte die Zigarette zwischen meinen Lippen, ließ sie jedoch unangesteckt. Ich war auf der Türschwelle stehengeblieben und sah Karen McBride zu, wie sie sich an einer linoleumbelegten Theke zu schaffen machte. Inzwischen war ich Küchen leid. Diese hier war sehr sauber und altmodisch. Das Modernste darin waren die Kaffeemaschine und Miss McBride. Ich erkundigte mich, ob sie im Sozialdienst tätig sei.

»Nein, ich mache Nachtdienst im St.-John's-Hospital. Ich bin examinierte Krankenschwester. Martha hatte mich zur Pflege von Mr. Evancek engagiert, als er mit Krebs im Sterben lag.«

»Und nachdem er tot war?«

»Blieb ich weiter bei ihr. Ich helfe Martha morgens aus dem Bett, mache die groben Hausarbeiten und helfe ihr abends wieder beim Zubettgehen. Aber das tue ich gratis. Abgesehen von dieser Hilfe ist sie ziemlich selbständig. Sie erledigt ihre Einkäufe selbst, und sie kocht auch für sich. Sie ist eine wundervolle Köchin.«

»Das muß man wohl sein, wenn man mit einem Küchenchef verheiratet war. Für mich bitte schwarz.«

Sie schnitt eine Grimasse, füllte eine Löffelspitze Kaffeeweißer in eine der beiden Tassen und reichte mir die andere.

Während sie in der Küche aufräumte, kehrte ich in den Wohnraum zurück und stellte meine Tasse auf einem niedrigen Glastisch ab. Ein großes, dickleibiges braunes Fotoalbum lag auf einer Ecke. Ich schlug es auf und begann darin zu blättern. Ausgeblaßte ovale Sepia-Abzüge von ernsten großäugigen Kindern in Matrosenanzügen beziehungsweise -kleidern; das Hochzeitsbild eines jungen Mannes in hohem, steifem Kragen, den dunklen Schnurrbart an den Enden hochgezwirbelt und die Haare in der Mitte mit Pomade gescheitelt, die Braut neben ihm in elfenbeinfarbener Spitze, mit dunklen Augen in einem hübschen Gesicht, das ich voll Schreck als das Martha Evanceks vor fünfzig Jahren erkannte. Verblichene Schnappschüsse aus dem Krieg, Uniformen und Trümmer. Das Foto eines lächelnden, untersetzten jungen Mannes vor dem Hintergrund einer osteuropäischen Stadt mit unbeseitigten Kriegsschäden. Die Aufnahme des elfjährigen Jungen, die ich bereits kannte und vermutlich der Grund, warum das Album draußen lag, wieder sorgfältig in die Fotoecken gesteckt. Ein kleines flachshaariges Mädchen, wahrscheinlich Carla, in einem Planschbekken. Und weiter dem Ende zu folgten Seite um Seite erschütternde farbige Polaroidaufnahmen eines ausgemergelten alten Mannes, der offensichtlich in den letzten Zügen lag. Seine Augen wirkten riesig in dem Gesicht mit den eingefallenen Schläfen und Wangen, das nichts mehr gemeinsam hatte mit dem des zuversichtlichen jungen Bräutigams auf dem Hochzeitsbild.

»Die habe ich gemacht.«

Karen McBrides Stimme ließ mich zusammenfahren. Sie war mit ihrer Tasse hereingekommen und neben mich getreten.

»Martha bestand darauf«, fuhr sie fort. »Sie sagte, es sei Familientradition, ein komplettes fotografisches Dossier jedes Lebens zu bewahren. Ich fand es gespenstisch, aber Mr. Evancek stimmte mit ihr überein, und ich benutzte meine eigene Kamera. Merkwürdige Menschen, diese Leute aus der alten Welt. Ihre Schockschwelle liegt bedeutend höher als unsere.«

»Wenn man miterlebt, wie Nachbarn und Freunde von der Artillerie in Stücke gerissen werden, kann das wohl nicht ausbleiben.« Ich klappte das Album zu. »Haben Sie die anderen Bilder auch gesehen?«

»Martha zeigt sie mir oft. Zu jedem Foto hat sie eine Geschichte. Nicht immer solche, die man von einer netten, alten Dame erwarten würde.«

»Mit Scheuklappen vor den Augen wird man nicht alt. Hat sie Ihnen auch etwas über dieses erzählt?« Ich deutete auf das Foto des stämmigen jungen Mannes vor der Stadtkulisse.

»Das ist Joseph mit achtzehn. Er sieht wie ein gutmütiger Ochse aus. Ganz bestimmt nicht wie jemand, dem man eine solche Tat zutrauen würde.«

»Ich glaube, man könnte dafür festgenommen werden, so auszusehen.«

Ich schob das Album beiseite und setzte mich. Sie hatte sich in einem hochlehnigen Sessel mit Schondeckchen auf den Armlehnen niedergelassen und balancierte ihre Kaffeetasse auf den Knien, während ich darum kämpfte, nicht völlig von dem Sofa verschluckt zu werden. Es gibt eine Firma, die derartige Möbelstücke extra herstellt, um Privatdetektive bei Besuchen in Wohnungen netter alter Damen darauf sitzen zu lassen.

»Nett hier«, log ich.

»Nein, scheußlich. Ich komme mir immer wie ein kleines Mädchen vor, das sich bei seiner Großmutter brav stillhalten muß, wenn ich in diesem Zimmer sitze. Mrs. Evancek hat die Wohnung von den Leuten nebenan möbliert gemietet.«

»Sie haben recht, es ist ätzend.«

Sie versuchte, indigniert die Lippen zu verziehen. »Ich sehe schon. Sie geben sich gern als Spaßvogel.«

»Es freut mich, daß Sie es so auffassen. Manche Leute würden da nicht mit Ihnen übereinstimmen. Aber zum Teufel mit ihnen. Sind Sie verheiratet?«

Wieder siegte das Lächeln über die Entrüstung. Sie nahm einen Schluck Kaffee. »Was hatten Sie Martha fragen wollen? Sie hat mir eine Menge über Josephs . . . Tragödie und den kleinen Michael erzählt. Der inzwischen gar nicht mehr so klein sein dürfte. Vielleicht kann ich Ihnen helfen.«

Ich stemmte mich aus dem weichen Pfuhl von Roßhaar und Blumendruck hoch und balancierte auf der Sofakante. Dann griff ich nach meiner Tasse, erinnerte mich gerade noch rechtzeitig an die kalte Zigarette zwischen meinen Lippen und nahm sie heraus, bevor ich trank.

»Ich befinde mich hier in einer delikaten Position«, erklärte ich.

»Das habe ich gemerkt.«

Es gelang mir zu grinsen. »Ich wette, Sie sind ungemein beliebt auf der Intensivstation. Es gibt da das kleine Problem der Diskretion, die ein Klient erwarten darf, beziehungsweise wieviel Sie darüber wissen, warum Mrs. Evancek mich engagiert hat, und wieviel ich Ihnen mit meinen Fragen womöglich verraten könnte.«

»Sie sind ein sehr vorsichtiger Mann«, sagte sie.

»Unverschämt auch. Vergessen Sie nicht unverschämt.«

Sie ging nicht darauf ein. Ihre Augen waren fast bernsteinfarben in dem Sonnenlicht, das durch die Küchentür hereinfiel. »Ich bin auch vorsichtig. Nachdem Martha mir erzählt hatte, daß sie bei Ihnen war, habe ich mich nach Ihnen erkundigt. Ich habe bei der Polizei angerufen und wurde an einen Lieutenant vom Morddezernat verwiesen. Seinen Namen habe ich vergessen.«

»Alderdyce. John Alderdyce.«

»Genau. Nach seinen Auskünften konnte ich mir keinen rechten Vers darauf machen, ob er Sie nun mag oder Ihnen am liebsten etwas anhängen würde. Zumindest hält er Sie für anständig. Und er meinte, wenn ich Ihren sogenannten Sinn für Humor ignorieren könnte, würden wir wahrscheinlich gut miteinander auskommen.«

»John gibt sich gern als Witzbold.«

»Jetzt bin ich wohl an der Reihe.« Während sie sprach, tippte sie mit einem kurzgeschnittenen rosa lackierten Fingernagel gegen den Henkel ihrer Kaffeetasse. »Sie suchen nach Michael Evancek, etwa dreißig Jahre alt, dessen Spur Martha vor neunzehn Jahren verlor, als ihr Sohn Joseph, der Vater des Jungen, durchdrehte, seine eigene Frau und seine Tochter erschoß und dann Selbstmord verübte. Sie bot Ihnen tausend Dollar als Vorauszahlung, und Sie gaben ihr die Hälfte zurück. Und Sie versprachen ihr, täglich Bericht zu erstatten.«

»Bis jetzt gibt's noch nichts zu berichten. Höchstens, daß alles, was sie mir erzählt hat, zu stimmen scheint. Man vergeudet immer ein bißchen Zeit damit, die Informationen zu überprüfen, die einem ein Klient gibt, um sicherzugehen, daß sie stimmen. In meinem Beruf kriegt man oft genug Lügen aufgetischt. Okay.« Ich setzte mich vorsichtig ein Stückchen zurück und begann gleich wieder einzusinken. »Was ich fragen möchte – besitzt Mrs. Evancek irgendwelche Briefe, die ihr der Sohn oder der Enkel in den ein, zwei Jahren vor der Katastrophe geschrieben hat?«

»Ich weiß nicht. Aber ich könnte nachsehen. Warum?«

»Wenn ich das wüßte, brauchte ich nicht zu fragen. Bisher habe ich zwei Schilderungen des amerikanischen Zweiges des Evanceks. Die einer alten Dame und die der Polizei. Beide sind meilenweit voneinander entfernt. Die Briefe könnten vielleicht die Kluft überbrücken. Außerdem sitze ich fest. Was kein Grund zur Aufregung ist. Ich sitze oft fest.«

»Aber sicher nie lange.«

»Sie Schmeichlerin«, sagte ich. »Wollen wir zusammen durchbrennen?«

Sie stellte ihre Tasse ab und stand auf. »Ich glaube, ich weiß, wo sie diese Briefe aufbewahrt haben könnte. In einer Minute bin ich wieder zurück.«

Sie verschwand durch eine weitere Tür. Ich benützte ihre Abwesenheit, um mir etwas Brennendes ins Gesicht zu stecken.

8

Es dauerte länger als eine Minute. Das ist immer der Fall. Während ich wartete, stand ich auf und sah mir ein paar goldgerahmte Fotos auf der Ecke des Kaminsimses an, die nicht von zerbrechlichen Märtyrern besetzt war. Mr. Evancek, grauer als auf seinem Hochzeitsbild, aber gesund, stand, die Daumen in den Westentaschen, vor einem mehrstöckigen Haus mit kyrillischen Buchstaben über dem Eingang. Vermutlich das Restaurant, in dem er in Krakau gearbeitet hatte. Eine Familienaufnahme eines älteren Joseph im Sporthemd, eine Hand auf dem Arm einer durchschnittlichen Blondine, die andere auf der Schulter des neun- oder zehnjährigen Michael. Der Junge hatte zerzaustes Haar und trug einen roten Pullover über dem weißen Hemd, die kleine Schwester neben ihm im rosa Kleidchen mit goldblonden Locken und roten Wangen strahlte über das ganze Gesicht. Ein weiteres, sehr altes Foto der jungen Martha Evancek mit einem Paar in der Mode des vorigen Jahrhunderts, die Gesichter zu unkenntlich Ovalen verblaßt. Wahrscheinlich ihre Eltern. Vier Generationen abgelichtet, und nur von einem Familienmitglied war bekannt, daß es noch lebte. Man fängt an, mit einem frischen, neuen, vielversprechenden Kartenspiel eine Patience zu legen. Manchmal geht sie auf. Aber öfter noch endet sie mit Enttäuschung. Fotos werden mit liebevoller Hand in das Familienalbum geklebt, und irgendwann wendet jemand die Seiten und fragt sich, wer diese Menschen wohl gewesen sein mögen.

Karen McBride kehrte mit einem dicken Pack vergilbter, an den Ecken umgebogener und mit einem braunen Band zusammengehaltener Briefumschläge zurück.

»Ich habe einfach nur auf den Absender geschaut«, sagte sie, mir das Bündel entgegenstreckend. »Diese kommen alle von derselben Adresse in Hamtramck. Martha hatte sie in einer von Mr. Evanceks alten Zigarrenkisten im untersten Schubfach der Schlafzimmerkommode.«

Als ich nach den Briefen griff, streiften ihre Fingerspitzen die meinen. So nahe roch sie nach Seife, die wahrscheinlich rosa war, wenn sie die Seife auch sicher nicht nach der Farbe ausgewählt hatte. Ich war mir nicht schlüssig, ob sie Parfüm benutzte. Das Briefbündel fühlte sich an wie ein Stoß trockenes Laub.

»Ich hoffe, diese Briefe werden mir etwas über Michaels Interessen verraten«, sagte ich. »Manchmal helfen einem die Steckenpferde eines Menschen, ihn aufzuspüren.«

»Kleine Jungen haben eine Menge Interessen. Aber sie wechseln ihre Hobbys so schnell wie Socken.«

»Eine oder zwei Liebhabereien überdauern vielleicht.« Ich sah auf meine Armbanduhr. »Ich habe heute mein Frühstück ausgelassen. Können wir irgendwo hingehen und etwas essen?«

In ihren Augen funkelte etwas. »Ist dieser Vorschlag geschäftlich gemeint oder privat?«

»Das kommt darauf an, wie kooperativ Sie sind.«

»Um eine Antwort sind Sie wirklich nie verlegen. Ich habe Martha versprochen, auf die Wohnung aufzupassen, bis ich zur Arbeit muß. Außerdem bin ich im Moment sozusagen mit jemandem liiert.«

»Sozusagen.« Ich klopfte mit dem Bündel auf meine Handfläche. »Das liegt irgendwo zwischen ›Ich bin festgenagelt‹ und ›In welcher Farbe wollen wir das Schlafzimmer streichen?‹ Was ist zutreffend?«

Sie lächelte ihr typisches Lächeln. »Sie wollen mich wohl aushorchen.«

Mir fiel keine Antwort ein. Ich nahm meinen Hut und ergriff die Flucht, solange ich noch meine Armbanduhr besaß.

An der Imbißstube kurz vor meinem Büro erstand ich ein Schinkensandwich. Dann zog ich mich in mein Meditationszentrum zurück. Niemand hielt mich auf, als ich das kleine Vorzimmer durchquerte. Es war niemand da, um mich aufzuhalten. Meine Post auf dem Fußboden unter dem Briefschlitz hatte samt und sonders kleine Pergamentfenster in den Umschlägen. Ich hob sie sorgfältig auf, trug sie zum Schreibtisch und legte sie im obersten Schubfach ab, neben dem Sex-Kalender von der Firma für Polizeizubehör, wo ich vor fünf Jahren mein erstes Paar Handschellen gekauft hatte. In meinem Beruf weiß man Anhänglichkeit besonders zu schätzen.

Ich setzte mich, holte das Bündel Briefe aus meiner Brusttasche und löste das braune Bändchen.

Einige der Briefe waren in einer plumpen, unregelmäßigen Handschrift geschrieben und mit Josephs Namen unterzeichnet. Er hatte sich der englischen Sprache bedient. Der erste war zweieinhalb Jahre vor der Schießerei datiert. Vermutlich hatte er sich zu dieser Zeit im Englischen am meisten zu Hause gefühlt. Der letzte stammte aus dem Monat vor der Katastrophe. Wie üblich, wenn ein Sohn so lange von zu Hause fort ist, wurden die Briefe allmählich spärlicher, die Daten lagen weiter auseinander. Andere waren von seiner Frau Jeanine geschrieben, mit großzügigen offenen Schleifen und lustigen Kringeln über den i's. John hatte eine Lohnerhöhung bekommen, der kleine Michael hatte sich eine Raupe in die Tasche gesteckt und sie dort vergessen, die neuen Möbel waren gekommen, Jeanine war bei Glatteis vor dem Haus ausgerutscht und hatte sich das Handgelenk gebrochen. Michael war als Junior in einen Baseballklub eingetreten, und Joseph trainierte mit ihm. Im Mai begann der Junge Münzen zu sammeln, im August jagte er Schmetterlinge, und dann wurde er durch eine Zeitungsannonce angeschmiert, die verhieß, jedem Besteller für zehn Cents eine Tüte seltener Briefmarken zuzuschicken, und ihm hinterher acht Dollar fünfzig in Rechnung stellte. Im November hatte er sich wieder dem Sammeln von Münzen zugewendet. Es gab selbstgemalte Weihnachtsgrüße von Michael und Carla an die Großeltern und Wie-geht-es-dir-mir-geht-es-gut-Briefe in verwischter Bleistiftschrift auf zentimeterweit auseinander liegenden, mit Lineal gezogenen Linien gekrakelt. Michael hatte sich auf das Sammeln von eisernen Lincoln-D-Pennies spezialisiert und bat die Großeltern, ihm polnische Münzen zu schicken.

Die Familie plante eine Ferienreise nach Arizona. Jeanine glaubte wieder schwanger zu sein, es war jedoch falscher Alarm. Der Schnee reichte bis zu den Fenstersimsen, die Sonne schien, es hatte sechs

Wochenenden hintereinander geregnet. Im zweiten Frühling stammten die Briefe fast nur noch von Jeanine. Ende Mai wurde Joseph von den Dodge-Werken entlassen. Sie führten es auf die wirtschaftliche Krise zurück. Im Juni gab es noch einen Brief von Joseph, verschmiert und fast unleserlich, in dem er seinen Eltern versicherte, er würde nun bald wieder eingestellt. Es war der letzte Brief in dem Bündel.

Wenn man diese Briefe so im Nachhinein las, fragte man sich, warum niemand die Lunte gerochen hatte. Vergegenwärtigte man sich jedoch die Situation und den Gemütszustand der Empfängerin, waren es eben nur einfach ganz normale Briefe gewesen, noch dazu ziemlich langweilige. Tausende von Menschen hatten haufenweise ähnliche Berichte an ihre Verwandten losgelassen und wie der Rest von uns brav weitergemacht, ohne jemals einen anderen umzubringen.

Ich steckte die Briefe in ihre Umschläge zurück, ordnete sie wieder nach den Daten und verschnürte sie mit dem Bändchen. Dann lehnte ich mich zurück, rauchte und sah aus dem Fenster den Tauben zu, die auf dem bekleckerten Sims gegenüber hin und her trippelten. Unästhetische Vögel. Hatten Läuse und Zecken, und die Geräusche, die sie von sich gaben, klangen wie das Gurgeln eines Menschen, dem man in einer finsteren Gasse den Hals abdrückt.

Ich holte die Büroflasche aus dem Aktenfach des Schreibtischs, pustete den Staub aus dem Schnapsglas und ölte meine Kehle. Als sich Wärme von meinem Magen her ausbreitete, machte ich die Flasche zu, stellte sie zurück und betrachtete wieder die Tauben. Jetzt ohne Aversion. Sie waren schließlich nur Vögel.

Ich unternahm einen kurzen Ausflug zu einem Drugstore um die Ecke, das heißt, eigentlich einem kleinen Warenhaus mit Regalen voll elektrischer Rasierapparate, Armbanduhren und Gartengeräten – nur wenn man sehr genau hinsah, konnte man den Tresen entdecken, an dem Medikamente verkauft wurden –, und kehrte mit einer Zeitschrift für Münzensammler zurück. In dem Ständer hatten drei verschiedene gesteckt, alle jedoch von demselben Unternehmen in Cedar Rapids, Iowa, herausgegeben. Über die Auskunft erhielt ich die Telefonnummer. Ich wählte sie und wurde von einer Telefonistin mit Banjosaiten als Stimmbänder weiterverbunden.

»Mein Name ist Walker«, erklärte ich der männlichen Stimme, die sich meldete. »Ich bin von der Staatspolizei Michigan als Detektiv zugelassen und versuche in einem Mordfall einen Zeugen ausfindig zu machen. Möglicherweise gehört er zu Ihren Abonnenten.«

»Für welches Blatt?«

»Da bin ich überfragt. Er sammelt Münzen.«

»Sekunde.«

Ich klemmte den Hörer zwischen Hals und Schulter und steckte mir eine Zigarette an. Mir blieb nichts übrig, als einfach auf den Busch zu klopfen. Möglicherweise hatte Michael Evancek in den vergangenen neunzehn Jahren keine Münze mehr angefaßt, außer um sie in eine Parkuhr zu stecken.

Die Stimme kam wieder an den Apparat. »Ich habe nachgesehen. Die Listen sind alle in der Datenbank. Ich werde sie hier einfach eingeben, dann können Sie das ganze Material in zehn Minuten auf Ihrem Bildschirm haben. Welches System benutzen Sie?«

»Underwood und Noggin. Ich besitze keinen Computer.«

Die Pause am anderen Ende dauerte lange genug, um mir zu verraten, daß ich die Sache vermasselt hatte.

»Sie sind von der Staatspolizei Michigan und haben keinen Computer?«

»Ich gehöre nicht zur Staatspolizei«, korrigierte ich. »Die hat nur meine Lizenz ausgestellt. Ich bin Privatdetektiv.«

»Warum haben Sie die Polizei dann überhaupt erwähnt?«

»Hauptsächlich, um Diskussionen wie diese zu vermeiden.«

»Das ändert die Situation. Informationen über unsere Abonnenten sind vertraulich.«

»Quatsch. Sie verkaufen Ihre Adressen doch an jedes Versandunternehmen, das Ihnen genug bietet.«

»Das ist Geschäft.« Er schwieg sekundenlang. »Aber ein Abonnement für eins oder alle unserer Magazine gibt Ihnen gewisse Rechte.«

»Ich bin kein Sammler.«

»Das ist Ihr Problem.«

»Aber ich könnte einer werden«, sagte ich schnell, bevor er auflegen konnte. »Welche Ihrer Publikationen würden Sie einem Anfänger empfehlen?«

»*Numismatics Monthly*. Es kostet fünfzig Dollar pro Jahr.«

»Und für sechs Monate?«

»Halbjahres-Abonnements bieten wir nicht an.«

»Und auf wieviel belaufen sich die anderen?«

»Fünfzig Dollar.«

»Mhmhm.«

»Hören Sie, wollen Sie nun die Liste oder nicht?«

»Ich bin nur an zwei Namen interessiert«, versetzte ich. »Warum sagen Sie mir nicht, ob sie auf einer Ihrer Listen stehen, und wenn ja, schicke ich einen Scheck an Sie ab.«

Er lachte. Es war kein sympathisches Lachen. »Sie scheinen mich für einen Philatelisten zu halten.«

»Okay«, sagte ich. »Sie werden auf die eine oder andere Art schon zu Ihrem Recht kommen.«

»Woher soll ich wissen, daß Sie Wort halten?«

»Woher soll ich wissen, ob Sie mir die Wahrheit sagen?«

»Na ja, es bleibt uns wohl nichts anderes übrig, als uns gegenseitig zu vertrauen.« Die Worte kamen ihm nur widerwillig über die Lippen. »Okay, schießen Sie los.«

»Sein Name ist Michael Evancek.« Ich buchstabierte. »Vielleicht läuft er bei Ihnen auch unter Michael Norton.«

Ich hörte Tasten rattern. Nach einer Minute sagte er: »Keine Evanceks. Aber wir haben zwei Nortons. Philip in San Francisco und einen oder eine B. Norton in Dayton, Ohio.«

»Barbara?« sprang ich darauf an. Barbara war Jeanine Evanceks Schwester.

»Nur der Anfangsbuchstabe. Sekunde.« Wieder klapperten Tasten. »Das Abonnement ist gestrichen. Der Kunde ist vor ein paar Monaten verzogen, ohne einen Nachsendeantrag zu stellen.«

Ich fragte ihn nach der alten Adresse und notierte sie zusammen mit Philips Anschrift in San Francisco. Vielleicht hatten sie den Vornamen Michael ebenso wenig gemocht wie den Nachnamen Evancek.

»Ich begreife nicht, wie Sie ohne Computer auskommen können«, meinte mein Gesprächspartner.

»Es ist schon schlimm. Ich komme mir vor wie ein Musiker ohne Sattel. Auf wen soll ich den Scheck ausstellen?«

»Albert C. Moss.«

Der Name des Verlagshauses war völlig anders. Ich schrieb Albert C. Moss auf und sagte, ich würde den Scheck zum Wochenende abschicken.

»Wohin sollen wir die Zeitschrift schicken?« erkundigte sich Albert scheinheilig.

Ich lachte höhnisch und legte den Hörer auf. Es gibt richtige Clowns in Cedar Rapids.

Ich sah auf meine Armbanduhr. Und dann auf die Badeschönheit auf meinem Wandkalender. Ich würde etwas Mühe haben, bei meiner Spesenaufstellung fünfzig Dollar für ein Zeitschriften-Abonnement zu erläutern. Besonders falls sich beide Namen und Adressen, eine davon ohnehin überholt, als unergiebig erwiesen. Ich überlegte, ob Karen McBride tatsächlich mit jemandem sozusagen liiert war oder ob ich bloß das falsche Rasierwasser benützte.

Meine Gedanken befanden sich auf Abwegen.

Ich rief noch einmal die Auskunft an und verlangte die Nummer der Hauptpost von Dayton, Ohio. Ein Angestellter dort sah freundlicherweise unter den Adressenänderungen nach und gab mir für B. Norton eine Anschrift in Detroit, Gilbert Street.

Mein Herzschlag beschleunigte sich ein wenig. Aber viel war wohl kaum zu erwarten. B. Norton stand nicht im Detroiter Telefonbuch. Wieder wandte ich mich um Hilfe an die Auskunft. B. Norton war unter einer neuen Nummer registriert. Ich drückte auf die Gabel, wählte und bekam das Besetztzeichen. Also legte ich auf, rauchte eine Zigarette und versuchte es noch einmal. Wieder besetzt. Nun gut, wenn man zwei Vögel aufscheucht, soll man sowieso zuerst auf den entfernteren schießen.

Auch hier kam mir die Auskunft zu Hilfe. Ich erhielt Philip Nortons Nummer in San Francisco, und er meldete sich mit einer so hohen, affektierten Stimme, daß ich mir den Hörer ein Stück vom Ohr weghalten mußte. Er sagte, er sei fünfundvierzig, besäße ein Münzengeschäft in der Nähe der Golden Gate Bridge, habe jedoch noch nie in seinem Leben etwas in Michigan zu tun gehabt. Wenn ich aber mal in der Nähe sei, solle ich ihn ruhig aufsuchen.

B. Nortons Leitung war noch immer besetzt. Ich fluchte nicht schlecht. Schließlich wollte ich endlich ein Stück weiterkommen und ein paar echte Hinweise kriegen. Sicher gab es Millionen Nortons auf der Welt und hunderttausend B. Nortons. Und falls sich Michael überhaupt noch für Numismatik interessierte, warum sollte die Zeitschrift dann an seine Tante gehen? Vielleicht war es am vernünftigsten, die fünfzig Dollar einfach abzuschreiben und nach einem neuen Ansatzpunkt zu suchen.

Aus dem obersten Schreibtischfach nahm ich einen Smith & Wesson Revolver, Kaliber .38 heraus, den Typ, der Police Special genannt wird, mit geriffeltem Gummigriff und einem Zehnzentimeterlauf. Ich überprüfte die Patronenkammern, schob die Waffe in das steife Lederhalfter und schnallte es mir an den Gürtel, den Knauf in die gewohnte Delle in meiner rechten Niere geschmiegt. Dann machte ich meinen Laden dicht, um zu B. Nortons Adresse in der Gilbert zu fahren. Es war keine schlechte Gegend. Allerbeste Leute wurden dort tot aufgefunden.

9

Selbst wenn man die Michigan Avenue täglich zweimal benutzt, um zur Arbeit zu fahren und wieder zurück, kennt man diese Straße nicht richtig. Die Michigan Avenue, die im Herzen der Innenstadt auf den Steinhaufen trifft, der sich wechselweise Cadillac und Kennedy Square nennt, ist nicht die Michigan Avenue, auf der sich in der Hauptverkehrszeit an der Kreuzung mit dem West Grand Boulevard die Wagen drängen. Oder die Michigan Avenue, an deren Ecke zur Livernois Avenue die Nutten ihre Beine sehen lassen, wenn die Lichter angehen. Sie nimmt am alten Grand Circle zwischen verwitterten braunen Wolkenkratzern ihren Anfang und schneidet glatt wie ein Messer, ohne den winzigsten Knick, nach Westen durch, wo die Stadt horizontal wird. Gleich östlich von Dearborn geht sie dann in die Bundesstraße zwölf über.

Die miesen Gegenden unterscheiden sich nicht allzusehr von den relativ guten, und wenn man mit den wechselnden Launen der Straße nicht vertraut ist, merkt man gar nicht, daß man sich zu weit gewagt hat, bis man sich von plötzlicher Stille umgeben findet und aus Türeingängen von unsichtbaren Augen beobachtet fühlt. Daß die John-R.-Street und der Cass Corridor riskant sind, steht außer Zweifel. Bei der Michigan Avenue kann man nie sicher sein. Wäre sie auf eine Flasche abgefüllt, müßte sie ein warnendes Etikett tragen.

Auf der Gilbert war eine Fahrbahn gesperrt, auf der anderen stand ein blau-weißer Streifenwagen, an dem ein uniformierter Polizist in kurzärmeligem Hemd lehnte. Er machte mir ein Zeichen anzuhalten und kam dann in dem typischen Gang auf mich zu, den Polizisten haben, wenn sie mit einem Pistolengurt, einem Funksprechgerät und auch noch einer Garnitur Handschellen ausgerüstet sind. Vom Türrahmen teilweise abgedeckt, blieb er vor meinem herabgekurbelten Seitenfenster stehen.

»Guten Tag, Sir«, sagte er. »Dürfte ich bitte einmal Ihren Führerschein und die Zulassung sehen?«

Ich reichte ihm beides. Er hatte eine glatte kakaobraune Haut und einen schwarzen Fu-Manchu-Schnurrbart, mehr konnte ich wegen des Türrahmens nicht von ihm erkennen. Es wird den jungen Polizisten beigebracht, sich so hinzustellen, weil es dann für den Autofahrer schwerer ist, sich herumzudrehen und auf sie zu schießen. Manche schaffen es trotzdem.

»Was ist denn los?«

»Nur eine Routine-Überprüfung, Sir. Was haben Sie denn in der Gegend zu tun?«

»Ich habe zuerst gefragt.«

Ein weißer Polizist, der im Streifenwagen am Funkgerät gesessen hatte, kam zu seinem Kollegen herüber. Der Farbige gab ihm meine Papiere, und der andere kehrte damit zum Wagen zurück, beugte sich zum Fenster hinein, nahm das Mikrophon in die Hand und begann zu lesen.

»Wir gehen lediglich ein paar Klagen aus der Nachbarschaft nach«, erläuterte der farbige Polizist gleichmütig. »Und Sie?«

»Ach so«, sagte ich. »Es soll den Nutten an den Kragen gehen. Ihr Chef scheint sie ja mächtig auf dem Kieker zu haben.«

Er runzelte unter seinem Mützenschirm die Brauen. »Sind Sie Zivilbeamter?«

»Privatdetektiv. Wie hoch ist eigentlich die Mordrate?«

»Zwanzig Prozent mehr als im letzten Jahr. Aber wenn der Chef sagt, wir sollen den Nutten Ärger machen, tun wir das eben. Diese Woche nehmen wir uns die Freier vor.«

Ich erklärte ihm, daß ich einer vermißten Person auf der Spur sei.

»Ja«, nickte er. »Mein Vater war Anstreicher. Wo er hinging, nahm er seinen Farbeimer mit, und niemand fragte ihn, was er vorhabe, weil er immer aussah, als sei er zur Arbeit unterwegs.«

»Seh' ich etwa so aus, als ob ich für eine Frau zahlen müßte?«

»Da fragen Sie den Falschen. Ihr Weißen seht für mich alle gleich aus.«

Wir grinsten uns an wie zwei fremde Katzen in einem Hinterhof. Der weiße Polizist kehrte mit meinen Papieren zurück.

»Er ist sauber.«

»Wenn Sie nächstes Mal vorbeikommen, werden Sie den Block nicht wiedererkennen.« Der Farbige reichte mir Zulassung und Führerschein. »Dann haben wir die ganzen Mädchen von ihren Ecken verscheucht und in Büros hinter Schreibmaschinen getrieben.«

»Oder sonstwohin.« Ich ließ den Motor an und wartete. Die beiden Uniformierten traten zurück, ich lenkte den Olds um das Ende der Absperrung und fuhr weiter. Im Rückspiegel sah ich die Polizisten mit wiegenden Schritten zu ihrem Fahrzeug zurückkehren, um sich bereitzumachen, ein weiteres Loch in den Ozean zu graben.

Das Haus war ein dreistöckiger Apartment-Komplex mit Außentreppen, die zu langen Balkons mit Eisengeländern hinaufführten. Der unterste bildete für die Leute im Erdgeschoß eine Veranda.

Vermutlich hatte alles mit einem großen Reklameschild DIES IST DIE WOHNANLAGE DER ZUKUNFT angefangen, und die Wohnungen waren bereits vermietet gewesen, bevor noch das Fundament gegossen worden war. Im Hof hatte es wahrscheinlich einen Swimmingpool gegeben, im Keller Waschmaschinen, und auch für einen Fensterputz-Service war gesorgt gewesen. Aber allmählich hatte eine gewisse Verwahrlosung eingesetzt. Die Mieter hatten sich vermutlich zusammengetan und das Haus gekauft, die Waschmaschinen rausgeschmissen, um Platz für Vorräte zu kriegen, um Wasser zu sparen und die Unkosten niedrig zu halten, und den Fensterputzdienst hatten sie auch nur noch in Anspruch genommen, wenn es unumgänglich nötig war. Niemand hatte mehr den Swimmingpool benutzt oder den Schmutz von der Oberfläche abgeschöpft. Mit der Zeit war das Wasser ausgetrocknet, der grüne Belag auf dem Grund war hart geworden, Risse waren aufgetreten, und schließlich hatten die Bewohner das Becken zugeschüttet, so daß der Hof nur noch wie ein riesiger Luftschacht wirkte, mit Balkons ringsherum, die zu nichts anderem dienten, als sich besser hinabbeugen zu können, um zu sehen, was der Beton machte.

Und dann, als die Stadt ihr Gesicht verändert hatte, als Räuber und Gewalttäter ihre Tätigkeit auch in die Randbezirke verlegten und die Sicherheit im Haus den gleichen Weg gegangen war wie zuvor die Waschmaschinen, die Fensterputzer und der Swimmingpool, hatten die Bewohner, die es sich leisten konnten, das Weite gesucht und ihre alten Wohnungen weitervermietet oder sie sogar leerstehen lassen. Die Aluminiumverkleidung wurde pockennarbig, die malerischen Efeuranken an der Vorderfront gingen in Wildwuchs über, Dachschindeln wurden von ihnen abgesprengt, und die Rosenbüsche entlang der Grundlinie wuchsen sich aus, wurden staksig und trieben höchstens noch ein paar kümmerliche Knospen. Das Eisengeländer blätterte ab wie rauhe Haut, und in den Balkonecken sammelten sich unter Spinnweben verdorrte braune Blätter. In der Regel finden sich dort auf der Westseite die besseren Klassen von Slums. Aber ein Schweinestall bleibt ein Schweinestall.

Ich fuhr hinter das Haus und parkte auf einem runden Abstellplatz, aus dem man so leicht wieder herauskommen würde wie aus dem Maul einer Bulldogge, und ging zur Vorderseite zurück, wo ein Schild mit der Aufschrift BÜRO an eine Tür im Erdgeschoß geschraubt war. Auf dem Rasenstreifen vor dem Gebäude stand ein Schwarzer mittleren Alters, in grüner Arbeitskleidung, eine Kappe auf dem Kopf und einen Schlauch in der Hand, der an einem Kanister auf Rädern befestigt war, und sprühte hochkarätiges Unkrautvernichtungsmittel auf einen einsamen Löwenzahn.

Die Frau in dem Büro, auch schwarz, mit einer weißrandigen Brille in Schmetterlingsform und einer roten Perücke, erklärte mir den Weg zu Nummer zwölf und hatte mir die Tür schon wieder vor der Nase zugemacht, bevor ich fragen konnte, ob B. Norton eine Frau war und für welchen Vornamen das B. stand. Sie hatte etwas im Ofen, das wie Feuer in einer Plastikfabrik roch. Ich überlegte, ob ich den Messingklopfer noch einmal betätigen sollte, zuckte dann die Achseln und begann die Treppen hinaufzusteigen. Der Gärtner, oder was immer er war, bombardierte den Löwenzahn noch immer, als ich schon im zweiten Stock angelangt war. Nun ja, er hatte ja noch einen ganzen Nachmittag vor sich und einen vollen Kanister.

Die Tür von Apartment zwölf stand offen, wie bei der sommerlichen Wärme auch noch einige andere Türen. Die Stimme einer Frau klang heraus.

»Sir, ich habe lediglich gefragt, ob Sie abblätternde Farbe als unschön empfinden. Ich wollte damit nicht unterstellen... Nein, Sir, ich habe Ihnen nicht zum Vorwurf gemacht, in einem Drecksloch zu leben. Sir, ich stelle Ihnen nur die Fragen, die ich Ihnen im Auftrag meines Arbeitgebers... Na schön, dann können Sie sich von mir aus Ihre abblätternde Farbe in den Arsch stecken...«

Ich spähte gerade zur Tür herein, als sie den Hörer aufknallte. »Blödmann«, sagte sie und zog einen Bleistift aus ihren Haaren, um etwas auf einer Liste, die vor ihr lag, durchzustreichen. Sie war in den Fünfzigern und etwas zu fett, mit einem Schatten unter dem Kinn und Hautlappen über den Ecken ihres kleinen Mundes. Ihr Haar war in einer Art Bienenkorbfrisur hochgekämmt und in hellem Messington gefärbt. Sie trug ein graues baumwollenes Männerhemd mit Taschenpatten. Was sie unter dem Tisch trug, konnte ich nicht erkennen, aber sicher war es kein Chiffon. Ihre kleinen Augen auf jeder Seite der Nase, die sich durch nichts Besonderes auszeichnete, blickten nackt, rosa und zusammengedrängt in die Welt. Als sie aufblickte und mich auf der Türschwelle sah, schob sie eine Brille mit großen runden Gläsern und wie der Lenker eines Rennrades geschwungenen Bügeln von der Stirn herunter. »Ja?« sagte sie und musterte mich durch die Brillengläser.

»Ich suche eine Barbara Norton«, erklärte ich.

»Ich bin Barbara Norton.«

Ich kniff ein wenig die Augen zusammen. Dem Aussehen nach

konnte sie mit der durchschnittlichen Blondine auf Joseph Evanceks Familienfoto verwandt sein. Dann bekam ich wieder Zweifel.

»Die Barbara Norton, die ich suche, hat ihren Neffen Michael zu sich genommen, als er im Juli vor neunzehn Jahren in Hamtramck seine Familie verlor. Das heißt, eigentlich suche ich ihn.«

Sie schrie nicht und rannte auch nicht die Wände hinauf. Sie schob lediglich ihren Bleistift wieder in die Haare zurück. Vielleicht war das für sie das gleiche.

»Michael ist tot«, sagte sie. »Schon seit fast zwei Jahren.«

10

Ich trat ein. Es schien eine Aufforderung darin zu liegen, was sie mir über Michael gesagt hatte. Es war eine ziemlich große Wohnung mit einem Flur, der zu weiter hinten liegenden Räumen führte, und einer Glas-Schiebetür, die auf einen Balkon hinausging. Der Balkon blickte hinab auf einen Hof, der mir verriet, daß ich wegen des Swimmingpools recht gehabt hatte, sofern je einer vorhanden gewesen war.

Die Wohnung war halbwegs sauber. Sie würde immer nur halbwegs sauber sein, solange Barbara Norton darin wohnte. Der Teppich war irgendwann einmal gesaugt worden, aber Staubflocken hingen wie verängstigte Kinder an den Tischbeinen. In den Ecken stapelten sich Illustrierte und alte Zeitungen hoch genug, um darauf sitzen zu können, Blusen, Kleider und Unterröcke hingen über den Lehnen von Polstermöbeln. Auf den Rahmen der Gemälde von Segelbooten und Windmühlen bildete der Staub kleine Hängematten, und die Wände wurden sicherlich gelegentlich gewischt, wenn auch nicht so oft, wie der Teppich gesaugt wurde.

Die Glas-Schiebetür war genügend verschmiert, um keinen in Augenhöhe aufgeklebten grellfarbigen Schmetterling zu brauchen, sie hatte aber trotzdem einen. Der Schmetterling sah aus, als würde er sehr viel lieber draußen sein und Blumen bestäuben, die der Gärtner noch nicht vergiftet hatte. Ich kannte dieses Gefühl.

Im Verlauf dieses Falls hatte ich bereits eine Menge Zeit in fremden Wohnungen verbracht. Allmählich kam ich mir vor wie ein Versicherungsvertreter. Sie haben ein bezauberndes Heim, Mr. und Mrs. Fosslethwaite. In welcher Form haben Sie eigentlich gegen Brandschäden vorgesorgt?

Barbara Norton hatte auf dem Tisch in einem Berg von Stummeln eine Zigarette brennen. Vielleicht befand sich sogar ein Aschenbecher darunter. Sie schnippte drei Zentimeter Asche von der Zigarette und schob sie sich in den Mund, ohne den Blick von mir zu wenden. Hinter den fenstergroßen Gläsern sahen ihre Augen größer aus und weniger nackt.

»Wer sind sie?«

Ich erklärte es ihr und ließ sie meine Zulassung sehen. Das hat eine offizielle Note, die bei manchen Leuten wirkt. Bei ihr war die Wirkung nicht größer, als hätte ich ihr ein Babybild gezeigt. Ich steckte die Brieftasche weg.

»Ich arbeite für Martha Evancek, Michaels Großmutter. Sie lebt jetzt in Amerika und möchte wissen, was aus dem Jungen geworden ist. Es tut mir leid, daß er tot ist. Wie ist das passiert?«

Während ich sprach, nahm sie eine neue Zigarette heraus und benutzte den Stummel der alten zum Anstecken. Sie tat das mit der Konzentration eines Uhrmachers, der einen Stein von der Größe des Manschettenknopfes einer Ameise erneuert, und drückte dann den alten Stummel in dem Berg der übrigen aus.

»Machen Sie die Tür zu«, sagte sie.

Ich gehorchte.

»Nehmen Sie Platz.«

Ich setzte mich. Diesmal wählte ich einen gepolsterten Schaukelstuhl mit einem Büstenhalter über der Rückenlehne. Die Sofas dieser Welt konnten von mir aus eine Weile Luft schlucken.

»Entschuldigen Sie den Zustand der Wohnung«, sagte sie. »Wenn man zu Hause arbeitet, bleibt einem wenig Gelegenheit zum Aufräumen.«

»Was machen Sie denn?«

»Alles, was den Schornstein rauchen läßt. Ich tüte Rundschreiben ein, tippe für Studenten Seminararbeiten – bloß mußte ich im Augenblick gerade meine Schreibmaschine versetzen. Meist übernehme ich Telefonaufträge, Kundenbetreuung und Werbung.« Sie wies auf das Detroiter Telefonbuch, das aufgeschlagen auf dem Tisch lag, und die Liste mit Namen und Adressen, teilweise bereits durchgestrichen. »Momentan soll ich Kunststoffbeschichtungen verkaufen.«

Sie brachte zwischen dem allgemeinen Durcheinander ein schmales Heftchen bunter Plastikstreifen zum Vorschein und breitete es geschickt wie einen Fächer auseinander. Die Streifen sahen aus wie Einlegesohlen mit künstlicher Holzmaserung.

»Wie soll denn das funktionieren?« wollte ich wissen. »Beschreiben Sie die Dinger per Telefon?«

»Die Muster kamen im selben Umschlag wie die Liste der Fragen, die ich potentiellen Kunden stellen soll. Ich nehme an, die Firma vertraut meiner Inspiration. Dabei würde ich mich dagegen sträuben, dieses Zeug in meiner Wohnung zu haben. Ich käme mir vor wie ein Fuß in einem Plastikschuh.«

Sie ließ die Streifen auf den Tisch fallen. »Sie sollten mal meine Telefonrechnung sehen. Die Verwalterin hat gestern schon die Polizei raufgeschickt. Sie hält mich für ein Callgirl.«

Ich grinste und steckte mir eine Winston an. »Michael.«

»Er ist im August vorletzten Jahres im Golf von Kalifornien ertrunken. Er und ein Freund standen vor Cabo San Lucas nur bis knapp über der Taille im Wasser, als sie der Sog erwischte. Jemand mit einem Boot konnte den Freund retten. Michaels Leiche wurde nie gefunden.«

Sie hatte betont gleichförmig gesprochen.

»Was hatte ihn dorthin geführt?«

»Er machte Ferien. Er hatte für eine Firma in Ohio gearbeitet, die Verpackungen entwirft.«

»Waren Sie dorthin gezogen, nachdem Sie St. Clair Shores verlassen hatten?«

Sie nickte und ließ Rauch aus ihren Nasenlöchern quellen. »Dayton. Mein verdammter Ehemann Bob ließ uns beide sechs Wochen nach dem Umzug sitzen. Er konnte kein Kind im Haus vertragen. Was hätte ich tun sollen? Den Jungen in ein Waisenhaus stecken, nachdem dieser widerliche Hund Evancek ...«

»Mrs. Evancek und ihr Mann haben Ihnen nach der Schießerei mehrfach geschrieben. Sie haben keinen dieser Briefe beantwortet.«

»Ich wollte, daß Michael alles, was seine Familie väterlicherseits betraf, vergißt. Ich wollte nicht einmal, daß er seinen Großeltern schreibt. Es war die richtige Entscheidung. Er wuchs normal auf.«

»Die offiziellen Stellen in Cabo San Lucas haben den Unglücksfall untersucht?«

»Sie können sich dort erkundigen.«

»War Michael verheiratet?«

Sie schüttelte den Kopf. »Ich habe ihn immer wieder deswegen angekriegt. Aber seine Meinung über diesen gesegneten Familienstand kann nicht allzu hoch gewesen sein. Und wer hätte es ihm verdenken sollen? Sie können der alten Dame also sagen, daß sie die Hoffnung, noch Urgroßmutter zu werden, aufgeben kann.«

»Natürlich könnten Sie mir diesbezüglich auch die Unwahrheit sagen«, wandte ich ein.

»Das könnten Sie leicht genug feststellen.«

Am Ende des Tisches in Reichweite des Schaukelstuhls befand sich ein Aschenbecher, in dem sich die Kippen türmten. Ich stäubte etwas Asche auf den Haufen, während ich nachdachte. »Was hat Sie hierher zurückgeführt?«

»Die Miete ist billiger als in Dayton. Ich bin noch gar nicht so lange wieder hier.«

»Sammeln Sie Münzen?«

Sie zog erstaunt die Augenbrauen hoch. Sie waren sehr dünn ausgezupft und gaben ihrem Gesicht hinter der Brille einen eulenhaften Ausdruck. Dann stieß sie ein abruptes, rauhes Lachen aus, das in einem Hustenanfall endete. Sie drückte die Zigarette aus.

»Ja, ich hätte mir denken können, daß Sie mich auf diesem Weg ausfindig gemacht haben. Ich fing vor mindestens zehn Jahren an, diese Zeitschrift für Michael zu abonnieren, als er noch zu Hause war. Weil mein Name auf dem Scheck stand, adressierten sie das Blatt an mich. Aus Sentimentalität habe ich mich niemals aufraffen können, das Abonnement zu kündigen.«

Sie wirkte auf mich so sentimental wie eine Abbruchbirne. »Wie kamen Sie mit Joseph aus, bevor es zu der Katastrophe kam?« wollte ich wissen.

»Gar nicht. Ich war von Anfang an dagegen gewesen, daß Jeanine diesen tumben, speckigen Polacken heiratet, und hatte das auch nicht verheimlicht. Besucht habe ich sie nur, wenn er auf Arbeit war. Nachdem er entlassen worden war und meistens im Haus herumhing und sich vollaufen ließ, habe ich sie kaum noch gesehen.«

»Woher wußten Sie von seiner Trinkerei, wenn Sie Ihre Schwester gar nicht mehr trafen?«

»Jeanine erzählte es mir am Telefon. Sie rief mich an, wenn er sich bewußtlos gesoffen hatte oder in der Kneipe war. Sie befand sich in einem entsetzlichen Zustand. Die Kinder waren der einzige Grund, daß sie durchhielt. Meine Schwester war im Jahr ihrer Schulentlassung zur Schönheitskönigin der Schule gewählt worden. Sie hätte sich jeden anderen Mann aussuchen können. Ach, Mist.« Sie griff nach einem Wegwerf-Feuerzeug und steckte sich eine neue Zigarette an.

»An jenem Abend, als die Polizei anrief, wußte ich schon, was los war, noch bevor sie ein Wort gesagt hatten. Ich empfand überhaupt nichts, nur unendliche Müdigkeit. Selbst als ich dann ins Leichenschauhaus mußte – warum, weiß ich auch nicht, denn es gab nichts mehr zu identifizieren . . .« Sie sprach nicht weiter, sondern sah mich nur an. »Sie denken wahrscheinlich, ich bin auch nur so eine alte abgetakelte Ziege.«

»Was ich denke, ist ziemlich Wurscht.«

Sie gab wieder dieses Geräusch von sich, aber diesmal ohne Husten. »All ihr gutaussehenden Burschen habt Takt. Bob hatte auch Takt. Deshalb hat er mich auch sitzenlassen.«

»Erinnern Sie sich an den Namen des Freundes, mit dem Michael im Wasser war?«

»Fred Irgendwas.« Sie dachte nach. »Florentine. Fred Florentine. Sie arbeiteten zusammen. Die Firma hieß Buckeye Industries in Dayton. Vielleicht ist er dort noch beschäftigt.«

Ich drückte meine Zigarette aus. Fragen hatte ich keine mehr. Ich bedankte mich und stand auf. »Dann werde ich Sie mal wieder Ihrer Arbeit überlassen.«

Sie folgte mir mit den Blicken. »Was werden Sie denn nun der alten Dame sagen?«

»Die Wahrheit. Dafür bin ich bereits bezahlt worden.«

»Da haben Sie aber Glück gehabt. Was Sie ihr berichten können, ist im nachhinein nicht viel wert.«

»Das ist es selten.«

Sie hatte bereits den Hörer in der Hand und wählte eine neue Nummer von ihrer Liste. Die Bitterkeit, die sie umgab, war fast körperlich spürbar.

Der Löwenzahn stand noch immer auf dem Rasen, als ich die Treppe herunterkam, von dem Gärtner war jedoch nichts zu sehen. Wahrscheinlich rief er die Nationalgarde an. Zähe kleine Kräutlein, diese Löwenzähne. Man müßte ihnen eine Lizenz ausstellen und sie vergattern, dann könnten sie einer kranken alten Frau, ohne mit einem Blättchen zu zucken, beibringen, daß der Enkel, den sie nie gekannt hatte, während der ganzen Zeit ihrer Suche schon tot gewesen war. Ich stieg in meinen Wagen, manövrierte mich aus dem kleinen Parkplatz und fuhr etwa im Tempo einer Leichenprozession zum Büro zurück.

Als ich aufschloß, klingelte das Telefon. Ich nahm meinen Hut ab, hängte ihn auf den Haken, ließ mich hinter dem Schreibtisch nieder, und es klingelte noch immer. Ich nahm den Hörer ans Ohr. »Walker.«

»Ist dort A. Walker, vertrauliche Ermittlungen?«

Es war eine Frauenstimme. Energisch und geschäftsmäßig, alterslos und auch fast geschlechtslos. Man hört solche Stimmen heutzutage häufig. Ich bejahte.

»Ich vertrete eine Person, die interessiert sein könnte, Sie zu engagieren. Wäre es Ihnen möglich, heute nachmittag ins Westin Hotel zu kommen, um die Angelegenheit zu besprechen?«

»Ich bin gerade dabei, einen Fall abzuschließen«, antwortete ich. »Könnten wir lieber heute abend sagen oder morgen vormittag?«

»Mr. Alanov muß heute abend einen Vortrag halten. Einen Augenblick.« Eine Hand wurde auf die Sprechmuschel gelegt. Dann kam die Stimme wieder: »Mr. Walker? Er wird Sie morgen mittag um halb zwölf in seiner Suite empfangen.«

Sie gab mir die Nummer der Suite. Ich notierte sie. »Handelt es sich zufällig um Fedor Alanov, den russischen Schriftsteller?«

»Mr. Alanov ist Russe und auch Schriftsteller. Seine Werke jedoch als russisch zu bezeichnen, könnte irreführend sein.«

Es klang wie ein Scherz, der Tonfall der Stimme hatte sich jedoch um keine Spur verändert. Ich überlegte, was es kosten mochte, das zu erreichen, und ob es die Mühe überhaupt wert war. Laut sagte ich: »Könnten Sie mir einen kleinen Tip geben, worum es sich handelt?«

»Nicht per Telefon. Wir übernehmen Ihre Unkosten für die Fahrt zum Hotel und zurück sowie eine gewisse Entschädigung für Ihren Zeitaufwand, gleichgültig, zu welchem Ergebnis Ihr Gespräch mit Mr. Alanov führt.«

»Eine Entschädigung in welcher Höhe?«

»Ich glaube, Ihr Konsultationshonorar beträgt zweihundertfünfzig Dollar.«

Ich bestätigte Zeit und Nummer der Suite und legte den Hörer auf, bevor sie es sich womöglich anders überlegte.

Dann dachte ich nach. Ich hatte Alanov nicht gelesen. Ich konnte in den Büchern aus jenem Teil der Welt nie einen »-witsch« vom anderen unterscheiden. Ich hatte seinerzeit jedoch viel von ihm gehört, als er Rußland verlassen hatte, um den grauen Anzügen zu entkommen, die von dem liberalen Ton seiner Arbeit nichts hielten. Jemand hatte ihm erzählt, daß die Presse hier frei sei. Ich spielte ein bißchen mit dem Gedanken herum, hob ihn mir dann jedoch auf für später. Für die nächste Stunde zumindest befand ich mich im Sold von Martha Evancek.

Eine Telefonistin meldete sich unter der Nummer von Buckeye Industries, die ich von der Fernauskunft bekommen hatte, und bat mich, einen Augenblick zu warten, als ich Fred Florentine zu sprechen verlangte. Florentine war der junge Mann, der nach Auskunft von Barbara Norton an jenem Tag, als Michael ertrunken war, mit ihm gebadet hatte. Vermutlich arbeitete er gar nicht mehr bei der Firma.

»Hallo?«

»Hallo«, gab ich zurück. »Ich versuche Fred Florentine aufzutreiben.«

»Sie brauchen sich nicht weiter zu bemühen.«

»Sie sind Florentine?«

»Schon seit Jahren. Und wer sind Sie?«

Er klang jung und zuversichtlich, ein Aufsteiger mit eigenem Büro. Ich erklärte ihm, wer ich war und was ich wollte und was Barbara Norton mir erzählt hatte. Es dauerte länger als vermutet.

Er stieß die Luft aus. »Mike. Mein Gott, ich habe seit Monaten nicht mehr an ihn gedacht. Das war ein schlimmer Tag. Ich hoffe, so etwas nie mehr erleben zu müssen. Ich stand da neben Mike im Wasser und unterhielt mich mit ihm, und im nächsten Augenblick wußte ich nicht mehr, wo sich die Wasseroberfläche befand. Es war, als hätte mich ein Hai gepackt. Als sie mich schließlich rausfischten und mir das Wasser aus den Lungen gepumpt hatten, habe ich zuerst einmal nachgesehen, ob noch alles an mir dran war. Und Mike – man hätte denken können, er sei niemals dagewesen, so schnell war er verschwunden.«

»Ich nehme an, Sie beide waren sehr befreundet.«

»Er war mein bester Kumpel. Ich habe lange gebraucht, um darüber wegzukommen. Vielleicht habe ich es noch immer nicht ganz geschafft. Wer weiß, ob man das überhaupt je fertig bringt. Was sagten Sie, für wen Sie arbeiten?«

»Ich habe nichts gesagt. Aber es ist Mikes Großmutter, Martha Evancek.«

»Tatsächlich? Ich habe gar nicht gewußt, daß er eine Großmutter hatte. Er hat sie niemals erwähnt.«

»Die beiden kannten sich nicht persönlich. Womit war er bei Buckeye beschäftigt?«

»Er arbeitete in der Katalogabteilung, genau wie ich. ›Federleichter, dauerhafter, platzsparender Karton, ideal für Versand und Vorratshaltung.‹ Das haben wir geschrieben. Es war unsere erfolgreichste Zusammenarbeit.«

»Was für ein Typ war er?«

»Ein As. Wenn man irgendwelche Hilfe brauchte, war er da, und wenn man nicht bis zum nächsten Ultimo auskam, benahm er sich, als würde man ihm einen Gefallen tun, sich fünf Dollar von ihm zu borgen. Menschen wie er sind so rar, daß der liebe Gott wahrscheinlich dachte, er sollte sich nicht zu lange bei uns aufhalten.«

»Tödlich zu verunglücken scheint das Sozialprestige gewaltig zu heben«, meinte ich.

»Ich sage das nicht etwa nur, weil er tot ist. Mike war der beste Freund, den ich je hatte oder haben werde.«

»Er muß doch aber auch irgendwelche Fehler gehabt haben.«

»Ich wüßte keine, außer vielleicht, daß er zu still war. Komischerweise habe ich erst darüber nachgedacht, als er schon tot war. Ich versuchte mich an Dinge zu erinnern, die er gesagt hatte, und mir fiel nichts ein. Natürlich hat er gesprochen, das ist klar, aber meist waren es nur Antworten auf Fragen gewesen, die man selber gestellt hatte. Vielleicht mochte ich ihn deshalb so gern. Er war ein guter Zuhörer. Er gab einem das Gefühl, als sei alles Gold, was man sage. Wahrscheinlich ist es gar nicht so verwunderlich, daß ich trotz unserer engen Freundschaft nichts von dieser Großmutter wußte. Er sprach nie über sich selbst.«

»Hat er je die Schießerei erwähnt?«

»Welche Schießerei?«

»Etwas, worauf er keinen Einfluß hatte«, sagte ich hastig. »Hören Sie, ich möchte Ihren Namen und Ihre Telefonnummer gern der alten Dame geben. Sie will vielleicht mit Ihnen über Michael sprechen.«

»Ja, natürlich. Das ist mir sehr recht. Allein die Tatsache, jetzt mit Ihnen über ihn geredet zu haben, gibt mir ein gutes Gefühl.«

Ich schrieb mir seine Privatnummer auf, und wir beendeten unsere Unterhaltung. Dann wählte ich noch einmal die Fernauskunft und ließ mir die Nummer der Polizei in Cabo San Lucas, Baja California, Mexico, geben. Das Telefon läutete fünfzehnmal, bevor ein Sergeant Cristóbal an den Apparat kam. Die Verbindung war schlecht und voll statischer Geräusche und seine Stimme noch unverständlicher wegen des spanischen Akzents und noch irgend etwas anderem, aber schließlich schien er zu begreifen, was ich wollte. Sein Englisch wurde merklich besser, nachdem ich fünfzig Dollar erwähnt hatte. Er fragte, ob ich der Mann sei, der sich früher schon nach dem Unglücksfall erkundigt hatte.

»Welcher Mann?« wollte ich wissen. »Wann?«

»Ein Mann. Vor ein paar Monaten. Ich werde Ihnen eine Kopie des vollständigen Berichts in ein paar Tagen schicken.« Bevor er auflegte, bellte er jemanden mit Namen Elena an. Ich konnte seinen Tequila-Atem fast durch die Leitung riechen.

Dann versuchte ich Barbara Nortons Nummer. Besetzt. Ich wendete noch etwas Geld auf und rief Fred Florentine ein zweites Mal an, um ihn zu fragen, ob er etwas von jemandem wüßte, der nach Mexico gefahren war, um nach dem Ertrunkenen zu forschen.

»Nein. Aber so etwas ist doch nicht ungewöhnlich, oder? Versicherungsgesellschaften bringen ihren Kunden nicht allzuviel Vertrauen entgegen.«

»Ich habe oft genug für Versicherungen gearbeitet, um das zu wissen. Besten Dank.«

Ich goß mir einen Scotch ein, bedachte die Schöne auf meinem Kalender mit einem Kopfnicken und leerte das Glas. Dann füllte ich es wieder und trank, ohne jemandem zuzuprosten. Schließlich verstaute ich die Flasche an ihrem Platz und nahm meinen Hut vom Haken. Er war schwer. Sie hatten das Material aus einem Steinbruch geholt und es mit Blei gefüttert.

Die Sonne war irgendwo westlich von Southfield, und Schatten lagen auf den Rasenflächen von St. Clair Shores, als mir Karen McBride in Martha Evanceks Haus entgegenkam. Sie trug jetzt ihre Schwesterntracht und sah so weiß und adrett aus, daß ich mich nur noch grauer und verwelkter fühlte. Ich hatte aber auch einen ganz schönen Vorsprung. Als sie mein Gesicht sah, erstarrte ihr Willkommenslächeln.

11

»Welche Ironie. Eine solche Familientragödie zu überleben, um aufzuwachsen und dann in brusttiefem Wasser zu ertrinken!«

»Ertrinken kann man überall, wo es naß ist. Ich könnte Ihnen da Geschichten erzählen . . .«

Aber ich unterließ es. Statt dessen machte ich den Mund zu und drückte meine fast noch halbe Zigarette in einem Glasaschenbecher auf der Armlehne des Sofas aus. Eigentlich hatte ich mir gar keine anstecken wollen, meine Kehle war sowieso schon so rauh wie ein ungefegter Kamin, aber wenigstens hatten meine Hände etwas zu tun.

Aus irgendeinem Grund hatte ich Karen die ganze Geschichte erzählt. Ich hatte angefangen mit dem, was sie schon wußte, wie die alte Dame bei mir im Büro erschienen war, um dann fortzufahren mit dem, was ich von Howard Mayk erfahren hatte, dem Besuch in dem alten Haus der Evanceks und allem anderen. Mit Fred Florentine in Dayton endete ich. Stash Leposava faszinierte Karen am meisten. Sie hatte mir ein Dutzend Fragen über den alten Kosaken gestellt und hockte auf der Kante des hochlehnigen Polstersessels, die Hände zwischen die von weißem Leinen bedeckten Knie geklemmt und den Kopf vorgeneigt, um meine Antworten besser zu verstehen. Als es zu dunkel wurde, um sich gegenseitig noch richtig erkennen zu können, stand sie auf und knipste eine Lampe an. Dann setzte sie sich wieder, um auch noch den Rest zu hören. Sanfte Schatten lagen auf ihren Wangen und in der Höhlung unter ihrer vollen Unterlippe und ließen sie wirken wie ein kleines Mädchen, das auf dem Dachboden vor dem Spiegel Verkleiden spielte.

»Möchten Sie etwas trinken?« fragte sie.

»Ich habe mir vorhin schon einen Scotch genehmigt. Das heißt zwei. Die haben mir auch nicht geholfen.«

Sie blickte hinab auf ihre Hände. »Ich werde es Martha sagen. Sie ist stärker, als Sie glauben. Sie wird es verkraften.«

Ich schüttelte den Kopf. »Dafür habe ich schließlich mein Honorar gekriegt. Nicht, daß ich nicht schon öfter schlechte Nachrichten zu übermitteln gehabt hätte. Schließlich bin ich ein alter Profi. Wenn mein Auto einen Mast hätte, würde ich schwarze Segel im Kofferraum mit mir führen und sie bei solchen Anlässen hissen wie Odysseus.«

»Ich dachte, das sei Jason gewesen.«

Ich sah sie an. Sie zuckte entschuldigend die Achseln. »Ich kenne Martha besser«, sagte sie. »Die Einzelheiten können Sie ihr dann später noch beibringen.«

Ich zog den Umschlag aus der Tasche und hielt ihn ihr entgegen.

»Was ist das?« Sie griff nicht danach.

»Die zweite Hälfte von Mrs. Evanceks fünfhundert, abzüglich der Spesen. Ich habe die Sache an einem Tag erledigt. Die Zeit, die ich gestern abend damit verbracht habe, ihre Angaben zu überprüfen, rechnet nicht. Das wäre nur der Fall gewesen, wenn sie gelogen hätte. Ich schreibe noch einen kompletten Bericht und bringe ihn in den nächsten Tagen vorbei.«

Sie nahm den Umschlag. »Martha wird sagen, daß Sie sich Ihr Geld trotzdem verdient haben.«

»Zuerst vielleicht. Aber je mehr sie darüber nachgrübeln wird, desto weniger wird sie davon überzeugt sein. Und zuletzt bin ich dann um eine Referenz ärmer. So edel, wie ich aussehe, bin ich gar nicht. Schließlich muß ich in dieser Stadt arbeiten.«

Sie stand auf und legte den Umschlag in das Schubfach einer kleinen Kommode mit Spitzendeckchen auf dem blankpolierten Holz. Ihr Rock raschelte auf die Art, wie man es auf den Fluren von Krankenhäusern hört. Dann wandte sie sich um und sah mich an.

»Gilt Ihre Einladung von heute früh noch immer?«

»Ich dachte, Sie hätten heute nacht Dienst«, erwiderte ich.

»Es ist Mitte der Woche. Da kann ich jemanden finden, der für mich einspringt.«

»Ist es mein gutes Aussehen oder nur Mitleid?«

Ihr Gesicht bekam einen klinischen Ausdruck, während sie mich musterte. »Sie würden gar nicht schlecht aussehen, wenn Sie sich die Haare über die Ohren wachsen ließen und sich nicht die Oberlippe so scharf rasieren würden. In diesem Fall muß ich aber sagen, daß es Mitleid ist.«

»Besser als gar nichts. Also gehen wir.« Ich stand auf.

Sie verzog das Gesicht zu ihrem typischen Lächeln, das an ein Äffchen erinnerte. »Lassen Sie mich nur noch kurz telefonieren und aus diesen weißen Sachen steigen.«

Wenigstens eine positive Seite – aber auch die einzige – ist der Tatsache abzugewinnen, daß der Jazz in Detroit immer mehr vom Soul verdrängt wird. Man kann mitten in der Woche in einem Jazzlokal in der City einen Platz kriegen. Wir brauchten nur eine Viertelstunde an der Bar eines Lokals auf der Gratiot zu warten, bis uns ein Mädchen in einer gerüschten blauen Bluse und einem geblümten bodenlangen Rock zu einem Tisch gegenüber dem Podium führte, auf dem ein fetter schwarzer Mann in einem orange-grün-karierten Sportsakko und mit verspiegelter Brille auf der Nase an einem Saxophonkasten lehnte und rauchte.

Wir gaben unsere Bestellung auf, und nachdem sich unsere Serviererin mit auf dem Boden nachschleppendem Rock entfernt hatte, widmeten wir uns unseren Getränken, die wir von der Bar mit zum Tisch genommen hatten.

»Sie machen einen unzufriedenen Eindruck«, stellte Karen fest.

»Bis jetzt habe ich die Querrippe ja noch gar nicht probiert.«

»Nein, ich meine wegen Michael. Bezweifeln Sie, daß er auf die Weise umgekommen ist, wie behauptet wird?«

»Das wird schon stimmen. Mich beschäftigt vielmehr die Schießerei. Ich glaube dem alten Stash.«

Sie verschränkte die Finger unter dem Kinn. Sie trug weder Ringe noch sonst irgendwelchen Schmuck. Zum Ausgehen hatte sie ein glattes, schwarzes, ärmelloses Kleid mit ovalem Ausschnitt gewählt, der gerade bis dahin reichte, wo es interessant zu werden begann. Die Haare trug sie hinten hochgesteckt. Das Kerzenlicht auf dem Tisch ließ die weichen Wellen aufglänzen. Sie betrachtete mich schweigend.

»Eine größere Anzahl Zeugen ist immer verdächtig«, erläuterte ich. »Sie kommen zusammen, tauschen ihre Beobachtungen aus, und es gibt immer zwei oder drei darunter, die alles besser gesehen haben als die übrigen. Dann fangen die anderen an nachzudenken, kommen zu dem Schluß, daß ihre Beobachtungen wahrscheinlich nicht so interessant sind, und wenn die Polizei erscheint, haben alle dasselbe gesehen. Der alte Mann hat aber nicht mit den Nachbarn herumgestanden. Er sah, was er sah, und es war ihm egal, daß niemand sonst es auch gesehen hatte. Er teilte seine Beobachtungen lediglich der Polizei mit und versuchte nicht, seine Aussage mit irgend etwas aufzupolieren, von dem er annahm, daß es die Polizei vielleicht gern hören würde.«

»Aber er ist senil.«

»Jetzt vielleicht. Damals war er es bestimmt nicht. Auch jetzt bin ich da noch sehr im Zweifel. Jemand kann jung und hartnäckig sein, und sie nennen es Sturheit. Ist jemand aber alt und hartnäckig, wird gesagt, er hat eine Schraube locker und gehört ins Pflegeheim. Ich glaube, Stash Leposava hat Michael, bevor die Schüsse fielen, hineingehen sehen. Bedenken Sie, daß kein einziger der Nachbarn überhaupt gesehen hat, wie der Junge nach Hause kam. Niemand hatte einen besonderen Grund, aus dem Fenster zu schauen, bis die Schüsse Aufmerksamkeit erregten. Die Polizei hat einfach zu Protokoll genommen, was Michael Tage nach dem Ereignis aussagte. Es besteht die Möglichkeit, daß er noch immer unter Schock stand. So etwas kann lange vorhalten, ohne daß es die Umwelt bemerkt.«

»Barbara Norton müßte das eigentlich besser als irgend jemand sonst wissen«, meinte Karen.

»Wahrscheinlich. Aber sie ist so weich wie ein Brückenpfeiler, und ich habe nicht die sechs Monate Zeit, die es dauern würde, sie mürbe zu machen.«

Ein Gedanke spiegelte sich in ihrem Gesicht. Sie hob das Kinn von ihren verschränkten Fingern. »Sie glauben doch nicht etwa, daß Michael . . .«

»Nein«, sagte ich. »Obwohl auch das nicht völlig undenkbar wäre. Es gibt nichts, was man sich vorstellen kann, das noch nie verübt worden wäre, und zwar in jüngster Vergangenheit. In diesem Fall möchte ich aber das Polizeiprotokoll für richtig halten. Man kann über die Polizei sagen, was man will – die meisten Beamten sind im großen und ganzen tüchtig und zuverlässig. Nur können sie oft nicht genügend Zeit für einen Fall aufwenden, wenn man das schmale Budget und die Arbeitsüberlastung bedenkt. Ich glaube, Michael hat etwas gesehen, das gewisse Zweifel beseitigen könnte. Aber nun ist er Fischfutter im Pazifik, und alles spielt keine große Rolle mehr.«

Die Serviererin kam mit unserem Essen, und wir sprachen erst wieder, nachdem sie sich mit dem geleerten Tablett entfernt hatte.

Dann sagte Karen: »Ich habe bis jetzt noch nie einen Privatdetektiv kennengelernt. Ich dachte, das seien zumeist plattnasige Schlägertypen, die ihre Abende damit verbringen, Leute in finsteren Seitenstraßen an die Wand zu knallen. Sie sind eigentlich ganz sympathisch.«

»Mein Pensum an Schlägereien habe ich bereits hinter mir. Heute sehen Sie mein St.-Clair-Shores-Gesicht.«

»Und wie ist das?« Sie griff nach ihrer Gabel.

»Zurückhaltend und höflich. So wie mein Grosse-Pointe-Gesicht. Nur lege ich da noch ein bißchen Hinterhältigkeit mit hinein. Wissen Sie, dieser aalglatte Ausdruck. Die platte Nase hebe ich mir für Cass und Mt. Elliott auf.«

»Und was ist mit Iroquois Heights?«

»Oben in Iroquois Heights versuche ich am liebsten ganz ohne Gesicht auszukommen. Dort schlagen sie einem nämlich glatt die Fresse ein, nur um irgendwas zu tun zu haben. Wie ein böses Kind, das einer Fliege die Flügel ausreißt, statt Schularbeiten zu machen.«

»Ich bin in Iroquois Heights geboren«, sagte sie.

»Eine Menge anderer netter Leute auch. Man sollte dort nur der Polizei und dem Staatsanwalt nicht den Rücken zuwenden, wenn man gern einen heilen Kopf behält.«

Die ganze Kapelle, eine Fünf-Mann-Combo, hatte sich inzwischen auf der Bühne versammelt und begann mit einem Arrangement von »*Ebb Tide*« für Trompeten, Baß, Klavier und Schlagzeug. Karen warf einen Blick hinüber zum Podium und nahm dann einen Schluck von ihrem Gin-Tonic. »Das heute früh war aber nicht Ihr St.-Clair-Shores-Gesicht.«

Ich schob grinsend meinen leergegessenen Teller beiseite und griff nach meinem Glas. Ich hatte eine Querrippe mit sämtlichen Beilagen verdrückt und keinen Bissen davon geschmeckt. »Das war Ihre Schuld. Sie haben sich wie eine spröde alte Jungfer benommen, und darauf reagiere ich immer mit meinem Dreizehnhundert-Gesicht. Das zeige ich sonst nur den Beamten im Polizeipräsidium in der Beaubien Street Nummer dreizehnhundert. Gewöhnlich trägt es mir einen Rausschmiß durch die Hintertür ein, und mein Hut fliegt hinterher.«

»Heute früh war ich ganz auf Abwehr eingestellt«, sagte sie. »Ich kannte Sie ja nicht. Natürlich bin ich auch jetzt noch weit davon entfernt, Sie zu kennen. Was bringt einen halbwegs intelligenten Mann mit flottem Mundwerk und einem netten Gesicht – diesem jedenfalls – dazu, für seinen Broterwerb anderer Leute dreckige Wäsche zu waschen?«

»Was bringt ein hübsches Mädchen, das Fotomodell sein soll, dazu, Bettpfannen auszuleeren?«

»Ich kriege eine Menge nackter Männer zu sehen. Aber ich habe zuerst gefragt.«

»Ein Freund kam ums Leben und hinterließ mir das Geschäft. Ich bekomme aber bei weitem nicht so viele nackte Frauen zu sehen, wie ich gerne möchte.«

»Na, so was!«

Ich lehnte mich zurück und spielte mit einer Zigarette. »Ich frage mich das achtmal in der Woche selbst. Montags zweimal, weil ich dann noch einen Kater habe vom Wochenende. Ein aufgeweckter junger Mensch wie ich sollte einen technischen Beruf haben, außer daß mein Mißtrauen gegen Computer ans Pathologische grenzt. Ich könnte nach Westen ziehen und Cowboy werden. Aber als ich das erste Mal auf ein Pferd gestiegen bin, hat es mich gleich abgeschmissen, und ich besaß genügend Vernunft, es nicht ein zweites Mal zu riskieren. Man setzt sich nicht noch einmal auf einen glühenden Ofen. Ich könnte mich auch für die Wahl zum Bürgermeister aufstellen lassen, aber dafür bin ich nicht schwarz genug und auch zu wenig raffiniert. Die Juristerei ...«

»Wie wäre es mit einem Job bei der Polizei?«

»Nächste Frage.«

Sie fuhr mit ihrer Gabel am Rand des Tellers entlang. »Na schön, Sie sind also ein Rätsel. Ich frage mich nur, ob es sich lohnt, es zu lösen.«

Darauf ging ich nicht ein. Die Serviererin kam, um zu fragen, ob alles in Ordnung sei. Ich bestellte eine Flasche Wein, und sie ging wieder. Die Band spielte »*Stars Fell on Alabama*«, langsam, mit der Trompete als Führungsinstrument, so wie es Red Nichols getan hatte. Es war eine bessere Band, als das Lokal verdiente. Einige Paare bevölkerten die Tanzfläche. Wir beobachteten sie und hörten der Musik zu.

»Die schwanken da herum wie Eingeborene nach der Trommel des Medizinmanns«, murmelte Karen. »Ziemlich albern, wenn man es recht überlegt.«

»Albern.« Ich stand auf und hielt ihr die Hand entgegen. Sie nahm sie.

Unsere Füße machten kein Geräusch auf den zahlreichen Lackschichten der Tanzfläche. Trotz ihrer weiblichen Rundungen war Karen ziemlich drahtig. Ihr Kopf legte sich an mein Schlüsselbein. »Es tanzt auch«, stellte sie fest. »Mir hat mein Vater das Tanzen beigebracht, als damals alle, die ich kannte, nur mit den Armen schlenkerten und mit dem Kopf wackelten, wie jemand, der rückwärts einen Wasserfall hinaufzuschwimmen versucht. Und wo haben Sie tanzen gelernt?«

»Die Freudenmädchen in Saigon hatten nur noch eine zweite Begabung.«

Wir tanzten weiter. Sie fühlte sich warm an.

»Was ist das?« fragte sie plötzlich.

»Seien Sie nicht naiv.«

»Dies hier.« Sie klopfte auf den Smith & Wesson an meinem Gürtel unter dem Jackett.

»Ich dachte anfangs, ich würde ihn vielleicht brauchen. Aber das war nicht der Fall. Ich hatte ganz vergessen, daß ich ihn noch trage.«

»Ich hasse Waffen.«

»Sie sind nichts, was man lieben oder hassen sollte. Nur einfach Gebrauchsgegenstände aus Stahl.«

Wir tanzten. Ihr Haar roch süß nach Seife und Frau.

»Hören Sie, ich bin ein bißchen besorgt wegen dieses Burschen, mit dem Sie sozusagen liiert sind.«

»Nicht nötig. Ich bin es nicht.«

»Liiert?«

»Nein, besorgt.«

Als wir aufhörten zu tanzen, tranken wir den Wein aus, und dann brachte ich sie nach Hause. Sie hatte eine Wohnung im ersten Stock eines Ziegelhauses am Lake Shore Drive, eins von diesen großen Dingern, die von jemandem mit Namen Phil the Camel oder Charlie Blue Eyes gebaut sein könnten, mit einem Erkerfenster, das die mattgraue Oberfläche des Lake St.Clair überblickte, an dessen gegenüberliegendem Ufer die Lichter von Windsor wie Pailletten glitzerten. Weiter unten auf unserer Seite erstreckten sich in breiter Fläche Grosse Pointe Woods und Harper Woods und dahinter Detroit.

Ich hatte den Schlips gelöst und mein Jackett über einen Stuhl gehängt und stand im Dunkeln am Fenster, um mir Detroit zu betrachten, als Karen mir ein Glas mit etwas Alkoholischem in die Hand drückte, den Arm um meine Taille schlang und ihren Kopf gegen meinen Oberarm legte. Ohne Schuhe war sie winzig.

»Ich liebe diese Nachtstimmung«, sagte sie. »Ich stehe oft hier und schaue hinaus und überlege, was wohl hinter all den erleuchteten Fenstern vorgehen mag.«

»Hinter mindestens zweien davon spielt sich ein Mord ab«, erwiderte ich. »Wenn man den Statistiken glauben darf.«

»Wir sind heute abend zynisch.«

»Wir sind müde. Warum müßt ihr Krankenschwestern immer von ›wir‹ sprechen?«

»Was hast du gegen diese Stadt?«

»Sie ist nicht mehr, was sie einmal war. Laß mich gar nicht erst anfangen.«

»Wir haben noch die ganze Nacht.«

»Du sagst es schon wieder.« Ich trank. Es war ein guter Bourbon, der ein leichtes Brennen hinterließ. »Als ich nach Detroit kam, war die Stadt wie ein starker, etwas primitiver Kumpel mit einem Nacken wie ein Bierfaß und einem freundlichen, breiten, manchmal sogar törichten Grinsen. Er arbeitete hart, wurde schmutzig, fluchte, riß faule Witze und lachte viel und laut. Dann kamen die Krawalle und danach die Morde, und dann übernahmen diese neuen Typen das Ruder, zogen diese Silos am Flußufer hoch und nannten das Ganze Renaissance-City. Jetzt ist die Stadt wie eine Nutte, die plötzlich religiös geworden ist, alte Freunde meidet und nicht mehr über die alten Witze lacht. Aber in der Nacht macht sie immer noch die Beine breit für alles, was kommt. Ich glaube, es ist die Scheinheiligkeit, die mich so stört.«

»Du erwartest zu viel von einem Haufen Stahl und Steine«, sagte sie.

»Vielleicht. Mir fehlt dieser alte Kumpel.«

Sie hob das Gesicht zu mir empor, und ich küßte sie. Es fing erst ganz harmlos an und endete mit Selbstverteidigung. Ich mußte die Knie beugen, um meinen Rücken zu entlasten. Sie hatte sich vom Brustbein bis zum Schenkel an mich gepreßt, ihre Zunge entwickelte ein Eigenleben, eine Hand fand mein Schulterblatt, und die andere wanderte an meiner Wirbelsäule herab, bis sie auf den Revolver stieß und zurückzuckte. Ich ließ Karen mit einer Hand los, tastete nach hinten, machte das Halfter ab und schob es samt Revolver auf die breite Fensterbank. Alles war ziemlich mühselig, so verschlungen, wie wir ineinander waren, aber wir blieben am Ball. Karen war biegsam und geschmeidig wie ein junger Ozelot, ihre Lippen schmeckten wie saftige wilde Beeren, aromatisch und süß, ihre Zähne wie Dornen inmitten der Süße. Ich biß auch selber und drang tiefer in den Dschungel ein.

Ich zog mich leise im Dunkeln an. Das Schlafzimmer besaß eine kleinere Ausführung des Erkerfensters im Wohnzimmer, und als Karen sich auf den zerwühlten Laken bewegte und ein Bein anzog, ließ das von der Straße hereinfallende Licht ihre Haut bläulich-weiß schimmern. Ihr Haar war wie ein Fächer auf dem Kopfkissen ausgebreitet, als sie dalag und mir zusah, wie ich mein Hemd zuknöpfte.

»Warum bleibst du nicht bis morgen früh?« fragte sie schläfrig. »Bei mir gibt's ein deftiges Frühstück. Um das Kantinenpersonal vom Krankenhaus schlage ich einen weiten Bogen.«

»Ich esse sowieso nie viel zum Frühstück.«

»Es gibt noch andere gute Gründe hierzubleiben.«

»Mehr als gute«, bestätigte ich. »Aber morgen ist ein Arbeitstag. Ich habe leider niemanden, der für mich einspringt, so wie du.«

»Außerdem gehören die Morgenstunden dir, und du willst sie nicht teilen.«

Ich sah sie an. Von oben bis unten. Und seufzte. »Intelligent ist sie auch noch.«

»Ich lebe allein. Das paßt ins Bild wie Selbstgespräche und im Stehen essen.«

Sie stand auf und warf sich einen roten Kimono über, der gerade das Nötigste bedeckte. Damit angetan, begleitete sie mich zur Tür des Schlafzimmers und stellte sich auf die Zehenspitzen, um sich einen Abschiedskuß geben zu lassen, der ziemlich flüchtig geriet. Ich tätschelte ihre seidenbedeckte Kehrseite und grinste. »Hier war es, wo wir letztesmal in Schwierigkeiten gerieten.«

Sie lächelte, es war jedoch nicht das breite Lächeln, das an ein Äffchen erinnerte, sondern das etwas gezwungene, das selbst die nettesten Frauen kriegen und das ausdrückt: Ganz egal, wie weit du von mir weggehst oder was du auch tust, ein Stückchen von dir bleibt meins. »Rufst du mich morgen an?«

Ich seufzte wieder. »Hm-mh.« Dann küßte ich sie noch einmal.

Später sammelte ich im Wohnzimmer meinen Schlips und mein Jackett ein, nahm das Halfter mit dem Revolver von der Fensterbank und befestigte es wieder hinter meinem rechten Hüftknochen am Gürtel. Das Gewicht gab mir ein vertrautes Gefühl, viel mehr als das Wohnzimmer, in dem ich stand. Trotzdem war es ein hübscher Raum, um darin eine Morgenzeitung zu lesen. Ich verzog mich, das Jackett über dem Arm, auf Zehenspitzen wie ein Einbrecher.

12

Ich bekam noch sechs Stunden Schlaf, dann duschte ich, rasierte mich und musterte mich gerade im Spiegel über dem Waschbecken, als es an der Haustür klingelte. Es war der Bote von der Reinigung mit meinem guten blauen Anzug. Ich bezahlte, gab ihm ein Trinkgeld und nahm ihm den Drahtbügel ab. »Finden Sie, ich würde mit längeren Haaren und einem Schnurrbart besser aussehen?«

Er betrachtete mich abschätzend. Er war ein junger Araber mit glatter brauner Haut und einer gestreiften Krawatte zu einem karierten Hemd. »Vielleicht«, sagte er dann. »Vielleicht auch nicht. Wo ich herkomme, werfen sie einen ins Gefängnis, wenn man nicht schon mit dreizehn einen Schnurrbart hat.«

»Und wo ist das? Iran?«

»Highland Park.« Er ließ unter seinem eigenen adretten schwarzen Clark-Gable-Bärtchen sehr weiße Zähne aufblitzen.

Nachdem er gegangen war, legte ich den Bademantel ab, entfernte die Stecknadeln aus einem neuen blaßblauen Oberhemd, schlüpfte hinein, wählte eine schwarze Krawatte mit silbernem Muster und zog den frisch gereinigten Anzug an. Dann steckte ich versuchsweise ein Ziertaschentuch in die Brusttasche, sah in den Spiegel, fand es doch nicht so gut, und zog es wieder heraus. Ich putzte mir die Zähne, kämmte mir die Haare und starrte mißbilligend auf den blauen Schatten auf meiner unteren Gesichtshälfte, dem bisher noch kein von Menschenhand entworfener Rasierapparat beizukommen vermocht hatte. Ein neues graues Haar schimmerte zwischen dem dichten braunen Bewuchs an meiner Schläfe. Graue Schläfen sind etwas für gesetzte Männer. Da schien irgendein Fehler vorzuliegen. Ich wischte jeden Schuh einzeln mit einem Handtuch ab und benutzte die Vordertür. Ich hoffte, ich sah gut genug aus für einen russischen Schriftsteller.

Die Sonne schien heute nicht. Der Himmel war von einer dünnen, silbrigen Wolkenschicht bezogen, und es lag der Roheisen-Geruch von Regen in der Luft. Für alle Fälle warf ich meinen Regenmantel auf den Rücksitz des Wagens.

Das Westin Hotel, erst vor wenigen Jahren als Detroit Plaza Hotel erbaut, ragt, umgeben von den zylindrischen Türmen des Renaissance Centers, über zweihundert Meter hoch in den Himmel. Die Stadt brauchte mehr Übernachtungsmöglichkeiten für Parteikongresse, deshalb wurden ein paar ältere Hotels abgerissen, um dieses neue zu bauen und dazu einen betonierten Festplatz, der in das Schwemmland des Flusses absinkt, eine überdachte Sportarena, die für Football zu niedrig ist, und einen von einem japanischen Architekten entworfenen undichten Springbrunnen, der aussieht wie eine große sabbernde Tarantel aus Stahl.

Ich stellte meinen Wagen auf dem Parkplatz am Center ab und fuhr mit dem Fahrstuhl zu Fedor Alanovs Etage hinauf. Als ich ausstieg, war auf dem stillen, mit Teppichboden ausgelegten Flur keine Menschenseele zu sehen. Wie auf den Fluren aller anderen kostspieligen Hotels in der Welt herrschte eine Atmosphäre wie im Beerdigungsinstitut.

»Guten Morgen, Mr. Walker. Sie sind pünktlich. Bitte kommen Sie herein.«

Ihre Stimme klang nicht so, wie sie am Telefon geklungen hatte. Das war auch nicht zu erwarten gewesen. Ebensowenig sah ein Kunstwerk in der Galerie genauso aus wie in einer Zeitschrift. Ich folgte ihrer Aufforderung, ließ sie meinen Hut in einen Wandschrank hängen und nahm dann ihre Hand, die weich war und kühl und dazu gemacht, sie zu ergreifen und zu drücken und wieder loszulassen. Sie duftete dezent nach etwas, das, falls es nicht Jasmin war, es eigentlich hätte sein sollen.

»Ich bin Louise Starr, Mr. Alanovs Lektorin. Wir haben gestern miteinander gesprochen.«

Sie war blond. Ihre Haare waren hinter die Ohren zurückgebürstet und stießen in einer weichen Welle auf die Schultern. Sich selbst überlassen, wären sie ihr über die rechte Augenbraue gefallen, doch auch noch in dem augenblicklichen gebändigten Zustand reflektierten sie das elektrische Licht, das in dem Raum brannte. Die Sonnenbräune ihres Gesichts war gleichmäßig genug, um ihr natürlicher Teint sein zu können, bis auf die verräterische Blässe ihrer Augenlider. Ihre Augen waren so blau wie der Lake Superior unter einem violetten Himmel. Ihr Make-up war unauffällig, und ich schenkte ihm wenig Beachtung. Garantiert war es der richtige Farbton für sie, und sie wußte, wohin sie sich wenden mußte, um die perfekte Anwendung zu erlernen. Sie trug bernsteinfarbene runde Ohrclips, eine cremefarbene Bluse und ein Schneiderkostüm von jenem satten Braun, das signalisierte: nur Karrierefrau, kein Sex. Aber der Modeschöpfer, der sich das ausgedacht hatte, war dieser Dame sicher nie persönlich begegnet. In ihren flachen dunkelbraunen Schuhen war sie mehrere Zentimeter kleiner als ich.

»Kommen Sie und lernen Sie das Paradestück in unserem Stall kennen«, sagte sie.

Ich löste meine Zunge vom Gaumen. »Ich dachte bisher immer, was in einem Stall steht hätte Hufeisen und auf dem Rücken eine Decke.«

»Es ist nur so eine Redensart. Wie ich Mr. Alanov auch schon erläutert habe.«

Ich folgte ihr durch einen jener Räume, die einfach nur Räume sind, die man durchquert, um in andere Räume zu gelangen. Er hatte einen Salz-und-Pfeffer-Teppich und ein paar Stühle, auf denen niemals jemand saß, aufgereiht an Wänden mit Gemälden, die nie jemand betrachtete. Louise Starrs Hüften schaukelten ein bißchen in dem enggeschnittenen Rock.

Wir kamen in einen anderen Raum, der doppelt so groß war, mit demselben Teppichbelag, noch mehr Gemälden und ein paar grünen Stühlen und Sofas mit hohen wulstigen Rückenlehnen und langen dünnen Beinen aus dunklem glänzendem Holz. Windsor lag in gedämpften Farben jenseits eines großen Fensters in der rechten Wand, und der Detroit River glitzerte stahlblau. Eine fahrbare Hausbar voll Flaschen und polierten Mixbechern stand neben einem der Sofas, auf dem ein bärtiger Mann saß und ein langstieliges Glas aus einer der Flaschen mit dunkelroter Flüssigkeit füllte. Ein jüngerer Mann, auch er mit Bart, wandte sich vom Fenster um, als wir eintraten.

»Mr. Alanov, Mr. Walker«, sagte Louise Starr.

Der ältere Mann ließ sich nicht beim Einschenken stören und stellte erst die Flasche auf den Barwagen zurück, bevor er zu mir aufblickte. Er war untersetzt, aber nicht fett, und trug seine schwarzen Haare ohne Scheitel unordentlich zurückgestrichen wie windzerzaustes Gras. Seine Brauen waren dünn für einen Russen, aber absolut waagerecht über Augen mit Wimpern so lang wie die einer Frau. Seine Nase hatte eine tiefe Delle, wo der Nasenrücken hätte sein müssen, als habe vor Jahren jemand mit einem Knüppel draufgeschlagen, und von seinen Mundwinkeln zogen sich silberne Streifen durch seinen Bart, als sei ihm Speichel herabgelaufen. Er hatte eine auffallend grobe Haut mit Poren, in die eine Fingerspitze gepaßt hätte.

Er musterte mich einen Moment lang, dann trank er seinen Wein, füllte das Glas nach und sagte: »Ich mag Sie nicht.«

Ich verzog das Gesicht zu einem Grinsen und löste das Zellophanpapier von einem Päckchen Winston. »Ich fürchtete schon, wir würden das Eis niemals brechen« versetzte ich.

»Hier wird nicht geraucht.« Er richtete den Blick seiner großen schwarzen glanzlosen Augen auf Louise Starr. »Haben Sie ihm nicht gesagt, daß hier Rauchen verboten ist?«

»Mr. Alanov hat eine Allergie«, erläuterte sie.

Ich steckte das Päckchen weg und betrachtete den jüngeren Mann. Er war etwa einen Meter achtzig groß und gut gebaut und hatte einen dunklen Seemannsbart, der sein kantiges Gesicht einrahmte. Seine Augen waren dunkel und schön und gleichäßig von seiner geraden, kräftigen Nase entfernt. Ohne die häßliche ausgezackte Narbe, die er an der rechten Seite seiner Stirn hatte, hätten sie ihn fast ein bißchen feminin wirken lassen. Im Gegensatz zu dem buntbedruckten kurzärmeligen Hemd des älteren Mannes, das dessen dichtbehaarte Unterarme sehen ließ, trug der jüngere einen adretten schwarzen Anzug und eine rote ungemusterte Krawatte. Louise Starr stellte ihn als Andrei Sigourney, Alanovs englischen Übersetzer, vor. Er lächelte, sagte eine Höflichkeit und bot mir die Hand. Als ich sie losließ, wischte er sie nicht ab oder so etwas. Er war ein Mensch mit Manieren.

Weder er noch Alanov hatten einen russischen Akzent. Der Schriftsteller sprach mit einem britischen Tonfall, und Sigourney hätte aus Big Sur stammen können.

Nach Aufforderung der Frau nahm ich auf dem Sofa Alanov gegenüber Platz. Es fühlte sich an wie ein Holzschemel mit einem Taschentuch drüber. Hotels entmutigen eingeschleuste Gäste, auf den Sitzmöbeln zu schlafen. Louise Starr wählte einen Stuhl und kreuzte ihre schlanken Fesseln auf eine Art, die junge Damen heutzutage nicht mehr zu lernen scheinen. Auch ihre Beine waren schön gleichmäßig gebräunt. Ob sie Strümpfe trug, konnte ich nicht sagen. Aber höchstwahrscheinlich. Sigourney blieb stehen, eine Hand auf die Rückenlehne von Alanovs Sofa gestützt.

»Sie sind Engländer.« Der Schriftsteller brachte den Pegel in seinem Glas wieder auf Gleichstand. Er nahm keinen Schluck, ohne sofort nachzuschenken.

»Die Urgroßeltern und ein Großvater väterlicherseits.« Ich räusperte mich in der Hoffnung, daß meine Kehle trocken klingen möge.

»Leute, mit denen man schlecht warm wird, diese Engländer. Ich war in Cambridge.«

»Ich dränge Fedor immer wieder, daß er doch auf englisch schreiben soll«, warf Louise Starr ein. »Andreis Übersetzungen sind zwar ausgezeichnet, aber es geht doch immer etwas verloren, wenn das Weltbild eines Autors in andere Hände gerät.«

»Schiefe Metapher«, rügte Alanov.

»Entschuldigung.«

»Ich werde in der englischen Sprache niemals so gut schreiben können wie auf russisch. Es geht da um feinste Nuancen.«

»Erst gestern hat mir jemand gesagt, Russisch und Amerikanisch seien sich gar nicht so unähnlich«, ließ ich mich vernehmen.

Er runzelte nachdenklich die Stirn. Sein Bart wirkte besonders eindrucksvoll, wenn er die Stirn runzelte; er sah aus wie ein Bär. »Eine gute Theorie. Aber dafür müßte man beide Sprachen vollkommen beherrschen, und das würde ein ganzes Leben erfordern, oder sogar zwei. Lieber bleibe ich dabei, die unvermeidlichen Pannen auf Andreis Konto gehen zu lassen.«

Sigourney lächelte höflich. Bewundernswert höflich. Ich fragte mich, wie er wohl ohne Alanovs Gegenwart sein mochte. Wer immer ihm diese Narbe beigebracht hatte, würde es mir sicher sagen können.

Ich löste meine Beine voneinander und schlug sie nach der anderen Seite übereinander. Dann räusperte ich mich noch einmal.

Diesmal reagierte Alanov, der sich schon wieder einschenkte, auf das Signal. Er hob die Flasche an, bevor er sie auf den Barwagen zurückstellte. »Mein Arzt hat mir empfohlen, vor und nach den Mahlzeiten Wein zu trinken. Ich kann Ihnen gar nicht sagen, wie viele Ärzte ich durchprobiert habe, bevor ich einen fand, der mir Wein verschreibt. Jedenfalls biete ich Ihnen deshalb auch nichts davon an.«

»Sie haben eine Allergie«, sagte ich.

Louise Starr wechselte das Thema. »Sind Sie mit Mr. Alanovs Geschichte vertraut, Mr. Walker?«

»Er ist Russe, nicht wahr?«

»Brauchen wir diesen Mann wirklich?« wollte der Schriftsteller wissen.

»Er ist Russe«, bestätigte sie, einer Antwort elegant ausweichend. »Er war in seinem Heimatland schon Jahre als Dichter und Herausgeber der führenden literarischen Zeitschrift bekannt, bevor er ein Buch schrieb mit dem Titel ›Das Fenster zur Ostsee‹, das die Aufmerksamkeit der Welt erregte und Alanovs Ausweisung aus der Sowjetunion zur Folge hatte. Vor allem den Bemühungen unseres Hauses, des amerikanischen Verlegers von Mr. Alanov, ist es gelungen, daß ihm die amerikanische Regierung Asyl gewährt hat. Und das wird auch der Titel seines demnächst erscheinenden Buches sein.«

»Erzählen Sie ihm, worum es geht«, sagte Alanov.

»Der Titel ist, wie bei allen Werken Fedor Alanovs, doppeldeutig. Obwohl ein Roman, ist das Buch eine sozio-politische autobiographische Behandlung der Lossagung des Autors, in der er gleichzeitig die Diskrepanz zwischen Amerikas Anspruch auf demokratische Freiheit und den internen Vorurteilen aufzuzeigen versucht, die eine solche Freiheit unmöglich machen.«

»Erklären Sie ihm den Plot!«

»Der Held ist ein Dichter . . .« Verspätet erst wurde ihr der Sarkasmus seiner Einwürfe bewußt. Sie lehnte sich ein wenig zurück und machte eine abwehrende Geste mit einer schmalen Hand, an der sie einen bernsteinfarbenen Stein in hübscher Goldfassung trug. »Nun ja, es ist immer unbefriedigend, ein Werk zu diskutieren, das noch nicht erschienen ist. Sagen wir nur soviel – es wird nicht nur ein bedeutendes Buch werden, sondern auch die entsprechenden Stellen diesseits und jenseits des sogenannten Eisernen Vorhangs in Aufregung versetzen. Es gibt Leute, die es lieber hätten, es würde nicht geschrieben. Unangenehme Leute.«

»Unsere oder die von drüben?« fragte ich.

»Ha!« Alanov schlug so heftig mit einer haarigen Pranke auf sein Knie, daß er fast seinen Wein verschüttete. »Ausgezeichnete Frage. Allmählich fange ich an, diesen jungen Mann nicht mehr so sehr nicht zu mögen.«

Ich lächelte dünn.

»Wir glauben, eher die von drüben«, beantwortete Louise Starr meine Frage. »Besonders ein Mann namens Rynearson, den wir im Verdacht haben, ein KGB-Agent zu sein.«

»Oh«, sagte ich. »Diese Art von Fall.«

»Nun ja, mit Sicherheit wissen wir nicht, daß er ein ausländischer Agent ist. Aber er betreibt auf der East Jefferson einen großen Laden, in dem aus Osteuropa importierte Waren verkauft werden, macht eine Menge Geschäfte mit Vertretern der kommunistischen Ostblockländer und steht unter Überwachung wegen Spionageverdachts. Soviel wissen wir jedenfalls von unseren Kontaktpersonen in Washington.« Sie schwieg eine Sekunde. »Vielleicht sollte ich noch hinzufügen, daß dies eine vertrauliche Information ist, die in diesem Raum zu bleiben hat.«

»Lassen wir uns also den Mantel des Schweigens ausbreiten.«

Erstaunlicherweise entlockte ihr das ein Lächeln. Zwischen rosaglänzenden Lippen waren perlweiße Zähne zu sehen. »Wahrscheinlich klingt das alles wie ein wieder aufgewärmter Drehbuchentwurf für ›*The Man from U.N.C.L.E*‹. Das macht es aber nicht weniger wahr.«

»Einiges klingt mir aber doch nicht einleuchtend«, sagte ich. »Das Buch ist ein Roman. Wen kümmert es schon, was ein im Exil lebender Dichter in einem Roman über Politik zu sagen hat? Außerdem – hätte je die Gefahr bestanden, daß Mr. Alanov über Dinge schreibt, die der Öffentlichkeit lieber vorenthalten geblieben wären, hätten ihn die Sowjets gar nicht erst aus dem Land gelassen.«

Sie nickte und warf dabei einen Blick auf den jungen Sigourney, wie eine Mutter, die den Freier ihrer Tochter goutiert. »Das haben uns die Leute vom State Department auch gesagt, als wir uns um Schutz an sie wandten. Sie sind zu sehr in Anspruch genommen, sowjetische Wissenschaftler und Techniker abzuwerben, um sich wegen eines Schriftstellers Sorgen zu machen, noch dazu eines Romanautors. Das ändert aber nichts an der Tatsache, daß Männer, die für Eric Rynearson arbeiten, vergangene Woche versucht haben, Mr. Alanov zu entführen.«

»Hier wird nicht geraucht«, fuhr Alanov dazwischen.

»Entschuldigen Sie. Macht der Gewohnheit.« Ich steckte das Päckchen wieder weg. »Fahren Sie fort, Miss Starr.«

»Mrs., bitte«, korrigierte sie spröde.

13

»Freitag abends fährt Andrei Mr. Alanov immer in ihr Lieblingsrestaurant in Ypsilanti. Es ist das einzige in der Umgebung, das echt balkanesische Küche serviert.«

»›Balkanesische Küche serviert.‹« Alanov war wieder beim Einschenken. »Ich liebe es, wie dieses Land mit der Sprache umgeht.«

Louise Starr ignorierte die Unterbrechung. »Vergangenen Freitag stand ein großer Kombi am Ende der Abfahrt von der Bundesstraße 23 zur Washtenaw Avenue in Ypsilanti quer zur Fahrbahn. Es sah aus, als habe der Fahrer die Kontrolle über den Wagen verloren, aber der Kombi war unbeleuchtet, und Andrei mußte seine ganzen Fahrkünste aufbieten, um einen Aufprall zu vermeiden.«

»Ich habe den Wagen so herumgerissen, daß er in der Gegenrichtung stand«, warf der junge Mann mit schüchternem Grinsen ein. »So wie wir es früher immer auf der Straße vor der High-School gemacht haben.«

»Ich habe Fedor den Verkauf der Filmrechte garantiert, wenn er diese Szene mit in sein Buch hineinnimmt.« Mrs. Starr lächelte.

»Wir werden Burt Reynolds holen, damit er mich spielt«, sagte Alanov.

»Etwas war faul daran, wie dieser Wagen ausgerechnet dort stand, als wir kamen«, sagte Sigourney. »Nachdem ich unseren Wagen also herumgerissen hatte, fuhr ich die Ausfahrt in der falschen Richtung zurück. Ich streifte zwar einen Wagen, der hinter uns gewesen war, wurde aber nicht langsamer und hielt auch nicht an. Glücklicherweise war die Hauptverkehrszeit schon vorüber, so daß uns keine anderen Wagen mehr entgegenkamen, bis wir wieder in der richtigen Richtung auf der Schnellstraße waren. Ich nahm die nächste Ausfahrt und rief von einer Tankstelle aus die Polizei an. Bis die Polizei aber endlich eintraf und wir zurückfahren konnten, waren der Kombi und der Wagen, den ich gestreift hatte, verschwunden. Bis jetzt hat sich auch niemand wegen des Blechschadens gemeldet.«

»Vielleicht wollte der Fahrer wegen seiner Versicherung keinen Wind machen«, meinte ich.

»Oder vielleicht arbeiteten die Leute in den beiden Fahrzeugen zusammen, und der Wagen hinter uns war dazu gedacht gewesen, uns zu blockieren«, sagte Mrs. Starr. »Erzählen Sie ihm den Rest, Andrei.«

Er legte auch die zweite Hand auf die Rückenlehne von Alanovs Sofa. »Der Kombi hatte an der Seite eine Aufschrift, die ich im Scheinwerferlicht sah, als ich meinen Wagen herumriß. Es war ein Lieferfahrzeug des Ladens von Eric Rynearson auf der Jefferson.«

»Das war schlau von ihm«, sagte ich.

»Rynearson hat sonst immer nur Informationen geliefert.« Mrs. Starr kreuzte ihre Fesseln in der anderen Richtung. »Durchaus denkbar, daß er solche Fehler macht, wenn er aktiv werden muß. Der Polizei gegenüber hat er natürlich behauptet, weder er noch sein Lieferwagen seien an jenem Abend auch nur in der Nähe von Ypsilanti gewesen. Wir haben keine Anzeige erstattet. Mr. Alanov hat die Aufschrift nicht gesehen, und so hätte nur Andreis Aussage gegen die von Rynearson gestanden. Das State Department war keine größere Hilfe als die Polizei.«

»Wie kommen Sie darauf, daß er Mr. Alanov kidnappen wollte?« fragte ich.

»Wir lassen ihm den Vorteil des Zweifels. Er kann genausogut vorgehabt haben, ihn umzubringen. Obwohl wahrscheinlicher ist, daß er zuerst das Manuskript von ›*Asyl*‹ in die Hände kriegen wollte.«

Alle hatten die Augen auf mich gerichtet. Selbst Alanov hatte schon zwei Schluck aus seinem Glas genommen, ohne wieder nachzufüllen. Ich deutete mit dem Kopf auf den Barwagen voller Flaschen. »Ist das auch für die Allgemeinheit oder nur gegen Mr. Alanovs Allergie?«

»Andrei, bitte machen Sie für Mr. Walker zurecht, was er haben möchte«, sagte Mrs. Starr.

Er versteifte sich. »Ich bin Schriftsteller, kein Lakai.«

»Ach du meine Güte«, sagte sie.

»Besten Dank, ich versorge mich selbst.« Ich stand auf, ging hinter den Wagen, fischte Eis aus einem Kühler und ließ es in ein Whiskyglas fallen. Auf dem Karren stand eine Flasche, die geformt war wie der Kopf eines Kreuzschlitz-Schraubenziehers. Ich bediente mich von dem Inhalt, ohne auf das Etikett zu gucken. Alles in eingedellten Flaschen war gut genug für mich.

Ich warf einen Blick auf Sigourney, der angestrengt auf seine Hände auf der grünen Sofalehne starrte. Sie waren erstaunlich stark und schwielig für jemanden, der hauptsächlich an der Schreibmaschine sitzt. »Ich hätte mich auch beschwert«, sagte ich.

»Es tut mir leid«, versetzte er. »Ich glaube einfach nur, ich habe Besseres verdient.«

»Das sieht man auf den ersten Blick. Was waren Sie, bevor Sie Übersetzer wurden?«

»Seemann. Meine Familie hat sechs Generationen lang im Schwarzen Meer gefischt. Ich war acht, als meine Eltern mich hierherbrachten und wir uns in Kalifornien niederließen. Ich habe als Matrose für eine Charterboot-Gesellschaft in Long Beach gearbeitet, bevor ich nach Detroit kam. Ich nehme an, ich bin es einfach nur leid, Befehle entgegenzunehmen.«

»So hatte ich das ja gar nicht gemeint«, erklärte Mrs. Starr. »Mr. Walker ist unser Gast, und Sie waren der einzige, der gerade stand.«

»Haben Sie sich das auf dem Boot eingefangen?« Ich wies auf die Narbe an seiner Stirn.

Er fuhr mit den Fingerspitzen darüber. »Ein Marlin-Spieß. Ich war gerade dabei, ein Prachtstück einzuholen, da riß er sich los.«

»Wir werden die Fisch-Geschichte wieder einmal hören«, sagte Alanov.

Sigourney grinste und schwieg.

»Ziemlich mysteriös, das Ganze«, sagte ich und rührte die Eiswürfel mit einem Strohhalm durcheinander, den ich mir aus einem Behälter auf dem Karren genommen hatte. »Ich glaube nicht, daß der KGB tüchtiger ist als der CIA. Aber einmal angenommen, Mr. Alanovs Buch ist tatsächlich wichtig genug, um sein Erscheinen verhindern zu wollen, so leuchtet mir doch nicht ein, daß sie einen Amateur wie Rynearson damit beauftragen würden, der nicht nur einen Wagen benützt, auf dem groß sein Name steht, sondern sich auch von einem jungen Fahrkünstler ausmanövrieren läßt.«

Mrs. Starrs Augen sahen in dem dunkler werdenden Licht, das zum Fenster hereinfiel, wie Saphire aus. »Normalerweise nicht. Deshalb sind wir überzeugt, daß Rynearson auf eigene Faust operiert und sich nur gewöhnlicher Hilfskräfte bedient. Er hat sich in den Kopf gesetzt, daß es ihm in Moskau Punkte einträgt, wenn er das Erscheinen dieses Buches verhindert.«

»Rynearson klingt nicht russisch.«

»Die meisten KGB-Agenten, die in diesem Land arbeiten, sind Amerikaner im Sold der UdSSR«, sagte Alanov. »Ausländischer

Akzent wirkt sich hinderlich aus. Vermutlich ist Rynearson den Sowjets eine Zeitlang nützlich gewesen, und jetzt erhofft er sich, wie wir alle, etwas Besseres auf seine alten Tage.«

»Ehrgeiz gibt es überall.« Ich setzte mich wieder und ließ mir den guten Whisky schmecken. »Wer hat Sie an mich verwiesen? Ein James Bond bin ich nicht.«

»Das war Andreis Idee.« Mrs. Starr bedachte ihn mit einem Lächeln. »Seit dieser Autofahrt am Freitagabend hat er mehr Zeit auf der Polizei verbracht als irgendwo sonst. Dort wurden Sie ihm empfohlen.«

»Nicht von der Polizei«, wehrte ich ab. »Nicht ich.«

»Louise wollte höflich sein.« Der Ton des Übersetzers klang nur noch leicht maliziös. Allmählich war er fast darüber hinweggekommen, beinahe zum Barmixer erniedrigt worden zu sein. »Nachdem sie aus New York eingeflogen war, setzten wir uns mit dem State Department in Verbindung. Wie Sie wissen, war die Reaktion dort nicht sehr ermutigend, aber schließlich rückten sie wenigstens mit den Informationen über Rynearson raus. Ich stellte fest, daß die Bundespolizei in Michigan für die Lizenzen von Privatdetektiven zuständig ist, und da es auch Bundespolizisten gewesen waren, die auf meinen Anruf von der Tankstelle aus reagiert hatten, ging ich hin und fragte an, wer der Beste hier in der Gegend sei. Erst wollten sie mit einer Empfehlung nicht herausrücken. Ich hatte keine Ahnung, daß da soviel Vorbehalte bestehen.«

»Wir Privatdetektive füllen die Lücken, deren Vorhandensein die Polizei nicht eingestehen mag«, versetzte ich.

»Schließlich gaben sie mir eine Liste mit Namen. Erst sortierte ich alle ehemaligen Polizisten aus. Nicht, daß ich prinzipiell etwas gegen Expolizisten hätte, aber es besteht immerhin die Möglichkeit, daß sie vielleicht alten Freunden einen Erfolg zuschanzen wollen. Jedesmal, wenn ich nach jemandem fragte, der nötigenfalls hart zupacken kann, eine Krawatte trägt, wo es angebracht ist, in der Lage ist zu schweigen und nicht früher einmal bei der Polizei war, tauchte Ihr Name auf.«

Ich konzentrierte mich auf meine Eiswürfel. »Trotzdem weiß ich noch immer nicht, was ich eigentlich tun soll. Leibwächter schießen gewöhnlich eine Sekunde zu spät, und mein explodierender Füllhalter ist in Reparatur.«

»Darüber werde ich Sie aufklären«, sagte Mrs. Starr. »Mr. Alanov hält an der Wayne State University eine Reihe von Vorträgen. Deshalb bleibt er noch zwei Wochen in Detroit. Und ich bezweifle, daß Rynearson widerstehen kann, die Gelegenheit zu einem zweiten

Versuch zu nutzen, solange Fedor in Reichweite ist. Fedor sagt, daß er soviel Zeit braucht, um sein Manuskript fertigzumachen.« Sie sah ihn an.

»Ich reise nicht ab, bevor es vollendet ist.« Er leerte den letzten Rest Wein in sein Glas und schüttelte die Flasche, um auch keinen Tropfen übrigzulassen. »Ich brauche immer einen ganzen Monat, um mich irgendwo einzugewöhnen und bevor ich überhaupt an Schreiben denken kann. Und jetzt habe ich diesen Punkt gerade erreicht. Ich bin nicht bereit, meine Arbeit wegen eines Kinkerlitzchen-Händlers mit stalinistischen Wahnvorstellungen auch nur für einen Tag zu verzögern.«

Mrs. Starr richtete den Blick auf mich und zuckte ihre schmalen Schultern. »In Anbetracht dieser Situation und der Tatsache, daß Rynearson nicht nur ein Amateur, sondern auch ein alter Mann ist und vermutlich nicht unempfänglich für eine . . . wie soll ich es ausdrücken?«

»Drohung«, kam ich ihr zu Hilfe.

Sie überlegte. »Nennen wir es lieber eine Warnung. Dies also vorausgesetzt, ist mein Verlag willens, Sie zu engagieren, eine solche Warnung an den Mann zu bringen und ihr nötigenfalls, in den Grenzen der Legalität natürlich, Nachdruck zu verleihen. Wir sind bereit, Ihnen dafür tausend Dollar zu zahlen und zusätzlich einen Betrag, der noch auszuhandeln ist, falls die Warnung nicht zieht und Sie tatsächlich Druck ausüben müssen.«

»Mit anderen Worten, ich soll ihn in die Mangel nehmen.«

Sie nickte.

»Unter welchem Posten im Budget läuft das?«

»Werbungskosten möchte ich sagen. Für das Buch. Nehmen Sie den Auftrag an, Mr. Walker?«

»Er wird glauben, der Kreml sei über ihm eingestürzt.« Ich leerte mein Glas.

14

Es hatte zu regnen angefangen. Tropfen groß wie Glasperlen rannen an dem breiten Fenster herab und ließen die Umrisse von Windsor verschwimmen. Aber sicher würde der Regen nicht anhalten. Louise Starr schrieb einen Scheck über tausend Dollar plus meiner Spesen für den Besuch im Hotel aus und reichte ihn mir.

»Er läuft erst einmal über mein Privatkonto«, sagte sie erläuternd.

»Ich werde den Beleg später dem Verlag einreichen und das Geld wahrscheinlich zu Weihnachten zurückkriegen.«

»Steht es so schlecht?« Ich faltete den Scheck und verstaute ihn in meiner Brieftasche. Er fühlte sich an meinem Herzen gut an, wie der Kopf einer Frau. Mir fiel ein, daß ich Karen anrufen sollte.

»Sie sehen nur die Spitze des Eisbergs. Die Amerikaner haben zwar mehr Freizeit denn je zuvor, aber lesen sie deshalb? Sie beschäftigen sich mit Computern und Videospielen und bunten Puzzles! Bis vor kurzem noch war es das Prinzip im Verlagswesen, Bestseller herauszubringen, um mehr in wichtige Werke, die sich nicht so gut verkaufen, aber das Prestige der ganzen Branche heben, investieren zu können. Exxon und die anderen Großkonzerne haben das alles verändert, indem sie die meisten der renommierten Verlagshäuser geschluckt haben. Jetzt muß sich jedes Buch selbst finanzieren und möglichst ein Bestseller werden, oder der Autor und sein Verleger sind übel dran. Mittlerweile wird angenommen, man könnte Literatur wie Zahnpasta und Motoröl verkaufen. Deshalb scheuen Verleger davor zurück, Autoren zu veröffentlichen, die sich noch nicht bewährt haben, und wagen es nicht, an den Manuskripten der wenigen guten alten Meister auch nur ein Wort zu verändern, aus Angst, ihre Zugpferde an die Konkurrenz zu verlieren. Als Folge davon schreiben selbst gute Autoren nicht mehr so gut wie früher. Ja«, sagte sie, »so schlecht steht es.«

Fedor Alanov applaudierte geräuschlos, indem er behutsam, um nichts von dem Rest seines Weines zu verschütten, mit den Fingern seiner Rechten in die Handfläche der Linken klopfte, die das Glas hielt.

Mrs. Starr errötete ein wenig. Wir standen neben dem Tisch, auf dem sie den Scheck ausgeschrieben hatte. »Fedor braucht sich natürlich keine Sorgen zu machen. Für seine Titel wird in unserem Programm immer Platz sein.«

»Ha!« Er führte sich einen Schluck Wein zu Gemüte.

»Sie sollten sich diese Worte für die sonntäglichen Damentees und die Buchgemeinschaften aufheben«, riet ich ihr. »Die würden so etwas aufsaugen.«

»Und ich könnte mir irgendwo einen Job als Schreibkraft suchen. Die augenblickliche Tendenz geht dahin, diese Generation als die literaturbeflissenste aller Zeiten zu propagieren.« Sie schüttelte sich ein wenig und bedachte mich mit einem Lächeln, das ich bis in die Zehenspitzen spürte. »Wir lassen uns etwas zu essen heraufschicken. Wollen Sie sich uns anschließen, Mr. Walker?«

»Vielen Dank, aber ich mache mich lieber gleich ans Werk. Erst will ich mir diesen Rynearson nämlich einmal ansehen, bevor ich etwas unternehme. Wie ist die Nummer dieses Ladens auf der Jefferson?«

Sie gab mir die Nummer, und ich schrieb sie in mein Notizbuch. »Wann können wir mit einem Bericht rechnen?« wollte sie wissen.

»In ein bis zwei Tagen. Halten Sie inzwischen ein Auge auf Mr. Alanov. Sie könnten natürlich Sicherheitsposten engagieren, aber wie ich schon sagte, Leibwächter führen meistens nur zu Ende, was ein anderer anfängt. Kann ich Sie hier erreichen?«

»Ich habe ein Zimmer eine Etage tiefer. Vierzehn-null-sechs.«

»Nur ein Zimmer?«

»Suiten sind für ausgebürgerte Russen. Ich bin nur die Hilfskraft.«

Ich grinste, und sie reichte mir die Hand. Ich schüttelte auch Andrei Sigourneys schwielige Rechte und sagte auf Wiedersehen zu Mr. Alanov, der zurückgrunzte und sein Glas zum Munde führte. Mrs. Starr geleitete mich durch den anderen Raum zur Tür und gab mir meinen Hut.

»Ich muß gestehen, daß Sie nicht meine erste Wahl waren«, sagte sie. Wir befanden uns außer Hörweite der anderen.

»Das bin ich höchst selten, Mrs. Starr. Ich komme am Ende einer langen Reihe besserer Alternativen.«

»Die Polizei bot uns Schutz an. Ich merkte jedoch, daß sie Andreis Geschichte nicht glaubten und sich der Sache bestenfalls nebenher angenommen hätten. Außerdem hegt Mr. Alanov ein verständliches Mißtrauen gegen offizielle Dienststellen.«

»Ist er als Autor wirklich so gut, oder bringt er nur Geld ein?«

»Er schreibt eindringlich, wenn auch etwas manieriert. Es ist schwer zu beurteilen, wenn man auf die Übersetzung angewiesen ist, und ich lese nicht Russisch. Und natürlich ist er einer unserer Autoren, die sich am besten verkaufen. Die Verlagsleitung hat sehr klar erkennen lassen, daß sie sehr gut ohne mich auskommt, wenn wir ihn verlieren.«

»Auf Sigourney kann ich mir noch keinen rechten Vers machen. Abgesehen von seinem Namen und seinem Aussehen wirkt er auf mich so russisch wie einer der Beach Boys.«

»Er hat einen wunderbaren Roman geschrieben, der auf seinen Erfahrungen als Fischer und Matrose basiert. Aber weil Andrei keinen Namen hat, konnte ich eine Veröffentlichung bei der Verlagsleitung nicht durchbringen. Aber das wird sich ändern. Zumindest habe ich erreicht, daß er ›Fenster zur Ostsee‹ übersetzen durfte, und Mr. Alanov war von dem Resultat so angetan, daß er nach seiner Ankunft in Amerika zuerst Andrei kennenlernen wollte. Seitdem haben sich beide sehr angefreundet. Andrei hat eine Wohnung hier in der Stadt.«

»Ich glaube, das würde eine Pleite auf der ganzen Linie geben. Wenn Sie an die Luft gesetzt würden, meine ich. Meinem Eindruck nach sind Sie eine gute Lektorin.«

»Vielen Dank. Aber das können Sie nicht beurteilen. Sie haben mich nie bei der Arbeit erlebt.«

»Heutzutage bringen es schöne Frauen nicht zu Ihrer Position, wenn sie außer ihrer Schönheit nicht noch mehr vorzuweisen haben.«

Ihre Augen glitzerten, wenn sie sie zusammenkniff. »Nun, ich habe jetzt Ihre charmante Seite erlebt. Hoffentlich werden Sie Eric Rynearson eine andere zeigen.«

Ich lehnte mich gegen die Tür und klopfte mit einer Winston auf den Rücken meiner linken Hand. »Sie sind nicht zufällig auf dem Wege, aus der Mrs. wieder eine Miss werden zu lassen, oder? Nur um für alle Fälle Bescheid zu wissen.«

»Nein, ich bin glücklich verheiratet.« Ihre Miene blieb unverändert.

»War bloß eine Frage.« Ich straffte mich und machte die Tür auf. Mrs. Starr hatte sich nicht bewegt. Ein Luftsog vom Flur ließ ihren Duft nach Jasmin, oder was es war, zu mir herüberstreichen.

»Natürlich sind wir in Detroit«, sagte sie, »und er ist in New York. Die geographische Situation bietet Möglichkeiten.«

Während ich rückwärts hinausging, ließ ich mit den Lippen meine unangesteckte Zigarette in Richtung meiner rechten Augenbraue hochschnellen. Mrs. Starr lachte und drückte die Tür zu. In ihrem Lachen lag Musik, wie ein aufsteigender Akkord auf einer Harfe. Es blieb mir den ganzen Weg bis hinunter zur Empfangshalle in den Ohren.

Als ich auf den Bürgersteig hinaustrat, war der Regen vorbei. Er hatte nur ausgereicht, das Pflaster dunkel zu färben und den Geruch nach Betonstaub aufsteigen zu lassen. Es war kühl genug, die Wagenheizung einzuschalten, um die Feuchtigkeit aus den Polstern zu vertreiben. Abgesehen davon war es ein schöner Tag. In einer Woche erwägte man, die Tapete auszukochen, um das Mehl aus dem Kleister verwerten zu können, und in der nächsten stehen die Leute Schlange, einem tausend Dollar in den Schoß zu werfen. Ich sah mich nach einem anständigen Restaurant um, zum Schluß aß ich aber doch wieder nur in der Imbißstube in der Straße, wo mein Büro liegt. Ich mußte noch ein paar überfällige Rechnungen begleichen. Aber das bekümmerte mich nicht. Es war Frühling und die Welt voll von schönen Frauen.

Bevor ich hinaufging, kehrte ich noch einmal zum Wagen zurück und holte den Regenmantel heraus. Die Temperatur sank so rapide, wie es nur im Frühling in Michigan vorkommt, nachdem es geregnet hat.

Im Büro roch es muffig. Niemand benützte das Wartezimmer. In meinem Privatkabinett lag zwar Post, aber nur von der Sorte, die man sowieso gleich wegschmeißt. Ich tat das, warf dann meinen Mantel und Hut auf den Besucherstuhl und machte für eine Minute das Fenster auf. Ich lehnte mich mit der Hüfte an die Schreibtischecke und wählte Karens Privatnummer. Es meldete sich niemand. Ich legte auf, machte das Fenster zu, ließ mich hinter dem Schreibtisch nieder und suchte mir die Nummer von Eric Rynearsons Osteuropa-Importfirma aus dem Telefonbuch. Nach zweimaligem Läuten schaltete sich ein automatischer Beantworter ein, um mir mitzuteilen, daß der Laden erst ab sechzehn Uhr geöffnet sei. Das Tonband klang fast so alt wie die Stimme des Mannes.

Ich drückte die Gabel herunter, behielt aber den Hörer noch in der Hand, um mein Glück bei Karen noch einmal zu versuchen, als das Telefon klingelte. Es war Karen.

»Du hast nicht angerufen.«

»Als ich es vorhin versucht habe, hast du dich nicht gemeldet«, sagte ich. »Guten Tag.«

»Guten Tag. Ich bin im Krankenhaus und mache Dienst. Als Ersatz für die gestrige Nacht. Die es wert war.«

»Ich kann noch einmal etwas Ähnliches bieten.« Ich lehnte mich zurück und rollte eine Zigarette zwischen meinen Fingern. Durch das andere Ende der Leitung waren gedämpfte Geräusche und die dünne, verzerrte Stimme aus einer Gegensprechanlage zu hören.

»Ich habe Martha über Michael informiert«, sagte sie.

»Wie hat sie es aufgenommen?«

»Sie hat sich nicht die Haare ausgerissen, und sie ist auch nicht im Zimmer herumgerannt. Man muß sie schon ziemlich genau kennen, um zu sehen, wie hart es sie getroffen hat. Aber sie ist stärker, als sie aussieht. Sie möchte dich sehen.«

»Sag ihr, ich komme bei ihr vorbei, sobald sie entlassen wird.«

»Nein, sie möchte, daß du zu ihr ins Krankenhaus kommst. Kannst du es heute einrichten?«

»Natürlich. Ich ertrinke nicht gerade in Aufträgen.«

»Frag beim Empfang nach mir.«

»Vielleicht finden wir irgendwo ein unbelegtes Zimmer.«

»Sei nicht unzüchtig.« Sie legte auf, aber nicht mit einem Knall.

Die Luft draußen hatte einen leichten Geschmack nach nassem Metall. Ich zog den Gürtel meines Regenmantels fester und mußte den Anlasser mehrmals betätigen, bevor der Wagen schließlich ansprang. Ich nahm den Edsel Ford Freeway bis Moross Road und stellte den Wagen auf dem Parkplatz des St. John's ab. Das war ein Krankenhaus. Die Wände werden heutzutage in Baskin-Robbins-Farben gestrichen und auch nicht mehr mit Karbol abgewaschen, aber die Flure sind noch immer erfüllt von dem Flüstern der Kreppsohlen, und sie kochen noch immer Rupfen und nennen es Frühstück.

Die Schwester, die an dem runden Empfangsdeck in der Haupthalle Dienst tat, trug die schwarzgefärbten Haare glatt zurückgebürstet und am Hinterkopf zu einem Knoten gezwirbelt. Ihr Gesicht war unnatürlich glänzend und völlig faltenlos. Was sie an Falten besessen haben mochte, war vermutlich im Abfalleimer eines Schönheitschirurgen gelandet. Sie benutzte ein Mikrophon, um Karen McBride auszurufen. Während ich wartete, lächelte ich einer jüngeren Krankenschwester zu, die in einem langen grauen Metallkasten auf einem Regal vor ihrem Drehstuhl Karteikarten durchblätterte. Sie lächelte zurück. Sie hatte zwar ein Gesicht wie ein Pferd, aber es war ein nettes Lächeln, und sie trug an der linken Hand einen Verlobungsring. Beide Schwestern steckten in unweiblich wirkenden Trachten in einem jener Pastelltöne, die dabei sind, das Krankenhausweiß abzulösen.

»Hallo. Suchen Sie Anschluß?«

Ich wandte mich um. Ich hatte sie nicht herankommen hören. Sie sah adrett und tüchtig aus und alles andere als altmodisch in ihrem frischgestärkten Weiß. Auf ihren Wangen meinte ich eine gewisse Röte zu entdecken, die ich zuvor noch nie gesehen hatte, aber das konnte auch an der Beleuchtung liegen. Ihre Augen glänzten.

»Pfui, schäme dich«, sagte ich. »Du redest wie eine Krankenschwester in einem Lustspiel.«

»Ich könnte dir Geschichten erzählen, daß dir die Haare zu Berge stehen würden. Na ja, deine Haare vielleicht nicht. Ihr Zimmer ist in der zweiten Etage. Zum Fahrstuhl geht es dort lang.«

Wir entfernten uns von den beiden Schwestern am Empfang, denen fast die Augen aus dem Kopf quollen. Im Fahrstuhl hielt Karen meine Hand fest, aber abgesehen davon hätte sie einen beliebigen Besucher zu einem beliebigen Krankenzimmer geleiten können. Sie roch sehr sauber in dem engen Raum. Sie trug kein Häubchen, aber ihre Haare waren hochgesteckt, und das Licht ließ das Kastanienbraun aufleuchten. Der Fahrstuhl hielt im ersten Stock. Karen ließ meine Hand gerade rechtzeitig los, als die Türen aufgingen und ein junger Mann in weißem Kittel eintrat. Sie nickten sich beide zu. Im nächsten Stock stiegen wir alle drei aus.

»Das war schön letzte Nacht«, sagte sie, nachdem uns der junge Mann eiligen Schrittes überholt hatte.

»Wir bemühen uns zufriedenzustellen.«

Sie verzog das Gesicht zu ihrem Äffchen-Lächeln. Wir gingen nebeneinander her. Reihen großer Fenster, die auf eine grüne Rasenfläche hinabblickten, lockerten in regelmäßigen Abständen die Eintönigkeit der Pastellwände auf.

»Martha ist außer Gefahr«, sagte sie, »aber sie ermüdet noch leicht. Du mußt behutsam mit ihr umgehen.«

»Ich habe meinen Revolver zu Hause gelassen.«

»Was ist das? Dein Dreizehnhundert-Gesicht?«

»Es kommt manchmal ganz ohne Warnung zum Vorschein. Hier ist es?« Wir hatten vor einer Ecke die Schritte verlangsamt. Der Flur machte ein paar Meter weiter einen scharfen Knick, und wir befanden uns allein.

»Dies ist ihr Zimmer.« Sie wies auf eine Tür. »Ich komme nicht mit hinein. Sie möchte mit dir allein sprechen. Vielleicht sehe ich dich nicht mehr, bevor zu aufbrichst.«

»Dann werden wir uns gleich hier verabschieden.« Ich zog sie in die Arme.

Sie sträubte sich ein wenig. »Es kann gleich jemand um die Ecke kommen.«

»Wir werden sagen, du hast versucht, mich wiederzubeleben.«

»Im Stehen?«

»Wir können uns auch hinlegen.«

»Lieber nicht.«

Wir küßten uns. Als wir unsere Lippen voneinander lösten, sagte ich: »Ich habe heute eine Blondine kennengelernt, gegen die du wie ein Junge aussiehst.«

»Dann geh doch zu ihr. Wer hält dich zurück?«

»Sie würde mich mit Haut und Haaren verschlucken. Sie war ganz der Typ.«

»Du läßt dich nicht so leicht verschlucken.«

»Danke sehr. Das war doch wohl als Kompliment gemeint. Dieser Typ, mit dem du gewissermaßen liiert bist – ist er Arzt?«

»Er studiert noch Medizin. Er ist zwei Jahre jünger als ich.«

»Das ist ja deprimierend. Was machst du mit deinem Krückstock, wenn ihr Liebesspiele treibt?«

Sie nickte. »Das habe ich wahrscheinlich verdient. Ich habe deine Kritik herausgefordert.«

»Hmhmm.«

Wir hielten uns noch immer umfaßt. Karen stemmte eine Hand gegen meine Brust und legte den Kopf zurück, um mich besser ansehen zu können. »Was soll das heißen?«

»Nur hmhmm. Das sage ich immer, wenn mir nichts anderes einfällt.«

»Er heißt Tim.«

»Netter Name. Trotzdem mag ich ihn nicht.«

»Hat ja auch niemand von dir verlangt.« Sie machte sich von mir los und strich ihre Uniform glatt. Gerade in dem Augenblick kam ein weißhaariger Patient in Pyjama und Bademantel um die Ecke und ging an uns vorbei, eine Fahne von Pfeifenrauch hinter sich lassend. Wir schwiegen, bis er außer Hörweite war.

»Komisch, wie man solche Dinge immer verheimlichen muß«, sagte ich.

»Das nennt man, sich zivilisiert zu benehmen.«

Sie hatte sich bis auf zwei Grad unter dienstlich abgekühlt. Aber die Röte auf ihren Wangen war noch vorhanden, auch in diesem Licht.

»Bist du heute abend besetzt?« wollte ich wissen.

»Doppelschicht, weißt du nicht mehr?«

»Wann bist du dann fertig? Um vier Uhr früh? Wir könnten zusammen eine Tasse Kaffee trinken.«

»Ich brauche meinen Schlaf. Tim hat morgen keine Vorlesung und will mit mir auf dem St. Clair segeln.«

»Hmhmm.«

»Hmhmm.«

Wir sagten auf Wiedersehen. Ich sah ihr nach, wie sie den Flur entlangging, den Fahrstuhlknopf drückte und wartete. Als die Türen aufglitten, trat sie in die Kabine, ohne sich umzublicken. Ich kratzte mich am rechten Ohr. Dann setzte ich eine andere Miene auf und öffnete die Tür zu Martha Evanceks Krankenzimmer.

15

Es war die Station, wo die Patienten halb privat lagen – alles in gedämpftem Grau und so leise wie Finger in Filzhandschuhen. Mrs. Evancek hatte das Bett, das der Tür am nächsten stand; es war durch eine spanische Wand zum Nachbarbett hin abgeschirmt. Ich spähte um die Kante der spanischen Wand. Vor dem einzigen Fenster war die Jalousette heruntergelassen, und das wenige Licht fiel auf ein Büschel krauser schmutziggrauer Haare, das über einer gebuckelten Decke zu sehen war.

»Sie ist so gut wie taub, Mr. Walker. Nicht einmal ein Feuerwerk hier in diesem Zimmer würde sie aufwecken.«

Ich wandte mich um. Mrs. Evancek saß halb aufgerichtet, im Rücken von zwei Kopfkissen gestützt, und hatte eine dünne grüne Baumwolldecke über den Schoß gezogen. Ohne den Schleier sah sie weniger aristokratisch aus, eher bäuerlich, und ein paar Strähnen ihrer weißen Haare hingen lose herab. Aber die kühne Nase und die schweren Lider waren immer noch eindrucksvoll. In den vielen Höhlungen ihres Gesichts lagen tiefe Schatten. Sie trug ein graues Flanellnachthemd, am Hals gebunden, mit langen Ärmeln und einem gerüschten Oberteil, das sie vermutlich als störend empfand. Ihre kräftigen rauhen Hände waren auf der Decke gefaltet.

»Ich habe gehört, Sie hatten einen leichten Schlaganfall.« Ich hängte meinen Mantel und meinen Hut auf die Ecke der geöffneten Tür zum Badezimmer.

»Mich kann so leicht nichts mehr erschüttern. Bitte setzen Sie sich.«

Der einzige Stuhl auf ihrer Seite der spanischen Wand war eine tückische Konstruktion aus braunem Vinyl mit eingebauter Fußstütze, die selbsttätig herausglitt, wenn man sich zurücklehnte. Ich vermied das krampfhaft.

»Sie sind gut in Ihrem Beruf«, lobte Martha Evancek. »Sie haben in vierundzwanzig Stunden in Erfahrung gebracht, was mir in neunzehn Jahren nicht gelungen ist.«

»Ich hatte Glück. Meine Faust ging an einer Stelle durch die Wand, wo ich mir gewöhnlich nur ein paar Knöchel aufschramme.« Ich schwieg eine Sekunde. »Ich wünschte, das Ergebnis wäre besser gewesen.«

Sie verlagerte ihre Stellung im Bett und beugte sich hinüber zum Nachttisch, um das Schubfach aufzuziehen. Ihre Hand kramte eine Weile darin herum, dann lehnte sie sich schwer atmend zurück. »Sie haben schon wieder meine Zigaretten versteckt.«

Ich bot ihr eine von meinen an und gab ihr Feuer, ohne mich selbst zu bedienen. Sie inhalierte den Rauch auf ihre besondere Art, indem sie ihn im Mund behielt, ihn dann zu verschlucken schien und den Rest durch die Nasenlöcher entweichen ließ. Sie sah mich an. »Was ist diese Barbara Norton für eine Frau?«

»Knallhart nennen wir diesen Typ. Sie hält alles, was sie einmal getan hat, für richtig, und niemand kann sie davon abbringen. Keine schlechte Person. Nur eben zäh und unnachgiebig.«

»Zäh und unnachgiebig.« Sie verschlang mehr von ihrer Zigarette und bedeckte dabei mit der Hand ihre untere Gesichtshälfte. »Das sind wichtige Attribute in diesem Land.«

»Ich könnte mir vorstellen, daß Barbara Norton nicht immer so gewesen ist. Wahrscheinlich hat das Leben sie erst zäh gemacht. Wir schätzen diese Eigenschaft hier sehr hoch ein, seit eine kleine Gruppe Aufmüpfiger in Boston König George die Zungen rausgestreckt und ihn auch noch dazu gebracht haben, das zu akzeptieren. Das ist es, worum es eigentlich geht – etwas zu riskieren und zu gewinnen. Das ist einer der Gründe, warum so viele Amerikaner unterstützen, was eine andere kleine Gruppe Aufmüpfiger in Ihrem Heimatland zu erreichen versucht.«

»Das ist ja alles sehr demokratisch und ermutigend, aber die Leute, die hier die großen Reden schwingen, würden die Menschen, die dort kämpfen, nicht in ihre Häuser bitten, um sie das Badezimmer benutzen zu lassen. Und in den meisten Fällen hätten sie damit sogar recht.«

»Nette Leute machen keine Revolutionen«, sagte ich. »Zäh und aufmüpfig zu sein hat nicht viel zu tun damit, daß man weiß, welche Gabel man bei einem offiziellen Essen zuerst benützt.«

»Ich glaube, Sie würden es wissen oder zumindest diejenigen, die es wissen, albern und oberflächlich erscheinen lassen. Und doch halte ich Sie für zäh oder gar aufmüpfig.«

Ich schwieg. Der Rubin an ihrer rechten Hand glänzte in dem dämmerigen Raum wie ein frischer Blutstropfen.

»Erzählen Sie mir von Michael«, sagte sie.

»Er hatte einen Freund, Fred Florentine, in der Firma, wo er arbeitete. Dieser Freund war mit Michael zusammen, als das Unglück passierte. Ich habe mit ihm telefoniert. Er sagte, Michael sei der beste Freund gewesen, den man sich denken kann, jemand, der da ist, wenn man ihn braucht, und den man gern um sich hat, auch wenn man ihn nicht braucht. Ein Freund, wie ich ihn mein Leben lang gesucht habe. Er hat Münzen gesammelt«, fügte ich hinzu. Es schien mir wichtig. Nichts davon war genug, um ein Leben zu schildern.

»Das ist tröstlich. Aber natürlich hört man über Tote immer nur Gutes. Ich würde gern mit diesem Fred sprechen.«

»Ich habe seine Telefonnummer. Sie wird in meinem Bericht stehen.«

Die Frau auf der anderen Seite der spanischen Wand rührte sich. Es war das Rascheln von Bettüchern zu hören, und eine dünne alte Stimme, wie die eines Papageis, sagte etwas zu jemandem mit Namen Caroline.

»Ihre Tochter«, erläuterte Mrs. Evancek. »Die Schwester hat gesagt, sie ist vor dreißig Jahren im Wochenbett gestorben.«

Ich nickte ernst.

»Da ist noch etwas anderes«, sagte sie.

Ihre Blicke gingen zur Tür des Krankenzimmers, die offen geblieben war. Ich stand auf, schloß sie und setzte mich wieder. Mrs. Evancek nickte zufrieden.

»Es handelt sich um einen religiösen Kunstgegenstand, ein silbernes Kruzifix, mit Halbedelsteinen besetzt. Es ist so lange wie dieser Ring in meiner Familie gewesen und im sechzehnten Jahrhundert von dem Goldschmied am Hofe von Sigismund Augustus angefertigt worden. Sein eigentlicher Wert ist gar nicht so groß. Der historische Wert ist größer, wenn auch nicht groß genug, um aus einem armen Mann einen reichen zu machen. Ich habe es Joseph mitgegeben, als er Polen verließ. Er sollte es als Familienbesitz zu treuen Händen behalten und sich höchstens davon trennen, wenn es um sein Leben ging. Ich weiß nicht, was nach seinem Tod damit geschehen ist, aber ich würde es jetzt gerne wissen.«

Das verblüffte mich genauso, wie mich von Anfang an alles andere an dieser alten Dame verblüfft hatte. Ohne eine heilige Reliquie war ihr Fall für mich abgeschlossen gewesen. Ich holte tief Luft und lehnte mich zurück, und die Fußstütze schnellte hervor. Ich benutzte sie.

»Warum haben Sie das nicht früher erwähnt?«

Sie schnippte Asche in eine Untertasse, die sich auf dem Nachttisch nicht wie ein Aschenbecher auszusehen bemühte. »Es war weniger wichtig, als Michael zu finden. Außerdem bestand die Möglichkeit, das Kreuz würde mit ihm zusammen auftauchen. Und falls nicht, wäre ich zufrieden gewesen, meinen Enkel zurückzuhaben. Jetzt ist das etwas anderes. Das Kruzifix könnte außerdem als Nationalschatz angesehen werden, dessen Ausfuhr aus Polen illegal ist. Bisher kannte ich Sie noch nicht gut genug, um Ihnen diese Geschichte anvertrauen zu können, die möglicherweise eine Ausweisung zur Folge hätte, wenn sie den Einwanderungsbehörden hier zu Ohren käme. Inzwischen habe ich Sie aber gut genug kennengelernt. Und die Vorstellung, dieses Land verlassen zu müssen, hat für mich ihren Schrecken verloren.«

»Sie wollen das Kreuz zurückhaben.«

»Es gehört meiner Familie, nicht der rußlandhörigen Marionettenregierung in Warschau.«

»Ich kann Barbara Norton fragen. Wenn sie das Kreuz hat, wird sie etwas dafür verlangen.«

»Es steht ihr nicht zu, es zu verkaufen«, versetzte Martha Evancek scharf. Dann schloß sie die Augen und ließ ihren Kopf auf die Kissen zurücksinken. Wie sie so dalag, erinnerte sie mich an Stash Leposava.

»Können Sie beweisen, daß es Ihnen gehört?«

»Natürlich nicht.« Sie machte die Augen auf und rauchte. »Sie können ihr fünfhundert Dollar anbieten. Als eine Art von Belohnung.«

Ich nickte. »Vielleicht beißt sie an, wenn ich mit Bargeld winke.«

»Werden Sie es tun?«

»Auf alle Fälle. Wenn sie das Kreuz nicht hat, weiß ich sowieso noch nicht, wo ich zu suchen anfangen soll.«

»Karen hat den Rest des Geldes, daß ich Ihnen gegeben hatte, zur Bank gebracht. Ich besitze das, dazu die fünfhundert Dollar, die Sie Dienstag nicht annehmen wollten, und noch ein bißchen mehr.«

»Das hat Zeit, bis Sie hier herauskommen. Wie sieht das Kreuz aus?«

»Es ist, wie gesagt, aus Silber, etwa zwanzig Zentimeter lang und zehn Zentimeter breit. Der größte Stein in der Mitte ist ein tiefblauer Lapislazuli mit einem Durchmesser von einem knappen Zentimeter, und an allen vier Enden ist es mit kleineren Granatsteinen besetzt. Die Inschrift auf der Rückseite ist in kyrillischen Buchstaben und heißt ›Ruhm und Ewigkeit‹.«

Ich schrieb alles auf und stieß die Fußstütze unter den Stuhl zurück. »Ich melde mich, sobald ich Barbara Nortons Antwort habe.«

»Karen soll von dieser ganzen Geschichte nichts wissen«, sagte sie. »Wenn sie fragt, worüber wir gesprochen haben, erklären Sie ihr einfach, es war über Michael.«

»Gut.« Ich stand auf. Ihre Blicke folgten mir.

»Sie hat es sich in den Kopf gesetzt, daß ich eine alte Emigrantin bin, die nichts mehr hat als ihre Erinnerungen. Ich habe Angst, sie hält mich für habgierig, wenn sie von dem Kruzifix hört. Denken Sie das auch?«

»Sie bezahlen mich nicht dafür, daß ich denke, Mrs. Evancek. Aber falls es habgierig ist, wenn Sie zurückhaben wollen, was Ihnen gehört, sind wir einer nicht besser als der andere. Von mir erfährt Karen jedenfalls nichts.«

»Es heißt immer, materielle Dinge verlieren an Bedeutung, je mehr man sich dem Tod nähert. Ich glaube, diejenigen, die das sagen, sind sehr jung.«

Sie drückte ihre Zigarette in dem Aschenbecher aus und legte sich zurück. Sie hatte Mühe, die Augen offenzuhalten. Ich versicherte ihr wieder, ich würde zurückkommen. Ihr Nicken war kaum zu erkennen. Ich nahm meinen Hut und meinen Mantel und ging. Der Flur wirkte strahlend nach der grauen Farblosigkeit des Krankenzimmers.

Auf dem ganzen Weg bis zum Ausgang war keine Spur von Karen zu sehen.

16

Bei Barbara Norton hatte seit meinem letzten Besuch etwas Bewegung stattgefunden. Ich konnte das feststellen, weil die Tür zu ihrer Wohnung diesmal geschlossen war. Auf mein Klopfen kam ein bellendes »Herein«, und ich öffnete die Tür, um Barbara Norton unverändert vorzufinden, wie ich sie verlassen hatte. Sie saß noch auf demselben Platz, trug dasselbe graue Männerhemd, hielt den Telefonhörer ans Ohr gepreßt und hatte eine brennende Zigarette im Mund, die auch noch dieselbe hätte sein können. Der Stummelberg auf dem Tisch hatte sich allerdings um die Hälfte vermehrt, und die Staubflokken auf dem Teppich stoben, von der Zugluft getrieben, davon wie aufgescheuchte Tauben im Park.

Ich ließ mich auf dem Stuhl nieder, den ich auch zuvor schon benutzt hatte, schob mir den Hut aus der Stirn und wartete, während sie ihr Gespräch über abblätternde Farbe beendete. Schließlich legte sie auf, ließ ihre Brille auf die Nase rutschen und sah mich an.

»Ich bin zurückgekommen«, sagte ich.

»Das ist mir keineswegs entgangen.« Sie wartete.

»Diesmal bin ich auf der Suche nach einem Gegenstand. Nach einem Kruzifix, oder besser gesagt einem Kreuz, da es nicht mit einer Jesusgestalt versehen ist. Zwanzig Zentimeter lang, zehn Zentimeter breit mit einem blauen Stein in der Mitte und kleineren roten Steinen an den vier Enden. Es gehört Martha Evanceks Familie. Sie hätte es gern zurück.«

Sie lachte ihr mit dem trockenen Husten vermischtes Lachen. Die

Zigarette in ihrem Mundwinkel wippte und verstreute Asche auf die Vorderfront ihres Hemdes, was sie jedoch nicht zu stören schien. »Jetzt ist es also eine Suche nach dem Heiligen Gral. Was zahlt sie denn?«

»Zweihundert. Es geht vor allem um den Erinnerungswert. Das Kreuz verschwand zum Zeitpunkt der Schießerei und scheint zusammen mit Michael aus dem Haus gelangt zu sein.«

»Nur zweihundert?«

»Im Grunde ist es nicht einmal soviel wert. Silber fällt jedesmal ein bißchen, wenn Gold raufgeht, und die Steine kann man vergessen.«

»Lohnt sich kaum, daß Sie überhaupt hergekommen sind, nicht wahr?«

Ich steckte mir eine Winston an.

»Familienstück.«

»Davon weiß ich nichts. Ich habe auch noch nie davon gehört, obwohl ich für Michael zu tun versucht habe, was ich konnte, nachdem dieser Halunke Bob verduftet ist und Joseph, dieses Stinktier ...«

»Das hatten wir schon. Was ist mit dem Kreuz?«

»Ich habe es nicht.«

»Sie würde bis zu fünfhundert gehen«, sagte ich. »Mehr ist nicht drin.«

»Wenn ich das Ding hätte, würde ich es verkaufen. Ich habe dem Jungen nicht erlaubt, außer den Kleidern, die er auf dem Leibe trug, irgend etwas aus dem Haus mitzunehmen. Obwohl er deswegen heulte, mußte er sogar seine Münzensammlung zurücklassen. Aber es war die richtige Entscheidung. Er ist normal aufgewachsen.«

Ihre Äußerungen hatten ganz die frische Spontaneität ihrer Telefonwerbung. Je mehr ich von ihr hörte, desto besser wurde meine Meinung über Bob Norton.

»Wo könnte so ein Stück geblieben sein, wenn Michael es nicht mitgenommen hat?« überlegte ich laut.

»Woher soll ich das wissen? Wahrscheinlich ist es noch im Haus.«

»Nicht nach dieser langen Zeit. Entweder es ist verkauft worden, oder ...« Ich dachte nach. Die Asche an meiner Zigarette wurde länger. Ich entledigte mich ihrer und stand auf. »Also dann, nochmals vielen Dank. Ich hoffe, Sie machen gute Geschäfte. Eines noch. Hatten Sie für Michael eine Lebensversicherung abgeschlossen?«

»Machen Sie Witze? Wer hätte die Prämien zahlen sollen?«

»Wer, außer einer Versicherungsgesellschaft, würde jemanden nach Mexiko schicken, um sich nach dem Unfall zu erkundigen?«

»Keine Ahnung.«

Es war drei Uhr, als ich ins Büro zurückkam. Howard Mayk mußte noch im Shaw College Dienst haben. Ich suchte mir die Nummer heraus und bekam eine Stimme an den Apparat, die nach eingedrückter Luftröhre klang. Dann wurde ich weiterverbunden.

»Ja?«

Es war Mayk. »Hier spricht Walker. Erinnern Sie sich?«

»Wer könnte das vergessen? Meine Frau und ich haben an dem Abend noch einen herrlichen Krach gehabt, weil ich nicht zu Hause war, als sie von der Arbeit kam, und auch keinen Zettel zurückgelassen hatte. Aber was soll's? Haben Sie den Jungen gefunden?«

»Mehr oder weniger. Er ist tot. Unfall.«

Es folgte betroffenes Schweigen. »Mein Gott, das tut mir leid. Wie hat es die alte Dame denn aufgenommen?«

»Besser als jemand, der niemals bei starkem Beschuß Sandsäcke gestapelt hat. Jetzt suche ich nach etwas anderem, einem religiösen Kunstgegenstand, den Joseph Evancek seinerzeit aus Polen mitgebracht hat. Wie wird in Hamtramck verfahren, wenn sich niemand meldet und Anspruch auf die persönliche Hinterlassenschaft eines Toten erhebt? Hallo?«

»Ich versuchte mich gerade zu erinnern«, sagte er schnell. »Es gab nicht sehr viel. Nur ein bißchen Bargeld, Kleidung, ein paar Möbel und der übliche Hausrat. Kirchlicher Kram war auch dazwischen, aber nichts Besonderes. Evanceks Frau war Protestantin. Die Nortons nahmen das Bargeld, und auf unser Telegramm nach Polen wegen der anderen Sachen kam nie eine Antwort. Wahrscheinlich haben sich dann die Nachbarn genommen, was sie brauchen konnten. Was für ein Kunstgegenstand soll denn das gewesen sein?«

»Ein großes silbernes Kreuz. Zu groß, um es als Schmuckstück zu tragen.«

»Daran erinnere ich mich nicht. Das würde ich aber mit ziemlicher Sicherheit, wenn ich es gesehen hätte.«

»Vermutlich haben Sie es auch nicht gesehen. Wenn die Polizei eine detaillierte Aufstellung der Hinterlassenschaft an die Evanceks in Polen geschickt hat, hätte es draufstehen müssen. Der Grund, warum ich angerufen habe – mir ist noch einmal die Misere durch den Kopf gegangen, in der Evancek steckte, bevor es zu der Katastrophe kam. Nicht nur, daß er arbeitslos war, er trank und brauchte die Ersparnisse auf. Vielleicht hat er das Kreuz versetzt, um an Geld für Whisky zu kommen.«

»Könnte sein.«

»Als ich mir das überlegte, fiel mir dieser Hehler ein, den Sie und

Bill Mischiewicz einmal hinter Gitter gebracht haben, der Kerl, der sich auf sakrale Kunst spezialisiert hatte. Dieses Kreuz müßte ihn interessiert haben. Falls Joseph es ihm angeboten hat, erinnert er sich vielleicht, oder er weiß zumindest, ob es irgendwo aufgetaucht ist. Gibt es diesen Mann noch?«

»Als ich aus dem Dienst schied, war er noch vorhanden. Wir haben ihm aber nie wieder etwas nachweisen können. Was jetzt mit ihm ist, weiß ich nicht. Auf jeden Fall müßte er schon ziemlich alt sein. Woldanski hieß er, John Woldanski. Und er hatte einen Laden auf der Trowbridge Street. Sie können ja mal nachsehen.«

Er gab mir die Adresse. Ich schrieb sie auf den Telefonblock und riß die Seite ab. »Vielen Dank, Mr. Mayk.«

»Bitte, gern geschehen.«

Schaufelbagger reckten sich wie gefräßige Bestien in den verhangenen Himmel, ließen Trümmer und Schmutz aus ihren gelben eisernen Lefzen rinnen und spien ihre Ladungen zu großen Haufen aus. Die Luft dröhnte von dem Lärm der Maschinen und dem mahlenden Krachen der Abbruchgeräte. Die Trümmerfelder breiteten sich mit der Unausweichlichkeit wandernder Gletscher aus. Neue Absperrungen, die nichts mit Straßenfesten zu tun hatten, waren weiter nördlich errichtet worden. Es war, als erlebe man die Evolution rückwärts. Die Zivilisation hatte sich überlebt, und die Dinosaurier waren wieder im Vormarsch, um nur nackte Erde hinter sich zu lassen.

Ich fuhr genug Umleitungen, um mich in einer Stadt, die ich wie meine Westentasche kannte, zu verfransen, aber schließlich kam ich doch auf der Trowbridge heraus und stellte den Wagen an einer noch nicht abgelaufenen Parkuhr vor einem kastenförmigen Ziegelbau mit vergammelter Vorderfront und großen Schaufenstern ab. In den Schaufenstern lag allerhand Krempel, Porzellanlampen in der Form eines Frauenbeins, eingedreckte Reproduktionen malerischer Meisterwerke in Gipsrahmen und »Antiquitäten«, die neu in jedem Haushaltsgeschäft zu erwerben waren, hier jedoch aus alten Scheunen und Garagen stammten. Stellenweise abgeklopfter Rost zeigte den halbherzigen Versuch, sie zu reinigen. Junge, schick gekleidete Ehefrauen mit Kreditkarten in den Handtaschen würden sie für Wohnräume mit alten Scheunenbalken erwerben. Ja, dies ist ein Originalbrett von einem zweisitzigen Plumpsklo, das einmal einem deutschen Schweinebauern in Mecosta County gehört hat. Ich habe es in diesem vergammelten, kleinen Laden in Hamtramck für einen Spottpreis gekriegt. Findest du nicht, daß es einen Super-Couchtisch abgibt?

Innen machte der Laden einen merkwürdig halbfertigen Eindruck, als habe jemand angefangen, ihn zu einem anderen Zweck auszuräumen, die Bemühung dann jedoch aufgegeben und einfach alles stehen und liegen lassen. Elektrische Leitungen liefen offen über die Wände, in den Ecken stapelte sich Müll, und auf Tapeziertischen lagen verstaubte Glas-Isolatoren, Zigarrenschachteln aus Blech, verbeulte Silbergerätschaften und rechteckige braune Flaschen von Dr. Sowiesos Pferde-Kur, deren Reste als dicker harter Belag an den Glasböden klebten. Jemand hatte viel Zeit und Mühe auf diesen halbfertigen Eindruck verwendet. Man kann eine zehn Jahre alte Klistierspritze eine orientalische Wasserpfeife nennen und dreimal soviel dafür verlangen, wenn es in dem Laden Rattenlöcher gibt. Eine der Neonröhren an der Decke flackerte und knisterte, als habe sich eine Motte hinter einem Fliegengitter gefangen.

Auch der Ladentisch an der rechten Wand, auf dem ein paar Philco-Radiogehäuse und eine verhältnismäßig moderne Registrierkasse standen, war aus ein paar Brettern und Holzböcken improvisiert. Auf einem Hocker dahinter saß ein etwa vierzigjähriger, kahlköpfiger Schwarzer mit Koteletten, wie Krummsäbel ausrasiert, einem mickerigen Schnäuzer und ebenso mickerigem Kinnbart, die aussahen, als habe er sich Kohle um den Mund geschmiert. Die Ärmel seines schmutzigen Sweatshirts waren herausgeschnitten, um die kräftigen Muskeln seiner Oberarme sehen zu lassen. Auf dem linken Bizeps hatte er einen tätowierten Drachen, dessen Ausführung in den Händen eines Besoffenen mit einem rostigen Rasiermesser gelegen haben mußte. Ein zweiter Schwarzer, jünger als der andere, mit eindrucksvollem Afrolook und schlaksiger Figur, lümmelte sich träge mit einem Bein über der Armlehne auf einem zu üppig gepolsterten Sessel am Ende des Ladentischs. Unter seinem zerlumpten Leinenjackett trug er ein schwarzes T-Shirt und Jeans. Obwohl er den Eindruck machte, als schliefe er halb, beobachtete er mich durch den aufsteigenden Rauch der Zigarette in seinem Mundwinkel. Ihn mußte ich wahrscheinlich besonders im Auge behalten.

Bei meinem Eintritt hatten beide über Fahrräder gesprochen. Als ich auf sie zukam, ohne erst ein bißchen im Laden herumzustöbern, brachen sie ihre Unterhaltung ab. Der Tätowierte mit dem spärlichen Bartwuchs musterte mich mit dem Ausdruck, wie manche Zootiere die Leute vor ihren Käfigen mustern. Zootiere, deren Wärtern bei Schichtwechsel geraten wird, besonders vorsichtig zu sein. Ich schob mir eine Zigarette zwischen die Lippen und ließ meine Blicke in dem Raum herumwandern, während ich ein Streichholz aus dem Briefchen riß. Wir drei waren allein.

»Ihr Leute habt euch ja ganz schön weit nach Norden gewagt, nicht wahr?« Ich steckte die Zigarette an.

»Es ist das Land der unbegrenzten Möglichkeiten«, versetzte der Tätowierte. Er saß mit den Händen auf den Oberschenkeln, den Kopf zwischen den Schultern eingezogen, wie ein Boxer da und sah unter seinen Augenbrauen hervor zu mir hoch.

Ich schüttelte grinsend das Streichholz aus. »Hamtramck?«

»Ich sagte bloß, es ist das Land der unbegrenzten Möglichkeiten. Ich habe nicht gesagt, daß es jemandem gefallen muß. Sie sind genau der zweite Kunde, den wir heute den ganzen Tag über gehabt haben. Die Leute hier können gut hassen.«

»Sie haben vierhundert Jahre Gelegenheit zum Üben gehabt. Ist Woldanski da?«

»Was für'n Woldanski?«

Also nach dieser Regel sollte gespielt werden. »Mir ist gesagt worden, er sei der Eigentümer hier.«

»Der heißt nicht mehr Woldanski.«

»Gehört Ihnen der Laden?«

»Bar auf die Hand bezahlt. Nichts mit Raten oder monatlichem Abstottern.«

»Bar?«

»Grün auf einer Seite und grau auf der anderen. Eine Menge kleiner Bilder von Präsidenten.«

»Muß angenehm sein, eine Erbschaft zu machen.«

Er schwieg. Ich blies eine Rauchwolke in die Luft. »Haben Sie eine Ahnung, wo ich mit der Suche nach Woldanski anfangen sollte?«

Er musterte mich weiter unter seinen Augenbrauen hervor. Ich warf einen Blick zu dem anderen in seinem Sessel hinüber. Er bewegte langsam seinen buschigen Kopf hin und her, ohne mich dabei aus den Augen zu lassen. Ich fühlte mich beobachtet. Der jüngere Mann wedelte mit einer schmalen, merkwürdig schönen Hand den aufsteigenden Rauch von seinem Gesicht fort.

Ohne die Augen von mir abzuwenden, nahm der andere ein Päckchen Pall Mall vom Ladentisch, schüttelte eine Zigarette hervor und schob sie sich in den Mund, ohne sie anzufassen.

Die Banderole oben auf dem Päckchen war unversehrt. Er hatte es von unten aufgemacht. Ich streckte die Hand aus und klopfte mit einem Fingerknöchel dagegen.

»Milan oder Jackson? Oder ein Knast in einem anderen Bundesstaat?«

Er lächelte verkniffen. »Warum haben Sie nicht gleich gesagt, daß Sie von der Polizei sind?«

»Ich bin nicht Nero Wolfe. Wenn Sie nicht wollen, daß Leute Schlüsse ziehen, sollten Sie vom richtigen Ende des Päckchens anfangen. Auf diese Weise werden sie nur da aufgemacht, wo es gleich Streit gibt, wenn ein Päckchen aus der Tasche fällt und lose Zigaretten rausrutschen. Also was ist mit Woldanski?«

»Ich kenne keinen, der so heißt«, erwiderte er. »Ich würde Ihnen einen Woldanski nachschmeißen, wenn ich einen hätte, nur damit Sie hier schnell verschwinden. Mein Name ist Roland DePugh. Klingt das wie Woldanski?«

»Ich glaube, ich kapiere allmählich. Sie kennen Woldanski nicht.«

Der Mann auf dem Sessel lachte unterdrückt, ein dunkles Glucksen wie das Schnurren eines Panthers. Ich sah ihn an.

»Kein Woldanski«, sagte er träge. »Roland hat korrekte Papiere für den Laden. Seit wann jetzt? Zwei Jahre?«

»Kommenden September schon drei. Ich habe ihn von den Jungens gekauft, denen der ganze Block gehört. Davor war er einmal vermietet, aber ich weiß nicht wem.«

»An wen«, korrigierte ich.

»Wie?«

»Ist egal. Ich war in letzter Zeit zuviel mit Schriftstellern zusammen. So was kann einen fertigmachen. Wem gehört der Block?«

DePugh bedachte mich wieder mit seinem Von-unten-rauf-Blick. »Sie sind nicht von der Polizei. Sonst würden Sie bescheid wissen.«

»Sie haben gesagt, daß ich von der Polizei bin. Von mir haben Sie das nicht gehört.«

Er drückte auf den Knopf KEIN VERKAUF an der Registrierkasse, holte einen Colt Detective Special mit einem Fünf-Zentimeter-Lauf aus dem Fach, wo er die Zwanziger aufbewahrte, legte ihn geräuschvoll auf den Ladentisch und ließ die Hand auf der Waffe ruhen. »Jetzt haben Sie sich hier lange genug amüsiert.«

»Komisch mit diesen Schießeisen«, sagte ich. »Wenn einem die ersten zehn in die Fresse geknallt worden sind, ist der ganze Reiz weg.«

Er drückte mit dem Daumen den Abzugshahn zurück.

»Bei einer *Double-Action* hätten Sie das nicht nötig«, sagte ich.

»Ist aber leichter am Finger.« Der Mann in dem Sessel hielt seinen Daumen hoch und studierte ihn wie ein Bildhauer. »Ich würde an

Ihrer Stelle gehen, Mister. Diese Strafe, die Roland abgesessen hat, war wegen vorsätzlicher Körperverletzung. Er hat einem Bruder das linke Ohrläppchen abgeschossen.«

»Nicht schlecht.«

»Ich hatte zwischen die Augen gezielt«, sagte DePugh. Er trommelte mit den Fingern auf den Revolver-Zylinder.

Ich ließ etwas Asche auf den Holzfußboden fallen. Es war nicht die erste. »Also, ich bin dann weg. Ich brauche heute keine ausgestopften Elchköpfe. Oder was Sie sonst so für Sachen im Hinterzimmer haben, deren Besitzer gar nicht wissen, daß sie zum Verkauf angeboten werden.«

»Ich führe hier ein ganz legales Geschäft.«

»Das riecht man.« Ich nickte dem anderen Mann zu, der mich mit einem Katzenlächeln und der Andeutung eines Zurücknickens bedachte. Dann ging ich.

In meinem Gewerbe gibt es mehr Sackgassen, als ein Zauberer Taschen hat, und genauso viele andere Wege einzuschlagen. Von der Trowbridge Street fuhr ich wieder zurück und dann weiter in die City zu Lee Horsts Büro in einem der Bankpaläste, unwichtig welchem. Lee ist ein Mann, der mit Informationen handelt. Wann immer man etwas wissen will, was die Detroiter *Public Library* nicht zu bieten hat – Legales, Zweifelhaftes, etwas aus der Grauzone oder eindeutig Ungesetzliches –, wendet man sich an Lee Horst. Er ist spezialisiert auf Informationen persönlicher und gelegentlich peinlicher Natur, aber er ist kein Erpresser. Geschäfte mit dubiosen Typen, Reportern und Polizisten lehnt er ab. Wenn er jemanden nicht kennt oder ihm die Referenzen nicht ausreichen, ist er zwar nett und höflich, aber man beißt bei ihm auf Granit. Seine meisten Informationen stammen von Dienstboten, Handwerkern und Lieferanten, den sogenannten unsichtbaren Leuten, die in Häusern ein und aus gehen und dabei Augen und Ohren offenhalten. Lee trifft sich mit ihnen in Parkhäusern oder Einkaufszentren, um ihnen abzukaufen, was sie aufgeschnappt haben. Er kauft so gut wie alles über so gut wie jeden, und wenn Sie sich je eine gewisse Zeit in Detroit aufgehalten haben, besteht die Möglichkeit, daß er auch Informationen über Sie besitzt. Was er tut, ist in unserer heutigen Gesellschaft gar nicht so selten, aber er ist einer der wenigen, der sein Geschäft vorsichtig ausübt. Außerdem gehört er zu den zwanzig reichsten Männern der Stadt.

Auf dem Milchglas-Paneel der Tür zu seinem Vorzimmer stand in goldenen Lettern HORST RESEARCH ASSOCIATES. Aber das stimmte nicht ganz. Soviel ich wußte, betrieb Lee sein Geschäft allein.

Ein Summer ertönte, als ich die Tür öffnete, und der Ton hielt an, bis sich die Tür hinter mir mit einem pneumatischen Zischen wieder schloß. Zwei Sessel und ein Sofa, mit gelbem Stoff bezogen, standen auf einem gelben Teppich in einem Raum mit gelben Wänden. Auf einem gelben Tisch waren fächerförmig die neuesten Illustrierten ausgelegt. Lee liebt gelb. Ich war allein in dem Vorzimmer.

Eine Tür mit der Aufschrift PRIVAT ging auf, und Lee kam herausgeschritten, ein mächtiger Mann mit sanftem Lächeln, einer Menge in Wellen arrangierten strohblonden Haars, einem breiten geröteten Gesicht voller Sommersprossen und wachen, kleinen Augen, glänzend wie Stahlknöpfe, und kleinen Fältchen um die Augenwinkel. Obwohl er bereits achtundsechzig war, sah er noch immer aus wie ein übergroß gewordener Junge. Er trug einen elfenbeinfarbenen Anzug, der sich mit ihm bewegte, und eine gelbe Seidenkrawatte auf einem blaßgelben Oberhemd mit runtergeknöpftem Kragen. Die ganze Montur mußte maßgefertigt sein, denn zu seinen ein Meter neunzig brachte Lee annähernd vier Zentner auf die Waage. Er nahm meine Hand in seine beiden feucht-warmen Pranken.

»Amos, Amos«, sagte er mit seiner hohen, weichen, vorwurfsvollen Stimme. »Dich seh' ich ja überhaupt nicht mehr.«

»Senke deine Preise, dann wirst du mich öfter sehen. Wie geht es dir, Lee?«

»Mäßig, mäßig. Ich weiß nicht, woher ich die nächste Monatsmiete nehmen soll.« Er hielt mir die Tür zu seinem Privatbüro auf. Am Ärmel seines Hemdes glitzterte ein Brillant-Manschettenknopf von der Größe eines Pingpongballes.

Ich hängte meinen Hut und Mantel an den Garderobenständer und machte es mir in einem gelben Ledersessel bequem. Es war ein Eckbüro mit Fenstern, die nach zwei Seiten hinausgingen und auf die braunen Wolkenkratzer und die verstopften Straßen der Innenstadt blickten. Das Hupen der Autos klang nur gedämpft herauf, so als käme es von Kanada herüber. Lee ging hinter seinen mächtigen Schreibtisch mit der leergeräumten Platte und ließ sich in einem Drehstuhl mit ausladender Rückenlehne nieder. Obwohl er groß genug war, zwei Männern Platz zu bieten, reichte er gerade für Lee aus. Die Superkonstruktion knarrte zwar, aber sie hielt.

»Ich brauche die Adresse eines Mannes mit Namen John Woldanski«, sagte ich. »Er hatte einmal ein Geschäft auf der Trowbridge in Hamtramck, wo er sich bis vor ein paar Jahren als Hehler für sakrale Kunstgegenstände spezialisiert hatte. Zwei Polizisten mit Namen Mayk und Mischiewicz haben ihm vor längerer Zeit einmal etwas nachweisen können, und er mußte eine Strafe in Jackson absitzen. Er ist weder in den Telefonbüchern von Detroit und Hamtramck noch von irgendwelchen Vororten eingetragen. Ich weiß nicht, ob er sich noch in dieser Gegend aufhält oder ob er überhaupt noch lebt.«

Er ließ sich den Namen sicherheitshalber noch einmal buchstabieren, drehte sich dann in seinem Stuhl um und nahm eine Vinylhülle von einem Bildschirm mit Tastatur auf einem Tischchen, wo normalerweise eine Schreibmaschine hätte stehen müssen.

»Du doch nicht auch«, sagte ich.

Er verzog das Gesicht. »Es spart Zeit. Aber ich zahle immer noch die Miete für ein ganzes Lagerhaus voller Akten für den Fall, daß ein verirrter Blitz einschlägt und diesem Kasten hier das Gedächtnis auslöscht.«

»So was passiert?«

»Das hat mir jedenfalls der Bursche erzählt, der das Ding installiert hat. Auch Kurzschlüsse, Nylon-Unterhosen und heftiges Niesen sind zu vermeiden.«

Er stellte den Computer an. Das Gerät gab nicht mehr Geräusche von sich als vorher. Ich fand es langweilig, Lee dabei zu beobachten, wie er irgendwelche Tasten drückte, und steckte mir eine Zigarette an. Hoffentlich wirkte sich das nicht auch negativ auf das Gedächtnis von dem Ding aus. Nach einer Weile lehnte Lee sich zurück, gab mir eine Adresse in der Denton Street in Hamtramck und eine nicht eingetragene Telefonnummer.

Ich notierte mir alles. »In meiner Jugend hatten nur reiche Leute Geheimnummern.«

»Es sind diese Telefon-Werber«, sagte er. »Warum sollen Leute noch Klinken putzen, wenn sie einfach nur einen Finger in die Wählscheibe stecken können?«

»Telefonbesitzer wollen keine Plastikbeschichtungen kaufen müssen. Wie hoch ist der Schaden, Lee?«

»Für dich fünfundsiebzig.«

Ich zuckte leicht zusammen. »Dollar?«

»Nein, Cadillacs. Natürlich Dollar.«

»Nur für das Runterdrücken von ein paar Tasten?«

»Ich muß für die Maschine bezahlen. Weil wir alte Freunde sind, habe ich dir sowieso schon einen Vorzugspreis gemacht.«

»Kauf dir ein paar Feinde.« Ich zog vier Zwanziger aus meiner Brieftasche und schob sie ihm über die Schreibtischplatte zu. Er gab mir einen Fünfer aus einer Metallkassette im obersten Schubfach zurück und schrieb eine Empfangsquittung aus. Ich verstaute sie in dem Fach, in dem die Zwanziger gesteckt hatten.

»Bleibst du noch ein bißchen zum Quatschen?«

»Nicht bei diesen Preisen.« Ich stand auf und langte nach meinem Hut.

Lee tätschelte nicht ohne Sympathie die himmelblaue Konsole des Computers. »An deiner Stelle würde ich mich auch mit so einem Ding anfreunden.«

»Bevor ich mich dazu entschließe, müßten sie das Gehäuse erst aus zuverlässigem Knochenmaterial anfertigen.«

Ich verabschiedete mich und fuhr nach Hamtramck zurück. Hamtramck war der Holzschläger, ich war der Ball, und das Gummiband zwischen uns war keinen Zentimeter länger als nötig.

17

Das Haus war nicht einmal zehn Jahre alt, ein flacher langgestreckter Ziegelbau im Ranchstil mit Schieferdach und einem jener Panoramafenster, für die man Achthundert-Dollar-Gardinen braucht, wenn die Nachbarn nicht wissen sollen, wie man in Unterhosen aussieht. Es war so dicht an das größere ältere Holzhaus gleich daneben gebaut, daß man sich die Nase schrammen konnte, wenn man sich dazwischen durchzuquetschen versuchte. Die Rasenflächen vor beiden Häusern hätten dringend gemäht werden müssen. Aber damit mußten sie sich wahrscheinlich gedulden, bis die Bulldozer kamen und sowieso alles aufrissen.

Normalerweise wäre es eine ruhige Straße gewesen, jetzt aber herrschte die Stille der Verlassenheit. Als ich parkte, war auf der ganzen Straße kein anderer Wagen zu sehen. An keinem der Fenster bewegte sich ein Vorhang, als ich den Weg zu John Woldanskis Haustür hochging. Ich kam mir vor wie der Revolverheld im Wilden Westen, der in die Geisterstadt reitet, nur um von den Schatten der Männer, die er getötet hat, niedergeschossen zu werden. Selbst die Türklingel gab den typischen hohlen Ton von sich, der durch leere Räume hallt.

Als sich fünf Minuten nach meinem zweiten Läuten noch immer niemand gemeldet hatte, rüttelte ich an der Tür, deckte diese Handlung jedoch mit meinem Körper ab. Es war abgeschlossen. Zwischen der Tür und dem Rahmen war so gut wie kein Spalt. Ich mußte also annehmen, daß es sich um ein Sicherheitsschloß handelte. Ich ging um das Haus herum nach hinten.

Eine ausladende Eiche, so alt wie die Kreuzzüge, nahm fast den ganzen kleinen Hinterhof ein. Um den mächtigen Stamm lief ein verwitterter Jägerzaun. Ein weißer Palisadenzaun, der eines Anstrichs bedurfte, trennte den Hof von dem Hinterhof des Hauses gegenüber, dessen Rückfront keine Fenster besaß. Zwischen mir und dem Grundstück, das sich Woldanskis Nachbarhaus gegenüber befand, war eine Garage. Außer mir rührte sich nirgendwo etwas.

Ich öffnete die Metalltür zu der vergitterten hinteren Veranda, ging über einen verhältnismäßig neuen Betonbelag, den eine Gummimatte abdeckte, und sah mich einem weiteren Sicherheitsschloß gegenüber. Nur so aus Spaß probierte ich auch diese Tür aus, und siehe da, sie öffnete sich.

Allerdings behagte mir das gar nicht.

Ich ließ die Tür einen Spalt offen, verließ die Veranda, kehrte zu meinem Wagen zurück und holte meine Reserve-Waffe aus ihrem Spezialfach unter dem Armaturenbrett. Es war eine Luger, für die ich keine Zulassung besaß, und wenn ich damit erwischt wurde, mußte ich entweder mit einer saftigen Geldbuße oder sogar einer Haftstrafe rechnen. Vielleicht sogar beidem, wenn ich an einen Richter geriet, der womöglich selbst eine unlizensierte Waffe unter seiner Robe trug. Aber mein reguläres Schießeisen lag bei mir zu Hause, und man wird allergisch gegen leere Häuser, wenn man in ihnen oft genug eins über den Schädel bekommen hat. Also wollte ich die Veranda diesmal mit einer deutschen Neun-Millimeter-Automatik in der Hüfttasche betreten, als mir die Metalltür ins Gesicht knallte.

Es war entschieden die Schulter von irgend jemand dahinter. Sekundenlang sah ich Sterne. Ich versuchte krampfhaft, auf dem linken Fuß die Balance zu halten, streckte die Hände nach der Wand der Veranda aus, griff aber daneben und landete auf einem Knie, wobei ich mit der Schulter die Wand langschrammte. Bis ich mich hochgerappelt und die Pistole aus der Tasche gerissen hatte, war mein Metalltür-Mann bereits über den rückwärtigen Zaun gesprungen. Ich nahm zwischen den beiden Häusern, deren Vorderfront zu der Parallelstraße hinausgingen, eine Bewegung wahr, setzte auch über den Zaun hinweg, führte einen unfreiwilligen Tanz mit einem jungen Ahornbaum auf, der mir plötzlich im Wege stand, und erreichte den Durchgang zwischen den Häusern gerade noch rechtzeitig, um Schlußlichter eines Wagens um die Ecke verschwinden zu sehen. Ich hörte, wie der Motor kurz stockte und dann aufheulend davonschoß.

Irgendwo fing ein Hund an zu bellen. Mir wurde bewußt, daß ich mit einer unregistrierten Luger in der Hand mitten auf einem öffentlichen Bürgersteig stand. Ja, also, Officer, da war diese Metalltür. Ich steckte die Pistole weg und bahnte mir meinen Weg zu Woldanskis Haus zurück. Der Hund bellte weiter, aber es knallten keine Türen, und niemand verlangte von mir, mich auszuweisen.

Der Aluminiumrahmen der Tür war zwar verbogen, aber ich hatte nichts von meinem Gesicht in dem Fliegengitter zurückzulassen. Ich hob meinen Hut auf, klopfte ihn einigermaßen in Form, befand, daß mein Nasenbein nicht gebrochen war, ja die Nase nicht einmal blutete, und setzte meinen Weg fort, da mir nichts einfiel, was mich hätte zurückhalten sollen. Ich hatte so eine Ahnung, was ich finden würde, wenn ich auch hoffte, daß ich mich irrte.

John Woldanski war nicht schlecht gefahren bei seinen Geschäften mit sakraler Kunst. Die Küche war vorwiegend rostfreier Stahl, und das Wohnzimmer, zu dem von der Diele aus zwei Stufen hinabführten, war ein schöner, großzügig geschnittener Raum mit einer Polstergarnitur in herrlich weichem braunem Knautschleder. Die übrigen Möbel waren aus rötlich schimmerndem poliertem Kirschholz. In der Mitte gab es einen runden Kamin mit trichterförmigem Rauchabzug. An den Wänden hingen mit genialem Pinselstrich in kühnen Farben wie auf Stierkampf-Plakaten ausgeführte spanische Ölgemälde, die Heilige mit gequälten Gesichtern darstellten. Es waren qualitätvolle Originale, nicht der Kitsch, den sich konvertierte Katholiken und Wiedergeborene überall hinhängen, so wie ein Neureicher seine Galerie bestückt, indem er bemalte Leinwand nach Quadratmetern kauft und Marmorstatuen gleich kistenweise kommen läßt.

Das Schlafzimmer, das von der Diele abging, war still und pastellblau, mit gemachtem Bett. Auf der Platte des Schreibsekretärs lagen Kleingeld, Kämme und Bürsten, in deren Borsten sich weiße Haare verfangen hatten, offensichtlich von einem Mann herrührend. Eine braune Lederbrieftasche enthielt eine Sozialversicherungskarte, zwei Kreditkarten und dreiundsechzig Dollar in bar. Keinen Führerschein. Ein Farbfoto im Goldrahmen, Format dreizehn mal achtzehn, zeigte einen kleinen gepflegten Mann mit großer Nase und weißem Schnurrbärtchen, die weißen Haare glatt über eine rosa Glatze gekämmt. Er hielt die Hand einer plumpen rosigen Frau mit blaugetönten Haaren und achteckig gefaßten Brillengläsern. Drei Anzüge in verschiedenen Grautönen hingen im Kleiderschrank, zwei Paar schwarze Lederschuhe mit Lochmuster standen auf dem Schrankboden. Im Oberfach lag ein Haarfilz-Hut. Die Schubkästen ließ ich geschlossen. Was sollte ich mir auch noch Woldanskis Unterhosen begucken.

Das Badezimmer war orange und schokoladenbraun. Ich setzte

einen Fuß hinein und schob den Duschvorhang aus Plastik an seinen Ringen zur Seite. Auf dem braunen Fliesenboden stand eine Wasserlache, sonst nichts. Ich machte mich auf die Suche nach anderen Räumen, aber es gab keine. Das Haus war anderthalbgeschossig auf einen Bodensockel gebaut, ohne Keller und Oberetage.

Ich blieb neben dem Kamin stehen und kratzte mich am Ohr. Als ich genug davon hatte, ging ich durch die Küche zurück und zur Hintertür hinaus.

Der rückwärtige Teil des benachbarten größeren Hauses ragte fünf Meter weiter nach hinten als der Neubau im Ranchstil. Beide standen jedoch so dicht beieinander, daß man hätte meinen können, sie befänden sich auf demselben Grundstück. Die Hintertür des älteren Hauses war nur ein paar Schritte entfernt. Ich fuhr mir mit dem Finger über den Hutrand, trat auf die Tür zu und klopfte.

Nichts geschah. Die Tür war verschlossen, aber nur mit einem normalen Schnappschloß. Außerdem mußte kürzlich eingebrochen worden sein, oder die Glasscheibe in der Tür war aus einem anderen Grund kaputtgegangen. Jedenfalls war die Öffnung von innen mit Sperrholz vernagelt. Als ich mit der Handfläche dagegendrückte, gaben die Nägel nach. Ich verstärkte den Druck, langte zwischen der Sperrholzplatte und dem Fensterrahmen hinein, fand den Riegel, schob ihn zurück und drehte dann an dem Türknauf. Die Tür sprang auf, und ich konnte eintreten.

Die Küche hatte bloß ein kleines Fenster, vor das ein kariertes Küchentuch gepinnt war, so daß ziemliches Dämmerlicht herrschte. Ich drückte auf den Lichtschalter neben der Tür, aber die Lampe blieb dunkel. Der Linoleumbelag war stark abgetreten, und als ich einen Schritt vorwärts machte, stieß ich mit dem Zeh gegen eine lose Bodenfliese, die ein Stück verrutschte. Es gab einen Tisch, ein paar Stühle und einen Kühlschrank, dessen Schnur aus der Steckdose gezogen war. In die geöffnete Tür hatte jemand ein Sofakissen geklemmt, um zu verhindern, daß er beim Abtauen muffig wurde. Ich faßte mit einer Hand hinein und berührte die Innenwand. Sie war kühl, aber nicht kalt und so trocken wie das Innere eines Kühlschranks, der schon länger abgeschaltet ist.

Im Eßzimmer war ein weiterer Tisch mit Stühlen und ein Vitrinenschrank mit allerlei Krimskrams hinter den staubigen Scheiben. Auf einem Telefontischchen stand kein Telefon, und ein rechteckiges Loch über der Scheuerleiste zeigte die Stelle an, wo die Anschlußbuchse entfernt worden war. Danach kam ein Wohnraum mit abgenutztem Teppich und Tüchern zum Schutz gegen den Staub über den Möbeln.

Nur so aus Neugier hob ich die Tücher an und schaute darunter. Ich entdeckte das Sofa, das zu dem Kissen in dem Kühlschrank gehörte. Eine weitere Tür öffnete sich zu einer steilen, kahlen Treppe, die zu zwei leeren Schlafzimmern und einem Bad hinaufführte, in dessen Wanne sich Kalk abgesetzt hatte. Ich probierte einen Wasserhahn aus. Er zog mit einem keuchenden Ton Luft ein, wie ein alter Mann in einem Sauerstoffzelt. Ich drehte ihn wieder zu und ging hinunter.

In der Küche gab es neben dem Abwaschtisch noch eine zweite, schmalere Tür, die mit einem kleinen Riegel verschlossen war. Ich schob ihn zurück. An der Wand über einem Treppenabsatz hingen Handwerkszeug und allerlei Haushaltsgeräte. Eine windschiefe Holztreppe führte hinab in die Dunkelheit. Ich steckte ein Streichholz an und begann hinunterzusteigen, wobei ich jede Stufe erst mit dem Zeh ausprobierte, bevor ich es riskierte, sie mit meinem ganzen Gewicht zu belasten. Nach neun Stufen fiel der kärgliche Schein der kleinen Flamme auf die abgetretene Sohle eines Pantoffels.

Ich pustete das Streichholz aus, das mir schon fast die Finger verbrannte, steckte ein neues an, klappte den Deckel des Streichholzbriefchens zurück und entzündete alle restlichen auf einmal. Sie zischten in weißer Helligkeit auf, um dann gelblich weiterzubrennen. Der Pantoffel steckte an einem Fuß mit gerippter brauner Socke, dann kam ein Stück blasser unbehaarter Haut, danach ein dunkles Hosenbein und ein weiteres Bein gekrümmt darunter, ein runder Streifen weißes Hemd, ein dunkelblauer Pullover mit Rollkragen und ein weißhaariger Kopf, der auf dem Erdboden auf der Seite lag. Ein Auge glänzte in dem flackernden Licht wie eine nasse Murmel und nahm auch genausoviel wahr.

Er lag bäuchlings über den untersten fünf Stufen, das obere Drittel seines Körpers auf dem festgestampften Kellerboden. Den Rücken gegen die Mauer gestemmt und die Streichhölzer wie eine Fackel vor mir ausgestreckt, stieg ich über ihn hinweg auch noch die letzten Stufen hinunter, um nach seiner Halsschlagader zu fühlen. Er hatte sie nicht mehr in Benützung. Aber seine Haut war noch warm, und die Glatze, die durch die weißen Haare schimmerte, war so rosig wie auf dem Foto im Schlafzimmer des Nachbarhauses.

Ich ließ das Streichholzbriefchen fallen und trat die Flamme aus. In dem Keller war ein wenig Licht, das grau durch das dicke, schmutzige Glas eines rechteckigen Fensters oben in der Außenmauer hereinfiel. Es war eigentlich nur ein Halbkeller, gerade groß genug für eine betagte Ölheizung, eine Art Stahl-Oktopus, dessen unter der Decke entlangführende Rohrarme mir nicht gestatteten, mich gerade aufzurichten, sowie für ein paar staubige Kartons und mit Tüchern abgedeckten anderen Krempel. Ich schob meinen Hut zurück, ließ mich auf einem Stapel alter *National Geographic* nieder, klopfte mit einer Winston auf meinen Handrücken und versuchte einen Blick auf das Auge des toten Mannes zu erhaschen.

»Mr. Woldanski, was machen Sie hier mit einem gebrochenen Genick im Keller eines Hauses, das Ihnen nicht gehört?«

Er antwortete nicht. Er konnte nicht einmal meinem Blick begegnen. Sein kleiner adretter weißer Schnurrbart sah so künstlich aus wie Wachsfrüchte. Ich schob mir die Zigarette in den Mundwinkel, klopfte meine Taschen nach Streichhölzern ab, erinnerte mich dann und ließ die Zigarette herabsinken. Ich dachte nach. Über eine alte Frau, deren Enkel sich ausgerechnet dann, als sie die Suche nach ihm aufnimmt, als tot erweist, und über einen alten Mann, der möglicherweise hätte sagen können, was aus einem Silberkreuz geworden ist, das die alte Frau gern zurück hätte, und der in eben dem Augenblick ums Leben kommt, als sich jemand aufmacht, ihn danach zu fragen. Ich dachte über Leute nach, die anderen Metalltüren ins Gesicht knallen, ohne sich dafür zu entschuldigen. Und vor allem saß ich da, nuckelte an einer kalten Filterzigarette und überlegte, daß ich in meinem Beruf schon mehr Leichen gesehen hatte als ein Leichenbeschauer, der grüne Stempel verteilt.

Schließlich stand ich auf und ging ein bißchen in dem winzigen Keller umher. Ich hob die Ecke eines der staubigen Tücher an, machte mich auf Ratten gefaßt und zog fester. Ich blickte auf einen goldenen neunarmigen Kandelaber, gekrönt von einem Davidsstern, einige bemalte Heiligenfiguren, von deren Gewändern Gold abblätterte, und einen Stapel gerahmter Ikonen von der Art, wie ich sie in Stash Leposavas Haus gesehen hatte. Hier lagen sie auf einem rohen Holztisch mit einem abgebrochenen Bein. Ich hob ein weiteres Tuch an, das einen Stapel goldener Votivleuchter und kleine silberne Kruzifixe mit Ketten daran bedeckte. Unter anderen Tüchern waren noch mehr davon, außerdem Gemälde, geschnitzte Heiligenfiguren und Ornamente mit religiösen Motiven. Selbst ein paar glitzernde Halbmonde und ähnliche islamische Kunstgegenstände, wenn auch nicht allzu viele. Ihr Marktwert war vermutlich hierzulande nicht besonders groß. Kein silbernes Kreuz mit blauen und roten Steinen und kyrillischer Schrift auf der Rückseite.

Es sah alles nach Geld aus, viel Geld. John Woldanski mochte nicht an Altersschwäche gestorben sein, zumindest war er reich aus dem Leben geschieden. Ich zupfte alle Tücher wieder zurecht.

Nach einer Weile stieg ich wieder über die Leiche und ging hinauf, um vom Nebenhaus aus die Polizei zu informieren.

18

Zwei Kriminalbeamte mit Namen Kowalski und Stamenoff bekamen den Fall zugeteilt.

Stamenoff hatte nicht ganz die Ausmaße von Toronto. Er bestand aus einem Meter fünfundachtzig Kernspeck im braunen Anzug mit breitem Schlips und draufgemaltem Hulamädchen, schweren Lidern und wulstigen Lippen in einem flachen Gesicht mit bläulichem Bartschatten. Soweit ich hörte, sprach er kein Wort. Kowalski war das genaue Gegenteil von seinem Kollegen, ein schlanker, beweglicher Rotschopf mit griechischen Löckchen, blauen Augen ohne Brauen und einem beständigen Lächeln in einem langen eckigen Unterkiefer wie ein Bremspedal. Sein Anzug war nichts weiter als ein Anzug. Der kleine Kellerraum wurde ziemlich eng mit den beiden und mir, der Leiche auf der Treppe und den Streifenpolizisten, die nach meinem Anruf zuerst gekommen waren. Ich bezweifelte, daß sich, seit der Keller ausgehoben worden war, je so viele Leute darin befunden hatten.

Als Kowalski mit den Streifenpolizisten durch war, kam er herüber zu mir, wo ich neben den zugedeckten Waren Woldanskis stand, und nahm meine Hand in eine kleine heiße Pfote. »Privatdetektiv, wie? Sie ziehen sich auch so an.«

Ich sah an meinem Regenmantel herunter. »Es war einfach das Wetter dazu.«

Stamenoff zog einen Schreibblock aus seiner Hüfttasche, fand auch noch einen Bleistift, und wir konnten anfangen. Es nahm nicht allzuviel Zeit in Anspruch, da ich Martha Evancek unerwähnt ließ. Ebenso wie die Suche nach Michael.

»Dieses Kreuz, ist es wertvoll?« wollte Kowalski wissen.

»Das kommt darauf an, was Sie wertvoll nennen«, erwiderte ich. »Eingeschmolzen würde es nicht viel bringen, aber ein Museum könnte durchaus darauf anspringen. Meine Klientin bietet fünfhundert Dollar für die Wiederbeschaffung.«

»Nicht gerade wert, einen Mann umzubringen.«

»Heutzutage werden Leuten schon die Schädel eingeschlagen für das, was sie in den Zähnen haben. Aber wegen fünfhundert Piepen dürfte sich wohl kaum jemand die Mühe machen, einen alten Mann aus seinem Haus zu locken, um ihn dann im Nachbarhaus die Treppe runterzustoßen, damit es wie ein Unfall aussieht.«

»Vielleicht war es wirklich ein Unfall«, meinte Kowalski. »Und vielleicht haben Sie bloß einen Einbrecher überrascht, der dabei war, Woldanskis Haus auszuräumen. Seit hier die Abbrucharbeiten angefangen haben, kommen die Plünderer von überall angeströmt.«

»Zuviel Zufälligkeiten. Außerdem ist es drüben in seinem Haus so sauber wie geleckt, und in seiner Brieftasche auf dem Schreibsekretär im Schlafzimmer steckt Bargeld. Es scheint sehr viel eher, daß ihn der Mörder hier mit rübergebracht und erledigt hat und dann wieder zurückgegangen ist, um alles zu beseitigen, was vielleicht hätte verräterisch sein können. Möglich auch, daß der alte Mann schon im Nebenhaus umgebracht und dann hier herübergeschleppt wurde, um es so aussehen zu lassen, als sei er die Treppe runtergestürzt, als er nach seinen Schätzen sehen wollte. Aber das hätte ziemlich viel Mühe gemacht, und selbst in einer so verlassenen Gegend wie hier hätte zumindest eine gewisse Gefahr bestanden, gesehen zu werden.«

»Die Zulassungsnummer konnten Sie nicht mehr sehen?«

»Ich habe den ganzen Wagen nicht mehr sehen können, nur noch die Schlußlichter.« Ich überlegte. »Er hatte ein handgeschaltetes Getriebe. Ich habe gehört, wie die Gänge krachten.«

»Sehr schön. Hast du das, Dan? Es war ein Wagen mit Gangschaltung.«

Stamenoff nickte, ohne von seinem Block aufzusehen oder etwas zu sagen.

»Er ist mir nicht ins Gesicht getrampelt, sonst hätten Sie seinen Fußabdruck von meiner Stirn abnehmen können.«

»Kein schlechter Gedanke. Die Türen der beiden Häuser waren offen, als Sie ankamen?«

»Mehr oder weniger.«

»Mehr oder weniger heißt was?«

»Mehr oder weniger heißt mehr oder weniger«, erwiderte ich. »Sie vergeuden Ihre Zeit. Der einzige, der mich wegen Einbruchs anzeigen könnte, liegt hier auf der Treppe.«

»Wir wissen noch nicht, ob auch dieses Haus Woldanski gehört.«

»Ich wußte es auch nicht, bis ich sah, was unter diesen Tüchern ist.«

Kowalski warf einen scharfen Blick auf Stamenoff, der zu schreiben aufhörte und das Tuch anhob, das den Stapel Kerzenleuchter und Kruzifixe bedeckte. Kowalski stieß einen Pfiff aus.

»Woldanski war ein Hehler, der sich auf sakrale Kunst spezialisiert hatte«, erläuterte ich. »Auf dem Präsidium existiert bestimmt eine ganze Akte über ihn. Es sieht so aus, als habe er sich aus seinem Laden in der Trowbridge Street zurückgezogen und seinen ganzen Krempel hierhergeschafft. Drüben im Nebenhaus gibt es nicht genug Platz dafür.«

»Mir mißfällt, daß ich nicht weiß, für wen Sie arbeiten«, sagte Kowalski. »Mir mißfällt das immer mehr, je mehr mir auch diese ganze Geschichte hier stinkt.«

»Ich übe eine Tätigkeit aus, bei der es ein Berufsgeheimnis gibt. Genau wie bei Ihnen. Sie geben Ihre Informanten auch nicht kampflos preis.«

»Ja, und jeder kleine Richter mit einem Groll gegen die Polizei kann mich einbuchten lassen, wenn ich meine Zeugen nicht vor Gericht auftreten lasse. So etwas funktioniert nur bei Ärzten, Rechtsanwälten und Geistlichen, aber dazu gehören Sie nicht.«

Ich zuckte die Achseln.

Kowalski kratzte sein langes Kinn. »Erzählen Sie mir die ganze Geschichte noch einmal. Was hat Sie auf Woldanski gebracht?«

Ich erzählte ihm alles sogar noch zweimal. Das zweite Mal, um ihn prüfen zu lassen, ob die Geschichte irgendwelche Löcher hatte, und zum drittenmal, um mich daran zu erinnern, wer der Polizist war und wer der Tatverdächtige. In den meisten Mordfällen erweist sich derjenige, der die Polizei ruft, als Täter. Das war eine Statistik, von der ein Polizist wie Kowalski bestimmt wußte und wahrscheinlich auch Gebrauch machte. Er fing gerade an, die Fragen zu stellen, die er ganz zuerst gestellt hatte, als der Gerichtsmediziner und in seinem Schlepptau der Spezialist für Fingerabdrücke und der Fotograf herunterkamen, so als seien sie alle drei im selben Wagen eingetroffen. Wir standen jetzt gegen die Wände gepreßt, und Kowalski entschied, die Vernehmung auf dem Präsidium fortzusetzen. Er hatte nicht einmal mehr auf den Toten geblickt, außer gleich bei seinem Eintreffen, als er vermeiden wollte, über die Leiche zu stolpern. Manche von ihnen lösen auf diese Weise Fälle, die sich lösen lassen, genauso schnell wie die Burschen, die dem Toten sogar unter die Fingernägel gucken und seine Taschen mit dem Staubsauger untersuchen.

»Sie fahren – was?« fragte Kowalski.

»Einen silbergrauen Olds Omega«, erwiderte ich. »Er steht draußen.«

»Die Schlüssel.«

Ich zögerte, holte dann jedoch den Ring aus der Tasche und ließ ihn in seine ausgestreckte Hand fallen. Er reichte den Schlüssel an einen der Streifenpolizisten weiter und wies ihn an, uns in meinem Wagen zu folgen. »Sie wollen ihn doch nach Einbruch der Dunkelheit nicht in dieser Straße stehen lassen«, wandte er sich wieder an mich.

Ich sagte, das klänge mir vernünftig. Ich hoffte nur, der Streifenpolizist würde die Luger nicht unter dem Armaturenbrett entdecken, wo ich sie wieder verstaut hatte. Draußen stiegen Kowalski und ich auf den Rücksitz eines braunen Pontiac, während sich Stamenoff hinter das Lenkrad klemmte. Dann fuhren wir leise los, ohne Sirenen oder quietschende Reifen. Echte Polizisten sind da ziemlich trübe Tassen.

Als Lieutenant hatte Kowalski sein eigenes Büro im Kriminaldezernat. Es war ein enger kleiner Raum mit einem Schreibtisch, auf dem sich Akten häuften und die Utensilien eines Pfeifenrauchers herumlagen, einer Kaffeemaschine auf einem gelben Eichentisch, einem Aktenschrank mit drei Schüben und Pin-Wänden mit Korkauflage, übersät von welligen Polaroid-Aufnahmen verkohlter Leichen in zerquetschten, ausgebrannten Autowracks und Körperteilen, die in Baumwipfeln hingen. Sie erinnerten mich ein wenig an die gespenstischen Fotos von Martha Evanceks verstorbenem Ehemann Michael, die in ihrem Familienalbum klebten. Sie schienen vom gleichen Kaliber zu sein, Mrs. Evancek und Lieutenant Kowalski.

Er ließ mich mit Stamenoff allein, um nach Möglichkeit erst einmal meine Angaben zu überprüfen. Stamenoff war, die Hände in den Hosentaschen, wortlos an das Fenster getreten, das zur Wachstube hinausging, und klimperte mit seinen Schlüsseln und Kleingeld. Ich entdeckte einen Zigarrenanzünder auf dem Schreibtisch und steckte mir eine Zigarette an. Ich war bereits bei der zweiten angelangt und betrachtete mir die Fotos an der Wand gerade zum fünften oder sechsten Mal, als der Lieutenant zurückkam.

»Die habe ich gemacht, als ich noch bei der County-Polizei war«, erläuterte er, nahm eine schwarze knubbelige Pfeife vom Schreibtisch und öffnete und schloß diverse Schubfächer. »Diese Einsatzkommandos in der Stadt hier meinen schon immer, sie hätten alles gesehen, weil sie zu Schießereien und Messerstechereien gerufen werden. Aber wirklich hat man das erst, wenn man das Gesicht eines Sechzehnjährigen von einem Baum gekratzt hat, um den er sich mit hundertvierzig Sachen und zwölf Bierchen im Bauch in einer vereisten Kurve samt seiner hochgetrimmten kleinen Kiste gewickelt hat.«

»Was wollen Sie mit dieser Galerie erreichen? Männer aus ihnen zu machen?«

»Nein, das ist lediglich für die Typen, die wir wegen Alkohols am Steuer einkassieren. Auf Polizeibeamte wirken Fotos nicht. Das Blut kommt nie im richtigen Farbton heraus, und außerdem ist es etwas völlig anderes, wenn man in dem ganzen Benzingestank steht und sich so ein armer Neuling im Geschäft die Seele aus dem Leib kotzt.« Er wandte sich an Stamenoff. »Grabowska will sich übrigens mit um den Woldanski-Fall kümmern.«

Stamenoff grunzte und fuhr fort, mit seinen Schlüsseln und dem Kleingeld zu klimpern.

Die Gedankenverbindung verblüffte mich zunächst, bis mir einfiel, was mir Howard Mayk über sein Eintreffen bei den Evanceks vor neunzehn Jahren berichtet hatte. Ich mußte wohl unwillkürlich gelächelt haben, denn Kowalski fragte: »Sie kennen den Chef?«

»Nur vom Hörensagen. Er soll einen schwachen Magen haben.«

»Ich würde keinen Pfennig riskieren für einen Polizisten, dem im Laufe seiner Tätigkeit nicht wenigstens einmal das Essen aus dem Gesicht gefallen ist. Aber es gibt eine Grenze. Bis zu seiner letzten Beförderung wurde er hier immer ›Unser kleiner Spucki‹ genannt.« Kowalski gab es auf, in seinen Schubfächern zu suchen, und stülpte das Innere eines abgewetzten braunen Lederbeutels auf seinem Schreibtisch nach außen, um seine Pfeife zu füllen. Dann warf er den leeren Tabaksbeutel beiseite, drückte mit einem bräunlich verfärbten Daumen den Tabak fest und begann mit dem komplizierten Ritual, ihn in Brand zu setzen. Ich habe Pfeifenraucher immer wegen ihrer Geduld bewundert, aber das ist auch alles. Schließlich warf er den Anzünder auf den Schreibtisch zurück und sah mich an, während er dicke graue Wolken ausstieß.

»Ihre Geschichte fängt in der Mitte an und hört vor dem Ende auf«, sagte er. »Ich weiß noch immer nicht, wie Sie darauf kamen, nach Woldanski zu forschen.«

»Ich habe ein Häuschen im Westen der Stadt. Man hört so einiges.«

»Ich lebe seit meiner Geburt hier. Und ich habe noch nie von Woldanski gehört.«

»Ist das meine Schuld?«

Wir starrten uns gegenseitig an. Ich machte ihm keinen Vorwurf. Es hörte sich komisch an ohne Howard Mayk. Aber Mayk wußte, daß ich für Martha Evancek arbeitete.

Wir starrten uns noch immer an, als der Captain ohne anzuklopfen hereinkam. Er war jünger als erwartet, um die Vierzig, mit einem Haarschnitt, der gerade die Oberkanten seiner Ohren bedeckt ließ, einer Haarfarbe wie nasser Sand, hellbraune Augen mit einem Ausdruck merkwürdig toter Freundlichkeit und einem gepflegten weichen Schnurrbart, der ein wenig über seinen Mundwinkel herabhing. Er trug einen scharf gebügelten bräunlichgelben Anzug, der zu seinen Augen und Haaren paßte, und einen roten Schlips mit einem Knoten von der Größe eines Softballs. Er schenkte mir keinen Blick, bis Kowalski uns miteinander bekannt gemacht hatte, und dann hätte er ebensogut eine Tür ansehen können. Einen Händedruck bot er mir nicht an.

»Was haben wir denn bis jetzt über das Haus?« erkundigte er sich bei Kowalski.

»Danke, bestens«, sagte ich. »Und Ihnen?«

Er sah mich wieder an, diesmal jedoch anders. Seine Lippen waren permanent ein wenig vorgeschoben, als bereite er sich ständig darauf vor, etwas zu sagen. »Sie reden nicht, bevor ich Sie anspreche«, sagte er.

»Und dann bekomme ich einen Keks?«

»Ich habe einen Mann aus dem Schreibbüro abgestellt, die Grundbucheintragungen durchzusehen«, warf Kowalski hastig ein, während er mich mit Blicken zu bremsen versuchte. »Woldanski scheint zumindest die Nutzung des Hauses gehabt zu haben, falls er nicht sogar Eigentümer ist.«

»Das habe ich gehört. Holen Sie mir jemand vom Einbruchsdezernat her.«

Kowalski spähte hinüber zu Stamenoff, der wortlos hinausging.

»Wenn der Medizinmann mit seiner Untersuchung fertig ist, wird er sagen, daß Woldanski uns wegen eines gebrochenen Genicks verlassen hat«, erklärte der Lieutenant. »Er könnte gefallen sein, aber der Sturz war nicht allzu tief, und er müßte eigentlich fast einen Stoß gekriegt haben, um so hart aufzuprallen. Walker könnte den Täter überrascht haben, als der Kerl aus dem Haus des Alten kam, wo er sich entweder nach lohnender Beute umgesehen oder auch nur irgendwelche Spuren verwischt hatte. Walker konnte ihn nicht erkennen. Ich habe die ganze Umgebung absuchen lassen, aber die Ausbeute ist sehr gering.«

»Nicht gering genug«, sagte Grabowska. »Der alte Mann hätte gleich ausziehen sollen, nachdem das Grundstück enteignet worden war. Wir können Leute nicht schützen, wenn sie sich nicht dem Gesetz beugen.«

»Er hatte noch Zeit bis zum Ende des Monats«, warf ich ein. »So lange schuldeten Sie ihm allerdings Schutz.«

Er richtete wieder seine milden Augen auf mich und schürzte die Lippen. »Kommunist, wie? Sie stehen unerschütterlich gegen Fortschritt und Beschaffung von Arbeitsplätzen?«

»Wenn das heißt, andere Leute erst aus ihren Häusern zu jagen, für deren Bezahlung sie hart arbeiten mußten.«

»Der Mann von meiner kleinen Schwester ist arbeitslos, Zorro. Die beiden müssen bei seinen Eltern leben, weil sie sich erst gar kein Haus leisten können.«

»Warum geben Sie ihm keinen Job hier?«

»Man kann nicht so ohne weiteres in den Polizeidienst treten. Dazu braucht man eine besondere Ausbildung.«

»Und einen starken Magen«, ergänzte ich.

Er schnellte zu Kowalski herum. »Hat da jemand gelacht?«

»Ich nicht, Captain.«

Grabowska wandte sich wieder zu mir und strich seinen Schnurrbart glatt. »Wer hat Sie engagiert?«

Ich rauchte schweigend. Er rieb seine Hände gegeneinander.

»Zurückhaltung von Beweismaterial, wie? Vielleicht machen Sie ein paar Tage hinter Gittern gesprächiger.«

»Ich war schon im Gefängnis, Captain«, sagte ich. »Es hat mir nicht gefallen, aber ich habe lange genug gesessen, um festzustellen, daß man davon nicht stirbt. Und ich werde auf Gerichtsbeschluß lange wieder draußen sein, bevor ich mit dem Kopf gegen die Gitterstäbe renne, um Musik zu hören.«

»Oh, ein zäher Bursche. Diese Typen haben wir oft hier. Sie kommen durch diese Tür hart wie eine Panzerplatte, aber so gehen sie nicht wieder hinaus. Sie schleichen sich weg wie die gelben Ratten, die sie sind.«

Ich mußte grinsen. »Ach ja, den habe ich auch gesehen. Bugs Bunny macht zum Schluß einen Knoten in den Lauf von Elmers Flinte, und Elmer kriegt die ganze Ladung selbst ins Gesicht.«

Kowalski gab einen röchelnden Laut von sich. Grabowska warf ihm einen hastigen Blick zu. Der Lieutenant hustete, nahm seine Pfeife aus dem Mund, verzog das Gesicht und wedelte mit der Hand Rauch fort.

In diesem Moment kam Stamenoff mit jemandem zurück, den ich wiedererkannte. Es war ein großer, schlanker Schwarzer, schlaksig wie Kowalski, in geflickten, verschossenen Jeans und einem schwarzen T-Shirt. Er hatte sein Polizei-Namenschild an dem Aufschlag seines zerlumpten Jacketts stecken, aber ich kannte den üppigen Afro-Look und die Art, wie er die kalte Zigarette im Mundwinkel hängen ließ. Er war einer der beiden Männer, mit denen ich in John Woldanskis altem Laden auf der Trowbridge Street gesprochen hatte. Er musterte mich verschlafen, ohne Überraschung zu zeigen.

»Was ist los?« sagte ich. »Zahlen sie Ihnen hier nicht genug?«

Der Mundwinkel ohne Zigarette hob sich ein paar Millimeter.

Grabowska ließ seine Blicke zwischen uns hin und her wandern. »Sie kennen sich?«

»Er war in DePughs Laden, um nach Woldanski zu fragen«, erläuterte der schwarze Polizist. »Ich bin da seit drei Wochen eingeschleust.«

»Ach ja, um den Hehlern auf die Finger zu sehen. Wie sieht es denn aus?« Grabowska spähte auf das Namensschild. »Foster, nicht wahr?«

»Forster, Sir. Es sieht gut aus. Ich habe mit heißen Kassettenrecordern schon einen Tausender an Land ziehen können, als DePugh gerade draußen war und sich mit einer dieser Kontrolleusen wegen einer Parkuhr rumstritt.«

»Junge, wir haben wirklich den falschen Beruf«, sagte Kowalski.

Forster hob wieder den freien Mundwinkel an. Der Captain fragte ihn, ob er Woldanski kenne.

»Nicht persönlich. Aber als ich mich darauf vorbereitete abzutauchen, habe ich seinen Namen in vielen alten Berichten gesehen. Nur als DePugh dabei war, hatte ich noch nie von ihm gehört«, wandte sich Forster an mich.

»Das ist ja jetzt unwichtig«, sagte Grabowska scharf. »Er ist nämlich heute ins Jenseits befördert worden.«

»Das sagte mir der Sergeant bereits.« Forster wies mit seinem buschigen Kopf auf Stamenoff.

»Hat DePugh noch irgendeine Bemerkung über Woldanski gemacht, nachdem Walker weg war?«

»Nein, Sir.«

»Seine Haut war noch warm, als ich ihn fand«, sagte ich, hauptsächlich an Forster gerichtet. »Er kann höchstens eine halbe Stunde tot gewesen sein. Was hat DePugh gegen vier Uhr dreißig gemacht?«

»Vielleicht sein Geld gezählt. Es war ein lahmer Tag heute. Er hat schon um vier Uhr zugemacht, und ich fuhr hierher.«

»Vielleicht sollten Sie besser mit DePugh reden«, wandte ich mich an Kowalski.

»Was für ein heller Kopf. Das wäre mir von allein wirklich nie eingefallen.« Er kaute auf seinem Pfeifenstiel herum.

»Solche Typen ziehen sich doch nie endgültig vom Geschäft zurück.« Grabowska machte seinen Schmollmund. »Könnte doch sein, daß sie manche Objekte, die für einen Mann allein zu heiß waren, mit gegenseitiger Hilfe verscherbelt haben. DePugh wurde nervös, als jemand erschien und sich wie ein Kriminalbeamter nach

Woldanski erkundigte, und machte den Kollegen vorsichtshalber stumm.«

»Nur ist DePugh ganz und gar nicht der Typ, sich nervös machen zu lassen«, sagte Forster.

»Jeder wird nervös, wenn man ihm dicht genug auf den Pelz rückt.« Der Captain sah mich an. »Wer wußte sonst noch, daß Sie nach dem alten Mann suchten?«

»Lee Horst. Sie kennen ihn vielleicht.«

»Horst?«

»Ein Mann, der eine Menge weiß«, sagte Kowalski. »Wir sind schon öfter über ihn gestolpert. Wenn jemand eine Information braucht – Horst liefert sie, gegen ein Honorar. Es sei denn, man steht auf der Seite des Rechts. Dann ist er stumm wie ein Fisch.«

Ich schüttelte den Kopf und drückte meine Zigarette in einem Kupferaschenbecher voll schwarzer glänzender Krümel aus Kowalskis Pfeife aus. »Er ist ganz in Ordnung. Vielleicht kann man das nicht von allen seinen Kunden sagen, aber sein Geschäft ist legal, sonst säße er schon längst hinter Gittern, oder die Polizei hätte ihm zumindest das Büro dichtgemacht.«

»Für einen Mann, der seinen Auftraggeber nicht preisgeben will, sind Sie ja mit *seinem* Namen erstaunlich bereitwillig rausgerückt«, sagte Grabowska.

»Horst ist eine Mauer«, antwortete Kowalski für mich. »Ihm Polizisten auf den Hals zu schicken hat die gleiche Wirkung, als ob man Tennisbälle gegen einen Holzzaun knallt. Stellen Sie mir die Spezialeinheit für Krawalleinsätze und das halbe Sonderkommando für nächtliche Razzien zur Verfügung und geben Sie uns zwei Tage, dann erfahren wir vielleicht von ihm seine Telefonnummer. Und zwar die im Telefonbuch steht. Er ist ein Hüne von einem Mann. Noch stabiler als Stamenoff, und stabiler als Stamenoff ist keiner.«

Der massige Sergeant grunzte.

Das Telefon klingelte. Kowalski schob ein Dutzend Aktendeckel von dem Apparat und bellte seinen Namen in die Sprechmuschel. Er hörte ein paar Sekunden lang zu, sagte dann »okay« und legte auf. Er wandte sich an Grabowska.

»Das war Wasylyk vom Schreibbüro. Das unbewohnte Haus gehörte Woldanski. Das neue hat er vor acht Jahren gebaut und bezogen, nachdem seine Frau gestorben war. Wegen letzterer Auskunft hat sich Wasylyk an das Archiv der *Free Press* gewandt.«

Der Captain rieb wieder die Hände aneinander. »Okay, nehmen wir das also als gegeben. Holen Sie DePugh her und überprüfen Sie das

Zeug in Woldanskis Keller. Vielleicht steht etwas davon auf der Fahndungsliste. Foster hier kann Ihnen dabei behilflich sein . . .«

»Forster, Sir«, korrigierte der schwarze Polizist. »Ja, und Sir, ich glaube, wir sollten DePugh erst noch mal in Ruhe lassen. Sonst fliegt mein Inkognito auf und die ganze wochenlange Mühe ist im Eimer.«

»Mord rangiert nun mal an erster Stelle«, erinnerte ihn Kowalski. »Tut mir leid.«

»Ja, Sir.«

Der Captain sah mich an, und ich war wieder eine Tür. »Haben Sie schon die Aussage von diesem Schnüffler protokolliert?« fragte Kowalski.

»Noch nicht.«

»Dann machen Sie das und sehen Sie zu, daß er erst mal hier verschwindet. Und glauben Sie nicht, daß wir Sie davonkommen lassen, Freundchen«, wandte er sich wieder an mich. »Sie sind noch immer unsere Nummer eins, wenn sich DePugh als Niete erweist. Was auch bei der Sache rauskommt, vergessen werde ich Sie jedenfalls nicht.«

»Ich fühle mich geschmeichelt. Wer waren Sie doch gleich?«

»Machen Sie nur immer so weiter. Ich will nicht das geringste Risiko eingehen, Sie womöglich sympathischer zu finden.« Er entschwand.

Kowalski schnitt eine Grimasse und klopfte seine Pfeife im Aschenbecher aus. »Verdammt nobel von Captain Schlaumeier, uns zu zeigen, wie man einen Mordfall bearbeitet. Sind Sie verheiratet, Walker?«

»In letzter Zeit nicht.«

»Kinder?«

Ich schüttelte den Kopf.

»Legen Sie sich auch keine zu«, riet er mir. »Früher oder später bekommt jeder verheiratete Mann mit Kindern den Grabowska, den er verdient. Okay, Forster, vielen Dank, daß Sie herübergekommen sind. Tut mir leid wegen der vergeblichen Arbeit.«

»An so was bin ich gewöhnt, Lieutenant.« Forster öffnete die Tür.

»Komisch«, sagte ich, »Sie sehen gar nicht polnisch aus.«

Er lächelte das müde, schiefe Lächeln, ohne die Zigarette zu bewegen. »Das ist gut«, sagte er. »Das hat mir heute noch niemand gesagt.« Er ging hinaus. Stamenoff klimperte mit seinen Schlüsseln und dem Kleingeld und grunzte.

19

Es war schon dunkel, als ich meinen Wagen vom Polizeiparkplatz holte. Die Luger war noch da. Ich fuhr direkt nach Hause, ohne an Eric Rynearsons Laden auf der Jefferson zu denken. Sein Anrufbeantworter hatte gesagt, es würde um sieben geschlossen; überdies hatte ich im Augenblick keine Lust, etwas anderes zu tun, als an meiner Matratze zu horchen, nicht einmal für jemanden wie Louise Starr. Ich spendierte mir in der Küche einen Whisky, während ich mir mein Abendessen wärmte, und noch einen zweiten danach, als ich eine der stündlichen Nachrichtensendungen im Radio daraufhin abhörte, ob vielleicht ein Mord in Hamtramck erwähnt wurde. Er wurde nicht erwähnt. Wahrscheinlich würde das auch in keiner späteren Sendung geschehen, es sei denn, die Polizei ließ etwas über die Hehlerware im Keller durchsickern. Heutzutage muß man Morde ein bißchen interessant machen, wenn man damit an die Öffentlichkeit dringen will. Ich genehmigte mir noch ein paar und ging dann in der Erwartung ins Bett, noch eine Weile wach zu liegen. Aber ich lag nicht wach. Ich träumte nicht einmal. Ich schlief so tief wie immer, aber es war nicht der Schlaf der Toten. Das ist ein Schlaf nie.

Ich wachte auf, weil mir etwas Schweres, Pelziges auf dem Gesicht saß und mit einer Glocke ins Ohr läutete. Das Läuten dauerte an, während ich die scharfen Krallen des Dinges von meinen Augenlidern entfernte, aber das Ding kroch auf meinen Kopf und balancierte dort, die Klauen in meine Schädeldecke gekrallt. Eine seiner heißen, stinkenden Pfoten mußte auch in meinem Mund und auf meiner Zunge gewesen sein. Das Ding läutete weiter die Glocke. Es versuchte so zu tun, als klingelte das Telefon im Wohnzimmer, aber ich ließ mich nicht täuschen. Sein Gewicht zog meine Gesichtshaut straff und ließ meine Augen hervorquellen.

Ich schob meine Füße in die Pantoffeln und kämpfte mich auf dem Weg aus dem Schlafzimmer in meinen Bademantel. Die Glocke läutete und läutete. Ich lehnte meine Stirn gegen die Standuhr meiner Urgroßmutter. Vier Uhr eins. Schließlich gelang es mir, den Telefonhörer mit beiden Händen zu packen, und die nachfolgende Stille war so scharf und plötzlich, daß sie fast genauso schmerzte wie zuvor der Lärm. Mein pelziges Ding kicherte in meinem linken Ohr.

»Amos? Hallo?«

Mein Dämon reagierte auf diese Stimme, als habe ihm jemand ein Kruzifix vor das flache, häßliche Gesicht gehalten. Ein silbernes Kreuz. Er sprang von meinem Kopf, hastete in eine jener dunklen

Ecken, wo diese Brut haust, und hinterließ nur einen dumpfen Schmerz und einen leichten Gestank nach Schwefel. Ich hoffte, er hatte keine Eier gelegt.

»Sekunde.« Ich legte den Hörer auf dem kleinen Tischchen neben meinem einzigen Sessel ab und ging ins Schlafzimmer zurück. Als ich wieder herauskam, mich setzte und den Hörer aufnahm, sagte die Stimme:

»Du hast dir eben eine Zigarette angesteckt, stimmt's?«

»Nein.« Ich stieß Rauch aus.

»Hm-hmm.«

»Bin ich zu dieser nachtschlafenden Zeit aus dem Bett gescheucht worden, um mir einen Vortrag über Krebsvorsorge anzuhören?«

»Das habe ich verdient«, sagte Karen nach einer Sekunde. »Manchmal kann ich leider die Krankenschwester nicht ganz verleugnen. Du weißt, wie das ist.«

»Ich habe mir schon mal so was sagen lassen.«

»Du klingst verkatert.«

»Das liegt an der Leitung. Viele Leute haben diesen Eindruck, wenn sie mich um vier Uhr morgens anrufen.«

»Amos, bist du wirklich in Ordnung?«

»Ja.«

»Das ist gut.« Sie klang nicht ganz überzeugt. »Sonst würde ich mir nämlich Sorgen machen.«

Ich ließ Rauch aus meinen Nasenlöchern quellen und schwieg.

»Es tut mir leid wegen heute nachmittag«, fuhr sie fort. »Das heißt, eigentlich muß ich ja gestern nachmittag sagen. Ich glaube, ich hatte deine Bemerkung über die tolle Blondine doch mehr in den falschen Hals gekriegt, als ich zugeben wollte. Sicher stimmt, was du über sie gesagt hast, aber keine Frau hat es gern, daran erinnert zu werden, daß es schönere gibt.«

»Ich dachte, es sei vielleicht, weil du nicht über deinen jungen Dr. Kildare sprechen wolltest. Tim.«

»Nein, das war es nicht. Warum kommst du immer wieder auf ihn?« Sie verstummte. Es war sehr still an ihrem Ende der Leitung. »Hör zu, meine Schicht ist gerade zu Ende. Ich bin so aufgedreht, daß ich jetzt nicht schlafen kann. Ist es zu spät, zu dir zu kommen und ein bißchen abzuschalten?«

»Ich dachte, du willst morgen segeln. Das heißt heute.«

»Tim hat abgesagt. Er muß für ein Examen büffeln.«

»Es ist eine ganz schöne Tour bis hier heraus. Warum treffen wir uns nicht bei dir?«

»Auf meine Wohnung habe ich keine Lust. Außerdem habe ich dich aus dem Schlaf geholt, und laut Emily Post bringt das gewisse Verpflichtungen mit sich.«

»Ich werde schon mal den Kaffeewärmer rauskramen.« Ich gab ihr Anweisungen, wie sie zu fahren hatte, und wir verbrachten noch ein paar Minuten damit, uns zu verabschieden.

Nachdem ich aufgelegt hatte, blieb ich sitzen, um meine Zigarette zu Ende zu rauchen. Dann ging ich ins Bad, zog mich aus und stellte mich fünf Minuten lang unter die eiskalte Dusche. Während ich mich rasierte, bewunderte ich den rosa Schimmer im Weiß meiner Augäpfel. Ich machte das Bett, nahm ein frisches Hemd aus der Kommode und zog es mit der Hose von dem blauen Anzug an. Als ich fertig war, ging ich in die Küche, stöpselte die Kaffeemaschine ein, spülte die Teller vom Abendessen, die ich einfach hatte stehen lassen, holte die Teppichkehrmaschine hervor und ging damit kurz über den Läufer im Wohnzimmer. Ich leerte Aschenbecher aus und wischte Staub. Inzwischen war der Kaffee fertig, und ich hatte gerade noch Zeit für zwei Tassen und eine weitere Zigarette, bis es an der Haustür klingelte.

»Du bist doch verkatert«, stellte sie fest.

Sie trug noch ihre weiße Schwesterntracht unter einem braunen Ledermantel, der im Licht der Lampe hinter mir feucht glänzte. Aber sie hatte die Haare gelöst. Sie fielen ihr rötlich schimmernd über die Schultern. Ihr Gesicht war wie Rosen und Milch, und ihr Anblick benahm mir fast ein wenig den Atem.

Sie schlang die Arme um meinen Hals, und wir küßten uns. Ich zog sie weiter ins Haus, stieß mit dem Fuß die Tür zu und schob den Riegel mit dem Ellbogen vor. Als wir uns voneinander lösten, sagte sie: »Das hast du nicht zum erstenmal gemacht.«

Ich gab eine diplomatische Antwort und nahm ihr den Mantel ab. Nachdem ich ihn im Wandschrank verstaut hatte, gingen wir umgefaßt wie Teenager ins Wohnzimmer. Sie schaute sich um.

»Du bist gar kein schlechter Hausmann. Ich dachte, bei Junggesellen liegen immer leere Bierdosen und zerlöcherte Socken herum.«

»Das ist das eine Klischee. Das andere ist der Hobby-Koch, der die tollsten Rezepte zubereitet, für jedes Kleidungsstück einen Extra-Bügel hat und Schalter, mit denen man Schummerlicht machen kann.«

»Und welches trifft auf dich zu?«

»Wenn meine Socken Löcher haben, schmeiße ich sie weg und kaufe mir neue. Aber nur, wenn die Löcher zu sehen sind. Und wenn es bei mir schummerig wird, dann weiß ich, daß ich vergessen habe, die Lichtrechnung zu bezahlen.« Ich drückte sie auf das Sofa nieder.

»Kaffee? Leider habe ich kein Milchpulver. Du mußt frische nehmen.«

»Dann entscheide ich mich lieber für Alkohol.«

»Scotch?«

»Mit Wasser.«

Ich ging in die Küche, ließ Wasser in zwei Gläser laufen und färbte es mit Hiram Walker's. Als ich ins Wohnzimmer zurückkam, stand Karen vor meiner billigen Stereoanlage und sah meine Plattensammlung in dem offenen Regal durch.

»Du hast interessante Platten. Von manchen dieser Interpreten kenne ich nicht mal die Namen.«

»Etliche davon sind schon länger tot, als du lebst.«

»Dürfte ich eine hören?«

»Such dir aus, was dich reizt.«

Sie sah die Platten weiter durch, zog dann eine heraus und studierte die Hülle. »Diese Frau ist hübsch. So ein zartes Profil. Sie sieht aus, als sei sie von jemandem verletzt worden.«

Es war Helen Morgan. »Wie kommst du darauf?« wollte ich wissen.

»Sie wirkt wie eine Blume, auf die jemand getreten hat. Ich glaube, die möchte ich hören.« Sie tippte mit dem Finger auf die Hülle.

»Na, dann los. Der Metallstift muß durch das Loch in der Mitte.«

»Vielen Dank«, versetzte sie trocken. Sie ließ die Platte aus der Innenhülle rutschen, legte sie auf und fand den Einschaltknopf. Die Morgan begann zu singen.

»Wehmütig.« Karen nahm das Glas, das ich ihr entgegenhielt.

Ich hob das meine. »Stimmen aus dem Grab.«

»Stimmen.«

Wir tranken. Sie kehrte wieder zum Sofa zurück, wobei sie sich nach der Musik leicht in den Hüften wiegte und, das Glas in der Hand, selber umarmte. Ich beobachtete sie mit unverhohlen fleischlichem Interesse. Sie setzte sich und schlug die schlanken Beine übereinander. Louise Starr erreichte die gleiche Wirkung, wenn sie nur die Fußknöchel kreuzte. Aber es gibt Gelegenheiten, wo man Vollmilchschokolade möchte, und andere, wo es unbedingt scharfer Pfefferminz sein muß.

Sie sah mich sekundenlang an und fragte dann: »Worüber hast du heute mit Martha gesprochen? Gestern, verdammt!«

»Über Michael.«

»Nur?«

»Überwiegend. Wir kamen auch darauf, wer zäh und hartnäckig ist und wer nicht und wie man das eine oder andere wird. Warum?«

»Ich weiß selbst nicht. Sie wirkte irgendwie ausweichend, als ich später zu ihr hineinschaute. Sie redet zwar, aber immer, wenn das Gespräch auf deinen Besuch kam, wechselte sie das Thema. Ich dachte schon ...« Sie zuckte die Achseln und nippte an ihrem Glas.

»Was dachtest du?«

Sie sah mir gerade ins Gesicht. »Amos, hast du sie überredet, dich noch einmal zu engagieren, um die Umstände von Michaels Tod genauer unter die Lupe zu nehmen?«

»Ich versuche nie, Leute zu irgend etwas zu überreden. Im allgemeinen bin ich viel zu beschäftigt, mich selbst aus irgendeiner Situation herauszureden. Einen Versuch, Mrs. Evancek zu etwas zu überreden, was sie nicht will, würde ich für vergeudete Zeit halten.«

»Du hast recht. Es tut mir leid. Ich hätte es besser wissen müssen. Es ist nur ...«

»Daß sie in diesem Alter solche Kinder sein können.«

»Allerdings.« Sie legte Festigkeit in ihren Blick. »Das können sie wirklich. Du verbringst nicht soviel Zeit mit alten Leuten wie ich und kennst ihre kleinen Spielchen nicht, ihre rührenden Tricks und Schwindeleien.«

»Ich habe mit alten Leuten und für sie gearbeitet. Sehr viele meiner Aufträge kommen von Menschen, die sich innerlich auf den Tod vorbereiten und, bevor sie endgültig Abschied nehmen, ihre Söhne und Töchter wiedersehen wollen, zu denen sie schon lange Jahre jeden Kontakt verloren haben. Ich habe mehr Zeit in Pflegeheimen verbracht als ein Veteran aus dem Spanisch-Amerikanischen Krieg. Alte Leute sind nicht lieb und reizend. Sie sind niederträchtig und freundlich, kleinlich und eindrucksvoll, armselig und manchmal nett, so wie wir anderen auch. Der einzige Unterschied ist, daß sie über die Regeln hinausgewachsen sind, nach denen du und ich leben müssen. Für sie gilt vieles nicht mehr, weil der Tod hinter ihnen steht und sie schon seinen Atem im Genick spüren.«

Sie nahm noch einen Schluck aus ihrem Glas, stellte es dann auf meinem zerschrammten Couchtisch ab, richtete sich gerade auf und musterte mich, die Hände auf das übergeschlagene Knie gelegt. »Du hast es so merkwürdig mit dem Tod heute früh. Was ist los? Aber jetzt bitte keine flotten Sprüche.«

»Morgens denke ich öfter an den Tod«, erwiderte ich. »Jedesmal wenn ich mich aus dem Bett rolle, bin ich ihm wieder ein Stückchen näher gerückt. Wer ist das nicht? Außerdem bin ich gestern mal wieder über eine Leiche gestolpert.«

Ich sah, wie es in ihrem Gesicht arbeitete, bevor sie zurückfragte:

»Mal wieder?«

»Das ist ein Steckenpferd von mir. Meistens schreie ich juhu, wenn ich auf eine stoße.«

»Und wer war es?«

»Ein alter Hehler namens Woldanski in Hamtramck. Er endete mit gebrochenem Genick am Fuß einer Treppe in einem unbewohnten Haus, das auf seinem Grundstück stand. Vielleicht findest du etwas darüber auf der Lokalseite der heutigen Zeitung, sofern nicht gerade Krieg ausgebrochen ist oder sich der Bürgermeister einen neuen Anzug gekauft hat.«

»Wurde er ermordet?«

»Wahrscheinlich. Leute, die eines natürlichen Todes gestorben sind, zählen bei mir nicht.«

»Mußt du unbedingt darüber Witze machen?«

Ich trank Scotch und hörte Helen Morgan zu.

»Dumme Frage«, sagte Karen. Sie rieb sich den Nacken. »Ich bin so verspannt, daß ich kaum noch klar denken kann.«

Das schien mein Stichwort zu sein. Ich stellte mein Glas neben das ihre, ging um das Sofa herum und begann mit den Daumen ihre Schultern durchzukneten. Ihre Haare rochen wie frische Luft. Sie gab kleine schnurrende Laute des Wohlbehagens von sich.

»Das ist angenehm. Wo hast du das gelernt?«

»Ich habe mal für eine Imbißstube den Grillhähnchen den Hals umgedreht.«

Ihre verhärteten Muskeln begannen sich unter meinen Daumen allmählich zu lockern. Ihre Haut fühlte sich an wie weiche Seide.

»Wußte dieser Woldanski etwas über Michael?«

Ich ließ sie abrupt los. Sie wandte ein wenig den Kopf, so daß ich ihr Halbprofil sah. »Jetzt paß einmal ganz genau auf«, sagte ich. »Nachher werde ich dich nämlich abfragen. Ich habe gestern keine Nachforschungen wegen Michaels Tod angestellt, ich werde es heute nicht tun und morgen auch nicht. Michael ist so tot wie Caruso, so tot wie der Schnee von gestern, so tot wie dieses Gespräch. Ich habe dir doch gerade erklärte, daß ich alles, was tot ist, gar nicht erst suchen muß. Ich ziehe es an wie ein Magnet.«

Die Platte spielte noch immer. Helen bat gerade jemanden, ihr etwas zu schenken, um sich an ihn erinnern zu können, es klang jedoch nicht, als erwarte sie, etwas würde dabei rauskommen.

»Es ist nur«, sagte Karen, »daß in deinen Erzählungen dauernd neue polnische Namen auftauchen. Was soll ich davon halten?«

»Daß dies eine Stadt mit ziemlich bunt zusammengewürfelter

Bevölkerung ist. Und daß du dich, wenn ich sage, ich tue etwas nicht, einigermaßen darauf verlassen kannst.«

Sie überlegte einen Augenblick. »Was wirst du wegen dieses Mordes unternehmen?«

»Gar nichts.«

»Gar nichts?«

»Ich habe Beschwerden und Zipperleins, wenn ich morgens aufstehe, die ein Mann meines Alters noch nicht haben sollte, weil ich lange Zeit dachte, Morde gingen nicht allein die Polizei an. Es hat einer Menge harter Lektionen bedurft, aber schließlich habe ich kapiert. Möglicherweise ist Woldanski wegen der Geschichte umgebracht worden, um deretwillen ich ihn besuchen ging. Viel eher jedoch dürfte sein Tod mit einer von tausend anderen Geschichten zusammenhängen, von denen ich keine Ahnung habe. Ich habe nicht die Zeit, und die Person, für die ich arbeite, hat nicht das Geld, das alles auseinanderzusortieren. Die Spur hat am Fuße dieser Treppe geendet.«

»Dein Auftraggeber wird nicht gerade glücklich sein.«

»Wer ist in diesem Leben schon glücklich?«

»Du bist zynisch.«

»Nein«, sagte ich. »Nur müde. Hundemüde.«

»Das kann ich bestätigen. Jetzt bin ich schon zwanzig Minuten hier, und du hast mich erst einmal geküßt.«

Ich beugte mich herab, faßte nach ihrem Kinn, drehte ihren Kopf zu mir herum und korrigierte dieses Versäumnis. Die Nadel gelangte inzwischen zum Ende der Platte, der Tonarm schwenkte zurück, und der Plattenspieler schaltete sich mit einem diskreten Klicken aus, wie ein Hotelpage, der hinter sich die Tür der Flitterwochen-Suite schließt.

20

Die Sonne stand schon am Himmel, als Karen losfuhr. Die große mattgoldene Klapperkiste von Plymouth zog einen langen Schatten hinter sich her. Auch nachdem Karen weg war, roch das Haus noch nach ihr, und als ich den Kaffee aufwärmte, um noch eine Tasse zu trinken, schmeckte auch der nach Karen. Es gibt Frauen, die man in Besitz nehmen, und andere, die man sich nur borgen kann. Schwer vorstellbar, daß sich Karen McBride je von jemandem in Besitz nehmen lassen würde. Ich ging noch einmal unter die Dusche, zog nochmals ein frisches Hemd und den blauen Anzug an und fuhr dann ins Büro. Es würde ein schöner Tag werden. Der Bürgersteig war trocken und warm, und ich empfand den Schatten des Hauseingangs wie kaltes Wasser in meinem Nacken.

Louise Starr stand in dem Flur vor meinem kleinen Wartezimmer. Das Thema heute war grau. Eine graue taillierte Jacke, passende graue Hosen mit hohem Bund und eine hellblaue Satinbluse. Die blonden Haare hatte sie zu einer Frisur à la weibliche Führungskraft hochgesteckt, aber der Sonnenschein verlieh ihr trotzdem Glanzlichter. Unter dem Arm trug sie eine schwarze Lacktasche mit silbernem Verschluß. Als ich auftauchte, warf sie einen Blick auf die kleine Uhr an ihrem Jackenaufschlag und lächelte anerkennend, wenn auch mit einer Spur Ironie um die Mundwinkel.

»Sie sind ja ein richtiger Frühaufsteher«, begrüßte sie mich. »Ich bin um neun Uhr mit dem Leiter des Informationsdienstes der Wayne State University verabredet und dachte, ich schaue auf gut Glück einmal bei Ihnen vorbei. Ich hatte gerade wieder gehen wollen.«

»Und Sie scheinen aus dem Bett gefallen zu sein«, gab ich zurück. »Es ist schließlich erst halb acht.« Ich schloß die Tür auf und wich etwas zurück, um Mrs. Starr den Vortritt zu lassen. Ich hoffte, sie würde mir dafür nicht ihre Handtasche an den Kopf schlagen.

Sie tat es nicht, sondern schritt an mir vorbei. »Nun ja, vielleicht habe ich mit mehr Glück gerechnet, als ich mir eingestehen mochte.«

Mir gefiel ihre Art. Sie rümpfte nicht die Nase wegen der wackeligen Bank im Wartezimmer oder dem niedrigen, abgeschabten Tisch mit den Illustrierten, die selbst für eine Zahnarztpraxis zu alt waren. Ich ließ sie in mein Privatbüro treten. Ein staubiger Balken Sonnenlicht lag über dem Schreibtisch, dem Teppich und dem Aktenschrank, die alle vom Alter die gleiche Farbe angenommen hatten. Die Tapete war noch relativ neu: braune stilisierte Schmetterlinge, auf bernsteinfarbenem Grund gefangen.

»An Ihrer Stelle würde ich Ihren Reinigungs-Service verklagen«, sagte sie.

Ich hängte meinen Hut auf. »Verklagen Sie mal den kleinen Mann, der immer Ihr Autoradio abdreht, wenn Sie unter einer Brücke durchfahren. Ich glaube nicht, daß dieser Service existiert.«

»Diese Jalousetten schreien danach, abgestaubt zu werden.«

»Das habe ich erst Dienstag gemacht.«

»Vielleicht sollten Sie nächstes Mal versuchen, etwas näher heranzutreten.«

»Schon so schlau am frühen Morgen.« Ich bot ihr den Besucherstuhl an. Sie setzte sich, schlug ein Knie in den grauen Hosen über das andere und klemmte die Handtasche zwischen Ellbogen und Hüfte. Ich machte das Fenster auf und nahm in dem Drehstuhl hinter meinem Schreibtisch Platz. Wir sahen uns gegenseitig an. Sie ließ die Tapete direkt billig wirken.

»Sie sollten sich ein neues Sofa zulegen, ein paar Sessel und eine Kaffeemaschine«, schlug sie vor, »und die Geschäfte hier in der Ecke abwickeln. Manchmal stört ein Schreibtisch nur.«

»Ich könnte die Klienten auch in einem Kaftan empfangen, Bongo-Musik spielen, ihnen aus der Hand lesen und pro Finger zehn Dollar verlangen.«

»Machen Sie sich nicht lustig. Von unserem letzten Buch über übersinnliche Phänomene wurden sechs Millionen Exemplare verkauft.«

»Was Sie als Intellektuelle und Wächterin der Kultur sicher nicht billigen.«

»Was ich billige, hat sehr wenig damit zu tun. Die Menschen lesen immer weniger. Alle sind sie unterwegs, um sich selbst zu verwirklichen. Was gut geschrieben ist, würden sie nicht einmal erkennen, wenn man sie festbinden und ihnen den Text vorlesen würde. Es wäre ihnen auch egal. Ein Buch muß fünf Pfund wiegen, oder es ist nicht den Preis des Einbandes wert.«

»Wie Mexican Brown«, sagte ich.

Sie hob sorgfältig nachgezogene Brauen. »Ist das ein Buch?«

»Heroin minderer Qualität. Guter Stoff ist rein weiß. Aber die Süchtigen hier haben so lange Brown gespritzt, daß sie mißtrauisch sind gegen den anderen. Und wenn Dealer irgendwo mal an guten Stoff rankommen, müssen sie erst drauf rumtrampeln und ihn braun färben, sonst verkauft er sich nicht.«

Sie nickte. »Ich glaube, das ist eine richtige Analogie. Sie scheinen eine Menge über Drogen zu wissen.«

»Wenn ich bei Goodyear arbeiten würde, wüßte ich eine Menge über Gummireifen. Ich stehe mehr auf Alkohol, nicht auf Drogen.«

Sie lachte melodisch. Ich machte ein frisches Päckchen Zigaretten auf und bot ihr eine an. Sie schüttelte den Kopf, aber ich nahm selbst eine. Den Rauch versuchte ich möglichst nicht in ihre Richtung abzulassen.

»Was hat Sie denn nun wirklich in dieser Herrgottsfrühe hergeführt?« wollte ich wissen.

»Ich habe mich gefragt, ob Sie schon mit Eric Rynearson gesprochen haben.«

»Ich wollte es gestern nachmittag tun, aber dann kam etwas dazwischen.«

»Und wie steht es jetzt?«

»Rynearson hat seinen Laden täglich nur drei Stunden geöffnet. Vormittags gar nicht.«

»Sind Sie prinzipiell dagegen...«, sie zögerte, »Leuten in ihren Wohnungen Warnungen zukommen zu lassen? Wie die Mafia?«

»Gewisse Prinzipien habe ich schon, genauso wie Verlagslektorinnen. In diesem Fall würden sie mich jedoch nicht hindern. Aber ich weiß nicht, wo Rynearson wohnt. Er steht nicht im Telefonbuch. Ich könnte die Adresse zwar herauskriegen, das würde Sie jedoch fünfundsiebzig Dollar kosten. Wahrscheinlich sogar hundert, nachdem ich meine Quelle der Polizei verraten habe. Ich halte es deshalb für vernünftiger, ihn in der Jefferson Street aufzusuchen.«

»Aber er wohnt doch gleich über dem Laden. Habe ich Ihnen das nicht gesagt?«

»Nein«, versetzte ich. »Das haben Sie nicht.«

»Er wohnt über dem Laden.«

»Besten Dank.«

Sie lächelte wieder und strich die Falte ihrer Hose zwischen Daumen und Zeigefinger glatt. Ihre Fingernägel waren perfekt zugefeilt und farblos lackiert.

»Sie ist gerade«, sagte ich.

»Was?« Mrs. Starr hob verblüfft den Kopf.

»Die Falte. Und selbst wenn sie es nicht wäre, könnten Sie jetzt auch nicht mehr viel daran ändern. Sind Sie noch aus einem anderen Grund hier, außer um meine Einrichtung madig zu machen?«

»In Fedor Alanovs Suite ist gestern abend eingebrochen worden«, sagte sie.

»Ist ihm dabei etwas zugestoßen?«

»Nein, es passierte, während er mit Andrei bei einer literarischen Veranstaltung in Warren war. Ich habe in meinem Zimmer gesessen und Manuskripte gelesen. Jedes für sich ein Verbrechen«, fügte sie launisch hinzu. »Fedor hat den Einbruch entdeckt, als er zurückkam.«

»Ist etwas gestohlen worden?«

»Er sagt nein. Wonach die Einbrecher auch gesucht haben mögen, sie sind sehr vorsichtig zu Werke gegangen. Aber Fedor ist ziemlich pedantisch, und er merkte, daß ein paar Dinge nicht an ihrem richtigen Platz lagen. Hemden waren in der falschen Reihenfolge wieder ins Fach geräumt, Schreibmaschinenseiten nicht ordentlich gestapelt, solche Kleinigkeiten. Auf jeden Fall müssen sie einen Schlüssel gehabt haben.«

»Das Zimmermädchen?«

»Niemand vom Hotelpersonal räumt zu so später Stunde Zimmer auf, wenn es nicht ausdrücklich verlangt wird. Außerdem hätte das Zimmermädchen keine Veranlassung gehabt, Schubfächer durchzustöbern.«

»Das nicht. Aber es kommt vor. Haben Sie mit dem Hausdetektiv gesprochen?«

»Ein großer junger Mann mit der Attitüde einer Warenhausaufsicht. Er ging in der Suite herum, strich sich den Schnurrbart und unterstellte, daß sich Mr. Alanov geirrt haben müsse. Zerstreutheit sei schon öfter der Sündenbock gewesen, so ungefähr äußerte er sich. Fedor dankte ihm – Sie kennen ja seine Art – und sagte, er sei noch nie in so dezenten Formulierungen für verrückt oder zum Lügner erklärt worden. Der Detektiv erbot sich, die Polizei zu benachrichtigen. Ich brauche Ihnen wohl nicht zu sagen, was Fedor erwidert hat.«

»Auch Hausdetektive sind offenbar nicht mehr, was sie einmal waren. Sie verdächtigen Rynearson?«

»Eher möchte ich annehmen, daß es jemand war, der für ihn arbeitet. Wer könnte es sonst gewesen sein?«

»Hoteldiebe. Zimmermädchen, die gern lange Finger machen. Ein Page mit einem heimlichen Laster. Ein Klatschreporter auf der Suche nach einer saftigen Story. Jemand, der die Suite vorher bewohnt und den Schlüssel nicht abgegeben hat. Solche Schlüssel sind überall unterwegs. Kein Mensch weiß, wieviel Stück es jeweils gibt, und jeder mit einem Dollar in der Tasche kann sich bei einem beliebigen Schlüsseldienst einen Nachschlüssel machen lassen. Gehen wir aber einmal davon aus, daß es Rynearson oder zumindest dessen Beauftragter war. Was hätte er in Alanovs Suite suchen sollen?«

»Na, das Manuskript von ›Asyl‹ natürlich. Feder hatte es in seiner Aktentasche bei sich. Sonst wäre es verloren gewesen.«

Ich drückte meinen Zigarettenstummel aus. »Entschuldigung bitte, aber ich habe Schwierigkeiten, dieser Logik zu folgen. Ich denke, dieser KGB-Agent war hinter Alanov her, nicht hinter seinem Buch.«

»Natürlich würde er am liebsten den Verfasser selbst haben, aber zur Not begnügt er sich eben auch mit dem Manuskript.«

»Gibt es denn nur ein Exemplar?«

»Fedor gestattet nicht, daß es kopiert wird, bevor es ganz fertig ist. Er hat es in der augenblicklichen Form noch nicht einmal von jemandem lesen lassen. Ich habe nur ein Exposé gesehen. Das ist nicht ungewöhnlich bei Schriftstellern. Ihre Abneigung, unvollendete Werke sehen zu lassen, ähnelt dem mystischen Ritual heidnischen Aberglaubens.« Sie lächelte spröde, wie eine Missionarin. Sie war einer Missionarin so ähnlich wie ich Billy Graham. Ich nahm einen Bleistift aus einem Wasserglas auf meinem Schreibtisch und kitzelte mich mit dem Radiergummi-Ende am Ohr. Um mein Gehirn anzuregen.

»Wie kommt es, daß die Polizei Alanov nicht glaubt, wenn er solche Vorfälle meldet?«

Sie senkte die Lider. Bis zum Kinn reichten sie aber nicht. »Nicht alle Verlagshäuser haben so viele Skrupel wie das unsere. Es hat in der Vergangenheit Sensationsberichte gegeben, um den Verkauf von Büchern zu fördern. Die Hughes-Autobiographie hat sich auch nicht gerade positiv ausgewirkt.«

»Ist das alles?«

»Nein.« Sie sah mich wieder an und lehnte sich in den Stuhl zurück, die Hände auf der Armlehne. »Kurz nachdem Fedor aus der UdSSR in die Vereinigten Staaten gekommen war, hat es einen Vorfall gegeben. Er meldete der Polizei, ein russischer Agent sei ihm seit seiner Landung überallhin gefolgt. Daraufhin wurde Fedor überwacht, und schließlich stießen die Beamten auf einen Mann, der sich als begeisterter Leser und Bewunderer Alanovs aus Baltimore herausstellte, der weiter nichts wollte als eine persönliche Widmung in sein Exemplar von ›Fenster zur Ostsee‹. Die Presse bekam Wind davon und brandmarkte Fedor als Paranoiker. Ich vermute, in den Augen des Gesetzes gilt er damit soviel wie der Hypochonder, der den Arzt daran hindert, Patienten zu behandeln, die es wirklich nötig haben. Aber auch Hypochonder werden gelegentlich krank. Und manchmal befinden sich Paranoiker in echter Gefahr.«

»Und Wölfe fressen kleine Jungen, die den Mund zu weit aufreißen. Ich erinnere mich jetzt an das ganze Theater. Irgendwo hatte ich es im Hinterkopf, ohne daß es mir richtig einfiel. Und warum glauben Sie diesmal nicht an Verfolgungswahn?«

»An dem Abend, als er entführt werden sollte, befand er sich in Andreis Begleitung. Und der ist nicht verrückt.«

Ich musterte sie mit neuem Interesse. Sie wurde ein bißchen rot. »Wie schon gesagt«, erläuterte sie. »Detroit ist von New York ziemlich weit entfernt.«

»Weiter, als ich dachte.« Ich spielte mit dem Bleistift. »Ändert das nun auch etwas an meiner Aufgabe? Soll ich Rynearson noch immer in die Mangel nehmen, oder was?«

»Nein, Sie bestechen ihn.«

»Womit?«

»Mit Geld natürlich.« Sie schüttelte den Kopf. »Was dachten Sie denn?«

»Ich bin nicht zum Nachdenken engagiert. Ich sollte mit einem Schlagring aktiv werden.«

»O nein, ich hoffe, Sie hatten nicht vor, etwas in der Art zu verwenden.«

»Nur eine Redensart«, beruhigte ich sie. »Harte Burschen wie ich brauchen so was nicht. Aber zumindest sollte ich doch wohl grob werden, und nun wollen Sie ihm die Sache auch noch versüßen.«

»Ja, so ungefähr. Ja, genauso ist es. Ich habe inzwischen mit der Leitung des Hauses gesprochen. Um es milde auszudrücken, die Herren waren nicht zufrieden damit, wie ich die Situation handhaben wollte. Wir sind ein altes Unternehmen und so ehrbar, daß wir uns selbst kaum noch ertragen können. Die konservativen Spießer auf der Chefetage können nicht vergessen, daß wir Thomas Paine veröffentlicht haben. Sie sind ängstlich darauf bedacht, jede Publizität zu vermeiden, die sich – wie sie es nennen – ungünstig auf die Integrität des Hauses auswirken könnte. Sie sind nicht daran interessiert zu hören, daß alle Integrität, die wir vielleicht einmal gehabt haben, in den Keller gegangen ist, als wir anfingen, Diät-Bücher und lieblos hingehauene Biographien minderer Fernsehtalente zu publizieren.«

»Sie sind desillusioniert.«

»Restlos. Ich säße jetzt schon auf der Straße, wenn ich nicht fast die einzige Lektorin wäre, der sie einen Haufen Bargeld anvertrauen können.«

»Wieviel ist ein Haufen?«

Sie öffnete ihre Handtasche und schleuderte ein Bündel bankfrischer Geldscheine auf den Schreibtisch. Es landete mit einem Plumps. Obenauf war ein Hunderter, und die Banderole besagte, daß drunter neunundvierzig von der gleichen Sorte steckten. In ihrer Tasche konnte für nichts anderes mehr Platz gewesen sein, nicht einmal für eine Büroklammer. Ich piekte mit meinem Bleistift nach dem Bündel. Es ließ sich nur schwer schieben.

»In letzter Zeit landen dauernd solche Dinger auf meinem Schreibtisch«, sagte ich. »Der unterhält sich schon gar nicht mehr mit dem Aktenschrank. Was würden Ihre ehrpusseligen Herren wohl sagen, wenn sie feststellen müßten, daß Sie diese Fünftausend ausgerechnet dem Kerl in den Rachen geworfen haben, der Sie mehr oder weniger erst in diese Schwierigkeiten gebracht hat?«

»Sie würden mich nach New York zurückbeordern und mir einen

Tag Zeit geben, meinen Schreibtisch zu räumen. Aber ich bin kein Laufmädchen. Es gehört mehr dazu, eine gute Lektorin zu sein, als Sätze umzustellen und Kommas wegzustreichen oder einzufügen. Für diesen Job braucht man auch Menschenkenntnis. Ich glaube, daß Sie ein Mann sind, dem man vertrauen kann. Außerdem habe ich Ihr Kreditinstitut angerufen und eine befriedigende Auskunft erhalten.«

»Für seinen Versuch, Ihnen das beste Pferd im Stall zu entführen und in Alanovs Suite einzubrechen, bekommt Rynearson fünf Riesen, und was kriegen Sie?«

»Seine Zusicherung, Fedor Alanov und dessen Buch, während er sich in Detroit aufhält, nicht anzutasten. Das stinkt, nicht wahr?«

»Es kommt darauf an, ob Rynearson anbeißt, und wenn ja, ob auf sein Wort Verlaß ist. Falls es klappt, wären Sie billig davongekommen.«

Sie krauste die glatte Stirn. »Ich ... kann Ihnen leider nicht mehr bieten, als ich es schon getan habe. Nach der telegrafischen Überweisung dieser Fünftausend hat der Verlag den Geldhahn zugedreht.«

Ich zuckte mit einer Schulter. »Der Job bleibt im Prinzip ja derselbe. Eher ist er sogar etwas leichter geworden, weil ich niemandem mehr Grimassen schneiden muß. Wenn etwas schiefgeht, ist das sowieso ein Fall für die Polizei. Ich kenne einen Detektiv im Morddezernat, den ich zwar nicht direkt einen Freund nennen möchte, der mir aber, wenn ich ihn im richtigen Ton darum bitte, garantiert einen Rat gibt, wer da helfen kann.«

»Hoffen wir, daß es nicht dazu kommt«, sagte Mrs. Starr. Sie schien noch etwas hinzufügen zu wollen, lehnte sich dann jedoch wieder zurück.

»Ich gehöre nicht zu den Angestellten Ihres Verlages«, sagte ich. »Wenn Rynearson den Bonbon schluckt, werde ich ihm zu verstehen geben, daß ich es als einen persönlichen Gefallen betrachte, wenn niemand ein Messer in den Rücken kriegt.«

»Einen persönlichen Gefallen. Ich verstehe.« Sie lächelte. Danach entspannte sie sich sichtlich.

Ich verschloß die Fünftausend in meinem Witz von einem Safe, schrieb eine Empfangsquittung aus und riß sie vom Block. Unsere Finger berührten sich, als sie die Quittung entgegennahm. Sie zuckte nicht zurück.

»Dies ist eine faszinierende Stadt«, sagte sie. »Ganz anders als New York. Montag fliege ich zurück, ohne etwas gesehen zu haben, außer der Strecke vom Flughafen zum Hotel und vom Hotel hierher. Sind Sie dieses Wochenende frei?«

Ihre blauen Augen hatten einen verschleierten Ausdruck. Ihr weicher Kragen war bis zum zweiten Knopf geöffnet, und in der Höhe ihres Schlüsselbeins lief eine feine helle Linie entlang, wo die Sonne nicht hingekommen war. Die Luft im Büro duftete zart nach Jasmin, so wie die Atmosphäre in einem überfüllten Bus plötzlich frischer wird, wenn ein Botenjunge mit einem Blumenbukett einsteigt, auf dem noch der Morgentau liegt.

»Ich werde Sie anrufen«, sagte ich.

»Tun Sie das.« Sie zog endlich ihre Hand mit der Quittung zurück und verstaute das Papier in ihrer Handtasche. Dann stand sie mit einem kleinen Nicken auf. »Ja, tun Sie das.«

Ich erhob mich und geleitete sie hinaus.

21

Der Fluß glitzerte zwischen den Häusern der East Jefferson auf wie springende Forellen. Die morgendliche Wärme ließ auf dem Bürgersteig immer mehr Hemdsärmel und entblößte Taillen sprießen. Von Windsor herüber wehte eine steife Brise. Als ich aus meinem Wagen stieg, konnte ich den Fluß riechen, ein frischer grüner Duft wie Regen oder junges Gras.

Rynearsons Ost-Import war alles andere als ein Geschäftsgebäude, nämlich ein zweistöckiges Privathaus aus Holz, weiß gestrichen und mit roten Fensterläden abgesetzt. Die rechteckige Rasenfläche davor war von jemandem geschnitten worden, der in einer Hand eine Nagelschere und in der anderen ein Mikrometer gehabt haben mußte. Vermutlich traten die Käfer auf diesem Rasen zweimal täglich zur Inspektion an. Das Haus, schmal und mit hohem Giebel, sah aus wie eins von denen, die Henry Ford einmal für seine Arbeiter hatte bauen lassen. Andere, die auch zu diesem Block gehört haben mochten, hatten großen Ziegelneubauten mit Apartments und Bürokomplexen weichen müssen und ließen das verbliebene wie ein letztes Herbstblatt wirken, auch schon dazu bestimmt, bald fallen zu müssen. Ein Holzschild, das in dem Rasen steckte, gab in verschwommener Schrift Hinweis auf das Unternehmen.

»Das Geschäft ist geschlossen, junger Mann. Kommen Sie heute nachmittag wieder.«

Ich trat rückwärts von der Veranda herunter und schaute in die

Richtung hoch, aus der die Stimme gekommen war. Ein silbriger Kopf und ein Gesicht, dessen Züge ich nicht zu unterscheiden vermochte, schauten von einem oberen Fenster auf mich herab. Es befand sich im Schatten einer Nische, und das Gesicht hätte ebensogut einer Frau wie einem Mann gehören können. Die Stimme ließ aber doch eher auf einen Mann schließen.

»Ich bin kein Kunde«, rief ich zurück. »Ich möchte Eric Rynearson sprechen.«

»Wer möchte Eric Rynearson sprechen?«

Es klang um Höflichkeit bemüht. Ich nannte ihm meinen Namen.

»Ich glaube nicht, daß ich Sie kenne, Mr. Walker. Worum geht es denn?«

»Es hat mit Fodor Alanov zu tun.«

Der silbrige Kopf wandte sich vom Fenster ab. Von drinnen war das Gemurmel gedämpfter Stimmen zu hören. Dann erschien der Kopf wieder. »Warten Sie einen Augenblick, Mr. Walker.« Die Fensteröffnung wurde leer.

Da ich nicht wußte, wie lange der Augenblick dauern würde, steckte ich mir eine Zigarette an. Ich hatte sie zu einem Drittel geraucht, als ich in dem Haus etwas rumpeln hörte und eine Reihe von Schlössern und Riegeln betätigt wurde. Ich ließ die Zigarette fallen und trat sie auf dem Zementboden aus, als eine Art Gorilla die Tür öffnete.

Von seinem zu einem echten Spitzkopf auslaufenden Schädel wuchsen ihm stumpfe braune Haare wie das Fell eines Tieres geradewegs über die fliehende Stirn herab und bildeten ein steifes Brett über den Augen, die wie feuchtglänzende Pflaumen ohne jedes Weiß tief unter den knochigen Brauenwülsten lagen. Dunkler Bartwuchs bedeckte sein Gesicht von den Augen bis zum Kinn. Nur eine unterentwickelte Zumutung von Nase, so rosa, daß sie auch aus Kunststoff hätte sein können, ragte aus dem Urwald und wirkte fast ein bißchen obszön. Seine Schultern waren zu breit für den Türrahmen und der Brustkasten unter einem blauen Hemd, das wie eine Tunika seitlich geknöpft war und ihm über die weiße Baumwollhose herabhing, wuchtig und ausladend. Obwohl er mindestens ein Meter sechzig sein mußte, wirkte er sehr viel kleiner, beinahe zwergenhaft, weil er so untersetzt war. Und er stank. Der Geruch drang heraus, als die Tür aufging, und schlug mir ins Gesicht wie ein muffiges Handtuch, ätzend und atemberaubend. In einem Hundezwinger oder einem Affenhaus im Detroiter Zoo konnte es nicht schlimmer stinken. Es haute mich fast um.

»Oben«, sagte der Gorilla. Er wich zur Seite, und ich ging an ihm vorbei, wobei ich ausschließlich durch den Mund atmete.

Das Geschäftslokal befand sich im Erdgeschoß. Zarte gelbe japanische Tische mit Beinen, die man zwischen zwei Finger hätte zerbrechen können, durchsichtiges Porzellan und plumpe rustikale Keramik, malaiische Spazierstöcke, seidene, mit Drachen bestickte Wandschirme, Krummsäbel mit goldenen Griffen und gelackte Tartaren-Bogen, bemalte Figurinen, Landschaften, in zarten Wasserfarben hingetupft – ganze Tischreihen mit weißen Spitzendecken, auf denen die einzelnen Stücke wirkungsvoll arrangiert waren. Von der Decke hingen zwei Kristallüster, die jedoch nicht brannten. Durch die zugehängten Fenster fiel nur graues Licht herein. Der Fußboden war matt poliertes Parkett. Alles machte einen so makellos sauberen, gepflegten Eindruck, daß ich mich fast schmutzig gefühlt hätte, wäre der Körpergeruch hinter mir nicht gewesen, der sich noch verstärkte, als der Gorilla die Haustür zuklappte. Er schloß ab und legte die Riegel wieder vor.

Eine Wendeltreppe, die Henry Ford nicht erkannt hätte, führte von der Mitte des Raumes durch ein Loch in der Decke direkt nach oben. Als ich hinaufstieg, fühlte ich das Gewicht meines Begleiters auf den Metallstufen unter mir. Ich erklomm die Treppe mit einer Hand auf dem Messinggeländer, die andere gegen meine Lendenwirbel gepreßt, als seien sie von der Anstrengung belastet. Der Knauf des Smith & Wesson fühlte sich beruhigend an unter meiner Handfläche.

»Sie sollten sich geschmeichelt fühlen, Mr. Walker. Ich gestatte nur sehr wenigen, hier heraufzukommen, wo ich meine Privatsammlung habe.«

Der Sprecher war nicht groß, wirkte jedoch so, weil er sehr schlank war. Sein burgunderfarbenes Smoking-Jackett paßte zu den schmalgeschnittenen Hosen in sattem Kastanienbraun. Von so nahe waren seine Haare nicht silbern, sondern bläulich und zwei Zentimeter rechts neben seinem spitz in die Stirn zulaufenden Haaransatz gescheitelt, so daß ihm eine Locke über die linke Augenbraue fiel. Die Augenbraue sowie deren Gegenstück waren sehr schwarz und seine Haut so gleichmäßig sonnengebräunt, daß ich ihn auf den ersten Blick für einen Spanier hielt. Er hatte eine schmale Nase, die man, wenn man höflich war, adlerartig hätte nennen können, und wenn nicht, eine Hakennase. Seine Wangenknochen waren durchschnittlich und sein Gesicht tadellos rasiert, beinahe weiblich in seiner Haarlosigkeit. Die Farbe seiner Augen fand ich undefinierbar. Sein brauner Hals war nackt, an den Füßen trug er rote Slipper mit Drachen auf den Zehen und zwischen dem Zeige- und Mittelfinger seiner rechten Hand hielt er eine Zigarettenspitze aus Ebenholz, in der eine ovale Zigarette rauchte. Das war ein ganz neues Erlebnis für mich. Natürlich hat man davon gehört, aber wie viele unserer Zeitgenossen haben so eine Spitze je in Benutzung gesehen, außer in alten Kriegsfilmen?

Da ich Mr. Hyde hinter mir roch, veränderte ich meine Position, um ihn unauffällig im Auge behalten zu können. Er atmete etwas schwer, ob vom Treppensteigen oder weil seine deformierte Nase nicht so gut funktionierte, vermochte ich nicht zu sagen.

Was ich hier oben sah, war im Prinzip das gleiche wie unten, nur verdoppelt. Die Möbelstücke waren noch etwas fragiler, die Bodenvasen schimmerten vom Alter noch matter, die Rollbilder an der Wand waren noch dünner, beinahe transparent. Auch der Teppich war dünn, kunstvoll geknüpft von einer Hand, die inzwischen nur noch Staub war auf einer Ebene in Persien.

Die Möbel, die zum Sitzen gedacht waren oder zum sonstigen Gebrauch, waren sehr viel neuer, wenn auch in exotischem Stil. Es gab Türen, die in andere Zimmer führten, und Bücher mit rissigen alten Einbänden auf Regalen hinter Glas. Die Fenster, einschließlich des einen, aus dem mir der blauhaarige Mann zugerufen hatte, waren genauso verhängt wie die im Erdgeschoß. Eine Kugellampe wie ein Kristallball, auf einem krummbeinigen Tisch in der Mitte des Raumes, verbreitete milchiges Licht.

»Wie reizend.« Ich wies mit meinem Hut auf einen Wandschirm aus Bambus, der in einer Ecke stand. »Darf ich dahinter Dr. Fu Manchu vermuten?«

Der Laut der Belustigung, den der blauhaarige Mann von sich gab, war ebenso zart wie das Dekor und flatterte wie ein gefangener Kolibri in seiner Kehle. »Ich sehe das als Kompliment an. Humor dient oft dazu, ein Gefühl der Ehrfurcht zu verbergen. Paul, nimm Mr. Walker den Hut ab.«

Der Neandertaler in der Tunika machte einen Schritt vorwärts. »So lange werde ich ja gar nicht bleiben«, sagte ich abwehrend. »Ich bin nur gekommen, um Rynearson eine Nachricht zu überbringen.«

Der blauhaarige Mann schnippte Asche von der Zigarette in seiner Zigarettenspitze in den Mund eines Keramik-Aschenbechers, der wie ein lachender Totenschädel geformt war, und richtete sich auf, ohne die Zigarettenspitze an den Mund zu führen. »Ich bin Rynearson. Und wer sind Sie, abgesehen davon, daß Sie Amos Walker heißen?«

»Ich bin Privatdetektiv. Fedor Alanovs Verleger hat mich engagiert, Ihnen die Nachricht zu überbringen, deretwegen ich hier bin.«

Ich schwieg eine Sekunde. Der Raum roch nach Zigarettenqualm, nach Weihrauch und nach Paul. Vor allem nach Paul. »Beweisen Sie mir, daß Sie Rynearson sind.«

Seine farblosen Augen richteten sich auf den anderen Mann, der kehrt machte und durch eine der Türen verschwand, wobei er sich beim Gehen hin und her wiegte wie der Schimpanse, als der er eigentlich gedacht gewesen war.

Der blauhaarige Mann und ich schlugen die Zeit tot, indem wir uns gegenseitig musterten. Seine Asche wurde länger, und er entledigte sich ihrer, ohne die Zigarette irgendwann höher als bis zur Taille zu heben. Nach einer Minute oder so kehrte Paul zurück, in der Hand eine flache Lederbrieftasche mit goldenen Ecken. Der blauhaarige Mann zog einen Führerschein aus einem der Fächer und hielt ihn mir mit zwei Fingern entgegen. Ich nahm ihn, betrachtete das Foto, las die Personalangaben und gab den Führerschein zurück. »Er ist abgelaufen«, sagte ich.

»Ich bin schon seit Jahren nicht mehr gefahren. Paul ist mein Chauffeur. Unter anderem.«

»Darauf hätte ich gewettet. Treibt er es mit Ihnen, oder treiben Sie es mit ihm?«

Paul gab einen kehligen Laut von sich, der kein Amüsement war, und wollte auf mich los.

Rynearson nahm die Brieftasche und den Führerschein in die Hand, die die Zigarettenspitze hielt, und packte mit der anderen Pauls Arm. Er bewegte sich behende und anscheinend ohne Anstrengung. Aber die Haut um seine Fingernägel wurde weiß, und das Gesicht des bärtigen Mannes verzerrte sich vor Schmerz.

Ich bewunderte das. Rynearson konnte zwar für sechzig durchgehen, war aber schätzungsweise näher an die Siebzig, und Paul war mindestens dreißig Jahre jünger und wie ein Schrank gebaut.

Als es keine Zweifel mehr gab, daß der untersetzte kleine Mann gebändigt war, wurde die Hand zurückgezogen. Pauls behaartes Gesicht verriet keine Erleichterung, und er machte auch keine Anstalten, den Arm zu reiben. Auf dem Hemdsärmel zeichnete sich jedoch der Abdruck von Rynearsons Finger ab, und das Fleisch darunter würde rotlila Flecken aufweisen.

»Ich glaube, daß Sie absichtlich ekelhaft sind, Mr. Walker«, sagte Rynearson. »Das scheint der letzte Schritt in Fedor Alanovs Belästigungs-Kampagne gegen mich und mein Geschäft zu sein.«

Er sprach mit einem amerikanischen Akzent, aber er wählte seine Worte bedächtig, und seine Aussprache von Alanovs Namen wich etwas von der Art ab, wie Louise Starr den Namen des Schriftstellers aussprach.

»Alanovs Verleger sieht das anders herum«, erwiderte ich. »Soviel ich gehört habe, ist Ihrerseits der Versuch unternommen worden, Alanov zu entführen, und als das nicht klappte, haben Sie auf der Suche nach dem Manuskript seines neuen Buches seine Hotel-Suite durchstöbert.«

»Durchstöbert?«

»Gefilzt, durchsucht, durchgekramt, auf den Kopf gestellt, nennen Sie es, wie Sie wollen, jedenfalls sind Sie eingebrochen und haben mit Ihren widerwärtigen bolschewistischen Pfoten in den persönlichen Dingen dieses Mannes gewühlt.«

»Ich verstehe. Sie haben eine melodramatische, wenn nicht gar sarkastische Ader. Wann soll denn das stattgefunden haben – dieser Einbruch?«

»Gestern abend, während Alanov und sein Übersetzer in Warren gewesen sind.«

»Unmöglich. Ich war von vier bis um sieben unten im Geschäft, und danach habe ich hier oben den Besitzer einer besonders schönen K'ang-hsi-Flasche, auf die ich sehr erpicht bin, zu Gast gehabt. Leider hat er abgelehnt zu verkaufen«, fügte er bitter hinzu.

»Hat Ihr Gast einen Namen?«

»Nicht für Sie. Aber für die Polizei, falls Sie sich entschließen, Anzeige zu erstatten.«

»Und inzwischen haben Sie Zeit, sich mit ihm abzusprechen, falls er überhaupt existiert«, sagte ich. »Und was ist mit Paul? Hatte er auch Besuch?«

»Er hatte seinen freien Abend.«

Ich sah Paul an. Er hatte nicht gerade seinen redseligen Tag heute. Seine Pflaumenaugen glitzerten hart wie nasse Flußkiesel. Ich blickte zurück zu Rynearson. Der blauhaarige Mann hatte das Gesicht zu einem Lächeln verzogen.

»Was ist so komisch?«

»Daß ich irgendein Interesse an Analov oder seinem Buch haben sollte. Ich habe ›Das Fenster zur Ostsee‹ zweimal gelesen. Der Mann schreibt einen verblüffenden Stil. Man überliest fast, daß er gar nichts zu sagen hat. Wäre er hier geboren, würde er als zweitrangig gelten, kaum mehr. Weil aber ein Bürokrat hinter dem, was lächerlicherweise der Eiserne Vorhang genannt wird, Schwierigkeiten hatte, Alanovs gewundene Epigramme zu verstehen, und entschied, er schreibe eine Art von gefährlichem Code und solle deshalb mit Aplomb des Landes verwiesen werden, wird er als Patriot und sensibler Künstler betrachtet und von politischen und literarischen Zirkeln gefeiert, deren Mitglieder nicht einmal eine Zeitung von Anfang bis Ende gelesen haben. Nein, Mr. Walker, ich versichere Ihnen, ich habe weder Absichten auf diesen Pasternak des kleinen Mannes noch auf sein *Asyl.*«

Darauf stieg ich mit beiden Füßen ein. »Wer hat Ihnen denn den Titel eines Buches verraten, das noch gar nicht erschienen ist?«

Er lächelte noch immer. »Lieber Junge! Natürlich Alanov. Jedesmal wenn er in der Presse interviewt wird, achtet er genau darauf, das Projekt mindestens einmal zu erwähnen. Er ist ungeheuer auf Publizität bedacht. Und wer wäre das nicht, wenn er diese Möglichkeiten hätte?«

»Sie sagten, er belästige Sie. Inwiefern?«

»Selbst unter günstigsten Umständen ist es schwierig, ein ganz legales Unternehmen zu führen. Es wird aber so gut wie unmöglich, wenn ständig die Polizei und Agenten der Bundesbehörden hier herumschleichen, unter sämtliche Tische gucken und die Deckel sechshundert Jahre alter Teekannen abheben, um hineinzuspähen.«

»Leute, die der Spionage verdächtigt werden, sollten mit solchen Unbequemlichkeiten rechnen.«

»O ja, dieser KGB-Blödsinn. Ich hatte gehofft, der sei endlich zu den Akten gelegt. Ich nehme an, das ist wohl das Risiko, das jeder anständige Geschäftsmann eingeht, der viele Reisen ins Ausland unternimmt und sich in aller Öffentlichkeit mit Partnern aus den sogenannten Satellitenstaaten trifft. Ich würde einen besonders ungeeigneten Spion abgeben, Mr. Walker. Ich habe keinen Zugang zu Regierungsgeheimnissen, und die Herren, mit denen ich mich treffe, befinden sich in einer ähnlichen Lage. Falls einer von ihnen zufällig im Sold des KGB stehen sollte, hat das keinen Einfluß auf unsere Gespräche, da sich diese kaum mit Objekten beschäftigen, die aus einer jüngeren Epoche stammen als dem frühen siebzehnten Jahrhundert.«

»Warum war dann ein Lieferwagen mit dem Namen Ihrer Firma in einen Versuch verwickelt, Alanov zu entführen?«

»Diese Ihre Frage ist am leichtesten zu beantworten. Er war in keinen solchen Versuch verwickelt.«

»Jemand behauptet es aber.«

»Dann irrt sich dieser Jemand, oder er ist ein Lügner.«

»Sie machen es mir schwer, mit Ihnen ins Geschäft zu kommen, Rynearson.«

Seine sehr schwarzen Augenbrauen gingen in die Höhe, ohne daß sich seine glatte braune Haut krauste. »Ein Geschäft? Oh, ersparen Sie mir diesmal die blumenreichen Umschreibungen. Ich bin vertraut mit dem Wort. Seine Verwendung in diesem Zusammenhang macht mich neugierig.«

Ich holte den dicken Packen Geld aus der Innentasche meines Jacketts und warf ihn auf das Teetischchen zwischen uns. Das Licht, das die Kugellampe spendete, flackerte leicht. Paul öffnete einen Spaltbreit den Mund, einen nach innen gewölbten Halbmond in seinem verfilzten Bart. Rynearson warf einen flüchtigen Blick auf das Päckchen und lächelte.

»Fünf Riesen, um den Namen Fedor Alanov und sein Buch zu vergessen, bis er außer Reichweite ist«, sagte ich. »Aber da Sie behaupten, an keinem von beiden interessiert zu sein, werde ich mein kleines Bündel wieder mitnehmen und verschwinden.« Ich trat an den Tisch und beugte mich vor.

Rynearson lachte.

Das versetzte mir einen leichten Schock. Sein Lachen war fast lautlos, ein gebrochenes Zischen, mit dem Gaumen hervorgestoßen, und es war keineswegs die Reaktion, die ich erhofft hatte. Ich richtete mich auf, das Geldbündel in der Rechten, und klopfte damit abwartend gegen die Handfläche der Linken.

Während er sehr weiße Zähne zeigte, die wirkungsvoll mit seiner dunklen Haut kontrastierten, nahm der blauhaarige Mann den Stummel aus seiner Zigarettenspitze, drückte ihn in dem Totenschädel aus, öffnete den Deckel eines reichgeschnitzten Mahagoni-Kästchens, wählte mit viel Bedacht eine neue ovale Zigarette aus und steckte sie in die Spitze. Aus einer Tasche seiner Smokingjacke brachte er ein Feuerzeug zum Vorschein, dessen glatte grüne Hülle aus Jade zu sein schien, und spielte damit.

»Schauen Sie sich einmal um, Mr. Walker«, sagte er. »Der Teppich, auf dem Sie stehen, kostet fünfzehntausend Dollar. Ich habe ihn bar bezahlt. Nichts in diesem Raum ist weniger wert als tausend Dollar. Ich bin ein wohlhabender Mann. Wenn ich mit in einem schändlichen Komplott stecken würde, das Buch dieses Russen nicht erscheinen zu lassen, glauben Sie doch wohl selbst nicht, daß mich dieses lächerliche Trinkgeld irgendwie beeinflussen könnte. Eine geradezu absurde Idee, mit der man Ihnen keinen Gefallen getan hat. Na gut, Paul.«

Paul war behender, als ich erwartet hatte. Er kam in einem jener geduckten Schulterangriffe, die Football-Profis steile Karriere machen lassen, schneller auf mich zu, als es Zeit zu beschreiben kostet, aber ich war nicht da, wo er den Körperkontakt erwartet hatte. Das Geld fallenlassend, machte ich eine Pirouette zur Seite, und er schoß an mir vorbei. Gleichzeitig versuchte ich ihm ein Bein zu stellen, doch auch seine Reflexe waren gut. Er sprang mit einem Satz darüber, schnellte, den Schwung ausnützend, herum und warf sich mit der Schulter seitlich gegen meine Brust. Ich führte wieder einen Tanz auf, und er streifte mich mit einem Schlag, der mir die Luft aus der Lunge trieb. Das machte mich wild. Ich packte mit beiden Händen eine große schwarze Vase, die auf einem kannelierten Tischchen stand, riß sie hoch und knallte sie Paul auf den Kopf. Die Scherben flogen durchs ganze Zimmer.

Jemand stöhnte, tödlich verletzt, aber es war nicht Paul, weil der mit dem Gesicht nach unten bewußtlos auf dem Fünfzehntausend-Dollar-Teppich lag. Gestöhnt hatte Eric Rynearson, der auf die schwarzen Scherben starrte, die überall herumlagen.

»Das war eine Ming-Vase«, brachte er krächzend hervor.

»Ziehen Sie den Preis Paul vom Gehalt ab. Er hat sie zerbrochen.« Ich zog meinen Revolver heraus und hielt ihn auf Rynearson gerichtet, während ich ein Knie beugte und das Geldbündel vom Boden aufhob. In meinem linken Bizeps piekte es ein bißchen, als ich die Scheine wieder in meiner Jackentasche verstaute. Wahrscheinlich hatte ich mir bei dem Manöver mit der schweren Vase einen Muskel gezerrt. »Hände hoch, Rynearson. Wie im Kino.«

Er hob die Hände bis zu den Schultern, das Feuerzeug in der einen, die Zigarettenspitze in der anderen Hand. Sein Gesicht hatte noch immer einen benommenen Ausdruck. Ich trat über den bewußtlosen Mann auf dem Fußboden, ging um den Teetisch herum und tastete Rynearson ab. Ich fühlte nur die flache Brieftasche in einer der Taschen, sonst nichts. Unmittelbar vor ihm blieb ich stehen und sah ihm in die farblosen Augen. Der Raum kam mir plötzlich eng vor, und der Gestank nach Weihrauch und nach Paul war beklemmend. Meine Brust schmerzte, wo mich Paul erwischt hatte, und mein linker Arm prickelte.

Ich schlug mit dem Revolver gegen Rynearsons blaue Schläfe. Er stieß einen Schrei aus und schwankte.

»Das ist dafür, daß Sie sich einen Schläger halten. Gegen Tunten habe ich an und für sich gar nichts, aber gegen Tunten, die sich von anderen die Kohlen aus dem Feuer holen lassen, um so mehr.«

Er stand mit gesenktem Kopf, eine Hand an die Schläfe gelegt, und blickte durch die Haare zu mir hoch, die ihm über die Augen gefallen waren.

»Was wollen Sie mit Alanov oder seinem Buch?« fragte ich.

Er wollte den Kopf schütteln, doch ich schlug erneut zu, und er wimmerte nur.

»Nun reden Sie gefälligst. Ich habe eine Mordswut im Bauch und den ganzen Tag Zeit, sie abzureagieren.« Ich hob wieder die Waffe.

»Nicht!« Er verschränkte die Hände vor dem Gesicht. Das Feuerzeug hatte er schon beim ersten Schlag fallenlassen, und die Zigarettenspitze hing leer und vergessen zwischen seinen Fingern. »Bitte! Ich will sie doch gar nicht. Ich bin Kunstsammler, kein Spion. Bitte, ich sage die Wahrheit.«

Ich ließ den Smith & Wesson trotzdem noch ein bißchen tätig werden. Der Raum schien jetzt verqualmt zu sein und sehr heiß. Rynearsons Gesichtszüge verschwammen. Ich begann schneller zu sprechen.

»Ihr Wagen ist gesehen worden. Beim Bundeskriminalamt gibt es eine Akte über Sie. So viele Zufälligkeiten sind schlecht für die Gesundheit. Hinter was sind Sie her?« Ich zog den Ellbogen an, um wieder zuzuschlagen.

»Nicht das Buch. Ein ganz anderes Objekt. Ein silbernes Schmuckstück, sehr alt. Ein religiöser Kunstgegenstand.«

Die Worte sprudelten schneller hervor, als seine Lippen sie zu formen vermochten. Wie bei einem Film, dessen Ton nicht synchron läuft. Ich konnte jetzt sein Gesicht kaum noch erkennen, obwohl wir uns so nahe waren wie ein Liebespaar. Ich schwitzte vom Haaransatz bis zu den Zehenspitzen. Meine linke Seite war taub und gefühllos, und die Waffe in meiner rechten Hand glitschig. Mir war, als würde ich von Rynearson beobachtet, aber nur neugierig, nicht ängstlich.

»Ein religiöser Kunstgegenstand«, wiederholte ich. Es dauerte lange, bis ich die Worte heraus hatte. Meine Zunge war so dick wie ein Autoreifen.

»Ein Kreuz«, sagte er. »Mit einem blauen Stein im Mittelpunkt, einem Lapislazuli, und Granaten an den Enden. Es datiert zurück bis in die Regierungszeit von König Sigismund August von Polen. Auf der Rückseite hat es eine Inschrift...«

Plötzlich war es die Stimme von Martha Evancek. Ich wandte mich, beinahe umfallend, von ihm ab, stürzte über den Teetisch, landete hart auf meiner toten linken Schulter und verlor den Revolver. Das Licht in dem Raum schwankte verrückt, ich hoffte, weil die Kugellampe von dem umgekippten Teetisch gefallen war und nun durch das Zimmer rollte, aber ich war nicht sicher genug, um erleichtert zu sein. Ich stand auf und stolperte zur Treppe. Der Weg war frei, und das machte mich froh. Aber dann war ich nicht mehr froh. Es hätte zwischen mir und der Treppe sein müssen. Aber was? Darüber mußte ich später nachdenken. Ich fühlte mich gut. Wunderbar warm, gemütlich eingemummt und herrlich schläfrig, ein Mann im Flanell-Pyjama unter einem dicken Daunenbett in einem eiskalten Zimmer. Mein Fuß fand die erste Stufe. Ich zog den anderen nach, den gefühllosen linken, und setzte ihn neben den ersten. An ihm schien ein Bleischuh zu hängen. Ich faßte nach dem Geländer. Es wand sich in meiner Hand wie eine Schlange, aber ich hielt trotzdem fest. Ich fand die zweite Stufe, die dritte und umrundete die erste Kurve der Wendeltreppe. Meine Hand rutschte an dem Geländer entlang. Ich ließ es los, wischte mir die Handfläche an der Hose ab, begann nach vorne zu fallen und wollte das Geländer wieder packen.

Das Geländer war nicht da . . .

22

»Gib mir deinen linken Arm, Amos. Nein, deinen linken. Das ist ein braver Junge.«

Ich lächelte. Der blauhaarige Mann lächelte zurück, und das erfreute mich. Er hatte seine burgunderfarbene Jacke mit einem weißen Kittel vertauscht, wie ihn Ärzte tragen, und sah sehr kompetent aus mit einer Injektionsspritze in der Hand. Das gefiel mir. Mir gefiel alles an ihm. Ich konnte gar nicht verstehen, daß ich ihn zuvor nicht gemocht hatte, aber darüber wollte ich jetzt nicht nachdenken. Das beschämte mich. Er hatte eine häßliche Wunde an der linken Schläfe, die sein linkes Auge etwas hatte zuschwellen lassen. Es sah so aus, als habe das irgendein boshafter Mensch gemacht, der den blauhaarigen Mann nicht mochte, und ich wurde sehr ärgerlich auf diesen Menschen. Aber nicht ärgerlich genug, ihm etwas antun zu wollen. Ich wollte niemandem etwas antun. Ich wollte nur weiter in diesem behaglichen Bett liegen, das wie eine Wolke war, und alles tun, was der nette blauhaarige Mann von mir verlangte, damit er mich weiter beim Vornamen nannte und mich lobte, ein braver Junge zu sein. Ich dachte, eigentlich müßte ich im Himmel sein. Ich fühlte nicht einmal das Pieken, als die Nadel in mein Handgelenk stach.

Ich träumte. Der blauhaarige Mann war mein Vater, und wir befanden uns auf der Kirmes, die jeden Sommer in unsere Stadt gekommen war, bis jemand den Tod gefunden hatte, weil während einer Fahrt ein rostiges Seil gerissen war. Außerdem nahmen die

Rauschgiftfahnder den Schießbudenbesitzer fest, der denselben Kunden dreimal hintereinander Pandabären gewinnen ließ, deren Bäuche mit Zellophanbeuteln voll weißem Pulver gestopft waren. Aber in meinem Traum war es ein früherer Sommer, ein tiefblauer Juliabend, und der Mittelgang des Rummelplatzes war hell erleuchtet wie ein Weihnachtsbaum. So viele kleine braune Motten flatterten um die Lichter herum, daß man aufpassen mußte, wenn man den Mund aufmachte, um nicht eine zu verschlucken. Blecherne Musik klang vom Karussell herüber, und das Riesenrad ächzte, während es sich drehte. Der Lautsprecher über einer Bude mit abblätternder Farbe forderte die Besucher auf, sich das Baby mit den zwei Köpfen anzusehen, die Riesenmumie und die Ziege mit dem Kopf an der Stelle, wo der Schwanz sein soll. Dieselbe Einladung, von einer quäkenden Stimme ständig wiederholt, so als müsse sie bis in alle Ewigkeit fortfahren. Ich glaubte damals die Unendlichkeit zu verstehen.

Mein blauhaariger Vater stellte mir Fragen, um zu prüfen, wieviel ich sah und wieviel ich von dem Gesehenen in Erinnerung behalten würde. Die meisten seiner Fragen hatten mit einem großen silbernen Kreuz zu tun, das sich über dem Mittelgang erhob, da, wo sonst der Hauptlichtmast stand. Im Mittelpunkt des Kreuzes strahlte ein tiefblaues Licht, und etwas bescheidenere rote Lichter glühten an den Enden. Auf der Rückseite war eine Schrift in fremden Buchstaben, aber ich merkte, daß ich sie ganz leicht lesen konnte.

»›Ruhm und Ewigkeit‹«, las ich laut.

Vater Blauhaar wurde aufgeregt. Sein glattes braunes Gesicht kam so dicht an das meine heran, daß ich die haarfeinen Fältchen um seine Augenwinkel und die kleinen schlaffen Polster an den Enden seines Mundes sehen konnte. Seine Augen waren so farblos wie eine Asphaltpfütze. Aber die Augen waren nett. Sie quollen fast über vor Freundlichkeit.

»Du kennst die Inschrift«, sagte er, und ich fühlte seinen Atem süß und warm wie das Fell eines Kätzchens auf meinem Gesicht. »Siehst du das Kreuz, Amos? Siehst du es?«

»Schönes Kreuz.« Ich lächelte, als ich das sagte. Die Worte kitzelten meine Lippen. Ich wiederholte sie und kicherte.

»Ja, ja. Aber wo ist es?«

»Es glänzt. Ich kann mein Gesicht darin sehen.«

»Wo?«

Ich fing an zu weinen. Heiße Tränen rannen mir die Wangen herab und sammelten sich in meinen Ohren.

»Ist ja schon gut, Amos. Es tut Daddy leid, daß er so geschrien hat.

Jetzt ruh dich erst einmal aus. Wir reden später weiter.« Ein Handtuch, genauso wolkenweich wie das Bett, fuhr mir behutsam über das Gesicht und saugte meine Tränen auf. Ich schlief.

Noch mehr Träume. Der Rummelplatz, ein Ruderboot auf einem grünen Teich, wo ich früher immer geangelt und meine Schnur zwischen den aalähnlichen Stengeln der stillen Wasserlilien verheddert hatte, ein Spaziergang den vertrauten, holperigen Sandweg entlang, den vorsintflutliche Schnappschildkröten wie große graue staubige Käfer kreuzten, mit dickem Moos auf den buckeligen Panzern. Das silberne Kreuz tauchte auch an diesen Orten auf, beruhigenden Orten, wo nichts Angsteinflößendes in den Büschen oder zwischen dem Schilf oder hinter den Buden kauerte, die Zuckerwatte feilboten. Nur das freundliche braune Gesicht mit blaugespülten Haaren, die über ein Auge herabfielen, Lippen, die behutsame Fragen über das Kreuz formten. Ich kam zu dem Schluß, daß ich definitiv im Himmel war, daß ich mich jedoch einer Befragung unterwerfen mußte, um bleiben zu können. Ich weinte, wann immer mir die Reaktion des blauhaarigen Mannes verriet, daß meine Antworten falsch waren. Ich wollte unter keinen Umständen wieder weg.

Ein Troll betrat mein Paradies. Zuerst nahm ich nur seinen Geruch wahr, einen widerlichen animalischen Gestank, und dann schwamm seine deformierte Gestalt über meine Augenflüssigkeit, etwas schepperte, und der Schatten schwamm wieder zurück, aber seine üble Ausdünstung blieb in den Ecken. Es war der erste Geruch, den ich seit Jahren gerochen hatte. Mein Geruchssinn war auf Urlaub gewesen, aber jetzt hatte ich ihn wieder zurück. Ich lag da, atmete giftige Luft ein und blickte auf die Sterne über mir. Es hätten keine Sterne da sein sollen. Wo immer ich mich befand, allmählich war ich immer weniger überzeugt, daß es sich um das Paradies handelte. Es kam mir vor wie ein geschlossener Raum. Ich kniff die Augen fest zusammen und riß sie dann abrupt auf. Die Sterne blieben. Sie waren hellblau auf einem türkisfarbenen Untergrund, in regelmäßigen Abständen, und formten keine erkennbaren Bilder. Ich bewegte meinen Kopf nach rechts und nach links. Die Sterne bewegten sich nicht mit mir. Sie waren an die Decke gemalt.

Ich wandte meinen Kopf zur Seite. Die Ecke eines Schaumgummi-Kopfkissens in einem Baumwollbezug blockierte mein linkes Auge. Mein rechtes sah eine Wand mit noch mehr Sternen darauf. Ich drehte meinen Kopf zur anderen Seite. Auch an dieser Wand Sterne, und davor, neben dem Bett, ein Nachttisch mit einem Edelstahl-Tablett, über das ein weißes Tuch gebreitet war. Auf dem Tuch säuberlich aufgereiht lagen sechs Einweg-Injektionsspritzen aus Plastik. Eine kleine braungetönte Glasflasche stand auf einer Ecke des Tabletts. Das erklärte das Scheppern, das ich gehört hatte.

Was ich dann tat, war sehr mühsam. Ich stemmte mich auf einen Ellbogen hoch und schob die dünne gelbe flauschige Decke beiseite, mit der ich zugedeckt war. Zweimal rutschte ich mit dem Ellbogen wieder ab, und die Decke war schwerer, als sie aussah. Sie bestand aus gewebtem Eisen mit Stahleinlage, aber ich japste und schwitzte und verdrehte die Augen, und schließlich lag ich unbehindert auf dem Laken, nackt bis auf eines jener dünnen weißen Krankenhaushemden, die auf dem Rücken geschlossen werden. Mein Kopf war schwer und benommen, als ich ihn bewegte. Ich bemühte mich, es zu unterlassen. Mein linker Arm tat weh. Ich betrachtete ihn, ohne den Versuch zu machen, ihn anzuheben. Die Unterseite des Handgelenks war von blauen Einstichen gepunktet. Jemand hatte mich als Dartboard benützt, und eine frische Garnitur Darts wartet auf dem Nachttisch darauf, für ein neues Spiel verwendet zu werden.

Durch grüne Vorhänge, die über ein Fenster in der rechten Wand gezogen waren, fand Licht in den Raum, aber nur so diffus, daß ich nicht zu sagen vermochte, ob es Morgen war oder Nachmittag. Meine Armbanduhr war mit meinen Kleidungsstücken verschwunden. Ich wußte nicht einmal, welcher Tag es war, und dann packte mich plötzlich die kalte Angst eines Menschen, der nicht einmal sicher ist, in welchem Monat oder Jahr er gerade lebt. Psychiater haben wahrscheinlich einen Namen für so etwas. Diese überheblichen Burschen haben für alles einen Namen. Vermutlich nennen sie es das Van-Winkle-Syndrom.

Von draußen hörte ich gedämpfte Schritte. Sie hatten einen vertrauten Rhythmus, eine Art Bumm-Bumm mit einer kleinen Verzögerung dazwischen, als ob jemand ein Möbelstück fortbewegt, das zu schwer ist zum Hochheben. Die Schritte wurden lauter.

Ich bewegte mich so schnell, wie ein Mann sich bewegen kann, der tagelang, monatelang oder gar für Jahre eingesperrt und unter Drogen gehalten worden ist, also nur mit mäßigem Tempo. Ich zog mich zum Rand der Matratze, stützte mich auf die rechte Schulter, streckte beide Hände aus, bis ich die braune Flasche zu fassen bekommen hatte, und fummelte dann an dem Plastikdeckel. Ich hatte Glück. Es war kein kindersicherer Verschluß, und ich hatte ihn in fünf Minuten ab, jedenfalls kam es mir so lange vor.

Ein Schlüssel klapperte in einem Schloß. Ich schluchzte hörbar, faßte nach den Spritzen, brachte sie durcheinander und stach mir in die Hand, aber schließlich bekam ich eine zu packen und schaffte es beim zweiten Versuch auch, ihre Spitze in den Flaschenhals zu schieben. Ich zog den Kolben zurück. Es gab ein gieriges, schmatzendes Geräusch, und farblose Flüssigkeit füllte den hohlen Plastikzylinder. Ich wußte nicht, inwieweit die Dosis stimmte. Vielleicht war sie tödlich. Um was für Zeug es sich auch immer handelte, die Menge reichte jedenfalls bis über den oberen Meßstrich.

Es kam Luft in den Raum. Ich roch Paul. Mit tastenden Fingern stellte ich die deckellose Flasche auf den Nachttisch zurück und ließ meinen linken Arm zur Erde fallen. Die Spritze hatte ich in meiner rechten Hand unter meinem Körper versteckt. Ich hoffe nur, ich würde mich nicht selber stechen oder in dem Arm, auf dem ich lag, das Gefühl verlieren.

Paul ließ auf sich warten. Ich konnte nur hoffen, daß ihm entgangen war, was ich getan hatte. Dann begannen sich seine Schritte zu nähern. Ich lag mit geschlossenen Augen und spürte, wie sein Schatten über mich fiel, als er am Fußende des Bettes vorbei zum Nachttisch strebte. Herrgott, wie der Kerl stank.

»Hast deine Decke abgestrampelt, wie? Wird wohl Zeit für die nächste Dröhnung.«

Zwischen dem Bett und dem Nachttisch war ein Abstand von etwa einem halben Meter. Paul wandte mir den Rücken zu, um ein kleineres Tablett mit einem hellblauen Plastikkrug und einem passenden Becher abzustellen. Meine Augen waren jetzt geöffnet. Seine Rückenmuskeln spannten sich. Er hatte die Unordnung auf dem Nachttisch bemerkt.

Ich kam in einer Art Zeitlupentempo vom Bett hoch, aber ich mußte doch schneller gewesen sein, als ich befürchtet hatte, denn er drehte sich gerade erst um, als es mir gelang, ihm den Arm um die Kehle zu schlingen, die Nadel in die Halsschlagader zu rammen und den Kolben herunterzudrücken.

Es funktionierte nicht. Er befreite sich röhrend und mit einer Leichtigkeit aus meinem Griff wie ein Bulle, der Kreppapier zerreißt, und packte das Ding, das ihn gestochen hatte. Dann starrte er sekundenlang töricht auf die Spritze in seiner Hand, schleuderte sie auf die Erde und versetzte mir einen Schlag mit dem Unterarm. Ich hatte jedoch schon zuvor die Balance verloren und fiel rückwärts auf das Bett, so daß die Wucht des Schlages weitgehend verpuffte. Trotzdem ächzte ich kläglich. Ich landete auf der Matratze, wurde durch die Federung wieder hochgeschnellt, und dann war Paul über mir, heiß, schwer und stinkend wie ein Schlachthaus im Hochsommer.

Durch seine gefletschten braunen Zähne besprühte er mein Gesicht mit Spucke. Er riß meinen rechten Arm hoch und verdrehte ihn nach hinten, ich schrie auf, und dann stopfte er mir die Finger seiner anderen Hand in den Mund und versuchte mir den Unterkiefer abzureißen. Ich biß zu, so stark ich konnte. Dabei schmeckte ich seinen Gestank auf meiner Zunge. Er wimmerte vor Schmerz schrill durch die Zähne, aber er ließ nicht los. Ich hatte meinen Angreifer offenbar mit Vitaminen oder anderen Stärkungsmitteln geimpft und würde nun mit einer Maulsperre sterben. Rynearsons lachender Totenschädel-Aschenbecher ging mir durch den Kopf. Meine Kräfte ließen nach. Ich trommelte zwar mit der linken Faust auf Pauls Hinterkopf, aber es war, als schlage ich auf einen Gummireifen. Ich konnte einfach keine Wucht mehr dahinterlegen. Genausogut hätten wir uns unter Wasser befinden können. Meine Kinnlade krachte.

Plötzlich war mein rechter Arm frei. Ich spürte, wie sein Griff nachließ, und schüttelte seine Hand mühelos ab. Von Panik erfaßt, versuchte er wieder zuzugreifen, doch er bekam nur noch Luft zwischen die Finger, während ich die flache Hand gegen sein Gesicht stemmte und schob. Die Finger seiner anderen Hand krallten sich noch einmal heftig in meinen Unterkiefer, aber das war nur noch ein letzter Krampf. Dann glitten sie aus meinem Mund. Seine Fingerknöchel, die ich aufgebissen hatte, hinterließen eine Blutspur auf meinem Kinn. Er leistete keinen Widerstand mehr gegen den Druck meiner Hand auf seinem Gesicht und lag wie ein Sack Eisen über meiner Brust.

So verharrten wir sekundenlang wie in einem Film von Fellini, dann schob und rutschte und rollte ich mich schließlich unter ihm hervor, landete auf allen vieren vor dem Bett auf einem weichen grünen Teppich und spuckte keuchend und würgend Blut aus und den Geschmack von Paul. Ich fragte mich, ob ich je wieder würde essen können. Und ob ich überhaupt je wieder Appetit haben würde. Und natürlich fragte ich mich auch, warum ich hier in einem fremden Zimmer mit nacktem Hintern auf dem Boden hockte.

Ich zog mich mit Anstrengung auf die Beine, wobei ich mich auf das Bett stützte und gegen die Wand mit der Sternentapete stemmte. Das Kopfteil des Bettes bestand aus dunkler, sehr alter Eiche, über und über mit geschnitzten Früchten und Weinranken bedeckt, die noch die Spuren des Schnitzmessers erkennen ließen. Ich schaute hinab auf Paul, der mit dem Gesicht nach unten auf der Matratze lag und einen Arm wie einen knorrigen Ast über die Bettkante herabbaumeln ließ. Wenn ihn nicht jemand umdrehte, konnte er ersticken. Ja, das konnte er von mir aus. Ich wandte mich von dem Bett ab.

Der blaue Plastikkrug stand noch auf dem Nachttisch. Ich hob ihn mit beiden Händen hoch und schnüffelte an dem Inhalt. Kein Geruch. Ich setzte ihn an die Lippen, nahm einen Schluck von der Flüssigkeit und behielt ihn einen Augenblick im Mund, ohne ihn hinunterzuschlucken. Wasser mit einem metallischen Geschmack, der mich an meine Boxkämpfe im College denken ließ. Flüssiges Protein. Ich schluckte die Flüssigkeit hinunter und wartete fünf Minuten, an die Wand gelehnt. Als ich weder einschlief noch das Bedürfnis bekam, an die Decke zu gehen, trank ich noch mehr. Dann stellte ich den Krug ab, riß das weiße Tuch von dem anderen Tablett, so daß die restlichen Spritzen durcheinanderflogen, und wischte mir Pauls Blut aus dem Gesicht. Meine Haut brannte. Mit den Fingerspitzen tastete ich mich vorsichtig ab. An der Nase hatte ich Schorf, mein rechtes Auge war druckempfindlich und ein bißchen geschwollen. Meine Vorderzähne bewegten sich ein wenig, als ich mit der Zunge von hinten dagegen drückte. Ich hatte Glück gehabt. Ich hätte mich ernsthaft verletzen können, wenn ich meinen Treppensturz nicht mit dem Gesicht abgefangen hätte.

Das Zimmer hatte zwei Türen. Eine mochte zu einem Wandschrank gehören. In Wandschränken werden Kleider verwahrt. Das Problem war, daß sich die Tür, die am meisten nach Wandschrank aussah, ausgerechnet am entferntesten Ende des Zimmers befand. Ich holte ein paarmal tief Luft, straffte die Schultern und begann mich ächzend an der Wand entlangzuziehen.

Die Tour war gar nicht so anstrengend. Leute mit einem Bein und Krebs in den Innereien nehmen für Forschungsinstitute viel mehr Strapazen auf sich. Ich lehnte mich gegen die Wand, bis mein Atem nicht mehr so laut pfiff und mein Herz weniger heftig gegen mein Brustbein trommelte, dann versuchte ich die Tür aufzumachen. Natürlich war sie abgeschlossen. Ich arbeitete mich den Rest der Distanz weiter voran, was mich zurück zu dem Bett brachte, und durchsuchte Pauls Taschen. Natürlich waren sie leer. Ich lehnte mich gegen die Wand und spürte, wie sich meine Brauen zusammenzogen. Dann grinste ich, wechselte die Richtung und ging an der Schranktür vorbei, diesmal ein bißchen schneller, etwa im Kriechtempo. Zwischendurch prallte ich zur Beruhigung immer mal wieder gegen die Wand. Dann packte ich die Klinke der anderen Tür und drückte sie herunter. Die Tür ging auf. Von dem Schlüssel im Schloß hing ein ganzer Schlüsselbund herab.

Der vierte Schlüssel öffnete den Wandschrank, in dem zwischen einem Dutzend Anzügen in gedämpften Farben und eingenähten Schneideretiketts in den Jacken auch meine Sachen hingen. Meine Brieftasche steckte in der Innentasche meines Jacketts. Vom Inhalt fehlte nichts. Dafür fehlte aber das Bündel Hundertdollarnoten. Meine Armbanduhr fand ich in einer anderen Tasche. Die Batterie war noch in Ordnung. Die Zeiger standen auf sieben Uhr zehn. Der Kalender besagte, daß Sonntag war. Ich hatte Rynearsons Haus am Freitag betreten.

Mein Hemd hing auf einem Bügel – einem aus Holz, ich durfte nicht vergessen, mich dafür bei Rynearson zu bedanken. Ich legte den Krankenhauskittel ab und zog mich an. Meine Schuhe entdeckte ich auf dem Schrankboden, die Socken säuberlich darin aufgerollt. Eigentlich mehr aus Trotz kontrollierte ich alle Taschen der feudalen Anzüge. Ich fand zwei seidene Taschentücher und einen Brief Streichhölzer. Wozu brauchte ein Mann mit einem Jade-Feuerzeug Streichhölzer, wunderte ich mich. Ich steckte alles wieder zurück und ging zum Bett zurück, wo ich meine Tour angefangen hatte. Inzwischen ging es schon ganz gut. Ich fühlte mich wie ein einbeiniger Melkschemel. Paul schnarchte.

Das Nachttischschubfach war leer. Ich ließ es offen und schaute auf die beiden Spritzen, die noch auf dem Tablett übriggeblieben waren. Dann nahm ich eine davon, füllte sie aus der braunen Flasche, hielt sie in die Höhe und drückte zur Probe einen kleinen Strahl heraus. Jetzt war ich bereit, mit jemandem zu reden.

23

Vor dem Zimmer war ein kurzer, gelblich getäfelter Flur. Eine geöffnete Tür gegenüber führte in ein nichtbesetztes kleines Bad, und am Ende des Flurs fiel ein helles Quadrat gleißenden Sonnenlichts auf den Boden. Ich schloß die Tür des Zimmers ab, in dem sich Paul befand, steckte das Schlüsselbund in die Tasche und schleppte mich dann in Richtung des Sonnenlichts, die Spritze unter der vorgehaltenen Hand wie ein Messer gezückt.

Der Flur führte in ein Zimmer, das ich kannte. Es war der Raum, in dem Rynearson seine persönliche Sammlung von Antiquitäten und asiatischer Kunst aufbewahrte. Durch ein unverhangenes Fenster in der Ostwand fiel das Sonnenlicht herein und lag grell auf den fragilen Möbeln, den zarten Rollbildern und dem feingeknüpften Teppich –

vermutlich zum erstenmal, seit die Sachen in dieses Haus gelangt waren. Mir gefiel das gar nicht. Die Scherben der Ming-Vase, die ich auf Pauls Kopf zertrümmert hatte, waren zwar zusammengefegt, ich fand sie jedoch noch in dem geflochtenen Papierkorb unter einem Schreibtisch aus hellem Teakholz und einer Schreibgarnitur aus Onyx auf der sonst leeren Platte. Auch das gefiel mir nicht. Ein Mann, der eine Smokingjacke trägt, sollte mit seinen Sachen sorgsamer umgehen.

Die Schreibtischschubfächer waren abgeschlossen. Ich wählte von dem Schlüsselbund einen Schlüssel aus, der mir passend erschien, und er funktionierte. Alle Schubfächer waren leer, bis auf das links oben, in dem ich meinen Smith & Wesson samt Halfter fand. Ich zog die Waffe heraus, klappte den Zylinder heraus, begrüßte die Messingpatronen, klappte den Zylinder wieder zurück, befestigte das Halfter an meinem Gürtel, ließ die Spritze in das Schubfach fallen und schloß es wieder ab. Im Zweifelsfall soll man sich immer auf die Waffe, die man kennt, verlassen.

Den Revolver in der Hand, ging ich durch eine offene Tür in den angrenzenden Raum. Es war ein Büro, in dem nur ein dunkler Gobelin, den womöglich schon Jesus gesehen hatte, an einer Wand hing, um Zeugnis von Rynearsons Schwäche abzulegen. In der Glasvitrine waren noch mehr Spritzen und zwei kleine braune Flaschen wie die im Schlafzimmer. Für einen Mann von seinen Lebensgewohnheiten sah das Büro unordentlich aus. Drei leere Aktenkästen waren auf einem großen Schreibtisch schief und krumm übereinander gestapelt. Zwei der leeren Schubfächer waren herausgezogen. Ich zog auch die anderen heraus sowie die restlichen Fächer der beiden großen Aktenschränke in der Ecke. Alles dasselbe. In der Luft hing ein verbrannter Geruch. In einer Ecke neben dem Fenster gab es einen Kamin, auf dessen Rost ein Haufen Asche lag. Ich berührte ihn mit dem Feuerhaken, und er fiel in sich zusammen. Es war eigentlich nicht die Jahreszeit, ein Kaminfeuer zu machen.

Ich probierte den Griff eines hinter dem Schreibtisch in den Boden gelassenen grauen Stahlsafes. Wer immer zuletzt daran gewesen war, hatte entweder vergessen, das Zahlenrad zu drehen, oder es nicht mehr der Mühe wert befunden. Die Tür schwang auf, und ich griff hinein, um ein wohlbekanntes Bündel herauszunehmen.

Ich zählte die Geldscheine. Sie waren noch komplett. Sonst war der Safe leer. Ich stand mit vorgeschobenen Lippen da und blätterte spielerisch in den Banknoten. Dann verstaute ich sie in der Innentasche meines Jacketts und machte mich wieder an die Arbeit.

Am Ende des Flurs, dem Wohnzimmer gegenüber, war in einer

anderthalb Meter breiten Nische ein Ankleidekabinett mit einer hochlehnigen Hickory-Bank, ähnlich einem Kirchenstuhl. Die geschwungene Sitzfläche war von dem Kontakt mit vielen Hinterteilen blank poliert. Ein Kleiderschrank, zu minderwertig, um damit Eindruck zu machen, enthielt zwei Kamelhaarmäntel, einen weißen Laborkittel und ein paar leere Kleiderbügel. Rynearsons burgunderfarbener Hausanzug hing über der Bank, die Slipper mit den Drachen auf den Zehen waren achtlos daruntergeschoben. Die Hosen hatten keine Taschen. In den Taschen der Smokingjacke fand ich die Zigarettenspitze aus Ebenholz und das Jade-Feuerzeug. Ich ließ den Deckel des Feuerzeugs aufschnappen und drehte das Zündrad. Eine unsichtbare Nahtstelle an der Seite klappte auf und ließ eine fünf Zentimeter lange dünne Stahlrute herausschnellen, an deren Ende sich eine Aushöhlung befand. Ich legte den Daumen dagegen und drückte. Die Rute schob sich gegen den Widerstand einer verborgenen Feder wieder in das Feuerzeug, bis etwas klickte und die Naht sich ebenso unsichtbar schloß.

Das Feuerzeug hatte keinen Feuerstein und innen auch kein Reservoir, um Flüssigkeit aufzunehmen. Dennoch hatte ich es zuletzt in Rynearsons Hand gesehen, um die neue Zigarette in seiner Zigarettenspitze anzuzünden. Kurze Zeit danach war mein Zustand immer schlechter geworden. Ich erinnerte mich an das Stechen in meinem linken Arm, das ich für eine Muskelzerrung gehalten hatte. Und ich dachte an die Höhlung am Ende der Stahlrute.

Ich steckte das Feuerzeug ein und machte mich auf den Weg zurück zum Wohnzimmer, wobei ich unterwegs aber Station machte und das Schlafzimmer aufschloß, um nach Paul zu sehen. Er lag noch immer mit dem Gesicht auf dem Bett und schnarchte, daß die Bettpfosten zitterten. Ich schloß wieder ab und stieg die Wendeltreppe hinunter ins Erdgeschoß. Den Revolver steckte ich ins Halfter. Ich war jetzt ziemlich sicher, daß ich ihn so bald nicht brauchen würde. Diesmal wich das Geländer nicht zurück, es war schließlich nur kaltes Messing, aber meine Knöchel waren ziemlich weich, und ich mußte mich kräftig aufstützen. Als ich unten angelangt war, schwitzte ich wieder. Ich blieb sekundenlang gegen das Geländer gelehnt stehen, bevor ich meinen Weg fortsetzte.

Es gab hier nichts von Interesse für mich. Der Laden sah unverändert aus. Alle Fenster waren verhängt. Ich drückte den Knopf KEIN VERKAUF der Registrierkasse auf einer Glastheke, in der auf schwarzem Samt Schmuckstücke ausgelegt waren, und schaute in die Kasse. Sie war so sauber und leer wie der Kopf eines TV-Predigers. Es war noch eine Küche mit Frühstücksecke vorhanden, ein Badezimmer, ein Abstellraum mit Verpackungsmaterial, einem Feldbett mit zerwühltem Bettzeug darauf und Regalen und Kartons mit allerlei Kleinkram, der in dem Laden keinen Platz mehr gefunden hatte. Kein Keller. Kein Eric Rynearson. Mein Hut hing an einem Haken neben der Ladentür, so als ob ich ihn dort hinterlassen hätte. Das war eine freundliche Geste.

Ich erklomm wieder die Wendeltreppe, wobei ich unterwegs zwei Ruhepausen einlegte. Pauls Schnarchen hatte einen anderen Ton angenommen. Ich stand zwischen dem Bett und dem Nachttisch und blickte sekundenlang auf ihn nieder, dann packte ich eine Handvoll seiner verfilzten Haare, hob seinen Kopf an und kippte ihm den Inhalt des blauen Plastikkruges ins Gesicht. Er schnappte einen Augenblick nach Luft, prustete und schnarchte weiter.

Das würde eine Weile dauern. Nun ja, es war Sonntag, und für die Kirche war ich ohnehin zu spät dran.

Ich ließ ihn los, trug den Krug über den Flur in das kleine Bad, füllte ihn aus dem Wasserhahn, ging zurück und wiederholte die Prozedur. Diesmal hörte er lange genug zu schnarchen auf, um ein paar Flüche hervorzustoßen. Ich unternahm noch zwei Ausflüge ins Bad. Allmählich begannen sich auf dem Bett Pfützen zu sammeln, und die Matratze quatschte vor Nässe, als ich ihn aufs Gesicht fallen ließ. Nach der vierten Dusche sagte er etwas Unverständliches, das jedoch kein Fluch war. Ich hielt ihn weiter hoch und schlug ihm ins Gesicht – scharfe, klatschende Backpfeifen, die meine Handfläche brennen ließen. Er gurgelte und versuchte einen Boxhieb zu landen. Es war aber keine Kraft hinter dem Schlag. Ich wich mit dem Kopf aus, und er streifte mit den Fingern nur meinen Hals. Dafür riß ihn sein Eigengewicht bis zur Bettkante, über die er nun hinabhing, wobei er würgende Geräusche von sich gab. Ich trat gerade noch rechtzeitig zurück, ergriff so schnell ich konnte die Flucht und riß das Fenster auf, um frische Luft hereinzulassen.

Als der Erguß versiegt war und Paul stöhnend mit herabhängendem Kopf und tropfendem Kinn auf der Matratze lag, langte ich von der anderen Seite über das Bett, packte ihn erneut bei den Haaren und zerrte ihn auf den Rücken. Sein Bewußtsein war zumindest so weit zurückgekehrt, daß er brüllte. Aber seine Pupillen waren noch immer auf das Format von Stecknadelköpfen geschrumpft, und wenn sich in seinen Adern derselbe Stoff befand, mit dem Rynearson mich vollgepumpt hatte, war er ebenfalls auf einem Rummelplatz oder schaukelte in einem Ruderboot seiner Kindertage. So häßlich wie er jetzt war, mußte er früher einmal ein faszinierendes kleines Ungeheuer gewesen sein.

»Wo ist Rynearson?« fragte ich.

»Rynearson?« Seine Stimme klang flach, nichts mehr von dem vulkanischen Dröhnen, das sich normalerweise seinem enormen Brustkasten entrang.

»Genau. Wo ist er?«

»Rynearson?«

So kam ich nicht weiter. Wenn es dasselbe Zeug war, Scopolamin oder Sodium Pentothol oder eine verteufelte Mischung von beidem, hatte Rynearson es in meinem Fall wahrscheinlich mit irgendeinem Hypnotisierungsmittel versetzt. Ich war zu alt, um diesen Trick noch zu lernen. Aber was auch immer in dem geschrumpften Hirn des kleinen Affen noch an Wissensfunken vorhanden sein mochte, ein Loch im Kopf würde davon nichts zum Erleuchten bringen.

Also spielte ich Krankenschwester. Ich schüttelte Pauls Kissen auf, benutzte das weiße Tuch, auf dem die Spritzen gelegen hatten, um ihm das Gesicht abzuwischen und die schlimmste Schweinerei auf dem Bett zu entfernen, dann setzte ich mich auf die trockene Seite des Bettes, tätschelte eine knotige Hand mit Haaren wie Stacheldraht auf dem Rücken, nannte ihn beim Vornamen und fragte ihn nach Rynearson aus. Er sprach in gebrochenen Sätzen mit langen Pausen dazwischen, manchmal begann er sogar wieder zu schnarchen, und wenn ich ihn behutsam aufweckte, hatte er vergessen, worüber wir zuvor gesprochen hatten, und wir mußten wieder von vorn anfangen. Nach einer Stunde hatte ich wenigstens zwei Informationen aus ihm herausgekriegt: 1. Als Paul am Abend zuvor gerade dabeigewesen war, sich in sein Zimmer über der Garage zurückzuziehen, hatte Rynearson ihn angewiesen, am folgenden Morgen gleich hereinzukommen und die Spritzen und das Serum bereitzulegen, das Paul mit »das Zeug« bezeichnete. 2. Rynearson hatte gesagt, er selbst würde, wie auch in der Nacht zuvor, wieder unten auf dem Feldbett im Abstellraum schlafen und Paul am nächsten Morgen dann im Schlafzimmer treffen.

Paul war wie immer um sechs Uhr dreißig aufgestanden, hatte weisungsgemäß »das Zeug« aus dem Glasschrank im Büro geholt, in der Annahme, Rynearson schlafe noch oder sei gerade dabei sich anzuziehen. Was er sich für einen Vers auf die Unordnung im Büro gemacht hatte, konnte ich nur vermuten. Vielleicht hatte er gedacht, Rynearson wolle seine Registratur umorganisieren. Auf jeden Fall war Paul der Meinung gewesen, dem Privatdetektiv stehe ein weiterer

Tag Drogen und intensiver Befragung bevor. Als ich versuchte, ihn auf weiter zurückliegende Ereignisse zu bringen, fing er an, etwas über Strände zu babbeln. Ich vermutete, daß er sich wieder in seiner Kindheit befand. Fragen über das silberne Kreuz prallten an seiner fliehenden Stirn ab.

»Wohin hat Rynearson sich denn abgesetzt?« fragte ich rein rhetorisch. »Und warum hat er seine Unterlagen verbrannt?«

»Um zu vermeiden, daß Leute hineingezogen werden, die niemand gern zum Feind hat.«

Ich starrte auf Paul. Das klang nicht wie etwas, das aus seinem Munde gekommen sein konnte. Es war nicht einmal seine Stimme, betäubt oder nicht betäubt. Er lag auf dem Rücken, schnarchend, daß fast der Putz von den Wänden fiel, und sein offener Mund bildete ein dunkles rundes Loch in seinem Bart. Ich schaute hinüber zur Flurtür, durch die zwei Männer in dunklen Straßenanzügen hereinkamen, in den Fäusten Automatik-Pistolen.

Ich wußte sofort, wer meine Frage beantworte hatte. Es war der ältere der beiden, ein Typ mit kurzgeschorenen stahlgrauen Haaren und müden, ausdruckslosen Augen in einem leicht verfetteten Gesicht, übersät mit Sommersprossen. In der Hand, die nicht seinen Army Colt hielt, hatte er ein hübsches Ledermäppchen.

»FBI, Freundchen«, sagte er in demselben unpathetischen Ton. »Sie sehen aus wie ein Mann, der weiß, wo's langgeht. Lassen Sie mal hören.«

24

»Er ist verduftet. Sein Wagen ist noch in der Garage, also muß er ein Taxi genommen haben. Vermutlich so um Mitternacht, als draußen Schichtwechsel bevorstand. Dann halten diese Grünschnäbel nämlich mehr nach ihrer Ablösung Ausschau als nach dem, wofür sie von Onkel Sam bezahlt werden. Zum Beispiel, daß in einer lauen Maiennacht Rauch aus einem Kaminschlot kommt.«

Bei »Grünschnäbel« warf der grauhaarige FBI-Agent einen Blick auf seinen Begleiter, einen lang aufgeschossenen Jüngling mit einem mächtigen Adamsapfel über dem Kragen seines Arrow-Hemdes. Er erinnerte mich mit seiner dunkelgrau geränderten Pilotenbrille und dem glatt zurückgekämmten, im Nacken gerade geschnittenen, glänzenden schwarzen Haar ein bißchen an Kirk Douglas' Sohn in »Die Straßen von San Francisco.« Er verzog keine Miene.

Der Name des älteren Mannes war Gervais. Er nannte seinen Partner Tommy, ich hatte aber auch dessen Ausweis gesehen, und keiner seiner Namen war Thomas. Offiziell war er Special Agent Mulholland. Wir saßen in Eric Rynearsons Museum von Wohnzimmer, Gervais in einem aggressiv aussehenden Stuhl mit Klauenfüßen, vor sich auf dem Tisch mit dem Totenschädel-Aschenbecher meinen Revolver und den Inhalt meiner Taschen ausgebreitet: meine Zulassung, Rynearsons Jade-Feuerzeug, das Schlüsselbund, das ich aus der Schlafzimmertür gezogen hatte, und die fünftausend Dollar. Nachdem Gervais mir auf diese Weise die Krallen gezogen hatte, berichtete ich ihm, was ich hier machte und für wen, und was sich, soweit mir bekannt, seit Freitag in diesem Haus abgespielt hatte. Das Kreuz ließ ich aus. Warum, wußte ich selbst nicht genau, und allmählich begann ich mich sogar zu fragen, ob es Rynearson überhaupt erwähnt oder ob ich nur unter Halluzinationen gelitten hatte. Sehr viel Sinn ergab beides nicht.

»Sie haben dieses Haus überwacht?« fragte ich.

Gervais nickte. Sein Gesicht hatte einen freundlichen, milde belustigten Ausdruck, der mich keinen Augenblick täuschte. »Man hat Sie hineingehen, aber nicht wieder herauskommen sehen. Wir ließen die Zulassung Ihres Wagens überprüfen, und seitdem war ich ungeheuer gespannt zu erfahren, was ein Privatdetektiv bei Rynearson will. Die Verkehrspolizei hat Ihren Wagen übrigens inzwischen abgeschleppt. Gestern vormittag.«

Ich zog eine Grimasse und steckte mir eine Zigarette aus dem zerdrückten Päckchen in meiner Hemdtasche an. Das Streichholz mußte ich mit beiden Händen festhalten, um die Flamme durch mein Zittern nicht auszuschütteln. Es war eine Anstrengung, einfach nur aufrecht sitzenzubleiben. Ich beneidete Paul, der besinnungslos im Schlafzimmer lag. »Er ist tatsächlich ein russischer Agent? Ich dachte, das sei Humbug.«

»Vielleicht ja, vielleicht nein«, erwiderte Gervais. »Wir waren schon längere Zeit an ihm dran, weil er auf ungesetzliche Weise und unter Umgehung der Zollbestimmungen Kunstschätze aus Europa geschmuggelt hat. Heute war gerade der Tag, an dem Tommy und ich ihn festnehmen wollten. Stellen Sie sich also unsere Überraschung vor, als wir hier hereinkamen und nur Sie händchenhaltend mit diesem King-Kong-Verschnitt im Schlafzimmer vorfanden. Da könnte sogar noch etwas für die Sittenpolizei drin sein.«

»Wir sind nur gute Freunde«, erwiderte ich. »Rynearson wußte, daß Sie kommen würden. Deshalb ist er verduftet.«

»Sieht fast so aus, nicht wahr?«

»Vielleicht auch nicht.« Mulholland umklammerte die Armlehne seines Stuhls. »Er kann einfach nur einen besonderen Instinkt für Gefahr haben und ist deshalb gerade noch entwischt. Das war Glück für ihn.«

»Wir haben eine undichte Stelle, Tommy«, sagte Gervais ruhig.

»Das wissen wir nicht.«

»Wir wissen es nicht«, pflichtete Gervais ihm bei. »Aber wir sind uns sicher.«

»Ich dachte immer, ihr ›G-Men‹ seid unantastbar«, sagte ich.

»G-Men!« Gervais lächelte. »So hat uns seit Maschinengewehr-Kelly niemand mehr genannt. Wir sind gerade dabei, uns ein paar Kollegen vorzunehmen, die zwei Jahre lang in Mexiko City geklaute Lincoln Continentals verschoben haben. Sie fassen nichts an außer dem fabrikneuen Mark IV. Wenn man ihnen einen Marquis anbietet, der schon fünfzig Meilen gefahren ist, spucken sie einem ins Gesicht. Wir sind unantastbar, allerdings. Wie Mae West.«

»Darf ich denn das überhaupt wissen?«

»Wen schert das schon? Ich scheide sowieso nächsten Monat aus. Ich habe meine dreißig Dienstjahre abgerissen.«

Ich kehrte zum Hauptthema zurück. »Rynearson hat also einen Telefonanruf bekommen, irgendein anderes Signal oder eine Nachricht durch eine Brieftaube, vermutlich während der Zeit, als er und Paul gestern abend schlafen gingen, um Mitternacht, als die Wachablösung stattfand. Er verbrannte seine Unterlagen, um sich davor zu bewahren, in einer Zelle aufgehängt zu werden oder in einem Waschraum ein Messer zwischen die Rippen zu kriegen, falls er nicht entkommt, und haute ab. Dafür brauchte er Bargeld. Warum hat er dann die fünftausend zurückgelassen?«

»Womöglich dachte er, die Scheine seien markiert«, meinte Gervais. »Jeder kleine Hotelangestellte mit einer schwarzen Lampe unter dem Empfangsschalter hätte ihn hochgehen lassen können. Bestimmt war er für den Notfall mit genügend Bargeld in seinem Safe eingedeckt. Mich interessiert vielmehr, was das alles mit russischen Schriftstellern zu tun haben soll?«

»Mich auch. Bis jetzt sehe ich da auch noch nicht klarer.«

Gervais nahm das Jade-Feuerzeug in die Hand und ließ die Metallrute herausschnellen. »Manches ändert sich nie. Man müßte doch annehmen, ein Mann mit seinem Geld hätte sich etwas Besseres leisten können, als Ihnen diesen kleinen Pfeil unter die Haut zu jagen.«

»Wozu etwas ändern, so lange es funktioniert«, versetzte ich.

»Da ist noch etwas, was ich zu gern wüßte. Was glaubte er von Ihnen erfahren zu können, das ihm so viel wert war, um Sie so massiv unter Drogen zu setzen?«

»Vielleicht wollte er herauskriegen, wieviel ich von seinen Operationen wußte. Reine Panik.«

»Fünf ausländische Geheimdienste haben ihn nicht in Panik versetzt. Das FBI und der CIA ebensowenig. Ein kleiner Privatdetektiv mit einer Spielzeug-Polizeimarke soll das geschafft haben? Interessant.«

Ich setzte wieder meine leidende Miene auf und ließ perverserweise Zigarettenasche auf den kostbaren Perser fallen.

»Er hält uns zum Narren«, sagte Mulholland. »Nehmen wir ihn mit.«

»Das ist ein Gedanke.«

»Zuerst wollen wir mal die Polizei rufen«, sagte ich. »Schließlich bin ich niedergeschlagen, zwei Tage gegen meinen Willen festgehalten und mit Drogen vollgepumpt worden. Ich habe Anzeigen zu erstatten.«

»Gegen wen?« wollte Gervais wissen. »Das Herzchen drüben im Schlafzimmer?«

»Zuerst gegen ihn. Und dann gegen Rynearson, sobald Sie ihn erwischen.«

»Und wie soll uns das gelingen?«

»Sie sind es doch, der in Washington geschult worden ist. Setzen Sie ihn auf Ihre Liste der am meisten gesuchten Personen.«

Gervais lächelte. »Auf diese Liste kommen sie erst, wenn wir ihren Schlupfwinkel kennen. Das ergibt bessere Erfolgsquoten.«

»Was auch immer. Ich verlange Polizei.«

»Ist nicht drin.«

»Bin ich denn verhaftet?«

Er tippte gegen seine Brusttasche. »Wir haben die Befugnis, alle Personen, die sich in diesem Haus aufhalten, festzunehmen. Bis sich alles aufgeklärt hat, vergeht eine Woche. Währenddessen bleiben Sie in Gewahrsam. Ohne Kontakt zur Außenwelt.«

»Am Ende dieser Woche werde ich dann mit der Presse reden. Wie ich gehört habe, werden die sehr unangenehm in Washington D.C., wenn sie auf der Comic-Seite von Geheimoperationen lesen. Unangenehm genug, um dreißig Jahre loyalen Dienst für das Bureau zu vergessen.«

»Ich warne Sie, Walker. Sie sind ein kleiner Junge, und ich bin ein Brief Streichhölzer. Das paßt nicht zusammen.«

»Ganz der eisenharte Geheimagent«, sagte ich bewundernd. »Ich dachte, dieser Typ sei mit J. Edgar begraben worden.«

»Hoover.« Er verzog das sommersprossige Gesicht. »Er war ein Ekel, aber wenigstens verstand er es, eine Geschichte so zuzudecken, daß sie auch zugedeckt blieb. Wenn die Presse kam, um bei ihm rumzuschnüffeln, speiste er sie mit offiziellen Erklärungen ab, und die Journalisten verzogen sich schwanzwedelnd. Dann übernahmen die Pedanten das Ruder, und jetzt müssen wir uns Sorgen darüber machen, was die Zeitungen und das Fernsehen sagen. Soll sich Tommy damit weiter amüsieren. Ich steige aus.«

Ich lehnte mich in meinen Stuhl zurück und schloß die Augen. »Was immer der Geheimdienst für Probleme mit Rynearson hat, ich fühle mich da jedenfalls nicht betroffen. Wir können uns gegenseitig nicht helfen.«

»Das sagen Sie. Und ich höre es. Das ist aber auch schon alles.«

»Rufen Sie Louise Starr im Westin an.«

Gervais machte eine Kinnbewegung in Richtung auf Mulholland, der aufstand und die Wendeltreppe hinabstieg.

»Er wird mal ein ganz brauchbarer Mann werden, wenn sie ihn von der Glotze wegkriegen«, sagte Gervais. »Er betet Verdächtigen sogar dann ihre Rechte vor, wenn kein Mensch dabei ist, der zuhört.«

Ich schwieg, steckte mir am Stummel meiner alten eine neue Winston an und warf die Kippe dann in einen Silberteller mit arabischen Schriftzeichen. Ich verschluckte Rauch und mußte husten. Der Rauch brannte an meiner Magenwand, und mir wurde bewußt, daß ich seit achtundvierzig Stunden nichts Ordentliches mehr gegessen hatte.

Nach ein paar Minuten kehrte der junge Agent zurück. Er beugte den Kopf zu seinem Partner herab und murmelte etwas.

»Tja, Sie scheinen Ihr Pulver verschossen zu haben, Walker«, sagte Gervais, als sich Mulholland wieder aufrichtete. »Die Dame kennt Sie nicht.«

»Von wegen. Ich hatte Sie eigentlich für erhaben über so alberne Tricks gehalten. Polizisten flüstern nicht miteinander, wenn sich die Aussage eines Zeugen als falsch erwiesen hat. Sie lachen ihm ins Gesicht.«

»Sie glauben uns wohl zu kennen, nicht wahr?«

»Ich habe kaum noch genügend graue Zellen übrig, um meinen eigenen Namen zu wissen, Gervais. Ich bin vor zwei Tagen in der Erwartung hierhergekommen, höchstens zehn Minuten zu bleiben. Statt dessen habe ich die volle Frankenstein-Behandlung über mich ergehen lassen müssen. Nichts, was Sie und Onkel Sam mir jetzt noch antun können, hält einem Vergleich mit dem Wochenende stand, das ich hinter mir habe. Sie haben den Schlüssel in der Hand, mich hier herauszulassen. Vielleicht benützen Sie ihn, vielleicht lassen Sie ihn auch im System verlorengehen, und ich werde mich wegen Freiheitsberaubung beschweren. Alles in allem werden wir uns gegenseitig nur Ungelegenheiten machen.«

Er hielt noch immer das Jade-Feuerzeug in der Hand, spielte damit herum, preßte die Metallrute in das Gehäuse zurück und ließ sie wieder hinausschnellen. Schließlich legte er es auf den Tisch.

»Sie reden nicht schlecht. Ich würde Sie gerne mal erleben, wenn Sie hundertprozentig auf Deck sind. Stecken Sie Ihren ganzen Krempel wieder ein. Auch das Geld. Ich verbrenne mir sonst bloß die Finger daran.«

Ich stand auf, tat, was er gesagt hatte, und ließ nur das Schlüsselbund und das Feuerzeug als mögliche Beweisstücke liegen. Das Gewicht des Revolvers an meinem Gürtel wirkte sich angenehm auf mein reduziertes Gleichgewicht aus. »Wie wäre es, wenn Sie mich ein Stück in Ihrem Wagen mitnähmen?«

Gervais warf einen Blick auf Mulhollands versteinerte Miene und lachte. »Ich weiß wirklich nicht, ob dieser Kerl von Natur aus so dreist ist oder ob er noch unter Drogen steht. Aber ich muß sowieso in die Stadt fahren und mich wegen dieser Aktion melden. Wohin wollen Sie denn? Ihren beschlagnahmten Wagen kriegen Sie jedenfalls erst morgen zurück.«

»Nach St.Clair Shores. Falls das kein zu großer Umweg für Sie ist.«

»Als ob mir für Sie etwas zuviel werden könnte. Vielleicht möchten Sie sogar unterwegs irgendwo anhalten, um einen kleinen Happen zu sich zu nehmen?«

»Ich weiß nicht recht. Was verstehen Sie denn unter einem kleinen Happen?«

»Das ist noch nie verbindlich festgestellt worden.« Er erhob sich, ohne die Geräusche zu machen, die ein leicht verfetteter Mann dabei gewöhnlich von sich gibt, und wies Mulholland an, während seiner Abwesenheit die Stellung zu halten und Paul nicht aus den Augen zu lassen. Zu mir gewandt, sagte er: »Es sei denn, Sie hätten lieber Tommy als Gesellschaft.«

Ich musterte den steinernen Gesichtsausdruck des jungen Agenten und schüttelte dann den Kopf. »Bei ihm hätte ich Angst, er beißt mich.«

Unten setzte ich meinen Hut auf. Er saß ein bißchen stramm auf meinem geschwollenen Kopf. »Warum nennen Sie ihn Tommy?« erkundigte ich mich bei Gervais.

»Ich hatte einmal einen mißratenen Köter, der so hieß.«

Der Wagen war ein neutraler grüner Granada. Gervais fuhr mit einem Daumen am unteren Rand des Lenkrades und verpaßte nicht eine Ampel. Während der Fahrt machte er mit seinem Kinn Kaubewegungen. Ich glaubte zu wissen, woran er herumkaute.

»Ich könnte Sie beschatten lassen oder Ihr Telefon anzapfen, aber das bringt bei Burschen wie Ihnen nie etwas«, sagte er. »Ich könnte auch einen Anruf tätigen und Ihnen die Lizenz entziehen lassen . . .«

»Alles schon mal dagewesen«, fiel ich ihm ins Wort.

». . . aber das würde mir auch nicht mehr bringen als eine eingezogene Lizenz, mit der ich nichts anfangen kann. Ich kann nicht mehr tun, als Türen zuknallen. Irgendwann werden Sie so viele Türen ins Gesicht geknallt bekommen haben, daß sie endgültig genug haben. Onkel Sam hat einen miesen Charakter und ein langes Gedächtnis.«

»Auf diesen Drahtseilakt muß sich jeder Privatdetektiv einlassen.« Ich saß auf meinen Lendenwirbeln im Beifahrersitz, die Knie angezogen und die Hutkrempe auf der Nasenwurzel.

»Nicht ohne Netz oder Balancierstange, so wie Sie.«

»Wenn ich abstürze, wird niemand vor Freude tanzen oder vor Kummer weinen.«

Als wir hinter der Stadtgrenze waren, dirigierte ich ihn zu einer Straße, die zwei Häuserblocks von Karens Haus entfernt war, und bat ihn, mich an der Ecke aussteigen zu lassen.

»Vielen Dank, Kumpel.« Ich beugte mich vor und sah durch das offene Seitenfenster zu ihm hinein.

»Ach was, scheiß drauf«, sagte er und nahm beim Losbrausen beinahe meinen Kopf mit.

Es war ein langer Weg. Der Pfad der Tränen, die Straße nach Burma und der Selma-zu-Montgomery-Marsch aneinandergereiht. Ganze zwei Häuserblocks. Zwischendurch lehnte ich mich an Laternenpfähle, während mir die Knie wackelten, und spähte nach allen Seiten, ob mir Gervais nicht womöglich folgte. Der Revolver drückte mich immer schwerer auf die Hüfte. Das Geräusch der vorbeizischenden Wagen tat meinen Ohren weh. Das grelle Sonnenlicht schmerzte in meinen Augen, und der Geruch des Sees brannte auf meinen Schleimhäuten. Ich fühlte mich aus dem Mutterleib gerissen.

Ich öffnete eine Tür, stieg eine Treppe hinauf – die Welt schien heute voll zu sein davon – und stand schließlich auf dem schmalen Läufer vor Karens Wohnung. Ich war der Soldat, der von der Front zurückkam, Odysseus, heimgekehrt von seiner Irrfahrt, Moses, der Jerusalem erblickt. Ich drückte die Zigarette aus, an der ich herumgekaut hatte, und betätigte den kleinen Messingklopfer. Es klang laut genug, um König Duncan zu wecken.

Karen kam mit Lockenwicklern in einem flauschigen rosa Bademantel zur Tür. Sie war schöner als der Anblick der Freiheitsstatue. Nach einem Blick auf mich sagte sie: »Iiik!«

»Du machst mich erröten«, sagte ich und fiel auf sie.

25

Bei Tageslicht sah ihr Schlafzimmer anders aus. Das Erkerfenster ließ strahlendhelles Licht herein, und die Farben des Raumes waren heiter. Auf einem Stuhl neben der Frisierkommode saß eine Stoffpuppe mit Wollhaaren und starrte mich mit jener ungenierten Dreistigkeit an, mit der fremde Gören an Nachbartischen andere Gäste im Restaurant beim Essen beobachten. Es war das einzige Kleinmädchenhafte an Karen, und es gefiel mir nicht. Aber das Bett war bequem, und die Eier, die ich gerade von einem Tablett verspeiste, das ich auf dem Schoß balancierte, mußten im Himmel gelegt worden sein.

Karen hielt einen Stuhl neben dem Bett besetzt, einen Ellbogen auf dem Knie und das Kinn in die Hand gestützt. Sie hatte die Lockenwickler herausgenommen und inzwischen einen schwarzen Rock und eine scharlachrote Bluse angezogen. Ohne Make-up sah sie aus wie sechzehn.

»Aber warum hast du dem FBI nichts von dem Kreuz erzählt?« wollte sie wissen.

Ich legte die Gabel aus der Hand und musterte Karen. »Anscheinend hat hier jemand im Schlaf gesprochen.«

»Es blieb mir schließlich nichts übrig, als zuzuhören, als du wie eine Ladung Ziegelsteine an der Tür über mir gelegen hast. Nach dem Rummelplatz will ich gar nicht erst fragen.«

»Ja, laß es lieber bleiben. Das Kreuz hatte nichts damit zu tun, weswegen sie hinter Rynearson her sind. Es hätte nur zu Fragen geführt, die mein Auftraggeber nicht zu beantworten wünscht. Man muß wissen, wann man aufhören soll, wenn man mit der Polizei spricht.«

»Mir gegenüber offenbar auch. Ich weiß nichts über dieses Kreuz, außer daß du danach suchst. Ist es über und über mit Brillanten besetzt, oder was?«

»Mir war gesagt worden, es sei nicht viel wert. Nicht genug, um

Rynearson zu veranlassen, das mit mir anzustellen, was er getan hat, um herauszukriegen, wo dieses Kreuz sich befindet. Ich war nicht einmal deswegen dort. Das war ein anderer Fall. Dachte ich wenigstens.« Ich nahm einen Schluck Kaffee und griff dann instinktiv nach einer Zigarette, bevor ich merkte, daß ich ja gar kein Hemd trug.

»Hier.« Karen warf mein zerdrücktes Päckchen auf das Tablett.

»Ich bin okay«, sagte ich. »Nur reine Gewohnheit. Wer hat dir geholfen, mich hier hereinzuschleppen?«

»Du nicht, das steht jedenfalls fest. Du warst auf der Suche nach diesem Kreuz, als du den toten Mann in Hamtramck gefunden hast, nicht wahr?«

»Ja.«

»Was soll das heißen, daß es auch etwas mit diesem anderen Fall zu tun hat?«

»Da bin ich im Moment noch überfragt. Ich werde alles, was ich über beide Fälle weiß, in einen Eimer schmeißen, kräftig schütteln und dann sehen müssen, was dabei herauskommt. Was hast du benutzt? Einen Flaschenzug?«

»Wofür? Ach so, das. Du lenkst vom Thema ab. Ich habe schon stämmigeren Männern, als du es bist, im Krankenhaus ins Badezimmer geholfen. Erst dachte ich, du seist betrunken. Bis ich dir dann das Hemd auszog . . .«

»Du Sex-Besessene.«

». . . und die Einstichstellen an deinem Handgelenk sah. Ich glaube noch immer, ich sollte für dich einen Termin mit unserem Toxikologen ausmachen.«

»Besten Dank, mein Bedarf an weißen Kitteln ist reichlich gedeckt. Übrigens, apropos, wann wird denn Mrs. Evancek entlassen?«

»Morgen. Warum?«

»Ich möchte keinen vergeblichen Weg machen, wenn ich sie aufsuche.«

»Ich wußte gar nicht, daß ihr euch so sympathisch geworden seid.«

»Kleine alte Damen lieben mich. Es ist mein ehrliches Gesicht.«

Sie musterte mich. Eine Frage zuckte um ihre Mundwinkel, doch sie scheuchte sie weg. Dann streckte sie die Hand aus und streichelte mir über die Wange. »Du solltest dich mal rasieren.«

»Ich würde mir ein Ohr abschneiden bei dem Versuch, mir den Bart vom Kinn zu kratzen.«

»Warte einen Augenblick.« Sie stand auf und ging hinaus. Ich leerte meine Kaffeetasse. Dann kam sie mit einem Rasierapparat, einem Seifennapf und einem Rasierpinsel zurück.

»Ich hoffe, du hast dir das nur von einem Nachbarn geborgt«, sagte ich.

Sie klatschte mir den Mund mit Rasierschaum zu.

Später brachte sie mir meine Sachen ordentlich auf einem Kleiderbügel und hängte ihn an die Rückenlehne des Stuhls, auf dem sie gesessen hatte. »Ich habe den Anzug gebügelt und das Hemd durchgewaschen. Erwarte diese Art von Service aber bitte nicht als Dauereinrichtung. Dein Revolver ist im Wohnzimmer. Was machst du denn?«

Ich hatte die Decke zurückgeschlagen und schwang meine Beine aus dem Bett. »So was nennt man Aufstehen. Ich bin darin schon ganz gut. Nächste Woche habe ich vor, mit dem Laufen anzufangen.«

Sie stand zwischen mir und meinen Kleidungsstücken. »Du hast nur sechs Stunden Schlaf gehabt. Du wirst zusammenklappen, bevor du noch auf der Straße bist.«

»Lady, unterschätzen Sie meine Kräfte nicht.« Ich kitzelte sie. Als sie quietschte und beiseite sprang, nahm ich meine Hose vom Bügel.

»Nenn mich nicht Lady, du alberner Kerl. Das klingt wie bei einem Taxifahrer.«

»Ich habe schon Taxis gefahren.« Ich zog die Hose an. »Man sieht nicht viele Ladies durch das kleine Fenster. Ich gehe mit diesem Wort nicht leichtfertig um.«

»Soll das ein Kompliment sein? Bei dir bin ich mir da nie sicher.«

Ich zog sie in meine Arme. Wir küßten uns.

»Es war wohl tatsächlich als Kompliment gemeint«, sagte sie.

Ich strich ihr mit den Fingerspitzen über die Wange. »Ich würde gern bleiben, aber der Taxameter läuft.«

»Und ich würde dich gern bitten zu bleiben«, erwiderte sie. »Aber Tim kommt nachher.«

»Gibt es einen Tim?«

»Es gibt ihn.« Sie schwieg eine Sekunde. »Gestern abend hat er mir einen Heiratsantrag gemacht.«

Ich konnte mein Spiegelbild in ihren braunen Augen sehen. »Und was hast du gesagt?«

»Ich war nicht sehr originell. Ich habe um Bedenkzeit gebeten.«

»Und? Überlegst du?«

Sie starrte auf den Fußboden vor mir und nickte ruckartig. Das war eine Angewohnheit von ihr. Ich faßte sie unters Kinn und drehte ihr Gesicht zu mir um. Wir streiften uns gegenseitig mit den Lippen, dann sagte sie: »Es war nicht mein erster Heiratsantrag.«

»Das glaube ich nicht. Bei einem so häßlichen kleinen Ding wie dir.«

Sie lächelte nicht. »Damals habe ich es mir noch nicht vorstellen können, verheiratet zu sein. Jetzt kann ich es. Vielleicht nicht direkt verheiratet, aber doch in gewisser Weise an einen Menschen gebunden.«

»An Tim?«

»Nicht notwendigerweise an ihn. Ich bin es leid, samstagabends ins Kino zu gehen oder im Restaurant zu sitzen und kaum zu schmecken, was man auf dem Teller hat, weil man schon überlegt, ob man ihn hinterher noch zu sich herauf bittet. Ich will versuchen, aus dieser Routine auszubrechen. Manchmal glaube ich schreien zu müssen, wenn ich es nicht tue.«

»Erzähl mir nichts über Brunftschreie. Darüber habe ich meine Dissertation geschrieben.«

»Mußt du über alles Witze machen?«

»Nein.«

»Ich glaube, du bist wunderbar«, sagte sie. »Aber ich glaube auch, daß du ein Mann mit vielen Geheimnissen bist, vorwiegend den Geheimnissen anderer. Es macht mir nichts aus, dich nicht wirklich zu kennen. Aber mit Menschen, die es sich zur Gewohnheit gemacht haben, Geheimnisse zu bewahren, ist schwer umzugehen. Ihre Augen sind ausdruckslos, und wenn sie lächeln oder die Stirn runzeln, ist es nur ihr Gesicht, das sich bewegt. Es ist, als hätten sie ständig einen schwarzen Beichtvorhang zwischen sich und der Welt vorgezogen. Wenn sie sprechen, kann man sehen, wie sie jeden Satz erst dreimal umdrehen, ob auch nichts Wichtiges dranhängt.«

»So bin ich also.«

»Du versuchst anders zu sein, oder es zumindest nicht zu zeigen. Du versuchst, deine Geheimnisse in Seitenstraßen zu parken, aber die Enden ragen hervor, und du mußt vorsichtig darum herumsteigen. Mit dir zu reden ist so ähnlich, als ob man sich durch ein Minenfeld tastet.«

»Drei Metaphern nebeneinander«, stellte ich fest. »Oder sind es Gleichnisse? Das kann ich mir nie merken.«

Sie überging das. »Anfangs gefiel mir das. Es machte dich interessant. Aber es ist eine Seite an dir, die mir mit der Zeit unangenehm werden könnte. Und ich möchte nicht, daß es etwas an dir gibt, was mir mißfällt.«

»Soll das ein Abschied sein?«

»Du könntest dich ändern.«

»Das hat seit Lots Weib noch niemand gekonnt.«

»Es muß ja kein endgültiger Abschied sein«, sagte sie. »Geheimnisse beeinträchtigen eine Freundschaft nicht in dem Maße wie, nun ja, die Liebe.«

»So etwas klappt nicht. Man kann Gewesenes nicht einfach auslöschen.«

»Es tut mir leid, daß du so empfindest«, sagte sie.

»Ich empfinde nicht so.«

Ich zog mich fertig an, und sie begleitete mich, meine Hand haltend, durch das Wohnzimmer bis zur Tür. So wie man etwas festhält, das man sich für eine Weile geborgt hat und nun wieder zurückgeben muß. Als ob es zerbrechen könnte, bevor man es zurückgibt. Ich blieb stehen, um den Revolver in das Halfter zu stecken. Auf der Schwelle sahen wir uns noch einmal an.

»Danke, daß du dich so lieb um mich gekümmert hast«, sagte ich.

»Dasselbe wollte ich dir auch gerade sagen.«

»Du brauchst nicht so nötig, daß man sich um dich kümmert.«

»Ich weiß«, sagte sie. »Es ist ein Jammer.«

Ihre Augen glänzten verräterisch. So verräterisch, daß ich mich mit Gewalt zurückhielt. Wir küßten uns, und es schmeckte wie sonst. Alles war wie sonst, bis auf das eine.

»Wir küssen uns immer an Türen«, sagte sie.

»Und ich gehe immer hindurch. Meist hinaus.«

Ich ließ ihre Hand sehr zögernd los und ging wieder durch eine Tür hinaus.

Das Wetter sah warm aus, aber ich konnte es nicht beurteilen. Ich fühlte mich wie betäubt. Ich konnte mir den Zeh stoßen und es bis Weihnachten nicht fühlen. Zum Büro nahm ich mir ein Taxi. Der Fahrer, der mich wortlos gemustert hatte, als ich eingestiegen war, verstellte den Rückspiegel, um mich im Auge behalten zu können. Ich warf einen Blick auf mein Spiegelbild, während er das tat. Ich konnte ihm keinen Vorwurf machen.

Dann stieg ich wieder Treppen hinauf, ruhte mich auf den Absätzen aus und strebte durch das Wartezimmer in mein Büro. Niemand wartete auf mich, aber damit konnte ich auch nicht rechnen, schließlich war Sonntag. Post hatte ich keine. Ich zählte das Geld noch einmal nach und verschloß es im Safe. Die letzten beiden alten Zigaretten knüllte ich mit dem zerdrückten Päckchen zusammen, warf das Ganze in den Papierkorb und nahm ein frisches aus dem Karton im oberen Schubfach des Schreibtisches. Dann ließ ich mich nieder, legte die Füße auf eine Ecke der Schreibtischplatte und begann die schale Luft im Büro mit Tabakduft zu überlagern. Nach fünf Zügen machte ich das Kraut wieder aus und zog den Telefonapparat Hand über Hand wie einen Treibanker an der Schnur zu mir herüber. Weder in Louise Starrs Zimmer noch in Fedor Alanovs Suite meldete sich jemand. Offenbar waren beide in Sachen großer Literatur unterwegs.

Ich betrachtete die Blondine in dem geradezu sträflich knappen Mini-Bikini auf dem Reklamekalender. Sie stand in der klassischen S-Kurve, ein wenig vorgeneigt, um Sonnenöl auf einem schlanken braunen Oberschenkel zu verteilen, so daß ein zartes blütenweißes V über dem Messingring sichtbar war, der das Bikini-Oberteil vorne zusammenhielt. Ich hatte mein Glück schon von jeder Ecke des Büros aus versucht und es doch nicht geschafft, auch nur einen Zentimeter weiter unter das glänzende Material spähen zu können. Ihr Lächeln war strahlend weiß gegen die satte dunkle Sonnenbräune ihrer Haut.

Die Wände schienen auf mich zuzukommen. Das hatten sie in jedem Raum getan, in dem ich mich befunden hatte, seit ich in Rynearsons Bett aufgewacht war. Ich stand langsam auf, wobei mein Kopf auf meinem Hals schwankte wie ein Wasserballon. Dann trat ich vorsichtig an den Kalender, riß ebenso vorsichtig das Blatt ab, klappte es in der Mitte zusammen, zerknüllte es und warf es durch das Zimmer in den Papierkorb. Es war eine Rothaarige in einem noch spärlicheren Aufzug darunter. Und danach folgten noch sechs andere Mädchen.

26

Der Hauptflügel der Detroiter Public Library auf der Woodward Avenue liegt etwas zurückgebaut von diesem unglaublich langen Boulevard, der in den schicken Wohngegenden im Norden der Stadt anfängt, gerade wie ein Eispfriem durch die Tätowier-Salons und Ganoven-Kneipen, die Bars mit Oben-ohne-Schönheitstänzen schneidet und an den Docks endet, wo bemalte, ächzende mehrstöckige Anachronismen von Dampfern Passagiere zur Überfahrt zu der einzigen amerikanischen Vergnügungsinsel in kanadischen Gewässern an Bord nehmen. Das marmorverkleidete Bibliotheksgebäude mit den Kolonnaden steht, umgeben von Rasen und Asphalt, allein auf seinem Platz, wie ein gepflegter seniler Kaiser, der sich gegen den animalischen Geruch seiner Untertanen mit Eau de Cologne betupft. Alles Wissen, das zwischen Buchdeckeln aufbewahrt werden kann, ist unter seinem flachen Dach geborgen, aber die Burschen, die auf den Vorderstufen Erdnüsse und weißes Pulver feilbieten, könnten noch einiges hinzufügen.

Ihnen galt mein Interesse heute nicht. Ich bezahlte meinen Taxifahrer, der den Blick von meinem mitgenommenen Äußeren zu den eleganten Säulen hinter mir schweifen ließ und sagte: »Die Bibliothek ist heute geschlossen. Es ist Sonntag.«

»Ich habe einen Ablaß«, versetzte ich.

»Häh?«

Ich lächelte auf meine heilige Art und segnete ihn mit zwei Fingern. Er erwiderte meinen Segen mit einem und fuhr mit quietschenden Reifen davon. Ein Agnostiker.

Ich ging über den Parkplatz zur Hintertür und klopfte. Sie wurde fast augenblicklich von einem schwarzen Exboxer mittlerer Größe mit breitem Nacken und massigen, abfallenden Schultern unter seinem Uniformhemd geöffnet. Seine Brauen waren unförmig von dickem Narbengewebe und sein gemäßigter Afro-Look an einer Seite strahlend weiß, als sei er vom Blitz getroffen worden, was – wenn man Geschichten Glauben schenken wollte – das einzige war, was während elf Jahren im Ring nicht nach ihm geschleudert worden war. Er erkannte mich und grinste, indem er seine Unterlippe verzog.

»Tag, Mr. Walker. Ist ja schon Monate her. Inzwischen sind Sie auch nicht gerade jünger geworden.«

»Ich kann doch immer damit rechnen, daß Sie das richtige Wort finden, wenn ich deprimiert bin, Rupp«, sagte ich, an ihm vorbei eintretend. »Wenn die Bibliothek geöffnet ist, benutze ich ja sonst die Vordertür. Aber dies kann jetzt nicht warten.«

»Mikrofilm-Raum?« Er trommelte mit zerschlagenen Fingerknöcheln auf den Schlüsselbehälter neben dem Revolver an seinem Gürtel.

»Abteilung Geisteswissenschaften. Kunstgeschichte.«

Er schnalzte mit der Zunge. »Wenn man bedenkt, daß ich Sie schon kannte, als noch Comics dran waren.«

»Von wegen. Ich habe schon mit sechs Jahren die *Arabischen Nächte* in das originale Sanskrit zurückübersetzt.« Ich gab ihm zehn Dollar.

Er verstaute den Schein in seiner Hemdtasche, knöpfte die Patte darüber und streifte mit einem Blick, um den ihn jeder Kriminalbeamte beneidet hätte, die Fernsehmonitore über seinem Schreibtisch. Dann geleitete er mich durch das Labyrinth von Fluren und verschiedenen Ebenen, die ich eines Tages vom Palast von Mykene kennenzulernen hoffte. Er ging lautlos auf den Fußballen, eine Schulter vorgeschoben wie ein Fighter, der um Viertel vor sieben aus seiner Ecke kommt und schon um sieben in der Stadt zum Abendessen verabredet ist. Zu diesem Job war er gekommen, weil ich von einem polizeilichen Führungszeugnis einen kleinen Schönheitsfehler beseitig hatte. Der Polizei-Computer hatte ihn nämlich mit einem anderen Damon Rupp verwechselt gehabt, der in Jackson zwanzig Jahre wegen bewaffneten Raubüberfalls abbrummte, und es war nicht mehr nötig gewesen, als einem überarbeiteten Beamten von der Informationsabteilung eine Kiste *Seagram's Seven* zukommen zu lassen, um die Sache zurechtzubiegen. Rupp hielt mich seither jedoch so ziemlich für den Größten, und so lange die Bibliothek an Sonn- und Feiertagen geschlossen war, wollte ich ihm diesen Glauben auch gar nicht nehmen.

Nachdem er mich zwischen den ganzen Regalen allein gelassen hatte, ging ich erst einmal die Bestandskartei durch und machte mir ein paar Notizen. Dann wählte ich neun Titel aus, die sich mit sakraler Kunst Osteuropas zu beschäftigen schienen. Sie erwiesen sich als äußerst dickleibig, und ich mußte zwei Wege machen, um sie zu dem nächststehenden Lesetisch zu transportieren. Dann ließ ich mich nieder, zog mir den Hut vom Kopf, hängte ihn an die Trennwand zum benachbarten Tisch und machte mich erst einmal über die Indizes her. Außer mir regte sich nicht das geringste in dem großen Raum, durch dessen schmale, vergitterte, bruchsichere Fenster das Sonnenlicht nur grau gefiltert hereinfiel. Das Umblättern der Seiten klang wie kleine Schneelawinen.

Nach einer Stunde hatte ich genug gelesen, um die für mich wichtigen Stellen mit Zetteln zu markieren, die ich aus meinem Notizbuch riß. Dann erst begann ich mit dem eigentlichen Studium. Ich lernte alles, was es über die Kunstwerke der römisch-katholischen und der griechisch-orthodoxen Kirche zu erfahren gibt, einschließlich des Gusses mit verlorener Form beziehungsweise des Wachsschmelzverfahrens, das angewendet wird, um sakrale Gegenstände in Gold, Silber oder Bronze zu gießen. Ich könnte jederzeit einen Vortrag darüber halten, wenn ich Lust darauf habe, einen Saal zu leeren.

Eine Hand von der Größe einer Rangierlok rüttelte mich an der Schulter. »Sie können nicht bis nach Einbruch der Dunkelheit hierbleiben, Mr. Walker. Es kostet mich meinen Job, wenn Sie meine Ablösung noch antrifft.«

Ich blinzelte in Rupps grobe Gesichtszüge. Sie waren im Dämmerlich kaum zu erkennen.

»Sie hätten mich ruhig noch fünf Minuten weiterschlafen lassen können. Ich sollte gerade zum Papst gekrönt werden.«

»Muß ja eine dolle Geschichte gewesen sein, die Sie da gelesen haben«, sagte er trocken.

Es war dunkel, als ich nach Hause kam. Ich ging durch das Haus, machte die Lichter an und sah alles plötzlich mit ganz neuen Augen, so als ob man aus dem Gefängnis oder aus dem Krankenhaus zurückkommt. Ich war gleichzeitig in beidem gewesen. In der Flasche in der Küche war gerade noch Whisky für zwei Drinks übrig, und ich verbrauchte ihn, ohne erst lange ein Glas zu bemühen. Als die Hitze in meinem Bauch brannte, wurde mir zweierlei klar: Daß ich hungrig genug war, um eine Schreibmaschine aufzufressen, aber gleichzeitig zu k. o., um noch den Ofen anzuschmeißen. Zum Glück fand ich ein halbes Brot und ein Glas etwas überalterte Erdnußbutter. Verglichen mit flüssigem Protein, war das eine wahre Götterspeise.

Als ich gerade die zweite Scheibe in Angriff genommen hatte, klingelte im Wohnzimmer das Telefon. Mit Hilfe von Leitungswasser löste ich den Erdnußbutterbelag von meinem Gaumen, warf ein Bein über die Armlehne des Sessels und nahm beim vierten Läuten den Hörer ab. Die Anruferin war Louise Starr.

»Ich habe Sie schon in Ihrem Büro zu erreichen versucht. Warum hat mich das FBI angerufen?«

»Das ist eine lange Geschichte«, versetzte ich. »Ein ganzer Roman. Ein russischer.«

»Ich dachte, wir seien dieses Wochenende verabredet gewesen. Sie haben mich versetzt.«

»Sie würden mir nicht glauben, für wen.«

»Sie klingen wie ein Grammophon, das nicht richtig aufgezogen ist. Ich kann Sie kaum verstehen.«

»Wann geht morgen Ihre Maschine?« fragte ich.

»Um vierzehn Uhr. Aber ich werde den ganzen Vormittag beschäftigt sein. Ich habe es zu lange aufgeschoben, den Rest dieser Manuskripte zu lesen.«

»Soll ich Sie zum Flughafen bringen?«

»Andrei fährt mich. Aber das könnte man ändern.« Ihre Stimme klang ein bißchen weniger kühl.

»Nein, mit ihm möchte ich auch sprechen. Ich werde einfach mitkommen, falls ich die Rückbank nicht mit Schrankkoffern oder ähnlichem teilen muß.«

»Ich reise mit leichtem Gepäck. Zwei Koffer und eine Aktentasche. Ist etwas passiert? Hat es etwas mit Eric Rynearson zu tun? Haben Sie die fünf . . . das Päckchen abgeliefert?«

»Darüber reden wir noch. Um ein Uhr im Hotel?«

»Sagen wir lieber schon um halb eins«, antwortete sie. »Ich will nicht im Verkehr steckenbleiben.«

»Der Verkehr rangiert ziemlich weit unten auf der Liste von Problemen, über die man sich in dieser Stadt Sorgen machen sollte.«

An ihrem Ende der Leitung herrschte sekundenlang Stille. »Das klingt ja ziemlich mysteriös.«

»Aber es paßt zu mir, Mrs. Starr. Ich bin ein Mann mit vielen Geheimnissen.« Ich verabschiedete mich und legte auf.

27

Ich schlief einen Schlaf der Betäubung, in dem bedrohliche Männer in weißen Kitteln mit großen Spritzen und stinkenden affenähnlichen Assistenten vorkamen, Leichen in Kellern und Polizisten, die mit erschöpften Gesichtern wie die Ameisen hin und her wuselten. Mehrere Male stand ich auf, um mich ins Badezimmer zu tasten und kaltes Wasser in ein Glas laufen zu lassen, während ich mich im Spiegel über dem Waschbecken betrachtete. Ich wußte, warum ich so besonders mies aussah.

»Sie hat wie ein Affe gelächelt«, erklärte ich dem Gesicht. »Wer will das schon?«

Am Morgen stieg ich nach einer kalten Dusche in meinen imitierten Seersucker, frühstückte und nahm mir ein Taxi zur Polizei, um meinen Wagen auszulösen. Die Abschleppkette hatte etwas Chrom von der vorderen Stoßstange abgeschabt, mehr Schaden war zum Glück nicht entstanden.

Ich fuhr ins Büro. Aufgeblähte weiße Wolken lümmelten sich an einem Himmel von der Farbe blauer Kreide. Oben angelangt, öffnete ich das Fenster, um die Fliegen hinauszulassen, holte die Underwood vom Aktenschrank und verbrachte eine Stunde damit, nach meinen Notizen die wichtigsten Fakten der Fälle Evancek und Alanov zu Papier zu bringen. Obwohl ich mich auf Telegrammstil beschränkte, hatte ich zum Schluß drei Seiten gefüllt, die aber auch nicht mehr Sinn ergaben als zuvor die Gedanken in meinem Kopf. Es war, als versuche man zwei abgerissene Papierstücke aneinanderzufügen, deren Mittelstück fehlt. Schließlich packte ich alles in das Fach, wo ich mein Hemd zum Wechseln aufbewahre, legte die Absätze in die Mulde, die durch diese schlechte Angewohnheit schon auf meiner Schreibtischplatte entstanden ist, steckte mir eine Winston an und versuchte die Glieder der Kette aneinanderzufügen. Dies war ein Fall für die Baker Street.

Die Post kam um zehn. Zwei Rechnungen, einer meiner eigenen Berichte, der als unzustellbar zurückgeschickt worden war, ein Rundschreiben, das einen Kurs in der Kunst der Selbstverteidigung für Hotel- und Privatdetektive anpries, und ein grober brauner Umschlag mit einem Poststempel aus La Paz. Ich riß ihn auf und starrte sekundenlang etwas blöde auf die oberste handgeschriebene Seite, bevor ich merkte, daß es Spanisch war. Ein paar Seiten später begann eine Übersetzung in schauderhaftem Englisch, die zum Schluß mit »Luis Esteban Cristóbal, *Sargento, Policía de Cabo San Lucas*« unterzeichnet war.

Ich las den Bericht zweimal und verbrauchte drei Zigaretten dabei. Dann war es Zeit für meine Verabredung mit Louise Starr. Ich packte die Seiten aufeinander, schob sie in den Umschlag zurück und legte ihn zu meinem getippten Szenario in das Schubfach. Bevor ich aufbrach, holte ich noch einen Fünfzigdollarschein aus dem Safe, schlug ihn in ein unbeschriebenes Blatt Papier ein, packte ihn in einen Umschlag, schrieb Sergeant Cristóbals Namen und die Adresse seiner Polizeistation darauf und steckte den Brief in meine Brusttasche, um ihn später in den Kasten zu werfen. Dann verließ ich mein Büro um etliches weiser, als ich es betreten hatte.

Der Empfangsportier in der Lobby des Westin, ein Araber mit einem Schnurrbart wie mit dem Augenbrauenstift gezogen, klingelte zu Mrs. Starrs Zimmer hoch, bekam keine Antwort, versuchte es in Alanovs Suite, sprach ein paar Worte mit jemandem, legte wieder auf und bat mich hinaufzufahren. Mehr hatte er vermutlich während seiner Schicht noch nicht zu tun gehabt.

Andrei Sigourney empfing mich an der Tür der Suite. Heute trug er einen hellblauen Anzug, der mit seinem brünetten Teint und den dunklen femininen Augen kontrastierte. Sein Seemannsbart beeinträchtigte die kantigen Umrisse seines Gesichts nicht im geringsten. Die Narbe an seiner Braue wirkte weniger auffällig, aber wahrscheinlich hatte ich mich inzwischen bloß daran gewöhnt. Wir gaben uns kurz die Hand, dann trat er beiseite, um mich vor ihm her durch den unbenutzten Raum in das Hauptzimmer gehen zu lassen. Fedor Alanov saß noch genauso auf dem Sofa, als sei er nur aufgestanden, um die Garderobe zu wechseln. Er trug jetzt ein kurzärmeliges gelbes Hemd, das ihm salopp über die Hose hing. Ein Nachkömmling der Flasche, die er bei meinem letzten Besuch geleert hatte, war dabei, den gleichen schnellen Tod zu sterben. Sein Bart war nicht grauer, sein struppiges schwarzes Haar nicht dichter, und auch die Nase war unverändert. Gletscher hatten sich gebildet und waren geschmolzen, seit ich zuletzt in diesem Raum gestanden hatte, aber Alanov war noch immer Alanov.

»Wie geht es mit dem Buch voran?« fragte ich. »Oder fällt es Schriftstellern auf die Nerven, wenn man sich danach erkundigt?«

»Es geht voran. Und wir auch.«

»Sparen Sie sich das für die Reporter auf, Fedor. Mr. Walker ist Detektiv. Er durchschaut diese gereizte Pose.«

Ich wandte mich nach der neuen Stimme um. Sie trug das braune Schneiderkostüm und die cremefarbene Bluse, die ich schon gesehen hatte, aber die Sachen waren vermutlich inzwischen gereinigt worden. Die Haare hatte sie heute nicht hochgesteckt, und das Sonnenlicht, das durch die Türöffnung hinter ihr hereinfiel, umgab sie mit einem Heiligenschein. Ein Zimmer veränderte sich, wenn sie hereinkam. Das würde immer so sein. Ich ergriff ihre dargebotene Hand und sagte: »Niemand anders zeigt Ihnen die Stadt, wenn Sie nächstesmal kommen. Einverstanden?«

»Einverstanden.« Sie lächelte. Es war ein Lächeln für Geschäftspartner. »Aber ich bezweifle, daß ich wiederkomme. Die demoskopischen Erbsenzähler halten diese Gegend hier für wenig umsatzträchtig. Ich finde das sehr schade.« Ihr Lächeln veränderte sich ein bißchen und schien jetzt kaum noch etwas mit Absatzzahlen zu tun zu haben. Aber vielleicht legte ich auch zuviel Bedeutung hinein.

»Was ist mit Ihrem Gesicht passiert?« wollte sie wissen.

»Ich bin damit auf dem Fußboden gelandet. Wo ist das Gepäck?«

»Schon im Wagen. Ich muß bloß noch kurz an die Rezeption. Wir können fahren, sobald Sie fertig sind.

»Ich bin schon fertig hergekommen.«

Sie zögerte. »Fedor . . .«

»Sie bekommen das Buch, wenn es vollendet ist«, sagte er, sein Glas nachfüllend. »Das hatten wir doch schon. Die Verabschiedung auch. Also verschwinden Sie jetzt, und lassen Sie einen Mann arbeiten.«

»Ich lasse Sie nur ungern hier allein zurück«, sagte sie. Dann warf sie mir einen hoffnungsvollen Blick zu. »Es sei denn, das Problem Rynearson ist aus der Welt geschafft.«

»Leider nein«, erwiderte ich. »Jedenfalls nicht so, wie Sie sich das vorgestellt hatten.«

»Ich verstehe nicht.«

»Da befinden Sie sich in guter Gesellschaft.«

»Wie meinen Sie das?«

»Auch andere tappen noch im dunkeln. Ich hoffe, die ganze Geschichte aufzuklären, wenn wir unsere Autofahrt hinter uns haben.«

Ihre tiefblauen Augen glitzerten wie Wellen, in denen sich das Sonnenlicht spiegelt. »Im Rätselraten bin ich nicht sehr gut. Falls sich Fedor jedoch noch immer in Gefahr befindet, sollte jemand bei ihm bleiben.«

»Er ist nicht in Gefahr.«

»Aber Sie sagten doch ...«

»Er ist niemals in Gefahr gewesen.« Ich bot ihr meinen Arm.

Den sie nach kurzem Zögern ergriff. Wir verließen, gefolgt von Sigourney, die Suite. Hinter uns gluckerte Alanovs Weinflasche.

Da wir uns den Fahrstuhl mit einem älteren Ehepaar teilen mußten, schwiegen wir auf dem Weg hinab in die Lobby, wo gerade eine Gruppe Parteifunktionäre abgefertigt wurde. In der überdachten Zufahrt, die von der Hotelgarage herüberführte, beeilte sich ein jugendlicher Angestellter in einer Uniform mit Streifen an der Hose, die Beifahrertür eines schwarzen Mercury für Mrs. Starr aufzureißen. Sie war eine Dame, für die sich auch andere Männer überschlagen würden, ihr die Tür aufzureißen.

Sie schüttelte leicht den Kopf und sagte: »Ich steige hinten mit ein. Dieser Herr und ich haben noch einiges zu besprechen.«

Er warf mir einen Blick zu, musterte mich, klappte die Tür wieder zu und öffnete die hintere. Ich ging um den Wagen herum und stieg von der anderen Seite ein. Niemand hielt für mich die Tür auf. Sigourney setzte sich hinter das Steuer, ließ den Motor an, und wir fuhren los.

Auf der West Jefferson beobachtete mich Louise Starr, wie ich mir eine Zigarette ansteckte. Die Flamme schwankte zwischen meinen Fingern. Ich hatte noch immer kein Gefühl in den Fingerspitzen.

»Sie sehen schrecklich aus«, sagte sie.

»Danke. Ich fühle mich auch schrecklich.«

»Hat Rynearson ...?« Sie vollendete den Satz nicht.

»Nicht allein. Er hatte Hilfe. Er hetzte seinen Handlanger auf mich, pumpte mich voll Drogen und hielt mich zwei Tage lang fest. Wahrscheinlich wollte er mich seiner Sammlung einverleiben. Die Empfangsquittung hätte ich gern zurück.« Ich gab ihr die fünftausend Dollar.

»Er hat das Geld nicht genommen?«

»Er konnte es von dem Haufen Bargeld aus, auf dem er stand,

überhaupt nicht sehen. Sagen Sie Ihren Herren, das nächste Mal, wenn sie jemanden kaufen wollen, sollen sie vorher seinen Preis in Erfahrung bringen.«

Sie zählte die Scheine, steckte sie in ihre Handtasche, kramte meine Empfangsquittung heraus, zeichnete sie mit ihren Initialen ab und gab sie mir dann. »Was war das mit den Drogen?«

»Ihr verängstigter alter Ladenbesitzer hat einen persönlichen Gorilla und ein paar Betäubungsmittelchen, von denen die Drogenfahnder bisher noch keine Ahnung haben.« Ich steckte die Empfangsquittung in meine Brieftasche und verstaute sie wieder. »Außerdem versteht er etwas von Hypnose.«

»Also ist er russischer Agent.«

»Vielleicht. Nebenbei. Sein Hauptgeschäft besteht darin, nationale Kunstschätze am Zoll vorbeizuschmuggeln. Darum soll sich jetzt das FBI kümmern. Ihr Fedor Alanov kann sich jedenfalls ungefährdet dem Abfassen eines Werkes widmen, das die Welt so nötig braucht wie einen neuen Elvis-Presley-Imitator. Nicht, daß er das nicht schon die ganze Zeit hätte tun können.«

Wir fuhren in Richtung Norden über den John Lodge Freeway zum Edsel Ford. Die engstehenden Häuser zu beiden Seiten ragten so dicht neben uns auf, daß vom Himmel nur ein schmaler Streifen zu sehen war. Sigourney konzentrierte sich, beide Hände am Lenkrad, schweigend auf die Straße.

»Stimmt's, Michael?« fragte ich ihn.

28

Wir hielten an einer Ampel. Er schwieg weiter. Ich manövrierte etwas Asche in den Aschenbecher im Türgriff an meinem Ellbogen, ohne mir einen Finger mit dem Springdeckel abzuklemmen.

»Michael?« wiederholte Louise.

»Andrei Sigourneys richtiger Name«, erläuterte ich. »Michael Evancek.«

Die leicht schräggestellten dunklen Augen des Übersetzers sahen mich aus dem Rückspiegel an. »Wie lange haben Sie das schon gewußt?«

»Erst seit eben, da Sie es mir bestätigt haben. Vermutet habe ich es allerdings seit heute morgen, als ich den Bericht über Ihren Badeunfall vor Cabo San Lucas las. Michael Evanceks Leiche wurde niemals gefunden, was nicht ungewöhnlich ist. Achtzehn Monate nach dem

Unfall erschien dort aber jemand, der kein Familienangehöriger war, um sich nach den näheren Umständen zu erkundigen. Und das war sehr wohl ungewöhnlich.« Ich legte eine kurze Pause ein.

»Das in Erfahrung zu bringen, hat mich fünfzig Dollar gekostet, aber es hat sich gelohnt«, fuhr ich fort. »Meine Kontaktperson dort unten war sehr gewissenhaft und bewahrte alle Unterlagen auf, die mit dem Unfall in Zusammenhang standen, einschließlich der Notizen über einen Mann, der auftauchte, um Fragen zu stellen, und sich als Freund der Familie ausgab. Der Polizist, der mit ihm sprach, hatte ein gutes Auge. Die Beschreibung des Mannes paßt auf Paul, Eric Rynearsons Handlanger. Zwei von dem Typ kann es in der zivilisierten Welt nicht geben. Der bewußte Mann hielt sich einige Stunden auf dem Polizeirevier auf, verabschiedete sich dann, wurde aber noch während der ganzen folgenden Woche in der näheren und weiteren Umgebung gesehen. Es vergehen sechs Monate, und plötzlich versuchen Eric Rynearsons Leute in der Nähe von Detroit einen Wagen zu stoppen, in dem Fedor Alanov und sein Übersetzer Andrei Sigourney sitzen. Da Andrei Sigourney bisher eine unbekannte Größe ist, vermutet selbstverständlich jeder, daß es um Alanov, den berühmten, umstrittenen russischen Schriftsteller geht. Nur stimmt das nicht. Es geht um Michael Evancek, der dem Pazifik mit einem neuen Namen und neuer Nationalität entstiegen ist.«

Der Wagen hinter uns hupte. Sigourney hob den Blick zu der grünen Ampel und fuhr an. »Das ist aber ein ziemlich weiter Sprung von einer Personenbeschreibung.«

»Gar nicht so weit. Manche Dinge, die Paul über Strände sagte, als ich ihn unter Drogeneinwirkung befragte, bestätigten meine Vermutung, obwohl sie mir anfangs nicht viel Sinn zu ergeben schienen. Außerdem kamen Sie mir gleich irgendwie bekannt vor. Sie haben etwas von Ihrer Großmutter an sich. Erst führte ich das auf Ihre gleiche rassische Herkunft zurück, aber nachdem ich von Pauls Nachforschungen und Rynearsons Interesse für das Kreuz erfuhr, das Martha Evancek ihrem Sohn mitgegeben hatte, war das entschieden zuviel, um noch Zufall sein zu können. Ich hatte auch Ihr Foto gesehen, und manche Gesichtszüge bleiben unverändert, wenn mich auch die Narbe und der Bart eine Zeitlang ablenkten. Rynearson muß die gleiche Verbindung gezogen haben. Sie besitzen auch eine gewisse Ähnlichkeit mit den Bildern Ihres Vaters, wenn Sie auch weniger massiv sind.«

»Ich habe Rynearson nie kennengelernt.«

»Aber er hat Sie gesehen. Vielleicht irgendwo in der Öffentlichkeit? Ist Ihr Foto je in der Zeitung gewesen?«

»Als ›Das Fenster zur Ostsee‹ erschien, arrangierten wir ein paar Vortragsabende für Andrei als Übersetzer«, warf Louise ein. »Und wir machten dafür ziemlich viel Reklame.«

»Rynearson hat seine Unterlagen verbrannt, bevor er sich dem Zugriff des FBI entzog«, sagte ich. »Es muß ein ziemlicher Haufen gewesen sein. Der Badeunfall ist seinerzeit vermutlich in einigen Zeitungen erwähnt worden, und Berichte davon dürften sich auch in Rynearsons Akten befunden haben. Sicherlich hat er alles gesammelt, was mit seinem Interessengebiet zusammenhing, und das Kreuz gehörte ohne Zweifel dazu.«

»Jetzt verstehe ich gar nichts mehr«, sagte Louise. »Welches Kreuz?«

»Ein Familienerbstück, das aufzufinden mich eine Frau namens Martha Evancek engagiert hat, nachdem ich ihr mitgeteilt hatte, ihr Enkelsohn sei tot. Ein Gegenstand von geringem materiellem Wert, wie sie mir sagte, es ginge da mehr um ideelle beziehungsweise gefühlsmäßige Werte. Nur habe ich ein paar Studien in der Bibliothek betrieben und dabei festgestellt, daß Kunstwerke, die am Hofe von König Sigismud August in Polen entstanden sind und sich jetzt noch nicht in Museen befinden, für interessierte Sammler einen sehr beträchtlichen Wert haben. Rynearson hat die Geschichte des Kreuzes vermutlich gekannt. Zumindest vermutete er, daß es mit Joseph Evancek, Michaels Vater, in dieses Land gekommen war. Da er kein Detektiv war, verlor er nach der Schießerei in Hamtramck die Spur des Kreuzes. Als ihm das Glück dann jedoch den überlebenden Evancek auf dem Tablett servierte, konnte er nicht widerstehen, einen Entführungsversuch zu unternehmen, um Michael über das Kreuz auszuhorchen. Nachdem das schiefgegangen war, ließ er in der Hoffnung, das Kreuz könnte dort versteckt sein, die Suite durchsuchen, die Michael mit Alanov teilte.«

»Ich habe eine kleine Wohnung in Detroit«, sagte Sigourney. »Vor ein paar Wochen wurde dort eingebrochen, aber nichts gestohlen. Ich habe das nie mit dem Entführungsversuch in Zusammenhang gebracht. Bis auf das wenige, woran ich mich noch aus meiner Kindheit erinnere, habe ich keine Ahnung von dem Verbleib dieses Kreuzes. In meinem Besitz ist es jedenfalls nicht.«

»Warum haben Sie den toten Mann gespielt?« wollte ich wissen.

»Damit habe ich erst vor ein paar Monaten angefangen. Damals vor Cabo schlug ich mir den Kopf an einem Felsen oder so etwas ähnlichem auf und wurde eine Meile weiter nördlich an den Strand gespült. Ein mexikanischer Fischer fand mich und nahm mich auf. Er las weder Zeitung, noch besaß er ein Radio oder Fernsehgerät, und er hatte deshalb nichts gehört von einem Badeunfall. Er war ein freundlicher alter Mann, der *›Krieg und Frieden‹* viermal gelesen hatte. Nachdem er mich wieder zum Leben erweckt hatte und feststellte, daß ich mich nicht erinnerte, wer ich war, nannte er mich Andrei, nach dem Prinzen aus Tolstois Roman, weil er fand, daß ich russisch aussähe.« Er schwieg einen Augenblick, bevor er fortfuhr.

»Sie werden sich nicht vorstellen können, daß man sich daran gewöhnen kann, seinen eigenen Namen nicht zu wissen, aber man schafft es. Anfangs fühlte ich mich wie in einem dieser Alpträume, in denen man irgendwohin muß und nicht weiß, wie man das anstellen soll, und nur ziellos herumirrt. Dann hörte ich einfach auf, darüber nachzugrübeln. Als ich wieder kräftig genug war, mir meinen Lebensunterhalt verdienen zu können, fuhr ich mit dem alten Julio zusammen zum Fischfang hinaus. Aus mir wurde ein ganz guter Seemann. Nach zehn Wochen ließ ich mich von einem Charterboot-Unternehmen anheuern und gelangte nach Norden. Um jenseits der Grenze zu arbeiten, brauchte man einen Nachnamen, also suchte ich mir Sigourney aus. Das klang gut mit Andrei. Andrei Sigourney scheuerte Decks in Long Beach und ließ sich weiter treiben, stieg in Jugendherbergen und billigen Hotels ab. Nachts schrieb ich. Ich weiß selbst nicht, wie ich dazu kam, außer daß es mir ganz natürlich erschien. Vielleicht wollte mir irgend etwas Unbewußtes sagen, daß ich einmal Katalogtexte für einen Verpackungskarton-Hersteller in Dayton geschrieben hatte. Einige Monate später hatte ich einen Roman fertig. Ich ließ ihn sauber abtippen und legte ihn einem Verleger in New York vor. Nach zwei weiteren Versuchen landete das Manuskript auf Louises Schreibtisch.«

»Es war ein beachtliches Erstlingswerk«, ergriff sie das Wort. »Mit maritimem Hintergrund, die Geschichte eines jungen Mannes, der lernt, mit einer Vergangenheit fertig zu werden, die für ihn ein Geheimnis ist. Natürlich wäre mir nicht einmal im Traum eingefallen, daß es sich um die Wahrheit handelt.«

»Damals war es auch noch nicht die Wahrheit für mich.« Er hielt den Blick auf die Straße gerichtet. »Ich entdeckte, daß ich Polnisch und Russisch verstand, obwohl ich nicht wußte, daß es mein Vater gewesen war, der mir das beigebracht hatte. Als das Buch abgelehnt wurde, bat ich darum, Fedor Alanov übersetzen zu dürfen. Etwas – vielleicht war es der Akt des Schreibens gewesen – hatte die Sperre in meinem Gehirn zumindest teilweise gelöst, und ich begann mich an einiges zu erinnern. An meinen Freund Fred Florentine, an Ohio, meine Tante Barbara, die mich aufgezogen hatte. Sie jagte mir einen Schreck ein, als ich sie in Dayton besuchte. Nach einem Blick auf mich fing sie nämlich zu kreischen an. Sie hielt mich tatsächlich für einen Geist.«

»Mir hat Ihre Tante gesagt, Sie seien tot«, warf ich ein.

»Ich hatte sie gebeten, das zu sagen, falls sich jemand nach mir erkundigen sollte.«

Ich wartete. Wir fuhren unter der Michigan Avenue durch.

»Nicht viele Menschen bekommen die Chance, noch einmal ganz von vorn anzufangen«, sprach er nach ein paar Sekunden weiter. »Wie jeder Werbetexter hatte ich immer davon geträumt, einmal etwas Richtiges zu schreiben, und wie die meisten hatte ich nie den Mut gehabt, auf die monatliche Gehaltszahlung zu verzichten. Der Gedächtnisschwund löschte diese Bedenken aus. Ich war auf dem Weg, mich als Schriftsteller zu profilieren, und ich wollte nicht riskieren, wieder in das alte, gesicherte, unergiebige Leben zurückzurutschen. Ich wollte Michael Evancek tot sein lassen. Selbst Fred durfte nicht die Wahrheit wissen. Es war keine schwere Entscheidung. Michael war niemals glücklich gewesen. Ich hatte mir alle Papiere beschafft, die man heutzutage zum Leben braucht, und es war tatsächlich einfacher, weiter Andrei Sigourney zu bleiben, als mich wieder in den vielversprechenden jungen Werbetexter zurückzuverwandeln.«

»Deshalb gingen Sie natürlich nach Detroit, wo Michael Evancek seine ersten elf Lebensjahre verbracht hatte«, sagte ich. »Stimmt etwas nicht an dieser Logik, oder leide ich noch immer unter Drogenvergiftung?«

»Ich wollte nicht weglaufen. Ich empfand es im Gegenteil als Notwendigkeit, die Stätten meiner Kindheit aufzusuchen, um nicht jedesmal erschrecken zu müssen, wenn jemand Detroit erwähnt. An Michael würde sich sowieso niemand mehr erinnern, und selbst wenn, konnte man mich nicht als den Jungen wiedererkennen, der vor fast zwanzig Jahren weggezogen war. Mit Eric Rynearson hatte ich nicht gerechnet. Wer hätte auch auf so etwas kommen sollen? Meine Spur von Cabo bis hierher zu verfolgen muß ihn ein Vermögen gekostet haben. Meine Tante zog nach Detroit, um mir nahe sein zu können. Auch das war ein Fehler, aber Sie haben Barbara ja inzwischen kennengelernt. Wenn sie sich etwas in den Kopf gesetzt hat, ist sie so leicht aufzuhalten wie ein Sturzbach.«

»Ihre Tante ließ bis zu ihrem Umzug Ihr Abonnement für die

Nusmismatiker-Zeitschrift weiterlaufen. So habe ich sie ausfindig gemacht.«

»Verdammt.« Er schlug mit dem Handballen auf das Lenkrad. »Dabei hatte ich sie extra gebeten, das Abonnement zu kündigen.«

»Haben Sie von ihr erfahren, daß ich auf der Suche nach Ihnen war?«

Er nickte und begegnete meinem Blick im Rückspiegel. »Deshalb veranlaßte ich Louise, Sie zu engagieren, nachdem Rynearson seine Aktion in Ypsilanti gestartet hatte. Ich wollte herauskriegen, wieviel Sie wußten. Das Komische ist, daß ich wirklich glaubte, Rynearson sei hinter Fedor her. Ich erinnere mich kaum noch an das Kreuz und hatte keine Ahnung, daß es wertvoll war. Sie erwähnten meine Großmutter. Sind Sie von ihr engagiert worden? Ist sie jetzt in den Vereinigten Staaten?«

»Sie hat den Wunsch, Sie zu sehen. Oder sie hatte ihn zumindest, bis ich ihr sagte, Sie seien tot.«

»Ich sehe nicht, was bei einer solchen Begegnung herauskommen sollte.«

»Allmählich kriege ich das Gefühl, als hätte ich angefangen, einen Roman von der Mitte her zu lesen«, sagte Louise. »Aber einen, den ich mir nicht kaufen würde. Vor allem kann ich nicht glauben, daß jemand so viele Strapazen auf sich nimmt, um nicht in ein Leben zurückzukehren, an dem ihm nie viel gelegen hat.«

Das konnte ich auch nicht.

Den Rest der Fahrt legten wir schweigend zurück. Vor dem American-Airlines-Terminal bremste Sigourney den Mercury am Bordstein ab und stieg aus, um Louises Gepäck aus dem Kofferraum zu holen, während sie und ich auf dem Bürgersteig stehenblieben. Ein Jet dröhnte hohl über uns hinweg und legte einen dicken Geräuschteppich über den Straßenlärm.

»Ich scheine schon jetzt unter *jet lag* zu leiden«, sagte sie, die Stimme über den Krach erhebend. »Seit Sie im Hotel erschienen sind, habe ich nichts von dem begriffen, was vorgeht.«

Ihr Gesicht hatte einen maskenhaften Ausdruck. Dann fiel mir ein, daß zwischen ihr und Andrei nicht nur ein rein berufliches Verhältnis bestand.

»Vielleicht wird er eines Tages ein Buch darüber schreiben«, sagte ich.

»Ich wünschte nur, ich wüßte, was ich sagen soll, wenn ich nach New York zurückkomme.«

»Sagen Sie einfach die Wahrheit. Daß sich Alanov nicht in Gefahr befindet.«

»Sie werden fragen, warum ich die fünftausend noch habe.«

»Erklären Sie ihnen, Rynearson hätte es sich anders überlegt. Oder erklären Sie gar nichts, und behalten Sie das Geld.«

Sie sah mich an. Der Jasminduft wirkte hier draußen intensiver als im Wagen. »Sie wissen, daß ich so etwas nicht tun würde. Das hoffe ich jedenfalls.«

»Ja.«

»Ich bedaure, daß es mit unserer Tour nicht geklappt hat«, sagte sie sehnsüchtig. »Ich habe das Gefühl, mir ist mehr entgangen, als ich weiß.«

»Vielleicht nicht. Nach einigen informierten Quellen.«

Sigourney hatte inzwischen die größeren Stücke auf einem Gepäckwagen verstaut und reichte ihr ihre Aktentasche. Ich trat an den Bordstein, wandte ihnen beiden den Rücken zu, steckte mir eine frische Zigarette an und beobachtete eine Busladung schnatternder japanischer Touristen mit Kameras um den Hals. Ich fragte mich, was sie Fotografierenswertes in Detroit gefunden hatten. Als ich mich wieder umdrehte, stand Sigourney allein da und schaute Louise Starr nach. Sie entschwand hüftschwingend durch eine Glastür, die ihr ein grauhaariger Mann mit einem Anzugbeutel über der Schulter aufhielt. Der Schriftsteller-Übersetzer wandte den Kopf und tupfte sich mit einem zusammengefalteten Taschentuch die Lippen ab. Wir stiegen wieder in den Wagen.

»Ein Mann namens John Woldanski ist vergangene Woche in Hamtramck ermordet worden«, sagte ich, als wir auf den Edsel Ford Freeway einschwenkten. »Er hat sich vor neunzehn Jahren, als die Schießerei in Hamtramck stattfand, als Hehler für sakrale Kunstgegenstände betätigt. Wer immer ihn umgebracht hat, war nicht auf der Suche nach dem Kreuz, weil keins der beiden Häuser Woldanskis durchwühlt worden ist. Er sollte einfach nur stumm gemacht werden. Sie wissen nicht zufällig etwas darüber?«

»Ich habe den Namen eben zum ersten Mal gehört.« Sigourney beschleunigte das Tempo, um sich in den Verkehrsstrom einzufädeln. »Oder vielleicht habe ich ihn gehört und kann mich nicht erinnern. Es gibt immer noch Lücken in meinem Gedächtnis.«

»Manchmal kommen einem solche Lücken ganz gelegen.«

»Wie meinen Sie das?« Seine Frage kam zu schnell.

»Ich meine, daß Sie sich zwar an Dayton erinnern, nur Detroit ist totale Fehlanzeige.«

»Ich war noch ziemlich klein, als ich von hier wegzog. Die Ärzte haben mir gesagt, ich würde mich vielleicht nie mehr ganz an diesen Teil meines Lebens erinnern können.«

»Sie haben die Schießerei miterlebt. Sie erinnern sich, denn Sie haben nicht gefragt: ›Welche Schießerei?‹, als ich das eben erwähnt habe.«

»Ich habe sie nicht miterlebt. Ich kam erst nach Hause, als schon alles vorbei war.« Sein Blick war unverwandt auf die Straße gerichtet.

»Das haben Sie der Polizei ein paar Tage später erzählt, nachdem Ihre Tante die Möglichkeit gehabt hatte, Ihnen einzubleuen, was Sie sagen sollten. Ein Zeuge sah Sie nach Hause kommen, bevor der erste Schuß fiel.«

»Ich habe nichts gesehen.«

»Es ist vorbei«, sagte ich. »Für niemanden, der deswegen etwas unternehmen könnte, ist es noch von Wichtigkeit, wer wen erschoß. Michael Evancek ist offiziell tot. Ich könnte nichts Gegenteiliges beweisen, selbst wenn ich das wollte. Aber ich will es gar nicht. Wir sind nur zwei Leute, die sich unterhalten. Sie werden diesen Wagen vor dem Westin abstellen, wir werden aussteigen, getrennte Wege gehen und uns wahrscheinlich nie wiedersehen. Ich glaube aber, Sie werden sich irgendwann einem Menschen gegenüber aussprechen müssen, sonst gehen Sie kaputt. Warum soll nicht ich dieser Mensch sein?«

Wir fuhren schweigend weiter. Ein Jet, vielleicht der von Louise Starr, bemühte sich über uns, das Gesetz der Schwerkraft zu überwinden. Sein silberner Bauch glänzte in der Sonne.

»Ich habe sie getötet.«

»Was?« Ich glaubte ihn über den Fluglärm nicht richtig verstanden zu haben.

»Ich habe sie getötet!« Es war ein Schrei. »Ich habe meine Mutter und meinen Vater und meine Schwester getötet. Ich kam nach Hause und traf meine Eltern wie so oft beim Streiten an. Da ging ich in ihr Schlafzimmer, holte die Flinte meines Vaters und erschoß beide. Als meine Schwester hereingerannt kam, erschoß ich sie auch noch. Oder Michael Evancek hat es getan. Ich bin Andrei Sigourney. Andrei Sigourney, der Bücher schreibt und russische Autoren ins Englische übersetzt und noch nie auf einen Menschen geschossen hat.«

Während er sprach, trat er das Gaspedal weiter durch. Wir hatten jetzt mindestens hundertzwanzig drauf und überholten im Slalom langsamer fahrende Autos und Lastwagen. Der Sog drückte seitlich gegen den Mercury wie heftige Windböen. Ich sah, daß meine

Fingerknöchel auf dem Armaturenbrett weiß wurden. Dabei hatte ich gar nicht gemerkt, daß ich mich dort festgeklammert hielt.

»Sie haben Ihre Familie nicht getötet«, sagte ich.

»Die Polizei hat behauptet, mein Vater habe es getan.« Seine Hände hielten das Lenkrad umklammert, und sein starres Profil hob sich gegen die verschwommen vorbeifliegende Szenerie draußen ab. »Das wollte Tante Barbara der Polizei einreden. Das sollten alle glauben, auch ich. Aber ich weiß es anderes. Das ist auch der Grund, warum meine Tante später immer abgelehnt hat, diese Sache mit mir zu diskutieren.«

»Sie haben keinen umgebracht«, wiederholte ich. »Auch Ihr Vater nicht. Es gibt nur eine andere Möglichkeit, die alles erklärt.«

Meine Worte drangen nicht zu ihm durch. Die Tachonadel hatte jetzt den Anschlagpunkt erreicht, und wir beschleunigten noch immer. Ich versuchte es noch einmal.

»Es war Ihre Mutter, Jeanine Evancek. Barbaras Schwester. Sie hat geschossen.«

29

Wir überholten einen grünen Kombi mit blauen Seitengardinen. Sigourney geriet mit dem linken Vorderrad von der Asphaltdecke, wühlte Kies auf und ließ eine Staubwolke hinter uns. Er versuchte gegenzulenken, tat des Guten zuviel, und wir schleuderten wild über zwei Fahrbahnen, um den Kombi nicht seitlich zu streifen. Ich erhaschte einen undeutlichen Blick auf ein Gesicht, in dem der Mund heftig arbeitete, dann war der Kombi hinter uns. Sigourney nahm das Gas zurück, und wir ließen uns auf die rechte Spur zurückfallen.

»Meine Mutter hat keinen Menschen getötet«, sagte er. »Das hätte sie niemals fertiggebracht.«

»Jeder kann so etwas fertigbringen. Es kommt nur auf die Umstände an.« Ich löste meine Finger vom Armaturenbrett und bewegte sie, um den Blutkreislauf anzuregen. »Sie wurde neben Ihrer Schwester liegend aufgefunden. Das paßt zwar nicht zu dem Ablauf, wie die Polizei ihn sich gedacht hatte, doch sie taten diesen Umstand einfach als eine jener unzähligen Unwägbarkeiten ab, die im Verlauf einer Morduntersuchung auftauchen. Ihre Schwester muß zuerst gestorben sein. Das erklärt die Lage der beiden Leichen und warum die Kleine nicht weggelaufen war, nachdem sie den ersten Schuß gehört hatte. Die ganzen Monate des psychischen Drucks durch die

Arbeitslosigkeit und die Trunksucht Ihres Vaters entluden sich plötzlich, Ihre Mutter holte die Flinte und schoß auf das, was ihr zuerst in den Weg kam. Zufällig war es ihre eigene Tochter, in ihrem Erregungszustand dürfte sie das aber gar nicht erkannt haben. Wie ich annehme, hat Ihr Vater ihr das Gewehr zu entwinden versucht, dabei löste sich ein weiterer Schuß, der Ihre Mutter tötete. Das hat Ihnen das Leben gerettet, denn Sie wären vermutlich das nächste Opfer gewesen. Dann wurde Ihrem Vater das volle Ausmaß der Katastrophe bewußt, er ging in die Küche und machte seinem Leben selbst ein Ende.«

»Sie wissen das doch aber nicht mit Bestimmtheit.«

»Es erklärt aber eine Menge«, versetzte ich. »Zum Beispiel warum ihre Tante die Polizei so lange nicht an Sie heranließ. Sie haßte Ihren Vater und liebte Ihre Mutter und konnte die Vorstellung nicht ertragen, ihre Schwester könnte vor der Welt als wahnsinnige Mörderin dastehen. Sie selbst standen unter einem Schock, und Ihre Eindrücke waren deshalb zurechtzubiegen. Ihre Tante beeinflußte Sie so weit, bis Sie bereit waren zu schwören, daß Sie zum Zeitpunkt der Schießerei nicht im Hause waren. Die meisten anderen Zeugenaussagen stimmten damit überein, und irgendwann haben Sie es wahrscheinlich selber geglaubt. Aber ein Teil von Ihnen wußte es anders, und die Schuld Ihres Geheimnisses verwandelte sich in eine schlimmere Schuld, die Sie dazu brachte, sich selbst der Morde zu verdächtigen. Die Belastung dieses Verdachtes mag dazu beigetragen haben, nach Ihrem Badeunfall Ihren Gedächtnisschwund auszulösen. Es war eine zu große Schuld, um sie ertragen zu können, deshalb hörten Sie einfach auf, dieser Schuldige zu sein. Selbst jetzt versuchen Sie noch immer, diese ganze Episode zu verdrängen.«

»Oder auch nicht. Aber diese Küchenpsychologie entbehrt nicht einer gewissen Logik.«

Wir fuhren jetzt nur noch etwa hundert. Er kaute an seiner Unterlippe.

»Woraus schließen Sie, daß ich es nicht war?«

»Die Leiche Ihres Vaters wurde in der klassischen Selbstmörderhaltung gefunden, mit der Waffe zwischen seinen Beinen. Der Schuß traf ihn direkt ins Gesicht, was zwar ungewöhnlich ist, aber nicht unmöglich. Das hat mich eine Weile beschäftigt. Aber wenn es kein Selbstmord gewesen wäre, hätte der Mörder es zumindest wie einen Selbstmord aussehen lassen müssen. Das bedeutet Vorsatz, und in diesem Fall deutete nichts auf Vorsatz hin. An diesem Tag gab es in dem Haus nur Opfer.«

»Ich wünschte, ich könnte Ihnen glauben. Ich habe zu lange in eine andere Richtung gedacht.«

»Das war die Schuld Ihrer Tante, die Ihnen ausredete, was Sie gesehen hatten, und über die ganze Affäre nie wieder in Ihrer Gegenwart sprach. Ich würde sie trotzdem nicht zu hart beurteilen. Sie versuchte ihre Familie zu schützen und dachte, auch Sie schützen zu können, indem sie Ihnen etwas aufschwatzte, so wie sie ihren Telefonkunden irgendwelche Kunststoffbeschichtungen aufschwatzt. Das mag wohl das schlimmste aller Verbrechen sein, die Erinnerung abzutöten.«

»Ich brauche Zeit, um mich an die Vorstellung zu gewöhnen.«

»Nehmen Sie sich diese Zeit. Vielleicht kommt ein Roman dabei heraus. Wer weiß?«

»Es ist kaltschnäuzig, so etwas zu sagen«, protestierte er.

Ich lehnte meinen Kopf auf das Rückenpolster zurück. »Aus mir sprechen noch Rynearsons Drogen. Arbeiten Sie die ganze Geschichte auf Ihre Art auf. Ich habe die Nase voll von den Evanceks, den Sigourneys und den Alanovs. Jedesmal wenn ich diesen Fall aus der Hand lege, springt er mich von neuem an. Jetzt mache ich endgültig Schluß damit.«

»Was ist mit dem Kreuz und diesem ermordeten Woldanski?«

»Darum kümmere ich mich heute nachmittag um vier«, sagte ich.

Er warf mir einen Seitenblick zu, schwieg jedoch.

Der uniformierte Teenager an der Hotelgarage nahm Sigourneys Wagenschlüssel gleichgültig entgegen – Louise Starr war lange weg. Vor dem Hoteleingang reichten wir uns die Hände. Der Händedruck des Schriftstellers war herzlich.

»Ihre Großmutter möchte Sie gern sehen.«

»Ich kenne sie nicht«, erwiderte er. »Und ich glaube auch nicht, daß ich noch durch irgend etwas mit Michael Evancek in Verbindung gebracht werden möchte.«

»Natürlich wollen Sie das. Das wollten Sie schon, bevor ich ins Spiel kam. Sie wußten sehr gut, daß Ihre Großmutter in Amerika war. Louise Starrs erster Anruf kam bereits eine knappe Stunde nachdem ich zum erstenmal bei Barbara Norton gewesen war. Nicht genügend Zeit für Ihre Tante, Ihnen mitzuteilen, daß ich nach Ihnen suche, und für Sie, die Entscheidung zu treffen, mich zu engagieren, und Louise zu veranlassen, dies zu tun. Sie mußten schon gewußt haben, daß ich für Ihre Großmutter arbeite, noch bevor ich bei Ihrer Tante war.«

Er atmete tief ein und wandte den Blick von mir ab.

»Ich hatte die Todesanzeige meines Großvaters in der Zeitung gelesen«, sagte er nach kurzem Zögern. »Evancek ist ein ziemlich ungewöhnlicher Name. Seither zahle ich den Leuten im Nachbarhaus Geld, damit sie sich um meine Großmutter kümmern, ohne ihren Verdacht zu erregen oder irgend etwas verlauten zu lassen. Das Telefon meiner Großmutter ist nur ein Nebenanschluß von dem der Nachbarn. Sie haben mitgehört, als sie die erste Verabredung mit Ihnen traf. Sobald ich davon erfuhr, erkundigte ich mich bei der Polizei nach Ihnen. Ich mußte wissen, was Sie herausgekriegt hatten.«

»Besuchen Sie Ihre Großmutter. Das ist einfacher.«

»Ich wüßte nicht, was ich ihr sagen sollte.«

»Versuchen Sie es mit der Wahrheit. Sie hat in ihrem Leben schon erstaunlichere Dinge gehört und gesehen, glauben Sie mir.«

Wir verabschiedeten uns. Die Drehtür schluckte seine adrette Gestalt auf.

In der Gallagher Street war es relativ ruhig. Wenn man die Augen vor den Wolken von Granitstaub schloß, die den Himmel trübten, konnte man sich einbilden, daß das Dröhnen der schweren Maschinen entfernter Donner war. Weder der rote Bronco noch der blaue Pinto standen in der Einfahrt geparkt, die sich das Haus mit dem Nachbarhaus teilte. Nur der grüne Camaro des Nachbarn stand da. Ich ließ meinen Olds wieder auf der Straße, stieg die Betonstufe hinauf, öffnete die Fliegengittertür, spähte nach beiden Seiten und benutzte meinen Hut, um meine Faust zu schützen, als ich die Glasscheibe in der zweiten Tür eindrückte. Es machte nicht mehr Krach als ein Hund, der sich schüttelt. Dann langte ich hinein und öffnete die Tür von innen. Es war Viertel vor vier.

Fünfundzwanzig Minuten später hörte ich Motorengeräusch näher kommen, es wurde heruntergeschaltet, schwere Reifen knirschten über die Einfahrt und blieben stehen. Eine Tür wurde zugeknallt, ein Schlüsselbund klirrte, dann herrschte Stille. Er hatte die zerbrochene Scheibe entdeckt.

»Ich bin es, Mayk«, rief ich mit normaler Stimme. »Walker. Kommen Sie herein, und fühlen Sie sich ganz wie zu Hause.«

Sein Colt Python erschien zuerst. Die Nickelauflage glänzte wie billiger Modeschmuck in dem Sonnenlicht, das durch das Fenster über dem Ausguß hereinfiel. Dann kam er herein, groß und breitschultrig in seiner grauen Uniform. Unter seinen blankpolierten schwarzen Halbschuhen knirschten Glassplitter. Sein lehmfarbenes Haar war wie eine Mähne aus seinem rötlichen breiten Gesicht zurückgestrichen, in das sich tiefe Falten eingekerbt hatten. Unter seinen müden Polizistenaugen lagen tiefe Ringe, auf seiner langen Oberlippe glänzten Schweißperlen. Er sah mich der Tür gegenüber am Küchentisch sitzen, sah auch, was ich vor mir liegen hatte, schloß die Tür und lehnte sich mit dem Rücken dagegen. Der Revolver war wie festgewachsen in seiner Faust.

»Wann haben Sie es sich zusammengereimt?« fragte er ruhig.

»Vor ein paar Stunden. Als ich einen Schlußstrich zog und dabei ein paar Teile übrigbehielt. Vier Personen wußten, daß ich nach John Woldanski suchte, aber nur einer war bekannt, daß es sich dabei um das Kreuz handelte. Eine der vier Personen übernahm das Geschäft des alten Mannes auf der Trowbridge Street. Eine war ein Polizist aus Hamtramck, der in die Szene abgetaucht war. Keiner der beiden kannte Woldanski persönlich. Die dritte Person war ein Mann, der mit Informationen handelt und den ich gelegentlich in Anspruch nehme. Sein Geschäft blüht. Blieben also nur noch Sie übrig. Sie kannten Woldanski, hatten ihn sogar einmal auffliegen lassen, Sie hatten den Fall Evancek bearbeitet, und Sie wußten, daß ich nach dem Kreuz suchte, weil ich es Ihnen erzählt hatte.«

»Ziemlich dürftig.«

»Gerade Sie sollten es besser wissen«, sagte ich. »Jedenfalls hat es mich neugierig genug gemacht, hier einzudringen und mich ein bißchen umzusehen.«

Ich hatte das große Kruzifix, das aussah wie aus einem einzigen Stück Holz geschnitzt, von der Wand im Flur abgenommen und vor mir auf dem Tisch liegen. Mit einer Hand hob ich die Oberhälfte ab. Das angelaufenen Silber sah stumpf aus wie Zinn, nur die blauen und roten Steine glänzten.

»Es hat mich enttäuscht«, sagte ich. »Edgar Allan Poe wußte nichts darüber, wie die Polizei arbeitet, sonst hätte er nie in Betracht gezogen, den gestohlenen Brief in voller Sicht zu verstecken. Als Polizist hätten Sie es besser wissen müssen.«

»Es ging mir nicht so sehr um ein gutes Versteck. Ich wollte das Ding nur möglichst nicht vor Augen haben müssen.« Seine Stimme klang so müde, wie er aussah.

»Es muß mal geputzt werden. Vor neunzehn Jahren hat es sicher mehr geglänzt, sonst wären Sie nicht in Versuchung geführt worden.«

»Dieser verdammte Bill Mischiewicz war schuld«, sagte er schroff. »Schon seit der Polizeiakademie hatte er nichts weiter im Kopf, als sich zusätzliche Einkünfte zu verschaffen. Er renommierte sogar damit. Man konnte nicht längere Zeit mit ihm zusammensein und ehrlich bleiben, ohne sich wie ein Trottel vorzukommen. Als wir nach der

Schießerei das Haus durchsuchten, fand ich das Kreuz in ein blaues Tuch eingewickelt im obersten Schubfach von Evanceks Kommode. Ich habe überhaupt nicht überlegt, sondern es einfach unter die Jacke gesteckt und rausgeschmuggelt, ohne Bill oder irgend jemand anders davon zu erzählen. Hätten die Nortons oder sonst wer danach gefragt, hätte ich es zurückgegeben und gesagt, ich hätte es nur in Verwahrung genommen. Aber kein Mensch erwähnte es. Ich wußte nicht einmal mit Sicherheit, ob es etwas wert war, aber es sah zumindest so aus. Geld brauchte ich eigentlich gar nicht. Ich meine, ich war nicht völlig abgebrannt. Aber es war so, als ob man einen Hundert-Dollar-Schein auf der Straße findet.«

»Haben Sie versucht, das Kreuz an John Woldanski zu verkaufen?«

»Ich habe deshalb vorgefühlt, aber dann wieder einen Rückzieher gemacht. Bald danach ließen wir ihn hochgehen, und ich fürchtete, er würde vielleicht den Mund aufmachen. Aber er tat es nicht, und ich klopfte mir selbst auf den Rücken, weil ich ihm gegenüber so geschickt operiert hatte. Aber da bedauerte ich bereits, das Kreuz je gesehen zu haben. Meine Personalakte war sauber, verstehen Sie? Völlig makellos. Was sollte ich tun? Das Kreuz zurückgeben? Ich stopfte es weg und vergaß es. Dachte ich wenigstens.«

»Ein Polizist, der im Grunde genommen ehrlich ist, vergißt seinen einzigen Augenblick der Schwäche niemals«, sagte ich. »Als Sie feststellten, daß ich nach Woldanski suchte, um mit ihm über das Kreuz zu sprechen, gerieten Sie in Panik. Sie wußten verdammt gut, wo er sich befand, trotzdem schickten Sie mich erst einmal zu der falschen Adresse, um mich zu beschäftigen, während Sie ihn ein für allemal stumm machten.«

»Ich wollte ihm nur angst machen, ihn dazu bringen, weiter vergeßlich zu bleiben. Es war ein Unfall. Er fiel die Treppe runter und brach sich das Genick.«

»Heben Sie sich das für Ihre Gerichtsverhandlung auf, Mayk. Sie waren noch Polizist, als Woldanskis Frau starb, und Sie haben ihn garantiert schon aus dienstlichen Gründen nie ganz aus den Augen verloren. Deshalb wußten Sie auch, daß er aus dem alten Haus in das neue gezogen war. Aber sie hielten es für plausibler, wenn er in dem Haus, wo er seine Hehlerware aufbewahrte, tot aufgefunden werden würde. Hehler stirbt, während er sich an seiner Beute ergötzt. Also brachten Sie ihn in das unbewohnte Haus hinüber und versetzten ihm einen Stoß. Er war alt, seine Knochen schon spröde. Und wenn es nicht gleich klappte, konnten Sie ihm hinterher immer noch den Schädel einschlagen.«

»Woher wollen Sie denn das wissen?«

»Ich weiß, daß Sie, nachdem Sie Woldanski umgebracht hatten, in das andere Haus zurückkehrten, um sicherzugehen, daß alles mit Ihrem Szenario übereinstimmte – also keine Wasserhähne liefen oder keine Zigaretten vor sich hinqualmten. Ich tauchte aber früher als erwartet auf, und Sie schlugen mich nieder, als Sie die Flucht ergriffen. Ich hörte jedoch, während Sie losfuhren, wie Sie diesen Bronco raufschalteten. Das und das Kreuz reichen aus für eine Verurteilung. Es sind schon Leute wegen weniger gehängt worden.«

»Sie vergessen dies.« Er hob den glänzenden Colt an.

»Den werden Sie nicht benützen.«

Er lächelte ein müdes, verzerrtes Lächeln.

»Sie haben vor neunzehn Jahren eine eherne Regel gebrochen und etwas an sich genommen, was Ihnen nicht gehörte«, sagte ich. »Die ganze Zeit haben Sie damit gelebt, und als es so aussah, als wenn die Welt davon erfahren würde, haben Sie überreagiert und den alten Mann umgebracht. Aber Sie sind nicht der Typ, der ein Verbrechen dem anderen folgen läßt. Ich glaube, Ihnen ist lieber, wenn endlich alles vorbei ist.«

»Das Kreuz gehörte einem Toten. Und Woldanski war ein Ganove. Die Welt hat mit ihm nichts verloren.«

»Solche Entschuldigungen glauben Sie doch selbst nicht.«

»Sie meinen wohl, Sie wissen alles über mich, wie?«

»Ich habe Ihr Telefon benutzt, um Lieutenant Kowalski anzurufen, nachdem ich das Kreuz gefunden hatte. Er ist schon unterwegs.«

Mayk schwieg. Im Haus war es sehr still. Nur um die Spannung zu lockern, hob ich meine rechte Hand vom Schoß und legte sie auf den Tisch. Der Smith & Wesson klirrte auf der Blechplatte.

»Sie scheinen nicht viel dem Zufall zu überlassen«, sagte er.

»Sie auch nicht. Das ist unser Polizeitraining.«

»Zwanzig Jahre Polizist«, sagte er. »Und ein Fehler.«

»Zwei.«

»Nein, einer. Und der hat lange gedauert. Aber jetzt hört er auf.«

Bevor ich eine Bewegung machen konnte, hatte er sich den Lauf seines Revolvers in den Mund gesteckt.

30

Wir saßen fast im Dunkeln, Martha Evancek und ich, in ihrem spitzenverzierten Mausoleum von Wohnzimmer. Sie hatte kein Licht angemacht, und draußen vor den Fenstern nahm die Abenddämmerung zu. Ich konnte gerade noch ihre aristokratischen Gesichtszüge in den Tiefen ihres zu prall gepolsterten Sessels erkennen und das orangefarbene Ende ihrer Zigarette, die jedesmal heftig aufglühte, wenn sie die Zigarette zum Munde führte und dabei mit der Hand ihre untere Gesichtshälfte verdeckte. Der Rubinring funkelte.

»Glauben Sie, daß Michael zu mir kommen wird?« brach sie schließlich das lastende Schweigen.

»Ich weiß nicht. Es gibt eine Menge, womit er erst fertig werden muß.« Ich schnippte etwas Asche in den Aschenbecher auf der Armlehne des Sofas. Seit ich es zum letztenmal getan hatte, war an meiner Winston noch keine Asche nachgewachsen.

»Ich möchte ihn so schrecklich gern sehen.«

Ich unterdrückte ein Gähnen. Der Qualm in dem Raum ließ meine Augen brennen, außerdem fühlte ich mich immer völlig ausgelaugt nach einer längeren Sitzung bei der Polizei.

»Sicher ist es falsch, aber ich empfinde Mitleid mit diesem Mayk«, sagte sie. »Dieser Diebstahl muß die ganzen Jahre an ihm genagt haben.«

»Er hat einen alten Mann umgebracht, der nichts weiter verbrochen hatte, als mit Diebesgut zu handeln. Damit scheidet er aus dem Kreis der Personen aus, die mir leid tun. Im übrigen waren seine Probleme in dem Augenblick gelöst, als er sich diese Kugel in den Kopf schoß.«

»Nach meinem religiösen Glauben fangen sie erst an.«

Ich ging nicht darauf ein.

»Ich verstehe noch immer nicht, wie Sie darauf kamen, die Polizeiauffassung von der Schießerei zu bezweifeln«, sagte sie.

»Zum ersten lagen die Leichen nicht richtig. Wäre Jeanine die erste Tote gewesen, wäre die kleine Carla nicht im selben Raum ums Leben gekommen. Kein normales Kind wäre nach dem ersten ohrenbetäubenden Schuß nicht weggerannt, es sei denn, es war selbst das Opfer. In neunundneunzig von hundert derartigen Fällen tötet die Mutter erst die Kinder, während der Vater mit der Mutter anfängt. Es ist ein Mutterinstinkt, eine verquere Annahme, die Kinder zu schützen, indem man sie mit in den Tod nimmt. Daß Michael nicht gleich danach starb, beweist, daß Joseph sie an dem zweiten Schuß hinderte. Joseph war kräftig gebaut. Hätte er die Waffe gehabt, wäre Jeanine nicht in der Lage gewesen, ihn davon abzuhalten, den Jungen auch zu erschießen. Die Polizisten haben nicht darüber nachgedacht, weil sie den verwirrten Zeugen glaubten, die aussagten, Michael sei erst nach der Katastrophe nach Hause gekommen. Außerdem ergab Josephs Blutprobe nicht genügend Promille, daß man sagen könnte, er habe durchgedreht. Weil jedoch seine Arbeitslosigkeit und seine Trunksucht bekannt waren, ging die Polizei den Weg des geringsten Widerstandes. Das ist verständlich, wenn nicht gar verzeihlich. Gewöhnlich hat die Polizei ein Dutzend Fälle zu lösen mit einem Budget, das bestenfalls für drei reicht.« Ich holte tief Luft.

»Im übrigen war Barbara Norton, Jeanines Schwester, allzu erpicht, jede Erinnerung an den ganzen Vorfall aus Michaels Gedächtnis zu löschen. Der Familiensinn dieser Dame ist unerschütterlich. Jeanine mußte unter allen Umständen als Opfer erscheinen, nicht wie eine Mörderin.«

»Und was ist mit Eric Rynearson?«

»Nur ein weiterer Verbrecher, aber mit einer Injektionsspritze statt eines Klappmessers und kostspieligerem Geschmack. Eines Tages wird ihn jemand nach seinem Fahndungsfoto auf einem Postamt erkennen, und die Regierungsbeamten schnappen ihn sich hinter der Registrierkasse von irgendeinem Trödelladen. Oder er wird irgendwo in einer dunklen Gasse vom Erdboden gekratzt, nachdem jemand in exponierter Stellung ins Grübeln geraten ist, was Rynearson noch im Kopf gespeichert haben könnte, das nicht in seinem Kamin verbrannt ist. Wie auch immer – seine Tage sind gezählt.«

»Sie haben so viel für so wenig aushalten müssen«, sagte Mrs. Evancek. »Die Drogentherapie. Schwierigkeiten mit der Polizei.«

»Das ist nun einmal mein Beruf. Sie haben mich dafür bezahlt, Risiken einzugehen. Ich hätte den Fall an die Polizei abgeben können, als sich gewisse Dinge abzuzeichnen begannen, aber dann hätte ich mein Honorar nicht verdient. Die Probleme, die ich mir mit so etwas einhandle, sind etwas, womit ich leben muß. Ich werde sie Ihnen mit auf die Rechnung setzen.«

Wir rauchten im Dunkeln. Nach einer Weile sagte sie: »Karen vertraut mir. Ich weiß, was zwischen Ihnen beiden gewesen ist.«

Ich schwieg.

»Sie ist ein dummes Ding«, fuhr Martha Evancek fort. »Das habe ich ihr auch gesagt. Sie sind wie mein verstorbener Mann Michael. Ich hatte gedacht, er sei der letzte dieser Art gewesen.«

»Karen wird immer tun, was richtig für sie ist. Sie wird ihren

Medizinstudenten heiraten, drei Kinder haben, und alle werden anständig aufwachsen. Keins davon wird als ausgelaugter Privatdetektiv enden, der in einer desolaten Gegend eine Ein-Mann-Schau abzieht.«

»Sie würde nicht einmal merken, was ein anständiger Mann ist, wenn er auf sie fiele.«

Ich spürte, wie sich mein Mund unwillkürlich zu einem Lächeln verzog. »Sie haben zuviel Zeit mit mir verbracht. Nächstens fangen Sie noch an, unanständige Limericks zu dichten und sich mit einem Stilett in den Zähnen zu bohren.«

Sie gab einen kehligen Laut von sich. Ihr Zigarettenende wanderte hoch, glühte auf und warf einen orangefarbenen Lichtschein auf ihre hohen Wangenknochen und die dicke, gebogene Nase.

Ich schaute auf die Leuchtziffern meiner Armbanduhr und erhob mich. »Es muß bald Ihre Schlafenszeit sein. Ich bin lieber schon weg, wenn Karen kommt, um Ihnen zu helfen.« Ich setzte meinen Hut auf. »Vorläufig hat die Polizei das Kreuz noch beschlagnahmt. Sie bekommen es sicher zurück, wenn die Untersuchungen wegen Woldanski und Mayk abgeschlossen sind.«

»Ich lege jetzt gar nicht mehr soviel Wert darauf«, sagte sie. »Michael lebt ja.«

Sie bat mich, beim Hinausgehen das Licht anzumachen – Karen schimpfte mit ihr, wenn sie im Dunkeln saß –, und wir verabschiedeten uns. Ich trat hinaus in die Kühle des frühen Abends. Meine Kleidungsstücke fühlten sich klamm auf dem Körper an. Ich spürte den kalten getrockneten Schweiß auf dem Rücken, unter den Armen und in den Beugen meiner Ellbogen. Die Lichter von St. Clair Shores glitzerten wie vom Himmel herabgefallene Sterne. Es gab keine leeren Flecken dazwischen wie im Polenviertel Hamtramck, wo die Lichter, die so viele Pilger aus der müden alten Welt angezogen hatten, von Bulldozern, Abbruchbirnen und Männern mit Stemmeisen und Vorschlaghämmer ausgelöscht worden waren.

Mein Wagen war auf der Straße geparkt. Ich setzte mich hinter das Lenkrad und zog die Tür zu, ohne gleich loszufahren. Erst steckte ich mir eine Zigarette an, blieb sitzen, rauchte sie, drückte sie aus und rauchte eine zweite. Nach einer Weile kam ein schmutzig-goldener Plymouth an mir vorbei und bog in Martha Evanceks Einfahrt ein. Die Schlußlichter erloschen, und Karen McBride stieg aus. Unter ihrem hellen Mantel trug sie die weiße Schwesterntracht. Sie ging auf die Tür zu, die zum hinteren Teil des Hauses führte, klopfte und wartete und verschwand dann hinein, ohne auch nur einmal einen Blick in meine

Richtung zu werfen. An ihrer linken Hand glitzerte etwas Kleines, Funkelndes.

Nach ein paar Minuten ließ ich den Motor an. Ich fuhr den langen Weg um Hamtramck herum nach Hause.

Bitte beachten Sie
die folgenden Seiten